Herbert Heckmann
Benjamin und seine Väter

Roman

Mit einem Nachwort
von Peter Härtling

Schöffling & Co.

Rechtschreibung und Interpunktion folgen den Intentionen des Autors auch dort, wo sie normierte Wege verlassen, lediglich offensichtliche Irrtümer bei der Schreibweise von Namen und Zitaten wurden behutsam korrigiert.

Erste Auflage 2017
© Schöffling & Co. Verlagsbuchhandlung GmbH,
Frankfurt am Main 2017
Alle Rechte vorbehalten
Die Erstausgabe erschien 1962 im S. Fischer Verlag
in Frankfurt am Main
Satz: Fotosatz Amann, Memmingen
Druck & Bindung: Pustet, Regensburg
ISBN 978-3-89561-482-8
www.schoeffling.de

Benjamin und seine Väter

Die Umstände, auf die Welt zu kommen und darin zu bleiben

»Wie soll das Kind heißen?«, fragte der Standesbeamte.

»Benjamin, Benjamin Weis«, erwiderte der hochgewachsene Mann im schwarzen Mantel und winkte mit einem Stoß von Papieren. Ehe der Standesbeamte die Feder in die Tinte tauchte, runzelte er die Stirn.

»Benjamin? Ist das ein christlicher Name?«

»Schreiben Sie Benjamin«, sagte der Mann mit den Papieren und verlagerte sein erhebliches Gewicht vom rechten auf den linken Fuß. Der Standesbeamte zögerte noch.

»Es gibt doch bei Gott genug christliche deutsche Namen.«

»Schreiben Sie Benjamin.« Der Mann klopfte mit dem Fingerknöchel auf den Tisch und begann den Namen zu buchstabieren. Der Beamte stieß die Feder in das Tintenfaß, beschrieb in der Luft einige Kreise und setzte sie dann wuchtig auf das Papier. Der Punkt, den er hinter den Namen setzte, wuchs zu einem Klecks, der unter dem Löschblatt sich noch weiter ausdehnte.

»Sind Sie der Vater?«, fragte der Beamte und schaute auf, mit den Augen über die Brillengläser schielend. An der Wand ihm gegenüber hing noch immer ein Bild des Kaisers. Darunter ein Kalender, der den 16. März 1919 ankündigte.

»Nein, aber ich wäre es gern.«

»Wo steckt der Vater?«

»Das weiß ich nicht.« Der Mann im schwarzen Mantel, mit dem Papierbündel in der Hand, betrachtete ungeduldig die Gegenstände im Zimmer, den Aktenschrank, aus dem eine

Schublade herausragte, den blankgewetzten Stuhl, auf dem eine unübersehbare Zahl von Vätern gesessen haben mochte, um stolz die ersten Daten ihrer Sprößlinge anzumelden.

»Wie heißt der Vater?«

»Die Mutter ist nicht verehelicht.«

Der Beamte legte den Federhalter auf die grüne Unterlage des Schreibtisches, griff nach einem roteingebundenen Buch, blätterte wichtigtuerisch, glitt mit seinem breitkuppigen Finger die Zeilen entlang, seufzte, steckte dann mit unverhohlenem Abscheu die Feder erneut ins Tintenfaß und trug mit gemäßigtem Schwung die weiteren Daten ein.

»Was haben Sie mit der Sache zu tun?«, fragte er und lehnte sich in dem Stuhl zurück, aber der Mann hatte die Papiere schon sorgfältig zusammengefaltet, den schwarzen Hut tief in die Stirn gezogen und war enteilt, die Türe einen Spalt offenlassend.

In Versailles verhandelte man über den Frieden. Die Idealisten irrten sich über die deutschen Möglichkeiten zu schlechter Stunde und verlangten zuviel. Zeitungsverkäufer schrien die Schlagzeilen über die Straße, ihre Stimmen schluckte der Regen. Die Skeptiker gaben ihr Geld für das Wenige aus, was es noch gab.

Der Mann in dem schwarzen Mantel eilte, den Kragen hochgestellt, um Pfützen tänzelnd, durch die Straßen. An einem Blumenstand, hinter dem eine dickvermummte Frau fror, kaufte er einen dürftigen Strauß Tulpen, die vor Kälte die Köpfe hängen ließen. Von der Hutkrempe tropfte dem Mann das Wasser auf den Mantel. Soldaten ohne Achselklappen und Manschetten gingen in lächerlicher Geradheit vorüber. Ihre Arme schlenkerten grußbereit. Vor den Lebensmittelgeschäften drängten sich Menschen. Manche hatten Papiermützen über den Kopf gestülpt, die der Regen langsam durchweichte. Der Mann hatte es eilig. Als er durch die Eingangspforte des Marienkrankenhauses trat, spürte er Nässe auf seinen Schultern. Er schüttelte sich, hob die Blumen hoch und ging durch den langen Korridor, klopfte vorsichtig an eine Tür, lauschte und trat, nachdem er mit dem Hut gegen den Mantel geschlagen hatte, in das Zimmer.

»Ich habe ihn angemeldet«, sagte er, knöpfte den Mantel auf, setzte sich mit gespielter Erschöpfung auf den Stuhl neben dem Bett und faßte nach der Hand der jungen Frau, die, mit einigen Kissen im Rücken, aufgereckt im Bett saß und die ganze Zeit schon auf die Tür gestarrt zu haben schien.

»Ich danke dir«, flüsterte sie und schälte die kümmerlichen Blumen aus dem nassen Papier, hielt sie einen Augenblick vor sich hin und stellte sie dann in die Vase. Sie tat es langsam, als wolle sie dem Gespräch entfliehen. Dann aber fragte sie, ohne aufzuschauen: »Hast du ihn schon gesehen?«

Von seinem Mantel tropfte Wasser auf den Fußboden. Ein wenig lauter und bestimmter fuhr sie fort: »Er wiegt siebeneinhalb Pfund und sieht seinem Vater ähnlich.«

Der Mann verschränkte seine Hände. Seine Knie berührten die Bettkante. Auf dem Tischchen lagen Bücher, in einem Schälchen schimmerte ein frischgeschälter Apfel.

Plötzlich wurde die Türe aufgerissen, und eine Nonne trat, ein kleines Bündel in den Armen, in das Zimmer. Der Mann sprang auf und schob den Stuhl hastig zur Seite. Die Nonne wickelte ihre rechte Hand aus dem Bündel und streckte sie dem Mann entgegen, der nicht wagte, sich von der Stelle zu rühren. Er versuchte auf den Zehenspitzen stehend in das Bündel zu spähen.

»Ich gratuliere zu dem prächtigen Sohn.«

Der Mann trat zurück.

»Leider bin ich es nicht.« Die Nonne errötete und hob die Hand wieder unter das Bündel, daß die kugelig vorgebaute

Stirn des Kindes sichtbar wurde, die stumpfgeformte Nase zitterte fast unmerklich. Runzeln und Fältchen umlagerten die Augenhöhlen. Die Haut hatte eine tiefbraune lederne Farbe. Ein kleines, violettes Fäustchen kroch zwischen den Tüchern hervor und drohte, so daß der Mann mit dem aufklaffenden Mantel in die Hände klatschte:

»Kaum in der Welt und schon ein Kritiker.«

Die Nonne legte das Bündel der Frau an die rechte Seite, strich die Bettdecke glatt und verließ, die Hände in ihrer Kutte verbergend, das Zimmer. Der Mann betrachtete den schmalen, mit schwarzen Haaren spärlich bewachsenen Kopf. Das Mündchen stand daumenbreit offen und bebte. Gerade in dem Augenblick, als die Mutter sich über das Kind beugte, um den Kopf vollends aus den Spitzendeckchen herauszuschälen, lief eine zornige Röte über die faltige Haut, und ein piepsiges Geschrei ertönte. Der Mann knöpfte den Mantel zu und zitierte nahezu feierlich:

Sum natus lacrymans, lacrymans moriorque, peregi.
In lacrymis vitae tempora longa meae.
O genus humanum miserum et lacrymabile.

»Was ist das für ein lustiges Lied?«, fragte sie und hob das Kind an ihre Brust. Anstelle einer Antwort stülpte er seinen Hut über den Kopf und machte schnell das Zeichen des Kreuzes. Sein breites, neugieriges Gesicht, bärenhaft in seinen Rundungen, wurde von einem Niesen nach unten gezerrt.

»Mach die Augen zu!«, sagte sie und öffnete ihre Jacke. Als er die Türklinke niederdrückte, hörte er Schmatzen. Er schaute belustigt über die Schulter, wobei er seinen Mantel hochraffte. »Er hat einen Durst wie du«, rief sie ihm nach.

»Nur daß ich ...«, sagte er und beendete den Satz erst, als die Tür ins Schloß fiel.

Durch den Gang wehte ein süßlicher Duft. In einem Wartezimmer saßen zwei magere Männer, die ihre Unruhe voreinander verbargen. Ein Mann in einer Uniform, der genießerisch an der Heizung lehnte, einen zerrissenen Rucksack zwischen seinen gamaschierten Füßen, wurde gerade von einem Arzt aufgefordert, das Haus schleunigst zu verlassen. Schimpfend und jammernd taumelte der Soldat aus dem Zimmer und warf den Rucksack über den Rücken.

»Drei Tage schon hockt er hier herum und sagt, er werde Vater. Eine Flasche Schnaps hat er getrunken, die Nonnen beschimpft, durch die Gänge gebrüllt, daß sein Sohn etwas Ordentliches werde, ein Lügner ist er, ein Simulant.«

Der Arzt sah entschuldigend in die großen, suchenden Augen des Mannes, der zum Ausgang strebte. »Ich bin so frei und begleite Sie«, sagte der Soldat. Seine Stiefel knirschten auf dem Boden. Den Arzt würdigte er mit keinem Blick. Sein bunt zusammengeflickter Mantel reichte ihm bis an die Waden.

»Sie sind glücklicher Vater, wie ich sehe. Nehmen Sie den Glückwunsch eines alten Kriegers an. Ich bin auch Vater. Jedesmal wenn ich etwas anfange, gibt es einen Sohn. Enthaltsam muß man sein, dann gibt's einen Sohn. Das sagt Ihnen jeder, der etwas von dem Geschäft versteht.«

Der Mann ließ den Soldaten reden, der kaum mit ihm Schritt halten konnte, blieb aber dann, als sie in den Regen kamen, stehen und nestelte ein Geldstück aus der Tasche.

»Trinken Sie das auf mein Wohl.« Der Soldat salutierte glücklich. Sein Schnurrbärtchen über den dünnen Lippen war sehr beweglich.

Das Wasser lief gurgelnd in die Kanallöcher. Die Hauswände glänzten naßschwarz.

Der Mann war glücklich, daß man ihn für den Vater gehalten hatte. Am liebsten hätte er sein ganzes Geld über die Straße ausgeschüttet.

»Ich ein Vater?«, dachte er und versuchte sich vorzustellen, wie er mit dem kleinen, siebeneinhalb Pfund schweren

›11‹

Kerl in Verbindung kommen könne. Er feixte, grimassierte, zwinkerte. »Nein, ich werde so still sein, wie ich eben kann«, sagte er sich und trat sehr sanft auf.

Er ging nicht sofort nach Hause, sondern wanderte ziellos umher. Unter dem Regen schmolz sein Hut zu einem nassen Klumpen, die regnerische Gräue der Straße bedrückte ihn.

Was war alles geschehen?

An einem Nachmittag im August des letzten Jahres hatte sie ihm ohne Umschweife verkündet: »Ich bekomme ein Kind, und er ist auf und davon, ohne etwas davon zu wissen.« Sie war eine Art Aushilfe in seinem Anwaltsbüro, ein neunzehnjähriges Mädchen, das gern lachte und sich die Haare hochsteckte, so daß ihr schmales Gesicht noch feiner wirkte. Inmitten der Akten und Papiere kämpfte sie verzweifelt um Ordnung – und jeden Morgen, nachdem sie ihr Gesicht im Spiegel abgeschätzt hatte, ging sie mit Elan an die Arbeit und verschwand in einem Wust raschelnder Papiere, um am Nachmittag erneut vor den Spiegel zu treten, aus dem sie ein erschöpftes Gesicht anstarrte. So kam es, daß sie einen jungen Mann in ihrer Verlassenheit zu lieben begann, der sie auch zu lieben vorgab, sie verführte und nicht mehr liebte.

Ein Allerweltsfall.

Sie schrie an diesem Nachmittag, die Hände ineinander verknotend: »Ich will nicht mehr leben.« Ihr hochgestecktes Haar drohte einzustürzen. Über die Schläfen hingen einige verwehte Härchen. Das zarte, durchsichtige, helle Blaugrau der Iris war von gelben Flecken umlagert. Während er beschwichtigend auf sie einsprach, mußte er feststellen, wie wenig triftige Gründe es gibt, um am Leben zu bleiben. Sie hörte ihm unbewegt zu, zerzupfte die Spitzen des Taschentuchs, zog sich dann in ihr grünes Zimmer zurück und verschanzte sich dort mit Einsamkeit, belagert von den Akten.

Als sie ihren Zustand ihrem Vater beichtete, wollte dieser

auf der Stelle dem verschwundenen Vater nachreisen. »Wo der Kerl auch steckt, ich werde ihn finden.«

»Er ist noch ein halbes Kind«, sagte sie leise und lächelte. »Ein halbes Kind und hat ein Kind. Gott sei es geklagt. Habe ich das um dich verdient?« Der Vater schlug die Faust auf den Tisch, daß das Geschirr schepperte, und schrie, er wolle sie nie mehr sehen. Er zahlte ihr das Erbe wortlos aus und umgab sich dabei mit nüchternen Zahlen. Die Mutter weinte hilflos. Ihre Tochter hielt den Mund geschlossen und sagte nichts. Sie fuhr mit ein paar Habseligkeiten: Nippes aus ihrer Jugend, Puppen, Papierblumen und einigen Büchern zurück nach Frankfurt. Hanau, wo sie aufwuchs, das efeu-umwobene Haus am Main sah sie nie mehr. Die Szenerie ihrer Kindheit, die blankgebohnerten, herbstbraunen Zimmer, die dämmerige Goldschmiede, in der ihr Vater hauste, mit den langstieligen Lämpchen und den überraschenden Lichtschächten, die steilen Treppen, an den Wänden die gri-massierenden, ausgestopften Tierköpfe, die Küche, in der sie inmitten der Garde von blinkenden Zubern, Löffeln und Töpfen das Kochen lernte, all das verschwand hinter einem riesigen, undurchsichtigen Vorhang.

Die einzige Rettung war jetzt nur noch Fritz Bernoulli, der sie in seiner leiblichen Fülle und seinen Redensarten an den Propheten Jonas erinnerte: Dabei vereinte sie jedoch den Walfisch und sein prophetisches Opfer. Dieser Jonas näm-lich, dem sie ihr Unglück zuerst offenbarte, hatte die Gabe des richtigen Wortes. »Ein Kind ist die beste Gesellschaft«, sagte er. Sie faßte Mut. Ihr Leib dehnte sich, so daß sie ihre Bewegungen zügeln mußte. Am Ende des Jahres spürte sie sehr deutlich Faustschläge und Fußtritte in ihrem Innern. Sie lachte und hielt sich am Tisch fest. Jonas hatte ihr eine Woh-nung in der Bergerstraße 57 verschafft. Es war sein eigenes Haus, ein anderes besaß er im Kettenhofweg. Die ersten

Wochen schauten sie die Hausbewohner mißtrauisch an, schließlich, als man ein durch den Krieg bewirktes tragisches Geschick vermutete, grüßte man sie ehrerbietig.

Am 16. März 1919, zu einer trostlosen Zeit, morgens um 6 Uhr 37, entließ sie aus der gütigen Dunkelheit einen gesunden Jungen in die dämmerige, verregnete Welt. Er schrie, wie es sich gebührte, vielleicht ein wenig lauter als das bei einem Jungen gewöhnlich der Fall ist. Das seien besonders diejenigen, in deren Geburtsstunde Venus in einem männlichen Zeichen des Tierkreises sowie mit Saturn in Konjunktion stünden, erklärte Jonas später, der alles über diese Geburt wissen wollte. Auch überredete er sie nach heftigen Debatten, sie solle den Jungen Benjamin nennen, nach Benjamin Franklin.

Wohl sei dieser das sechzehnte Kind gewesen und habe so den Namen wirklich verdient, aber wichtiger als das sei doch die Tatsache, daß er den Blitzableiter und den elektrischen Drachen erfunden habe.

Eripuit coelo fulmen sceptrumque tyrannis.

»Gut«, sagte sie, »soll er Benjamin heißen.«

Jonas rieb sich zufrieden die Hände. In seiner Jugend hatte er eine etwas biedere Biographie Benjamin Franklins gelesen und sich sehnlichst gewünscht, Benjamin zu heißen. »Den Blitzableiter erfinden und dann noch Politiker sein!« Für Jonas war das damals der Inbegriff eines Mannes.

Das war alles wie am Schnürchen geschehen. Benjamin war geboren.

Jonas befand sich auf dem Heimweg. Nasse Dämmerung spann ihre dichten Fäden von Haus zu Haus. Das Licht der Gaslaternen schimmerte in Spiralen und Kreisen durch den sprühenden Regen, klebte sich für kurze Augenblicke an die Passanten fest und kroch dann bleiern über den Asphalt. Es war die Zeit, da die Läden geschlossen wurden. Nur noch einige Türen standen weit auf. Es waren jene Läden, die man am Tage gewöhnlich übersieht, hinter deren Theken meist gutmütige Verkäufer, den Kopf auf die Hände gestützt, stehen. Verlief man sich in einen dieser Läden, traten sie dienstfertig und übereifrig hinter der Theke hervor und zeigten das wenige, was sie noch hatten, mit übertriebenen Worten. Was gab es schon? Die Schubladen, Gestelle und Magazine waren leer, aber noch immer schwelgten die Verkäufer in Erinnerungen des Überflusses, noch immer redeten sie mit zahlengespickter Eloquenz von der Qualität ihrer längst verkauften Waren.

Jonas hörte ihre heiseren Stimmen, ihre Werbungen und Lobpreisungen. Er beschleunigte seine Schritte: in Gedanken die sinnlos verschwendeten Reichtümer für Benjamin aufkaufend. »Drei von dem und drei von dem!«

Noch immer dauerte das Glück in ihm an, daß man ihn an diesem Tag schon dreimal für den Vater eines überaus prächtigen Sohnes gehalten hatte, eines Sohnes, der, wenn man es vorsichtig sagt, lauter bei der Geburt geschrien hatte als andere, der mit seinem hochmütigen, hungrigen Gesicht und der runzeligen Faust viel versprach. »Gib's ihnen.«

Von dem wirklichen Vater kannte er nur den Rücken, einen jungenhaft schmalen Rücken. Er solle Hauslehrer bei einer spleenigen Familie geworden sein, hatte sie ihm erzählt – nun, das war, wenn man die deutsche Geistesgeschichte überfliegt, ein erstes Stadium der Genialität. Außerdem war er Jurastudent, ein Rechthaber, ein Kasuist und ein Windhund. Mehr wußte Jonas nicht. Erst jetzt begann er sich wirklich für den Vater zu interessieren. Er stellte sich einen jungen Mann mit dem arroganten Lächeln eines Gymnasiasten vor, der gerade um den Krieg herumgekommen war und voller revolutionärer Ideen steckte. Einen Ausspruch kannte er von ihm, einen einzigen Satz. »Es lohnt sich, immer ein Kind zu bleiben.« Jonas dachte lange über den Satz nach. Von einem solchen Satz auf einen Menschen zu schließen, ging nicht an. Der wirkliche Vater, der von seinem Unglück oder Glück nicht die geringste Ahnung hatte, blieb für ihn lediglich ein rätselhaftes Prinzip – und gerade deswegen glaubte Jonas in diese Lücke einspringen zu müssen.

Er steuerte auf eine Kneipe zu, aus der Tabakrauch und Stimmen hervorquollen. In dem Luftschacht, rechts neben der Tür, klapperte das blecherne Gitter. Jonas trat ein. Über ihm schwankte an einer Kette das Schild. *Zur guten Aussicht.* Das mochte wohl vor hundert Jahren Gültigkeit gehabt haben – jetzt hatte dieses Schild eine mehr übertragene Bedeutung. Der Blick ging auf Häuser. Der Gast war schon gezwungen, sich einen Rausch anzutrinken, um ein Paradies erblicken zu können:

Theatrales. Amphitheatrales. Thermales. Sepulchrales Payennes. Cloacines. Iardinieres. Cauernes seruans d' Aqueducs. Puits & Cisternes celebres. Fosses Superbes & Augustes. Frommentaires seruans de Greniers. Martiales & Guerrieres. Deceuantes, Trompeuses. Labirintes. Hidrauliques. Harmonieuses. Grotesques.

Jonas schlurfte über den roten Läufer zu einem leeren Tisch. Er nahm seinen Hut ab und schüttelte sich. Die meisten Gäste standen mit offenen, vor Nässe tropfenden Mänteln an der Theke und hielten die Hand um das Bierglas. Sie redeten wild durcheinander, so daß sich ihre Sätze in ein heiseres Chaos verschlangen, aus dem lediglich ein räsonnierender Klageton herauszuhören war. Jonas bestellte ein Bier und lehnte sich zurück. Nach dem ersten Glas machte er dem Wirt mit dem Zeigefinger ein Zeichen und verkündete ihm, vielversprechend auf seine Brusttasche schlagend, daß er eine Runde spendieren wolle.

Der Wirt, ein mürrischer dürrer Mann, schien schwerhörig zu sein. Erst beim dritten Mal, als es Jonas derart herausschrie, daß es alle im Raum hören konnten, nickte er schroff mit dem Kopf, sagte: »Auf Ihre Verantwortung!«, und watschelte hinter die Theke, von wo aus er, immer neu ansetzend, die Gäste zählte. Man umdrängte Jonas johlend und fragte, was denn zu feiern sei. »Eine Heirat? Nein, nein. Eine Erbschaft? Abermals nein. Was taugt heute schon das Geld! Heraus mit der Sprache!«

Jonas genoß die Fragerei. Er schaute in die Gesichter und zwinkerte geheimnisvoll mit den Augen. »Das ratet ihr nie!« Der Wirt kredenzte das Bier, griff sich selbst ein Glas und verharrte wie jemand, für den es nichts Aufregendes mehr in dieser Welt gibt.

»Ich habe einen Sohn«, offenbarte Jonas, überrascht, wie glatt ihm diese Lüge über die Lippen ging.

»In diesem Alter noch einen Sohn?« Mit Bewunderung und Ehrfurcht umstanden sie ihn. »Mensch, der versteht sein Handwerk. Was heißt hier Handwerk: er ist ein Naturtalent.« Man schlug ihm auf die Schulter und schüttelte seine Hand. Jonas sah ein Spalier durstiger Gesichter.

»Nun, auf einem Fuß kann man nicht stehen.« Der Wirt reichte mit heraufgekrempelten Ärmeln das Bier über die Theke. Wieder wurden die Gläser hochgehoben.

»Bei Gott, es ist schon ein Kreuz, in einer derartig düsteren Zeit einen Sohn großzuziehen. Prost, Vater! Solange die Kinder nicht Soldaten werden müssen, macht es Spaß. Nichts für ungut, Nachbar. Spaß macht es immer.« Jonas schnippte mit dem Finger.

»Aller guten Dinge sind drei.« Das Gesicht des Wirtes wurde trauriger. Er mußte ein neues Faß anstechen.

»Sieht er denn dem Vater ähnlich?«

Jonas hob sein Glas in Kinnhöhe. »Kinder sehen sich selbst ähnlich!«

Die aufkommende Trunkenheit machte jeden Satz zu einem Orakelspruch. Schon waren wieder die Gläser leer.

»Vier Elemente gibt's«, schrie Jonas, der eine Fröhlichkeit zeigte, die schon ganz in Geringschätzung zufälliger Dinge bestand. Er reichte dem Wirt sein leeres Glas. »Ein Neues!« Da klirrten die Gläser, flog der Schaum, läuteten die Wünsche eine große Zukunft ein. Wenig später waren es schon die fünf Sinne, die das fünfte Glas notwendig machten.

Jonas versuchte zu singen. Er blieb nicht der einzige. Dann die sechs Wochentage. »Ei! Ei!«

Der Wirt zählte und kreuzte mit einem Blaustift die Runden auf einem Bierdeckel an. Er schielte mißtrauisch zu Jonas herüber, bedenkend, der großzügige Gastgeber, der Vater nämlich, könne sich als ein Lump und Zechpreller entpuppen. Die Ausbuchtung der Jacke stimmte ihn zuversichtlich, außerdem hatte der Herr ein Aussehen, eine Art, belustigt seine Gäste anzuschauen, die auf einen Weltmann schließen ließen, auf einen Herrn, der die Spendierhosen anhatte. Man war bei der Sieben: Sieben Laster gibt es und sieben Tugenden.

»Erzähl von deinem Frauchen. Ist sie schön? Ist sie jung?«

Neun Männer redeten auf ihn ein. Sie hatten sich Stühle herangezogen, die Mäntel und die Jacken aufgeknöpft. Sie zwinkerten mit roten Augenlidern. »Heraus mit der Sprache!«

Jonas rückte an die Wand und versuchte, durch einige Ablenkungsmanöver das Gespräch auf einen anderen Gegenstand zu bringen, aber sie ließen nicht locker. Er wurde gezwungen, sein Inkognito halbwegs zu lüften. Er wußte, daß im Augenblick, da die Spannung der Geheimniskrämerei den Höhepunkt erreicht, es keine Möglichkeit mehr gab, die Wißbegier der Gäste einzudämmen. So log er freimütig weiter und verkündete die achte Runde: »Acht Heinriche kennt die englische Geschichte.« Als er die neun Musen anrief, von Kalliope bis Thalia, um den Durst zu rechtfertigen,

›18‹

prahlte er mit den Zukunftsaussichten seines Sohnes. »Man muß einen klaren Kopf behalten, um einen richtigen Beruf für den Jungen herauszufinden.« Aber so sehr er sich auch anstrengte, er konnte sich beim besten Willen nicht vorstellen, daß Benjamin je älter würde. »Er hat der Welt schon die Faust gezeigt«, berichtete er stolz.

Das sei immerhin ein vielversprechender Anfang. »Solche Männer brauchen wir. Aber er ist noch ein Kind.«

Mit den zwölf Aposteln hatte Jonas genug. Er zahlte sehr umständlich und unter großzügigen Beteuerungen die Zeche, verabschiedete sich ebenso würdevoll von seinen Gästen und Freunden, die ihm noch viele Söhne wünschten, und ging.

Zu Hause angekommen, nach einem pfützentretenden Fußmarsch, legte er sich mit seinen Kleidern ins Bett und träumte, daß eine Schar von Kindern, die bei näherem Hinschauen ihm sehr ähnlich waren, ihn umdrängten, sich an seinen Rockzipfel klammerten, an ihm hochkletterten, an Ohren und Nase rissen, ohne daß er sich wehren konnte. Er stürzte, und schon sprang einer auf seine Brust und krakeelte wie ein kleiner Napoleon. Jonas wachte auf und setzte sich im Bett hoch. Jacke und Hose waren heillos zerknittert. Die Nacht hing bleiern am Fensterkreuz. Er taumelte aus dem Bett, zog sich umständlich aus und drapierte den Stuhl mit seinen Kleidern und ging dann nackt auf die Tür zu. Dort knipste er das Licht an, öffnete den Kleiderschrank und schaute blinzelnd in den Spiegel: ein breiter Mund, rote Wangen, eine kreidige Stirn – ein Clown. Erst allmählich fand er sich wieder in seinem Gesicht zurecht und blinzelte. »Was hindert mich daran«, fragte er, »mich wie ein Vater zu fühlen!«

Den Kopf voller erzieherischer Pläne, noch immer trunken, in väterlichen Zukunftsaussichten schwelgend, stieg er wieder ins Bett.

Nun denn!

Einige Daten über einen dicken Mann

Am nächsten Morgen. Die Glieder waren noch klamm, die Bewegungen eckig und langsam, die Füße tasteten nach den übernächtigten, einsiedlerischen Schuhen, die Zehen krümmten sich, die Dielen ächzten. Der Kopf fuhr durch ein zerknittertes Hemd, die Beine in eine zerbeulte Hose.

Der Wind stieß gegen das Fenster. Jonas setzte sich rittlings auf einen Stuhl und vergrub sein Gesicht in die Hände. Langsam dämmerte in seinem Kopf der vergangene Tag herauf. Mit einem Ruck stand er auf, stürzte die Treppe hinunter und trat durch die Haustür erwartungsvoll in den Morgen. Er schaute an sich herab.

»Es ist unendlich schwer, ein Mensch von heute zu sein.«

Er ging und versuchte sein Stolpern und Stürzen, so gut es eben ging, zu verheimlichen.

Jonas oder bürgerlich der siebenundfünfzigjährige Dr. Fritz Bernoulli wog an diesem 17. März 1919 um zweihundertdreißig Pfund und maß in der Länge einen Meter fünfundachtzig. Er besaß ausgeprägte Stirnlinien, eine kräftige Nase und einen großen Mund. Sein breiter Kopf saß auf einem kurz gedrungenen Hals und schien ein wenig unbeweglich. Alles in allem: Jonas war ein Schwarzgallenmensch, breitschultrig und korpulent, ein wenig vorgebeugt, mit schwerem Schritt, von einschüchternder Majestät des Leibes. Ein Melancholiker, langsam beeindruckbar, lang nachwirkend und was da noch mehr ist. Zuweilen, und das gerade gefährdet seine Charakteristik als Melancholiker, leuchteten seine Augen vor Übermut. Er tanzte gern nach der Panflöte.

Seine Jugendjahre, er kam in Trier zur Welt, schienen Jahre der Entbehrung gewesen zu sein. Sein Vater war Musikus, Schullehrer und Vater von sieben Kindern, von sieben Lastern, wie er in der Not jammerte. Die Kleider vererbten sich vom Vater bis auf den Jüngsten, und das war Fritz, der darin einherging wie ein Derwisch.

Nichtsdestoweniger setzte seine Mutter alles daran, ihn für das geistliche Amt zu erziehen. Er besuchte auch tatsächlich das bischöfliche Konvikt, las aber in den letzten Klassen zuviel Ovid, Martial und Catull, so daß er nach dem Abitur sich ganz und gar säkularisierte, zur Universität nach Köln ging, Hunger litt und Jura studierte. Seine Eltern dachten schlecht von ihm. Aber er hatte Erfolg, promovierte, liebte mehrmals unglücklich, ohne zu heiraten, und richtete sich schließlich ein Anwaltsbüro in Frankfurt am Main ein. Bald verdiente er mehr Geld, als er ausgeben konnte, kaufte sich 1904 ein Haus im Kettenhofweg und 1911 eins in der Bergerstraße. Auch versöhnte er sich wieder mit seinen Eltern, die sich mit der weltlichen Zukunft ihres Sohnes abgefunden hatten.

Zuweilen, nicht allzu oft, braute er ein verführerisches Menü zusammen und lud Freunde und Freundinnen ein. Was Wunder, daß man ihn liebte.

Jedoch führte er ein Doppelleben. Wenn er allein in seiner geräumigen Wohnung in der Bergerstraße hockte, ein Buch in der Hand oder eine Brasilzigarre, wenn er sich in seinen Ohrensessel zurücklehnte und die Augen schloß, dann begann sein eigentliches Leben, eine Art demiurgischer Träume.

Bis zur Geburt Benjamins, der etwas unvermittelt in sein Leben trat, war er ein menschenfreundlicher Solipsist, der gütig war, um seine Ruhe zu haben.

Am Morgen des 17. März 1919, als er von seiner Wohnung aus zu seinem Freund Dr. Groß in die Hegelstraße eilte, barhäuptig und verwirrt, um sich Rat zu holen und um sich einmal rundherum auszusprechen, begann seine Metamorphose. Drei Stunden redete er auf den eher schweigsamen Dr. Groß, einen sonst vielbeschäftigten Arzt ein, drehte und wendete die Sache, zweifelte und fragte schließlich, ob es denn einen Sinn habe, so mir nichts, dir nichts einen Vater zu mimen, den ganzen Wirbel der Taufe, Begrüßung des ersten Zahnes, des ersten Wortes und des ersten Schrittes mitzumachen.

»Du hättest den Kleinen sehen sollen: ein Gesicht wie Voltaire, runzelig, spitzfindig, frech und nachdenklich.«

»Du redest wie ein Vater«, sagte Dr. Groß.«

In diesem Augenblick stand es für Jonas schon fest, daß er alles auf sich nehmen würde: das Mißtrauen der Nachbarn, die sicherlich Ungeheuerlichkeiten vermuteten, die Kritik seiner Freunde und die eigenen Unbequemlichkeiten. Er war bereit, es mit allen Feinden aufzunehmen, und fühlte sich bereits so stark, daß er am liebsten mit einem einzigartigen Kraftakt sein neues Leben begonnen hätte.

Dr. Groß betrachtete den ungeduldigen, unternehmungslustigen Freund mit unverhohlener Belustigung.

»Du hast sicher ein Auge auf die junge Mutter geworfen?«

Jonas lachte. »Es ist dein Fehler, daß du immer nach den einfachsten Gründen suchst.« Nach einer Weile fuhr er fort: »Ich erwarte dich zur Taufe.« Er drückte die Türklinke herab und ging.

Was erwartest du, Friedrich?

Es gab jedoch noch viele Schwierigkeiten. Die junge Mutter fiel nach der ersten Freude über den Sohn angesichts der ungewissen Zukunft erneut in Verzweiflung und glaubte, keine weitere Hilfe von Jonas annehmen zu können. Ja, sie bat ihn, er solle sie und ihren Sohn für immer vergessen, er habe schon genug getan, zu guter Letzt wüchsen sie ihm noch über den Kopf. Aber Jonas gab nicht auf.

»Ich lebe gern unter großen Leuten«, sagte er, und schließlich willigte sie nach langem Hin und Her ein, zog endgültig mit Benjamin, dem prächtig gedeihenden Sohn, in die Bergerstraße 57 und ließ die Wohnung hell tapezieren. Aber noch immer war sie untröstlich darüber, für lange Zeit auf sich selbst gestellt zu sein, unter schwerer Wahrung der Würde gleichsam ein Witwendasein zu führen. Auch war sie gegenüber Jonas nicht ohne Mißtrauen. Sie glaubte sich ihm verpflichtet und fürchtete gewisse Absichten. Doch gewöhnte sie sich an seinen ironischen Beistand: eine Zeitspanne der Beruhigung folgte.

Kam er in ihre Wohnung, die im Parterre lag, ging im Zimmer wuchtig auf und ab, so daß die Möbel zitterten und die Dielen aufstöhnten, redete ein paar Takte, so war ihr Mißtrauen getilgt. Sie glaubte an ihm eine merkwürdige Scheu vor Intimitäten zu bemerken: er fragte sie nie nach dem unglückseligen Josef oder nach ihren erbosten Eltern. Auch war er ihr gegenüber nie väterlich, noch predigte er verblasene Allerweltsweisheiten, noch war er um Ansehen bemüht.

›Ich werde aus ihm nicht klug‹, sagte sie sich und sagte damit dasselbe, was all seine Freunde sagten, wenn sie sich über ihn Gedanken zu machen versuchten.

Jonas hauste im ersten Stock rechts. Eine kleine huschelige Frau hielt ihm seine geräumige Wohnung sauber und versuchte ihn mit unermüdlicher List zu verheiraten. Diese beiden Aufgaben führte sie mit einer beispielhaften Ausdauer aus: Im ersten Fall hatte sie Glück, im zweiten scheiterte sie an der heiteren Junggeselligkeit von Jonas, ihrem Dienstherrn.

Am zehnten Tag nach der Geburt Benjamins, als seine Mutter sich wieder erholt und die Blässe des Wochenbettes verloren hatte, sollte Benjamin in der Josefskirche getauft werden. Der Pfarrer weigerte sich freilich, den Namen Benjamin zu akzeptieren, dafür ließe sich kein Schutzpatron finden. Benjamin filius Rachel.

»Nein, nein. Das tropft nicht aus meiner Feder.« Aber Jonas ließ nicht locker, wies auf die große Beliebtheit dieses Namens im Mittelalter hin, aber der Pfarrer gestattete den Namen *Benjamin* nur in Verbindung mit einem gediegenen christlichen Namen. So opferte Jonas seinen Vornamen *Friedrich*, jenen monarchistischen Zweisilber, den man zu traulichem Fritz verkürzen konnte. Nun, da Jonas ohnehin Pate sein sollte, war diese Namengebung nicht von ungefähr.

Die Taufe wurde auf einen Nachmittag festgesetzt. Es war ein kühler, windiger Mittwoch, als Jonas an der Spitze einer kleinen Schar die dämmerige Josefskirche betrat.

Der Pfarrer stand schon mit einem Ministranten am Taufbecken. Außer der Mutter und dem dicht vermummten Täufling, der in dem Bündel aus Decken, Spitzen und Bändern unsichtbar blieb und sich nur durch zarte Armstöße verriet, die die Tücher aufbauschten, waren noch einige Freunde von Jonas gekommen.

Jonas postierte sich vor dem Taufbecken, nahm das Kind und bettete es in seine breiten Arme. Seine Augen glitten über das bräunliche schlafzufriedene Gesicht des Täuflings. Der Pfarrer stieß den Ministranten an, der das weiche Wachs der Kerzen knetete, und begann, seine Stola zurechtrükkend: »Quid petis ab Ecclesia Dei?«

Ein hagerer Küster hielt Jonas ein Blatt hin und deutete mit schmutzigem Finger auf eine Stelle. Das dauerte jedoch derart lange, daß der Pfarrer seine Frage mißmutig wiederholte, worauf Jonas, sich über das Bündel in seinen Armen hinwegbeugend, schnell las.

»Fidem.«

»Fides, quid tibi praestat?«

»Vitam aeternam.«

Unter dem niedrigen rötlichfarbenen Gewölbe entstand ein hastiges Echo, so daß die Frage sich in die Antwort mischte. Der Pfarrer wühlte dann, die Mutter mit den Augen um Verzeihung bittend, den Täufling aus dem Spitzengewirr und hauchte ihn dreimal an, während seine Lippen sich kaum merklich bewegten. Dann machte er mit dem Daumen ein Kreuzzeichen auf die Stirn und auf die Brust des Kindes, das ungeachtet der Dinge, die mit ihm geschahen, friedlich schlief. Sein Kopf hing über den Arm seines Beschützers und Paten, der breitbeinig vor dem Priester stand. Er blickte ernst auf die von wedelnden Kerzenflammen erleuchtete Wand.

»Per vias rectas. Hopp, hopp.«

Er dachte an große Zeiten.

»It's a long way to Tipperary.«

Er nahm kaum noch wahr, wie der Pfarrer mit wehender Stola Salz auf den Mund des Täuflings streute.

»Accipe sal sapientiae.«

»Der Ritterschlag des Geistes in Dreigottesnamen.«

Jonas hatte plötzlich Mühe, unbeweglich stehen zu bleiben. Er glaubte zu schwanken. Er rückte die Füße aneinander, winkelte die Arme fester, aber er spürte, wie Benjamin schwerer und schwerer wurde. Als der Pfarrer mit lauter Stimme und drohenden Blicken den Teufel aus dem winzigen Leib des Täuflings hervorlockte, überfiel Jonas ein allmächtiges Jucken. Wieder deutete der schwarze Nagel des Küsters auf das flatternde Blatt und Jonas erwiderte, ein verführerisches Tremolo in der Stimme, die Fragen des Priesters, der mit eilfertigen Fingern das umstickte Hemdchen Benjamins aufnestelte und die kleine Brust einsalbte. Die Augen des Kindes öffneten sich. Der Mund rutschte auf. Die Ärmchen zitterten, und in dem Augenblick, als das Taufwasser über sein Haupt träufelte, begann er zu schreien. Jonas mühte sich, Balance zu halten. Er glaubte, man schnitte ihm mit einem kitzelnden Messer Benjamin aus dem Leib. Er hielt sich steif, da er fürchtete, die in ihm schwellende Lachlust zu verraten. Dann aber, gleichsam von allen Seiten attackiert, fiel er in das Hungergeschrei seines Patenkinds ein.

»Vade in pace, et Dominus sit tecum.«

Der Pfarrer skizzierte eine kurze, indignierte Handbewegung. Die Mutter nahm aufseufzend ihren Sohn wieder in Empfang; Jonas wischte sich mit einem riesigen Taschentuch über die Stirn.

Benjamin oder, wie Rom wollte, Friedrich war getauft. Sein Geschrei drang in die Kirche. Benjamin filius Rachel, Benjamin maior, Benjamin Franklin.

Jonas schwenkte ermunternd seinen Zylinder. Der Küster verschloß klirrend das Taufbecken. Sie verließen die Kirche.

»Was ist nur in dich gefahren?«, fragte Dr. Groß seinen Freund, als sie die Bergerstraße hinuntergingen. »Ich dachte schon, du hättest den Verstand verloren.«

Jonas griff an seine Nase und sagte: »Ich habe einen Freund gewonnen, einen Freund für meine alten Tage.«

Seine Euphorie erlosch allmählich. Wohl versuchte er zu Hause, als sich alle sattgegessen hatten und die Servietten an den Mund führten, eine Rede zu halten, stand auch schon auf, strich über die Revers seiner Jacke, räusperte sich, starrte in die Gesichter seiner Gäste, die sich erwartungsvoll zurücklehnten – als er nun diese Rede beginnen wollte, stürmte Frau Nebel, so hieß nämlich die Zugehfrau, herein und sagte sehr mißbilligend: »Sie haben ja den Nachtisch vergessen.«

So blieb die Rede ungesprochen. Was Jonas jedoch sagen wollte, traf ohnehin ein. Benjamin entwickelte sich zu einem äußerst aufgeweckten Kind. Seine schwarzen Haare wuchsen bis zur Fingerlänge und saßen als eine kecke Kappe auf seinem Kopf. Seine Nase nahm die ersten Gerüche der Welt wahr und zitterte vor Freude.

Lachen

Die Vermutung, Benjamins Vater sei auf dem Felde der Ehre geblieben, bestärkte die Hausbewohner in ihrem Mitleid: Besonders Frau Wiegel aus dem ersten Stock links, ebenfalls Witwe und Mutter einer sehr heiratslustigen Tochter, konnte sich an dem Kind nicht satt sehen.

»Der Vater muß sehr schön gewesen sein.«

Sie beugte sich über das Körbchen, streckte ihren Zeigefinger aus und bewegte ihn hin und her. Das Zimmer war honiggelb von den Vorhängen und roch nach Milch und Seife. Frau Wiegel stand groß und üppig da, übertupft vom lehmigen Braun der Sommersprossen. Sie lachte. Lachen war der grundsätzliche Ton ihrer Unterhaltung. Für alles hatte sie ein Lachen bereit. Benjamin lag mit rudernden Armen auf seinem Kissen. Manchmal griffen seine Händchen einen Stoffzipfel und zerrten ihn zum Mund, den er mit allen Dingen in Berührung zu bringen trachtete. Besonders die goldene Uhr von Jonas an der glitzernden Kette, die eine Handbreit über dem Näschen pendelte, forderte allerhand Griffe heraus.

Jonas war ein Meister dieser Tastspiele. Seine Finger, mit feinen schwarzen Härchen überwachsen, von denen ein süßbitterer Zigarrengeruch ausging, krochen über die Decke. Benjamin folgte ihnen mit sehnsüchtigen Blicken. Über sein Antlitz huschten zahllose Grimassen und Fratzen.

In der fünften Woche bestand kein Zweifel, daß Benjamin lachte. Jonas führte es auf ein wachsendes Weltverständnis zurück, aber Anna, die sich zuweilen wieder ihrer trostlosen

Lage bewußt wurde, sagte, daß er nur deshalb lache, weil er die Welt noch gar nicht kenne. Schön und nicht schön! Anna ließ sich nur schwer von Jonas überzeugen.

»Wie stellst du dir unsere Zukunft vor?«, fragte sie Jonas.

»Ihr bleibt hier wohnen«, entgegnete er und tat so, als wäre das die einfachste Sache der Welt.

»Weißt du denn nicht, daß es mich erniedrigt, von deiner Güte zu leben?«

Jonas kannte die Algebra des Ehrgefühls nicht zur Genüge. Er erhob sich von seinem Stuhl und marschierte auf und ab.

»Du erlaubst mir doch«, begann er, obwohl er diese Erklärungen haßte, die Beteuerungen, eine Seele zu haben. »Du erlaubst mir doch, daß ich als Pate« – er konnte eine gewisse Würde nicht verhehlen – »für Benjamin sorge.«

»Ach, hättest du dich doch nie um mich gekümmert!«

Anna sollte vorerst von dem eilig ausgezahlten Erbe ihrer Eltern leben. »Dann wird sich schon etwas finden, und wenn es ein Mann ist«, verkündete Jonas und tröstete sich mit einer Zigarre.

Was das Lachen anbetraf, so fand Jonas mit der Zeit heraus, daß Benjamin ein wahres Genie des Gelächters war, ein Lacher, der sein Handwerk verstand. Tatsächlich sollen bei einem richtigen Gelächter fünfundvierzig Gesichtsmuskeln beteiligt sein. Dazu bedarf es freilich eines Grundes – und Benjamin mußte einen großen, andauernden Grund haben. Er war ein Grübchenlächler, Schmunzler, Lacher, Grinser und Blöker, und jeder, der ihn lachen sah, fühlte sich, wer er auch immer war, als Kumpan dieser Freude. Selbst Herr Wind, zweiter Stock rechts, lachte mit, obwohl er, wie er behauptete, wenig Grund dazu habe. Er sagte, daß Toren und Menschen, welche eine große Milz haben, sehr viel lachten. Herr Wind war um die fünfzig und Hypochonder. Er sagte von sich, daß er seit fünfzig Jahren praktisch im Sterben läge. Benjamin, jetzt gerade zwei Monate alt, lag in seinem Bettchen und schibbelte sich vor Lachen. Anna gewöhnte sich an die quietschende Gegenwart ihres Sohnes, an die schmatzende Freude, an dieses in sich versunkene Zwitschern.

Das Erscheinen der Zähne begrüßte Jonas nach einem sehr alten Väterrezept jeweils mit einer Flasche Wein. Um ganz sicher zu sein, stieß er seinen nicht unbeträchtlichen Daumen in den Mund des Säuglings und tastete den Kiefer ab. Dabei kitzelte das Saugen ihn derart, daß er, auf den bloßen Verdacht hin, eine Flasche Wein entkorkte.

Benjamins Humor und Regsamkeit wuchsen. Nicht ohne Stolz kutschierte ihn seine Mutter in einem hochrädrigen, spitzenbesetzten Wagen durch die Straßen in die sonnigen Parks. Dort holte sie Benjamin aus den Kissen und setzte ihn sich auf die Knie, wo er mit den Armen wedelnd nach Bäumen, Wiesen, Wolken und Menschen griff. Die meiste Zeit kroch er in der Wohnung herum, stemmte sich an den Stühlen hoch, schwankte und stolperte über seine Beine. Mit Vorliebe kramte er in Plunder und Staub.

Er rutschte über das Linoleum und steckte seine Fingerchen in alle Löcher und Ritzen und Spalten, verirrte sich in das Dunkel der Schränke und Tische, in die Staubhöhle unterm Sofa, wo muffiger Geruch in die Nase drang, wo so wenig Platz war, daß er sich heillos verklemmte und jämmerlich zu schreien anfing. Er stieß mit dem Kopf gegen die Stahlfedern, drehte sich im Kreise herum und schob vorsichtig seinen Oberkörper wieder ins Helle. Wenig später lag er in mönchischer Friedfertigkeit auf allen vieren ausgestreckt auf dem Boden und starrte an die Decke, von der die Lampe herabhing, eine fette Spinne.

Und eines Tages, er war just dreizehn Monate alt, lief er.

Mit der Entdeckung seiner Füße wurde seine Welt immer

enger. Er schritt, stelzte, trippelte, tappte, galoppierte, purzelte, trampelte. Wie erst, wenn Anna ihre Arme auseinanderriß und er, die Beine vom Leib schleudernd, ihr entgegenstürzte; wie erst, wenn Jonas plötzlich so tat, als würde er davonstürmen – unerreichbar für die sehnsüchtigen Arme Benjamins.

Die Zeit der ersten Worte war nahe, und Jonas versuchte, durch allerlei Gebell und Gejaule, durch Piepsen und Flöten die Zunge Benjamins zu lösen. Er hockte sich nieder, riß den Mund auf, atmete tief und entlockte seinem mächtigen Körper einige Urlaute, die Benjamin halb interessiert wahrnahm, ohne näher auf sie einzugehen. Dann aber, als er eine Zeitlang die Lautübungen von Jonas erduldet hatte, platzte er mit einem Wort heraus, das so ähnlich klang wie ›Dada‹.

Dieses Wort galt für viele Dinge, offensichtlich war Jonas damit gemeint. ›Dada‹ war das Eßbare, auch Anna hieß ›Dada‹. ›Dada‹ hieß die ganze Welt, soweit sie sichtbar und greifbar und ruchbar und hörbar war. Von diesem Wort ging Benjamins Sprache aus. Ein Wort zeugte das andere – in den ersten Silben dominierte das A, das sich erst allmählich, meist bei traurigen Anlässen, in ein E auflöste.

Jonas hörte es und lachte.

Die Neugier

Die ersten noch etwas kurzen Gespräche, die Anna mit
Benjamin führte, handelten vom Essen. Jedes Ding erhielt
erst seine Würde durch Eßbarkeit.

»Er frißt uns noch die Haare vom Kopf«, klagte Anna;
aber Jonas sagte, daß das Essen in diesem Alter noch Wissensdurst sei.

»Wie anders als durch das Tasten der Zunge wird denn
etwas lebendig! Wie anders als im Geschmack erschließt sich
die Welt!«

Jonas hatte seine Jacken- und Hosentaschen mit allerlei
Süßigkeiten angefüllt, so daß Benjamin, wenn er auf dem
breitflächigen Schoß seines Paten herumturnte, stets irgend-
etwas vorfand, sobald seine Händchen durch das Gestrüpp
von Hosenträgern und Stoff gedrungen waren.

Freilich gab es auch Zeiten, in denen Jonas solchen Bewe-
gungsdrang nur schmerzlich erduldete. Dann verabschiedete
er sich bald und gab vor, eine wichtige Arbeit erledigen zu
müssen, die darin bestand, daß er sich aufseufzend nieder-
legte und von gefesselten Kindern träumte. Meist war er
jedoch glücklich, wenn er sich niederknien mußte, auf den
Knien vorankroch, den Rumpf beugte und so gut es eben
ging ein Pferd nachahmte. Er nahm Benjamin auf die Schulter oder packte ihn an den Beinen und zeigte ihm die Wunder einer Welt auf dem Kopf. Und immer stachelte ihn der
Kriegsruf an: Mehr! Mehr! Er ging wieder in die Knie und
ahmte das Gackern eines Huhnes nach oder stieß den Kopf
bellend vor. In solchen Augenblicken war er einem Tier der-

art ähnlich – wurden seine Rockschöße aufgeregte Flügel und sein Antlitz ein trauriger, böser Hundekopf –, daß Benjamin laut schreiend davonlief, aber von einem sicheren Ort weiter fassungsloser Zuschauer blieb.

Als Jonas sich einmal in der Begeisterung seiner Nachahmungsfähigkeiten auf den Kopf stellte und hinten überkippte, zerschlug er einen Stuhl und verstauchte sich sein rechtes Bein. Aber auch das war nur der glanzvolle Anfang eines einzigartigen Tricks, als er hinkend in das Zimmer spazierte und sich ächzend auf dem Sofa niederließ. Gerade jetzt folgte Benjamin ihm mit sehnsüchtigen Blicken und dürstete danach, die Aufmerksamkeit auf sich zu lenken. Das gab Anlaß zu viel Geschrei.

Aber in dem Maße wie sich Benjamin von dem auf Würde bedachten Erwachsenen abwandte, widmete er sich dem Mobiliar, dem dämmerigen Flur, in dem die aufgeplusterten Mäntel am Haken schaukelten, der weiß gekachelten Küche mit den Töpfen und Löffeln, die er aus dem Küchenschrank herausangelte und in blechernem Getöse über die Steinfliesen trieb, bis sie unbeachtet am Rand der Ereignisse liegenblieben.

Im Parterre wohnte eine stille Arztfamilie mit drei kleinen Kindern, adrett gekleideten Mädchen, die in gestärkten Kragen und weißen Schürzen entgeistert die staubigen Entdeckungsfahrten Benjamins verfolgten, wenn er auf allen vieren die Treppe hinunterkroch und im Keller zwischen Kisten und Eingemachtem herumwühlte und die absonderlichsten Dinge zutage förderte, abgelegte Schuhe, verfaulte Tulpenzwiebeln, Blumentopfscherben und alte Zeitungen, die noch aus den Anfängen des Krieges stammten, als der Kaiser die Front besichtigte, um die Soldaten zu ermuntern. Es kam vor, daß Anna händeringend im Haus herumlief und Benjamin suchte, bis sie ihn endlich spinnwebüberzogen in einem

Winkel entdeckte, wo er, die Händchen unterm Kopf gefaltet, eingeschlafen lag. Einmal hatten die Mädchen ihn mühsam ausgezogen, um ihn gründlich zu waschen, weil sie fürchteten, er könne gefährliche Krankheitserreger mit sich herumtragen, aber als Benjamin nackt und frierend vor ihnen stand, liefen sie entsetzt davon.

Sehr oft verirrte er sich in dem weitverzweigten Haus, das er vom Keller bis zum Dachboden, vom Hof bis zum spärlichen Holunderbusch in der Mitte zwischen den beiden Häuserreihen Meter für Meter erforschte.

Zu seinem vierten Geburtstag erhielt er von Jonas einen Spazierstock und einen grünen Rucksack, den er selbst beim Schlafengehen nicht abnehmen wollte. Er stopfte ihn voller Proviant für große Reisen, aber das Brot verschimmelte – und er schüttete es unter großen Gewissensbissen in den Mülleimer.

Die Jahre vergingen im Spiel.

Wenn er krank im Bett lag, setzte sich Jonas zu ihm hin und las ihm, die Sätze unheilvoll betonend, Geschichten aus fremden Ländern vor, wo die Papageien auf Pfefferbäumen säßen und Krokodile weinten.

Benjamin fragte: »Ist die Sonne größer als ein Apfel? Liegt Amerika hinter Seckbach? Wie weit muß ich laufen bis nach Jerusalem?«

Mehr noch: »Ist Amerika so weit weg wie der Mond? Wenn ich die Bergerstraße entlang gehe bis zur Hauptwache und dann weiter bis zum Feldberg, hört dann schon die Welt auf? Ist eigentlich die Hölle direkt unter uns?«

Jonas sprach in großen Zahlen, aber Benjamin schüttelte mißtrauisch den Kopf. Er war sicher, daß man ihn belog. Dann aber bemächtigte er sich selbst der großen Zahlen, und es gab keinen Satz, den er nicht mit hundert oder tausend bestückte. »Du bist doch mindestens hundert Meter groß. Ich werde tausend Jahre alt.«

Er glaubte mächtiger zu sein, wenn er in präzisen Zahlen log. »Gestern habe ich einen Mann gesehen, der hatte zwei Köpfe.«

»Du schwindelst«, sagte Anna.

»Gibt's denn keinen Mann mit zwei Köpfen?«

»Vielleicht, aber der müßte sofort sterben.«

»Der Mann«, entgegnete Benjamin, »ist sofort gestorben.«

»Das glaubst du selbst nicht.«

»Doch«, sagte Benjamin, »er ist gestorben und dann heimgegangen.«

Benjamin hatte sich mit einem Jungen angefreundet, der in der Bergerstraße 42 wohnte, grüne Hosenträger und hundert Klicker hatte. Er hieß Klaus, und sein Vater war Polizeigeneral, der mit einer Kanone die Mörder und Diebe erschoß. Klaus besaß überdies ein Fernrohr, ein kinderarmlanges schwarzes Fernrohr, durch das die Welt fünfmal so groß wurde. Man konnte von der Straße aus den im zweiten Stock wohnenden Herrn Kosinski deutlich sehen, sogar seine Warze auf der Nase, sogar die Überschriften in der Zeitung, die er las. Das Fernrohr führte weiß Gott welche Einzelheiten vor, die das gewöhnliche Auge nie und nimmer entdeckte. Man sah die Sommersprossen von Frau Wiegel, die Spatzen auf den Dachschiefern. Drehte man jedoch das Fernrohr herum, dann stoben die Dinge davon – und Jonas war ein kleines kugeliges Männchen, das die abschüssige Straße hinabrollte.

An einem Nachmittag, als Benjamin mit Klaus zusammen aus der Dachluke in der Bergerstraße 42 über schieferblaue Dächer hinweg den großen und den kleinen Feldberg fanden, beschlossen sie mit dem Fernrohr und einigem Proviant

bewaffnet nach Amerika zu wandern, das sie hinterm Taunus
vermuteten.

»Man muß nur Geduld haben«, sagte Benjamin.

Eine Woche später war es soweit. Benjamin hatte den
Rucksack mit Brot, Äpfeln und Streichhölzern vollgestopft.
Klaus hatte einen Ranzen auf dem Rücken, in dem das Fern-
rohr und eine Hartwurst gegeneinanderschlugen.

Die Ratschläge, die Jonas nichtsahnend erteilt hatte –
man solle die Nase nach Westen halten und drauflosmar-
schieren, beherzigte Benjamin. Er fragte Herrn Kosinski,
dem er auf der Treppe begegnete, wo denn Westen liege. Als
Herr Kosinski das Wort Westen hörte, blieb er auf dem
Treppenabsatz stehen und verkündete: »Die Westgrenzen
sind eine Schande.« Er jammerte, aber zeigte, als sie aus der
Tür herauskamen, nach Westen. Es sah so aus, als meine er
damit die Richtung der Bergerstraße.

Aber es gab noch einen anderen Grund, nach Amerika zu
pilgern. Als Benjamin eines Tages seine Mutter fragte, ob er
denn keinen Vater habe wie alle anderen Kinder, erwiderte
Anna: »Dein Vater hat uns verlassen, vielleicht wird er einmal zu uns zurückkommen, aus *Amerika* und mit vielen Geschenken.«

Die folgende Nacht saß Benjamin aufrecht im Bett und
glaubte, seinen Vater vor sich zu sehen: ein Riese mit einem
Fernrohr so lang wie ein Kirchturm. Aus seinen weiten, tiefen Taschen duftete es nach Süßigkeiten, überall ragten Ge-
schenke aus ihm hervor: Pfauenfedern, geschnitzte Stöcke,
Holunderflöten, Troddeln und Schärpen. Er war so mit
Geschenken überladen, daß man sein Gesicht gar nicht erkennen konnte. Er schüttelte sich, und Benjamin hörte ein
silbernes Schellen.

»Ist denn mein Vater ein Riese?«, fragte er am nächsten
Morgen.

»Dein Vater ist ein Mensch wie jeder andere.«

»Du willst mir nur verheimlichen, was er alles kann.«

Nun, als Benjamin in dem Wissen, wo Westen liegt, aus dem Haus schlich, in der Furcht, seine Mutter oder Jonas könnten ihn im letzten Augenblick zurückhalten, war er sicher, sehr bald seinen Vater in Amerika anzutreffen. Klaus wartete schon auf ihn und deutete prahlerisch auf seinen Ranzen. Sie faßten sich an den Händen und schlenderten die Bergerstraße hinab. Bis zur Konstabler Wache ging alles gut, dann aber, im Gewimmel auf der Hauptstraße, vor den mannshohen Schaufenstern, im Lärm, sank ihr Mut. Überall öffneten sich Gassen und Straßen. Benjamin schaute zwischen den Häusern hoch und hielt verzweifelt nach Westen Ausschau. Seine verwirrte Phantasie entwarf trügerische Marschrouten. Manchmal glaubte er gar, zweimal durch eine Straße gegangen zu sein, dieselben Firmenschilder gesehen zu haben, dann wieder entdeckte er in der Ferne ein türmchenbewehrtes Haus, das einen neuen Westen verhieß.

Klaus folgte ihm willig. Seine Hand drückte Benjamins Hand. Er schaute seinen Freund von der Seite an, und solange dieser zuversichtlich war, hatte er keine Angst. Aber nachdem sie in immer engere Quergäßchen gerieten, wo die Häuser wie geschwätzige Nachbarinnen eng aneinanderrückten und nur einen schmalen Streifen zwischen den überhängenden Geschossen frei ließen, wo in dunklen Hausgängen Gestalten, kaum sichtbar, Vorübergehende in das Innere der Häuser zu locken suchten, hielt Benjamin an, kramte das Fernrohr aus dem Ranzen und preßte es an sein Auge. In der Dämmerung der engen Straße sah er nichts als graue Umrisse. Von Westen und Amerika keine Spur. Klaus wollte nach Hause. Die Hartwurst schepperte im Ranzen. In Benjamins Magen rumorte es. Sie hockten sich auf einen Bordstein und vertilgten ihren Proviant. Der Abend brach mit violettem Dunst und langen Schatten herein und verhüllte die Ferne. Als Benjamin daran ging, mit Streichhölzern, die er zwischen den Fingernägeln verglimmen ließ, den Weg auszukundschaften, trat ein Mann heran.

»Was sucht ihr denn hier?«

»Amerika«, erwiderte Benjamin und schnickte ein Hölzchen in die Gosse.

»Daß ich nicht lache!«

Klaus rieb seine müden Augen.

»Wo kommt ihr denn her?«

»Aus der Bergerstraße«, erwiderte Benjamin.

»Nun, da seid ihr ja weit gekommen.«

Er packte die beiden am Kragen und führte sie in den Lichtkegel einer Laterne, wo er sie eingehend musterte. Klaus kaute auf seiner Hartwurst. Benjamin rieb die Hände an der Hose. Es war das Ende ihrer Weltreise.

Der Mann brachte sie mit einem Wagen in die Bergerstraße und setzte sie dort ab.

Als Benjamin ermattet im Bett lag, fragte er, schon halb im Schlaf, während seine Mutter ihm die Decke bis an die Nasenspitze zog: »Bin ich jetzt in Amerika?«

Die Trompete von Jericho

Jonas, der von den Auswanderungsabsichten Benjamins erst am nächsten Tag erfuhr, versuchte es mit einer Ohrfeige. Er teilte die Ohrfeigen und Maulschellen in vollkommene, in patschende und nicht patschende, in ernste und scherzhafte, in strafende und lohnende ein. Diesmal strafte er. Er tat es schweren Herzens und war selbst derart betroffen, daß er von sich aus ein Versöhnungsgeschenk anbot: und zwar eine silberne Kindertrompete. Das geschah nicht grundlos, denn Benjamin hatte bei Frau Wiegel, die gern aus der Bibel vorlas, die Geschichte der Trompete von Jericho aufgeschnappt und war sofort zu seiner Mutter gestürzt mit der Bitte, ihm doch für einige hundert Mark eine Trompete zu kaufen.

»Eine echte Trompete!«

»Du wirst uns die Ohren ausblasen.«

»Ach, wenn ich doch eine Trompete hätte, dann könnte ich ...«, er blickte geheimnisvoll um sich. Auch Jonas wurde mit dieser Bitte nicht verschont.

»Es kann auch eine ganz billige Trompete sein.«

»Kannst du denn blasen?«

Benjamin blies die Backen auf, so daß sein Gesicht rot anlief. »Dir wird keine Trompete gewachsen sein«, sagte Jonas und stieß Benjamin mit dem Zeigefinger gegen den Bauch.

Benjamin versuchte jedes Gespräch auf die Trompete zu lenken: »Mit einer Trompete«, sagte er, »wäre ich ein gemachter Mann.« Nun, Jonas erstand als Versöhnungsgeschenk eine Trompete, ließ sie gut verpacken, um den Wert noch zu steigern.

Als Benjamin nach langem Aufknoten und Aufwickeln das glitzernde Instrument in den Händen hielt, sah er schon, wie er, es an den Lippen, sich einen Weg durch die Häuser bahnen, wie alles vor ihm in Schutt und Asche sinken würde, bis er auf einem Berggipfel thronend Amerika sähe: Amerika und seinen Vater. Er klemmte das Geschenk unter den Arm, stürmte in den Hinterhof, atmete tief ein, preßte das Mundstück fest an die Lippen und stieß die ganze Luft aus seinen Lungen heraus. Und, o Wunder, kein Ton war zu hören. Die Häuser blieben stehen, der Himmel war unversehrt blau. Benjamin setzte das Instrument ab und atmete schwer. Seiner Berechnung nach mußte der Fehler bei den Häusern liegen. Er wiederholte das Spiel, blies, bis ihn die Backen schmerzten, und blies und blies. Wohl brachte er schließlich einige Töne hervor. Aber die Häuserwände standen hinderlich wie zuvor.

›Und dennoch‹, sagte sich Benjamin, noch nicht ganz außer Fassung gebracht, ›werde ich es wieder und wieder versuchen, bis ich einen Weg nach Westen geblasen habe.‹

Aber es war nicht Amerika, in das Benjamin gelangte, sondern die Schule, in der es nach Kreide roch und nach hastig aufgesagten Gedichten. Klaus zog mit seinen Eltern in eine andere Stadt, nahm das Fernrohr mit und überließ Benjamin der Kurzsichtigkeit.

Jonas verwaltete (und bereicherte) das nicht beträchtliche Vermögen von Anna derart geschickt, daß sie gut davon leben konnte.

Frau Nebel versuchte Jonas zu heiraten, hatte aber so wenig Erfolg, daß sie sich nach einem anderen alleinstehenden Mann umsehen mußte. Jonas fand jedoch Ersatz: eine kirchenliedkundige Frau, die den Schmutz als eine Teufelei ansah und ihn mit frommen Reinigungsexzessen verfolgte. Jonas nannte sie Frau Halleluja, was sie nicht ungern hörte.

Gerümpel

Die Treppe knarrte unter Benjamins neugierigen Schritten. Im Halbdunkel sah er die rissige Wand und die Maßregeln zur Verhinderung einer Feuersbrunst, ein von Spinnweben verhangenes Fenster, das den Tag in Dämmerung verwandelte, und die Reste einer Blumentapete. Staub tanzte im bleigrauen Licht. Er öffnete die Tür: Ein quietschender Laut drang aus der staubwarmen Dachkammer, wiederholte sich, als die Tür ins Schloß zurückfiel. Er blieb auf den Zehenspitzen stehen. Gerümpel lag aufgetürmt vor ihm, gestapelte Zeitungen mit den vergilbenden Bildern vergilbender Persönlichkeiten. Auf einem Stuhl thronte eine Gipsbüste, ein schmalwangiger, bärtiger Mann mit verkniffenem Mund. Ein ausgestopfter Falke äugte mißtrauisch herüber, mitten im Flug hilflos erstarrt. Es roch nach Schimmel und altem Holz. Familienbilder in brüchig goldnen Rahmen lehnten an einer Truhe, schnurrbärtige, spitzbärtige, schnauzbärtige, feiste, breite, schmale, hohlwangige und im Staunen ertappte Gesichter. Als Benjamin in alle Ecken geschaut hatte, rief er laut: »Ist hier jemand?« Unter ihm raschelte Papier. Während er sich bückte, stieß er gegen den Stuhl, so daß die männliche Gipsbüste umkippte und zu Boden stürzte. Der Lärm sprang bis zur Decke. Die Nase splitterte ab, und ein höhnisches Gesicht starrte Benjamin an. Er konnte den hämischen, gipsernen Ausdruck des zersplitterten Gesichtes nicht mehr ertragen und drückte ein rosenmustriges, verschlissenes Tuch über den Kopf.

Von Ferne hörte er Stimmen, das Rattern von Autos, klirrende Fenster und das Klingeln der Straßenbahnen. Bis der Lärm zu ihm drang, war er ermattet und gedämpft. In der Stille der Dachkammer lag die Welt im Staubschlaf und im Moderduft vergangener Liebesschwüre und kalligraphischer Ewigkeitsbeteuerungen. Das Schweigen wuchs über die vielstöckige Vergangenheit des Gerümpels. Aus dem weit aufklaffenden Schrank ergoß sich ein Wust von alten, erschlafften Kleidern, breitkrempigen Hüten, goldenen Troddeln, Brüsseler Spitzen, Plissees, Fahnen und Reifröcken: just so wie die Tiere aus der Arche Noah, als die Sintflut in der Erde versickert war.

Mit einem roten Kittel wischte Benjamin den Stuhl sauber, so daß der Staub in Schwaden flüchtete. Er fühlte sich beobachtet. Im Dämmerlicht lauerten buntdrapierte Wesen, vielarmige Gestalten, die eng umschlungen in den Winkeln kauerten. Erst wenn er genau hinschaute, entpuppten sie sich als Holzgestelle, Truhen, verrostete Gießkannen und Notenständer. Zwischen dickleibigen Büchern entdeckte er einen blauen Federbuschhelm, den er über seinen Kopf stülpte. Er roch nach schweißigem Leder und rutschte Benjamin über die Augen, so daß ihn Schlachtenfinsternis umgab. Mit einem Ruck befreite er sich wieder von der blechernen Haube, Rost schmückte seine Stirn. Er keuchte noch ganz benommen von dem Kriegsschmuck, der ihn beinahe in die Knie gezwungen hätte. Als er den mit silbernen Troddeln verzierten Säbel entdeckte, quiekte er vor Freude. »Ihr blutigen Hunde!«

Benjamin war jetzt bis an die Zähne bewaffnet. Freilich mußte er den Säbel mit beiden Händen am Griff halten.

»Jetzt sollen sie kommen!«

Jedoch konnte er die Klinge nicht aus der Scheide ziehen. Wieder packte er den Helm, zog ihn über den Kopf, so daß sein Gesicht ängstlich frei blieb. Den Säbel legte er über die Schulter, und vorsichtig auftretend, um steife Würde bemüht, ging er zur Tür, allen Feinden die Stirn zu bieten. Die Waffe verlieh ihm Mut.

Die Tür war innen ohne Klinke, und wie sehr er sich auch an dem herausragenden Stift zu schaffen machte, sie blieb verschlossen. Die Jahresringe auf dem Holz verdichteten sich zu Fratzen. Er nahm den Säbel in beide Hände, hob ihn über den Kopf und schlug auf die Tür ein. Durch den Schwung geriet er ins Stolpern und stieß mit dem Helm gegen das Holz, so daß der Federbusch abknickte. Verzweifelte Wut spornte ihn an, aber der Helm umschloß seinen Wagemut wie ein Käfig. Die Hände schmerzten vom harten Aufprall des Säbels. Holzsplitter stoben umher. Die Tür jedoch hatte den Schlag überstanden und überstand noch die nächsten zwölf Schläge, bis Benjamin ermüdet von dem störrischen Feind abließ. Er stand gebückt, kaltes Leder schmiegte sich an seine Stirn. Schmutzflocken drangen ihm in die Augen. Die schiefe Dachwand mit dem Gerippe der Spitzbalken und Verstrebungen schien der Last des Himmels nachzugeben.

Benjamin hatte Mühe, die Illusion der Gefahr zu zerstören. Auch mißtraute er der alltäglichen Gestalt von Truhe und Schrank und Notenständer. Um sicher zu sein trat er mit dem Fuß gegen den Stuhl und begann zugleich laut zu reden, um dem Lärm zuvorzukommen. »Ich werde es euch zeigen. Zeigen werde ich es euch.« Mit euch meinte er alles, was ihn bedrängte. Er meinte die pädagogisch hochmütigen Gesichter der Lehrer, er meinte das geile, zerfranste Gesicht des vollbärtigen Mannes, der in der Friedberger Anlage die Hose aufnestelte und kleine Mädchen mit seiner kümmerlichen Männlichkeit einschüchterte. Benjamin meinte alle Widerwärtigkeiten, vom Sündenfall angefangen bis hin zu den Magenschmerzen, die sich unweigerlich nach der Vertilgung eines Dutzends Kartoffelklöße einstellten.

Mit fetten Flüchen, die er Jonas abgelauscht hatte, ging er gegen das Schweigen an. Dabei achtete er nur auf die saftige, vollmundige Aussprache.

Die Arme schmerzten, als er den Säbel in wilden Kreisbewegungen über seinen Kopf schwang, um die zwielichtig drapierten Wesen einzuschüchtern, die er vor sich glaubte. Die Dämmerung wuchs aus den dunklen Winkeln der Dachkammer zu ihm heran. Die Stille wurde dichter. Benjamin schloß die Augen. Aber noch immer drohten groteske Gestalten, so daß er, um Gewißheit zu haben, die Augen wieder öffnete und alles noch deutlicher in seiner Gefährlichkeit sah. Erneute Versuche, die Türe zu öffnen, mißlangen. Er trommelte mit den Fäusten gegen die Holzwand, so daß Putz von der Wand herabrieselte. Aber keine rettenden Schritte waren zu hören, kein vielversprechendes Räuspern, kein Schlüsselgeklirr. Er rief, schrie, zeterte, fluchte. Seine Stimme klang hohl und dumpf, als säße er in einer Tonne. Seine Rufe gingen in Weinen über. Die Dunkelheit wuchs dichter zusammen. Die zerkratzte Wand schimmerte bleicher. Benjamin preßte die Hand fester um den Säbelgriff, so daß er das Relief der Verzierung spürte. Er wartete.

›Vielleicht kommt ein Einbrecher, der die Tür öffnet. Vielleicht bricht ein Feuer aus.‹

Nichts geschah. Er setzte sich auf den Stuhl und streckte die Beine aus. Kälte strich über seine Haut. Er nahm die Decke und hüllte sich darin ein. Die Arme kreuzte er über dem Säbel. Staub nistete sich in seine Nase. Die Zunge schmeckte nach Moder. Das Gewicht des Helmes drückte seinen Kopf auf die Brust. Umgarnt von der lautlosen Dämmerung wurde er müde. Er sah, wie die Gegenstände um ihn herum zu flackern begannen. Der Wind klatschte gegen die Ziegel. Die Decke wuchs fest an seiner Haut wie ein Fell. Der Helm wurde ein unförmiger Teil des Kopfes. Keiner stieg die abgetretene Treppe hoch, weil er etwas in der Rumpelkammer vergessen haben könnte.

Erst am nächsten Morgen, als Frau Wiegel die Wäsche aufhängen wollte, hörte sie aus der Rumpelkammer das Gerassel eines Säbels.

»Gott!«, sagte sie. »Soll es denn wieder Krieg geben?«

Sie öffnete die Tür und sah Benjamin mit einem roten verfransten Tuch um die Schultern, den blanken Säbel in der Hand auf den Notenständer eindreschend. Ein Holzsplitter traf ihre Wange.

»Was tust du denn hier?«

»Ich kämpfe«, schrie Benjamin atemlos und schwang den Säbel über dem Kopf.

»Du bist ein Kindskopf. Wie kommst du denn hier rein?« fragte sie und trocknete die Hände an der Schürze ab, ehe sie ihn entwaffnete. Er zitterte am ganzen Leib.

»Ich war die ganze Nacht hier«, stotterte er, »die ga-ga-ganze Nacht.« Frau Wiegel zog den vor Kälte gekrümmten Helden zu sich heran.

»Du bist kalt wie ein Frosch«, rief sie entsetzt aus und rieb die dünnen Arme Benjamins, bis seine Haut prickelte. Sie vermochte die Situation noch nicht ganz zu begreifen und fragte, wie er denn überhaupt in diese Rumpelkammer hineingekommen sei, mit wem er gekämpft habe. Sie dachte, er sei hinter den Ratten her gewesen, die jede Nacht einen Höllenlärm in dem Gerümpel machten und keinen Respekt vor ehrwürdigen Erinnerungen hatten. »Sie haben auch meinen Mann angefressen.« Ob es wirklich Ratten waren, bezweifelte sie immer wieder.

»Ratten sind das«, tröstete sie Jonas. »Eine Ratte macht bei Dunkelheit Lärm wie ein Elefant.« Aber Frau Wiegel konnte die schon liebgewordene Angst wegen dieser fadenscheinigen Erklärung nicht einfach aufgeben. Tagsüber war

›45‹

sie überzeugt, daß es Ratten seien, aber in der Nacht hörte sie Stimmen – das würde sie bei Gott beschwören.

Benjamin hatte tatsächlich eine Ratte getötet. Sie lag mit ausgestreckten Füßchen neben der Gipsbüste und zeigte die Vorderzähne. Aus fiebrigem Halbschlaf hatte sie ihn geweckt, als sie über sein Bein huschte. Er war aufgesprungen und hatte entsetzt den Säbel aus der Scheide gerissen und war auf das Geräusch zugestürzt, blindlings drauflos schlagend.

Er schlug auf alles ein, was sich ihm in den Weg stellte:

»Fliehet nicht, feig niederträchtige Geschöpfe; denn ein Ritter allein ist es, der euch angreift.« Mit jedem Schlag verringerte sich seine Angst. So fand ihn Frau Wiegel, unerschrocken mit dem Notenständer kämpfend. In ihren Armen wärmte er sich ein wenig auf, während sie ununterbrochen in einem aufgeregten Singsang auf ihn einredete.

»Gott, bist du ein Kerl, schlägst eine Ratte tot und zitterst jetzt wie Espenlaub. Du bist ein Held!«

Ein bewunderndes Lächeln leuchtete in ihren braungefaßten Augen.

»Jetzt schneuzt du dir die Nase und gehst zu deiner Mutter.« Ihre Hände waren blaugefroren und lagen auf seiner Schulter. Als sie ihn zur Treppe führen wollte, stürzte er in ihre weichen Arme zurück. Er reichte ihr gerade bis an die Brust, so daß er sich auf die Zehenspitzen stellen mußte, um ihren Hals zu erreichen.

»Du bist ja der reinste Liebhaber«, sagte sie lachend und preßte ihn an sich. Seine Augen hingen starr an ihrem weichen, runden Gesicht, und er erinnerte sich plötzlich an den Ekel, an die feuchte Berührung der Ratte. Er drückte seinen Kopf an die breite Brust von Frau Wiegel und seufzte.

»Jetzt mußt du aber gehen«, ermahnte ihn Frau Wiegel, nahm ihn bei der Hand und führte ihn die Treppe hinunter.

»Du holst dir ja den Tod! Stieflein muß sterben, ist noch so jung, so jung.«

Sie schellte dreimal, und als Benjamins Mutter öffnete, schob sie den Jungen mit einer pathetischen Geste in die Wohnung. »Stellen Sie sich vor, er war über Nacht in der Dachkammer und hat eine Ratte getötet. Die Tür war hinter ihm zugefallen und er saß in der Falle.«

Benjamins Mutter hörte gar nicht auf den Redestrom: Sie ging auf ihren Sohn zu, sah ihn kurz strafend an und schlug ihm hinter die Ohren. »Ich habe mich zu Tode aufgeregt und was tust du, du sitzt in der Dachkammer und spielst den Rattenfänger.«

Frau Wiegel wiederholte: »Er hat eine Ratte getötet.« Aber es half nichts. Benjamin erhielt eine Tracht Prügel, wurde sauber gebürstet, daß die Haut zu glühen begann, und obendrein am hellichten Morgen ins Bett gesteckt. Er lag zwischen den Kissen und schwitzte. Als Jonas schwergewichtig ans Bett trat, wagte Benjamin die Augen nicht aufzumachen.

»Ich habe gehört, du hast eine Ratte getötet.« Aber ehe Jonas weiterreden konnte, fiel ihm Benjamin ins Wort: »Ich habe die ganze Nacht gekämpft. Du glaubst mir doch.« Jonas hob die Finger gespreizt hoch und sagte: »Natürlich. Schlaf jetzt.«

»Es wäre aber doch gut, wenn du einmal nach meinem linken Bein schautest«, erwiderte Benjamin. »Dort haben sie mich verwundet.«

Jonas beugte sich herab und hob vorsichtig die Decke hoch.

»Es sieht verdächtig aus«, sagte er leise und strich mit der Hand übers Knie. »Aber es wird auch ohne Behandlung wieder gut.« Und so war es in der Tat.

Auswüchse der Phantasie

»Er ist der aufgeweckteste Junge, den ich kenne«, sagte Jonas ermunternd zu Anna, als er Benjamin verlassen hatte. Sie saß steif und mit gesenkten Augen da.

»Er sollte einen Vater haben«, klagte sie. »Einen Vater, der ihn richtig erzieht, was kann ich schon allein tun? Hat er dir auch erzählt, daß er mit Drachen gekämpft hat? Aus einem Menschen, der aus einer Ratte einen Drachen macht, kann niemals etwas Richtiges werden.«

»Die Phantasie ist die Schwester der Wahrheit«, entgegnete Jonas. »Du siehst doch, daß es keine Zentimeterlügen sind, wie sie jeder Dummkopf zustandebringt, nur weil ihm die Welt zu dürftig erscheint. Benjamin ist ein Don Juan, der alles mit seinem Blicke adelt, aus einer Ratte einen Drachen und aus einem Besen eine Dame machen kann.«

Anna hörte verzweifelt zu und sagte endlich: »Hoffentlich erkältet er sich nicht. Seine Gesundheit ist zart. Jonas!«, fuhr sie fort, »er sollte einen Vater haben. Es betrifft auch mich.«

Ein Wort wird entdeckt

»Das Hauptgeschäft der Vaterschaft übernimmt ein jeder
mit großem, ja sehr großem Vergnügen, aber alle Unan-
nehmlichkeiten hinterher verführen ihn, das gleiche sofort
woanders zu versuchen – und schon wieder feilt er an einem
Abschiedsbrief.« »Du denkst schlecht von den Männern«,
entgegnete Anna und versuchte zu lächeln.

Dieses Gespräch fand am Abend desselben Tages statt.
Benjamin saß in seinem Zimmer und las. Er konnte durch
die dünne Wand die grollende Stimme von Jonas hören, die
der Mutter klang hell und sanft. Was sie sagte, verstand er
nicht. Wohl versuchte er, sich auf das Buch zu konzentrieren,
und las, ohne auf den Sinn zu achten. Kolonnen von schwarz-
gefiederten Buchstabenwesen glitten an seinen Augen vorüber. Dazwischen hüpften die Stimmen und zwangen seine
Aufmerksamkeit zu einem leeren Hinstarren. Er ahnte, daß
sie über ihn sprachen. Sie sprachen immer über ihn. Der
nachsichtige Tonfall, die Seufzer, die Mutmaßungen: all das
galt ihm.

Am nächsten Morgen bog sich seine Mutter über das Bett,
um ihn zu wecken. Und er tat so, als schliefe er noch, über-
trieb die Atembewegung, hob und senkte seine Brust.

»Eins, zwei, drei – die Nacht ist vorbei.«

Sie öffnete das Fenster, und der Lärm des Morgens brach
herein: das Klappern von Milchkannen, Fahrradklingeln,
quietschende Bremsen. Türen schlugen zu. Das Stakkato
von Schritten, eine Frauenstimme rief: »Ich will dich nicht
mehr sehen.«

Benjamin sprang aus dem Bett, lief barfüßig ins Bad und wusch sich. Während er gurgelte, versuchte er zu singen, und als er mit nassen Haaren und rotgeriebenem Gesicht am Tisch saß, fragte er unvermittelt:

»Warum bist du eine Hure?«

Sie ließ das Messer fallen. Ihre Schläfen röteten sich.

»Wer hat das gesagt?«

»Der pickelige Adolf aus meiner Klasse. Er hat gesagt, wenn ich keinen richtigen Vater hätte, wärst du eine Hure.«

»O Gott«, stöhnte sie und schlug mit der Hand nach ihrem Sohn. Die Tasse kippte um, die Milch floß über das Tischtuch und tropfte auf den Fußboden und auf die Stiefel Benjamins.

Er stand auf und verließ beleidigt das Zimmer. Auf seiner Wange glühten zwei Finger seiner Mutter. Er schnallte den Ranzen über, in dem der Griffelkasten klapperte. Das kinderfaustgroße Schwämmchen schaukelte hin und her. Er rannte bis in die Schule.

Als er den pickeligen Adolf, der seine Mutter eine Hure genannt hatte, wild gestikulierend in einer Gruppe sah, stürzte er auf ihn und schlug mit beiden Fäusten los. Adolf war ein dicklicher kleiner Junge mit stets herabrutschenden Strümpfen und zerkauten Fingernägeln, der gern aufschnitt, kohlte, flunkerte und vorgab, über alles Bescheid zu wissen. Im Rechnen war er schlecht. Benjamin hatte den Vorteil der Überraschung, und Adolf lag bald beinestrampelnd wie ein Käfer am Boden und schrie krächzend nach Hilfe. Ein Lehrer, der in der Nähe stand, eilte herbei und versuchte den Streit behutsam zu schlichten.

»Was geht hier vor?« Es war ein junger Lehrer, dessen Autorität in seiner Nachsicht lag. Benjamin kannte ihn nicht; in diesem Augenblick kannte er niemanden. Alles um ihn herum war Feind, zusammengeschmiedeter, ineinander verschlungener Feind. Er sah dürre Beine, beschmutzte Stiefel, zerschundene Knie und blankgesessene Hosen.

»Was geht hier vor?« Der Lehrer wiederholte seine Frage und nestelte ein Taschentuch hervor. Benjamin deutete auf den am Boden liegenden Adolf und schrie: »Er ist eine Hure.« Der Lehrer ergriff die Hand Benjamins und drückte sie fest. Mit dem Taschentuch wedelte er über das bleiche Gesicht Adolfs, der sich mühsam hochrappelte, aber den Staub und Schmutz aus Rache an seiner Jacke ließ: Er fühlte sich als Märtyrer, der weiß, daß die beste Verteidigung jene Schwäche ist, die Mitleid erregt.

»Woher hast du dieses Wort«, schrie der Lehrer und stopfte das Taschentuch in seine Brusttasche.

»Von ihm«, sagte Benjamin und deutete mit seiner freien Hand sehr lange auf Adolf.

»Weißt du überhaupt was das Wort bedeutet?«

»Eine Hure ist...«, Benjamin schluckte. Das Wort drohte.

»Eine Hure ist... Eine Hure ist eine Künstlerin.«

Stille und Verlegenheit. Benjamin sollte Adolf versöhnend die Hand geben. Der Lehrer ließ den Arm los, aber Benjamin schnellte vor und schlug auf Adolf ein, der sofort wieder laut zu schreien anfing. Nur mit Mühe gelang es dem Lehrer, Benjamin von seiner Rache zurückzuhalten. Er steckte selbst einen Schlag gegen das Kinn ein.

Was nun eine Hure sei, erfuhr Benjamin jedoch nicht. Benjamin mußte nachsitzen und hundertmal den Satz schreiben: Du sollst deinen Nächsten lieben wie dich selbst. Adolf rieb sich die geschwollene Backe und trottete beleidigt davon.

»Eine Hure ist eine Hure ist eine Hure und damit basta.« Selbst Franz, der sonst alles wußte, wie man einem Hund den Schwanz kappte, wie man aus Holunderästen Flöten schnitzte, wer Napoleon war und der Ku-Klux-Klan.

»Hört her, ihr blutigen Anfänger.«

Nun, selbst Franz wußte nichts. Aber er sagte lachend, er könne es sich denken. Er sagte jedoch nicht, was er dachte, das war seine Art, an Stelle des Wissens das Geheimnis zu setzen.

»Es sitzt in der Ecke und hat einen langen Bart«, flüsterte Benjamin leise, um die Aufmerksamkeit des Lehrers nicht zu wecken. Sie saßen eingezwängt in den Bänken und mußten die Hände sichtbar auf den Tisch legen. Das Rückgrat gerade halten.

Als Benjamin von seiner Mutter gefragt wurde, warum er heute so spät nach Hause komme – wer die Suppe kalt ißt, verdirbt sich den Magen –, erzählte er den Zwischenfall, ließ aber das Wort Hure weg.

»Du sollst verträglich sein!«, mahnte sie ihn.

»Bin ich auch.«

Die Möbel starrten ihn erbarmungslos an, seine Mutter verfolgte ihn mit schweigender Kritik. Er ging eingeschüchtert, langsam und mit gesenktem Kopf zu Jonas in den ersten Stock und fragte ohne große Einleitung: »Was in aller Welt ist eine Hure?«

Jonas trank gerade eine Tasse Tee. Sein Gesicht war üppig mit grauen Haaren bewachsen. Er betrachtete Benjamin mit einem bekümmerten Lachen. »Nehmt ihr das in der Schule durch?« Er schlürfte genießerisch den Tee. Das Täßchen verschwand fast in seinen großen Händen.

»Nein, aber Adolf hat Mama so genannt, weil ich keinen Vater habe.«

»Sag dem Adolf, er sei ein Schwätzer.«

»Pickelig ist er auch. Er ist soviel wert wie eine tote Ratte«, sagte Benjamin.

Jonas war in großer Laune. Er legte seine Hand schwer auf die Schulter Benjamins, doch als er sich anschickte, zu räuspern, mußte er lachen: »Polonius to his son Laertes: and these few precepts in thy memory.«

»Was ist das?«, fragte Benjamin.

»Das ist Shakespeare.«

»Ein Freund?«, bohrte Benjamin weiter.

»Die Unwissenheit läßt dich kluge Dinge sagen. Wie war das mit der Hure?«

»Adolf hat es gesagt.«

»Ich verstehe, Adolf hat gesagt, Anna sei eine Hure. Was ist denn Adolfs Vater?«

»Sein Vater hat eine Wäscherei. Becker bügelt, reinigt, repariert. Auf den Namen zeigt ein schmutzig ausgestreckter Finger. Adolf bekommt in der Woche eine Mark Taschengeld. Dafür kauft er Brausepulver und Lakritz und gibt niemand etwas davon ab.« Jonas hörte mit Gönnerblicken zu. »Ganz richtig, du bist ein armer Kerl, aber daß du keinen Vater hast, ist eine faustdicke Lüge. Dein Vater schaut sich die Welt an. Das Wort Hure will ich nie mehr aus deinem Munde hören. Geh spielen, du siehst blaß aus.«

Benjamin schlich nachdenklich die Treppe hinunter, und um endlich Gewißheit zu erhalten, nahm er ein Stück Kreide, das er in seiner rechten Hosentasche hatte, in der noch ein rostiger Nagel und zwei bunte Klicker steckten, und malte in Druckschrift ›Hure‹ auf die eingedunkelte Tapete des Treppenhauses, drei Handbreit von dem Namensschild der Frau Agnes Wiegel entfernt. Vielleicht könnten die Buchstaben den Sinn des Wortes verraten. Als er den Bogen über das U setzen wollte, ging eine Tür. Er lauschte erschreckt, schob die Kreide in die Tasche zurück und lief die Treppe hinunter.

Abends empfing ihn seine Mutter mit unheilvollen Augen. Sie trug keine Schürze, und Benjamin wußte sofort, daß Besuch wartete. Frau Wiegel saß breitbeinig im Wohnzimmer, in ihre kleine Faust preßte sie ein nasses Taschentuch.

›53‹

Ihre Augen blickten gerötet. Er sah, wie ihre Lippen Worte formten, ohne daß sie einen Laut herausbrachte. Vor ihr stand eine dampfende Tasse Kaffee, die sie noch nicht angerührt hatte.

»Das muß mir passieren.« Sie hob das Taschentuch an das linke Auge, an das rechte Auge, an das linke Auge. »Mir!« Sie trank einen Schluck Kaffee, ihre Oberlippe schob sich lüstern über den Tassenrand. Sie atmete durch geblähte Nasenlöcher. Die Milch zog schlierige Kreise im Kaffee.

»Mir!«, schluchzte sie zum drittenmal und wartete auf Wirkung. Der Fußboden knackte unter ihren Schuhen. Benjamin versuchte, von der Seite zu beobachten, wie ihre Worte dem Mund enthüpften.

»Einmal bin ich eine nachweislich ehrbare Person, das andere Mal bin ich niemandem Rechenschaft schuldig.« Immer wieder unterbrachen Tränen ihre Rede. Schließlich faßte sie sich, nahm ein Stück Kuchen, stippte es in den Kaffee und steckte es in den Mund.

»Ich bin eine ehrbare Person«, wiederholte sie kauend. Anna hatte stehend zugehört und manchmal halb drohend, halb belustigt ihren Sohn angestarrt. »Hast du das Wort an die Tür von Frau Wiegel geschrieben?«

»Nein!«, sagte er. »Nicht dort, weiter oben.«

»Also hast du«, seufzte Frau Wiegel. »Das ist eine Schande. Sie sollten das Kind besser erziehen.« Sie wandte sich an Benjamins Mutter. Mitleid machte sie versöhnlicher.

Anna erwiderte: »Er weiß doch gar nicht, was es heißt.«

»So!«, sagte Frau Wiegel. »Aber Sie könnten es ihm doch sagen.« Benjamin wurde es unbehaglich, dem Hin und Her der Worte zu folgen. Er warf einen sehnsüchtigen Blick über den Tisch. Seine Mutter schwieg und hielt ihre Arme über der Brust verschränkt.

Nachdem Frau Wiegel das Stück Kuchen gegessen hatte,

strich sie ihr Kleid glatt und erhob sich. »Auf jeden Fall weißt du jetzt, daß das ein häßliches Wort ist.« Sie trank die Tasse aus, schien von allen erlittenen Schmerzen gereinigt zu sein und ergriff Benjamins Hand.

»Sag, daß es dir leid tut«, ermunterte ihn seine Mutter.

Frau Wiegel zog ihn bis zur Tür.

»Was hast du nur getan?«, fragte Anna, als sie mit ihrem Sohn alleine war. Er fürchtete, sie könne jeden Augenblick in Tränen ausbrechen, sie drückte ihm jedoch einen angefeuchteten Lappen in die Hand, mit dem er das Wort im Treppenhaus wegwischen solle. Etwas beklommen stieg er die Treppe hoch, und mit einer nachdenklichen Langsamkeit machte er sich an die Arbeit. Erst kam das H, dann das U. Es schien sich in die Wand hineingefressen zu haben. Er spürte den rauhen Verputz durch das Tuch hindurch. Seine Fingerspitzen wurden durch das Reiben heiß. Als er fertig war, war es noch immer zu sehen. Ja, es kroch geradezu aus dem Grau hervor. Jeder Buchstabe dick und unflätig.

Was das Wort tatsächlich bedeutete, sollte Benjamin erst viel später erfahren, als er den Vorfall schon längst vergessen hatte. Dafür gibt es das Lexikon. Aber Schwamm drüber. Morgen würde er wieder die Schuhe putzen, mit Spucke, damit sie besser glänzten. Morgen. Es lebe die Vergeßlichkeit.

Ähnlichkeiten

Benjamin trug die Maske seines Vaters. Er hatte dessen schmale, hohe Stirn, die zweifelnde Nachdenklichkeit vermuten ließ, die in ein Lächeln flüchten konnte. Er besaß auch jene enganliegenden Ohren, die seinem Gesicht Schnelligkeit verliehen. Die Augen hielt er stets halb geschlossen, als könnten sie jeden Augenblick zuschnappen. Anna sah ihn sorglos mit andern Kindern spielen, immer ein wenig laut und zornig, wenn es nicht schnell genug ging. Die Ähnlichkeit spielte Komödie. Manchmal redete sie ihn mit Josef an.

»Ich heiße nicht Josef«, sagte er, um gleich darauf zu fragen: »Wer ist Josef?«

»Ein schöner Name.«

Alles war ähnlich. Nichts Neues trat auf, ohne nicht sofort mit einem schon bekannten verglichen zu werden. Anna trieb es als Spiel, obzwar Benjamin sich oft dagegen sträubte. So war Frau Wiegel in ihrer zehnjährigen Trauer, denn so lange war ihr Mann tot, ein getreues Ebenbild von Tante Olga, der älteren Schwester von Anna, die Benjamin erst einmal gesehen hatte. Sie stolperte mit einem verstaubten schwarzen Mantel über die Türschwelle, und Benjamin, der die Tür geöffnet hatte, sah ein anklagendes Gesicht vor sich.

»So ist das. Man kann niemals glauben, man stünde fest auf seinen Füßen«, sagte sie, und Benjamin nickte aus Höflichkeit mit dem Kopf.

Für einen Augenblick stimmte für Benjamin die Ähnlichkeit, aber dann begehrte er auf: »Tante Olga ist Tante Olga und Frau Wiegel ist Frau Wiegel.«

Sehr oft stritten sie sich, wer wem ähnlich sehe. »Er ist der gespeuzte …« Anna sagte ›gespeuzt‹, und Benjamin mußte an die Wasserspeier denken, aus deren aufgerissenen Mäulern sich plötzlich eine Flut von ähnlichen Fratzen ergießen könnte. Auch Jonas blieb nicht verschont. Er sehe just aus wie ein Elefant, sagte Anna eines Nachmittags zu Jonas, als dieser frisch rasiert, einen rotbetupften Schal um den Hals geschlungen, in seinem Ohrensessel saß. Benjamin rutschte auf dem Stuhl hin und her und fixierte seinen väterlichen Freund. Ein nachdenklicher Dickhäuter. Die Haut als Schutzpanzer. Jonas' leibliche Schwere, jene zweihundertfünfundvierzig Pfund, die er salopp verhüllte, wurde erst durch die Ähnlichkeit mit dem Elefanten gewichtig:

»Magnanimitas. Animi corporisque vires. Robur. Vigilantia custodiaque. Terrificus. Dominator. Summa calliditas ingenii. Homo qui vel suam vel alienam ferocitatem edomuerit. Furor in domitus. Remedium in febrem nactus. Super igne solicitus.«

»Was ist das?«, fragte Benjamin.

»Ein Rezept für Schwerkranke. Es ist ein Glück, zweihundertfünfundvierzig Pfund zu wiegen, sie wiegen fast die Welt auf.« Jonas sagte es und lachte, während Benjamin verwirrt zu Boden schaute und sich einen wirklichen Elefanten vorzustellen versuchte.

Die Ähnlichkeiten dauerten an. Frau Wiegel sah aus wie Tante Olga, Herr Wind wie eine Kanone und seine Frau, die man Tante nennen mußte, wenn man noch nicht erwachsen war, wie die Duse, aber die Duse sah wiederum aus wie … Benjamin konnte Namen und Gesichter und Gliedmaßen nicht mehr auseinanderhalten.

Anna maß jedoch alles an einer glücklicheren Zeit, die geschwunden war.

Daß Jonas einem Elefanten glich, nahm Benjamin als eine

bedrohliche Möglichkeit. Es gab Augenblicke, in denen er sich gar nicht gewundert hätte, wenn Jonas stampfenden Schrittes erschienen wäre. Kein Stuhl hätte ihn ausgehalten. Gespräche wären Trompetenstöße gewesen. Die Möglichkeiten waren eine Mördergrube.

Spiele

God's mercy on a little mouse.

»Kannst du nicht ruhig sitzen?«

Benjamin saß Jonas gegenüber. Langsam glitt er an die Stuhllehne zurück und legte die Hände auf die Knie. Er versuchte stoische Bewegungslosigkeit und preßte den Atem. Es mißlang. Seine Haut prickelte. Er spürte das geschnitzte Holz des Stuhles an seinem Rücken, es senkte sich wie ein Siegel in sein Fleisch. Er schnellte wieder vor: »Ich gehe spielen.«

Jonas brach mitten im Satz ab: »Das ganze Unglück der Menschen kommt daher, daß sie nicht ruhig in ihrem Zimmer bleiben können.«

Benjamin überhörte den Satz und ging. Er hüpfte auf einem Bein, so lang er konnte, rechts, dann links die Bergerstraße entlang und reimte: Herz, Schmerz, wärts: Lauf, rauf, sauf, hauf, kauf, auf. Er trat jeden Reim in den Boden. Als er Franz in einer Gruppe von Jungen entdeckte, Gogo war auch unter ihnen, blieb er stehen.

»Alles gelogen«, rief er. Gogo hielt einen Kasten vorsichtig in der Hand und erzählte.

»Nichts ist gelogen«, sagte er wichtigtuerisch. »Es ist tatsächlich eine weiße Maus.« Er balancierte den Kasten auf Benjamin zu, ohne ihn jedoch so weit von sich zu strecken, daß er ihn nicht mit einem Ruck hätte an sich reißen können. Benjamin spähte sehnsüchtig nach dem Kasten, dessen Deckel mehrfach durchbohrt war.

»Sie atmet mit den Ohren«, erklärte Gogo und öffnete

den Deckel zwei Fingerbreit. Für einen Augenblick konnte Benjamin das weiße Tierchen beobachten, wie es die Nase schnuppernd erhob und den rötlichen Schwanz durch das Sägemehl peitschte. »Wenn du es berührst, wirst du krank«, mahnte Franz wissend.

Ein fremder, sommersprossiger Junge mit einer Zahnlücke schoß plötzlich vor und stieß Gogo den Kasten aus der Hand. Die Maus huschte über den Asphalt. Gogo stürzte hinterher, die Hände schaufelförmig geöffnet, um sie wieder einfangen zu können. Aber dazu kam es nicht mehr. Ein Autoreifen plättete sie zu einem weiß-roten Fleck. Gogo schrie und ging jammernd auf die Zahnlücke los. »Du bist ein feiger Idiot!«

Benjamin hatte tatenlos zugeschaut, die Hände tief in den Taschen begraben. Seine Schläfen zuckten, er wippte auf den Füßen und winkelte die Arme.

»Warum hast du das getan?«, zischte er, und im selben Moment drosch er mit seinen Fäusten auf den sommersprossigen Jungen ein. »Du wirst jetzt diese blutige, mausetote Maus küssen. Du wirst. Du wirst. Du wirst.«

Die anderen hatten einen Kreis um die Kämpfenden gebildet und ermutigten sie. Gogo hüpfte auf einem Bein und schrie ›Bravo‹, wenn Benjamin im Vorteil war. Sein Gesicht war rot vor Enttäuschung und Wut.

»Du mußt sie küssen!« Er nahm den sich verzweifelt sträubenden Jungen beim Arm und zerrte ihn vor den roten Fleck, der eine Maus gewesen war, aber so sehr er sich auch bemühte, er konnte den Rücken seines Feindes nicht beugen.

»Laß mich in Ruhe! Was ist schon eine Maus wert«, stieß er zwischen seinen Zahnlücken hervor.

»Du wirst sie küssen.« Er packte ihn bei den Haaren, aber gerade als er den Kopf des Sommersprossigen nach unten

›60‹

stoßen wollte, näherte sich eine Frau, eine Handtasche erschreckt in die Höhe haltend.

»Ihr bringt euch ja um«, jammerte sie. Benjamin ließ seinen Gegner frei und sagte schweratmend, sein Hemd in die Hose stopfend: »Wir spielen nur.« Er stellte den Fuß auf die Maus, blinzelte Gogo zu, der den Kasten noch immer liebevoll unter dem Arm trug. Die anderen Jungen verkrümelten sich. Franz blieb zurück. Er schaute blinzelnd in die untergehende Sonne. Aus einem Fenster blickte ein alter Mann und lachte meckernd. »Los!«, sagte Benjamin. »Wir begraben die Leiche, damit sie von keinem Hund gestohlen wird.«

Mit einem Hölzchen machten sie die Überreste von dem Asphalt los und legten sie in den Kasten.

Benjamin schlug vor, die sterblichen Überreste der weißen Maus in der Friedberger Anlage zu verscharren, wie man es mit jedem Menschen mache: Kreuzzeichen und Erde und ein Lied. »Der Käfig ist ihr Sarg.« Gogos Gesicht wurde wieder mürrisch.

»Wenn ich nur größer wäre. Ich würde sie verdreschen.« Er schüttelte seine kleinen, schmutzigen Fäuste.

»Gekreuzigter Jesus«, mahnte Benjamin, »was wird aus dir schon werden, wenn du immer jammerst. Ein dicker Mann, der Angst vor Hunden hat.« Als sie in den Park kamen, wurden sie feierlich. Sie suchten einen geeigneten Platz für das Grab. Franz löste mit seinem Taschenmesser einen Grasbüschel von der Erde, und Benjamin schaufelte mit seinen Händen ein zigarrenkistengroßes Loch. Gogo wollte das Kästchen nicht hergeben. Franz war empört: »Du bist ein Feigling. Du kannst doch die Maus nicht ohne Sarg begraben!« Gogo hing am Besitz. Aber Franz riß ihm herzlos das Kästchen aus der Hand und zwängte es in das Erdloch.

»Jetzt beten wir!«, flüsterte er und faltete die Hände. Eine

Amsel stieß sich von einem Ast ab. »Vater unser, der Du bist im Himmel ...«

Ein Hund näherte sich mit zitternden Ohren. Benjamin warf einen Stein nach ihm. Gogo schnaufte kurzatmig.

»... geheiligt werde Dein Name ...« Franz verschränkte die Hände so fest ineinander, daß sie rot anliefen.

»Ob Mäuse eine Seele haben?«

Franz betete weiter. Kein Blick umher. Bald murmelte er nur noch aus Scham. Benjamin schob mit seinen Schuhen Erde über den Zigarrensarg, bis er nicht mehr zu sehen war. Dann riß er einige Büschel Gras aus und streute sie über das Grab.

»... und führe uns nicht in Versuchung ...«

Er sah Franz an, dessen Gesicht hungrig aussah. Gelegenheit schafft Gebete. Als Franz das ›Amen‹ sagte, drängte sich Benjamins Stimme dazu. Gogo plapperte hinterher. Benjamin knöpfte seine Hose auf und pißte über das Grab. Es war dunkel geworden. Der Abend strömte ihnen entgegen. Franz hatte die Arme an den Bauch gewinkelt, Gogo saß zusammengekauert, die Hände in den Ärmeln. Sie sagten nichts und waren doch in Andacht verbunden. Ein Spaziergänger, der ihnen zugeschaut hatte, rief: »Kinder gehören jetzt ins Bett.« An seiner Hand baumelte eine Taschenuhr.

»Wir sind keine Kinder mehr!«, schrie Benjamin, während er sich die Hose zuknöpfte. Auch Gogo wurde wieder redselig, er gestand weinerlich, daß er Hunger habe. Er ging. Benjamin rief hinter ihm her: »Wir fangen dir einen Elefanten.«

Als er zu Hause ankam, entdeckte er in der Küche Jonas, der einen Löffel zum Mund führte und die Augen vor Konzentration schloß.

»Haben weiße Mäuse eine Seele?«

Jonas überhörte die Frage. Er schlürfte.

›62‹

»Wasch dir die Hände«, sagte er nach geräuschvollem Schmecken. »Die Suppe weckt Tote auf.« Als Benjamin später mit rotgewaschenen Händen und nassen Haaren am Tisch saß und den Löffel neugierig in die Suppe tauchte, die ihm ins Gesicht dampfte, eröffnete Jonas feierlich, das sei eine Schildkrötensuppe. Benjamin ließ den Löffel in den Teller zurückfallen. Plötzlich hatte er wieder das Bild der zerquetschten Maus vor sich. Es würgte ihn, und er wagte nicht, den streng duftenden Dampf einzuatmen.

»Ich habe keinen Hunger«, gestand er leise.

»Es wird gegessen!«, mahnte seine Mutter und schlug mit dem Löffel gegen den Tellerrand. Der Ekel wuchs. Benjamin glaubte, im Teller eine Schildkröte zu sehen, die drohend mit dem Kopf wackelte.

»Ich kann nicht«, begehrte er auf, sprang vom Stuhl auf und stürzte aus dem Zimmer. Als er wieder mit zitternden Lippen ins Zimmer trat, sagte Jonas lachend: »Früh krümmt sich, was später ein Feinschmecker werden will.«

»Die Erwachsenen halten sich immer für absolut im Recht«, sagte Benjamin und zerkaute ein Stück trockenes Brot. Er war müde, und seine Fingernägel schmerzten noch von der Beerdigung.

Als er, für die Nacht verabschiedet, in seinem Bette lag, erwartete er beglückt den Schlaf. Er sah die gewachsten Dielenbretter, den Schimmer unter der Türe. Das Licht der vorüberhuschenden Autos blinkte zwischen den Rolladenritzen auf und öffnete für einen Augenblick die Dunkelheit des Zimmers. Der Schrank stieg vor ihm hoch. Die Landkarte glänzte verlockend. Um ihn herum entstanden Kreise, Linien verteilten sich. Er streckte die Beine weit von sich und schlief ein.

Nichts als die reine Wahrheit

Wer Augen hat, der sehe. Nur Mut!
Es ist seine Sache, was einer sieht.

Es war am 16. März 1928 gegen Mittag – Benjamin wurde an diesem Tag neun Jahre alt –, als er mit eiligen Schritten die regennasse Bergerstraße hinunterlief, den Blick auf seine Schuhspitzen richtend, die mit Schlamm bespritzt waren. Die Passanten schützten sich mit Schirmen, die der Wind hochriß. Benjamin ging am Bordstein entlang und versuchte mit jedem Schritt, einen nassen Papierknäuel vor sich herzukicken. Er spürte den Regen auf der Haut. Der Knäuel fiel in eine Pfütze, wo er im Kreise tanzte und dann liegenblieb.

»Du sollst nicht begehren deines Nächsten Weib.« Benjamin dachte an Pater Becht, der, den behaarten Finger im Brevier, Religionsunterricht für die Unterstufe gab.

»Gott ist gnädig. Du sollst ...«

Benjamin balancierte auf dem Bordstein. »Da ist eine Pfütze«, sagte er sich und wollte ausweichen, rannte aber mit einem sehr großen, schwarzgekleideten Herrn zusammen, der ›Oh‹ sagte. »Gott ist gnädig«, rief Benjamin.

»Du hast doch Augen im Kopf«, schrie der Herr, der durch den Anprall ausrutschte, sein Knie in die Pfütze stieß und sich dann mit seinem Schirm hochzustützen versuchte. »Wo kommst du denn so hastig her?«

Benjamin sah das nasse Hosenbein, glitt mit den Augen über einen imposanten Bauch und hielt den Blick schließlich auf die Nase gebannt, die das rote Gesicht seines Gegenübers beherrschte.

»Du hast doch Augen im Kopf!«

Wenn erwachsene Menschen einen Satz wiederholen, muß man sich in acht nehmen, dachte Benjamin und versuchte unter dem ausgestreckten Arm des Mannes hindurchzuschlüpfen, aber eine kräftige Hand packte ihn an der Schulter.

»Wohin so eilig?«

»Ich werde stumpf, ich werde steif.« Benjamin duckte sich, um sich mit einer Drehung seines Rumpfes zu befreien, aber die Hand hielt ihn unerbittlich fest.

»Wo kommst du her?«

»Die Verdammten in der Hölle leiden mehr, als ein Mensch sagen kann.«

»Du hörst ja gar nicht zu, wenn ich mit dir rede.« Der gestürzte Mann strich mit seiner dicklichen Hand den Schmutz vom Knie. »Ich sollte dir eine runterhauen.«

Benjamin dachte daran, daß er heute neun Jahre alt wurde, aber er glaubte schon mindestens hundert Jahre alt zu sein. Sein Gegenüber hielt noch immer die Hand ausgestreckt hoch. Augen straften ihn mit erwachsener Verachtung.

»Wo kommst du her?«

»Aus der Hölle.«

»Das ist doch Quatsch.« Die Stimme des gestürzten Mannes wurde zorniger. »Für wen hältst du mich eigentlich?«

Benjamin wurde ungeduldig. Der Regen rann den Rücken hinunter und kitzelte. Benjamin betrachtete sein schirmbewaffnetes, schwarzgekleidetes Gegenüber und nahm einen erneuten Anlauf, um der Hand zu entwischen, aber auch diesmal wurde er festgehalten. »Sie tun mir weh!«, schrie er verzweifelt.

»Das will ich auch«, sagte der Mann.

»Ich will wissen, woher du kommst.«

Benjamin mußte gar nicht lügen. Daß er aus der Hölle kam, war die reine Wahrheit.

Pater Becht hatte in der Religionsstunde mit Hilfe seiner Hände und Beine die glühenden Ausmaße der Hölle geschildert. »Sinn und Gedanken des menschlichen Herzens sind zum Bösen geneigt von Jugend auf.«

Die Stimme drohte.

»Sonst wird Heulen und Zähneknirschen sein.«

Benjamin sah einen Knäuel sich windender Leiber, er sah Pater Becht auf einem feurigen Stuhl, und Franz, Gogo und alle anderen zottig und beschwänzt um ihn herum. Genau so war es. Das Klassenzimmer dehnte sich, die Tafel glänzte speckig schwarz, die Gesichter wurden gelbe Flämmchen. Genau so war es.

»Du bist gerecht, o Herr. Recht ist Dein Gericht«, sagte Pater Becht. Genau so war es. Aber die Hölle blieb allenthalben.

Der Regen hatte das fette, aufgedunsene Gesicht des angerempelten Herrn gemildert, jedoch die Hand, die er zum Schlag erhoben hatte, ließ er, als Benjamin keine Anstalten machte, seine Behauptungen zu widerrufen, auf die rechte Backe des Jungen klatschen. Benjamin duckte sich, jedoch war er ein wenig zu langsam. Die Hand streifte sein Kinn, ein dicker silberner Siegelring riß die Haut auf. Der plötzliche Schmerz spornte seine Kräfte an, und er vermochte der Reichweite der Hand zu entwischen. Nach zehn Metern drehte er sich um und schrie durch den Regen dem Mann zu, daß er ein Teufel sei. Genau so war es. Dieser aber ließ den Schirm zuschnappen und versuchte mit seinen kurzen Beinen, den Jungen zu verfolgen. Es war deutlich zu sehen, wie schwer ihm das Laufen fiel, und schließlich blieb er schweratmend stehen und schrie hustend und prustend: »Dich werde ich schon kriegen.«

Zu Hause angekommen, mußte sich Benjamin pudelnackt ausziehen. Seine Mutter rieb ihn mit einem Handtuch trok-

›66‹

ken. Als sie die Abschürfung am Kinn bemerkte, fragte sie ihn, wo er sich denn um Gottes Willen bei diesem Wetter herumgetrieben habe. Benjamin wollte schon sagen: ›In der Hölle.‹ Aber im Geiste immer noch das schwarze beleibte Hindernis vor sich, sagte er, ein Mann habe ihn geschlagen.

»Wer soll das schon glauben?«

»Doch!«, rief Benjamin und betrachtete den Scheitel, den seine Mutter ihm gezogen hatte, im Spiegel. Er verabscheute sich, wenn er gut gekämmt war.

»Doch. Genau so war es.« Er führte seinen Finger an die Lippen und hob ihn dann in die Höhe. »Ich schwöre es.«

»Nur wer lügt, schwört.«

»Es ist die reine Wahrheit.« Er versuchte, sich ihrer Hand zu entziehen, die zärtlich auf seiner Schulter ruhte.

Benjamin weinte vor Zorn.

»Ich glaube dir ja schon«, flüsterte sie.

Er preßte den Arm vor die Augen und schwieg. »Er war dick«, sagte er nach einer Weile mit stockender Stimme. »Er war dick und fiel hin, als ich gegen ihn rannte.« Anna hörte gar nicht zu. Sie nahm seine Hand und führte ihn aus dem Bad ins große Zimmer. Dort stand Jonas. In der linken Hand hielt er wie meist eine brennende Zigarre, in der rechten trug er zärtlich ein Paket, das eine rote Schleife verzierte, der Fliege nicht unähnlich, zu der er sich zur Feier des neunten Geburtstages seines Freundes entschieden hatte.

»Ich gratuliere dir«, sagte er und steckte die Zigarre in den Mund, um eine Hand frei zu haben. Der Form nach barg das Paket ein Buch. Als aber Benjamin nach kräftigem Händeschütteln das Papier ungeduldig aufriß, obzwar ihm seine Mutter geraten hatte, erst die Schleife vorsichtig aufzuknoten, sah er einen Stoß Schreibhefte und – ein schalkhaftes Lächeln von Jonas. Obwohl er enttäuscht war, versuchte er mitzulachen und glitt mit dem Fingernagel an den Hefträndern entlang.

»Eine ziemliche Menge Papier, um kluge Dinge hineinzuschreiben. Das beste, was ich mir vorstellen kann, für einen Dreikäsehoch wie dich.« Jonas sprach mit gespieltem Ernst und lenkte die Aufmerksamkeit Benjamins auf einen Lederkoffer, der, mit bunten Hotelschildchen beklebt, vor der Kommode stand.

»Haben wir Besuch?«, fragte Benjamin.

»Nein, nein«, erwiderte Jonas geheimnisvoll, »Ein zweites Geschenk.« Er schob mit seinem rechten Fuß den Koffer vor Benjamin, der die Hefte schnell auf den Tisch legte und einen Schritt zurücktrat.

»Ein Koffer?« Er stemmte die Arme in die Seite. Sein Erstaunen wuchs.

»Soll ich verreisen?«

Jonas schüttelte den Kopf und reichte Benjamin zwei Schlüssel, die rostig an einer Kette hingen. Der so seltsam Beschenkte stieß mit der Fußspitze an den Koffer, und ein Klappern verriet einen geheimnisvollen Inhalt. Mühsam öffnete er ihn und entdeckte zwischen zerknüllten Zeitungen einen zweiten Koffer, der ebenfalls mit bunten Hotelschildchen beklebt war.

»Auch dafür gibt es einen Schlüssel«, sagte Jonas und angelte aus seiner Westentasche einen sehr kleinen Schlüssel hervor, aber Benjamin hatte das zerbeulte Schloß schon mit Gewalt geöffnet. Er sei schon etwas alt, entschuldigte sich Jonas, und gerade noch für eine Reise in die Provinz tauglich.

Nach einigem Gewühle in weiteren Papierknäueln, entdeckte Benjamin schließlich ein Buch, das wohl drei bis vier Finger dick war und auf der Titelseite die Darstellung eines Ritters zeigte, der etwas dünn gewachsen und im Besitz eines schmalen Bärtchens auf eine Windmühle zuritt, die Lanze todesverachtend ausgestreckt.

Vielleicht, so dachte Benjamin, lag hinter der Mühle ein feiger Feind versteckt. Auch schienen dem Betrachter die Windmühlen so menschenähnlich, daß er den seltsamen Anritt fast verstand.

Den Titel des Buches mußte er buchstabieren:
Der sinnreiche Junker Don Quijote von der Mancha.

»Müßiger Leser«, so begann das Buch. Benjamin las es laut vor, während Jonas ihm über die Haare strich und den sorgfältig gezogenen Scheitel wieder in Unordnung brachte.

»Es wird höchste Zeit, daß du die Welt kennenlernst.« Zur Bekräftigung dieser Worte schob er sich die Zigarre zwischen die Lippen und zog die Backen ein.

Benjamin legte das roteingebundene Buch auf das kleine Tischchen neben der Glasvitrine. Dort lagen schon ein Hemd, ein Paar graue Strümpfe und von Frau Wiegel ein kleiner Malkasten.

Benjamin pfiff vor Freude auf dem Kofferschlüssel, doch Jonas gab ihm einen Stoß mit der Faust und sagte: »Wir essen.« Es roch nach Zimt, und aus den Schüsseln dampfte es.

»Komm, Herr Jesus, sei unser Gast.«

Jonas thronte mit einem silbernen Löffel Benjamin gegenüber und eröffnete das Essen, indem er den Löffel in den Teller mit Backpflaumen schob und vorsichtig an die Lippen setzte, um zu blasen. Dabei waren seine Backen kugelig gespannt und erst allmählich, während des Ausatmens, schmolz das Gesicht wieder zur Normalgröße.

Benjamin streute so viel Zucker und Zimt auf den Teller, daß von dem Reisbrei nichts mehr zu sehen war, dann führte er den Löffel mit herausfordernder Langsamkeit an die Lippen.

»Was gibts? Wieder eine Schildkröte?«

»Nein!«, erwiderte Benjamin. »Es ist nur, weil es mir so gut schmeckt. Hab ich es einmal im Mund, schon ist es weg.«

Jonas strich mit seiner linken Hand über den grauen Schädel, spitzte den Mund, um einen Zwetschgenkern auf den Löffel zu spucken.

»Du hast recht, man sollte sich den Hunger, so gut es geht, bewahren.« Er wischte sich mit der Serviette den Mund ab und griff nach dem Weinglas neben sich. »Auf dich, mein Sohn!« Sein Gesicht wurde feierlich. »Neun Jahre wirst du alt, also ein Drei- bis Vierkäsehoch.«

Le bruit est pour le fat
la plainte est pour le sot
l'honnête homme trompé
s'éloigne et ne dit mot

Er stand auf und verschmolz für einen Augenblick mit dem Glas. Benjamin, der ihm mit gesenktem Kopfe zugehört hatte, entschloß sich, endlich zu essen. Der Zimt schmeckte verlockend. Die ganze Welt sollte nach Zimt schmecken. Er kaute und kaute.

»Gott, bist du ein Esser«, rief Jonas und füllte sich zum zweitenmal den Teller. Er aß sehr geräuschvoll. »Als ich so alt war wie du, habe ich Frösche aufgeblasen.«

Anna warf Jonas einen bösen Blick zu.

»Jawohl, und dabei wurde es mir so schlecht, daß ich Wochen von Fröschen träumte. Ich wollte kein Feigling sein. Was müssen die Tiere leiden, damit wir zeigen können, wie tapfer wir sind.« Jonas hob das Glas und trank. »Als ich neun Jahre alt war, machte ich mir Gedanken, wie man am besten älter wird.« Er hatte den Zeigefinger seiner rechten Hand ausgestreckt, die Fingerkuppen leuchteten violett.

»Gott, habe ich einen Durst, als hätte ich wie ein Ziegenbock Salz geleckt. Durst. Der Hunger kommt, wenn man ißt, aber der Durst vergeht. Oh, daß er bliebe!« Er hob das Glas bis zur Stirn, als wollte er zu einem Kreuzzeichen ausholen. »Ich durstiger Sünder trinke, um den Durst bei Laune zu halten.«

Benjamin beobachtete ihn und überhörte die verlockenden Angebote seiner Mutter, ob er noch mehr Backpflaumen haben wolle.

»Hoppla!« Jonas sperrte das Maul auf wie ein Karpfen. »Bei der Schildkröte, ein Wein aus Seide.«

»Jonas«, fragte Anna, »möchtest du noch etwas essen?«

»Nein, danke!«, seufzte er und strich mit dem Zeigefinger, den er vorher in den Wein getunkt hatte, über den Glasrand, so daß ein zitternder, sanfter Ton zu hören war.

»Ja«, schrie Benjamin und versuchte es auf ähnliche Weise mit seinem Milchglas, das jedoch unter seinem kreisenden Finger zu tänzeln begann und umstürzte.

»Milch! Aus Milch wird nichts Rechtes, nichts als Dilettantismus. Diese Grasfresser. Tautreter.« Während Jonas das sagte, hob er die Flasche und senkte sie über sein Glas. Spritzer zierten die Wachsdecke, zierten sein weißes Hemd, zierten seinen Handrücken. »Scheißweisheit«, fuhr Jonas fort. »Was werfen sich Menschen, die sich nichts mehr zu sagen haben und sich nicht ausstehen können, an den Kopf? Sprichwörter, Redensarten. Benjamin, hör her: angenommen, ich bin ein Beispiel, bin ich doch vier Jahre und sechsmal so alt wie du, aber das ist nur eine Zahl, ich wiege zweihundertfünfundvierzig Pfund. Das wiegt vier deines Gewichtes auf, aber auch das ist nicht die Hauptsache. Ich habe die Nase in die Welt gesteckt, das will nicht viel sagen. Angenommen, ich bin ein Beispiel, dann nimm dir kein Beispiel an mir.«

Kaum hatte er das gesagt, lachte er prustend. »Wie ist es,

Anna, trinkst du auch einen Schluck, Gott, nur ein Schlückchen?«

Anna nippte an ihrem Glas. Die Uhr schlug gedämpft dreimal, und Benjamin aß den erkalteten Reisbrei. Auf dem Grund seines Tellers wurde eine Rose sichtbar. Viele Löffel hatten sie schon an den Rändern zerrieben. Jonas schlürfte sein Glas aus und verabschiedete sich mit der Begründung, ein Klient werde ihn besuchen. Heute Abend komme er wieder.

»Was ist ein Klient?«, fragte Benjamin, als Jonas gegangen war. »Ein Klient ist ein weiches Sofa, das in der Mitte schon ganz eingedrückt ist.« Benjamin gab sich mit der Erklärung zufrieden und ging in sein Zimmer, um im *Don Quijote* zu blättern. »An einem Orte der Mancha, an dessen Namen ich mich nicht mehr erinnern will.«

Das Buch roch nach Pfeifenqualm, und manche Seiten hatten Eselsohren und Stockflecken. Es war mindestens tausend Jahre alt. Und die Abenteuer, die in ihm beschrieben wurden, schienen nur dürftig durch die Buchstaben verdrängt zu sein. Benjamin faßte Fuß in dem Buch.

Windmühlen

Es war am selben Tage, dem 16. März 1928. Die Abendsonne schickte einen brandroten Schimmer durch das Fenster. Benjamin saß in seinem Zimmer, stützte den Kopf in beide Hände und las. Längst schon hatte ihn das Abenteuer zum Ritter geschlagen. Gerade als er eine Seite, die er schon zwischen den Fingern hielt, umblättern wollte, ging die Tür auf und seine Mutter trat ein, in der linken Hand eine dampfende Tasse Kakao haltend.

»Mach das Licht an, du verdirbst dir noch die Augen!« Benjamin lehnte sich an die Stuhllehne zurück. Es ging über seine Kraft, sich gegen die Welt dieses Buches zur Wehr zu setzen. »Das ist ein Idiot«, bekannte er freimütig und blies den heißen Kakao kalt. »Ein Idiot.« Der erste Ton der Kirchenglocken, die jeden Abend lauthals die Dämmerung ankündigten, ließ das Fensterglas erzittern. Das Zimmer schimmerte dunkelrot, und die Luft wellte sich über der Heizung.

»Ein Idiot!«, wiederholte Benjamin zum drittenmal. Diesmal klang es schon wie eine Zustimmung.

»Von dem glücklichen Erfolg, den der mannhafte Don Quijote bei dem erschrecklichen und nie erhörten Kampf mit den Windmühlen davontrug, nebst anderen Begebnissen, die eines ewigen Gedenkens würdig sind.«

Seine Stimme war beim Vorlesen von einer schleppenden Genauigkeit. »Man muß nur die Augen aufreißen, um zu sehen, was man vor sich hat.«

»Und wie war es mit deinen Ratten und Ungeheuern?«, fragte Anna.

»Die habe ich wirklich gesehen«, entgegnete Benjamin zornig. Tagelang mußte er sich damals die Zweifel anhören, ob es denn tatsächlich Ungeheuer gewesen seien, die ihn umdrängt hätten – und Jonas, der schlechte Träume stets durch zähe Verdauung zu erklären versuchte, gab eine Begründung der Lüge, denn daß es eine Lüge war, eine Verlängerung der Wahrheit nach allen Seiten hin, das war sicher. Jonas behauptete mehrmals, gewisse Zirkulationen des Magens bewegten den Kopf zu tollen Kapriolen, ja, man würde Dinge sehen, riechen und hören, die es gar nicht gibt, gar nicht geben könne.

»Es ist die reine Wahrheit«, begehrte Benjamin auf. »Die Ratte war ein Höllenhund.« Das geschah damals, und jetzt wollte man ihn zu der Folgerung verleiten, daß die Windmühlen Riesen seien. »Zum Teufel, das hätte jedes Kind gemerkt, daß es Windmühlen sind und nichts anderes.« Er trank den Kakao aus und schloß das Buch. Aber damit war der Zweifel nicht aus der Welt geschafft.

»Die Wahrheit ist eine Sache des Herzens.« Diese Behauptung stellte Jonas auf, als sie zusammen zu Abend aßen. Er sagte es zu Anna, während Benjamin, der ja noch immer Geburtstag hatte, in seinem Pudding nach Rosinen stocherte. »... Und die Verdauung«, fuhr Jonas fort, die Butter auf dem Brot glattstreichend, »ist«, er trank einen Schluck Rotwein, »die Verdauung ist die Urheberin der Komik.«

Jonas, der immer mehr in Laune geriet, erzählte kauend und trinkend die Geschichte einer seltsamen Sinnestäuschung, die dem Helden ein Glücksgefühl sondergleichen schenkte:

»Mein Onkel Arthur trank nicht nur Wasser. Für uns Kinder war er damals die faszinierendste Erscheinung der Familie, für die Familie war er das schwarze Schaf. Wir mußten jedesmal das Zimmer verlassen, wenn er unvorhergesehen und torkelnd bei uns aufkreuzte und meinen Vater, der sehr sparsam war, um Geld bat. Dieser Onkel Arthur, der trotz seines durstigen Lebens ein hohes und sogar würdiges Alter erreichte, erzählte mir einmal, als ich in ein Mädchen unglücklich verliebt war, er habe, nach dem Besuch einiger Häuser und Fässer, auf dem Heimweg plötzlich, ja urplötzlich eine Frau am Wegesrand liegen sehen, die ihre bleichen Arme ihm entgegengestreckt habe, offenbar, um ihn am Weitergehen zu hindern. Er sei freudig auf dieses Angebot eingegangen, und am nächsten Morgen sei er etwas fröstelnd, aber glücklich, aufgestanden und habe einen Weidenbusch vor sich gesehen, den er fortan für seinen Sohn hielt.«

Den letzten Teil der Geschichte hatte Jonas geflüstert, kaum war er jedoch zu Ende, brach er in ein schallendes Gelächter aus, so daß Benjamin, der, nachdem er die Rosinen gegessen hatte, jetzt den Vanillepudding aß, erschreckt den Kopf hochriß und fragte: »Lacht ihr über mich?«

»Nein, mein Sohn«, erwiderte Jonas und schob seinen Mund dem Glas entgegen.

Sie verbrachten den Abend noch mit endlosen Gesprächen, über Reisen, über Ratten, über feuerspeiende Berge, über das Gift von Zwetschgenkernen, dann etwas länger über die Einmaligkeit des Maulesels, über Windmühlen und schließlich über die Darstellung des Windes als pausbäckigen unbekleideten Knaben. Jonas öffnete eine zweite Flasche, so daß der Korken knallte. Die Anstrengung ließ die Adern an seinem Hals hervortreten. Benjamin war müde und schwankte hin und her.

»Der Held ist schläfrig«, bemerkte Jonas, als er die weit aufgerissenen Pupillen des Jungen sah. Sie brachten ihn zusammen ins Bett, und Benjamin, der fast willenlos alles mit sich geschehen ließ, sich freilich ein wenig schämte, als er

nackt vor seinem Bett stand, machte plötzlich die Entdek-
kung, daß Jonas, der mit flatternden Armen auf einem un-
sichtbaren Seil zu balancieren schien, Ähnlichkeit mit einer
Windmühle hatte. Ein heftiger Wind hielt ihn offenbar in
Bewegung, so daß er sich mit der linken Hand auf Annas
Schulter stützen mußte, die gerade dabei war, das Nacht-
hemd über Benjamins Kopf zu streifen. Der Junge fröstelte.
Er zog die Decke über das Kinn und betete: »Vor Krieg und
Ungewitter behüte uns, o Herr.«

Die Nacht brach barsch herein. Anna gab vor, Kopfschmer-
zen zu haben. Jonas beugte sich zu ihr herab, strich ihr mit
seiner Hand das Haar aus der Stirn.

»Trink noch ein Glas!«

»Ich bin schon betrunken«, gestand sie offenherzig.

Er ging mit leicht gespreizten Beinen zu seinem Stuhl,
hockte sich aufseufzend hin und schaukelte, so daß das Holz
ächzte. »Hör her ...«

Anna unterbrach ihn: »Ich weiß, was du sagen willst.«

Aber er stand schon wieder, die Hände tief in seinen
Hosentaschen versteckt, und schaute sie unternehmungslustig an. »Ich wollte dir gerade sagen, daß ich dich heiraten
möchte.« Er brachte es so hervor, als gälte es gar nicht ihr.
Über die himbeerfarbene Tischdecke kroch sein Schatten.
Er trat vor sie. Das Gefühl der Hilflosigkeit, bis an seine
Haut zu reichen, machte jede Tat zu einem Schwanken, und
aus diesem Grund war es nur eine hilflose Geste, als er Anna
küßte. Er roch nach Zigarren und Melancholie, und gerade
als sie mit ihrem Finger über sein schlankes, fast jüngling-
haftes Ohr fahren wollte, machte er sich frei, kehrte zum
Tisch zurück und trank den Rest seines Weines aus. »Benjamin ist so etwas wie mein Sohn geworden«, sagte er feierlich
und verabschiedete sich, nachdem er in gewisser Förmlich-

keit seine Jacke zugeknöpft hatte, mit einem fast befehls-
haberischen »Gute Nacht!«

Er fühlte sich, obzwar sich eigentlich nichts ereignet hatte,
als neuer Mensch, während Anna, als sie die Gläser weg-
räumte, dachte, daß Jonas wohl eher den Namen Josef ver-
diene. Aber bald schliefen sie alle drei. Benjamin träumte
von einer bärtigen Windmühle, Anna von einem bärtigen
Mann und Jonas nichts. Doch schlief er, als hielte er eine
Frau in den Armen.

Vor dem General

Eine Woche später, an einem Nachmittag, huschte Jonas auf den Zehenspitzen in das Zimmer Benjamins und sagte, nachdem er den über den Tisch gekrümmten Leser eine Zeitlang beobachtet hatte: »Du hast schon die Farbe des Papiers angenommen. Gott sei es geklagt. Du solltest mehr an die Sonne gehen.« Benjamin ließ die Augen auf dem Buch. Sein Kinn, das er auf seine Hände gestützt hatte, war gerötet. Draußen regnete es. Die Tropfen rannen am Fensterglas herab und bildeten zittrige Deltas.

»Ich sollte dir den Puls fühlen. Du hast das Buchstabenfieber«, fuhr Jonas fort und preßte die Nase gegen die Scheibe. Benjamin fuhr erschreckt hoch. Durch das unbequeme Liegen – er hatte sich auf das Wildschweinfell vor seinem Bett niedergelassen – waren seine Beine eingeschlafen, sein Kreuz schmerzte, und seine Augen brannten noch von den gelesenen Abenteuern. Er wollte sich an seinen Bart fassen, um ihn zu zwirbeln, aber vergeblich. Er war enttäuscht, lediglich er selbst zu sein und nicht derjenige, in dessen Haut er zu stecken glaubte. Was heißt hier glauben? Benjamin überwand sein neunjähriges, phantasiebegabtes Ich und schritt als Don Quijote einher. Er spürte, wie seine Gelenke knackten, als er zu ritterlicher Höhe emporwuchs, und glaubte, daß er die meiste Zeit auf einer dürren, aber edlen Rosinante verbrachte, den Blick in staubige, turmbewehrte Fernen gerichtet.

Jonas war mitten in diese Buchstabenstille hineingeplatzt; und allen Vorstellungen und Verstellungen zum Trotz, blieb

Jonas Jonas, so sehr man ihn auch fixierte. Erst nach einer Weile der Ernüchterung drehte sich Benjamin auf den Rücken, die Haare des Felles kitzelten seinen Nacken. Er hob seine Füße und trat mit ihnen, als säße er auf einem Fahrrad. Die Rückkehr in die Gegenwart machte ihn übermütig. Noch immer hatte er als Rückendeckung die Phantasie.

Jonas forderte ihn auf, die Zunge herauszustrecken.

»Ich bin nicht krank«, erwiderte Benjamin und erhob sich.

»Ausgezeichnet«, sagte Jonas erleichtert. »Dann kannst du mir fünf Brasil holen. Zieh deinen Mantel an!«

Auf dem Wege zum Zigarren-Weber schlüpfte Benjamin in den Mantel, die Arme wild durch den Ärmel stoßend. Er konnte sich nicht an den Gedanken gewöhnen, lediglich über die Bergerstraße zu eilen und nicht über die Mancha. Wie weit ist Spanien!

Herr Weber hätte auf einem Pferd bessere Figur gemacht, so, auf sich allein gestellt, war er ein unermüdlicher politischer Schreier, der kaum einen Kunden mit der Bemerkung verschonte, man solle die Regierung kurzerhand an die Wand stellen. Benjamin, der dies auch zu hören bekam, wußte nicht recht, was er darauf antworten sollte. Er hatte die leise Ahnung, daß das ›an die Wand stellen‹ wohl etwas durchaus Unerfreuliches sein müsse, konnte es aber nur mit dem Fotografieren in Zusammenhang bringen.

Als er das Wechselgeld in seiner Hand fühlte, sagte er, um überhaupt etwas zu sagen und der Peinlichkeit der Stille zu entgehen, außer dem gewöhnlichen Danke: »Es ist ein schöner Tag heute.«

Es regnete, und Herr Weber, der über die Ladentheke hinweg durch das Fenster schaute, zog die Brauen hoch. Die Augensäcke hingen wie schwarze Fähnchen unter seinen Augen. Er schien interessiert. Seine Glatze glänzte feucht.

›79‹

»Kleiner, was weißt du denn schon von der Welt und von der Politik?«

Zugegeben, was Benjamin in der Eile und aus Höflichkeit vorbrachte, war kein Wissen, denn noch immer klatschte der Regen auf die Straße, aber es war auch keine Lüge. Es war ein gütiger Kontrast.

»Alle müßte man sie hängen!« Es roch nach Pfefferminz und Tabak und nach Quengeleien.

Benjamin war gerade dabei, sich mit einem ›Aufwiedersehen‹ unauffällig zu verabschieden. Er hatte schon den kalten Messinggriff der Tür in der Hand.

»Du hast etwas vergessen, Kleiner.« Benjamin drehte sich vorsichtig um. Herr Weber hielt ihm mit gespreizten Fingern eine Tüte hin. »Die Zigarren für den Dicken.« Der Sprecher selbst war spindeldürr. Von einer geradezu giftigen Dünnheit, die sich in einer zerschlissenen Jacke wand. Seine Hand zitterte, als könne er sie nicht lange ausgestreckt von seinem Körper weghalten. Wieder marschierte Benjamin zur Tür, die Zigarren hatte er in die Manteltasche gesteckt.

»Ist das eigentlich dein richtiger Onkel, dieser Dicke da?«

Benjamin wartete einen Augenblick. Er sah die Reklame eines glücklichen Rauchers, der den Kopf zurücklehnte und Rauchringe aus spitzen Lippen stieß, die das Wort Salem bildeten – Salem Extra fein.

»Sie meinen Herrn Bernoulli?«

»Jawohl.«

Vielleicht wäre alles ohne Wirbel zu Ende gegangen. Benjamin hätte nur sagen müssen: »Jawohl, Herr Bernoulli ist mein Onkel.« Es ist immer gut, wenn man mit ›Jawohl‹ beginnt, so hat man zu Beginn gleich eine Bekräftigung, die das Folgende überflüssig macht. Von Benjamins Mantel tropfte der Regen. Papier knisterte in seiner Tasche. Er wurde ungeduldig und sagte, die Hand nach dem Türgriff ausstreckend:

»Herr Bernoulli ist mein Vater.« Er sah das Gesicht von Herrn Weber nicht, wie es glücklich zuschnappte. Er öffnete die Tür und lief davon, daß ihm das Wasser bis an die Ohren spritzte. Es läutete im Hintergrund dreimal.

Dieses hastige Bekenntnis hatte mancherlei Folgen, denn Herr Weber, der gern sein Wissen teilte, jedenfalls lieber als seinen Besitz, teilte es flugs Herrn Wind mit, der ein leidenschaftlicher Raucher war. Herr Wind hatte es schon lange geahnt, wie er sogleich behauptete. Er ahnte alles: Er hatte den Krieg geahnt, er hatte Versailles geahnt. Herr Wind wußte alles. Er steckte sich eine Zigarette an und verließ nachdenklich den Laden. Im Hausflur traf er Frau Kosinski: Es mußte heraus. Und so erfuhr es Frau Kosinski. Sie konnte die Neuigkeit zwei Treppen hoch behalten, dann begegnete ihr Frau Wiegel: »Stellen Sie sich vor ...« Aber Frau Kosinski mußte erst verschnaufen.

»So ein Blödsinn!«, schrie Frau Wiegel und wandte sich nach rechts, um die etwas beleibte Frau Kosinski vorbeizulassen. Sie schüttelte den Kopf: ›Lieber Gott, wie soll ich das verstehen? Es ist jammerschade um den Jungen.‹

Als sie diesen Gedanken weiter auskostete, hatte Frau Kosinski ihre Wohnung im zweiten Stock erreicht. Ohne ihren Mantel auszuziehen, die Einkaufstasche noch in der Hand, stürzte sie zu ihrem Mann, der sich hinter einer Zeitung versteckte. »Jakob!«, keuchte sie.

»Was ist? Was stehst du mir im Licht? Immer stehst du mir im Licht. Du nimmst mir die ganze Sonne des Lebens.«

»Jakob, weißt du schon das Neueste?«

»Was soll mich schon aufregen?«

»Weißt du es nicht?«

»Nein, ich bin pensioniert. Ich kenne nur dein Geschwätz.«

›81‹

»Benjamin ist der Sohn von Herrn Bernoulli.«

»Und wenn?« Herr Kosinski ging zum Sofa und legte sich vorsichtig zurück, während er die Zeitung auseinanderfaltete.

Die Bierpreise können gehalten werden. Das, jetzt nur mit Erleichterung nebenbei registriert, genau dieser Umstand, daß Herr Kosinski seinen Durst wie bisher stillen konnte, brachte den Stein ins Rollen.

Drei Tage später hörte Benjamin, der gerade, noch erhitzt vom Laufen, in den Hausgang eintrat, plötzlich ein entsetzliches Krachen, als würde die Treppe zusammenbrechen. Es war duster. Benjamin zwang sich zu kleinen Schritten, um nicht zu stolpern. Als er mit der Hand endlich den Lichtschalter ertastet hatte, entdeckte er durch das Aufleuchten der Lampe hindurch den zusammengekrümmten Körper von Herrn Kosinski, der in der hochgestreckten Hand eine Flasche Bier hielt. Benjamin glaubte, Herr Kosinski sei tot, da er sich nicht bewegte und den Arm wie im Angesichte der Ewigkeit fast triumphierend hochhielt. Er biß sich vor Angst auf die Lippen und trat einen Schritt vor. Der Arm, der die honiggelbe Flasche hochhielt, senkte sich allmählich, bis er in Mundnähe gelangte, dann hob sich der Kopf von Herrn Kosinski. Noch hielt er seine wächsernen Augenlider geschlossen, aber langsam kehrte das Leben in seinen Körper zurück. Er zog die Knie an den Leib und knöpfte den Mantel auf. Benjamin suchte nach Wunden in dem Gesicht des Gestürzten. Herr Kosinski ließ die Hand mit der Flasche sinken, öffnete die Augen, tippte mit zwei Fingern an die Stirn und sagte: »Die Schlacht ist gewonnen.«

Benjamin versuchte sich links vorbeizuschleichen. »Wohin so spät?«, lallte Herr Kosinski. »Ich träumte schon, du seist ein schönes Mädchen, das mir kichernd unter die Bettdecke kriecht.« Aus der Flasche schwappte es schaumig.

»Benjamin!«, wiederholte er höhnisch und versuchte, die tiefe, etwas zaghafte Stimme von Jonas nachzuahmen, kam aber ins Husten. Er bleckte die Zähne und schob erneut den Flaschenhals zwischen die Lippen. Sein Adamsapfel hüpfte aufgeregt beim Schlucken. »Weißt du eigentlich, daß ich der General bin? Von oben bis unten General? Unterbrich mich nicht!«

Benjamin hatte kein Wort gesagt.

Herr Kosinski knöpfte seinen Mantel wieder zu und versuchte, hin- und herschwankend, die rechte Hand aufstützend, sich hochzuhieven, drohte aber, als er sich endlich zu halber Manneshöhe aufgerichtet hatte, nach vorn wieder überzukippen. »Ihr Feiglinge!«, lallte er sich selbst zu. »Stillgestanden!«, schrie er Benjamin entgegen, als das Licht plötzlich ausging. »Verrat!«

Das Scharren von Füßen, die Flasche klirrte. Hände tasteten über die Wand.

Benjamin knippste das Licht wieder an und bemühte sich, ohne die Aufmerksamkeit des Generals auf sich zu lenken, an dem General vorbeizuhuschen. Fünf Schritte wären genug gewesen. Aber schon beim zweiten Schritt schrie Herr Kosinski, der sich wieder an das Licht gewöhnt hatte: »Ein Wicht, der einen General mißachtet.« Die Worte schüchterten Benjamin ein, so daß er stehenblieb und sich zwang, auf die Füße von Herrn Kosinski zu blicken, die auf den Steinfliesen Halt suchten.

»Ein General, mein Söhnchen, ist eine Respektsperson, ein Schlachtenlenker, ein Held. Ein General ist wie ein Vater. Schämst du dich denn gar nicht? Du mußt die Hacken zusammenwerfen, daß die Funken sprühen. Noch einmal drei Schritte zurück.«

Benjamin lehnte sich an die Wand und zögerte.

»Du hältst mich wohl für einen Narren, ich bin aber ein General. Ein Narr und ein General.«

Herr Kosinski verbarg die Flasche geheimnisvoll hinter seinem Rücken und versuchte, sich steif zu machen. Benjamin wagte keinen Protest und preßte die Hand an die Hosennaht, wie er es von den Räuber- und Gendarmspielen gewöhnt war, den Mittelfinger an die Naht, den Kopf gerade und … Er ging gehorsam drei Schritte zurück, als das Licht wieder ausging.

»Sabotage«, schrie Herr Kosinski. Benjamin, der noch immer in der Nähe des Lichtschalters war, drückte erneut auf den Knopf. Herr Kosinski hatte sich, als er wieder ins Licht tauchte, hingesetzt und trank. Nachdem er sich mit dem Handrücken den Mund gewischt hatte, schrie er entschuldigend: »Ich muß an der Schwelle großer Ereignisse etwas trinken. Nun!« Er rülpste. »Ein Soldat, der etwas auf sich hält, ist ein Mensch mit zementierten Knochen. Stillgestanden!« Er fand das Gleichgewicht für die Dauer des Befehls.

Benjamin knickte ein wenig in den Knien ein und wartete verzweifelt auf das Unheil, das ohne Zweifel sehr bald über ihn hereinstürzen würde.

»Aus dir wird noch ein Mensch«, schrie Herr Kosinski glücklich und kippte um. Benjamin beugte sich zurück und rannte dann, die Arme blindlings vorstoßend, gegen Herrn Kosinski, um endlich vorbeizukommen. Herr Kosinski, der sich wieder hochrappeln wollte, hatte keine Mühe, das Gleichgewicht zu verlieren. Er fiel, als wolle er ein Rad schlagen, als Jonas die Treppe herunterkam, die Szene studierte und fragte: »Was geht hier vor?« Herr Kosinski stützte sich auf seine Arme und glotzte verwundert den Neuankömmling an, der die Jacke unheilvoll zuknöpfte.

›84‹

»Meine Schlacht ist verloren«, klagte er und scharrte mit den Füßen.

»Was hat das mit dem Jungen zu tun?«, fragte Jonas und griff Benjamin am Arm. Türen wurden neugierig geöffnet. Herr Kosinski schrie, durch die Frage von Jonas ernüchtert. »Einen Menschen werde ich aus ihm machen.«

»Sie haben den Verstand verloren.«

»Die Schlacht, mein Herr.«

Er wischte mit der Hand über seine Jacke und schaute an sich herab. Erst allmählich gewann er seine Selbstsicherheit wieder zurück. »Ei, Sie haben gut reden«, fuhr etwas lauter fort, »Sie sind ja der Vater. Jeder weiß es.«

»Nur ich nicht«, sagte Jonas. »Gerade ich müßte es doch wissen. Gehen Sie in Ihr Bett!«

Diese Aufforderung stimmte Herrn Kosinski wieder versöhnlich, und ohne darauf zu achten, daß er noch gar nicht in seiner Wohnung angelangt war, zog er den Mantel aus, knöpfte die Jacke auf und versuchte mit dem rechten Schuh den linken abzustreifen. »Sehen Sie Herr Bernoulli, sehen Sie, ich habe Verständnis dafür, jawohl, in mir sehen Sie einen Naturalisten. Wir sind doch unter Männern.«

Leider konnte er nicht mehr weiterreden, denn seine Frau kam, ihre Bluse über der Brust zusammenraffend, die Treppe herunter. Kaum hatte sie ihren Mann entdeckt, wie er dabei war, seine Hose aufzuknöpfen, schrie sie: »Jakob, bist du von Sinnen. Das geht zu weit«, sagte sie zu Jonas, in dem sie den Urheber dieser Szene sah.

»Ich hatte einen Streit mit Ihrem ehrenwerten Gatten.«

Sie schraubte ein kleines Riechfläschchen auf und stieß es ihrem Mann unter die Nase. »Orientalische Nächte«, flüsterte diese. »Du solltest dich schämen.«

»Schweig!«, erwiderte er, als er seine Frau erkannte. »Eine Frau hat in diesen Momenten den Mund zu halten.« Er zwinkerte Jonas zu, warf den Mantel majestätisch über die Schultern, stieß seine Frau zurück, als sie ihn beim Gehen stützen wollte, und ging auf die Treppe zu. Jonas drohte mit dem Finger, aber Herr Kosinski, jetzt um einen guten Abgang bemüht, wandte sich um und sagte: »Wir alle machen Fehler.« Seine Frau folgte ihm demütig. Ihre Pantoffel trommelten auf den Stufen. Ein Geruch von Bier und Tabakqualm sowie der süßbittere Duft des Parfums blieb zurück. Türen wurden zugeschlagen. Es war still. Benjamin machte einen großen Bogen um die Bierlache und ging auf die Wohnungstür zu.

»Ein besoffener Hahn«, seufzte Jonas und deutete mit dem Zeigefinger nach oben.

Herr Kosinski hatte den Vorfall längst vergessen. Für ihn endete der Tag mit einem sehr geräuschvollen Schlaf. Anders war es für Jonas. Der Zwischenfall bedrückte ihn. Er nahm sich vor, Anna nichts davon zu erzählen, vergaß aber ganz, daß Benjamin, Zeuge dieses Streites, von nun an eine unermüdliche Neugierde entwickeln würde, wer denn eigentlich sein Vater sei. Der Trost, der Vater wäre auf einer Weltreise und käme bald mit Schätzen beladen zurück, half nicht mehr viel. Die ganze Zeit hatte die Phantasie Benjamin geholfen, den Vater auf den abenteuerlichen Fahrten durch Meere und wildzerklüftete Länder zu begleiten. Sie waren Gefährten: der Vater stark und unerschrocken. Er konnte ein Markstück in der Hand krummbiegen, er konnte auf dem Kopf stehen, einen Kirschkern zwanzig Meter weit spucken, er konnte eine Fahne vom Turm schießen, er konnte alle Sprachen. Ein Vater für jede Gelegenheit. Tröster, Freund und Retter. Daß sein Vater Jonas sein könnte, war ihm nie in den Sinn gekommen.

»Ist eigentlich Jonas mein Vater?«

Anna antwortete nicht gleich. »Jonas ist unser Freund,

wie kommst du darauf?« Sie wollte der Peinlichkeit dieser Frage entgehen, ordnete den Kragen an Benjamins Hemd und ließ ihre Hand auf seiner Schulter. »Du wirst deinen Vater noch sehen.« Sie strich ihm zuversichtlich über die Wangen.

In der folgenden Zeit beobachtete Benjamin Jonas, ob an ihm irgend Väterliches zu bemerken sei. Popel hatte einmal behauptet, das erste Kind sähe stets aus wie der Vater. Benjamin wollte den Vater in Jonas erkennen, aber entdeckte nur Jonas. Was die Ähnlichkeit mit ihm betraf, so fand sie Benjamin nicht in dem Spiegel, in den er hineinschaute. Die Nase, nein. Ist doch die Nase das, wodurch der Charakter des menschlichen Antlitzes am entschiedensten bezeichnet wird. Benjamin besaß ein Stumpfnäschen, das bei seinem schmalen Kopf Zeichen einer gewissen, mitunter sehr anmutigen und heiteren, vielleicht auch etwas vorwitzigen Naivität war. Jonas dagegen hatte einen weit vorragenden, durchgebildeten Atemapparat, mit weit geöffneten Nasenlöchern, ein Zeichen von Kraft, Mut, Stolz und Zorn, wie Jonas selbst einmal von dieser Art Nasen behauptete, ohne dabei gleich an seine eigene zu denken. Die Ohren, abermals nein. Sein Ohr lag flach an, als hätte es ein Sturmwind an den Kopf gepreßt. Genauer betrachtet hatte es die Form eines Eis. Jonas besaß ein sehr rundes, fest anliegendes Ohr, das alle Geräusche an sich heranzuziehen schien.

Benjamin war ganz betäubt vom Hinschauen. Plötzlich fühlte er, wie seine Handgelenke hochgehoben wurden. Seine Mutter tauchte hinter ihm im Spiegel auf. »Was machst du denn da?«

»Ich studiere mich«, sagte er und griff nach dem Kamm, um wenigstens eine halbwegs sinnvolle und verständliche Sache zu tun.

Der Spiegel half nicht weiter, denn wer weiß, ob nicht

durch intensives Essen wie durch Feinschmeckerei der Mensch sein Äußeres entscheidend ändern kann.

Bei einem Spaziergang, als Jonas das Wasser an einem Baum abschlug, sah Benjamin, der das gleiche tat, das haarige Gerät seines Freundes und plötzlich erkannte er eine Ähnlichkeit, die ihn obendrein noch mit Stolz erfüllte.

War er doch der Vater?

Eines Morgens entdeckte Benjamin auf dem Nachttisch seiner Mutter das Bild eines Mannes, das bisher nicht dort gestanden hatte. Da er allein in dem Zimmer war, schaute er genauer hin. Es zeigte einen schmalen Mann, der an einer zerbrochenen Säule lehnte. Er hatte die Beine keck übereinandergeschlagen und schwang in der rechten Hand sehr unternehmungslustig ein Stöckchen. In den Hüften war er schmal. Ein Schnurrbärtchen schmückte die Oberlippe, und die Nase, ja die Nase … Benjamin war wohl erst neun Jahre alt und kein erfahrener Physiognomiker, aber die Nase, so weit sie überhaupt auf diesem postkartengroßen Bild zu sehen war, erinnerte ihn sofort an seine eigene. Überglücklich lief er mit dem Bild in der Hand zu seiner Mutter in die Küche und fragte sie, ob das denn sein Vater sei.

Sie nickte und legte zur Bekräftigung zwei Brote aufeinander. Die Wurst ragte an den Rändern hervor. »Kriege ich auch einen Apfel?«, fügte er schnell hinzu. Die Uhr drohte.

›88‹

Die Gesichter des Vaters

Auf dem Schulweg traf Benjamin den Baron, der eigentlich Hubert Seckendorf hieß. Der Baron war ein Wissender. Er wußte rundum Bescheid: Über Mädchen zum Beispiel wußte er furchterregende Dinge. Er prahlte gern mit Geschehnissen, die er erlebt haben wollte, und erzählte sie mit einem spöttischen Unterton, als könne er es dem Zuhörer übelnehmen, wenn dieser alles glaubte. Der Baron log aus Haß. Sein Vater starb anno neunzehnhundertneunzehn. Der Baron erzählte feindselig, daß sein Alter sich das Leben genommen habe.

»Stellt sich einfach in eine Ecke und schießt sich eine Kugel durch den Kopf.«

Er trug die Anzüge seines Vaters. Jacke und Hose wedelten um seinen schmächtigen Körper. Diese etwas altmodische und weiträumige Aufmachung verlieh ihm den Namen Baron. Seine Mutter steckte ihm obendrein noch ein Taschentuch in die Brusttasche der Jacke, das er jedoch, kaum war er davon, wütend zerknüllte. Er litt unter diesen Demütigungen der Mode. Am liebsten wäre er in Lumpen gegangen.

Benjamin bewunderte diesen unermüdlichen Haß, wennzwar er sich in der Gegenwart des Barons auf eine unerklärliche Weise unsicher fühlte – und doch war er wiederum glücklich, mit dem Baron reden zu können. Er fiel dann sofort in einen wilden Lügenjargon, benutzte fremde, unheimliche Worte, deren Sinn sich beim Aussprechen auf den entsetzten Gesichtern der Zuhörer anzeigte. Der Baron liebte die Degradierung.

Als er Benjamin auf sich zukommen sah, winkte er gelassen. Auf seinem schmalen Kopf saß eine glänzende Schirmmütze. Den Kragen hatte er hochgestellt. In der Hand schwenkte er eine Aktentasche. Er war der einzige, der schon eine Aktentasche besaß, und schon allein das machte ihn zu einer bemerkenswerten Persönlichkeit. Benjamin, der noch immer ganz aufgeregt darüber war, daß er nun endlich wußte, wie sein Vater aussah, wie er wirklich aussah, nicht viel älter als er selbst, schleuderte den Apfelkrips auf die Straße und packte die Schulterriemen seines Ranzens. Es war zu spät, um dem Baron zu entgehen.

»Was gibt's zu lachen?«

Benjamin blieb stehen, fischte einen neuen Apfel aus seiner Hosentasche und schaute gleichgültig auf den Boden.

»Nichts weiter.« Er biß in den Apfel.

Der Baron beobachtete ihn prüfend. Unter seiner Schirmmütze quollen schwarze Haare hervor. »Hast du den Ballon gesehen?«

»Wo?« Benjamins Interesse wuchs.

»Er stand direkt über unserem Haus. Er war, nicht gelogen, so groß wie meine Faust. Hätte ich einen Ballon, würde ich davonfliegen. Du könntest dich darauf verlassen. Nie mehr käme ich auf die Erde zurück.«

»Du lügst«, sagte Benjamin knapp und stieß mit der Stiefelspitze auf den Boden.

Der Baron sonnte sich in seinem Wissen. »Was machst du nur mit deinen Augen?«

Benjamin starrte in den Himmel. Als er in die Sonne schaute, tränten seine Augen. »Ich sehe noch nicht einmal eine Mücke«, seufzte er.

Der Baron zuckte hochmütig mit den Achseln. »Du wirst nie einen Ballon oder einen Zeppelin sehen.« Unerwartet zirpte eine Grille. Benjamin horchte auf.

»Hast du gehört?«

»Das sind Mäuse.«

»Daß ich nicht lache.«

Benjamin blickte den Baron geringschätzig an. »Grillen sind das.« Er ging mit ausgreifenden Schritten neben dem Baron her, der seine Aktentasche herausfordernd hin und her schwenkte. »Grillen gibt's doch gar nicht auf der Straße.«

»Vielleicht hat sie sich hierher verirrt.«

Der Baron lachte, seine Unterlippe hing spöttisch herab: »Ich wette, du glaubst alles.«

Benjamin schaute ihn angriffslustig an. Er haßte Sticheleien. Der Baron hingegen wußte genau, wie weit er gehen durfte. Schon einmal war er von Benjamin nach einem kurzen Wortgefecht verprügelt worden. Es war so schnell gegangen, daß er sich kaum wehren konnte. Damals hatte er das Blut von der Nase gewischt, die Jacke glattgestrichen und Benjamin, der sofort zur Versöhnung bereit schien, die Freundschaft angeboten, eine Freundschaft gegen die ganze Welt.

Der Baron konnte den Anlaß des Zornes nicht vergessen: Er hatte durch Adolf erfahren, daß Benjamin keinen Vater habe.

»Wie ist das eigentlich mit deinem Vater?«, fragte er.

»Er ist bei der Polizei«, erwiderte Benjamin und schaute auf seine Schuhspitzen.

Der Baron lachte. »Du lügst.« Benjamin fühlte sich durch die Treffsicherheit dieses Zweifels bedroht.

»Wenn ich in Not bin, holt er mich raus. Da kannst du sicher sein.« Ihm drängten sich phantastische Berufsbezeichnungen für seinen Vater auf: Dompteur, Preisnasenboxer, Tonnenheber, Segelspanner, König. Er wagte aber seine Wünsche nicht auszusprechen. Der Baron grinste wissend. Er redete in Anspielungen, versteckten Winken und zweideutigen Verdächtigungen.

›91‹

»Mein Vater läßt mich nicht im Stich«, behauptete Benjamin steif und fest und drosch auf den Baron ein.

Auch jetzt war es nicht anders.

»Weißt du eigentlich, wie wir auf die Welt kommen?« Vor ihnen schaukelte auf aufgebogenen Stahlfedern ein Kinderwagen, den eine breithüftige Frau schob. In Spitzen, Rüschen und Schleifchen versenkt, kaum sichtbar, lag ein braunes, selbstvergeßnes Köpfchen. Benjamin schnickte mit den Fingern.

»So ein Bart.«

»Wetten, daß du keine Ahnung hast? Du steckst noch bis zum Leib in der Kindheit.«

»Ich bin neun. Das heißt ich werde zehn und immer älter.«

»Blödsinn.«

»Was heißt hier Blödsinn. Das ist sehr spannend. Man wird älter, ohne daß man viel davon merkt. Stell dir vor, über Nacht wachsen dir die Beine, Arme und Haare. Du liegst im Bett, und ich bin sicher, wenn man die Augen aufhalten könnte, würde man das Größerwerden sehen und das Knakken der Knochen hören. Bald sind wir Männer und Väter.«

Der Baron lachte und schwang seine Aktentasche höher. Er hüpfte triumphierend auf einem Bein. »Wenn du so weitermachst, wirst du nie älter.«

Benjamin blieb nachdenklich stehen. »Warum sollte ich auch.« Er hörte nicht auf, diesen nie endenwollenden Faden der Wünsche weiter abzuwickeln: groß sein zu können, ohne groß zu sein, ohne daß es jeder sehen müßte. Die wahre Kraft steckt im Verborgenen. Männer sind beschissen dran. Sie müssen angeben, um mehr zu sein als sie sind …

Die Fotografie

Hubert Seckendorf spürte, daß Benjamin sich von ihm zu-
rückzog, und er versuchte, seine Autorität zurückzugewin-
nen. Benjamin aß den Apfel vorsichtig bis auf den Krips zu
Ende und beschleunigte seine Schritte, um die anderen ein-
zuholen. Plötzlich sah er, wie Hubert seine Tasche nieder-
stellte und sich vorsichtig auf beide Hände fallen ließ, um
dann mit zitternden Beinen, das Kreuz durchgebogen, auf
den Handflächen zu gehen. Benjamin sagte laut, so daß es
der keuchende Akrobat auch hören konnte:

»Im Zirkus kann das jeder.« Mit einem Schwung stellte
sich Hubert wieder auf die Beine.

»Was hast du?«, fragte er, während er sich die Hände an
der Hose abwischte. Er strengte die Augen an, ermüdet von
den Bemühungen, Eindruck zu schinden. Benjamin streifte
ihn mit einem Blick, seine kurzgeschorenen Haare glänzten
wie Lack. »Jetzt mußt du dir die Hände waschen«, sagte er
mitleidig. Hubert spuckte in Ermangelung eines verächtlichen Wortes aus, dabei verlagerte er sein Körpergewicht
auf die Fußspitzen. »Schön.«

Benjamin war schon einige Schritte vorausgegangen.
Hubert betrachtete seine Handflächen, an denen kleine
Steinchen klebten.

»He!«, schrie er plötzlich. »Ist dein Vater immer noch bei
der Polizei?« Benjamin tat, als ob er nichts gehört hätte.

Der Schultag begann mit dem Gebet. Herr Bielschowski, ein
Mann mit starkem, wulstreichem Nacken, ging mit gefalte-

ten Händen auf und ab und seufzte erleichtert, als das Amen vielstimmig ertönte. Herr Bielschowski war ein Naturmensch, ein Wissenschaftler und ein Sportsmann. Die Kinder wußten es von ihm selbst. Vor zwei Wochen war er erst in die Schule gekommen und hatte die Klasse Benjamins übernommen. Er verlange ganze Kerle, sagte er, und um dieses Ziel zu erreichen, pflegte er den Tag mit zehn Kniebeugen zu eröffnen. Von den Schülern verlangte er zwölf. Er schwitzte leicht, und Benjamin, der in der fünften Reihe saß, konnte noch immer den Pädagogen riechen. Wenn Herr Bielschowski redete, verweilte er mit Vorliebe unter dem Bild eines deutschen Mannes, der ein riesiges Schwert in die Erde stieß. Herr Bielschowski war ebenso das Muster eines Mannes. Nach zwei Wochen lauten Unterrichts wagte das keiner der Jungen mehr zu bezweifeln. Kam er einmal in Begeisterung, und das traf jedesmal ein, wenn er über die Vergangenheit Deutschlands sprach, zitterte seine Brust im Takt der Worte, und er öffnete seine Jacke.

»Herrlich ist's, für das Vaterland zu sterben.« Er war leben geblieben, um diesen Satz mit dem Nachdruck seiner zwei Zentner zu versehen. Heute jedoch verzichtete er auf die gymnastischen Übungen und kündigte einen Fotografen an, der die Klasse mit ihm zusammen, er hielt ein wenig inne, auf ein Bild bannen würde, das später mit Andacht betrachtet werden könne. Das Ganze ginge so vor sich: Erst alle Klassen einzeln, dann solle die gesamte Schule sich vor dem Gebäude aufstellen, und schließlich werde auch die Lehrerschaft mit dem Herrn Rektor Zinn an der Spitze aufgenommen. Ein Bild der Eintracht. Ein erzieherisches Bild. Herr Bielschowski trug heute einen eleganten grauen Anzug, den ein gelbes Seidentuch in der Brusttasche zierte. Er verließ federnden Schrittes die Stelle unter dem Bild des deutschen Mannes und steuerte auf die Tür zu. Benjamin folgte Gogo, der mit einem halben Kamm seine Haare nach hinten zu kämmen versuchte. Die Stimmen der Jungen schwirrten aufgeregt durcheinander. Herr Bielschowski klatschte in die Hände, und als die Ausgelassenheit sich nicht legte, holte er eine Trillerpfeife aus der Seitentasche seiner Jacke.

Der Ton ließ die Kinder erstarren. Der Rektor erschien gütig lächelnd. Sein Gesicht hatte sich ganz auf Kinderliebe eingestellt. Es war eirund und spärlich behaart. Neben ihm stand der Fotograf mit einem Stativ und einem großen schwarzen Kasten. Er hielt sich gebückt. Sein rechtes Auge wurde durch ein Monokel verdeckt. Herr Bielschowski ging ihm mit ausgebreiteten Armen entgegen und sagte: »Wir freuen uns.«

In Zweierreihen folgte die Klasse seinen weitausgreifenden Schritten. Gogo, den bei Feierlichkeiten ein gewisse Hilflosigkeit überfiel, griff nach der Hand Benjamins und preßte sie.

Auf dem Schulhof strahlte der Frühling. Grün wucherte aus der schartigen Rinde der Bäume, die die Schule von der Straße trennten. Der Fotograf, der die Hände beschwichtigend hochhob, ohne daß ihm einer einen Vorwurf gemacht hätte, sagte begeistert zum Rektor, daß das Licht sehr gut sei. Er beschattete sein Auge. Das Monokel reflektierte die Sonne. Sein Kopf schien in Flammen zu stehen.

»Sehr schönes Licht haben wir.« Und um das Zeremoniell noch mehr zu steigern, sang er leise vor sich hin, als er den Apparat einrichtete: »Allons enfants de la patrie / Le jour de gloire est arrivé.«

Weiter kam er deswegen nicht, weil Herr Bielschowski sehr national gesinnt war. Er tippte den Fotografen mit der Hand an und sagte bestimmt: »Würden Sie bitte fotografieren!«

Aus Geschäftsgründen sang der Künstler daraufhin: »Die blauen Dragoner, sie reiten.« Aber bald war es so weit. Sein

Kopf tauchte hinter dem schwarzen Vorhang auf, die Hand hatte er wie zum Schwur zum Himmel gereckt.

»Ausgezeichnet«, schrie er, »der stolze Anblick künftiger Männer.«

In das Gesicht von Herrn Bielschowski schlich sich ein träumerischer Ausdruck. Er stellte sich sehr würdig hin, den rechten Fuß etwas vorgeschoben.

»So!«, schrie der Fotograf und verschwand hinter der Kamera, ja er verschmolz mit ihr zu einem büffelhaften Tier, so daß Benjamin laut lachen mußte.

»Nein, nein!« Der Fotograf sprang entsetzt hinter dem Apparat hervor. »Nicht so.« Herr Bielschowski lockerte sein Gesicht und schrie: »Ruhe!«

»Jawohl, sagen Sie es ihnen. Ich bin kein Witz. Ich verbitte mir das.« Der Gedanke, er hätte mit dieser Aufnahme eine Reihe weit aufgerissener Mäuler auf die Platte gebracht, ließ ihn erschaudern.

»Ihr könnt schon lachen, nur vorsichtiger«, sagte er versöhnlich. Er ging auf Benjamin zu, faßte dessen Kinn und hob den Kopf eine Handbreit. »So, und nicht bewegen! Ein schöner Kopf!«

»Das Bild!«, schrie Herr Bielschowski ungeduldig und schob diesmal seinen linken Fuß vor. Der Fotograf wechselte die Platte, dann beugte er sich wieder hinter die Kamera, schrie besänftigend: »Jetzt«, und zählte.

Entsetzen, bis das Klicken des Auslösers zu hören war, aber an Stelle der Explosion war der Seufzer von Herrn Bielschowski zu vernehmen: »Endlich, wir haben es geschafft.«

Seine Gestalt lockerte sich. Der Fotograf wischte seine Hände an der Hose ab und trat glücklich mit weit gespreizten Beinen vor die Gruppe der Jungen, die in der Gegenwart von Herrn Bielschowski nicht wagten, ihre Freude herauszubrüllen. Benjamin, den die Pause irritierte, fragte, während er den Finger in die Höhe streckte, ob sie sich denn später auf diesem Bild ähnlich sehen würden.

»Die wahre Kunst«, erwiderte der Fotograf, der nur darauf gewartet zu haben schien, nach dem Sinn und den Schönheiten seines Berufes gefragt zu werden, »die wahre Kunst bringt täuschende Ähnlichkeit zustande. Sie ist der Zwilling der Natur.« Oder: »Die wahre Kunst ist die Fotografie. Ich drücke mit dem Finger auf den Auslöser und ...«, er schaute sich um wie ein Zauberer, dem endlich ein Trick geglückt war. »Und ihr seid auf der Platte.« Benjamin runzelte die Stirn: Der Fotograf ähnelte seiner Kamera. Die Anstrengung, das Monokel festzuklemmen, gab seinem Gesicht eine bissige Eckigkeit. Der Mund hatte die Gradlinigkeit eines Briefkastenschlitzes. Benjamin hätte sich nicht gewundert, wenn Herr Bielschowski an diese Menschenmaschine herangetreten wäre und ihren versteckten Mechanismus betätigt hätte.

»Wenn wir lächeln«, sagte der Fotograf, »sind wir uns am ähnlichsten.«

Das wird er nicht können, dachte Benjamin, der Lachmuskel würde das Einglas einfach aus seinem Gesicht schleudern.

Das Porträt der ganzen Schule machte Schwierigkeiten. Die Aufstellung vor dem Gebäude sollte, wie Herr Bielschowski glaubte, malerisch gestaffelt werden. Eine Architektur aus menschlichen Leibern. Die erste Reihe könnte sich hinhokken ... Aber der Fotograf winkte ab. Er wollte alle so natürlich wie möglich haben.

»Aber das ist doch natürlich«, schrie Herr Bielschowski.

Alle wurden von dem Vorgefühl beherrscht, Außergewöhnliches würde sich ereignen. Sie schrien aufgeregt

›97‹

durcheinander, stießen sich an und warfen ihre Mützen in die Luft.

Die Jüngsten und Kleinsten kamen in die erste Reihe. Sie mußten sich einander einhängen. Im Hintergrund ragten die Lehrer aus dem Gewühl der Leiber hervor. Ihre Augen schweiften besorgt über die Köpfe der Schüler.

»Und nun, aufpassen!«

Der Fotograf nahm Aufstellung hinter seinem vierfüßigen Apparat. Die meisten feixten. Benjamin war der linke Flügelmann und stand neben Hubert Seckendorf, der mit verschränkten Armen verächtlich ernst sich dem Weiheakt des Fotografiertwerdens unterwarf. Als der Fotograf mit wehenden Rockschößen auf den Auslöser drückte und die linke Hand in die Höhe stieß, schob Hubert Seckendorf seinen Ellenbogen gegen Benjamin, so daß dieser ins Schwanken kam und fast das Gleichgewicht verloren hätte. Niemand außer den Beteiligten merkte etwas. Sie hielten ihren Blick auf die Linse der Kamera. Eine nie dagewesene Eintracht schloß sie zusammen. Sie schrien nicht, zappelten nicht. Viele hatten den Mund vor Spannung weit offen stehen. Die Masse der Schüler blähte den Schulhof förmlich auf. Herr Bielschowski, dessen Herz für große Feierlichkeiten besonders heftig schlug, hatte Tränen in den Augen. Aber das blecherne Klingeln zur Pause zerstörte seine Gefühle. Er straffte sich und schrie, die Hände zusammenklatschend: »Los!«

Mit elastischen Schritten an der Spitze seiner Klasse betrat er das kühle, dämmrige Schulgebäude.

»Eins, zwei, eins, zwei.«

An der weißgekalkten Wand hing das Bild des schnauzbärtigen Bismarck, der bei elektrischem Licht das Aussehen eines melancholischen Hundes hatte.

›Wir alle sind jetzt ein Kunstwerk, denn‹, so folgerte

Benjamin, ›wenn eine Ähnlichkeit schon Kunst ist, dann müßten wir alle, wenn wir dem Bild ähnlich sind, auch ein Kunstwerk sein.‹

In diesem Augenblick erinnerte er sich an das Bild seines Vaters, das er am Morgen auf dem Nachttisch seiner Mutter entdeckt hatte. Herr Bielschowski mußte dreimal die Frage wiederholen, wo denn in aller Welt der Main entspringe. »In Indien«, erwiderte Benjamin, während er hochschnellte und entgeistert zum Podium vorstarrte. Er hatte im Traume gerade einen Elefanten bestiegen, auf dem schon sein Vater hockte.

Zur Strafe für diese Fehlleistung mußte er sich an die Wand stellen und hatte Gelegenheit, die Inschriften seiner bestraften Vorgänger zu lesen. Er sah auch, daß Herr Bielschowski Manschettenknöpfe trug, die zwei gekreuzte Kanonenrohre darstellten. Für eine kurze Weile fürchtete Benjamin geradezu, sie seien geladen und Herr Bielschowski könne sie im Eifer seiner Darlegung abschießen.

Kaum war Benjamin nach der Schule wieder zu Hause, sagte er, den Ranzen noch auf dem Rücken: »Jetzt mußt du mir von dem Mann auf dem Bild erzählen.« Seine Mutter senkte die Augen, antwortete aber nicht gleich. Ihre Finger lösten den Knoten ihrer Schürze. »Fangen wir also mit der Geschichte noch einmal von vorne an.« Sie ließ ihre Schürze zu Boden fallen und starrte auf die Wand gegenüber.

»Ich werde dir alles der Reihe nach erzählen. Deinen Vater habe ich beim Betrachten eines Denkmals kennengelernt. Er sagte damals, ihn würde das Pferd dauern, immer einen solchen Esel tragen zu müssen. Ich erinnere mich noch sehr gut an seine Worte.« »Habt ihr dann sofort geheiratet?«, fragte Benjamin, der auf den Höhepunkt der Ereignisse zusteuern wollte.

»Aber Benjamin«, murmelte sie nachsichtig, »so schnell geht das nicht. Dein Vater trug weiße Handschuhe und einen Strohhut. Erst dachte ich, er sei ein Gymnasiast. Er sah noch sehr jung aus, aber dann stellte sich heraus, daß er schon studierte, Jura. Ich habe mich damals sehr geschämt und wollte gar nicht mit ihm reden, aber dann ging ich doch mit ihm in ein Café...« »Und dann habt ihr geheiratet?« Benjamin hatte für diese zärtlichen Kleinigkeiten nicht das geringste Verständnis.

»Noch nicht«, sagte sie. »Das ging nicht so schnell. Wir haben uns später noch oft getroffen.«

»Und wann habt ihr geheiratet?«

»Geheiratet«, seufzte sie, während sie ihren Sohn fast etwas belustigt anschaute. (›Wäre ich doch in einer anderen Welt groß geworden, so könnte ich ihm jetzt die Geschichte einer aufblühenden Liebe erzählen, die Geschichte einer aufopfernden Frau. Ich hätte eine nüchterne, realistische Einstellung zu den Dingen und Geschehnissen. Aber so ist das nicht. Die Wahrheit ist die: Josef war eines schönen Tages verschwunden. Vielleicht ist er jetzt ein großer Mann, vielleicht ein windiger Scharlatan, jedenfalls ein Mann.‹)

»Benjamin«, sagte sie laut, als sie die Ungeduld ihres Sohnes bemerkte, »dein Vater hatte plötzlich eine wichtige Aufgabe zu erfüllen und verließ uns.«

»Wie ich ihn kenne«, sagte Benjamin, indem er seine Träume laut aussprach, »wie ich ihn kenne, kehrt er bald zurück.« Er stürzte in das Schlafzimmer seiner Mutter und warf einen Blick auf die Fotografie, als könne er von ihr Zustimmung erfahren. Später fragte er seine Mutter, die im Wohnzimmer den Tisch deckte: »Wann wächst mir ein Bart?«

Auch während des Essens erkundigte er sich ausgiebig nach den Zeichen des Älterwerdens, ein Thema, das seine

Mutter verwirrte, bis sie schließlich den Wissensdurst ihres Sohnes mit der Bemerkung aufhielt, daß das Alter überhaupt keinen Reiz besitze, es würde die Menschen krümmen, das Herz verdorren, kurz und gut, man verfiele innerlich und äußerlich und könne sich nur in Weisheit retten.

»So!«, sagte Benjamin, stand vom Tisch auf und ging auf und ab. Sein Teller war noch halbvoll. »Das ist schon eine Sache. Und wie bleibt man jung?«

»Wenn man den Teller leer ißt«, erwiderte sie.

Drei Tage später wurden in der Schule die Aufnahmen gezeigt. Der Fotograf ging von Klasse zu Klasse und holte aus seiner schwarzglänzenden Tasche, die an den Enden zerstoßen war, die Bilder heraus: das der ganzen Schule, eines der Klasse und die Lehrer. Jedes kostete zwei Mark: ein extra für die Schüler gemachter Preis. Der Fotograf wollte, wie er ausführlich verkündete, kein Geld verdienen.

Was nun die Ähnlichkeit anbetraf, so war Benjamin auf dem Klassenbild mit weit aufgerissenem Mund zu sehen. Er hatte im Taumel einer plötzlichen Begeisterung die Arme hochgerissen und dadurch auf dem Bild einen Grad der Ähnlichkeit mit sich selbst erreicht, der ihn erschreckte. Nicht anders war es auch auf dem Bild, das die ganze Schule in malerischer Aufstellung zeigte. Dort war Benjamin nur halb zu sehen: genau genommen fehlte sein Kopf, der Hals, die rechte Schulter. Vom Nacken nach unten war er sichtbar. Daß er es war und kein anderer, konnte er deswegen feststellen, weil Hubert Seckendorf neben ihm stand, den Ellenbogen angriffslustig nach rechts stoßend. Außerdem erkannte er seine schwarze Hose, die ihm auf dem Bild bis über die Knie reichte. Nun gut. Benjamin erschrak, als er sich zur Hälfte sah. Es war noch nicht mal die beste Hälfte. Er erinnerte sich noch sehr gut an den gehässigen Rippenstoß seines Nachbarn, aber daß dieser so fatale Folgen haben könnte, hatte er nicht geglaubt. Wo war da die hochgepriesene Ähnlichkeit? Wo?

Er selbst konnte die Lösung nicht finden. Der Fotograf sagte, daß keiner zu einem Kauf gezwungen wäre, gab aber auch zu verstehen, daß man später sehr ungern ein derartiges Erinnerungsstück vermisse. »Die Jugend ist schnell dahin«, sagte er und schaute an sich herunter.

»Wenn ihr morgen oder auch übermorgen das Geld bei euch habt, könnt ihr die Bilder in einem Kuvert mit nach Hause nehmen.« Es waren blaue Kuverts, auf denen die Tinte zerlief.

Herr Bielschowski, der sich eine Zeitlang auf dem Bild fixiert hatte, war sehr zufrieden, griff nach einem Stück Kreide, hob die rechte Hand wie einen Taktstock und schrieb schwungvoll, so daß sein ganzer Oberkörper schaukelte und sich der Rücken seiner Jacke zu einer Grimasse verzog, an die Tafel: Preis für das Bild 2 Reichsmark.

»Und nicht vergessen!«, sagte er, während er einen hörbaren Punkt hinter das letzte Wort setzte.

Benjamin trabte traurig nach Hause. Vielleicht wußte Jonas Rat. Aber als dieser von einem halben Benjamin hörte, lachte er und vergaß, an seiner Zigarre zu ziehen.

»Herr Bielschowski hat gesagt, wir müßten das Bild schon aus Erinnerungsgründen kaufen. Verstehst du?« Benjamins wirres Haar und sein hagerer Nacken verrieten Hilflosigkeit. Auf seiner linken Wange prangte ein Tintenfleck.

»Welch eine Katastrophe!«, Jonas heuchelte Anteilnahme. »Wir alle sind Fragment. Ähnlicher als auf diesem Bild wirst du dir nie mehr sehen.«

»Aber ohne Kopf?«, jammerte Benjamin.

»Umso besser, daß du in Wirklichkeit einen hast.« Stille. Es war immer das gleiche: Stürzte Benjamin verzweifelt und ratlos zu Jonas, saß dieser meist in seinem Lehnstuhl, die Beine übereinandergeschlagen, und mißachtete das meiste. Rat gab er nur in wenigen Fällen: Freilich gelang es ihm stets, so zu antworten, daß Benjamin zumindest lachte.

»Was ist übrigens ein Fragment?«, fragte Benjamin. »Ein Fragment«, dozierte Jonas, »ist ein Teil, der manchmal wichtiger ist als das Ganze.«

»Aha!«, stammelte Benjamin. Ein langer Blick aus den dunklen Augen von Jonas, die ein wenig zu groß für dieses Gesicht waren, das aus tausend Runzeln aufgestockt zu sein schien. Über ihm hing ein Kupferstich, der Benjamin stets wieder aufs neue in ängstliches Staunen versetzte. Er zeigte einen Kopf, der aus Landschaften, Bäumen, Sträuchern und Flüssen zusammengesetzt war. Die Augen waren Seen, in denen sich Wolken spiegelten, die Nase ein Fels und der Mund eine vor Lachen weit aufgerissene Grotte. »Darf ich mir nun die Hälfte kaufen?«

»Natürlich, das Fehlende denken wir uns hinzu«, erwiderte Jonas, griff ein Buch und versteckte sich hinter ihm. Für Benjamin war das ein Zeichen zu verschwinden.

Das Unglück jedoch dauerte an. Am nächsten Morgen berichtete Benjamin seiner Mutter einen Traum – und zwar den Traum einer schaudererregenden Halbierung. Er verschränkte die Finger ineinander, um sich zu konzentrieren:

»Ich war ganz allein in einer Wüste und rannte durstig auf einige Bäume zu. Bei jedem Schritt hatte ich Angst, in Sandlöcher zu versinken. Als ich dann mit der hohlen Hand aus der Quelle trinken wollte, erschreckte mich eine Stimme. Ein hagerer Mann mit einem gut gekämmten Schnurrbart trat vor mich hin, eine riesige Schere in den Händen haltend, die etwa die Maße eines Säbels hatte. Die Klingen glänzten in der Sonne. ›Mein Sohn‹, sagte der Mann und öffnete die Schere, ›du kannst von diesem Wasser nur trinken, wenn ich dich halbiere.‹ Er machte mit der Schere einige Probeschnitte in der Luft und schaute mich, die Augen rollend, an. Ich war sehr durstig. Selbst meine Hände waren durstig. Ich beugte mich vor und benetzte meine Lippen mit Wasser, als ein klirrender Schnitt mich am Nabel halbierte. Der obere Teil sprang hoch in die Wolken, so daß mir schwindelte. Der untere Teil lief über den heißen Sand, ohne sich von dem Boden lösen zu können. Ich war plötzlich zweimal da. Jede Hälfte hatte Gefühl. Der Kopf schäumte und über die Beine schienen Tausende von Ameisen zu laufen.«

»Sei still«, rief seine Mutter und bedeckte ihre Ohren mit den Händen. »Wie kannst du nur solches Zeug träumen?«

Später erzählte sie den Traum Jonas, der sich amüsierte und »ausgezeichnet« schrie: »Der Junge ist ein Genie, und der Himmel ist sein Zeuge.«

Der Traum war für Benjamin auch noch im Wachen wirksam. Er glaubte, halbiert zu sein, als er zwischen den grau hochstrebenden Häusern zur Schule eilte. Die Morgensonne wärmte den bläulichen Asphalt. Männer lasen die Zeitung und schüttelten ihren Kopf.

Die Vaterschaft

Das Gespräch mit Benjamin hatte in Anna die Erinnerung an Josef wieder lebendig gemacht. Sie holte seine Briefe hervor und las sie.

Anna verbrachte Stunden damit, sich zu erinnern. Zuweilen versuchte sie sich mit dem Gedanken zu beschwichtigen, daß es doch wichtigere Dinge gebe als diese Liebe, nämlich eine zweite. Aber diese Erwartung verbannte sie, so gut es ging, aus ihrem Herzen. Wohl hätte sie die Werbung von Jonas unter anderen Bedingungen angenommen, aber nach dem Ausbruch von Herrn Kosinski – sie erfuhr den Zwischenfall von Frau Wiegel, die, um es genau zu wissen, sich gleich bei den Beteiligten erkundigt hatte – wagte sie nicht mehr daran zu denken. Herr Kosinski habe, wie Frau Wiegel erzählte, es verständlich und verzeihlich gefunden, daß Jonas Vater eines so klugen und aufgeweckten Jungen wie Benjamin sei.

»O Gott«, seufzte Frau Wiegel, »ist denn das wahr?« Wenn bloße Wünsche eine Vaterschaft ermöglichen können, bloße Wünsche anstelle des Samens, in diesem zweifellos unmöglichen Falle müßte man Jonas die Vaterschaft unumwunden zusprechen.

›Wie anders war Josef.‹ Sie kannte keinen andern Mann (und das sagt für sie nicht gerade viel), der den Kindheitszustand so verherrlicht hätte wie er. Ja, eigentlich war sein Ideal das Ei, denn was dieses vermag, vermöchte kein ausgewachsener Organismus. Das Ei birgt eine Fülle von Möglichkeiten. Im Eidotter ruht das Glück und die Weisheit der Welt und des Menschen.

Jonas dagegen aß gern Eier, am liebsten weich gekocht und mit Senf. Er hatte über ihre Bedeutung noch nicht nachgedacht.

»Du siehst sehr traurig aus«, bemerkte Benjamin, als er seine Mutter gedankenverloren am Fenster entdeckte.

»Ich denke nach«, sagte sie. Ein Wunsch wechselte in den andern: In allen spielte ein Mann die Hauptrolle. In den folgenden Tagen kam Benjamin immer wieder auf seinen Vater zu sprechen. »Sicherlich hätte er mir ein Pferd geschenkt.«

In seinen Fragen steckte Sehnsucht nach Stolz. Seine Mutter ertappte ihn, wie er in ihr Zimmer schlich und seinen Vater auf der Fotografie bewunderte. Er wäre der Retter aus allen mißlichen Lagen – deren gab es viele. Er wäre derjenige, der alles hätte besser machen können.

Jonas erfuhr, daß Benjamin die eigentliche Ursache des Gerüchtes von seiner Vaterschaft war. Herr Weber, redselig und neugierig, immer bestrebt, das Neueste zu hören und zu verkünden, konnte die günstige Gelegenheit, als Jonas einige Zigarren zu zwanzig Pfennigen bei ihm kaufen wollte, nicht ungenützt lassen und fragte, sich weit über den Ladentisch beugend: »Warum heiraten Sie nicht?«

»Sehe ich wie ein Hochzeiter aus?«, erwiderte Jonas und pfiff eine Melodie.

»So lebenslustig heute?« Herr Weber fühlte sich nur glücklich, wenn er fragen konnte.

»Ein vielversprechender Morgen, Herr Weber.« Jonas zündete sich an dem Gasflämmchen eine Zigarre an. Der Rauch schwebte hoch.

»Sie sehen eine siebenundsechzigjährige Lebenslust vor sich, Herr Weber. Also heraus mit der Sprache. Was haben Sie für Frauen für mich?«

Herr Weber ließ das Geld in die Ladenkasse fallen. Sein Kopf glänzte im Halbdunkel des Ladens wie ein Ei. Er druckste und schien etwas sehr Wichtiges sagen zu wollen. Es zeichnete sich auf seiner Stirn ab, aber er stotterte nur, verhaspelte sich und senkte die Augen. Dann jedoch, als sich seine Zunge löste, beugte er sich noch weiter vor und sagte: »Sie haben doch schon einen Sohn.«

»Woher wissen Sie das?«

»Von Ihrem Sohn selbst.«

»Ei! Ei! Herr Weber, und Sie glauben diesem Halunken?«

»Sie werden doch nicht sagen, daß es nicht wahr ist. Der Junge sieht Ihnen überdies noch ähnlich. Ich habe es schon die ganze Zeit geahnt.«

Jonas musterte Herrn Weber und sog an seiner Zigarre. »Wer war denn der hoffnungsvolle junge Mann, der mich da zum Vater machte?«

Schweigen. Herr Weber stützte sich auf seine Ellenbogen. Seine Jacke war an dieser Stelle mit Lederherzen verstärkt. Er räusperte sich, dann schließlich, als er die Ungeduld seines Kunden sah, sagte er, die Hände hochhaltend: »Ben – ja – min.«

Jonas befeuchtete die Zigarre mit der Zunge. »So, Benjamin hat das behauptet. Die Behauptung sollte mich stolz machen. Aus der Masse aufgeblasener Wichte hat er mich ausgewählt, ohne daß ich … Herr Weber, ohne daß ich … Qui fiet? Quid miraris?« Aufrecht, mit gefalteten Händen, stand Jonas lachend da. »Beim heiligen Scarabäus, das ist eine Nachricht. Ziehen Sie die Hose hoch, daß Sie sich Ihren Nabel nicht erkälten, Herr Weber. Ich ahne die Zusammenhänge. Benjamin hat Ihnen also gesagt, ich sei sein ersehnter Vater, und Sie, Herr Weber, hatten nichts Eiligeres zu tun, als dieses Geständnis laut herauszuposaunen.« Herr Weber schloß die Augen und fuhr mit seinen mageren Händen über die versilberte Ladenkasse. »Warum so aufgebracht?«, flüsterte er, um Versöhnung flehend.

»Sie sehen mich lustig«, erwiderte Jonas. Bläulicher Dunst umtanzte ihn. »Welch glückliche Zeiten, in denen sich Kinder ihre Väter selbst aussuchen.« Als er schon die Türklinke in der Hand hatte, wandte er sich noch einmal um. Sein kleines schwarzes Hütchen zitterte.

»Sie haben mich beglückt.« Kaum war er jedoch aus der Tür, die sich mit einem rostigen Dreiklang schloß, warf er die Zigarre angeekelt in die Gosse.

So wurde der Grund des Gerüchtes ruchbar.

›Was mochte Benjamin dazu bewogen haben, Herrn Weber einen Vater wie mich zu präsentieren. Was?‹ Als er Benjamin zur Rede stellte, erfuhr er von diesem nichts weiter, als daß Herr Weber ihm diese Lüge aus der Nase gezogen hätte. Er hätte sich dabei nicht viel gedacht.

»Und ich«, erwiderte Jonas, »dachte schon, du hättest dir sehr viel dabei gedacht.«

Das Gerücht erlahmte bald. Herr Kosinski hatte, als er Jonas auf der Treppe begegnete, gesagt, daß er besoffen keine Gewalt über seine Zunge habe. »Ich weiß überhaupt nicht mehr, was ich gesagt habe – und möchte mich entschuldigen, daß ich mich vor Ihren Augen ausziehen wollte.«

»Das müssen Sie gar nicht«, erwiderte Jonas. »Wir hätten uns gefreut.«

»Daß man zuweilen Durst hat, ist doch menschlich.« Er wandte das verschwommene Weiß seiner Augen Jonas zu, senkte aber den Blick zugleich wieder und verabschiedete sich mit einem gestammelten Gruß.

Herr Wind, der eine Zeitlang Anna ignoriert hatte, wurde wieder freundlicher. Aber das alles ließ doch noch die Möglichkeit offen, daß Herr Bernoulli der Vater Benjamins sei.

›Aus ihm wird ja keiner klug.‹

Nur einige Mutmaßungen blieben, zeigten sich im Getuschel und in den verstohlenen Gesten, wenn Jonas, Anna oder Benjamin an den Hausbewohnern vorüberging. Anna litt darunter, und Jonas sagte eines Tages, als er sie wieder in Tränen sah: »Es muß sich etwas ändern.«

Benjamin merkte jedoch von allem nichts: Er träumte, daß sein Vater mit allerlei Geschenken von seinen Entdeckungsfahrten zurückkehre.

Im Schatten des Don Quijote

Schon eine gute Woche lang regnete es, obzwar es dem Kalender nach bereits Sommer war. Benjamin saß in seinem Zimmer und las. Oft ertrank seine Aufmerksamkeit in den ausschweifenden, feierlichen Reden des Don Quijote, und er sehnte sich nach ruhmreichen, einzigartigen Ereignissen. Zum Teufel! War nun der Schrank im Halbdunkel des Zimmers ein feindlicher Feldhauptmann, der in seinem Innern Mordpläne barg? Benjamin starrte ihn entgeistert an und fürchtete sich vor einem plötzlichen Überfall.

Im letzten Jahr hatte seine Mutter Mühe gehabt, ihn davon zu überzeugen, daß kein Mann unter dem Bett liege.

»Wo hat er sich denn dann versteckt?«, schrie Benjamin.

»Ein richtiger Mann paßt gar nicht unter dein Bett«, erklärte Jonas, der jedoch dabei an sich selbst dachte.

Kurzum: es gab für Benjamin keinen Zweifel, daß die Möbel beseelt waren. Meist waren sie von blödem Schlaf übermannt, waren lediglich nützlich, in einer hölzernen Pose erstarrt, dann waren sie nichts anderes als Stühle, Schränke, Spiegel, Tische. Aber wie lange noch? Während der Regen an den Scheiben herabrann, die Autos vorüberratterten und die Straßenbahnen jedesmal das Haus durchschüttelten, las Benjamin mit eingezogenem Genick. Einmal war er der verständige, listenreiche und allesgläubige Bundesgenosse des Don Quijote, das andere Mal entrüstete er sich über die Torheiten des langgliedrigen Helden.

»Nun wollen wir einmal sehen, wer der größere Narr ist: wer es ist, weil er eben nicht anders kann, oder wer es aus

eigenem freien Willen ist.« Es gab Augenblicke, in denen
Benjamin bittere Tränen vergoß. Zuerst wollte er nicht mit
der Sprache heraus, weswegen er weinte, er sagte nur: »Ich
weine, weil ich Tränen habe.«

Aber schließlich machte er seinem Herzen Luft, knallte
das Buch zu und sagte zu Jonas: »Ich glaube doch, daß er ein
Idiot ist.« Aber selbst als er das sagte und nicht nur dachte,
konnte er dem Helden die Hochachtung und Bewunderung
nicht versagen. Ohne daß er sich genau darüber Rechenschaft abgeben konnte, schlug er sich ganz auf die Seite San-
cho Pansas, der mit seiner fröhlichen, wohlbeleibten Statur
Jonas nicht unähnlich war. »So wahr helfe mir Gott, der All-
mächtige«, sagte er sich selber, »hier in diesem trostlosen
Winkel habe ich Pech ganz ungeheuer – und hier hätte mein
Herr ein prächtiges Abenteuer. Er wahrlich, er würde dieses
Zimmer, dieses Kerkerloch, für einen blühenden Garten und
für Laurins Palast halten und nicht zweifeln, daß er aus dieser Finsternis und Bedrängnis sich zu einem blumenreichen
Gefilde hinausfinden würde; aber ich, der ohne Glück ist,
dem guter Rat fehlt und rechter Mut abgeht, ich denke, bei
jedem Atemzug wird sich unter meinen Füßen ein neuer
Abgrund, tiefer als der vorige, auftun und mich ganz hinun-
terschlingen. Sei willkommen, Unglück, wenn du allein
kommst.«

Anna steckte das Buch weg, als sie ihren lesehungrigen,
verzweifelten Mitstreiter des Don Quijote sah. Obwohl
Benjamin das Versteck sehr bald entdecken konnte, sie hatte
es zwischen ihre Unterwäsche in den Kleiderschrank gelegt,
spürte er keine Lust, weiterzulesen.

Er drückte die Nase am Fenster platt und sah die silbernen Wege des Regens, die unter die Regenschirme geduckten
Passanten. Gegenüber klatschte aus einem Dachfenster ein
kleines rotes Fähnchen im Wind. Dort hause ein Revolutio-

när, erklärte Jonas, als ihn Benjamin fragte, was denn dieser Mann nur beabsichtigte, wenn er aus offenem Fenster mit geballter Faust den Himmel bedrohe. Über die Entfernung waren sein Worte nicht zu verstehen. Jedoch konnte man so viel hören, daß der Mann die ganze Welt verfluchte, vom Bürgermeister bis zum Milchmann. Seinem weit aufgerissenen Munde nach zu urteilen, mußte er sehr leiden. »Was ist ein Revolutionär?«, fragte Benjamin.

»Ein Revolutionär«, entgegnete Jonas und schob einen Fuß vor, »ein Revolutionär ist ein ganz und gar aktiver Mensch, der die Welt in Scherben schlägt, um eine neue daraus zu machen – und zwar eine wesentlich bessere –, du siehst: eine löbliche Sache, aber der Teufel hat auch seine Hand dabei im Spiel, denn kaum ist alles wieder in Ordnung, kommt ein neuer Revolutionär und eins, zwei, drei … Wenn du mich fragst, ich bin immer für Revolutionen, sie sind die Verdauung der Weltgeschichte.«

»Wohnen Revolutionäre denn immer direkt unter dem Dach?« Jonas mußte diese Frage gar nicht mehr beantworten, denn auf der Straße erschien ein Mann, der zum Schutze gegen den Regen einen Sack mit einem Zipfel über den Kopf gestülpt hatte. Er zog, weit vorgebeugt, einen riesigen Leiterwagen hinter sich her, auf dem Bettgestelle, Lumpen, Kisten, alte Lampen, zerdellte Bronzefiguren, verbogene Öllampen und dickleibige Adreßbücher hochgetürmt waren, so daß das Ganze jeden Augenblick zusammenzustürzen drohte. In Abständen von einer Haustür zur nächsten hielt der Mann seinen turmhohen Wagen an, legte die Hände trichterförmig an den Mund, senkte den Kopf nach hinten und schrie, daß die Fenster klirrten: »Lumbe, Eise, Flasche, Babierrrrr.«

Es regnete so heftig, daß der Mann den Ton auf der letzten Silbe nicht allzu lange halten konnte und die Silbe nur noch gurgelte. Jonas öffnete das Fenster – und mit der feuchten Luft drang der blecherne Lärm des Leiterwagens und der Marschschritt eines Paars genagelter Schuhe in das Zimmer. Als der Lumpensammler Benjamin und Jonas am Fenster entdeckte, grüßte er militärisch. Von seinem dünnen Hals hing ein knallrotes Tuch herab. Seine Schaftstiefel glänzten feucht. Glücklich darüber, daß ihm überhaupt jemand Beachtung schenkte, blieb er stehen, trat an den Leiterwagen heran und angelte eine Handharmonika.

»Bitteschööön!«, schrie er und zog das Instrument über seinem Bauch auseinander. Ein fauchender Akkord ertönte. Ein Aufschrei. Der Blasebalg zog sich wie eine Raupe auseinander. Dann suchten die schmutzig-nassen Finger auf den weißen Knöpfen eine Melodie, und jedesmal, wenn der Mann die Harmonika wieder zusammenpreßte, krümmte er sich. Seine Stimme tanzte hinter den Tönen her.

»Die Tiroler sind lustig.«

Der Mechanismus des Instruments war zerstört, und die meisten Töne zersprangen zu einem dumpfen Klagelaut. Jonas wickelte ein Geldstück, das er aus der Westentasche herausgefingert hatte, in ein Stück Papier und warf es dem Mann zu, der es geschickt auffing, eine Verbeugung machte und die Münze aus ihrer Hülle schälte. Die Harmonika hing in seiner rechten Hand und greinte.

»Ein langes Leben, Herr Minister!«

Benjamin erfuhr zum erstenmal, wie man schnell und unter gewissen Umständen zu einer hohen Stellung kommt.

Das Gesicht des Mannes war von schwarzen Locken umrahmt. Er spannte sich wieder vor den Wagen, und mit dem Schlachtruf: »Lumbe, Eise, Flasche, Babierrrr«, zog er weiter. Die Räder des Karrens knirschten.

Benjamin beneidete ihn.

In den folgenden Tagen wurden viele Geheimnisse offenbar. Es begann damit, daß Anna ihrem Sohn Einzelheiten von seinem Vater erzählte, er sei ein junger Leutnant gewesen mit einem stacheligen Schnurrbart, aber schon wenig später sprach sie von einem Bankier, der mit Orchideen erklärte, sie niemals zu enttäuschen, dann war es ein in vergangenen Zeiten heimischer Gelehrter, ein gutgekleideter Pferdeliebhaber mit Ahnenpflichten folgte, hochgewachsen und mit einer Narbe im Gesicht geschmückt. Alles nachahmenswerte Männer: und Idole, mit einem Scheckheft gegen die Vergänglichkeit bewaffnet. Sie lebte sichtlich auf, als sie ihrem Sohn die Reihe markanter Männer als seine Väter vorstellte: sie in den besten Farben schilderte und mit allen Vorzügen des Geistes und des Leibes bedachte. Benjamin fand sich in der Masse seiner Väter nicht mehr zurecht. Einer mußte es sein, nur einer. Er fragte trotzig:

»Wer ist denn der Mann auf dem Bild in deinem Zimmer, von dem du gesagt hast, es sei Vater?« Daß sie weinte, konnte er nicht verstehen. Es machte ihn so verlegen, daß er aus freien Stücken den Dreckeimer ausleerte. Der Abfall roch süß und faul. Vergeblich suchte Benjamin in seiner Tasche nach dem Duftholz, das ihm Franz mit der Bemerkung geschenkt hatte, es verzaubere die Nase. Benjamin fand jedoch nur ein Loch, durch das er seine Finger steckte. Er erschrak, als er seinen Oberschenkel berührte.

›114‹

Taten einer Wünschelrute

Ein Mensch, der nach Antwort dürstet, muß sich mit Geduld wappnen, Benjamin jedoch hatte so viele Fragen, daß er darob die Antworten schon zu erwarten vergaß: zum Beispiel – wie es kam, daß er nur in seinen Träumen fliegen konnte und alltags die Beschwerlichkeit der Schritte erduldete? Zum Beispiel – wie es kam, daß die Elefanten den Taunus verlassen hatten? Zum Beispiel – wie es kam, daß jeder Gegenstand, so und so oder gar so betrachtet, nie derselbe war? Zum Beispiel. Zum Beispiel.

Er begriff, daß Jonas ihn durchschaute, wenn er mit seinen turbulenten Fragen nicht mehr ein noch aus wußte. Er starrte erwartungsvoll in das große Gesicht des großen Mannes und dachte: ›Er erdrückt mich noch. Seine Augen glänzen wie zwei Markstücke, so daß ich mir wie ein Pfennigfuchser vorkomme. Er blickt durch mich hindurch. Er weiß, was ich tue, selbst wenn ich es nicht tue. Zum Beispiel: warum ist nicht die ganze Welt begeistert, wenn ich vor Freude tanze?‹

Jonas kratzte sich den Kopf und sagte: »Man sollte vorher immer tief Luft holen.« Er machte es vor – und das war für Benjamin ein erhabener, ja geradezu feierlicher Augenblick. Die Jacke spannte sich über der kastenförmigen Brust, die Knöpfe bangten, die Krawatte schwänzelte, das Gesicht lief rot an.

Es stärkte Benjamins Mut und Zuversicht.

Verschiedene Indizien wiesen darauf hin, daß unter der Erde noch große Schätze verborgen waren. Der Zufall wollte es, oder sagen wir besser das Schicksal, daß Benjamin zusammen mit Gogo, Franz und Popel unter äußerst schwierigen Begleitumständen einen Schatz hob, jedoch sehr wenig Vergnügen daran fand. Das kam so: Popel, der seit seinem neunten Geburtstag einen Siegelring trug, erschien eines Tags mit einem lehmigen Spaten und behauptete, er wolle nach Gold graben. Franz wies mit seinem rechten Finger an die Stirn, und Gogo lachte meckernd.

»Ihr werdet es schon erfahren, wenn ihr mitmacht.«
Schweigen.

»Du bist ein Spinner«, sagte Benjamin und musterte Popel von oben bis unten.

»Selbst einer«, erwiderte Popel und stellte den Spaten, den er über der Schulter getragen hatte, vor sich hin. In seinem Gürtel steckte eine kleine, knotige Astgabel, die seine Jacke ausbuchtete. »Was ist denn das?«, fragte Gogo und streifte die Jacke Popels zur Seite.

»Eine Wünschelrute.«

»Und ich sage, es ist ein Ast«, bemerkte Franz, »ein drekkiger, ganz beschissener Ast, ein geklauter.«

»Das ist eine Wünschelrute.« Popel blieb bei seiner Behauptung. »Und was wünscht sie?«, fragte Franz, sein Taschenmesser an der Hose abwischend.

»Alles. Jawohl, alles.« Er nestelte die Astgabel aus dem Gürtel und zeigte sie herum. Das Holz war rissig, an den Enden glänzte es abgegriffen. Popel übergab Gogo, der das andächtigste Gesicht machte, den Spaten, ergriff die beiden Enden der Gabel und hob sie geheimnisvoll über den Kopf, während er die Augen schloß.

Schweigen.

Benjamin betrachtete ihn mit halb zugekniffenen, mißtrauischen Augen. Franz ließ sein Messer zuschnappen. Popel tat einen Schritt, sein Bein hing eine Weile nutzlos in der Luft, und plötzlich, als wäre alles Blut hineingeschossen, stieß er es nach unten. Der Schritt knallte auf das Pflaster. Eine Veränderung war mit Popel vorgegangen: Seine Schultern zuckten, sein Unterkiefer fiel ihm schief nach unten.

»Fehlt dir was?«, fragte Benjamin.

»Hier muß etwas sein«, zischelte Popel. Seine Arme mit der Wünschelrute fielen schlaff herab. »Ein Kanalloch. Du hast geguckt«, sagte Franz enttäuscht.

Popel sah auf das Kanalgitter und seufzte erleichtert. Gogo kniete sich hin. »Ist das die Schatztruhe?«

Popel schwieg geheimnisvoll und steckte die Wünschelrute in den Gürtel zurück.

»Ich ahne es, ich rieche es«, stöhnte Franz, der sich über den Kanaldeckel beugte, »das ist reine Scheiße.«

»Wer lernen will, muß demütig sein.« Benjamin beugte sich ebenso herab und hörte das Rauschen der Abwässer, das Gluckern, Schmatzen, Plätschern. Es fiel ihm schwer, den Duftschwaden lange die Nase zu bieten.

»Wo fließt das alles hin?«, fragte er.

»Ins Meer«, erwiderte Gogo und krümelte Erde von seinen Händen.

Benjamin versuchte, durch die teerglänzenden Schlitze des Kanaldeckels Umrisse in dem Grau zu erkennen.

»Das Holz hat sich geirrt«, höhnte Franz und spuckte aus. Als Benjamin sich wieder erheben wollte, entdeckte er in einer Ritze ein Pfennigstück, das durch eine Schmutzpatina hindurch noch kupfern schimmerte.

»Das teilen wir uns«, schrie Gogo, als er aber den Wert des Geldstückes erkannte, schwieg er betroffen. Für Benjamin jedoch stand es fest, daß das ein Anfang war. Eine Basis, würde Jonas sagen, ein winziger Ausblick auf eine Goldgrube. Die Hoffnung hatte immer recht. Dieser kleine Fund rehabilitierte Popel halbwegs, der Gogo unterdessen den Spaten wieder abgenommen hatte und jetzt vorsichtig lächelte. Er war sich seiner Bedeutung bewußt.

»Aber wir können doch hier nicht mitten auf der Straße nach Schätzen buddeln!«, rief Franz und knöpfte seine schiefergraue Jacke zu. »Sicher gibt's unten am Main viel bessere Plätze.«

»Strandgut!«, schrie Benjamin erregt und sah im Geiste schon durchnäßte Kisten mit Piratenschätzen. Als sie zusammen die Habsburger Allee entlanggingen, schwelgten sie in Plänen. Gogos Mund stand die ganze Zeit nicht still. Er sah sich schon inmitten von Dienern, die ihm den Rücken kratzten. Nein, nein. Er saß mit weißen Handschuhen tief im Fauteuil und dirigierte einen Staatsaufmarsch, er war General, Marschall und König.

»Ich werde ein Spaghetti-Esser«, schrie Benjamin aufgeregt und ahmte die Bewegung des Kauens nach. Zuweilen nahm in ihm der Verdacht überhand, eines Tages könnten alle Vorräte erschöpft sein und er müßte jämmerlich verhungern. Das waren Zeiten, in denen er seine Schulbrote aufhob, sie in den Schubladen seines Tisches verbarg, bis sie grünschimmelig wurden. Auch ein Hund verscharrt einen Knochen, um ihn in hungrigen Zeiten wieder aus dem Versteck hervorzukratzen. Nun, Benjamin schwärmte von den Vorteilen eines Spaghetti-Essers.

Unterdessen waren sie in den Ostpark gekommen. Der Himmel leuchtete schmutzig gelb zwischen grauen Wolken. Ein leichter Wind bog das Gras zur Erde. Popel tätschelte seine Wünschelrute, mit der linken Hand hielt er den Spaten über der Schulter.

Ein grauhaariger Mann, der sie über eine Zeitung hinweg

beobachtete, fragte, wen sie wohl begraben wollten. Seine Brillengläser glitzerten wie kleine schmutzige Pfützen. Benjamin fühlte sich in seinen geheimsten Gedanken ertappt und blieb stehen.

›Kann er denn riechen, was wir vorhaben, oder vermutete er nur aus Langeweile?‹ Er tastete durch die Tasche nach dem Pfennig. In seinem Bauche regte sich ein Gefühl wie in der Schule, wenn er aufgerufen wurde.

»Nein«, schrie er zu dem neugierigen Mann hinüber, »wir arbeiten im Garten und säen Radieschen.« Der Mann stellte keine weiteren Fragen, durch die Benjamin gezwungen worden wäre, ein immer komplizierteres Lügengerüst zu errichten, auf Gnade und Ungnade dem ersten Ansturm der Wahrheit ausgeliefert.

»Wir arbeiten im Garten.« Franz wiederholte es und lachte. Er hatte einen Ast von einem Busch gerissen und schlug ihn gegen seine Waden.

Im Osthafen, inmitten der Krane, rostroten Stahlgerüste, Kohlenhaufen, Holzstöße wurden sie kleinlaut und rückten enger zusammen. Gogo kickte ein Stück Kohle vor sich her. Keiner sagte ein Wort. Die Zukunftsträume waren dahingeschmolzen: ängstliche Blicke schweiften zu den Baugerüsten, die quaderförmig bis an den Himmel zu ragen schienen.

Benjamin zählte leise vor sich hin, um die Furcht zu tilgen, jene Verlassenheit inmitten von Stahlskeletten und Schutthalden. Er spürte plötzlich, wie sich sein Herzschlag dem Rattern der Preßlufthämmer anpaßte. Teer- und Ölgeruch umwehte ihn.

»Wir sind da!«, rief Franz erleichtert aus und stieß mit der Fußspitze einen Stein ins Wasser. Die Kreise zogen träge über Schmutzflecken.

Sie gingen am Ufer entlang, bis sie eine Rasenstelle fanden, die, wie Benjamin glaubte, einen Schatz bergen könnte.

Das Gras wuchs spärlich und braun aus dem harten, rissigen Boden. Popel stützte sich auf seinen Spaten und schaute prahlerisch umher.

Ein schwarzer Schiffsrumpf schob sich langsam vorüber. Am Heck flatterte eine gelbe Flagge. Gogo buchstabierte den Namen des Schiffes: Rosa. Sie winkten hinüber.

»Da möchte ich mitfahren. Zum Teufel mit dem Schatz!«

»Amerika ist schon entdeckt«, sagte Franz und hockte sich nieder.

»Wir wollen anfangen.«

Der Main flimmerte wellig unter der Sonne. Das andere Ufer war unter einem Lichtgeflirre verborgen. Popel hob die Wünschelrute hoch, sie hielten den Atem an.

»Jetzt«, schrie Benjamin und klatschte in die Hände. Popel schritt wie ein Traumwandler einher.

»Bitte diesmal keinen Pfennig«, flehte Gogo, aber Popel marschierte unverdrossen weiter und hielt seine Arme steif.

»Er hat Fieber«, rief Franz und schaute in das rot angelaufene Gesicht des Wünschelrutengängers, das vor Anstrengung zitterte.

»Faß ihn nicht an!«, mahnte Benjamin. »Laß ihn denken.« Und Popel dachte, ja er brütete. Er hatte die feierliche Prozedur einem beglaubigten Wünschelrutengänger abgesehen, der in einem Garten nach einer günstigen Wasserstelle suchte. Er hatte in der Tat so lange hingesehen, daß er sich bald selbst fähig fühlte, nicht nur Wasser auf diese Weise, sondern auch Gold zu finden, zumindest einen sehr wertvollen Schatz – und die Tatsache, daß im Augenblick alle auf seine geheimen Kräfte vertrauten, verlieh ihm ein außerordentliches Selbstbewußtsein. Er merkte gar nicht, daß er im Kreise ging, und als er stolperte, ohne auch nur den geringsten Hinweis in seinem Innern zu verspüren, daß hier oder dort ein Schatz läge, kam er ins Schwitzen.

»Paßt auf! Ich spüre es.« Die Ermunterung galt ihm selbst, er spürte jedoch nichts.

Wo konnte das Gold liegen? Überall und nirgends. Vielleicht liegt es zwei Schritte weit entfernt. Möglich ist es, aber doch ist nichts unwahrscheinlicher. Nein, ja, doch, nein, ja! Und gerade, als er entmutigt aufgeben wollte – es hatte sich trotz augenverdrehender Aufmerksamkeit kein Zeichen offenbart –, nun gerade, als er die Arme sinken lassen wollte, spürte er unter seiner linken, dünngelaufenen Schuhsohle einen Stein. In diesem großen Augenblick riß er die Arme mit einem Ruck herunter, so daß die Wünschelrute auf den Boden fiel. Sofort stürzte Gogo herbei und stieß den Spaten in die angegebene Stelle. Das Erdreich war locker: offenbar war es noch nicht lange her, daß einer sich die Mühe gemacht hatte, ein tiefes Loch zu graben, um … Gogo grub eifrig. Sein Hemd flappte über der Hose, der Spaten knirschte. Der erste Widerstand war ein Hölzchen. Was hätte es alles sein können! Aber es war, genau besehen, ein Hölzchen, ein lehmbeschmiertes Hölzchen und sonst nichts. Benjamin konnte nicht untätig zusehen und riß Gogo den Spaten aus der Hand. Seine Handballen schmerzten, so schnell warf er den Boden auf, je tiefer er kam, umso leichter ließ sich die Erde durchstechen. Einige Fußabdrücke um das Loch herum zeigten, daß einer die Erde festgetreten hatte. Das Relief eines Absatzes war deutlich zu sehen. Benjamin knöpfte sein Hemd auf und kratzte sich an der Brust. Er redete im Flüsterton mit den andern, sprach große Vermutungen aus, nur Franz maulte. Er saß auf dem Boden und warf die Steine, die Benjamin herausgebuddelt hatte, in den Fluß. Popel löste den erschöpften Benjamin ab. Das Loch war zwei Spatenlängen tief. Für die erregte Phantasie Benjamins war es gähnend tief, abgrundtief. Er erschauerte. »Zu tief kann man nicht graben«, behauptete Franz sachverständig, »denn ganz unten kommt die Hölle.«

»Wir werden die armen Seelen befreien«, schrie Gogo vergnügt und hüpfte auf einem Bein. Popel grub mit verbissenem Fleiß, Benjamin, der ihn ablösen wollte, wies er ab. Nach allen Seiten spritzten Erdkrümel. Plötzlich beugte er sich herab und schrie laut, den Spaten aus den Händen lassend:

»Hier liegt etwas.«

Franz angelte mit dem Finger einen glattbehauenen Stein aus der Grube. Popel schwafelte von einem Bleiklumpen, aber Benjamin, der sich ebenso über das Loch gebeugt hatte, stieß mit dem Fingernagel gegen etwas Hartes.

»Hier.«

Popel setzte wieder den Spaten an und stieß auf ein breites Brett. Es dröhnte dumpf. Mit Triumphgeheul ließ er den Spaten fallen, warf die Arme in die Höhe und tanzte im Kreis.

»Hurra!«

Sie hatten eine Kiste entdeckt. Nachdem sie die Erde von dem Brett weggekratzt hatten, ergingen sie sich in wilden Vermutungen und gerieten hierbei derart in Feuer, daß sie völlig vergaßen, den Deckel überhaupt noch nicht abgenommen zu haben.

Sie legten mit vereinten Kräften die Kiste frei – und gerade als sie den Deckel mit dem Spaten aufbrechen wollten, näherte sich ihnen ein kleines Männchen, das etwas aus einer Tüte aß.

»Wißt ihr, was da drinnen ist?«, fragte er kauend. Sie starrten ihn fassungslos an. Der Spaten steckte wie ein Grabkreuz in der Erde.

»Der Schatz gehört uns. Wir haben ihn zuerst gefunden«, sagte Benjamin trotzig und stellte sich mit verschränkten Armen vor die kleine Grube. Über den Handrücken kroch Schweiß.

»Schatz ist gut gesagt«, kicherte der Mann tonlos. »Ausgezeichnet gesagt.« Er spuckte aus. »Wißt ihr Grashüpfer denn, was in der Kiste ist?« Und plötzlich, ohne eine Antwort abzuwarten, schlug er sich mit den Fäusten auf die Schenkel und lachte, während er sich im Kreise drehte. »Ein Schatz!«, äffte er Benjamins Stimme nach. »Nein, ihr Schlammscheißer. Ihr solltet weinen und ein Amen singen. Es ist mein Hund. Es war mein Hund. Ein mieses Auto hat ihn überfahren. Es ist Bonso, der beste Hund in Fechenheim. Ein Charakter. Ich war sein Herr.«

Beim Sprechen bewegten sich seine Ohren. Gogo hustete nervös, und Franz sagte, das beste wäre, man würde der Sache auf den Grund gehen. Da könne ja jeder kommen und behaupten, es wäre ein Hund. Er packte den Spaten mit beiden Händen, zerschlug den Deckel, und siehe da: Es war ein Hund. Über seinem dunkelbraunen Rücken schimmerte geronnenes Blut. Eine blauschimmernde Fliege huschte über das erschlaffte Fell.

»Es ist ein Dackel«, sagte Gogo mit Kennerblicken. Benjamin mußte die Tränen zurückhalten.

»Eine beschissene Promenadenmischung ist es«, schrie er und trat mit dem Fuß gegen die Kiste. Enttäuscht hob er den Kopf hoch und hinter den Tränen verschwamm das Bild: Ein Hund. An den Pfoten klebte Lehm. Auf den Kistenbrettern stand in grüner Schrift: Persil bleibt Persil. Er wischte die Handrücken an den Hüften ab. »O heiliger Bimbam.«

Gogo fing laut an zu husten. Der Mann fütterte sich weiter aus der Tüte. »Ihr seid vielleicht Helden!«

Benjamin legte die Zeigefinger kreuzförmig übereinander. Das tat er immer, wenn er sehr erregt war. Popel wollte den Spaten schultern, aber der Mann hielt ihn unsanft fest.

»Erst beerdigen«, und er schaute den Jungen zu, wie sie mit dem Ausdruck äußersten Ekels und ungeschickten Bewegungen die Kiste wieder zuschütteten, die Erde festtraten. Benjamin steckte die Wünschelrute in die Mitte, und Franz sagte versöhnlich: »Einen Pfennig haben wir wenigstens.«

»Da drüben wohne ich«, sagte der Mann plötzlich und zeigte auf ein schäbiges, kleines Haus, dessen Fenster weit aufstanden. Er erzählte ihnen von den Taten seines vielgeliebten Hundes.

»Er war ein Weibchen. Meine Frau ist schon zehn Jahre tot.«

»Er heißt sie«, wandte Benjamin ein.

»Du bist ein ganz Schlauer«, erwiderte der Mann und entklemmte seine Hände.

Popel hatte den Spaten wieder geschultert und ging, seine schmalen Schultern waren hilflos eingebogen. Gogo und Franz folgten ihm, als letzter verließ Benjamin den Platz, das heißt den Friedhof. Er hielt es noch immer für möglich, daß das Ganze eine abgekartete Sache sei. Der Schatz liege sicher noch an dieser Stelle, vielleicht gar unter dem Hund. Benjamin hatte den schwarzglänzenden, eigroßen Stein in die Tasche gesteckt und spürte Kälte durch den Futterstoff. Der Mann schaute ihnen nach. Es schien, als winke er. Seine Hand ragte hoch. Lastkähne glitten vorüber und schoben kleine Wellen an das Ufer, an das sie schmatzend anprallten. Plötzlich sagte Benjamin: »Was hätten wir gemacht, wenn wir wirklich einen Schatz gehoben hätten?«

»Hör auf mit diesem Blödsinn!«, erwiderte Franz und schüttelte energisch den Kopf.

»Wir sollten heimgehen und überlegen, wie wir es wissenschaftlich anstellen können.«

Franz sagte sehr oft ›wissenschaftlich‹ und verstand darunter nichts anderes als ein risikoloses Unternehmen. Gogo hatte Angst vor der Wissenschaft. Man hatte ihm vor einem halben Jahr die Mandeln herausgenommen.

Als Benjamin am Abend ermüdet in die Kissen sank, hatte er den Stein in der Hand. Im dämmerigen Zimmer strahlte er einen geheimnisvollen Glanz aus. Kleine weiße Äderchen durchzogen ihn. Der Schlaf führte Benjamin in eine Welt der Schwerelosigkeit. Er stürzte eine Treppe hinunter und spürte vor lauter Glück keine Stufen unter seinen Füßen. Er schwebte, und unten saß ein goldener Hund mit einer Tüte in den Pfoten.

Am nächsten Morgen erwachte Benjamin mit dem Stein auf seiner Brust.

Formen der Liebe

It is a truth universally acknowledged, that a single man
in possession of a good fortune must be in want of a wife.

Jane Austen

Jonas sagte: »Es muß sich etwas ändern.« Und es änderte
sich vieles. Anna legte Rouge auf und sang, während sie sich
kämmte.

»Was macht der Maier am Himalaya?«

Sie trug jetzt meist ein helles, geblümtes Kleid, das beim
Gehen wie eine Glocke wippte. Benjamin hatte sie noch nie
so glücklich gesehen. Wenn sie aus dem Haus ging, spreizte
sie in weißen Handschuhen ihre Finger. Er konnte eines
Tages vom Fenster aus sehen, wie sie einem kleinen Mann
den Arm reichte. »Ich bin bald wieder da«, hatte sie gesagt
und ihm mit den behandschuhten Fingern über die Wange
gestrichen. »Bald wieder da, bald wieder da.« Benjamin sang
es vor sich hin. Sie hatte nach Parfüm geduftet.

Das wiederholte sich. Der kleine Mann zog jedesmal den
Hut und verbeugte sich galant. Benjamin konnte auf die
Entfernung das Gesicht nicht erkennen. Er sah nur, wie die
ganze Gestalt des Mannes stets in Bewegung war. Er tänzelte. »Ich will bei Jonas schlafen«, verlangte Benjamin am
nächsten Tag von seiner Mutter. Er fühlte sich verraten und
ausgesetzt. Aber als Antwort nahm ihn seine Mutter in die
Arme und flüsterte, mit den Augen schelmisch blinzelnd:
»Du bist das einzige, was ich habe.«

›Verstehe einer, was dahinter steckt‹, dachte Benjamin und
lächelte seine Mutter an. Er wischte sich mit dem Taschen-

tuch die Nase und zerzupfte dann den Rand ihrer Schürze. Er
hatte Ahnungen, die er sich jedoch nicht eingestehen wollte.
Sie brachte ihn ins Bett, stellte sich dann vor den Spiegel und
strich die Locken zurecht. Sie lächelte. Benjamin hatte den
Augenblick nur abgewartet, als seine Mutter das Zimmer verließ. Er sprang aus dem Bett und zog sich hastig an. Er versuchte, leise zu sein, aber ihm schien, als würde der Stoff seiner Kleider laut knistern. Mitten hinein dröhnte der Schlag
seines Herzens. ›Der einzige, der einzige, der einzige.‹

Die Möbel hatten die Unbeweglichkeit von mißtrauischen Polizisten. Als er hörte, wie die Tür ins Schloß fiel,
fuhr er in die Schuhe. Ein viereckiger Lichtschein strich
durch das Fenster über ihn hinweg. In der Eile machte er mit
seinen dürren, knochigen Händen viele nutzlose Bewegungen, aber schließlich stand er völlig angezogen und zugeknöpft im Zimmer und ging mit vorsichtig tastenden Schritten zur Tür. Er knöpfte die Jacke zu, ehe er die Wohnung
verließ und blieb eine Zeitlang im Treppenhaus stehen, in
der Furcht, Jonas in die Finger zu laufen, der abends zuweilen Lust hatte, ein Gläschen in tabakrauher Männergesell-
schaft zu trinken – oder, wie er sehr allgemein sagte, sich die
Füße zu vertreten. Das Haus lag verdächtig still. Die Schritte
Benjamins weckten einen nicht endenwollenden Lärm. Er
rannte, bis er auf der grau glänzenden Straße stand. Er
tauchte in blauweißes Laternenlicht und verlor seine Angst.
Mit einem ermunternden Seufzer auf den Lippen ging er in
die Richtung, in die auch seine Mutter und der kleine Mann
gegangen waren. Er stieß beim Laufen die Fäuste vor. Seine
Haare wippten. Die Jacke bauschte sich. Er hielt sich rechts
auf dem Trottoir und ließ seine Blicke hin und her schwei-
fen. Reklame versprach den Garten Eden. Vielfarbenes Licht
zeichnete Muster auf die Straße. Er fingerte an dem Kragen-
knopf herum, der seinen Adamsapfel einengte.

›Einerlei wie, nur wissen!‹

Als er in die feuchte Dunkelheit der Bäume der Friedberger Anlage kam, entdeckte er unter dem milchigen Blaulicht einer Laterne seine Mutter am Arm des kleinen Mannes, der einen lächerlich großen Hut trug. Er fiel in Schrittempo, hielt sich schließlich im Abstand von zwanzig Metern hinter ihnen, hob einen Ast auf und schlug damit bei jedem schlendernden Schritt gegen sein Hosenbein. Benjamin wußte nicht, was er unternehmen sollte und drückte sich in die Schatten.

›Wird das mein Vater sein?‹ Enttäuscht schätzte er den kleinen Mann ab. ›Den könnte man mit einem Faustschlag zu Boden schlagen. Was sollten nur Franz, Popel, Gogo und all die anderen sagen? Ist das dein Bruder, würden sie sagen, und lachen würden sie!‹

Er näherte sich seiner Mutter bis auf zehn Schritte, dann hielt er sich zurück, in der Furcht, sein Atem könnte ihn verraten. Ihre Stimmen konnte er nicht verstehen. Nur einmal hörte er seinen Namen.

›Was werden sie schon von mir reden!‹

Sie lachten. Der kleine Mann wollte Anna um die Schultern fassen, aber sie entwand sich ihm. So war die Nacht: erfüllt von knarrenden Worten, von hallenden Schritten, von Autohupen – Nebeneinandergehen – Ineinandergehen, in die Querstraßen bogen Passanten ein, die die Dunkelheit verschluckte. Durch die Gitterschatten der Zweige glitt das blasse Gesicht Benjamins. So war die Nacht.

»Ich hasse alles«, sagte Benjamin. An der Konstabler Wache betraten Anna und der kleine Mann ein Lokal. Durch einen Lautsprecher tönte Musik auf die Straße. Ein Refrain: ›Liebling der Säsong‹. Der kleine Mann ging vor und schlenkerte mit dem Hut. Sein Mantel flatterte. Benjamin blieb stehen und lehnte sich gegen eine Mülltonne.

»Schäm dich was«, sagte eine weiche Stimme zu ihm. »So spät sich noch auf der Straße herumzutreiben!« Eine nach allen Seiten hin stattliche Frau, deren Hals von einem silbergrauen Pelz umwunden war, stand vor Benjamin. Ihre etwas fleischige Hand hielt sie ausgestreckt und berührte mit dem Zeigefinger die Wange des Jungen.

»Schäm dich!« Die Straße glitzerte zitronengelb. »Schäm dich!« ›Noch eine solche Aufforderung‹, dachte Benjamin, ›und die Erde verschluckt mich.‹ Der Finger bohrte sich in seine Wangen.

»Wie heißt du denn?«

»Karl«, sagte Benjamin.

»Das ist ein schöner Name«, erwiderte sie und rutschte mit dem Zeigefinger bis an sein Kinn. »Karl.« Ihre süßgetönte Stimme schmeichelte. Benjamin entwich bis an den Bordstein und versuchte, der Berührung des beharrlichen Fingers zu entgehen.

»Wenn du älter wärst, könntest du mich lieben.«

Benjamin schaute auf und sagte: »Ich bin alt genug.« Er stellte sich auf die Zehenspitzen und knipste mit dem Daumennagel an den Hosenstoff. In diesem Augenblick glaubte er, sich in die Nacht ausdehnen zu können. Sein Scheitel reichte bis an die Dachrinne. Er fröstelte.

»Du solltest aber heimgehen.« Sie tätschelte seinen Kopf mitleidig. »Es ist schon spät.«

»Nein, ich bin ein Abendländer«, erwiderte er mürrisch.

»Was du alles bist!« Sie klatschte in die Hände und umarmte hierauf in einem plötzlichen Impuls Benjamins zitternde, hingebungsvolle Schultern. Er riß sich los und knöpfte hastig seine Jacke zu. Der Mut hatte ihn verlassen. Er versuchte zu pfeifen, um sich überlegen zu geben, aber er kroch nur noch tiefer in seine Jacke.

»Abendstund hat Gold im Mund«, sagte sie, als ein

Mann ihren Arm ergriff. Sie ließ Benjamin los und trippelte davon.

Benjamin schloß die Augen und versuchte mit sehr kleinen Schritten, sich vorzutasten. Aber schon beim dritten Schritt klebte er an der Stelle fest. Er riß die Augen auf und schaute in die grelle Auslage eines Schuhgeschäftes. Die Vorstellung, er müßte all die Sohlen durchlaufen, erzeugte ein Glücksgefühl in ihm. Er hob die Hand hoch, damit seine Augen Schatten hätten, lehnte sich an einen Hydranten und betrachtete die schrittlustigen Formen der Schuhe.

Plötzlich bog eine Gruppe dunkelblau gekleideter Musiker in die Straße. Ihre Instrumente glänzten messingfarben, riesige Ohren, in denen die Geräusche der Nacht verebbten. Die Männer stellten sich in drei Reihen vor Benjamin auf und begannen unter der Leitung eines bärtigen, sehr ernst dreinschauenden Mannes, gedämpft ein Kirchenlied zu spielen. Die Tuba hustete. Ein schmales Mädchen, um dessen Gesicht zwei schwarze Bänder flatterten, verteilte Flugblätter.

»Gott sucht uns«, sagte sie jedesmal monoton. Beim Gehen hob sich ihr Rock ein wenig.

»Gott sucht uns.« Als sie Benjamin in seine Jacke gekrümmt an dem Hydranten entdeckte, warf sie die Arme auseinander, wie es kleine Mädchen tun, wenn sie sich mütterlich um ihre Puppen kümmern. Jedoch ehe sie Benjamin erreichte, war er zur Seite getreten.

»Mein Kind.« Sie zitterte vor Mitleid. Etwas verärgert gab Benjamin den Blick auf die Schuhe preis.

»Der Herr Jesus wartet auf dich«, sagte sie, während das Lied in einem schnaubenden Akkord endete.

›Ob die zwanzigstimmig spielen?‹, fragte sich Benjamin. Der Trompeter ließ den Speichel aus seinem Instrument auf den Boden tropfen.

›Der kann's. Stopft der Trompete ein Hölzchen in den Schlund, und sie jammert wie ein kleines Kind.‹ Benjamin zwang sich zu einem selbstsicheren, ausgekochten, großspurigen Gebaren. Er winkelte die Arme und schaute das Mädchen erwartungsvoll an. »Eine Rose in Uniform«, sagte ein Passant und steckte dem Mädchen ein Geldstück in die Brusttasche ihrer Uniform.

»Vom Herrn Jesus.«

Benjamin kickte mit der Fußspitze eine Bananenschale vom Trottoir in die Gosse.

»Das Laster ist der Speck, mit dem der Teufel euch aus dem Paradies in seine Falle lockt.«

Der Dirigent sprach mit Hilfe seiner Arme, und seine Blicke schwebten über den Köpfen seiner Zuhörer. An seiner Brust tanzten mehrere Orden.

»Die Erbsünde verdunkelt den Geist. Wer betrügt, wird betrogen.«

Mit jedem Satz schien die Rede zu Ende zu sein. Das Mädchen war ganz nah an Benjamin herangetreten und legte ihre freie Hand auf seine Schulter.

»Wo sind denn deine Eltern?«

Benjamin versuchte den seelsorgerischen Zärtlichkeiten zu entgehen und trat einen Schritt zurück.

»Mein Vater«, begann er, »hat Nachtschicht, und meine Mutter sucht ihn.« Er senkte den Kopf, während sie leise auf ihn einzureden begann: vom Herrn Jesus, vom blühenden Paradies und von der Reinheit des Herzens. Als sie ihn am Arm wegziehen wollte, stieß er sie zurück und lief davon. Mit einem Schluchzer eröffnete die Posaune einen neuen Choral. Die Trommel rasselte. Der Dirigent zeichnete mit einem kleinen Stäbchen die Noten in die Luft.

»Gott sucht euch!«

Ein Betrunkener riß dem Mädchen die frommen Flugblätter aus der Hand und streute sie über der Gosse aus. Er richtete anmaßend seinen schwankenden Körper auf und sang mitten in das sanfte Näseln der Blechinstrumente hinein:

»Schöner Gigolo, armer Gigolo.«

Siegreiches Lächeln der Erniedrigten.

»Gefangen sind wir in dieser Welt.«

»Ich möchte Sie gern befreien«, stotterte der Betrunkene und lehnte sich an den Hydranten.

»Wie eine Biene fliegst du um Gott, und du weißt es nicht.«

Sie lauschte ihren Worten nach, die sie Benjamin zurief. In diesem Augenblick liebte er sie mit dem Aufwand seiner neun Jahre. Genauer: er verehrte sie, und am liebsten wäre er ihr nachgeeilt. Aber sie wandte sich um und folgte den Musikanten, die unter ihren rotumränderten Kappen den Ernst ihrer nächtlichen Mission zur Schau trugen und feierlich ihre Instrumente unter den Arm klemmten, um andere Plätze der Sünde zu finden, die sie mit dem himmlischen Schwall der Trompeten und Posaunen reinigen könnten.

Plötzlich stand seine Mutter vor ihm. Ihr Begleiter wirkte in der Nähe größer und stattlicher als aus der Perspektive des Fensters. Er lächelte begütigend unter buschigen Augenbrauen und schnippte mit den Fingern.

»Was tust du denn hier?«, fragte sie ängstlich und schlug die Hände zusammen.

Vor den Augen Benjamins verdoppelte sich diese Szene. Er sah seine Mutter in zwei Gestalten vor sich, die eine tänzerisch und gleichsam auf einer Wolke schwebend, die andere niedergeschlagen und mit gerunzelter Stirn – und mit einem Mal vergaß er seine Angst und Verlassenheit und sagte fast beiläufig: »Ich konnte nicht schlafen.«

Der Begleiter Annas wackelte amüsiert mit dem Kopf

und sagte mit einem ekstatischen Augenaufschlag: »Wer kann schon in einer solch schönen Nacht Schlaf finden!«

Benjamin sah in die dunklen, weitoffenen Augen des Sprechers, der einem plötzlich auftauchenden Seehund glich. Ein üppiger Schnurrbart krönte den Mund. Das Gesicht glänzte rosig.

»Meine Hochachtung, ein unternehmungslustiges Bürschchen«, sagte er emphatisch, erhielt jedoch von ihr einen warnenden Stoß mit dem Ellenbogen.

»Das ist Benjamin, mein Sohn.« Sie hielt die rotkalten Hände des Nachtwandlers und rieb sie. Benjamin spürte, wie peinlich ihr dieser Auftritt war, wie sie versuchte, die Aufmerksamkeit auf andere Dinge zu lenken. Seine Hände erwärmten sich an den ihren. Der Begleiter verstärkte sein Lächeln und streckte seine Hand aus: »Oskar Frisch.« Sein braunes Jackett umhüllte einen wohlgenährten Leib. Seine interessierten Augen ermunterten Benjamin, drehten sich plötzlich in den Augenhöhlen und hefteten sich auf einen imaginären Punkt, der etwas über Benjamins Kopf lag, auf eine Reklame nämlich, die eine beinschwingende Tänzerin zeigte. Ein Moment verlegenes Schweigen.

»O schöner Gigolo, armer Gigolo.«

»Gehn wir«, mahnte Oskar Frisch.

Er umfaßte Benjamins Schultern. »Das Bett erwartet dich.« Benjamin blickte auf eine mannshohe Reklame: auf ein Regiment perlweißer Zähne, die zu einem fürchterlichen Biß angetreten waren.

›Durch Chlorodont deine Zähne ein Juwel.‹

Benjamin schob seine Zunge an den Zähnen entlang und spürte einen bitteren Geschmack. Ekel. Die Schildkrötensuppe. Er stolperte über den Bordstein und fiel gegen Oskar Frisch, der ihn begleitete.

»Macht gar nichts. Bald sind wir zu Hause.«

Benjamin erinnerte sich an den Vorfall vor Jahren, als er seinen Kopf durch ein Gitter gesteckt hatte und weder vor noch zurück konnte. Erst Jonas hatte unter prustendem Kraftaufwand die Stäbe auseinanderbiegen können. Benjamin hatte wohl die Gefahr vorausahnen können. Aber er sagte sich: »Mal sehen, was kommt. Mal sehen, was kommt.« Die Müdigkeit ließ ihn schwanken. Oskar stützte ihn mit einer Hand, die andere hatte er Anna gereicht, zurückhaltend freilich, in Benjamins Gegenwart zeigte er ihr gegenüber nur eine unbekümmerte Freundschaft. Er versuchte, mit dem Jungen Schritt zu halten, stolperte aber bald. Seine Jugend lag schon weit zurück.

»Was machst du denn in der Schule?«

Benjamin berichtete mit einer trunkenen Besessenheit von den Ereignissen der letzten Tage, berichtete von der Exhumierung des Hundes, dichtete aber der Dürftigkeit der Entdeckung halber einige Schätze hinzu, die sie ebenfalls exhumiert hätten.

Oskar trug ein frischgestärktes Hemd, das über der Hose etwas verrutscht war.

»Du darfst deiner Mutter keine Sorgen machen!«

»Das sagt Jonas auch. Die Schätze habe ich mit ihm geteilt«, erwiderte Benjamin prahlerisch.

»Wer ist Jonas?«

»Jonas ist eben Jonas«, sagte Benjamin bestimmt, jede weitere Erklärung verweigernd. Die Vorstellung, mit Jonas jetzt reden zu können, das rasselnde Gelächter zu hören, die Finger zu beobachten, wie sie zu einer imaginären Melodie den Takt schlugen, beglückte Benjamin. Er schloß die Augen, lehnte den Kopf beim Gehen an Oskar an und ließ sich führen. Der schmale Körper schaukelte, die Füße rutschten über den Boden. Benjamin redete unterdes munter drauflos, und erst, als sie vor der Haustüre in der Bergerstraße stan-

›134‹

den, hielt er erschöpft inne, um dann wieder mit einem vielversprechenden ›und‹ eine neue Lüge aufzutischen, daß er nämlich auf Dächern und Turmspitzen mondwandle. Übrigens wolle er Flieger werden oder Straßenbahnschaffner. Oskar streichelte ihm den Kopf: »Schlaf gut. Wir werden uns noch öfter sehen.« Er küßte die Hand Annas, flüsterte ihr etwas ins Ohr und stiefelte in seinen spitzen Lackschuhen davon. Benjamin folgte der Mutter, die ihm weitschweifig zu erklären suchte, wer eigentlich Oskar sei. Darüber vergaß sie ganz die Flucht ihres Sohnes.

»Oskar«, sagte sie, »ist ein lieber Mensch. Ich fühle mich in seiner Gesellschaft sehr wohl. Er ist ein Kavalier aus der alten Zeit.«

Benjamin nickte und gestand, daß er von dem Schnurrbart Oskars sehr beeindruckt sei. Ein Schnurrbart wie auf alten Bildern. Das war das einzige, was er noch kontrolliert sagte. Wohl redete er weiter und ließ dem Schweigen keine Chance. Dabei hatte er das sonderbare Gefühl, seine Backen würden sich aufblähen, sein Kopf wüchse und wüchse, bis er groß wie ein Ballon sich vom Erdboden risse und davonflöge.

Davon. Davon. Davon.

Die Sprungfedern knarrten unter dem Gewicht seines Körpers. Er spürte, wie kühle Hände das Hemd über seinen Kopf streiften. Er ließ sich fallen und träumte von einer Trompete, die keine Töne, sondern Mäuse, Kröten, Schlangen und Regenwürmer hervorbrachte.

Am nächsten Morgen weckte ihn seine Mutter früher als gewöhnlich.

»Benjamin«, sagte sie unerbittlich. »Warum hast du das gestern abend getan?« Er hatte noch nicht in die Nüchternheit der Rede und Antwort zurückgefunden. Sein strubbeliger Kopf war halb verborgen unter dem Kissen, unter das er sich im Schlaf aus Angst vor den Kröten verborgen hatte.

»Franz wird bald kommen«, mahnte sie und lüftete die Decke. Sie wußte nämlich, daß sie damit seine Aufmerksamkeit am ehesten erregte. Seine Augen blinzelten. »Hat er schon geschellt?« Franz erschien meist sehr früh und leistete Benjamin beim Frühstück laut schmatzende Gesellschaft. Er verband das Frühaufstehen mit einer ungeheuren Freßlust. Benjamin dagegen fastete am Morgen.

Franz hatte noch nicht geschellt, aber Benjamin zog seinen Fuß unter der Decke hervor und angelte nach den Pantoffeln. Langsam dämmerte ihm die Erinnerung an den gestrigen Abend herauf. Er bemühte sich, eine unauffällige Demut in die Zeremonie des Aufstehens zu legen. Er wünschte, es gäbe eine Möglichkeit für ihn, wie jeden Morgen in das Bad zu huschen, vernehmlich und anhaltend zu gurgeln, den noch betäubten Kopf unter den Wasserhahn zu stecken, um dann vom Geruch der Seife eingehüllt in die Küche zu treten. Heute kam es ihm vor, als nähmen die Dinge nicht den gewohnten Verlauf, als müsse er in dem muffigen Halbdunkel des Zimmers mit der fleckigen Weltkarte über dem Bett liegen bleiben und nachdenken, Gott weiß wie lange, während das Leben draußen verführerisch an dem Fenster vorübergeistere. Er hatte jedoch keineswegs seinen nächtlichen Ausflug vergessen. Jetzt, nach einer kurzen Nacht Schlaf, sah das Geschehnis freilich nicht mehr so abenteuerlich aus: Das heilverkündende Mädchen wurde eine blutarme, dünne Frau, die dahinfrömmelte, und Oskar – oder wie hieß schnell noch der emsige Begleiter seiner Mutter – war jetzt ein rundgesichtiger, süßholzraspelnder Kümmerling, der ein Frauenherz mit lächerlichen Artigkeiten zu betören wußte.

Die Rolläden waren noch geschlossen. Durch die Ritzen sickerte das Licht und warf ein rasterartiges Muster an die Wand.

Anna wiederholte ihre Frage weniger streng: »Warum bist du mir gestern nachgeschlichen?«

Benjamin richtete seine Aufmerksamkeit auf den anderen Pantoffel, den er nicht mit dem Fuß erreichen konnte.

»Gestern?« Beschämt stieß er den Fuß in den feuchtkalten Pantoffel. »Ich war allein«, stotterte er. Seine Zehen tasteten nach Widerstand. Er verschwieg, daß er den leichten Verdacht hatte, er müsse seiner Mutter nur einmal heimlich folgen, um seinen Vater zu entdecken.

›Irgendwo muß er doch stecken.‹

Anna gab Benjamin einen Klaps und zog die Rolläden hoch. Er rieb sich die Augen, reckte sich hoch, die Arme weit hochstoßend, als könnte er trotz seines mageren Körpers den Raum ganz ausfüllen.

›Oskar. Dieses Seehundsgesicht!‹

Das Zimmer durchzog plötzlich ein sanfter Geruch von Kaffee. Anna ging, und Benjamin stürzte ins Bad und gurgelte.

In der folgenden Zeit wurde nicht über den Vorfall gesprochen. Als Benjamin Jonas besuchte, um ihm wenigstens in Andeutungen seinen nächtlichen Ausflug zu schildern, traf er ihn dabei, wie er den Globus in die Hand nahm und ihn langsam mit den Fingern drehte und in die tiefsten Träumereien der Wissenschaft versank. Zu Benjamin sagte er abweisend:

»Was gibt's draußen?«

Jedoch brachte er die Frage so barsch heraus, daß Benjamin nicht zu antworten wagte. In seiner schmuddeligen Jacke, das Gesicht von Zigarrenqualm umweht, wirkte Jonas abweisend und desinteressiert, aber plötzlich gab er dem Globus einen heftigen Stoß, so daß sich Länder und Meere vereinigten, wenigstens vorübergehend.

Er trank Tee, und etwas überrascht von Benjamins Eingeschüchtertheit trommelte er versöhnlich mit den Fingern auf dem Tisch.

»Nun denn! Was gibt's?«

Benjamin berichtete.

»Findest du den Wunsch deiner Mutter so seltsam, zuweilen auszugehen?«, unterbrach ihn Jonas. Und als er die Verlegenheit des Jungen bemerkte, fügte er noch schnell hinzu, daß er ihn nicht kränken wolle: nein, nein und nochmals nein. »Beim großen Ziegenbock, nein.« Er hielt eine kleine Rede aus dem Stegreif, ohne darauf zu achten, daß er das, was er vorbrachte, mehr zu sich selbst als zu Benjamin sagte, der jedoch sehr aufmerksam zuhörte.

»Die Wahrheit ist, daß der Mensch sehr unvollkommen ist. Hörst du überhaupt zu? Schön. Also ich sagte, die Menschen seien höchst unvollkommen, und der Grund ist dieser: Ursprünglich war die Gestalt des Menschen rund, sein Rükken bildete zusammen mit den Seiten einen Kreis, vier Arme hatte er, vier Schenkel und dazu auf dem Hals zwei sich gleichende Köpfe. Eine sehr umfassende Persönlichkeit, jedoch hochfahrenden Sinnes und von grobschlächtiger Körperkraft. Frage nicht, denn ich bin noch nicht zu Ende. Diese Wesen wurden gegen Gott aufsässig und versuchten, den Himmel zu stürmen; Gott aber zerschnitt sie, einen jeden vom Scheitel an der Länge nach, und machte aus je einem von ihnen zwei, wie man einen Apfel zerteilt. Nachdem nun diese sicher sehr bedauernswerten Wesen derart geteilt waren, suchte ein jeder seine andere Hälfte, oder seine bessere Hälfte, wie man zuweilen sagt. Deshalb eilten sie zusammen, umschlangen einander mit den Armen und klammerten sich aneinander, in der Hoffnung, den glücklichen früheren Zustand wiederherzustellen.«

»Fanden sie immer die zu ihnen passende Hälfte?«, fragte Benjamin.

›138‹

»Nun, es gibt verschiedene Beweise dafür und dagegen.«

»Warum hast du mir das überhaupt erzählt?«

»Du wolltest doch wissen, worin das Wesen der Liebe besteht.« Jonas gab sich überlegen und ironisch, er paffte an seiner Zigarre und verscheuchte eine Fliege, die sich auf Amerika niedergesetzt hatte. Er murmelte noch etwas, dann schob er den verdutzten Benjamin zur Tür.

»Geh spielen!«

Auf der Bergerstraße peitschten die Kinder ihre Kreisel. Benjamin schlenderte dahin und entdeckte gegenüber, vorm Zigarren-Weber, seinen Freund Franz inmitten einer Schar von Jungen, die Latten, Tomahawks aus Zigarrenkisten und blitzende Taschenmesser trugen.

»Du kommst recht.« Franz balancierte auf der flachen Hand einen weißgeschälten Stock. »Wir ziehen gerade in den Krieg.« Sie rotteten sich zusammen und liefen laut schreiend in die Wittelsbacher Allee, Stöcke und Tomahawks über dem Kopf schwingend. Franz hatte sein Taschentuch an eine Fahrradpumpe gebunden. Das Gebrüll versetzte Benjamin in höchste seelische Begeisterung. Während der ersten hundert Schritte geschah nichts, aber dann erschien eine Gruppe von Jungen, die einen Hund mit sich führten, den man eigentlich nur strubbelig nennen konnte, weil gerade seine Haare alle anderen Merkmale verdeckten. Was vorne war, sah man nur, wenn er lief.

Es bestand ein alter Zwist zwischen den Jungen der Bergerstraße und denen der Wittelsbacher Allee, wennzwar letztere aus Gründen einer weit um sich greifenden Verweichlichung seltener das Kriegsbeil ausgruben und sich mit Hilfe ihres Hundes, der eigentlich nur bellte, leidlich verteidigten. Motor des Angriffes war meist Willi Panzer von der Bergerstraße, ein vierzehnjähriger Junge, für Benjamin schon fast ein Erwachsener, wenn nicht gar ein Greis, schon allein deswegen, weil Willis Stimme krächzend mutierte. Willi Panzer war nur sein bürgerlicher Name, bei seinen Freunden jedoch hieß er kurzweg Auto, und das kam daher, weil er das Geräusch eines anlaufenden Motors mit einer derartigen Sicherheit nachahmte, daß Benjamin glaubte, Willi müsse sich mit Benzin ernähren. Willi Panzer oder das Auto verfaßte mit roter Tinte pompöse Kriegserklärungen, die meist mit der schwungvollen Anrede: »Ihr blutigen Hunde« begannen und mit der Androhung endeten: »Ihr sollt den Staub von unseren Füßen küssen.« Willi Panzer oder das Auto liebte den blumigen Stil.

»Das muß blutig gerochen werden.« Dieser Satz jedoch erweckte in Benjamin den Verdacht, als stünde der Geruch unmittelbar mit der Rache im Zusammenhang.

Jetzt stürmte er voran, seine Beine pendelten über dem Asphalt. »Ihr blutigen Hunde.«

Gogo piepste mit.

»Wenn du ausrückst, schlage ich dich nieder.«

Das Auto zwang ihn mit dieser niederschmetternden Aussicht zum Kampf, und Gogo machte kleinlaut mit. Verzweiflung konnte ihn zwar zu Tollkühnheiten bringen, das wußten sie alle, aber man kann ja nicht immerfort verzweifelt sein, um Tapferkeit zu demonstrieren. Kurzum, Gogo hatte Angst. Er folgte als letzter mit gesenktem Haupt. Erst auf der Kreuzung zur Wittelsbacher Allee holte er die anderen ein und sah den Hund, der, soweit man es überhaupt sehen konnte, zähnefletschend an der Leine zerrte. Gogo packte Benjamin am Arm und schrie: »Wir sind verloren.« Aber das Auto warf die Arme zum Signal hoch und stieß einen Schlachtruf aus.

»Hipp hipp«, und mit hysterischer Beharrlichkeit sprengte er dem Feind entgegen.

Mitten im Lauf, just zwanzig Schritte von dem unschlüssigen Gegner entfernt, flüsterte Benjamin zu Franz: »Ich weiß alles über die Liebe.« Weiter kam er nicht, weil der Hund ihn ansprang und ihn in den Oberschenkel biß, daß Benjamin mehr aus Angst, der Hund könnte erneut zuspringen, laut aufschrie, und gerade diesem Schrei verdankte er, daß der Köter von ihm abließ und mit eingekniffenem Schwanz zu seinem Herrn zurückschlich. An der Hose war nichts zu sehen. Als Benjamin sie jedoch eine Handbreit hochstreifte, entdeckte er einige blaue Druckstellen. Sie taten nicht sonderlich weh, doch war es eine Wunde, darüber bestand kein Zweifel. Wenn man sehr kräftig den Finger auf sie preßte, verstärkte sich der Schmerz. »Verdammt!« Benjamin hockte sich hin und hielt das Bein steif ausgestreckt. Das plötzliche Eingreifen des Hundes hatte den Kampf gleichsam mit einem Biß beendet.

»Wenn das nur nicht ein tollwütiger Köter ist.« Benjamin preßte seine Hände auf die Wunde. Die Vorstellung, ein unwiderstehliches Gift würde sich in seine Adern einschleichen und ihn zu tollen, bißwütigen Taten anstacheln, belustigte ihn.

»Diese Wunden werden schwarz und blau und wachsen über den ganzen Körper«, sagte Franz, der Kenntnisse aus einem Gesundheitsbuch hatte. Benjamins Furcht wuchs. Der Besitzer des Hundes, ein dunkler, schlaksiger Junge, rief herüber, daß Othello, er meinte offenbar seinen Hund, ein Vegetarier sei.

Die Helden der Bergerstraße trollten sich, Benjamin in der Mitte, davon, jedoch nicht ohne auf blutige Vergeltungsmaßnahmen hingewiesen zu haben. Benjamin glaubte sich dem Sterben sehr nahe. Er spürte den Puls gegen seine Haut.

»Dies ist der Anfang des Todes.«

Ein alter Mann grinste ahnungsvoll. Benjamin betete mit

fiebernden Lippen. Es war ihm geradezu unheimlich, daß er sich noch wohlfühlte – gegen alle schwarzfarbene Erwartung blieb er am Leben. Jonas begrüßte ihn im Hausflur.

»Nun, junge Hälfte!«

Er besah sich die Wunde, die freilich in dem Dämmerlicht überhaupt nicht in ihrer Gefährlichkeit zu erkennen war. Er vermutete sie an einer völlig falschen Stelle.

Noch im Traum war Benjamin von Hunden umtanzt, und sein Leib blutete aus vielen Wunden. Aber noch seltsamer war das Gefühl, plötzlich porös zu sein. Die Haut vermochte die Dinge nicht mehr fernzuhalten. Sie schlüpften in sein Inneres und machten es zur muffigen Rumpelkammer.

Am nächsten Abend fühlte Benjamin sich wiederum verlassen. Oskar war erschienen und hatte Anna entführt. Benjamin las noch ein wenig, aber er vermochte die knisternde Einsamkeit seines Zimmers nicht länger zu ertragen und stieg, auf der Treppe sich schnell einen Grund des späten Besuches ausdenkend, zu Jonas. Vor der Tür putzte er sich die Schuhe auf der Matte derartig gründlich ab, daß er gar nicht klingeln mußte. Jonas stand, durch das Kratzen aufgescheucht, in Hosenträgern vor ihm. Aus einem offenen Hemd schimmerten weiße Haare.

»Reibung erzeugt Wärme, und wenn du so weitermachst, wirst du bald in Flammen stehen.«

Benjamin sagte, er wolle ein spannendes Buch haben.

»Hereinspaziert«, rief Jonas, rieb sich vergnügt die Hände und watschelte durch den Gang in sein spärlich erleuchtetes Zimmer. Benjamin schlich beklommenen Herzens hinter ihm her, nicht ganz sicher, ob sein Freund auf einen so fadenscheinigen Vorwand hin ihn für einige Zeit bei sich behalten würde.

»Ein Buch.« Mit schweren Schritten ging Jonas an seinen

Büchern auf und ab, die die Wand hinter dem Schreibtisch bevölkerten.

»Ein Buch.« Am liebsten wäre Benjamin zu dem ausladenden, tief eingesessenen Sofa geschlichen, hätte sich in die Kissen zurückgelehnt und wäre beglückt eingeschlafen. Jonas ergriff eine silberne Dose, fingerte ein markstückgroßes Schokoladenplätzchen heraus und reichte es Benjamin auf der Fingerkuppe. »Ein Buch.«

Er blickte dem Jungen ins Gesicht, um den Eindruck zu beobachten, den dieses Wort machte.

Benjamin schlich über das Muster des Teppichs und ließ sich in das Sofa fallen. Jetzt, nachdem er die anfängliche Verlegenheit hinter sich hatte, streckte er die Füße aus und beobachtete, wie Jonas ein kleines Büchlein griff und versonnen in ihm blätterte. Ein Lächeln öffnete seine Lippen. »Was ist das für ein Buch?«, platzte Benjamin ungeduldig heraus und schluckte den Rest Schokolade hinunter.

»Robinson Crusoe«, erwiderte Jonas und jonglierte das Buch auf dem Handrücken. »Ein Schiffbrüchiger, der an eine Insel gespült wird und sich tapfer, sehr tapfer und erfindungsreich an ein neues Leben heranmacht. Ein sehr spannendes Buch.« Er schaute allwissend drein und lehnte den Arm auf das Bücherbord. Er wirkte über die Maßen breit und kolossal. In seinem Gebiß glitzerte eine Goldplombe.

»Da, lies es.« Aber so sehr sich auch Benjamin Mühe gab, die kleinen Buchstaben zu entziffern, immer wieder verschwammen die Seiten vor ihm. Ein Meer von kleinen Insekten wimmelte bedrohlich. Er schaute sich suchend um. Nach einem tiefen Atemzug kam er endlich mit dem heraus, was er auf dem Herzen hatte.

»Kennst du Oskar Frisch?«

»Vom Hörensagen.« Jonas knöpfte sein Hemd zu. »Deine Mutter hat mir von ihm erzählt. Ein umgänglicher

Herr. Die Wahrheit liegt auf der Hand; er kommt gerade recht.«

Benjamins Mund zog sich erwartungsvoll in die Breite.

»Meinst du, er wird mein Vater?«

»Er wäre glücklich zu schätzen.«

»Er sieht aus wie ein Seehund.« Das war kein Argument. Jedenfalls mißtraute Benjamin diesem Seehund. Man ist nie jung genug, um etwas zu wissen. Benjamins Gedanken nahmen an Bedeutung zu, so daß sich seine Haltung auf dem Sofa versteifte. Aber nach einem Augenblick aufgereckter Würde sank er zurück. Die Müdigkeit gewann Oberhand über seine streunenden Gedanken. Jonas betrachtete den erschlaffenden Körper des Jungen, der ein wenig hin und her schaukelte, um dann mit murmelndem Atem einzuschlafen. Er holte eine Kamelhaardecke und legte sie Benjamin über die Knie, dann schlich er zurück zu seinem Schreibtisch, drückte die bis auf einen nagelbreiten Stummel ausgerauchte Zigarre aus und blätterte unternehmungslustig im Robinson. Benjamin war unterdessen umgesunken und lag mit dem Gesicht auf einem roten Kissen. Er träumte davon, daß er die andere Hälfte von Jonas sei. Nur hatte er gerade ungeheure Schwierigkeiten, mit ihm zusammenzuwachsen.

Die Zeit kroch langsam vor. Gegen elf Uhr nahm Jonas den schlafenden Benjamin auf die Arme und trug ihn nach unten. Arme und Beine des Jungen hingen schlaff herab. Sein Mund stand offen, und ein guter Beobachter hätte eine knappe Bewegung des kleinen Fingers bemerken können, die irgend jemanden herbeizuwünschen schien. Anna war wieder zu Hause und hatte, als sie Benjamin nicht in seinem Bette vorfand, den Mantel wieder schnell übergeworfen, um ihren Sohn irgendwo auf der Straße aufzulesen. Sie sah ihn schon zerschunden in einem Rinnstein liegen – gegen die bösen Ahnungen ankämpfend, öffnete sie die Haustür und sah Jonas, den schon verloren geglaubten Sohn auf den Armen haltend.

»Wo war er gewesen?«, schrie sie und preßte die Hand an den Mund.

»Er schenkte mir die Ehre seines Besuches«, erwiderte Jonas sanft und errötete leicht. »Doch da ihm meine Gesellschaft zu langweilig oder, was ich nicht hoffe, zu beruhigend wirkte, ist er eingeschlafen.« Und ohne weitere Erklärung trug er seine Last über die Schwelle und legte sie vorsichtig in einen Sessel, dann stopfte er sein Hemd, das aus der Hose gerutscht war, zurück und ging, väterlich eine gute Nacht wünschend, wieder nach oben.

Seiltanz und schließlich der Elefant

Als die Tür ins Schloß fiel, seufzte Anna.

Oskar kreuzte in der folgenden Zeit seltener auf. Aber eines Tages, es war ein Mittwoch, an dem Benjamin die Kunst des Dividierens lernte, erschien er sehr aufgeräumt und hielt zwei Eintrittskarten in der Hand, und nach einigem Getuschel mit Anna wandte er sich dem Jungen zu. »Es geht in den Zirkus«, sagte er. Benjamin verwunderte das ›es‹, und er mußte kein ausgekochter Grammatiker sein, um die Vorsicht Oskars aus dieser Wendung herauszuhören. Benjamin schwieg unentschlossen, näherte sich aber dann Oskar mit kläglichem Lächeln und sagte: »So!« Mit diesem Wort oder sagen wir besser mit diesem Laut begannen seine Vorfreuden, die sich auf dem Weg zum Ostpark immer mehr steigerten. Anna blieb zu Hause. Die Vorstellung begann punkt sechzehn Uhr mit einer Eröffnungsrede des Zirkusdirektors. Ein livrierter Riese stand vor dem kolossalen Zelt, vor dem die Menge sich schwarz drängte, und zerriß die Eintrittskarten, während sein Jackenärmel etwas in die Höhe rutschte, so daß auf dem Arm ein Mädchen erschien, das auf einer Kugel balancierte.

»Sind das Adern?«, fragte Benjamin, der auch auf seinem Arm ein zartes Gespinst von Adern besaß, aber nicht in jener Form.

Oskar erklärte umständlich die Kunst der Tätowierung und fügte hinzu, daß diese Bilder sehr oft die Kraft und die Männlichkeit des Betreffenden hervorhöben. Benjamin wollte noch mehr wissen, warum zum Beispiel Oskar keine solchen Verzierungen auf seiner Haut hätte, aber sie waren unterdessen mit Hilfe eines rothaarigen Ordners an ihrem Platz angekommen, der nur durch einen kleinen Gang von der Manege getrennt war. Ein Platzregen von Stimmen, Gelächter, Schreien, Rascheln, Klappern, kurzweg alle nur erdenklichen Geräusche, die der Mensch in Erwartung eines großen Ereignisses zustande bringt, stürzten über Benjamin her, so daß ihn plötzlich das Verlangen packte, ebenso zu schreien, und ohne daß er es beabsichtigte, stieß er seinem Nebenmann, einem schmalen, traurigen Mann, die Ellenbogen in die Oberschenkel und schrie: »Peng peng schnederedeng.«

Ein Herr unter einem rattenfellglänzenden Zylinder war in die Mitte der Manege getreten. Er trug einen Frack, und in einer weißbehandschuhten Hand hielt er eine Peitsche, deren Schnur im Sand schleifte, und schneller, als Benjamin folgen konnte, beschrieb sie plötzlich eine Acht in der Luft, so daß durch den Knall das Sägemehl vom Boden hochspritzte. Ein Tusch der Kapelle. Ein Trommelwirbel plärrte in den Lärm hinein. Das Zeltdach zitterte.

»Nun fang nicht gleich zu heulen an«, hörte Benjamin eine Mutter zu ihrem Söhnchen sagen, das sich von dem Peitschenknall getroffen fühlte und die Hände gegen die verheulten Augen preßte. ›Schisser!‹, dachte Benjamin überlegen.

Der Herr im Frack nahm den bräunlichen Stummel aus dem Mund, ließ ihn vor seine Füße fallen und bohrte ihn mit der Fußspitze in den Boden.

»Meine sehr verehrten Damen und Herren …« Benjamin vermochte vor Erregung nicht den Sinn aus dem Wirrwarr von Vokalen und Konsonanten herauszuhören, den diese heisere Stentorstimme hervorbellte. Statt dessen begann er den lautschreienden, befrackten Herrn zu fixieren: Er, ein verschwindend kleiner Kerl in dem Gewoge der Leiber, wollte die Aufmerksamkeit des Zirkusdirektors auf sich lenken. Dieser aber hob beim Sprechen den Kopf und starrte an das Gerippe des Zeltdachs, während er mit der Peitsche wippte. Und übersah, ja es bestand kein Zweifel, er wollte den kleinen Jungen übersehen, der sich weit über die Brüstung lehnte.

Eine kugelige Gestalt, in einem sonnenblumengelben Kostüm mit beweglichen Fledermausohren, die alle Geräusche an sich heranzuwedeln schienen, watschelte in die Manege, gefolgt von einem steißschwenkenden, giftgrünen Ungetüm, dessen Zunge aus dem Maul flatterte. Benjamin hatte vor Schreck den Mund weit aufgerissen. Die Vorstellung begann in dem Augenblick, als sich der Verfolgte umdrehte, das Ungetüm erblickte und niederfiel, aber ganz unversehens auf den Kopf zu stehen kam. Benjamin jubelte, lachte und klatschte in die Hände, als dem Clown ein Trompetenton aus dem Hintern entwich, der das Ungetüm jäh in die Flucht schlug. Der Zirkusdirektor trat diskret zurück.

Ein riesiges Ei wurde daraufhin herangerollt, das bläulich schimmerte. Der Clown sprang auf die Füße, nestelte einen Hammer aus der Hosentasche, hob die Hand, schlug zu und mitten zwischen den klirrenden Schalen stand ein mageres Mädchen, das auf den Zehenspitzen zu einem Gerüst tänzelte. In Windeseile erklomm es eine Leiter und setzte den Fuß auf das Seil, um dann mit ausgestreckten Armen, ein wenig zitternd, zu balancieren. Ein fleischfarbenes Trikot umschloß ihren Körper. Schaute man länger hin, so sah es aus, als hätte sie nichts an. Ihre biegsame Nacktheit begeisterte einige Herren. Sie schlich langsam mit federnden Beinen, aus denen sich die Muskeln hervorpreßten, über das Seil. Benjamin sah ihren schmalen Rücken, der sich wand und bog. In diesem Augenblick schlug seine Bewunderung in Verehrung um, und er wäre beinahe über die Brüstung geklommen und in die Manege gestürzt, als sie vom Seil abglitt. Er sah sie schon mit gebrochenen Gliedern am Boden liegen, das zarte Köpfchen unter schwarzem Haar verborgen. Totenstille. Ein jeder hörte sein Herz schlagen. Benjamin ertappte sich dabei, wie er wünschte, sie möge fallen, auf daß er sein ganzes Mitleid über sie ausgießen konnte. Aber sie hatte während des Falles das Seil ergriffen, pendelte hin und her, überschlug sich und plötzlich kniete sie, stemmte sich langsam hoch, um dann unter befreiendem Ausatmen der Zuschauer wieder tänzelnd das Seil entlangzuschreiten. Benjamin legte seine fünf schmalen Finger an die Lippen und schämte sich des Mißtrauens, das er gehabt hatte. Jetzt über die Brüstung springen, mit weit ausgebreiteten Armen auf sie zulaufen, ihr begütigend, lobend auf die Schultern klopfen, einen Kuß auf ihre glühenden Backen hauchen und sie heiraten.

Benjamin saß zwanzig Meter von ihr entfernt und klatschte, dem Beispiel der andern folgend, in die Hände. Der Gedanke verwirrte ihn, daß vielleicht jeder von Herzen gerne auf sie zugestürzt wäre, um sie zu umarmen. Es sollte nur ein Einmannpublikum geben. Die Seiltänzerin ging im Eirund der Manege herum und warf Kußhände in die Reihe der Zuschauer; als sie Benjamin aus der Nähe erblickte, schloß er vor Enttäuschung die Augen. Ein breiter, grell geschminkter Mund lachte ihn an. Die groben Backenknochen gaben dem Gesicht ein kastenförmiges Aussehen, die fleischige Nase war himmelwärts gerichtet, so daß die Nasenlöcher bedrohlich groß erschienen. Die Hände glänzten blau. Schmutzstreifen liefen über die Arme, und dort, wo die Beine aus dem Leibe hervorwuchsen, quoll ein Büschel Haare aus dem Trikot hervor.

›Was ist Natur?‹

›Was den Frauen zwischen den Beinen wächst.‹

›149‹

Gogo stellte mehrere Wochen lang diese Frage. In der von Beifallsklatschen zerhämmerten Luft verlor Benjamin fast die Geduld. Das Mädchen schwankte, drehte sich um seine Achse und entfloh mit eingebogenen Knien.

Für einen Augenblick waren sich ihre Blicke begegnet. Er schluckte seinen Speichel.

›Was ist Natur?‹

Die albernen Weisheiten von Gogo verwirrten Benjamin, sie deuteten an – und ließen ihn mit einem heißen Kopf zurück. Gogo war ein Schwätzer.

Zu Oskar gewandt lispelte Benjamin aufgeregt: »Wieviel Geld wird sie bekommen?« Oskar war derart in Applaus vertieft, daß er die zweifellos sehr wichtige Frage überhörte.

»Ist sie denn nicht wundervoll?«, schrie er und konnte kein Ende in seiner Begeisterung finden. Als sich die Seiltänzerin umwandte, sah Benjamin auf ihrer Schulter ein pfennigstückgroßes Muttermal. Wenn er sich später an diesen Vorfall erinnerte, fand er in ihm den Ursprung seiner Leiden und Träume.

Die nächsten Auftritte verfolgte er nur noch mit geringer Gespanntheit, lachte freilich hemmungslos, als der Clown in einer Pause seine Trompete nach einem Wecker stellte und versehentlich an das Ohr hielt, staunte mit hochgerecktem Kopf, als die Tiger durch die Feuerreifen sprangen. Am meisten fürchtete sich Benjamin, als die Elefanten auftraten, rüsselschwankend, die kleinen Äuglein voller Hohn, den Leib mit Altersrissen übersät. Ein Elefant wird so alt wie ein Papagei, und ein Papagei wird gut hundert Jahre alt. Nun, als die Elefanten mit der Grazie listiger Schwerfälligkeit auf großen Flaschen balancierten, sank das Herz Benjamins noch tiefer. Wie leicht könnten sie ihre Rüssel ausstrecken und sich seiner bemächtigen.

›Ich werde Jonas alles genau erzählen, wenn es mir gelingt, dieses Zelt lebendig zu verlassen‹, sagte sich Benjamin – und schon zwei Stunden später saß er Jonas gegenüber und erzählte, jedoch in einem sehr vergröberten Maßstab. So ließ er die Seiltänzerin über ein Messer tanzen, ohne, man denke, ohne daß sie in der Mitte durchgeschnitten worden wäre. Das sei natürlich beachtlich, sagte Jonas und klatschte in seine Hände. Was jedoch Benjamin Gogo erzählte, war nicht nur vergröbert, sondern furchterregend. Diese Elefanten wären so groß wie ein sechs-, was sage ich, ein zehnstöckiges Haus gewesen. Und Gogo schaute nach oben, als vermöchte er die Größe dieser Elefanten mit seinen Augen zu ermessen. Dann aber sagte er verärgert: »Du willst mir einen Bären aufbinden.«

»Nein, das ist die reine Wahrheit«, erwiderte Benjamin. »Der Elefant mißt in der Länge und Höhe ganz ungeheuerlich. Schon oft wurde ein Wärter von dem herunterprasselnden Mist einfach erschlagen.« Gogo stutzte und kräuselte mit zwei Fingern seine Haare. Für einen Augenblick schien es, als hätte er seine Kopfarbeit völlig ausgeschaltet, dann aber, mit dem Ausatmen, gewann er die zweifelnde Übersicht wieder.

»Das ist erstunken.«

Freilich wußte er nicht, wie ein Elefant in Wirklichkeit aussah. Erst mit der Zeit ebbte die Erzählfreudigkeit Benjamins ab. Am Anfang hatte er jedem seine Erlebnisse erzählen müssen, ja sein Mund arbeitete schon, wenn der andere noch nicht in Hörweite war: – Weißt du? Paß mal auf! Also das war so! – Aber es war nicht so gewesen. Er wünschte sich, selbst einmal über ein Seil zu balancieren, ja, unter letzter Anstrengung sich einfach vom Boden zu lösen und davonzufliegen. Er wollte das Geheimnis der Vögel erraten, die mit einem einzigen Flügelschlag sich von der Erde erheben.

›151‹

In der Luft

In der Merianstraße wurde ein Haus gebaut. Nach dem sehr pünktlich eintretenden Feierabend war der Bauplatz von einer Schar Kinder erfüllt, die, obwohl der Bauherr sie immer wieder vertrieb, beharrlich zurückkehrten und auf dem Gerüst turnten, das, bis auf den Dachfirst hochgezogen, das Haus umgab. Als Benjamin mit Gogo an einem späten Nachmittag dort vorüberging, sah er seine Stunde gekommen.

»Ich werde dort oben auf der Stange balancieren.« Gogo beschattete seine Augen und schaute hinauf. »Du bist völlig verrückt.« Benjamin stieß Gogo die Faust ermunternd in die Seite, streifte seine Jacke ab und hängte sie seinem Freund, der weinerlich protestierte, über die Schulter.

»Du wirst dir das Genick brechen!«

Benjamin ging nach links und kletterte die Leiter hoch, die von dem Stützbalken bis zum dritten Laufsteg reichte. Eine Wolke weißen Staubes wirbelte um ihn her. Seine Stiefel zitterten auf den Leitersprossen. Die Schultern schienen den Himmel hochzustemmen. Eine Amsel, die auf einem Querbalken hockte, ließ sich ins Leere fallen. Benjamin folgte ihrem Flug und sah hinunter. Sein schwerer Atem blieb milchig in der Luft hängen. Ein Seil, das über einer Holzrolle hing, schwankte. Von oben aus gesehen, rückten die Dinge auf der Erde näher zusammen. Gogo war ein wuscheliges Etwas, das vor Angst den Mund weit aufgerissen hatte und mit hysterischer Beharrlichkeit nach oben starrte.

»O heiliger Strohsack, er wird fallen.« Neugierige schauten hoch.

Ohne sich umzuwenden stieg Benjamin bis zum letzten Querbalken hoch und trat auf das schmale Brett, das unter seinem Gewicht schwankte. Im Rücken fühlte er die wärmende Schwere. Hier oben zerrannen die Geschehnisse auf der Straße zur Bedeutungslosigkeit.

Gogo stieß seinen Nachbarn an und sagte: »Das sind mindestens hundert Meter. Er ist kaum mehr zu sehen.« Die Anstrengung des Hochstarrens trieb Tränen in seine Augen. ›Nein.‹ Er sprach vor Aufregung mit sich selbst, sagte ein Gedicht auf und zählte dann bis hunderteinunddreißig.

Benjamin breitete die Arme aus und balancierte etwa fünfzehn Meter über Gogos staunendem Kopf auf dem Brett.

›Jesus, das ist eine gottverdammte Sünde. Er fällt. Nein.‹

Benjamin gewann mit jedem Schritt mehr Sicherheit. Die Versuchung, die Arme als Flügel zu benutzen und keck in die Höhe zu flattern war so groß, daß er stehenblieb und tief Atem holte. Die Backsteine schimmerten rötlich. Die Stimmen der Kinder plätscherten aufgeregt. Es ermüdete Benjamin, den Zwischenraum zu denken. Alles, was er sah, rückte näher und näher oder war er selber, der sich mit wachen Augen über die Dinge stürzte. Über Gogo, die aufgeschichteten Zementsäcke, die großmäulige Baggermaschine, über den roten Ball, der über den Sand kullerte. Es war etwas Lustiges, überall hinzureichen und doch auch bei sich selbst zu sein. Benjamin hörte in seinen Ohren das Sausen des Blutes. Er schwankte.

Gogo schloß die Augen, als er die Unsicherheit seines Freundes bemerkte, spreizte die Beine auseinander, als hätte er selbst nicht genügend Boden unter seinen Füßen. Ein aufgebrachter Mann fuchtelte mit der Faust und schrie, man solle die Eltern verprügeln, die solche Tollkühnheiten eines Kindes duldeten. Er hielt Passanten an und zeigte ihnen die luftige Vorführung. »Ich bin selbstverständlich ein Sportsfreund, aber das ist kein Mut, sondern Frechheit«, schrie er. »Wie heißt dieser Bengel?« Gogo stammelte den vollen Namen seines Freundes. »Natürlich! Alttestamentarischer Hochmut.« Der Mann schickte einen Jungen zu Benjamins Mutter.

Der Akrobat hatte den Auflauf bemerkt und wurde unsicher in seinen Bewegungen, ging in die Hocke und hielt sich mit den Händen am Brettrand fest. In dieser Haltung blieb er sitzen, bis er plötzlich die ermunternde Stimme Jonas' hörte. Sich an jeden Halt anklammernd, wagte er den Abstieg. Die Abendkühle saß ihm im Nacken. Die Balken zitterten und knirschten. Das Gerüst drohte einzustürzen. Der rötliche Himmel lastete auf ihm, kein Gedanke mehr, daß er fliegen könne. Die Schwere lockte ihn, kopfüber hinabzustürzen und den Schädel tief in die Erde zu rammen. Nach einigen zähen Minuten war er wieder in beruhigender Erdennähe. Immer schneller werdend glitt er über die letzten Sprossen der Leiter und stand schließlich, hochroten Kopfes, vor einer drohenden, schweigenden Menschenmenge. Jonas kam ihm entgegen. »Wie wars' da oben?« Gogo hielt den Finger in der Nase und starrte seinen Freund bewundernd an. »Jesus«, sagte er und ließ den Kopf auf seine Brust sinken. »Er ist noch völlig gesund.« In einem plötzlichen Freudentaumel tanzte er auf einem Bein seinem Freund entgegen, der sich das Hemd in die Hose stopfte und die Menschenansammlung mißtrauisch abschätzte. Der Mann, der sich über das Kunststück so erregt hatte, schüttelte seinen Kopf, als Jonas den Arm um den Nacken des Jungen legte.

»Jetzt beglückwünscht er den Helden noch. Ich glaube, er würde ihn auf eine Kirchturmspitze jagen, nur um seinen Stolz zu befriedigen. Ja, ich möchte nur einmal wissen, was das heute für Väter sind: Erst zeugen sie mit Ach und Krach, und dann bleibt ihnen die Spucke und der Verstand weg.« Er streckte die Hände anklagend zum Himmel empor und versuchte, sich an Jonas heranzudrängen, aber dieser schubste ihn nachdrücklich zur Seite, so daß er dem kritischen Menschenfreund sofort eine neue Gelegenheit gab, gegen den Unverstand zu wettern. Jonas jedoch kümmerte sich nicht um die Lebensregel, mit der man ihn neu einzukleiden gedachte. Er wandte allen seinen breiten Rücken zu und schritt unbekümmert davon. Gogo trippelte hinterher, die Jacke Benjamins über der Schulter. Noch immer glänzte sein Gesicht vor ehrfürchtiger Anbetung.

Als Jonas sich außer Reichweite wußte, schlug er mit einer gewissen Feierlichkeit Benjamin hinter die Ohren und sagte nach der lapidaren, unvorhergesehenen Züchtigung, das markiere den Höhenunterschied. Daraufhin atmete er auf, nahm Gogo die Jacke ab und streifte sie Benjamin über. Auch jetzt noch, auf ebener Erde, versuchte Benjamin zu balancieren und streckte seine Arme seitlich aus, um sein Gleichgewicht zu halten. Freilich tat er es nun ohne Aussicht auf einen Abgrund. Ein schreckliches Schlafbedürfnis plagte ihn. Der Mond kroch lauernd hinter einer Wolke hervor. Gogo verabschiedete sich. Benjamins Magen zwackte.

»Ich habe Hunger.«

»Wissensgier und Freßsucht sind Schwestern«, sagte Jonas und schloß die Tür auf.

Benjamin balancierte nur noch einige Male, auf Zäunen, auf mit Glassplittern bewehrten Mauern, auf Balken. Er gab nicht deshalb auf, weil er stürzte, sondern weil er sich bald ohne Bewunderer sah.

Übrig blieb in ihm jedoch der Wunsch, einstmals in einem klatschmohnroten Trikot aufzutreten und in einer Höhe zu balancieren, daß man ihn nur noch mit einem Fernrohr erkennen könnte.

Warzen zur Katze

Seit einer Woche beobachtete Benjamin das Wachsen einiger Warzen auf seinem linken Handrücken. Zuerst nahm er es als Auszeichnung und hielt die Hand für jeden sichtbar. Aber nach einiger Zeit ekelten ihn die tintenbemalten Hauthügel. Sie juckten. Überdies waren diese wuchernden Kräfte unter der Haut furchterregend. Wie leicht konnte er sich vorstellen, daß abscheuliche Dinge aus ihm hervorwüchsen, eine Nase auf dem Rücken, Ohren am ...

»Dinge gibt es«, sagte Jonas, als ihn Benjamin konsultierte, »von denen wir noch nicht einmal träumen können.« Er besah sich die Warzen. Sein elefantenähnliches Gesicht zitterte vor Interesse. Der jadegeschnitzte Buddha glänzte. Jonas wischte mit der Hand den auf dem Schreibtisch liegenden Kram zur Seite, griff nach dem Brockhaus und las, die Augenbrauen hochziehend:

»Warzen: Verrucae, gefäßhaltige Wucherungen der Haut, die einzeln oder in Gruppen gelegentlich an allen Stellen der Haut, namentlich aber an den Händen ...« Benjamin unterbrach ihn: »Bei mir nur an der linken Hand. Was hat das zu bedeuten? Kommen sie direkt vom Herzen?«

Jonas schaute hoch. Sein Daumen trommelte leise auf der Tischplatte. »Warum immer gleich so große Ursachen? Ich fahre fort ... namentlich aber an den Händen auftreten und selten die Größe einer Erbse überschreiten. Sie können durch fortgesetzte Hautreize entstehen. So durch wahlloses Händeschütteln, Kopfkratzen, Jucken und andere Handreichungen. Oft verschwinden sie durch Einschrumpfung

›156‹

und Vertrocknung ihres inneren Gewebes ebenso plötzlich und ohne nachweisbaren Grund.«

Jonas schloß das Buch, daß eine kleine Staubwolke aufstieg. »Ohne nachweisbaren Grund.«

Benjamin betrachtete seine Hand. Die Warzen glänzten wie Schlammspritzer. Er rieb den Handrücken an der Hose.

»Man könnte es mit Höllenstein versuchen, aber ich fürchte, es ist vergeblich. Am besten, du stellst dich in eine Ecke und konzentrierst deine Gedanken auf die Warzen. Die Einbildung ist ein vortrefflicher Arzt.« Jonas war nur dreimal in seinem Leben krank gewesen. Außer dem jährlichen Schnupfen, den er jedoch durch kräftiges Schneuzen in ein rotes Taschentuch zu heilen wußte. Er hatte eine Lungenentzündung mit elf gehabt, sich ein Bein mit siebzehn gebrochen und mit einundzwanzig an einer Gelbsucht darniedergelegen. Seit dieser Zeit hatte sich sein Körper gegen die Unbilden der Welt abgehärtet. Er wurde dick und blieb gesund. Er besaß das Fett als einen Panzer gegen die Welt.

Erleichtert vernahm Benjamin aus den Erklärungen, daß es so schlimm mit den Warzen nicht sein konnte, den Sinn der Therapie freilich, die Jonas vorgeschlagen hatte, erfaßte er nicht. Wohl stellte er sich in eine Ecke und konzentrierte sich auf seine Warzen, aber das Resultat war eher beunruhigend und die Anzahl der Warzen verdoppelte sich. Die Ursache konnte jedoch auch in dem ausschweifenden Händeschütteln zu suchen sein, zu dem er sich hinreißen ließ, als er am nächsten Morgen in der Turnstunde den Ball am weitesten schleuderte. Gogo riet ihm, obwohl er sich selbst im Besitz der Warzen glücklich geschätzt hätte, die Hand einfach nicht mehr zu waschen und darüber zu pinkeln, wann immer er könne. Benjamin konnte, aber die Warzen blieben.

Sie blieben wie ein hartnäckiger Liebhaber vor dem Haus seiner Geliebten. Laut protestierte Benjamin vor Jonas, hielt ihm die schmutzige Hand hin, trat mit dem Fuß auf. »Was ist da noch zu machen?«

»Du solltest dir die Hände waschen«, erwiderte Jonas und betrachtete die dargebotene Hand mit düsterem Blick. Er zerdrückte eine Zigarre auf dem eirunden Aschenbecher, so daß ein blauer Rauchring aufflog, der unter dem Atem zerstob. Benjamin machte ungestüm kehrt und ging niedergeschlagen davon. Auf der Straße erwartete ihn Franz mit einigen Vorschlägen. Da es zu regnen anfing, stellten sie sich am Tabakgeschäft Weber unter eine ausgespannte Markise. Über dem Laden thronte eine Zigarre, die wiederum eine Zigarre rauchte.

»Paß auf!«, sagte Franz und tat geheimnisvoll. »Paß auf! Ich habe gelesen, was man gegen Warzen unternehmen muß. Du mußt ja die reinste Mördergrube in deinem Herzen haben, daß so viele Warzen aus dir hervorwachsen.«

»Nur auf der linken Hand.«

»Paß auf!«

Benjamin streifte die Nässe von der Hose. »Warum sagst du immer paß auf und sonst kaum etwas?«

»Paß auf!«, erwiderte Franz, ohne aufzublicken.

»Paß auf! In dem Tom Sawyer steht ...«

»Wer ist das?«

»Ein Kerl in Amerika. Der hatte so viele Warzen, daß er ganz krumm gehen mußte, und ...«

»Und was?«

»Paß auf! Der hat sich mit einer Katze geheilt. Teufel zur Leiche – Katze zum Teufel – Warzen zur Katze, und fort waren die Dinger.«

»Wie war das genau?«

»Das habe ich vergessen«, antwortete Franz. »Aber die

Warzen waren weg. Das stand in dem Buch.« Benjamin hielt seine linke Hand in den Regen, bis sie vor Kälte blau war. Acht dunkelrote Flecken glänzten auf ihr.

»Dafür brauchte man schon einen Kater.«

Der böse Zufall wollte es, daß der Kater von Krögers auf seinen Streifzügen über das Dach den gelbvergnügten Kanarienvogel von Frau Wind mit einem Pfotenhieb durch das dünne Gitter seines Käfigs hindurch für immer von seiner Lebenslust befreite. Der Kater hieß Napoleon und der Kanarienvogel Kaspar. Frau Wind weinte. »Du schwarzes Aas«, schrie sie, aber Napoleon strich ungeniert mit dem Rückenfell an dem Fenster entlang und hüpfte mit einem zögernden Sprung auf die Rinne, blieb auf dem Dachvorsprung des Mansardenzimmers sitzen und verfolgte mit opalfarbenen Augen die Spatzen.

»Du schwarzes Aas! Nehmt doch einen Stein und schmeißt ihn tot«, ermunterte Frau Wind Benjamin und Gogo, die das Geschrei über den getöteten Kanarienvogel mit angehört hatten.

»Du sollst nicht töten! Also sprach der Herr dein Gott.« Benjamin wog einen Stein in der Hand, holte mit dem Arm aus und schleuderte, auf einem Bein zum Stehen kommend, den Stein auf das Dach. Ein Schiefer zersplitterte. Spatzen flogen hoch. In der prallen Sonne schmorte Napoleon und langweilte sich. In seiner Athletenbrust lebte der Neid auf die Spatzen. Aus dem Fenster von Frau Kröger, einer kinder- und tierliebenden Dame, die unmittelbar neben Winds wohnte, roch es nach Zwiebeln.

»Nie im Leben triffst du den Satan auf diese Entfernung«, rief Gogo. Seine Sommersprossen schimmerten gelblich.

»Ich treffe eine Fliege«, rief Benjamin und traf Herrn Wind, der sich mißmutig aus dem Fenster lehnte, auf die

›159‹

Brust. Gogo quiekte und tanzte im Kreise herum. Herr Wind taumelte zurück.

»Hol mich der Teufel«, rief er aus und hämmerte mit den Fäusten auf das Fensterbrett.

»Man hat an meiner Brust gefrevelt. Rotznasen!« Jede Silbe brachte er gedehnt hervor und rieb wehleidig seine Brust, die er 1914–1918 dem Feinde entgegengehalten hatte. Er schloß wütend das Fenster.

Kaspar war nicht der einzige Kanarienvogel, dem Napoleon in den nächsten Wochen mit einem Pfotenschlag den Garaus machte. Drei Häuser weiter wohnte eine Familie Dumas, deren Name nicht so ausgesprochen wurde, wie man ihn schrieb. Auch ihr trillernder Federwisch, der tagsüber mit seinem Käfig am Fenster hing, wurde von Napoleon bezwungen. Sich krümmend und bückend, die Entfernung des Sprunges ablauernd, schlich der Kater heran und, die rosafarbene Zunge vorschiebend, schlug er zu. Als Frau Dumas das entseelte Vögelchen inmitten von gelb-grünen Federn liegen sah, weinte sie zwei Tage lang. Noch nie habe sie sich mit einem lebenden Wesen so gut verstanden. Haß grub sich in ihre Seele, sie drückte Benjamin eine Mark in die Hand und flüsterte ihm zu: »Schlag diesen verfressenen Kater tot!« Sie machte eine ungeschickte Bewegung mit der Hand, die eine Liebkosung, aber auch eine Geste des Halsabschneidens sein konnte.

Benjamin schämte sich, aber er behielt das Geld und preßte es so fest in seiner Faust, so daß er das Relief des Reichsadlers spürte.

»Dreißig Silberlinge.«

Es war an einem Dienstag, als Jonas Benjamin an der Schulter faßte. Er kam von der Küche und hielt ein Glas Wasser in der Hand. »Ich brauch dich bloß anzusehen und ich weiß,

daß du etwas auf dem Kerbholz hast. Deine Armesünder-
miene läßt das Herz eines Beichtvaters höher schlagen. Also,
was ist geschehen?«

Benjamins Gesicht hatte die grüne Farbe des Ekels angenommen.

»Wir haben den beschissenen Napoleon abgemurkst.« Er
wischte seine Hände an der Hose ab und schwankte auf seinen Beinen.

»Napoleon ist tot.«

»Pater, peccavi. Von der Erde sind wir gekommen, zu Erde
werden wir dereinst wieder werden. Kopfüber die Schutthalde hinunter, daß uns das Herz im Leibe hüpft. Der Himmel schaukelt blau, auf uns irrlichtert die Sonne. Ein Stück
splittert von uns ab: Bald sind wir in unzählige Teile zer-
sprungen und Staub, der unter dem neugierigen Tritt eines
Wanderers auffliegt, Staub, das Hochzeitsbett einer Blume –
also heraus mit der Sprache. Was gibt's?«

»O Jonas«, erwiderte Benjamin mit belegter Stimme.
»Napoleon strich um den Dreckeimer und schnupperte an
einer Sardinenbüchse. Und …« »Ein Und, und schon sind
zwei Ereignisse rettungslos miteinander verbunden. Aber
weiter, mein Junge, was ›und‹?«

»… und Popel und ich haben ihn mit Wackersteinen getötet. Katzen sind zäh. Er lebte noch, als er schon tot war.«
Jonas lachte auf, beruhigte sich aber sofort, als er das tod-, ja
mordernste Gesicht Benjamins sah, das vor Bekenntnisbe-
gierde zitterte. – Der Mord war in dürren Worten so vor sich
gegangen: Napoleon, der wohl hauptsächlich von der Tier-
liebe Frau Krögers lebte und nur zu einem unwesentlicheren
Teil von den Abfällen, die von drei Häusern in fünf Mülleimer wanderten, so schimmeliger Käse, Fischgräten, Wurst-
pellen, Kartoffelschalen, Sardinenbüchsen und Baldrianfläsch-
chen. Auf seinen weichen Pfoten, jeden Schmutz graziös

umgehend, die Nase leicht gekräuselt, sprang der Kater mit einem weichen Satz auf die Mülltonne und angelte mit der rechten Pfote nach den klebrigen Fischbüchsen. Manchmal sah er beiläufig zur Seite, schlug nach einer grünschimmernden Fliege. Seine blaßrote Zunge wischte nach dem Olivenöl, mit dem er sich das Maul verschmiert hatte. Als Benjamin und Popel ihn entdeckten, balancierte er gerade auf einem Persil-Karton, von dem Asche herabrieselte. Argwohn weitete seine Augen, als er die beiden herantreten sah. Benjamin trug einen katzenkopfgroßen Pflasterstein in beiden Händen und Popel einen Knüppel, durch dessen dickes Ende ein Nagel geschlagen war. In süßer Erregung näherten sie sich dem Kater bis auf fünf Schritte. Daß Benjamin Popel zu dieser Hinrichtung herangezogen hatte, war auf dessen Geständnis zurückzuführen, einmal mit einem Beil ein Huhn getötet zu haben. So hatte er wenigstens einen Sachverständigen zur Seite. Popel erzählte, das Huhn habe den Kopf gar nicht vermißt. Es sei flügelschlagend davongestürzt. Für Benjamin war das ein halber Beweis für das Fortleben nach dem Tode.

Napoleons weißer Fleck am Hals war die Zielscheibe. Seine Schnurrbarthaare zitterten. »Er wird unsere Gedanken lesen können. Er schaut aus wie ein Pfarrer.« Benjamin hob den Pflasterstein, stellte sich auf die Zehenspitzen, das Opfer erbarmungslos fixierend. Asche wirbelte hoch. Der Stein traf Napoleon hinterm Kopf. Ein schriller Klagelaut, und über das Fell zog sich plötzlich ein roter Riß. Das Tier klatschte auf den Asphalt und rutschte mühsam auf den Hinterpfoten an den Bordstein heran. Ehe es der erschreckte Benjamin verhindern konnte, schlug Popel mit halbgeschlossenen Augen auf den Kater ein, der mit der rechten Pfote den Knüppel abzuwehren versuchte. Die herabrieselnde Asche bedeckte die Blutlache, die unter dem Fell hervorkroch. Benjamin weinte, aber noch immer im Taumel der Vernichtung griff er den Pflasterstein zum zweitenmal und schleuderte ihn auf das todwunde Tier. Napoleon lebte noch. Sein Maul war zum Biß weit aufgerissen. Der Rachen glänzte bläulich. Benjamin schluckte den aufsteigenden Ekel herunter, hob den Kater an den Hinterpfoten hoch und trug ihn durch die offenstehende Haustür in den Hinterhof. Der Mord hatte nicht länger als zwei Minuten gedauert. Der Blutfleck glänzte eine gute Woche auf dem Trottoir, bis ihn der Regen wegspülte.

Napoleon hauchte schließlich, am ganzen Leib zitternd, neben einem Asternstrauch sein Leben aus. Benjamin stand mit gespreizten Beinen über ihm und betrachtete das verebbende Pulsieren des Herzens. Aus einem Riß in der Bauchdecke quoll bläuliches Gedärme. Das Blut leuchtete rubinrot auf dem Fell. Popel stützte sich auf seinen Prügel und stöhnte: »Nie werde ich das vergessen.« Benjamin kniete sich nieder und preßte seine linke Hand auf die klaffende Wunde. Kaum jedoch hatte er sie berührt, sprang er auf und stürzte davon. Er ekelte sich derart, daß er glaubte, nasengroße Warzen zu bekommen.

»Katze folge dem Teufel, Warze folge der Katze, Katze folge der Frau Dumas«, murmelte er und wagte nicht, auf seine linke Hand zu schauen. Als er sich beruhigt hatte, kehrte er zurück und verscharrte mit Popel die leiblichen Überreste Napoleons, nachdem sie ein Vaterunser gebetet hatten.

»Wir haben keine Seele in ihm gefunden«, erklärte Benjamin Jonas, der vor Abscheu mit der Zunge schnalzte.

»Er war sicherlich ein Atheist«, erwiderte er. »Und ihr«, fuhr er mit zusammengebissenen Zähnen fort, »seid erbärmliche Schlächter, gedungene Mörder. Dein Gewissen steckt wohl in der Geldbörse von Frau Dumas.« Er wandte sich voller Ekel ab, trank das Glas Wasser in einem Zug aus. Benjamin stand mit hochrotem Kopf vor ihm, die linke Hand, noch immer blutverschmiert, hielt er auf dem Rücken.

›Warzen zum Teufel …‹

Jonas hatte ihn aus dem Konzept seines Heilungsverfahrens gebracht. ›Was will man schon anders anfangen, er fischt doch die Wahrheit aus einem heraus. So ist am besten, man lügt nicht.‹ Benjamin kam ins Schlucken und wollte sich davonstehlen. Die linke Hand juckte.

»Wohin schleichst du?« Jonas schnitt eine Grimasse. »Du bleibst hier«, schrie er dem Jungen ins Gesicht. »Ereignisse beginnen erst, wenn sie zu Ende sind. Frau Kröger wird ihr geliebtes Vieh vermissen. Jammer! Die Heringsschwänze werden in der Mülltonne vergammeln. Jammer! Und Napoleon selbst wird niemals mehr hochzeiternd auf seinen Samtpfoten über die Dächer spazieren. Abermals Jammer! Und du, schlechtere Hälfte, hast deine Hände mit Blut beschmiert. Kreuz Jammer!«

»Nur die linke«, begehrte Benjamin schwach auf. »Und ich habe schon gebüßt.« Am liebsten hätte er jetzt einen Spaten zur Hand gehabt und turmtiefe Löcher gegraben, um alle Widerwärtigkeiten hinein zu versenken. Er war zu Jonas gegangen, unmittelbar nachdem er sich abrupt von Popel getrennt gehabt, der kleinlaut gestand, noch nie ein Huhn um seinen Kopf gebracht zu haben. Das sei sein erster Mord gewesen. Unterwegs, im Hausgang, auf der Treppe und vor der Tür mit dem ovalen Schild Fritz Bernoulli sah Benjamin überall Napoleon. Er hatte nie geahnt, wie sehr zum Beispiel der Türknopf von Jonas einem Katerkopf glich, die Tapete von Katzenschattenbildern strotzte und Jonas selbst einem Kater ähnelte (einem sehr dicken Kater).

Doch war ihm der Zorn seines väterlichen Freundes nicht strafend genug. Benjamin wusch ungefähr eine Stunde lang seine Hände.

›164‹

Beim Essen rührte er keinen Bissen an. Nichts wollte durch seine Kehle. Selbst der Duft des Vanillepuddings erregte Ekel. »Hast du keinen Hunger?«, fragte seine Mutter.

»Nein, ich habe Pflaumen gegessen«, sagte er und blies die Backen auf, um zu zeigen, wie sehr satt er sei. Im Traum sah er aufgetürmte Katzenleiber. Zuoberst thronte Napoleon und wischte mit dem Schwanz über den Himmel.

Auch am nächsten Morgen wies Benjamin mit unverhohlenem Ekel das Marmeladebrot zurück.

»Du willst doch größer werden!«

»Nein, das will ich nicht«, erwiderte Benjamin, schlürfte widerwillig den Kakao und blickte zur Kuckucksuhr neben dem Küchenschrank, die jeden Augenblick aus ihrem Kämmerchen einen daumengroßen Kuckuck hervorstoßen mußte, um acht zu schlagen. Benjamin sprang auf, packte den Ranzen und stürzte davon, als der Vogel achtmal japsend hervorschnellte. Er rannte in die Schule, keinen Augenblick verschnaufend: Jeder mußte ihm doch ansehen, daß er einen Kater getötet hatte. Als er an dem handtellergroßen Blutfleck vorübereilte, schrak er zusammen und warf die Beine so weit von sich, daß er fürchtete, mitten auseinanderzubrechen.

Am Nachmittag desselben Tages begegnete ihm Frau Dumas. Sie trug eine unförmige Einkaufstasche, aus der drei Lauchstangen herausragten.

»Mein Söhnchen«, rief sie freudig aus und fuchtelte mit ihrer freien Hand. »Du hast es für mich getan?« Benjamin haßte diese wahllosen Verwandtschaftsbezeichnungen wie ›Söhnchen‹, die ihn zu Liebenswürdigkeiten erpreßten. Er starrte Frau Dumas feindselig an und schwieg. Die dreißig Silberlinge hatte er Popel überlassen, ohne die blutigen Erinnerungen loszuwerden. Frau Dumas nahm das Schweigen als Zustimmung, kramte eine kleine Tüte aus der Tasche und

hielt sie Benjamin hin. Eine Tüte mit blutroten Himbeer-
bonbons.

Benjamin ballte seine schmutzigen Hände und schaute
Frau Dumas voller Haß an, riß die Tüte an sich und schleu-
derte sie auf den Asphalt, so daß die roten Kügelchen in die
Gosse rollten. Ein Hund schlich heran und schnupperte.

»Fettkloß«, schrie Benjamin und preßte seine ganze Verachtung in das Wort. Ohne ihre Reaktion abzuwarten, die in
einen fünfminutenlangen Sermon über die Undankbarkeit
ausartete, stürzte er davon: Auch diesmal blieb die Schuld
ganz bei ihm.

»Warum ißt du nichts? Du siehst käsebleich aus.« Jeder
hatte etwas an ihm auszusetzen. Er schlug die Tür zu, stolperte davon und mied die Gesellschaft seiner Freunde.

»Was ist in deinem Kopf los?«, fragte Gogo. Benjamin
sagte nichts und büßte. Vom heiligen Antonius, dem Ein-
siedler, berichtet die Legende, daß er, um die Begierde nach
Sünde abzutöten – schon wieder töten, dachte Benjamin –,
sich mit stacheligen Ruten züchtigte, bis er von Sinnen war
und tanzte. Wanzen und Läusen gewährte er Wohnstatt in
seiner spärlichen Kleidung. Er ward zum Gespött der Leute,
so daß er in die Wüste ging – mit eiterndem Leib –, alle Qual
war nur Öl für die Liebesflammen in seinem Herzen. Benjamin eiferte diesem Heiligen nach, so gut er konnte. Er kniete
sich nackt vor sein Bett, schlug mit einem Stück Seil auf seine
Schenkel und verbiß den Schmerz unter Tränen.

ACH, LASS DEIN BLUT UND DEINE PEIN AN MIR DOCH NICHT
VERLOREN SEIN.

Bei den Mahlzeiten aß er nur einen kleinen Happen, um
sich wenigstens einen kleinen menschlichen Anschein zu
geben. Jonas verfolgte das Gebaren seines jungen Freundes mit heiterer Besorgnis und erzählte die Geschichte von
einem Hungerkünstler, der solche Fertigkeit im Hungern

erreichte, daß er zu einem Nichts abmagerte und verschwand: für jeden Bewunderer gänzlich unsichtbar. Benjamin büßte weiter. Der Geist der Reue suchte ihn heim. Am dritten Tage jedoch war ihm speiübel: Er wankte nur noch, seine Lippen schimmerten bläulich. Es geschah, daß er am hellichten Tage phantasierte und wohldampfende Schüsseln vor sich sah. Das Wasser lief ihm im Munde zusammen. Er biß ins Blaue.

»Was hast du denn?«, fragte Hubert Seckendorf. »Du siehst aus wie ein Gehenkter.«

»Hast du schon einmal einen gesehen?« fragte Benjamin.

»Später, wenn ich groß bin, werde ich Henker«, erwiderte der Baron, der Frage ausweichend. »Jeder Hals ist dafür geschaffen. Guck doch nur hin.«

Und Benjamin sah dürre, langgestreckte, plumpe und kurze Hälse. »Du spinnst!«, sagte er und wollte weitergehen, traurig und für keine Haßgesänge zugänglich. Er haßte sich selbst. Er schaute zu der verdunkelten Hälfte des Himmels empor, wo katzenähnliche Wolken zusammenflossen. Hubert Seckendorf stellte sich ihm in den Weg. Benjamin wich zurück. Er hatte plötzlich das Verlangen, sich vor dem Baron zu erniedrigen, und erzählte die Bluttat in allen Einzelheiten.

Aber Hubert Seckendorf lachte nur. »Du hast ja die Hosen voll. Was ist schon eine Katze.« Benjamin ließ die Schultern sinken, stieß die Stiefelspitze auf den Asphalt. Er schämte sich, so rückhaltlos offen gewesen zu sein, knetete den Stoff seiner Jacke und ging, den Baron mit einem mißtrauischen Blick streifend.

»Fliegen sollte man können«, seufzte er. Sein Herz hämmerte vor Angst. Die Sünde würde ihn ins ewige Schweigen der Finsternis stürzen, wo Heulen und Zähneknirschen herrscht.

›Ein großes Unglück wird geschehen, das unvermeidbar

ist.‹ Aber nichts geschah, Benjamins Angst wurde nur noch größer.

Zehn Tage nach dem Mord an Napoleon, womit der Kater gemeint ist, stellte Benjamin zu seiner Verwunderung fest, daß die Warzen allesamt an der linken Hand verschwunden waren. Zurückgeblieben waren nur einige kleine weiße Flecke, die dem Sternbild des großen Bären ähnelten.

Er stürzte zu Jonas und schrie:

»Sie sind weg.«

»Die Regierung?«

»Nein, die Warzen«, rief Benjamin und fuchtelte mit der linken Hand vor der Nase seines älteren Freundes herum.

»Wann ist es passiert?«

»Über Nacht. Abends waren sie noch da.« Benjamin konnte nichts Schlimmeres passieren, als daß Napoleon die Ursache seiner Heilung war. Er führte die Hand an die Lippen. Napoleon hatte sein Leben für ihn hergegeben.

Zur gleichen Zeit, als die Warzen verschwanden, blieb auch Oskar weg. Anna weinte. Oft stand sie am Fenster und schaute auf die Straße.

»Ich möchte nur wissen«, sagte sie zu Benjamin, »wo ich auf Erden noch einen verständnisvolleren Menschen finden kann als ihn.«

Sie meinte Jonas, dem sie ihr Herz ausgeschüttet hatte.

Benjamin kam in das Kaiser-Friedrich-Gymnasium und lernte: Latein; daß Katzen zu den Raubtieren zählen; daß die Westgrenzen ein nationales Übel seien. Er war sehr stolz und trug eine ballonartige Schülermütze, die ihn dazu zwang, den Kopf steif zu halten.

Die Geige ist eine Geliebte

Als Jonas eines Tages Benjamin singen hörte, bewunderte er die glockenhelle, sich glücklich von der Kehle befreiende Stimme des Jungen. Er saß am offenen Fenster und sah Benjamin auf einem Holzklotz im Hinterhof sitzen. Die Stimme stieg zwischen den Häusern hoch. Jonas dachte, daß es nun an der Zeit wäre, dem Jungen die Dreiviertelgeige in die Hand zu drücken, um die er sich in seiner Jugend bemüht hatte. Er stand auf und faltete die Zeitung zusammen, in der er die Börsenberichte gelesen hatte. Die Geige ruhte in einem sargähnlichen Kasten und war in ein goldbesticktes Tuch eingehüllt, auf dem zu lesen war: Musica vivat. Jonas zupfte an den Saiten. Sie klangen schrill und dumpf. Kolophonium staubte. Er stimmte die Geige, deren goldbrauner, zarter Leib fast ganz unter seinem mächtigen Kinn verschwand. Er spielte eine Melodie, rutschte mit dem Bogen aus und setzte sich wieder hin, das Instrument am Kinn haltend. Der Widerhall war enttäuschend. Jonas lehnte sich zurück und hörte in Gedanken das Arpeggio eines Virtuosen, eine Cantilene, die ihn berauschte, aber mitten in seine musikalischen Träumereien prasselten Paukenschläge und das Quäken von Posaunen. Er lief zum Fenster, das auf die Straße zuging, und knallte es zu. »Der Junge muß Geige lernen, ehe es zu spät ist.«

Eine Woche später ging Benjamin, den Geigenkasten unter den Arm geklemmt, in die Luxemburger Allee 35, in der Herr Xaver, ein alter Freund von Jonas, in einer kleinen Mansardenwohnung lebte. Herr Xaver war ein Geigenvirtuose, der im Kino spielte – und eine erstaunliche Fähigkeit besaß, sein Instrument als eine vielfältige Geräuschkulisse zu benutzen: sein Staccato bei dramatischen Szenen ersetzte die Dürftigkeit des Optischen, auch das Vibrato während Liebesszenen, die in den Filmen nicht allzu selten waren, schien aus seinem Herzen zu kommen und zu Herzen zu gehen. Herr Xaver war durchaus ein Künstler. Sein silberweißes Haar lohte um seinen Kopf. Er trug einen ehrwürdigen alten Gehrock. Der Brillantring am kleinen Finger der rechten Hand erzielte keine Wirkung im abgedunkelten Raum des Kinos, aber er gemahnte an die mögliche glanzvolle Karriere eines großen Virtuosen. Wenn das fahle Licht nach der Vorstellung aufleuchtete, den Ring anzündete, verbeugte sich Herr Xaver, die Geige an die Brust drückend. Kaum hatte er jedoch die gaffende Menge erblickt, brach ihm Schweiß aus allen Poren, er stotterte und stammelte, verbeugte sich und stürzte mit fliegenden Rockschößen aus dem Saal, nahm das Geld des Tages in Empfang und schloß sich zu Hause ein, um mit markigen Strichen die Kreutzersonate einzustudieren, bis sein Nachbar, der Kunst müde, mit der Faust gegen die Wand schlug und »genug« schrie.

Herr Xaver war Junggeselle geblieben; obwohl er das weibliche Geschlecht mit allerlei Galanterie umwarb, spielte er ihm jedoch im letzten nur die Kreutzersonate vor; und das war nicht genug. Benjamin mußte fünfmal klingeln, bis ihm geöffnet wurde. Offenbar hatte Herr Xaver in Eile versucht, ein wenig Ordnung in sein Zimmer zu bringen.

Benjamin wagte keinen Schritt, denn der ganze Boden war mit Zeitungen und Noten übersät, auf den Stühlen waren Bücher gestapelt, auf dem Klavier stand die Büste eines ernsten Mannes und auf dem Tisch lag, zwischen leeren Milchflaschen, ein angeschnittenes Brot, in dem ein Messer steckte.

»Ich esse«, sagte Herr Xaver entschuldigend und biß in ein Stück Brot. »Es ist furchtbar, daß wir essen müssen«, fuhr er kauend fort, »es ist aller Laster Anfang.«

Er würgte den Bissen hinunter, griff nach seiner Geige und spielte mit verklärtem Gesicht einige Tonleitern, brach aber mittendrin ab, um zu erklären, daß die Finger wie Hämmer auf die Saiten schlagen müßten, wie Hämmer, und ohne Überleitung sagte er: »Da du ein Freund von Fritz Bernoulli bist, mußt du nur zwei Mark die Stunde zahlen, ein Spottgeld für den Unterricht an einem solch heiligen Instrument.« Er spielte wieder eine Tonleiter.

»So werde ich nie spielen können«, bekannte der Junge, den Geigenkasten noch immer unterm Arm.

»Wir werden sehen«, sagte Herr Xaver, der mit einem breiten Doppelgriff geendet hatte.

»Dein Kopf zeigt eine Schwellung zur linken Stirnseite nach der Schläfengegend hin.« Er stolzierte vorsichtig über die ausgebreiteten Zeitungen und Noten zu Benjamin und betrachtete ihn näher. »Doch, doch, du zeigst die besten Aussichten.« Benjamin wurde flammend rot vor Freude.

Ungeduldig beobachtete Herr Xaver, wie Benjamin seine Dreiviertelgeige auspackte und unschlüssig stehenblieb. »Die Geige ist eine Geliebte«, sagte der alternde Virtuose entzückt. »Sie ist dem Herzen am nächsten.« Er stellte seine Beine auseinander und strich über die leeren Saiten seiner Geige. »Sanft mußt du mit ihr umgehen und manchmal« – er verstärkte den Druck seines Bogens –, »manchmal mit Kraft.«

Benjamin war betroffen von der Lautstärke der Töne, die über ihn niederprasselten. Regungslos stand er da und prägte sich die herrscherliche Haltung seines Gegenübers ein: die lauschende Kopfhaltung, die gerade Würde des Rumpfes, den graziösen Griff der rechten Hand, die den Bogen führte. Als er aber, nachdem ihm Herr Xaver die Geige gestimmt hatte, den mit Kolophonium eingeriebenen Bogen über die Saiten strich, stieg eine Staubwolke hoch, und der Ton erstarb in einem Knurren. Mit einer hochmutsvollen Miene bedachte ihn Herr Xaver, sein schmaler, weißer Kopf war starr erhoben, und seine Nase bebte ein wenig. »Junge, jeder Anfang ist beklagenswert.« Mit der Hingebung eines Märtyrers erduldete er alle weiteren Versuche Benjamins, einen reinen, was sage ich, einen befreienden Ton aus der Geige hervorzulocken. Er lächelte nachsichtig, korrigierte die Bogenhaltung, zählte laut und stampfte mit dem Fuß auf, daß die Büste auf dem Klavier ins Zittern kam.

»Eins, zwei, drei, vier, eins, zwei, drei, vier, schöööön.« Sein glattrasiertes Kinn schimmerte rötlich, und manchmal klärten sich seine Züge auf, wenn ein Ton ohne Nebengeräusche erklang. Als es Benjamin gar mehrmals hintereinander gelang, hob Herr Xaver seine Geige ans Kinn und spielte eine Melodie über dem obstinaten, emsig gestrichenen A. Der Brillantring leuchtete wie ein Glühwürmchen. Benjamins Hände schwitzten. Er konnte nicht mehr gerade stehen, entmutigt ließ er den Bogen sinken und schnaufte. Er vermochte kaum den rechten Arm zu heben.

»Schön«, schrie Herr Xaver, während er noch einige Takte weiterspielte. Auf knarrenden Sohlen trat er dann zurück zum Tisch und biß erneut ins Brot.

»Die vier Saiten G, D, A, E – geh du alter Esel –«, noch ganz in den Anblick des Brotes vertieft, »bezeichnen die vier Jahreszeiten. Das G ist der schwere Winter, dumpf, klagend, das D klingt temperierter, herbstlich, reif, der brütende, scharfe Sommer beflügelt das A und das E, mein Junge, wird durch den frühlingshaften Lerchenschlag des Jahresbeginns geprägt.«

Während dieser Erklärung hatte er seine karge Mahlzeit vertilgt.

»Vergiß nicht, daß die Geige eine Geliebte ist. Eine Dreiviertelgeliebte«, sagte er lachend. »Pack ein und geh!« Wieder lachte er Benjamin zu und schob ihn zur Tür.

»Grüß den dicken Fritz und richte ihm aus, du seist ein Dreiviertelkünstler. Das letzte Viertel gewinnen wir durch Fleiß.«

Stotternd richtete Benjamin die Grüße aus, und Jonas, der gerade mit Hilfe einer Brasilzigarre zu dreißig Pfennigen seine Lebensgeister antrieb, als Benjamin seine Geige auspackte und ihr einige sehr schroffe Töne entlockte, bemerkte, die Musik vertreibe die Trauer aus dem Herzen. Er ermunterte seinen jungen Freund, ihm doch etwas vorzuspielen, ein Adagio vielleicht oder ein Espressivo, aber ohne daß er sich dagegen wehren konnte, fiel er beim Anhören des Dargebotenen in seine Niedergeschlagenheit zurück und noch etwas tiefer.

»Gefällt es dir?«, fragte Benjamin nach einigen Strichen. Enttäuscht, als er das verkniffene Gesicht von Jonas sah.

»Dreiviertel«, erwiderte dieser und zog derart an der Zigarre, daß seine Backen fast ganz verschwanden.

Aber der Eifer wird am größten, wenn man das Talent bezweifelt.

Alle Fensterscheiben klirrten im Zimmer, so sehr rückte Benjamin seiner Geige zu Leibe.

»Die Geige ist eine Geliebte«, sagte er verteidigend zu seiner Mutter, die ihn an die Schulaufgaben erinnern wollte. Er streichelte über das A. Ein feines Ohr hätte schon einen Fortschritt heraushören können. A ist nicht gleich A: besonders auf der Geige nicht. Aber auch Benjamin veränderte sich. Franz fragte ihn, warum er sich denn überhaupt nicht mehr sehen lasse, Popel habe einen Bogen, dem bereits eine Scheibe zum Opfer gefallen sei, und Gogo wisse ein echtes arabisches Wort.

»Bist du krank?«, fügte er besorgt hinzu, als er die Verlegenheit seines Freundes bemerkte. Eine achtwöchige Abwesenheit vom Frisör hatte bewirkt, daß Benjamin jetzt wie ein Ausgezehrter einherlief: Ein schwarzer Haarbusch fiel ihm in den Nacken, über die Schläfe hingen einige wirre Strähnen. Die Blässe der Besessenheit zierte seine Stirn. Kurzum: für Franz sah er bedauernswert aus.

»Hab dich lang nicht gesehen.«

Benjamin bewegte die Finger der linken Hand.

»Ich spiele Geige«, sagte er leise und betont unauffällig.

»O heiliger Bimbam!«, rief Franz mit unterdrückter Verwunderung. »Du kratzt eine Fiedel? Lalalalala. Märsche. Zackbumm. Das allerbeste, du spielst uns einmal etwas vor. Es war einmal ein frommer Husar.«

»Ein treuer«, warf Benjamin ein.

»Auch gut, aber du fiedelst! Da mußt du aber zarte Finger haben, um all die Töne zu finden.«

Franzens Augen beobachteten ihn mit unverhohlener Bewunderung. Er geriet ganz aus dem Häuschen und imitierte die Leiden eines Virtuosen bei einer schnellen Passage.

»Du spielst uns was vor!«, sagte er zum Abschied und lief pfeifend davon, die ablehnende, verschämte Handbewegung Benjamins einfach nicht beachtend. Am nächsten Nachmittag spielte Benjamin vor all seinen Freunden im Hinterhof der Bergerstraße 59. Gogo hielt das Notenblatt mit ausgebreiteten Händen und versuchte über den Rand hinweg das schmerzliche Gesicht Benjamins zu beobachten. Franz, Popel, das Auto und der Baron standen im Halbkreis herum. Sie sahen Benjamin erwartungsvoll an, wie er den Bogen mit

Kolophonium einstrich, die Saiten ausgiebig stimmte. Ein müder näselnder Ton stieg zwischen den Häusern hoch, Wind wehte Gogo das Notenblatt um die Ohren. Als Franz den Bogen anfassen wollte, schlug ihm Benjamin auf die Hand. Mit ängstlicher Besorgnis starrte er auf die grau verwitterte Häuserwand gegenüber.

Popel sagte barsch: »Spiel doch schon!«

»Es ist ein Stück von Leopold Mozart«, erklärte Benjamin kleinlaut, prüfte die Spannung des Bogens und strich den ersten Ton an. Aber der Wind stürzte herbei und entführte ihn. Mehr tot als lebendig, durch die Trostlosigkeit des Hinterhofes eingeschüchtert, jagte Benjamin die Sechzehntelnoten durch die düstere Stille, gewann nach dem dritten Takt ein wenig Zuversicht, steigerte das Crescendo zu einem kratzenden Höhepunkt und endete schließlich mit einem langen Tremolo auf dem C.

»Schadet das nicht der Geige?«, fragte Gogo und faltete die Noten über der Brust zusammen. »Weißt du eigentlich«, fuhr er fort, »woraus die Saiten gemacht werden?«

»Aus Darm«, erwiderte Benjamin mit Fachwürde.

»Aus Katzendarm«, fügte Gogo hämisch hinzu.

»Aus Katzendärmen, die in der Luft getrocknet werden.« Benjamin erschrak und preßte die Geige an sich. Sein Ärmel strich über die Saiten. »Aus Katzendärmen?«

»Jawohl, aus den musikalischen Gedärmen fetter Kater«, sagte Popel mit unterdrücktem Lachen. Benjamin begriff noch immer nicht ganz, und anstatt noch einmal zu fragen, starrte er Gogo unentwegt an. Die Erinnerung an Napoleon wurde wach. Seine Hand zuckte in der Berührung der Wunde und krümmte sich.

»Was ist denn schon dabei. Die Hauptsache, es klingt«, tröstete das Auto.

»O Gott«, stöhnte Benjamin, als er endlich den Zusam-

›175‹

menhang erfaßte. Seine Schläfen röteten sich – und mit einem wilden Schwung riß er die Geige ans Kinn, und Leopold Mozart vergessend kratzte er eine Melodie krakrakrakra und schrum dada.

Er legte seine ganze Kraft in den Bogenstrich und stampfte mit dem Fuß den Takt. Gogo öffnete den Mund und fiel mit einem aufjauchzenden Lalala ein. Franz summte die Terz, aber plötzlich wurde im zweiten Stock des gegenüberliegenden Hauses ein Fenster aufgerissen, und der schlafzerzauste Kopf einer Frau beugte sich weit vor.

»Ihr bringt mich noch um.« Und weit ausholend warf sie eine Handvoll Kastanien, die sie, um ihren Rheumatismus zu heilen, unter ihr reichbesticktes Kopfkissen gelegt hatte, nach den Musikanten. Benjamin rieb seinen Hinterkopf, wo ihn eine Kastanie getroffen hatte. Gogo sprang hinter den Holunderbusch. Keineswegs mit dem Erfolg ihrer Austreibung zufrieden, griff die Frau erneut nach den Kastanien, aber ungeachtet aller Mißbilligung hob Benjamin die Geige ans Kinn, schloß die Augen und spielte, während um ihn herum die Kastanien niederprasselten. Er spielte mit einer Hingebung, die selbst Mauern zum Einsturz hätte verleiten können. Von den Häuserwänden hallte es wider. Gogo unterdrückte hinter dem Holunderstrauch ein Gelächter und kehrte an die Seite Benjamins zurück. Franz, Popel und das Auto rückten näher heran und grölten. Die Individualitäten waren es, die den Eindruck von Unstimmigkeiten hervorriefen.

Benjamin spielte sich in einen Rauschzustand. Er glaubte zu schweben und mit dem Bogenstrich bis an die Wolken zu stoßen, aber das Klirren eines zugeworfenen Fensters brachte

ihn wieder zur Besinnung. Er setzte den Bogen ab, und die
Sänger verstummten augenblicklich. In diesem Augenblick
erhaschte Benjamin hinter den Fensterscheiben den zornigen Blick der Frau. An anderen Fenstern klatschte das Pu-
blikum. Frau Wind warf gar ein in Papier gewickeltes Zehn-
pfennigstück herab, und so machte Benjamin zum erstenmal in seinem Leben die Erfahrung, wie man zu Geld und
zu Ärger kommt, und mit der Geste eines Tragöden, die
Jacke wehte um seine Hüften, schritt er zur Hintertür. »Du
bist ein Paganini!«, sagte Gogo und klopfte ihm ermunternd
auf die Schultern. Sein Musikverständnis war nicht sehr entwickelt: Allein die Schnelligkeit und Rasanz machte ihn zum
mundoffenen Bewunderer.

»Daß dir die Geige nicht zerbricht, wundert mich. An
deiner Stelle würde ich Trommler. Das ist wenigstens ein
Instrument.« Gogo schwärmte für den Lärm. Er knallte
seine eisenbeschlagenen Schuhe auf den Steinboden. Benjamin zupfte die Saiten, so daß es in dem Hauseingang dumpf
widerhallte.

Am übernächsten Tag erhielt seine Mutter einen Brief, der
ungekürzt folgenden Wortlaut hatte:

»Geehrte Frau Weis. Ihr werter Sohn hat am 25. Septem-
ber um 14 Uhr zur Ruhezeit im Hinterhof Geige gespielt
und mich aus dem Schlaf gerissen, der mir so nötig ist.
Dürfte ich Sie bitten, Ihren Sohn so zu erziehen, daß er andere Menschen respektiert. Mit bestem Gruß Ihre Natalie
Gonsdorf.«

»Was kann ich da nur machen?«, klagte Anna und gab
Jonas den Brief zu lesen. Dieser fütterte sich mit der linken
Hand aus einer kleinen Tüte und sagte: »Das ignorierst du«,
und zerknüllte den Brief in seiner Hand. »Aber wenn wir
nun schon einmal beim Geigenspiel des so vielversprechen-

den Benjamin sind: Es ist nicht mehr anzuhören, wie er auf dem zarten Instrument herumkratzt, als suche er einen verlorengegangenen Ton.«

So kam es, daß Jonas sich bei Herrn Xaver gelegentlich nach den Fortschritten Benjamins erkundigte, ob sie denn, genau behorcht, Erwartungen hochhielten, den Eifer rechtfertigten und so weiter. Herr Xaver, derart stürmisch befragt, wich der Antwort aus und sprach davon, daß es ja nicht die beste Geige sei, auf der Benjamin zu spielen versuchte.

Aber gerade das hätte er nicht sagen sollen.

»Zu spielen versucht? O Gott!«, jammerte Jonas. »Wo kommen wir noch mit all den Versuchen hin?«

So sei das nicht gemeint gewesen, lenkte Herr Xaver ein. »Ich habe nur zu sagen versucht ...«

Jonas verknotete seine Hände und nahm eine demütige Gebetshaltung ein. Mit energischem Kopfschütteln wehrte Herr Xaver den Ärger seines Freundes ab. Er trat einen Schritt vor. Seine Gamaschen waren schlammbespritzt. Er war einer jener Menschen, die bis auf fünf Meter gepflegt aussehen.

»Um wirklich Geige spielen zu können, muß man lieben. Tralalalala.«

»Du Panerotiker!«, seufzte Jonas und griff nach seinem Hut, den er verlegen in den Nacken hineinstülpte.

Ungeachtet aller Zweifel, die seine Umgebung hegte, spielte Benjamin weiter. Er liebte freilich noch etwas ohne Erfolg, dachte Jonas und dirigierte, Benjamins Gesicht beobachtend, das sich schmerzlich verzerrte. Die Lippen zitterten. Der rechte Fuß stampfte auf. Den Körper durchzuckten eckige Bewegungen. »Mehr Grazie! Du drischst die Geige wie ein Kosak. Mehr Liebe. Der reine Ton rührt von einer Sinusschwingung des schallführenden Mediums her.«

Benjamin setzte die Geige ab, verließ weinend das Zimmer und setzte sich weinend in die Küche vor das Waschbekken, in dem die emsigen Tropfen vom Wasserhahn zersprangen. Die Wände waren dunkelblau gestrichen. Die Luft wellte sich überm Ofen. Mit jedem Tropfen fiel Benjamin tiefer. Wie gern hätte er sich als schwarzbefrackter, langhaariger Geiger gesehen, der, über sein Instrument gebeugt, mit spinnendünnen Fingern die Saiten abtastete, daß es die Zuhörer vom Stuhle risse und sie mit weiten Gesten und Sprüngen zum Tanzen bringe. Die zerspringenden Wassertropfen bespritzten sein Gesicht. Er ging in sein Zimmer zurück, das Jonas verlassen hatte.

›Mehr Liebe.‹

Die Straßenbahnen ratterten erbarmungslos vorüber, Stationen wurden heiser ausgerufen. Geflüsterte Erkundigungen. Schritte klatschten auf das Pflaster. Der Lärm staute sich im Hinterhof. Eines Tages, dachte er, werde ich mit wundgeübten Fingern triumphieren.

Jedoch hatte er die Unbekümmertheit verloren, mit der er in der ersten Zeit Geige spielte. Sein Ehrgeiz stachelte ihn zu Gewalttaten an, so daß Jonas mit seinen empfindsamen Ohren die musikalische Gegenwart seiner besseren Hälfte mied und mit keinem Wort mehr auf die Dreiviertelgeige zu sprechen kam. Anna, die gern eine Melodie summte und den Schmelz eines Operettensängers dem Brustton eines Straßensängers vorzuziehen wußte, Anna verfolgte den Kampf ihres Sohnes mit mütterlicher Besorgnis, ja sie schritt einmal sogar ein und versteckte die Geige in ihrem Kleiderschrank. Aber Benjamin blieb beharrlich. Selbst vor seinen spottenden Freunden nahm er die Haltung eines Besessenen an. Er wurde blaß.

Der Gedanke, wie es denn überhaupt zur Musik komme, quälte ihn: Aus der Fülle des Lärms, des Quietschens,

Knirschens, Rasselns, Ratterns, ja des Donnerns, Hupens, Prasselns, Zischens, Klatschens und Knatterns MUSIK.

Jonas vertrat die Ansicht, daß der Wind, der ja bekanntlich sehr neugierig, auf seiner Wanderschaft einstmals in eine Trompete geschlüpft sei und diese zum Ertönen gebracht habe.

»Wie aber«, fragte Benjamin, der mit einer Trompete seine erste große Enttäuschung erlebt hatte, »kamen denn Trompeten in die Welt?«

»Ja«, sagte Jonas und kratzte sich sehr lang seinen Schädel, als könne er einen Einfall aus dem Gehirn jucken. »Ja, diese sind ehemals, als die größten Lügner noch geehrt wurden, Waffen gewesen, mit denen sich die Soldaten den Schädel einschlugen, bis eben der Wind in sie hineinfuhr. Seit diesem Ereignis gibt's nur noch Militärkapellen und weniger Kriege.«

»Ich glaube dir kein Wort«, rief Benjamin mißmutig.

»Da sieh dir nur diesen Dreikäsehoch an«, sagte Jonas, »wirft mir Lügen vor und weiß nichts Besseres.«

Benjamin holte nur noch selten die Geige aus ihrem Sarg, schälte sie aus dem weißbestaubten Tuch und setzte sie ans Kinn. Das geschah meist an hohen Feiertagen, wenn man sich im Familienkreise zum gemeinsamen Singen zusammensetzte. Zuweilen holte er jedoch die Geige auch dann hervor, wenn er traurig war.

›180‹

Frühe Liebe

Dasjenige, worüber gelacht wird, was lächerlich und lachenswert ist,
hat sich bisher zwar noch nicht genau bestimmen lassen; weil,
nach dem unterschiedenen Geschmack der Menschen, mancher über
dasjenige weint, worüber der andre aus vollem Halse lacht.

Justus Möser

An einem Dienstag um 14.37 Uhr, als Venus in einem männlichen Zeichen des Tierkreises sowie mit Saturn in Konjunktion stand, balancierte Benjamin auf einem Bein und sah eine schwarzverschleierte Dame in das Haus treten, nachdem sie einem Taxichauffeur sehr traurig ein Trinkgeld gegeben hatte. Ein schwarzer Pelz umschloß ihren Hals. In der rechten Hand trug sie ein Köfferchen, mit der linken stützte sie sich auf einen Regenschirm. Es war der Tag, an dem Benjamin nach einer längeren Pause die Abenteuer des Don Quijote zu Ende gelesen hatte, der Tag, an dem Jonas geheimnisvoll von Besuch sprach, und schließlich der Tag, an dem Benjamin einen Pferdezahn gegen einen Menschenknochen eintauschte.

Die Dame stellte den Koffer hin und las die Namensschilder; dabei öffnete sie ihren Schleier mit einer sanften Handbewegung, und Benjamin sah in ein schmales, zartes Gesicht, über das Aufregung eine leichte Röte gegossen hatte. An der linken Schläfe schimmerte ein linsengroßes Muttermal. Mit einer schwarzbehandschuhten Hand drückte die Dame auf einen Klingelknopf und starrte abwartend auf die Tür. Benjamin ließ sein linkes Bein langsam heruntersinken und machte einen Schritt vor, als die Tür dem Ellenbogen der jungen Frau nachgab. Sein Herz war mit Neugierde gefüllt, er lief zum

Haus und konnte gerade noch den Schatten der Fremden mit seiner Fußspitze berühren, als die Tür lärmend zuschnappte und ihn wißbegierig auf der Straße zurückließ. Er war plötzlich empfänglich für alles, was um ihn herum vorging, ohne daß er sich die Mühe machte, zu unterscheiden. Eine grünschillernde Fliege saß auf dem Deckel der Mülltonne. Benjamin wandte den Blick nicht von ihr, und während er hinschaute, verwandelte sie sich in eine schöne Frau, um deren zerbrechliche Gestalt ein grünes Kleid floß.

»Träumst du?«, sagte ein Mann mit einem Spazierstock, der es eilig hatte und gegen den Jungen stieß.

»Ich liebe«, erwiderte Benjamin und schaute die Straße entlang. Alles war schön: Selbst die Mülltonnen sahen aus wie Juwelenkästen, und ein fetter, streunender Köter gewann das Aussehen eines geschmeidigen Panthers.

»Jonas hat seine Nichte zu Besuch«, sagte seine Mutter.

»Ich habe sie gesehen«, erwiderte Benjamin und versuchte, unbeteiligt dreinzuschauen.

»Ihr Mann ist gestorben«, fuhr seine Mutter fort.

»Hat man ihn umgebracht? Ich werde sie beschützen.« Benjamin stellte sich breitbeinig hin. Hierauf ging er ins Bad, wusch sich die Hände und schaute in den Spiegel. An seiner Wange klebte Lehm. Nachträglich noch schämte er sich. Er rieb die Haut, bis sie glühte. Der Schmerz weckte die Erinnerung, und die Erinnerung ließ ihn den Hunger vergessen. Er trank den Kakao in kleinen Schlückchen und streckte dabei graziös den kleinen Finger aus.

»Wieviel Nichten hat Jonas?«

»Ich weiß nicht«, entgegnete seine Mutter.

»Wieviel habe ich?«

»Du bist noch zu jung dazu.«

»Immer bin ich zu jung.«

Zwei Tage lang mied Benjamin Jonas, dann aber stürzte er

doch die Treppe zum ersten Stock hoch, atmete tief, steckte das Hemd sorgfältig in die Hose und klingelte. Sie öffnete. Drei weiße Dinge: Haut, Zähne und Hände; drei schwarze Dinge: Augen, Augenbrauen und Augenlider; drei rote Dinge: Lippen, Wangen und Nägel; drei lange und schlanke Dinge: Arme, Leib und Haare; drei kleine Dinge: Zähne, Ohren und Füße; drei breite Dinge: Brust, Stirne und der Raum zwischen den Augenbrauen, forderte Velázquez von einer schönen Frau. Benjamin hatte es einmal beim Durchblättern in den Büchern von Jonas gelesen. Jetzt sah er es vor sich. Sie schien älter, als er sie in Erinnerung hatte.

»Ich möchte zu Herrn Bernoulli«, stieß er etwas plötzlich hervor, als wüßte er nur diesen Satz auswendig.

»Onkel Fritz«, schrie sie erheitert durch den Gang, »du hast Besuch.« Sie breitete die Arme aus.

»Du bist bald so groß wie ich.«

Benjamin reichte ihr bis an die Schultern.

»Du willst mich also beschützen.« Er schaute auf die Matte und strich mit der rechten Fußsohle darüber. Am liebsten wäre er wieder umgekehrt. All die großen Gefühle in seiner Brust waren mit dem Verrat der Mutter geschwunden.

»Jonas«, sagte er, als er in dem Wohnzimmer stand, das voller Zigarrenrauch hing, »Jonas, ich wollte dich nur fragen, ob ich ein Buch haben könnte«, schweifte mit dem Blick über die langen Buchreihen und wartete ab.

»Mußt du denn immerzu lesen?«, fragte Jonas.

»In der Welt passiert nichts. Die Straßen sind mir zu eng«, entgegnete Benjamin und ließ sich in den großen Sessel, den Jonas meist mit seinem riesigen Körper bedrängte, nieder. Durch das zerschlissene Polster spürte er die Stahlfedern, die vor langer Zeit wohl einmal Bequemlichkeit verschafft haben mochten. Für Benjamin war es ein Balanceakt, die hochstrebenden Federn mit seinem Körpergewicht zu beschwichtigen.

›183‹

»Du liest«, mahnte Jonas, »als gäbe es sonst nichts anderes in der Welt. In den Büchern stehen doch nur Versprechungen, die die Wirklichkeit gar nicht halten kann.«

Benjamin war aufgestanden, an das Bücherregal herangetreten und buchstabierte jetzt einige Titel. Manchmal schaute er zu der Nichte hin, die sich in das Sofa zurücklehnte und lachte, so daß die Halskrause ihres Kleides flatterte. »Sei ehrlich«, rief Jonas, »du warst nur neugierig.«

Benjamin fühlte sich ertappt, durchschaut und verraten. Er beharrte auf seinem Wunsch nach einem Buch und angelte schließlich einen roten Band aus dem Fach in Augenhöhe heraus.

»Was ist das?« fragte Jonas, der auf die Entfernung nicht erkennen konnte, was Benjamin in der Hand hielt. Er blinzelte angestrengt. »Der Idiot.« Benjamin buchstabierte das Wort und blätterte neugierig in dem Buch. »Der Idiot. Sicher ein sehr interessantes Buch.«

Jonas lachte meckernd und erhob sich dann abrupt. »Habe ich die Herrschaften überhaupt schon bekannt gemacht? Das ist Benjamin Weis, meine bessere Hälfte, Herr Benjamin Weis, und das ist Hilde, meine Nichte.«

Benjamin schüttelte ihre Hand, das Buch unter den Arm gepreßt. Sein Gesicht war hochmütig verzerrt. »Das Buch wird dich langweilen«, brummte Jonas. »Später wirst du es gern lesen, aber jetzt laß die Finger davon.«

»Ich bin jetzt schon älter«, sagte Benjamin. Jonas gab ihm das Buch, und Benjamin las es, blieb aber bald stecken. Er haßte Gespräche in Büchern. Taten wollte er, handfeste Taten und sonst nichts.

Von seiner Mutter erfuhr er Näheres über Hilde, daß ihr Mann ein Künstler gewesen sei.

»Ein Künstler?« Benjamin wiederholte das Wort, und

Hochachtung erfüllte ihn. Ein Künstler ist immerhin ein Mensch aus dem Zirkus: ein Tierbändiger, ein Messerwerfer, ein Feuerfresser, ein Clown. Wie sollte er neben einem solchen Helden überhaupt bestehen? »Und was soll ich dir sagen«, fuhr seine Mutter fort, »sie waren nur ein ganzes Jahr verheiratet.« Benjamin wollte mehr wissen, aber seine Mutter schwieg. Am späten Abend, als er noch wach im Bett lag, hörte er die laute, etwas novemberheisere Stimme von Jonas. Er stand auf und preßte das Ohr an das Türschloß, so daß er jedes Wort verstehen konnte.

»Nein, er war keine Mannesschönheit. Die Tektonik seines Leibes war zu schmal. Muß man doch mindestens zwei rheinische Kubikfuß als absolute Raumerfüllung des idealen Menschen rechnen. Kurzum, er war zu dürr und drohte immer, in der Mitte einzuknicken. Er las gern Marcel Schwob und rauchte die Zigaretten in einer Elfenbeinspitze. Er hatte Sehnsucht nach Genuß, aber er war zu dünn und zu vorsichtig mit sich selbst. Seltsamerweise hieß er August. Kurzum: als er starb, es war in ihren Armen, geschah etwas Schreckliches. Der Schmerz über seinen Tod brachte sie fast von Sinnen. Sie bestreute ihn mit Blumen, zog die Vorhänge zu und setzte sich ihm gegenüber auf einen Stuhl. Ein Glück, daß zwei Tage später ihr Vater kam, der so lange schellte, bis sie schließlich ganz entkräftet an die Tür wankte.«

Benjamin schlich zurück in sein Bett und spürte eine Gänsehaut. Er dachte sich einige edle Taten aus, um erhaben einschlafen zu können. Er wußte nicht, ob er Hildes Mann bewundern oder verachten sollte. Einmal stellte er sich ihn als einen dürren Mann vor, der sein gelbkrankes Gesicht hinter einer Zeitung verbarg, und das andere Mal als einen vergeistigten Märtyrer, wie der heilige Sebastian von zahllosen Pfeilen durchbohrt.

Am nächsten Tag traf er sie auf dem Heimweg von der Schule in der Merianstraße. Es regnete, und er schlich ohne Mantel eng an den Häusern entlang. Sie bot ihm Schutz unter ihrem Regenschirm an, was er großzügig erduldete. Gute hundert Schritte sagte er kein einziges Wort, und er glaubte, der Herzschlag würde ihn aufblähen, aber als das Schweigen seine Verlegenheit steigerte, stotterte er schnell: »Kann ich Ihnen helfen?« Aber sie standen schon vor der Haustür. Sie strich ihm über die nassen Haare. Das linsengroße Muttermal zitterte. Die Regenkühle hatte ihre Wangen gerötet.

»Das ist lieb von dir, doch sind wir schon zu Hause.« Vom Schirm tropfte es auf seine Stirn. Er hatte noch nie eine solch schöne Frau gesehen. Er könnte die Hand ausstrekken, um ihre Hand zu berühren oder sie gar zu streicheln. Aber sie schritt schon zur Treppe und rasselte mit den Schlüsseln.

»Laß es dir gut schmecken.« Sie winkte ihm zu. Mit dem ersten Löffel Suppe verbrannte er sich die Lippen. Für ihn stand es fest, daß er um sie kämpfen mußte. Aber mit wem? Die Riesen waren ausgestorben. Gogo war der Erwählte. Nichtsahnend näherte er sich Benjamin in der Turnstunde. Er fror und krümmte seinen schmalen Oberkörper in seinen Pullover.

»Benjamin« – Benjamin wurde Benjamin von seinen Freunden genannt, weil der Name Benjamin ohnehin schon seltsam genug war – begann er, mit den Zähnen klappernd, »ich würde gern deinen Menschenknochen gegen ein chinesisches Geldstück tauschen. Stell dir vor, in Peking tragen sie ihr Geld um den Hals.«

»Wo?«

»In Peking.« Gogo öffnete seine blaugefrorene Hand, und eine grünspanüberzogene Münze glänzte auf der schmutzig-grauen Haut. »Echt chinesisch.« Durch die Münze war in

›186‹

der Mitte ein Loch gebohrt. Benjamin ergriff sie hastig und hob sie dicht an seine Augen, so daß er durch die Öffnung das ängstlich gespannte Gesicht Gogos beobachten konnte.

»Tauschst du?«, fragte Gogo mißtrauisch.

»Ich gebe noch eine Patronenhülse dazu.« Er kramte in seiner Hosentasche.

»Ich tausche nicht«, brummte Benjamin und gab seinem Freund verächtlich das Geldstück zurück. »Um den Hals hast du gesagt? Du bist ein verdammter Lügner.«

»Doch!«, stammelte Gogo und zeigte mit fahrigen Gebärden, wie die Chinesen ihr Geld trugen. Als er die streitlustige Haltung Benjamins bemerkte, wich er zurück.

»Du bist ein Großmaul und ein Riesenschwätzer.« Gogo steckte das Geldstück hastig in seine Hosentasche, aber zum Davonlaufen war es schon zu spät. Benjamin stürzte auf ihn und schlug blindlings zu. Herr Blumauer, der während des Turnunterrichts die Börsennachrichten las und seine Schüler gewähren ließ, weil schon frische Luft die beste Leibeserziehung sei, sprang mit seiner Zeitung auf und packte Benjamin, den Alttestamentler, wie er ihn zuweilen nannte, an den Ohren und zog ihn zu sich heran, bis sein mächtiger Bauch die Nasenspitze des Jungen berührte.

»Jaköbche!«, schrie er. »Es wird gespielt.« Und mit einem kräftigen Stoß schickte er Benjamin zu einer Gruppe Jungen, die einem Ball nachliefen. Aber Benjamins Stolz war im tiefsten verletzt. Der Muskelstrang an seinem Hals zuckte.

»Das muß blutig gerochen werden.« Er stürzte dem fliehenden Gogo nach: Jedoch war es nicht nur sein Freund, den er traf, es waren Beine, Arme und Köpfe eines vielgestaltigen Ungeheuers, das seinen giftigen Atem ihm entgegenschleuderte. Er spürte, wie eine Faust seine Lippen streifte und aufriß. Sein Kampfesrausch steigerte sich mit dem Schmerz. Mit der linken Hand wischte er über den Mund. Er sah einen

Blutfaden. Während alle auf ihn eindroschen, hatte er plötzlich die Gewißheit, daß Liebe und Schmerz ein und dasselbe sind. Er bedauerte sich. Wenn sie ihn jetzt nur sehen könnte! Gogo zischte ihm zu: »Du bist tollwütig!« Herr Blumauer gab ihm eine Ohrfeige. Auf dem Nachhauseweg mieden ihn seine Freunde. Er versuchte stolz zu sein, fühlte sich als Ritter. Ihr Lohn war ihm gewiß.

Als ihn seine Mutter erblickte, fragte sie entsetzt: »Bist du krank?« Mit einem angefeuchteten Wattebausch tupfte sie seine angeschwollenen Lippen ab. Er gab keine Auskunft, wie er zu dieser Wunde gekommen sei: Er trotzte den mitleidigen Fragen und vertiefte sich in die Bruchrechnungen. Der vierte Teil von acht. Der zehnte Teil von der ganzen Welt. Die Hälfte von Nullkommanichts.

»Wie werde ich ihre Liebe erringen?« Am Abend dieses Tages konnte Benjamin mit der einen Gesichtshälfte lachen und mit der anderen weinen. Die Zeit tröstet nicht. Wer Phantasie besitzt, bauscht das Leid derart auf, daß er nichts anderes mehr sieht.

Benjamin ließ den Kopf hängen und erschreckte seine Umwelt mit einem gramvollen Gesicht. Kaum war er mittags von der Schule heimgekehrt, hatte hastig das Essen heruntergeschlungen, ging er in sein Zimmer und suchte Trost in Büchern.

›Keinen Freund gibt's für den Freund mehr.‹ Seine Augen sprangen von Satz zu Satz, Zeitungen knisterten in seinen Händen.

»Achtung! Nur für Herren.«

»Die Geheimnisse, wie man es anstellen muß, um Eindruck auf d. Frauenherz zu machen u. unbedingt zu gefallen, enthüllt Ihnen d. Buch: *Der Erfolg im Damenverkehr.*«

In Palermo war ein Kalb mit zwei Köpfen geboren worden. Ei! Der Weltkommunismus drohte. Vielleicht lernte er es noch, ihre Liebe zu gewinnen. Er wünschte, geheime Kräfte zu besitzen, auf dem Kopf stehen zu können. Gogo hatte ein Mädchen nackt gesehen. So ein Bart. Benjamins Selbstgespräche zogen ihre Kreise immer enger und endeten schließlich in dem Wunsch, Jonas zu besuchen. Er weiß einen Ausweg.

Jonas thronte hinter seinem Schreibtisch, Papier türmte sich hoch.

»Was gibt's?« Er kratzte sich am Kopf. Ein schmaler Sonnenstreifen fiel zwischen den schweren grauen Vorhängen hindurch über den Teppich.

»Weiter nichts.«

Jonas addierte Zahlenkolonnen. Sieben im Sinn. Die Uhr tickte schläfrig.

»Hilde hat nach dir gefragt, warum du dich nicht sehen ließest.«

»Ich arbeite«, gestand Benjamin pathetisch und ging zögernd zur Tür. Auf der Treppe traf er Hilde und ließ sich von ihr überreden, mitzukommen.

»Lange nicht mehr gesehen!« Jonas zwinkerte ihm zu. In seinem Mund steckte eine erkaltete Zigarre.

»Wieviel ist 213 plus 417? Die Mathematik ist der Trost der Melancholiker.« Jonas addierte. Auf seinem Gesicht lag ein Hauch von Heiterkeit, so daß sich Benjamin ermuntert fühlte, das Zimmer zu verlassen, um nachzusehen, wo Hilde geblieben war. Die Tür zum Schlafzimmer war angelehnt. Er hörte ein Rascheln von Kleidern, einen Seufzer und sah, als er eben den Kopf vorsichtig durch den Türspalt steckte, wie Hilde ihr schwarzes Kleid über den Kopf zog. Sie streckte die Arme hoch, so daß ihre Brüste aus dem schwarzen Unterrock weiß hervorschimmerten. Benjamin stolperte vor, und diese Bewegung verriet seine Gegenwart. »Gott sieht uns überall.«

Der Unterrock knisterte.

»Du bist es!«, rief sie lachend aus und ließ die Arme sinken. Sie konnte Benjamin im Spiegel sehen, wie er errötete. Sein Mund war zundertrocken und schien sich zu vergrößern, so daß er nicht zu sprechen wagte. Ohne sich an seiner Gegenwart zu stören, griff sie nach einem grauen Kleid, das über dem Stuhl hing und stülpte es, indem sie die Arme hochreckte, über den Kopf. Dabei machte sie eine schlängelnde Bewegung, wie eine Biene, die sich in einen engen Blütenkelch drängt. Während sie das Kleid zuknöpfte, huschte ein Lächeln über ihre Lippen. Benjamin sah es im Spiegel.

Am liebsten wäre er für sie gestorben, oder hätte mit einer ungeheuerlichen Tat ihre Gunst für immer erworben. Sie preßte mit der Handfläche das Haar, das in Unordnung geraten war, an die Stirn und ging dann auf Benjamin zu.

Als Benjamin mit Hilde zusammen ins Zimmer zurückkehrte, schien sie still und heiter nach langen Tagen des Weinens und Schluchzens. Die schwarzen Ringe um ihre Augen verrieten noch etwas von Trauer und von Hilflosigkeit. Benjamin schritt stolz aufrecht und streifte seine Begleiterin mit einem inbrünstigen Blick. Das Mäandergeflecht seiner staksigen Beine, jenes hüpfende Gehen näherte sich Jonas, der sein Gesicht auf beide Hände stützte. »Habt ihr das große Los gezogen?«

»Wir werden heiraten«, sagte Benjamin mit todesverachtender Entschlossenheit und stellte sich auf die Zehenspitzen.

»Das verhüte Gott im Augenblick!«, entgegnete Jonas. Hilde wagte nicht über die plötzliche Liebeserklärung zu lachen, die Benjamin eine altkluge Würde verlieh. Und seltsam! Das pompöse Geständnis berührte sie. Im Zimmer herrschten Halbdunkel und feierliche Stille. Das Schweigen lastete derart, daß Benjamin das Geständnis wiederholte und den rechten Fuß einige Zentimeter vorschob.

Jetzt öffnete Jonas seinen Mund, stieß sich hoch und schrie unendlich belustigt: »Dir fehlen die Voraussetzungen.«

»Nichts fehlt mir.«

Jonas ging auf den Jungen zu und fuhr ihm mit gespreizten Fingern durch die Haare.

»Womit willst du eine Frau ernähren?«

»Sie kann bei uns mitessen.« Benjamin begriff allmählich, welches ökonomischen Mechanismus das Gefühl bedarf, um zu dauern. Er dachte daran, daß man ein Haus bauen, daß man Kleider kaufen müsse, sicher würde auch das Essen Geld kosten. ›Nie werde ich das Geld zusammenhaben, um eine Frau zu ernähren‹, dachte er mißtrauisch: Er mobilisierte sein ganzes Lebensgeschick, prahlte mit einem überlegenen Lachen.

Das alles tat er zwei Schritte vor Jonas, der sich an den Schreibtisch lehnte und seinen Blick in das entschlossene Gesicht seines jungen Freundes vertiefte. Hilde blieb unschlüssig im Hintergrund, verführt durch die Entschiedenheit Benjamins.

»Wie war denn der ›Idiot‹?«, fragte Jonas.

Benjamin faltete die Stirn. »Der Idiot?«

Er spürte, wie er die Rolle, die er an sich gerissen hatte, nicht mehr spielen konnte.

»Ich habe das Buch nicht gelesen. Da passiert überhaupt nichts.« Jonas lachte über den Vorwurf. Er war an das Regal herangetreten und hatte den Finger in die Lücke gesteckt. Über seinem Kopf thronten die Werke von Jean Paul. Es sah aus, als würde er sie balancieren.

Die Wahrheit war, daß Benjamin sich aus der Welt der Erwachsenen ausgestoßen fühlte, aus der Welt der vorausberechenbaren Taten, aus der Welt der rot unterstrichenen Zeitungsmeldungen, aus der Welt der Steuern und Unverständlichkeiten. Es war die Welt – das wußte Benjamin –, in der Ehen geschlossen wurden.

Sein Mut verließ ihn.

Dort stand Hilde, erwartungsvoll und belustigt, ihre Hände strichen das Kleid glatt: Und dort stand Jonas, die Hände hämisch über dem Bauch gefaltet. Es schien, als würden beide stille Zeichen des Einverständnisses tauschen. Benjamin schaute hin und her. »Ich muß gehen.« Er fühlte sich unrettbar exponiert. Den Händedruck von Jonas erwiderte er mit verzweifelter Kraftanstrengung, Männlichkeit geradezu ertrotzend.

Verdammt noch mal.

Mit festen Schritten trat er auf den Teppich. Hilde begleitete ihn bis zur Tür. Er spürte ihren Atem im Nacken, hörte das Knistern ihres Kleides, roch das weiche Parfüm. Als er schon die Hand auf das Treppengeländer legte, um langsam die Stufen hinunterzuschlürfen, beschämt und enttäuscht die Beine hinter sich herziehend, in diesem Augenblick wandte er sich plötzlich um und hauchte ihr, die sich herabneigte, um ihm nachzuschauen, einen hastigen Kuß auf die Nase. Er preßte die Lippen zusammen. Dann, nach einer flüchtigen, erschreckten Berührung, löste er sich wieder von ihr, streifte mit den Wangen die Halskrause und stürmte die Treppe hinunter.

Später verkündete er: »Nie werde ich heiraten. Ich halte mir einen Hund und Papageien.«

Als er während des Geburtstagsessens von Jonas sah, wie Herr Dacqué, ein Bonvivant und Weinhändler en gros, der sich mit fünfzig Jahren noch wie achtzehn fühlte, ohne in allen Punkten der Jugend zu genügen, als nun Benjamin sah, wie Herr Dacqué fast unabsichtlich seinen gamaschierten

Fuß an den Schuh Hildes rückte, die Hand um ihre Schulter legte, schmerzte es den Jungen nur noch am Rande. Herr Dacqué war eine Art Hoflieferant für Jonas und in einem mehr geschäftlichen Sinne ein Freund, der gern über die Preise und die Jahrgänge redete und sonst bedächtig schwieg. Herr Dacqué fehlte auf keiner Feier: Er aß viel, trank viel, liebte viel. Der Schlaganfall war nicht mehr fern. Hilde lachte – und Benjamin entdeckte plötzlich, daß ihre Hände häßlich gerötet waren, ihre schlanken Beine in den seidenen Strümpfen schienen über die Maßen zerbrechlich.

Am meisten zu seiner Desillusierung hatte jedoch Jonas beigetragen, der eines Tages, als er Anna besuchte, von der Liebe der Araber sprach, die buchstäblich verhungerten und langsam dahinsiechten, wenn sie der Blitzstrahl der Liebe getroffen habe. Und Benjamin, der exotische Ereignisse besonders sich zu Herzen nahm, schwieg betroffen. Jetzt, während des Geburtstagsessens, stellte er fest, daß er keinen Hunger hatte. Er starrte Hilde an, sah, wie ihr Füßchen von Herrn Dacqué abrückte, bemerkte, wie sich mitten in ihre Fröhlichkeit ein Schimmer Trauer stahl. Der Bauch hing Jonas herab, geschüttelt im Takte des Kauens. »Ich will nicht verhungern«, sagte Benjamin, ohne diesen bedeutungsschweren Satz durch eine Belanglosigkeit anzukündigen.

Jonas beugte sich lächelnd vor und gab ihm ein Stückchen Himbeertorte, auf das er mit einem eleganten Schwung einen Löffel Sahne klatschte. Der Kuchen reichte Benjamin bis zur Nasenspitze.

Zwei Wochen nach dem Geburtstag reiste Hilde wieder ab, und Benjamin eröffnete Gogo, er wolle doch den Menschenknochen gegen das chinesische Geldstück tauschen, freilich schon in dem Wissen, daß der Knochen von einem Ochsen stamme.

Wetten, daß ich weiter springe

Franz fing damit an. Er sagte zu Gogo: »Wetten, daß ich eine Roßkastanie esse.« Gogo wagte eine türkische Münze. Benjamin betrachtete das von Ekel verzerrte Gesicht von Franz, als er auf der Roßkastanie herumkaute.

»Es schmeckt wie Schuhsohlen«, stammelte Franz und spuckte die Roßkastanie wieder aus.

»Das gilt nicht«, rief Gogo. »Essen heißt herunterschlukken.« Franz verlor die Wette. Er zahlte an Gogo die Summe von zehn Pfennig. Gogo strahlte über das ganze Gesicht und versteckte die Münze in einen Lederbeutel, den er an einer Schnur um den Hals trug.

Benjamin wettete nun, wo er auch immer Gelegenheit hatte, seinen Mut auf die Probe zu stellen.

»Wetten, daß ich über den Zaun springe«, schrie er, setzte, ohne die Angebote abzuwarten, zum Sprung an und schaffte es. »Wetten, daß ich dreißig Schritte mit geschlossenen Augen gehen kann?« Die ersten zehn Schritte waren einfach und hatten die gleiche Länge wie immer, wenn man munter und mit offenen Augen einherschritt: Aber dann schob sich eine große schwarze Wand vor ihm hoch, die Schritte wurden kleiner und schließlich war es nur noch ein Vorwärtstapsen. Der Lärm der Straße verdichtete sich zu einem bedrohlichen Getöse, und als er den neunundzwanzigsten Schritt machen wollte, stieß er mit seinen ausgestreckten Händen gegen die Brust einer Frau, die, ehe er die Augen aufschlagen konnte, ihm die Handtasche gegen die Schulter schlug.

»Hast du keine Augen im Kopf?«

›194‹

»Nur neunundzwanzig«, schrie Gogo glücklich dazwischen.

»Wetten, daß ich es geschafft hätte«, begehrte Benjamin auf. Er war in einem Alter, in dem der Konjunktiv herrschte. Es hätte sein können. Wenn es so gewesen wäre.

Auch Jonas wurde von dieser Wettleidenschaft nicht verschont. Benjamin liebte das prickelnde Gefühl, sich selbst wie einen Stein davonzuschleudern, ohne des Zieles sicher zu sein. Wetten! Jonas, der sich bei einem eiligen Treppenaufstieg den rechten Fuß verstaucht hatte, saß in seinem Sorgenstuhl, diesmal eine geschwungene Pfeife im Mund, den Schlafrock mit Tabakflecken bedeckt, den struppigen Bart graumeliert. Er fühlte sich so an den Stuhl gefesselt, sagte er, wie ein ziemlich alter Mann, und Benjamin, der plötzlich eine Chance sah, etwas zu riskieren, rief: »Wetten, daß ich älter werde!« Jonas nahm die Pfeife aus dem Mund und lachte. Die Rauchkringel schwebten an die Decke. Benjamin blickte erwartungsvoll hoch. Es stachelte ihn an, das schier Unmögliche zu riskieren, um im Falle des Gelingens, der freilich nur selten eintrat, im Hochgefühl der Macht und des Könnens, einfach noch ein Stückchen weiter zu wetten. »Wetten!«, prahlte er mitten in das Gelächter von Jonas hinein, der mit verstellter Stimme deklamierte:

Prudens futuri temporis exitum
caliginosa nocte premit deus.

»Wetten, daß ich die Luft eine Minute anhalten kann!« Und schon begann Benjamin, den Blick auf die Standuhr gerichtet, deren Zeiger wie eine träge Spinne über die Ziffern glitt, tief einzuatmen. Seine Brust wölbte sich unter seiner zugeknöpften Jacke, seine Backen blähten sich. Als Jonas »fünfundvierzig Sekunden« schrie, preßte Benjamin die Luft mit einem Seufzer aus. »Verloren!«, schrie sein väterlicher Freund und ordnete die Wolldecke über den Knien.

»Verloren!«

Benjamin atmete in kurzen Stößen. Seine Schläfen waren wächsern bleich. Er ließ die Schultern hängen.

›Ich bin nicht so begabt, wie ich immer geglaubt habe‹, dachte er und machte sich auf den Weg zu den zehn Brasil-Zigarren, die er für Jonas nach der so eklatant verlorenen Wette holen mußte. Er ging zum Zigarren-König an der Ecke Bergerstraße – Merianstraße. Der Inhaber des kleinen Tabaklädchens war ein fetter Herr, der wegen Herzbeschwerden nicht rauchte, sondern Pfefferminz lutschte, und zwar derartige Mengen, daß sein Atem den süß-strengen Tabakgeruch im Laden vertrieb. Herr König, Herr Alois König, hatte eine hohe Stimme und war unbeweibt. Das Sehenswerteste an ihm war sein Kropf, den er jedoch meist unter einem roten Schal verbarg. Seine dickleibige, weibische Gutmütigkeit machte ihn zu einer Art Nationalhelden der Bergerstraße, zum George Brummell der Halbwüchsigen, kurzum zu einem Mann, der sich à la mode zu kleiden wußte.

Einmal im Jahr, zur Karnevalszeit, genau am Fastnachtsdienstag – Benjamin hatte das Theater bisher nur einmal erlebt –, verkleidete sich Herr König und schritt gravitätisch, Konfetti und Süßigkeiten ausstreuend, die Bergerstraße auf und ab. Sein Gesicht war dick gepudert. Eine johlende Menge stürmte hinter ihm her. Am Abend wurde die Stimmung ausgelassener. Junge Männer rissen dem Zigarren-König die Kleider vom Leib. Er rettete sich, indem er den Korb zu Boden fallen ließ und sich weinend in sein Geschäft einschloß. Sein Mieder war zerzaust und die Schminke tränenverschmiert. Sie rüttelten an der Tür, so daß die Reklameschilder schepperten. Der Zigarren-König riß sich die Haare aus vor Angst, aber im nächsten Jahr drapierte er sich wieder mit Frauenkleidern und stolzierte durch die Bergerstraße.

»Gebranntes Kind ersehnt das Feuer«, sagte Jonas.

Als Benjamin die Klinke an der Ladentür herunterdrükken wollte, sah er ein schwarzumrandetes Schild mit der Aufschrift: ›Wegen Sterbefall geschlossen.‹

Ein alter Mann, der den Jungen beobachtet hatte, blieb stehen und sagte, die Hand ans Ohr legend: »De Kenich is hops, des Herz. Wer werd denn jetzt all die Sigarrn rache, die da noch drin liche.« Er deutete mit dem Daumen zur Tür hin, und ohne Übergang fuhr er fort: »Mer misse all mal sterwe.« Wandte sich brüsk ab, pfiff seinen Dackel und ging gebeugt davon.

Benjamin lief zum Zigarren-Weber, der in ein Gespräch mit einer Frau vertieft war und mechanisch dem Jungen zehn Brasil-Zigarren à zwanzig Pfennige aushändigte. Benjamin bezahlte hastig und schloß erleichtert die Tür, die Glocke klang rostig. Er war glücklich, nicht beachtet worden zu sein.

»Der König ist tot«, sagte Benjamin, als er dem humpelnden Jonas die Zigarren überreichte.

»Gott bewahre«, erwiderte Jonas. Benjamins Haare waren durch den leichten Regen etwas angeklitscht, und sein Gesicht schimmerte fahl im Dämmerlicht des Hausgangs.

»Komm rein und trockne dich ab. Der König, sagst du? Letzte Woche habe ich ihn noch gesehen, er trug eine kanariengelbe Jacke und eine rote Weste.«

»Wie ist es eigentlich mit dem Tod?«

»Das ist ein langes Kapitel«, erwiderte Jonas und steckte sich eine Zigarre an. Nach einem tiefen Zug stellte er verächtlich fest: »Wieder eine vom Weber. Eine zwanzig Pfennig lange Qual.«

Benjamin war ziemlich ausgelaugt und durchbeutelt, als seine Mutter an diesem Abend sein Bett machte. Sie schüttelte die Kissen und Bezüge, bis sie gleichmäßig ausgebreitet waren. »Wetten«, sagte er, als er in die Kissen sank, »wetten, daß ich Vater finden werde!« Er betete und fiel augenblicklich in Schlaf.

Der Tod Königs war einige Tage lang Gesprächsstoff. »Der gute Kerl, er war ein Eunuch, ein Transvestit, fünfzigtausend Mark hat er hinterlassen. Alles für die Katz.«

Die Läden an dem Geschäft waren heruntergelassen und der Lack blätterte ab. Die Leute steckten ihre Köpfe zusammen, und der Regen verwischte ihre neugierigen Gesichter.

»Fünfzigtausend Mark, und er hat keine Verwandten.«

Benjamin hörte es und nahm es mit, als er von der Schule kam. ›Fünfzigtausend Mark.‹

Seine Mutter dachte immer noch an seine begeisternde Wette, daß er seinen Vater finden würde, und sie fragte ihren Sohn, der atemlos voller Neuigkeiten in die Wohnung platzte: »Wo willst du denn deinen Vater finden?« Benjamin stockte und vergaß die fünfzigtausend Mark, die der Zigarren-König der Nachwelt hinterlassen hatte. Er beugte sich etwas seitwärts und kratzte an seinem Schenkel.

»In der Schule gibt es Flöhe«, sagte er entschuldigend. Dann schaute er seine Mutter an.

»Ich weiß von dem Bild, wie mein Vater aussieht, ich werde ihn finden und wenn ich mir die Schuhsohlen durchlaufe.« Anna hatte plötzlich die absurde Vorstellung, daß es Benjamin tatsächlich gelingen könnte. Aber schon war das Thema für Benjamin wieder vorüber.

»Heute mittag gehen wir an den Main«, sagte er und sah die starren, erwartungsvollen Augen seiner Mutter, ihre Hand, die sie an die Brust preßte. Er wußte, daß sie darunter litt, wenn er von seinem Vater sprach.

»Paß schön auf dich auf! Das Wasser hat keine Balken.«

Es war ein Freitag, und die Wohnung roch nach frischem

Wachs. Auf den Tellern lagen die Gräten wie gekreuzte Schwerter.

Um zwei Uhr holte Franz, der mit feierlicher Würde eine neue Jacke trug, Benjamin ab. Vor dem Haus standen schon Popel, Gogo und überraschenderweise der Baron.

»Weißt du, daß der König heute beerdigt wird?«, sagte Franz und spielte mit dem Revers seiner Jacke. »Wollen wir nicht einfach hingehen?«

»Kindern ist der Zutritt verboten«, stammelte Gogo.

»Du hast ja die Hosen voll. Warst du schon einmal auf einer Beerdigung?«

Gogo wandte sich ab. »Unsere Familie ist gesund.«

»Wetten, daß wir rein können«, rief Benjamin.

»Weiß jemand überhaupt den Weg zum Friedhof?«

»Klar«, erwiderte der Baron, »dort liegt mein Vater. Dritte Reihe, zweites Grab.«

Sie machten sich auf den Weg. Fünf Schritte hinterher trödelte Gogo, der sich in den Kopf gesetzt hatte, die Autos zu zählen, die ihnen begegneten. Vor dem Bornheimer Friedhof stand eine Gruppe schwarzgekleideter Männer, ihre Zylinder glänzten in der matten Sonne.

»Wir sind nicht schwarz angezogen«, sagte Gogo, der noch immer einen Grund suchte, nicht mitzukommen.

»Dafür bist du nicht gewaschen«, meinte Benjamin, und sie traten beklommenen Herzens durch das Seitentor und folgten einem kranztragenden Herrn, der auf die Kapelle zuging. Zwischen Buchsbäumen, Fichten und Zypressen schimmerte der Marmor der Kreuze.

»Hier liegt eine Klothilde«, rief Gogo. »Na und?«, sagte der Baron verächtlich und bedachte den Schwätzer mit einem hypnotischen Blick. Der Baron haßte Gogo, und Gogo fürchtete den Baron. Aber an der Seite Benjamins steigerte sich sein Selbstbewußtsein.

»Möchtest du Klothilde heißen?«

Ein Mann in einer dunkelblauen Uniform mit goldenen Litzen näherte sich ihnen und hob abwehrend die Hände.

»Wo wollt ihr hin?«

»Zur Beerdigung Königs.« Die Stimme von Franz klang dumpf. Er hatte einen Hang zu Feierlichkeiten und wußte in diesen Augenblicken das Richtige zu sagen.

»Herr König wird nicht beerdigt.«

»Aber er ist doch gestorben«, begehrte Benjamin auf, der sich unwohl in seiner Haut fühlte und Franz anstieß.

»Herr König wird eingeäschert«, verkündete der Uniformierte. »Seid ihr Verwandte?«

»Nein, Kunden«, entgegnete Benjamin.

»Dann kommt mit! Seid aber ruhig!« Er lud sie mit einer weitausholenden Bewegung ein, ihm zu folgen. »Hier lang!«, befahl er und drängte die Jungen in die letzte Bank der Kapelle, die in einem rötlichen Halbdunkel lag. In der Mitte war ein Sarg aufgebahrt, der unter Kränzen fast begraben war. Franz kniete sich hin und machte ein Kreuzzeichen. Seine Hände wuchsen fast an der Stirn fest. Unterdessen hatten sich immer mehr Trauergäste in die Kapelle gedrängt. Frauen wedelten mit ihren Taschentüchern. Ein leises Raunen zitterte durch den Raum.

Gogos Mund stand offen.

»Warum wird er verbrannt?«

»Er war ein Atheist.« Das Gesicht von Franz war abweisend streng.

»Was ist denn das?«, zischelte Benjamin und stieß Franz seinen Ellenbogen in die Seite.

»Er glaubt nicht an Gott!«

»Ach, das gibt's doch gar nicht«, verkündete Benjamin, seine hohle Hand vor den Mund haltend. Er versuchte sich die Gestalt des Zigarren-Königs ins Gedächtnis zu rufen, aber es gelang ihm nicht. Benjamin sah nur einen dicken Kopf ohne Gesicht. Auch die Stimme des Zigarren-Königs konnte er hören, die hoch über den Bässen anderer Männer lag, immer schrill, immer aufgeregt.

»Ein Atheist? Warum stirbt er dann, wenn er nicht an Gott glaubt?« Die Orgel setzte ein und verbannte die Gedanken Benjamins in ein endloses Mißtrauen. Ein Pfarrer war vor den Sarg getreten und gab dem Organisten mit einer knappen Geste das Zeichen, aufzuhören. Seine Stimme stieg an und blieb auf einer Höhe heroischer Unterweisung und Verdammung.

»Meine liebe Trauergemeinde!«

Benjamin wandte sich an Franz und flüsterte: »Du siehst, ein Pfarrer beerdigt ihn.«

Gogo schob seinen Kopf näher: »Ob er das Feuer selbst anzündet?«

Der Pfarrer begann mit halberhobenen Händen seine Predigt. *Buße, Buße ist das einzige, so solchen Jammer und Herzeleid von uns wenden kann. Das Wort Buße hat nur vier Buchstaben. Das B nimm und bete täglich herzlich zu Gott. Gehe und bete auf den Knien. Gebete können Berge versetzen. Verlaß dich nicht auf dein Glück, auf deinen Besitz. Die Stunde ist vorhanden. Dein Grab ist schon fertig. Der andere Buchstabe ist ein U. Du mußt umkehren, dich verändern. Der dritte Buchstabe ist ein S. Wenn du die zwei ersten recht brauchst, wird der dritte ganz süß werden. Die Seligkeit meine ich. Wie lange? Ewig. Der letzte Buchstabe ist das E.*

Er kam auf den braven Christen Alois König zu sprechen.

Mit den Flammen wird seine Seele vor das Antlitz Gottes treten.

Franz machte ein Kreuzzeichen. »Kommt, wir gehen!«

»Warte noch!«, zischelte der Baron. Der Raum war erfüllt

von der grollenden Stimme des Pfarrers, die von Wand zu Wand strebte.

Die Predigt endete in normaler Sprechhöhe. Der Pfarrer sprach noch ein stilles Gebet und ging dann, das Gesangbuch an die Brust gepreßt, aus dem Raum.

Gott ist unser Gott ist unser Gott ist unser Gott

Die Trauergäste streuten Blumen über den etwas tiefer liegenden Sarg. Eine Frau schluchzte, und Gogo sagte fachmännisch: »Der Sarg muß sehr schwer sein.«

»Wetten, daß ich ihn heben kann«, stieß Benjamin, zu neuen Taten angefeuert, hervor. Gogo winkte ab. Er hatte schon eine Mark, eine Sonnenbrille und ein Bild von Rudolph Valentino verloren. Sie harrten alle noch eine Weile aus, in der Hoffnung, man würde den Toten bald verbrennen, aber nichts dergleichen geschah. Die Menschen zerstreuten sich, der Uniformierte öffnete die Türen, und der Tag fiel schimmernd in den düsteren Raum. Ein Windstoß wischte über die Kerzenflammen.

»Der ist schon längst verbrannt«, murmelte der Baron.

»Pater Becht hat uns allen versprochen, daß wir am Ende der Zeit leiblich auferstehen«, sagte Benjamin zweifelnd.

»Der König ist dann ein Wölkchen.« Gogo kicherte.

»Nicht alle werden wir auferstehen«, behauptete Franz. »Der König war gar kein richtiger Christ. Vielleicht Araber oder Baptist?«

»Blödsinn, er war ein Transvestit«, verkündete Benjamin, ohne zu wissen, welche Religionsübung damit gemeint sei. Franz wurde ungeduldig. »Gehn wir!«

Die Gespräche, die sie auf dem Heimweg über die Seckbacher Landstraße führten, ermatteten bald. Dämmerung schluckte sie. Gogo zitterte wie ein Vogel am ganzen Leib. Als sie in die Bergerstraße kamen, gingen sie ohne Abschied auseinander.

Sie schwiegen, die Häuser schwiegen, der Himmel schwieg.

Benjamin erinnerte sich mit einem Mal, daß er vor Staunen und Neugier einfach vergessen hatte, für den dicken König zu beten. Er vermochte am Abend nicht einzuschlafen, nachdem er, weil es Pfannenkuchen gab, aus einer plötzlichen Angst vor dem Tode, derart viel gegessen hatte, daß er mit der Hand die Spannung des Bauches fühlen konnte.

Sich vorzustellen, daß man plötzlich aufhört zu fühlen, zu denken und zu essen?

Benjamin kroch aus seinem Bett und schlich gebückt aus dem Zimmer. Anna saß unter der Stehlampe und strickte. Sie schaute erstaunt auf, ließ die Nadeln auf den Schoß sinken und fragte: »Was fehlt dir?«

»Ich glaube, ich muß sterben«, stöhnte Benjamin und hielt sich den Magen. Seine Mutter hielt ihm den Kopf.

»Stieflein muß sterben, ist noch so jung so jung.«

Am nächsten Tage lebte er wieder auf.

Ein Atheist

sei, wie Jonas am Tage darauf erklärte, ein Gottesleugner, und nicht unbedingt ein Fall schlimmer Verdammnis. Er wisse auch eine Geschichte, fügte er hinzu: »Während des Angelusläutens nahm ein Dachdecker, der auf dem Giebel eines Hauses einige dringliche Reparaturen auszuführen hatte, seinen schmutzigen Hut ab, einmal, um ein flüchtiges Gebet zu sprechen, aber auch, um sich den Schweiß mit seinem Taschentuch aus der Stirn zu wischen. Jedoch rutschte ihm bei dieser plötzlichen Bewegung der Hammer aus der Hand. Ein vorübergehender Herr, der seinen Kopf mit einem dicken Filzhut vor dem Himmel verbarg, wurde getroffen. Der Umstand aber, daß dieser seinen Hut auch während des mahnenden Glockenklangs aufbehielt, rettete ihm sein zweifelndes Leben.«

»Du bist frivol«, mahnte Anna, die die Geschichte mit angehört hatte.

»Das hält bei Laune«, erwiderte Jonas.

»Was soll sich Benjamin nur dabei denken?«

»Ach«, stöhnte Jonas, »die bessere Hälfte dieser Geschichte wird er später einmal verstehen.«

Benjamin jedoch dachte auf der Stelle nach, wie immer, wenn man seine Jugend zu einem Stadium des Noch-nicht-ganz-Verstehens erklärte, und er schloß, weil das sehr einfach war, daß der liebe Gott für die Atheisten eine bestimmte Schwäche habe. In der nächsten Zeit erwachte er zuweilen traumverwirrt aus dem Schlaf. Er setzte sich im Bett auf und lauschte. Er sah ganz deutlich, wie ihn der Tisch angrinste.

›204‹

Das Herz hämmerte bis zum Hals. Seine Finger zuckten. Wie leicht könnte die Decke über ihm hereinbrechen, ein Dieb erscheinen. Er schlief wieder ein, hatte jedoch keine Gewalt über seine Träume. Der Mond war ein abgehackter Kopf. Während Benjamin träumte, hatte er die Gewißheit, alles auch in Wirklichkeit zu tun. Er wuchs aus seinem Bett und schob mit einem heftigen Ruck seines Kopfes das Dach hoch. Die Füße fanden nicht mehr genug Halt und versanken im Erdreich. Er wuchs und wuchs und wuchs. Die Luft um seine Nase herum wurde seltsam dünn. Benjamin starb tausenderlei Tode in seinen Träumen.

Das Ärgste jedoch war, daß er plötzlich die Neigung hatte, schlafzuwandeln.

So geschah es einige Wochen vor Weihnachten, daß er mitten in der Nacht auffuhr, die Füße aus dem Bett streckte und langsam auf die Zimmertür zuwandelte, die Klinke herunterdrückte, durch den Gang schlich, die Wohnungstür aufriß, die Treppe hinunter tapste und schließlich auf der Straße stand, über die ein kalter Wind wehte. Ohne auch nur eine Sekunde in seinen eckigen Bewegungen innezuhalten, ging Benjamin schnurstracks einher, den Oberkörper steif aufgerichtet und die Hände weit vor sich streckend. Als er fünfzig Schritte gemacht hatte, kamen ihm zwei Männer und eine Frau entgegen, die sich gegenseitig festhielten.

»Ein armes Waisenkind«, schrie die Frau, als sie den mit seinem Schlafanzug bekleideten barfüßigen Jungen erblickte, der mit beschwörender Langsamkeit auf sie zukam.

»Du hast recht, ein Waisenkind«, sagte der Mann zur Rechten. Das laute Mitleid ließ Benjamin zur Besinnung kommen. Und anstatt inmitten seiner Kissen zu erwachen, fand er sich frierend auf der Bergerstraße, Fuß vor Fuß setzend, als liefe ein Uhrwerk in ihm ab. Er ließ die Hände herabsinken und blieb erschreckt stehen.

»Wie bin ich nur hierher gekommen?«

»Das fragen wir uns auch«, sagte der Mann zur Linken der Frau und hockte sich auf seine Knie. Die drei verstärkten mit ihren exaltierten Bewegungen und angeheiterten Gesichtern in Benjamin nur das Mißtrauen, plötzlich in einer völlig verwandelten, lunarischen Welt aufgewacht zu sein. Die Dächer ragten schief in den Himmel. Die Straße stieg an. Die Schatten wuchsen neugierig an den Häuserwänden hoch und verschlangen sich. Als die Frau sich zu dem Jungen herabbeugte, hüpften ihre Brüste weiß aus dem Kleid.

»Ich wohne dort«, sagte Benjamin, schloß die Arme über seiner Brust und gab mit einem Kopfnicken die Richtung an.

»Was tust du mutterseelenallein auf der Straße?«, fragte die Frau und legte ihre nach Veilchen duftende Hand auf seinen Scheitel. »Das weiß ich selbst nicht«, stotterte Benjamin und wich zurück.

»Ein Somnambule«, sagte der Mann zur Rechten.

»Ein Fall von Mondliebe.« Er schaute zum Himmel. »Was werden deine Eltern dazu sagen?«

»Ich habe nur eine Mutter,« erwiderte Benjamin und rieb mit den Händen seine Schenkel warm.

»Los, marsch nach Hause!« Der Mann, der sich niedergesetzt hatte, zog seinen Mantel aus, hüllte ihn um Benjamin und hob die Last auf seine Schultern.

»Welche Nummer?«

»Siebenundfünfzig, Parterre links«, flüsterte Benjamin aus seiner Hülle heraus, die nach Parfüm, Schweiß und Tabak roch.

»Der heilige Martin«, rief die Frau bewundernd aus und hastete hinterher.

Ihr zweiter Begleiter blieb verärgert zurück. Benjamins Kopf schaukelte im Takt der Schritte hin und her. Die Straße hob und senkte sich. Die Dächer glänzten in schimmeliger

Farbigkeit und drohten über die Straße zu kippen. Der Mann stöhnte unter Benjamin und schwankte, so daß sich die Häuserwände im Kreise zu drehen begannen. Erleichtert setzte er seine Bürde an der Haustür von siebenundfünfzig ab, wickelte Benjamin aus dem Mantel und sagte keuchend, den Zeigefinger hochhebend: »Nächstens bleibst du im Bett.«

Die drei winkten dem Jungen nach, bis sie hinter dem Lichtkegel einer Straßenlaterne verschwanden. Zähneklappernd, mit verkrampften Fingern schellte Benjamin. Er horchte auf Geräusche und preßte den Kopf gegen das rissige Holz der Tür.

Als er durch die Tür stolperte, fing ihn seine Mutter auf. »Was tust du denn hier?« Benjamin huschte durch den Türspalt. Der Schlafanzug flatterte um seine Beine.

»Ich bin aufgewacht und war auf der Straße«, stotterte er, noch immer über die Gründe seines Schicksals im unklaren. Anna legte den Arm schützend um seine Schultern und zog ihn herein. Auf ihre Fragen gab er nur verschwommene Antworten, gähnte, und als die Kälte von ihm gewichen war, schlief er an ihrer Brust ein.

»Er wird doch nicht schlafwandeln?« Mit der Befürchtung kam die Erinnerung. Sie selbst hatte im Alter von zwölf Jahren verschiedene Male nachts ihr Bett verlassen und war im Hause herumgeirrt, war einmal gar in die Dachkammer gedrungen, bis ihr Vater, durch den Lärm eines umstürzenden Stuhls, den sie gestreift hatte, aufwachte, nach seinem Spazierstock griff und auf den Zehenspitzen schleichend dem Geräusch nachging. Er hätte beinahe seine Tochter erschlagen, und nur der Umstand, daß der Mond das Zimmer erhellte, bewahrte sie. »Frau«, schrie er, so daß alle aus ihrem Schlaf fuhren, »deine Tochter ist mondsüchtig. Ich weiß bei Gott nicht, was ihr Weiber allemal mit dem Mond habt.«

Die Aufregung war groß. Anna mußte mit ihrer Schwester fürderhin zusammen schlafen. Die Angst vor der Blamage war bis in ihren Schlaf gedrungen. Dem Mond eilte sie nicht mehr entgegen.

Mit einiger Anstrengung hob sie ihren schlafenden Sohn hoch und trug ihn in sein Bett zurück. Sie betrachtete ihn noch eine Zeitlang: Je länger sie hinschaute, umso mehr sah sie, daß er seinem Vater ähnelte – wie ein Ei dem anderen.

Frische Luft

»Etwas muß geschehen«, sagte sie am nächsten Tag zu Jonas.
»Er wird uns noch einmal unter ein Auto laufen.«

»Du wirst ganz einfach die Tür schließen«, erwiderte
Jonas und rieb sich das unrasierte Kinn, das schwärzlich
schimmerte.

»Und wenn er sich aus dem Fenster stürzt?«

»Und wenn«, brummte er ungeduldig. »Du darfst aus
allen Bedingungen nicht die unheilvollste aussuchen. Wenn
du es so willst, dann ist es am besten, man bleibt im Bett
liegen und wagt keinen Schritt, tut nichts, denkt nichts, hört
nichts, sieht nichts, ißt das Notwendigste und träumt von
einem unantastbaren Glück. Eia popeia.«

»Du übertreibst«, entgegnete Anna. »Ich will wissen, was
ich tun soll, damit er nicht mehr im Schlafe davonspaziert?
Soll ich ihn festbinden?«

Jonas verneinte. »Vielleicht liegt es am Essen. Vielleicht
fehlt ihm frische Luft. Vielleicht sind es Wachstums-
beschwerden. Ich werde am kommenden Sonntag mit ihm
ins Grüne fahren.« Benjamin erwachte mit einem Brumm-
schädel. Als er sich reckte, zuckte ein Schmerz von seinem
Scheitel bis zur Sohle. Die Muskeln waren seltsam steif. An
seinen Fußsohlen klebten noch kleine Steinchen. Die Zehen
waren teerig.

»Ist es wahr?«, fragte er seine Mutter. Er drückte sein
Kreuz durch.

Sie nickte. Er hatte die Erinnerung, über Dachgiebel und
Schornsteine balanciert zu sein, unter sich die nebligen Stra-

ßen. Der Mond lag in Griffnähe. Irgendeiner mußte ihn daran gehindert haben, ihn vom Himmel zu pflücken.

Die Vorstellung, in unbekannter Umgebung aufzuwachen, vielleicht auf einer Dachspitze oder gar als ein anderes Wesen, als Elefant, und mit der Errungenschaft eines Rüssels der Welt einen neuen, einzigartigen Geschmack abzugewinnen, diese Vorstellung verwirrte ihn.

Kann doch der Mensch nicht vernünftig sein, weil er seinen Kopf immer in die leere Luft steckt, wo nichts los ist, während alle vernünftigen Wesen ihn am Boden haben, wo man all das wahrnimmt, wovon der Mensch nichts weiß.

»Das alles ist möglich«, stellte Benjamin fest, und mit einem gesteigerten Mißtrauen gegen sich selbst ging er in die Schule.

Am nächsten Sonntag fuhren Jonas und Benjamin tatsächlich ins Grüne, auch schon deswegen, weil Jonas sein gesundendes Bein wieder an Bewegung gewöhnen wollte. Er hängte sich einen kleinen Rucksack um, in dem sich eine Thermosflasche Pfefferminztee, Schinkenbrote, drei hartgekochte Eier, zwei für ihn selbst und eins für den armen Benjamin und schließlich eine Tafel Schokolade befanden. Der Rucksack hing wie ein erschlaffter Blasebalg herab. In der Brusttasche steckten fünf Brasil-Zigarren und eine Landkarte vom Taunus im Maßstab 1 : 50 000.

Benjamin hatte große Angst ausgestanden, es könne regnen. Als er am Morgen erwachte, stürzte er ans Fenster, riß die Gardinen zur Seite und starrte zum Himmel, der hinter einem diesigen Nebel verborgen war. Aber Jonas behauptete, die Sonne würde den Nebel bis zum Mittag heruntergedrückt haben. Jonas wußte das, er hatte sich wenigstens bei derartigen Prophezeiungen noch nie geirrt. Da es aber angebracht war, neben dem begründeten Optimismus Vorkehrungen für die schlechteste aller Möglichkeiten zu treffen, schwang Jonas einen Spazierstock, der, auseinandergenommen, einen Schirm für gut drei bis fünf Personen ergab. Benjamin trug ein Fernglas um den Hals und einen Kompaß in der Hosentasche, den er immer wieder hervorholte, um sich die Himmelsrichtung einzuprägen. Im Norden der Taunus, im Osten und Westen der Main und im Süden der Goethe-Turm. Er war verblüfft, daß die stählerne Nadel nach einem zittrigen Tanz stets wieder in die gleiche Richtung wies, und versuchte, sie durch allerlei Praktiken von ihrem nördlichen Starrsinn abzubringen, dabei entdeckte er, daß sie, wenn man sie in die Nähe eines eisernen Gegenstandes brachte, ihrer Richtung treulos wurde. So betrachtet war der Kompaß sehr menschlich.

Anna küßte ihren Sohn auf die Stirn und schlug Jonas ermunternd auf die Schultern. »Paßt schön auf!«

Jonas bekannte, daß er sich dem Schutz Benjamins ganz anvertrauen würde – komme was da wolle. Und schon schwang er seinen vielseitigen Spazierstock angriffslustig in die Höhe.

Als sie schon gute achtzig Meter gegangen waren, holte sie Anna ein. Benjamin hatte die Handschuhe vergessen. Wieder Händeschütteln. Ermahnungen. Und dann endlich, nach langem Winken mit dem Taschentuch und mit der Schürze, banger Aufbruch. Sie mußten auf dem Westbahnhof noch zehn Minuten bis zur Einfahrt des Zuges warten. Jonas hatte den Mantel über die rechte Schulter gehängt, und Benjamin starrte in den Himmel, ohne sich am Geschiebe und Gedränge der Reiselustigen zu stören, die die Ferne für eine Aufforderung hielten, sie wahllos zu bevölkern. Frauen umhalsten ihre Männer. Kinder rannten zwischen dem Gepäck umher, verfolgt von einem dicken, uniformierten Mann, der nach Ordnung schrie, ehe er über ein Paket stürzte und glücklich liegen blieb. Das Gesicht des Stations-

›211‹

vorstehers zeigte Schlaf und Ehrerbietung. Eine Gruppe herausgeputzter Mädchen nahm von einigen jungen Burschen Abschied, die sich aus Übermut Papiermützen aufgesetzt hatten. Benjamin betrachtete das Schauspiel mit verkehrtem Fernrohr. Er schob den Kopf vor. Eine erheiternde Distanz schob sich zwischen ihn und die Ereignisse. Plötzlich schoß zischend der Zug heran, und Wagentüren wurden aufgerissen. Der ausströmende Rauch der Lokomotive hüllte Benjamin und Jonas für einen Augenblick ein. Im Abteil erwartete sie ein Mann, der ein zerlesenes Buch in den Händen hielt. Er suchte Streit, fand aber keinen Vorwand, stapfte unruhig auf und ab, schaute zum Fenster hinaus und sagte schließlich mißbilligend, während er die Luft kritisch durch die Nase einatmete: »Sie riechen!«

Ohne daß Jonas auf diese Bemerkung einging, er schaute an dem Mann einfach vorbei, kramte er sehr bedächtig eine Zigarre aus und steckte sie an, den Rauch gegen das Fenster blasend. Der Mann packte seinen Hut, seinen Mantel und sein Buch und verließ das Abteil.

Nach einer halben Stunde waren sie am Ziel.

»Was wollte der Mann?«, fragte Benjamin.

»Ein unzufriedener Mensch, der Streit suchte und lediglich uns vorfand«, erwiderte Jonas und deutete mit seinem Spazierstock auf den Altkönig. »Das ist unser Ziel. Zwei Stunden Fußmarsch. Auf dem Gipfel werden wir essen.« Er trat seine Zigarre mit dem Schuh aus und schritt voran.

»Das Gute ist«, bemerkte Benjamin nach einer Stunde schweigsamen Marsches, »daß die Füße sich nicht abnutzen, sonst würden wir als Zwerge ankommen.« Sie kamen lediglich hungrig an. Ehe sie den Rucksack öffneten, schauten sie von der Höhe in die Runde. Der Blick reichte weit. Die Wälder lagen in einem violetten Dunst. Das nackte Grau der Laubwälder stieß gegen das Tiefgrün der Fichten. Benjamin, der durch die Anstrengung und die frische Luft einen Bärenhunger hatte, betrachtete die Landschaft und sagte: »Stell dir vor, die Berge wären von geriebenem Käse, auf deren Gipfel Nudeln und Klöße in einem großen Kessel kochten und dann den Berg hinabrollten.«

Jonas knotete den Rucksack auf, aber Benjamin fuhr in seiner Hungerrede fort: »Die Häuser sollten mit Bratwürsten gezäunt, mit Honig beklebt und mit Streuselkuchen gedeckt sein, dann ließe sich gut leben.«

»Das wäre die beste aller Welten«, bekannte Jonas und reichte ihm ein Ei, während er kauend zitierte:

»Sedi Cuccagna sutta una montagna
di formaggiu grattatu, et havi in cima
di maccaroni una caudara magna.«

Benjamin hatte indes das Gefühl, die Landschaft um sich herum mitzuessen. Er schlang alles derartig in sich hinein, daß Jonas entsetzt ausrief: »Gnade.«

Sie lachten beide. Benjamin aß noch das zweite Ei, das Jonas an seiner Schuhspitze aufgeklopft hatte. Die Sonne, die den Nebel besiegt hatte, warf einen dünnen Lichtstreifen über das Gesicht von Jonas, der nach dem Mahl sich auf die Seite legte und röchelnd einschlief. Er besaß jene ungewöhnliche Schlafbegabung, die Benjamin schon oft an ihm bewundert hatte, einfach, wo er sich gerade befand, einzudämmern – stehend oder sitzend: Er nickte einige Male mit dem Kopf, schnappte nach Luft und schnarchte.

Benjamin erkundete unterdessen die Gegend und fand ein abgebrochenes Messer, mit dem er seinen Namen in eine Buche schnitt. Als er zu Jonas zurückkehrte, war dieser wieder aufgewacht und trank aus einem kleinen Fläschchen, das er bei der Proviantankündigung nicht erwähnt hatte. Er schüttelte sich ein wenig und wischte einige Tropfen von seinem Kinn. Sein Gesicht war zerknüllt vom unbequemen Liegen.

»Was gibt's da?«, fragte Benjamin.

»Ein Elixier für alte Männer«, erwiderte Jonas und schraubte das Fläschchen sehr sorgsam zu.

»Darf ich auch einmal?« Benjamins Finger waren klamm. Er rieb sie aneinander, bis sie prickelten.

Jonas, durch einige Schlucke etwas übermütig und ausgelassen, sagte: »Dir werden die Tränen kommen.« Genau das hätte er nicht aussprechen dürfen, denn schon hatte Benjamin eine Wette parat. Er packte beherzt das Fläschchen und setzte es an den Mund. Es mochten fünf oder hundert Schluck gewesen sein, sein Hals verkrampfte sich. Sein Magen brannte. Ein scharfer Nachgeschmack stieg ihm bis in die Nase. Eine Träne jedoch hatte er nicht geweint, obwohl er fürchtete, seine Augen würden aus den Höhlen herausspringen. Jonas nahm ihm die Flasche aus der Hand und stärkte sich erneut. Die Wette hatte er verloren, und Benjamin bangte um sein Gleichgewicht.

»Bin ich jetzt ein Mann?«, fragte er. Er konnte sich das Schwebegefühl, das bis in die Fingerspitzen reichte, gar nicht erklären.

Jonas stöhnte. Er hörte es nicht gerne, wenn man vom Alter sprach.

»Gehn wir.«

Ein leichter, flockiger Nebel stieg auf. Benjamin fühlte eine seltsame Taubheit in seinen Füßen, und manchmal glaubte er gar, bei seinen Schritten aufzufliegen. Er ging im Schatten von Jonas. »Mir ist komisch«, gestand er nach einer Stunde Wegs. Jonas betrachtete ihn genau, und als er die geröteten Ohren und die glänzenden Pupillen bemerkte, brummte er: »Gott, du hast gesoffen und nicht gewettet. Du mußt tief einatmen.«

Benjamin hielt tapfer aus, bis sie in Kronberg ankamen. Er schwitzte, und eine Zeitlang glaubte er, die Fichten würden über ihm einknicken. Jonas war überall. Im Bahnhof rangierte eine Lokomotive, aber Benjamin hatte weder einen Blick für die Technik, noch für das Abendrot, noch für Jonas, noch für irgend etwas anderes. Er hatte die Augen nach innen gerichtet. Auch im Zug ging es ihm nicht besser. Alles, was er sah, geriet ins Flackern. Die Frau ihm gegenüber mit den ungeheuren Hüften und den apfelroten Wangen hatte mal Froschaugen, mal Taubenaugen und mal Mausaugen. Benjamin atmete schwer, und schließlich, als er das feixende Gesicht von Jonas erblickte, der den Rucksack vor sich hin und her schwenkte, konnte er die Übelkeit nicht mehr zurückdämmen. Er schoß hoch, kam aber nur bis zur Tür. Die Frau schrie auf und raffte ihr Kleid hoch. Jonas, der sich zurückgelehnt hatte, um die Bequemlichkeiten der Reise zu genießen, sprang auf und drängte Benjamin aus der Tür. Zu spät. Jonas konnte nur noch mit einem Taschentuch frische Luft fächeln. Die Frau packte Schirm und Tasche. Benjamin schaute ihr mit aufgerissenen Augen nach. Wenig später schlief er ein. In Frankfurt ging es ihm wieder besser. Er trank einen Sprudel. Zu Hause sagten sie beide zu gleicher Zeit: »Es war sehr schön.« Aber ohne etwas gegessen zu haben, schlich Benjamin ins Bett.

»Du hast ihn zu sehr angestrengt«, seufzte Anna.

»Nein, nein«, wehrte Jonas ab. »Er wollte unbedingt ein Mann sein.« Und er erzählte Anna alles, aber sie ließ ihn gar nicht zu Ende kommen, stürzte in das Zimmer und beugte sich über ihren schlafenden Sohn.

»Ich verdamme jeden Tag«, flüsterte sie, »an dem er älter wird.«

Apologie des Bettes

Einige Monate vergingen. Benjamin blieb nachts im Bett – und Jonas, der sich mit Anna über diesen erfreulichen Fortschritt unterhielt, behauptete, daß man gemeinhin viel über die Ereignisse im Bett rede, nie aber über das Bett selbst.

»Das Bett«, so fuhr er fort, »ist ein Symbol des Mutterleibes. Um es kurz zu sagen. Ich glaube, daß der Mensch das Bett einfach erfinden mußte, weil er von der Sehnsucht nach dem Mutterleib nicht loskommt. Ich glaube nicht, daß er es konstruiert hat, um bequemer zu liegen, um seiner Faulheit zu frönen, sondern weil er seine Mutter liebt. Ja, mir ist es wahrscheinlicher, daß die Faulheit des Menschen, die Freude am Bett, am langen Liegen in den hellichten Tag hinein der Beweis einer großen Liebe zur Mutter ist, daß die faulen Menschen, die gern schlafen, die besten Kinder sind. – Wie du an mir siehst.«

Jonas spielte auf die Gewohnheit Benjamins an, länger als der Schlaf dauert, sich im Bett zu wälzen, sich es in den Kissen und Decken behaglich zu machen, mit den Beinen zu baumeln, sich große Ereignisse zu den Geräuschen zu denken, die durch das Fenster in das Zimmer drangen. Das waren die großen Augenblicke, wenn Benjamin sich zusammenkrümmte und große Taten erhoffte, ohne sie selbst ausführen zu müssen, immer nur Betrachter seiner eigenen glorreichen Zukunft. Er roch die Wärme seines Körpers. Am liebsten würde er bis zum Jüngsten Tag im Bett bleiben.

Der Absender

Anna war glücklich bis zu jenem Tag, an dem sie Benjamin bat, ein Handtuch aus ihrem Kleiderschrank zu holen, und er dort, als er in seinem Ungestüm einen Wäschestoß umwarf, einen karierten Karton fand, den er mit dem Handtuch seiner Mutter brachte.

»Was ist denn das?«

Es seien die Briefe seines Vaters, sagte sie und nahm das durch ein rotes Schleifchen zusammengehaltene Bündel in die Hand. Benjamin hatte schnell einen Brief herausgefischt, hielt ihn ans Licht und begann den Absender zu buchstabieren. Vor Aufregung konnte er nicht gleich die Schrift entziffern.

»J. Jungermann. Jungermann?«, wiederholte er fragend und schaute seine Mutter an. »Er müßte doch genau heißen wie wir.« Anna knotete das Band auf und riß ihrem Sohn das Kuvert aus der Hand. »Ja, dein Vater heißt Jungermann. Er ist dein Vater, aber nicht mein Mann.«

Benjamin setzte die Entdeckungen der letzten Zeit zusammen. Plötzlich wußte er Bescheid. Er hatte die Zügel in der Hand, die Zügel eines Pferdes, das ihm schon längst durchgegangen war. Er stieß gegen den Karton, so daß die Briefe über den Boden flatterten. All seine Hoffnungen hatten auf der Fiktion beruht, daß er einen richtigen Vater habe, der jedoch, Gott sei es geklagt, immer nur auf Reisen sei, und einmal, Gott weiß wann, mit vollen Händen zurückkehre.

Benjamin schwieg. Er bückte sich und las die Briefe zu-

›217‹

sammen. Er kam nie mehr auf die Entdeckung zu sprechen, fragte nicht weiter, bohrte nicht. Selbst als er Anna dabei ertappte, wie sie mit Jonas über ihn sprach, verlor er nicht die Fassung. Er hatte sich angewöhnt, ein gleichgültiges Gesicht zu zeigen.

Der Baron klärte ihn auf. Der Mann habe einen Kaiser Wilhelm, die Frau nicht. Benjamin lachte spöttisch.

»Das weiß ich schon lange. Und ich weiß noch mehr.« Er protzte mit männlichen Kenntnissen und begann, seinen Vater zu hassen.

»Er ist weder ein Weltumsegler, noch ein Held, noch ein Derdiedas, sondern ein Mann.«

Als ihn Dr. Boll, ein hektisches, zitatenreiches Männchen, das sich stets das rechte Ohrläppchen streichelte, nach dem Beruf des Vaters fragte, erwiderte Benjamin:

»Mein Vater ist tot.«

Dr. Boll malte in grüner Tinte ein Kreuz in das Klassenbuch und sagte: »De mortuis nil nisi bene.«

Der Weg zum Bahnhof

Für Anna kam eine schwierige Zeit. Sie fühlte sich schuldig vor ihrem Sohn und verwöhnte ihn. Sie glaubte, seine Liebe wieder erobern zu müssen, da auch der listenreiche Jonas, der überdies Rheumaschmerzen durch Montaigne-Lektüre zu vertreiben trachtete und das Quantum Brasil-Zigarren von fünf auf sieben täglich steigerte, ihr für diesen Fall nicht der geeignete Ratgeber zu sein schien und sie vor Verzweiflung und Scham nicht mehr ein und aus wußte, was nun weiter geschehen solle. Nachdem die Illusion eines Vaters in der Fremde zerstört war, erfand sie einfach einen Brief, den Josef aus Paris, nein, aus Berlin geschrieben habe, in dem er seine baldige Ankunft mitteilte. Aber Benjamin durchschaute diese Täuschung, jedoch mehr aus Haß auf seinen Vater als aus Einsicht. Als aber seine Mutter in der nächsten Woche von einer Karte sprach, daß er endlich käme und sie auch einen knappen Text mit einer unverkennbaren Seligkeit auswendig aufsagte, kamen ihm wieder Zweifel, es könnte doch wahr sein. Es könnte. Er malte sich schon die Begegnung aus, wenn er auf seinen Vater zuschreiten würde und... wenn er... Sein Haß war soweit gegangen, daß er selbst beim Vaterunser für einen Moment innehielt. Aber jetzt stahl sich wieder Zuversicht in seine Träume. Freilich wußte er in allen Details – und wie wichtig sind hier die Details –, wie ihn sein Vater gezeugt hatte. Er wußte Bescheid. Soll er nur kommen. Dann stürzte er sich wieder in freudige Erwartungen: Er wußte nicht, wie er sich verhalten sollte. Zu Jonas sagte er kein Wort – und so geschah es.

Anna, die, um die Lügenkonstruktion aufrecht zu erhalten, handeln mußte, streifte Benjamin eines Nachmittags ein weißes Hemd über, zog ihm einen akkuraten Scheitel, der jedes Vaterherz hätte höher schlagen lassen, legte Rouge auf, nahm ihren Sohn an der Hand und verließ mit ihm das Haus.

Um 16.04 Uhr sollte der Zug aus Berlin einlaufen.

»Weißt du noch, wie er aussieht?« Benjamin stellte unendlich viele Fragen.

»Ein Erwachsener und ein Kind«, sagte sie zu dem Straßenbahnschaffner, der jedoch Benjamin kritisch musterte.

»Nä, der is schon aus'm Ei, der muß voll zahle. Ab sechs, wenn se in de Schul die Weisheit mit de Leffel fresse, muß mer zahle. Weisheit kost Geld.«

Anna wurde rot und stammelte eine Entschuldigung. Benjamin guckte weg und preßte die Stirn gegen das kalte Fensterglas. Das Holpern teilte sich seinem Körper mit, er wehrte sich nicht und wurde hin und her geworfen.

»Bleib doch ruhig sitzen!«, ermahnte ihn seine Mutter. Er lächelte sie verlegen an.

›Ich sollte doch eigentlich glücklich sein über ein solches Kind‹, sagte sie sich und versuchte, in der Scheibe ihr Spiegelbild zu prüfen. »Laß uns hier aussteigen«, ermunterte sie Benjamin an der Hauptwache, »und bis zum Bahnhof laufen.«

Benjamin suchte eine Uhr. »Wir müssen uns sicher eilen.« Seine Mutter schwenkte ihre Handtasche und betrachtete die Auslagen der Geschäfte. Sie kämpfte um jeden Aufschub.

»Wir haben doch noch Zeit.«

»Wir verpassen ihn.«

Vergeblich fragte sie sich, wie es weitergehen könnte.

»Wie groß ist eigentlich Vater?« Anna schwieg.

»Wie groß, wie reich, wie stark?« Auf der Uhr am Roßmarkt waren es noch sieben Minuten. Benjamin beschleunigte seine Schritte. Die Stiefelspitzen glänzten. Ein Polizist hob vor einer langen Kette von Autos seine Hände. Anna ging einen halben Schritt hinter ihrem Sohn her und redete sich Mut zu, ihm die Lüge einzugestehen.

Ein Plakat pries die Waschkraft von Persil. Ein weißes Hemd spannte die Arme aus. Benjamin war jetzt schon vier Schritte voraus. »Ich darf ihn nicht im Stich lassen«, ermahnte sie sich und stürzte ihm, der schon das Trottoir erreicht hatte, nach, so daß ihr Mantel flatterte – als plötzlich von rechts eine große schwarze Limousine in die Straße einbog und sie mit der Stoßstange erfaßte. Sie hatte sich nicht umgesehen und durch die Plötzlichkeit ihres Vorwärtsstürmens den Fahrer irritiert, der nicht mehr ausweichen konnte. Benjamin hörte den Aufschrei, wandte sich entsetzt um und sah, wie seine Mutter mit einer grotesken Langsamkeit, die Hände hochreißend, vornüberstürzte. Sie schien in der Luft zu erstarren: Ein Ausdruck maßloser Verwunderung zeichnete ihr Gesicht. Als ihr Kopf auf den Asphalt schlug, schloß Benjamin die Augen. In drei Minuten würde sein Vater eintreffen, und sie warteten nicht auf ihn. Neugierige drängten sich Schulter an Schulter um die zu Boden Gestürzte. Der Fahrer der Limousine war ausgestiegen und zerrte nervös an seinen Handschuhen. Ein Passant hatte einen Polizisten herbeigerufen, der, ehe er nähertrat, einen Bleistift mit den Lippen anfeuchtete.

»Was ist geschehen?«

In diesem Augenblick, als die Gaffer bis auf Schrittnähe an seine Mutter herangekommen waren, in diesem Augenblick sprang Benjamin zwischen den Neugierigen hindurch und kniete sich hin, um seiner Mutter zu sagen, daß es höchste Zeit sei. Als er aufschaute, sah er verbeulte Hosen, Seidenstrümpfe, Lackschuhe, Stiefel und einen Hund. Das Gesicht seiner Mutter war still. Ein Blutfaden zog sich über ihre Stirn. Die Handtasche war aufgegangen, und die Puderdose, die Hausschlüssel, ein Spiegel lagen in der Gosse. Benjamin zog das Kleid, das bis zum Strumpfbandgürtel hochgerutscht war, wieder glatt und erhob sich, die Umstehenden fragend anblickend. Er hörte geflüsterte Stimmen. Hinter der schwarzen Limousine staute sich eine Reihe von Autos.

»Sie ist tot«, sagte der Fahrer leise. Er zerknäulte seine Handschuhe und starrte mit schräggewandtem Kopf auf Benjamins Mutter. Ihre Augen waren weit aufgerissen. In den Wimpern glänzte die Sonne.

›Jetzt ist es zu spät‹, dachte Benjamin, der eine Uhr über der Tür eines Geschäftes entdeckte.

»Man muß ihr den Kopf höher legen! Wo ist ein Arzt?«

»Ich bin selbst Arzt«, sagte der Fahrer und knöpfte seinen Mantel auf.

»Aber ein guter!«, brummte ein Passant. »Sie kann doch nicht so hier liegen bleiben.« Ein Herr zog seinen Hut. Eine Frau jammerte: »Ich habe es gesehen. Sie ist mit Absicht in das Auto hineingelaufen. Mit Absicht.«

»Wie konnten Sie das gesehen haben?«, entgegnete der Herr, der sein Haupt entblößt hatte.

»Ich sage mit Absicht. Sie sah das Auto und lief drauf zu.«

»Es war ganz anders«, stammelte der Fahrer und wandte sich an den Polizisten, der die am Boden liegende Frau hilflos anstarrte. »Sie konnte mich gar nicht sehen. Sie wollte dem Jungen nacheilen, der die Straße schon überquert hatte.«

Glücklich, einen Anhaltspunkt gefunden zu haben, packte der Polizist Benjamin an der Schulter und fragte ihn: »Was tust du eigentlich hier?«

»Das ist meine Mutter«, erwiderte Benjamin wichtig und deutete mit der Hand auf sie. Er kämpfte mit den Tränen. Sie sollten sich alle zum Teufel scheren. Seine Mutter sei nicht tot.

»Sie ist viel zu jung, um tot sein zu können.«

Benjamin schluckte die hochkommende Verzweiflung herunter.

Der Polizist tippte leise mit den Spitzen seiner blankgewichsten Stiefel gegen den schlaffen Körper, als wollte er ihn beiseite schieben, dann aber wandte er sein rohes Gesicht ab.

»Sie ist tot. Ich möchte tot umfallen, wenn sie nicht tot ist.«

Die Neugierigen sprachen hin und her, mutmaßten und verstummten schließlich. Inmitten des Straßenlärms murmelte Benjamin mit zusammengekniffenem Munde Adresse, Name, Beruf des Vaters? Was sollte er nur sagen? In Gottes Namen, es müßte doch jemanden geben, den man verständigen könne. Er nannte die Adresse von Jonas.

»Und der Vater?«

»Lebt in Amerika«, log Benjamin und sah auf der Uhr, daß sein Vater jetzt sicher nach ihnen Ausschau hielt. Wie konnte er, wo er noch nicht einmal wußte, wie sein Vater in Wirklichkeit aussah, mit Sicherheit sagen: »Das ist mein Vater und kein anderer.«

Ein weißes Auto schob sich eine Gasse durch die Neugierigen. Ein mürrischer Arzt kniete sich neben den leblosen Körper hin, öffnete ein kleines schwarzes Köfferchen, aus dem er ein Stethoskop herausangelte, knöpfte das Kleid über der Brust auf und beugte sich vor. Seine Hände zitterten fahrig. Die Schuhe des Polizisten knisterten. Als der Arzt mit seiner Untersuchung zu Ende war, zog er ganz beiläufig die halbgeschlossenen Lider der Toten in die Höhe – und die Augen starrten mit einem bläulichen Glitzern. Dann hoben zwei weißgekleidete Männer Benjamins Mutter auf eine Bahre. Ihre Hand pendelte herab. Der Polizist schüttelte den Kopf. Der Fahrer der Limousine sprach verzweifelt auf Benjamin ein. Endlich erschien Jonas atemlos und mit offenem Kragen. Er stieg aus einer Taxe, legte Benjamin die Hand auf den Kopf und sprach mit dem Polizisten.

In diesem Augenblick sah Benjamin, daß es schon halb fünf war. Seinen Vater würde er nie mehr antreffen.

Die Leiche wurde ins Städtische Krankenhaus gefahren. Wieder Fragen, Geschiebe. Ein Priester, um dessen Hals eine violette Stola flatterte, murmelte mit geschlossenen Augen Gebete.

»Miserere.«

Benjamin verfolgte alles mit Teilnahmslosigkeit. Er wurde hin und her gezerrt. Aber es gelang ihm, immer in der Nähe von Jonas zu bleiben. Fremde schüttelten ihm die Hand und musterten ihn mitleidig. Durch die Räume schwebten Schwaden von Karbol. In Glasschränken schimmerten silberne Zangen, Pinzetten, Ampullen, Spritzen und Gummischläuche, die sich zusammenknäulten.

Allmählich begriff Benjamin, daß seine Mutter tot war. Er lehnte sich an die Wand und sah nur noch Flächen, Linien und Winkel. Nichts hatte mehr Körperlichkeit und Fülle. Die Gestalt von Jonas war aus unzähligen Farbfeldern zusammengesetzt, die durcheinanderwogten.

Seine Mutter war tot.

Der Fahrer der Limousine, der sich mit einer knappen Verbeugung als Dr. Schneeberger vorstellte, fuhr Jonas und Benjamin nach den quälenden Prozeduren nach Hause und erzählte immer wieder, wie es geschehen war.

»Ich bog in die Kaiserstraße ein, und da geschah es. Ich fahre schon fünf Jahre, ohne einen Unfall gehabt zu haben. Ich bog in die Kaiserstraße ein. Es ging alles so plötzlich. Ich hatte nichts gesehen.« Er nahm die Hände vom Steuer. »Ich habe sie getötet«, stöhnte er und warf den Kopf auf das Lenkrad, als er an einer Kreuzung warten mußte.

»Lassen Sie uns wenigstens am Leben«, ermahnte ihn Jonas und tätschelte ihm die Schulter. Der Fahrer der Limousine kam immer wieder auf den Augenblick zu sprechen, als er in die Kaiserstraße einbog. Es war der Refrain seines Monologs.

»Hier sind wir zu Hause«, unterbrach ihn Jonas. »Trinken wir noch einen Kognak! Sie müssen sich beruhigen.«

»Halten Sie es nicht für eine Unhöflichkeit, wenn ich Ihre Einladung annehme«, sagte der Fahrer der Limousine und kurbelte das Fenster hoch.

Zu dritt gingen sie zu Jonas. Auch Benjamin erhielt ein fingerhutgroßes Glas Kognak, den er tapfer hinunterschluckte, während er sich dabei schüttelte. »Noch einen!«, stammelte er. Seine Kehle brannte. In seinem Kopf drehten sich die Erinnerungen an das Ereignis wie ein Karussell.

»Er ist doch noch ein Kind«, warnte Dr. Schneeberger.

»Gebt starkes Getränk denen, die am Umkommen sind, den Wein den betrübten Seelen, daß sie trinken und ihres Elends vergessen und ihres Unglücks nicht mehr gedenken«, zitierte Jonas aus Salomo, dem Erzpfiffikus.

Der Fahrer der Limousine strich über sein Schnurrbärtchen. Er war einen Kopf kleiner als Jonas und wohl fast hundert Pfund leichter. Seine hohe Stirn drängte die Haare zurück. Er sprach Hochdeutsch und verlieh den Worten so eine fremdartige Bedeutung. Ab und zu schlürfte er den Kognak, dann verabschiedete er sich abrupt, nachdem er Jonas über Benjamin ausgefragt hatte. Er sei selbst kein Vater, sagte er und betrachtete den in einen Sessel zusammengekrümmten Benjamin. Er ließ seine Adresse da und versprach, am nächsten Tag wiederzukommen. Als Benjamin allein im Zimmer war, ließ er den Kopf vornüber sinken und schluchzte.

»Was habt ihr denn auf?«, fragte Jonas, der den unheilvollen Gast an die Tür gebracht hatte.

»Die Passivformen«, stotterte Benjamin. »Ich werde geschlagen, du wirst geschlagen, er, sie, es wird geschlagen.«

›225‹

»Du schläfst heute abend hier oben bei mir, und morgen gehst du nicht in die Schule«, sagte Jonas bestimmt.

Benjamin grinste. Zusammen mit seinem älteren Freund ging er nach unten in die Wohnung, packte das Waschzeug und seinen Bücherranzen zusammen und kramte in dem Kleiderschrank nach sauberen Hemden. Auf dem Tisch stand eine halb ausgetrunkene Tasse Kaffee. Im Flur hingen die beiden Mäntel seiner Mutter mit erschlafften Ärmeln. Nichts hatte sich geändert, und doch war alles anders: entrückt, dem Gewohnten entglitten, öde. Mit den Fingern strich Benjamin über die Tapete, während Jonas in der Speisekammer stöberte. Schüsseln klapperten.

»Weißt du eigentlich, daß wir Vater abholen wollten?«, rief Benjamin durch die angelehnte Tür.

»Blödsinn«, sagte Jonas kauend. Sein Schatten lugte aus der Kammer.

»Das ist wahr.« Und Benjamin erzählte von dem Brief und der Karte, die seine Mutter in der letzten Zeit erhalten hatte.

»Du findest sie vielleicht in der Handtasche.« Jonas konnte sich nicht denken, daß Anna diese Post vor ihm verheimlicht hätte. In der Handtasche fand er nichts. Er suchte in den Schubladen der Kommode. Was er entdeckte, war lediglich ein Bild, das ihn selbst in jungen Jahren vor einem Elefanten zeigte, dem er ein Stück Zucker reichte. Ein Brief jedoch, der die Ankunft von Benjamins Vater ankündigte, war nirgends zu finden. Er suchte mehrere Stunden lang, schüttete den Inhalt der Schubladen auf den Teppich, kroch zwischen den Papieren herum und las Rechnungen, alte Briefe, Einladungen und das Taufzeugnis von Benjamin.

»Ich weiß nichts davon«, sagte er, und um Anna nicht nachträglich bloßzustellen, fügte er noch hinzu: »Wenn dein Vater wirklich angekommen ist, wird er sich schon melden.«

Später verließ er das Haus, um eine Reihe von Telegrammen abzuschicken.

Benjamin betete dreizehn Vaterunser, bis er einschlief. Er wünschte sich den nächsten Tag herbei, die nächsten Wochen, Monate, Jahre. Er wollte ein Mann sein, der in der Lage wäre, das alles zu meistern. Er träumte, wie sich alles in metallisch glitzernde Kristalle verwandelte, die wie Schwämme die Sonne aufsogen. Die Menschen verloren ihren unheilvollen Unterschied und tanzten nach Grillenliedern. Der Wind tönte in riesigen Grasflöten. Die Uhren hielten die Zeit an. Über allem thronte eine dicke Wolke, aus der lappige Luftgeister stürzten und Samen über die Erde ausstreuten. Die Meere flossen in die vier Himmelsrichtungen ab, so daß nur eine knirschende Kieselwüste zurückblieb, aus der Felsen ragten. In Baumstrünken nisteten geduldige Vögel, die neue, mit Zukunft begabte Wesen ausbrüteten. Aus der Dunkelheit schwand das Dunkle. Die Erde zitterte. Fische eroberten silbern das Land. Die Sonne schaukelte auf der Spitze einer Kathedrale, und alle Schatten kehrten zu ihren Körpern zurück. Schließlich traten zorngefiederte Hähne auf mit grausam klirrenden Sporen, die den Morgen anzündeten, daß die Augen seufzten.

Am nächsten Morgen sah die Welt tatsächlich verändert aus: Regen sprühte gegen das Fenster.

Tante Olga kam, in ein schwarzes Kleid verschnürt, weinte und zeigte ein vor Trauer wichtiges Gesicht. Sie habe das kommen sehen. Benjamin blieb bei Jonas. Frau Halleluja sang Kirchenlieder, während sie putzte. Jonas war den ganzen Tag unterwegs. Tante Olga kochte ein Süppchen, das ihre Trauer versalzen hatte. Sie sprach von ihren Kindern, wie fleißig sie seien. »Ist Ordnung bei uns«, sagte sie. An den Wurzeln wurden ihre Haare grau.

Benjamin redete sehr viel, um nichts essen zu müssen. »Du

mußt beten!«, sagte seine Tante. Nach dem Essen schlich er in sein Zimmer, betrachtete die Tapete, betete, sah die Tintenflecke auf seinem Tisch, betete, die Schuhe unter dem Schrank schimmerten schwärzlich, die Uhr war stehengeblieben, und doch war er sicher, daß er sie hörte. Auch der Kalender war längst überholt. Er riß Blatt für Blatt ab und streute die Tage über dem Fußboden aus. Er ruhte nicht eher, bis auch Silvester langsam zu Boden flatterte. Die Sinnsprüche und Rezepte auf der Rückseite des Datums studierte er ausgiebig.

»Was machst du denn?«, fragte Jonas, der von seinen Besorgungen zurückgekehrt war und Benjamin wieder mit nach oben nehmen wollte.

»Ach, ich habe das Jahr zerblättert.«

»Und ich habe ihm gesagt, er solle beten«, klagte Tante Olga, die sich an Jonas vorbei in das Zimmer drängte und mit entsetzten Augen auf den Boden starrte.

»Hier liegt Weihnachten.« Benjamin bückte sich und las laut vor: »Man nehme einen Truthahn …«

»Ausgezeichnet«, brummte Jonas und schob den noch immer vorlesenden Benjamin aus dem Zimmer. »Die Beerdigung ist am Samstag um zehn Uhr.«

Frau Halleluja trank ihre Tasse Kaffee in der Küche.

»Jetzt ist alles wieder blitzblank.« Frömmigkeit steigerte ihren Reinlichkeitssinn. Mit ihrer plumpen, gutmütigen Hand verabschiedete sie sich von Benjamin. »Für deine Mutter bete ich.«

Die Beerdigung war kurz, und Benjamin sah zum erstenmal seine Großeltern, die ihn scheu betrachteten. Sein Großvater war ein kleiner, zäher Mann, mit rotdurchäderten Schläfen, buschigen Augenbrauen und einem gelbgrauen Schnauzbart. Er trug lächerlich große Schuhe und einen schwalbenschwänzigen Frack. Der Kragen war so hoch gestellt, daß er den Kopf kaum bewegen konnte. Er schüttelte seinem Enkel derb die Hand, aber erst allmählich löste sich seine Befangenheit. Seine wirren weißen Haare durchwühlte der Wind.

»Hab sie rausgeschmissen, als sie dich hatte.« Seine Sätze waren kurzatmig. Die Großmutter küßte Benjamin auf die Stirn und nestelte an seinem Hemd. »Benjamin heißt du. Was für ein Name? O Gott, was für ein Name für einen Christenmenschen.« Ein Rosenkranz mit glänzenden schwarzen Kugeln schaukelte in ihren gefalteten Händen. Unterdessen war der Pfarrer mit einem verfrorenen Ministranten an das Grab herangetreten. Der Mann von Olga, Benjamin sollte ihn Onkel Gustav nennen, hatte schiefe Nasenlöcher und ein gespaltenes Kinn. Es waren ungefähr dreißig Leute, die sich um das offene Grab scharten. Die Männer hatten ihre Hüte in den Händen, die Frauen ihre Taschentücher. Jonas wippte mit dem Zylinder. Die frische Morgenluft hatte seine Backen gerötet. Er sah in dem schwarzen Cut und dem weißgestärkten Hemd wie ein Dominostein aus. Etwas abseits, hinter einem Grabstein halb verborgen, stand Dr. Schneeberger. Einige Frauen sangen ein Lied. Der Pfarrer unterstützte sie mit einer brüchigen Baßstimme.

»A porta inferi erue Domine ...«

Eine Wolke Weihrauch schwebte über Benjamin. Seine Schuhe versanken im feuchten Lehm. Der Wind beugte die Flammen der Kerzen. Stumpf starrte er auf den Sarg.

Er kam erst wieder zur Besinnung, als ihn Jonas an das Grab führte und ihm eine lehmverkrustete Schaufel in die Hand drückte.

»Dreimal.«

Er hörte nicht hin. Dumpf dröhnten die Erdbrocken, die er über den Sarg ausstreute. Er glaubte, er müsse das Grab zuschaufeln, um seine Mutter vor der frommen Neugier zu verbergen.

»Dreimal.«

Bei der siebten Schippe zog ihn Jonas vom Grab weg. Nachher drückten sie ihm alle die Hände, umhalsten ihn und schlugen ihm ermunternd auf die Schultern. Es wird schon werden. Den Arm gewinkelt, griff er herzhaft zu. Es war ein einziger Befreiungsakt für ihn, und mit jedem Handschlag wuchs seine Zuversicht. Erst die Hausbewohner: Frau Wiegel hatte rotumränderte Augen, Herr Kosinski roch nach Schnaps, Frau Wind hatte einen schwarzen Schal um ihren Kopf gebunden, aus dem ihr Gesicht eiförmig herausragte. Abseits stöhnte und jammerte Olga. Jonas brummte: »Wir sollten uns freuen, daß wir noch leben, und sie nicht vergessen.« Er bekreuzigte sich. Der Großvater kraulte mit den Fingern seinen Bart und blinzelte in die Sonne.

Als sie sich alle schon zum Gehen anschickten, trat Dr. Schneeberger hinter den Grabkreuzen hervor, während der Großvater, der plötzlich seine Scheu vor den Fremden verlor, schrie: »All diese Erfindungen wie Eisenbahnen und Autos sind unser Unglück.« Er gestikulierte mit den Händen und schaute sich nach Zustimmung um. Dr. Schneeberger ließ eingeschüchtert die Hand, die er Benjamin entgegengestreckt hatte, wieder sinken. »Ich habe gelesen«, fuhr der Großvater fort, der sich durch das Schweigen ermuntert fühlte, »daß im Jahr so viel Menschen durch Autos getötet werden wie bei einem kleinen Krieg.« Er wandte sich feindselig an Jonas.

»Jean, beruhige dich doch!«, mahnte sein Frau und knöpfte ihm die Jacke zu, als könne sie damit seinem Zorn Einhalt gebieten. »Wir sind auf einem Friedhof.«

»Gerade deswegen«, schrie er und öffnete die Jacke wieder.

Dr. Schneeberger konnte bei diesem erneuten Ausbruch des Großvaters Benjamin gerade noch zuflüstern, daß er ihn in den nächsten Tagen einmal besuchen werde. Auch seine

Frau wolle ihn einmal sehen. Er verabschiedete sich, indem er den Hut mehrmals lüftete und sich vor Jonas verbeugte, der ihm zuwinkte.

Der Großvater hatte sich unterdessen beruhigt, um jedoch wenig später an der Prachtentfaltung der Gräber Anstoß zu nehmen.

»Damit kann man gut Hunderten von Menschen das Leben erhalten. Was sage ich, Tausenden.«

Benjamin bewunderte den Zorn seines Großvaters, dessen Augen hin- und herschossen und nach den Putten und Engeln schauten, die in allen möglichen Stellungen auf den Grabsteinen saßen. Ihre regenverwaschenen Gesichter waren grünbemoost. Beim Laufen kam der Großvater immer mehr ins Schnaufen und blieb stehen, um dann sofort wieder mit rudernden Armen weiterzuhasten. »Eine Mumie bin ich schon. Die Würmer nagen bereits an meinen Zehen.«

»Halte dich um Jesu willen gerade«, schrie er, als er den gekrümmten Rücken Benjamins sah. »Ein Mann geht gerade.«

Sie waren unterdessen aus dem Friedhof herausgetreten. Benjamin sah wieder den Uniformierten, der ihm damals mit seinen Freunden den Weg in die Kapelle gezeigt hatte und jetzt mit zwei Fingern grüßte, die er an seine Mütze führte, als er dem Jungen zuflüsterte: »Gehst du eigentlich gern auf Beerdigungen?«

Benjamin lachte leise, so daß es Tante Olga nicht merkte, die am Grabe ihrer Schwester geschworen hatte, etwas Ordnung und Gottesfurcht in das Leben ihres Neffen zu bringen.

Als sie zu Hause ankamen, erwartete sie ein frischgedeckter Tisch, auf den Frau Halleluja einen Krug mit Rosen gestellt hatte, die nach süßem Tau dufteten. Der Großvater sank ächzend in einen Sessel, nestelte eine Pfeife aus einem Lederbeutel und steckte sie in den Mund. Frau Halleluja strich jedesmal, wenn sie bei ihren Handreichungen an Benjamin vorüber kam, ihm mit der Hand über den Kopf. Mitleid war für sie eine gleichsam körperliche Tugend. Und sie mußte, wie Jonas einmal behauptete, mit ihrem Mann sehr viel Mitleid gehabt haben, denn sie brachte neun Kinder zur Welt, von denen freilich drei starben. Auf dem Tisch flackerten Kerzen. Benjamin erhielt Kaffee wie die anderen. Zum erstenmal in seinem Leben wurde er wie ein Erwachsener behandelt, und er begann schon, sich in dieser neuen Rolle glücklich zu fühlen, als ihn Tante Olga vorwurfsvoll anstarrte. Ihre weiße Halskrause zitterte. »Kannst du nicht langsam essen?« Er würgte an dem Bissen und senkte den Kopf, bis seine Lippen fast den Tassenrand berührten.

»Laß ihn doch«, rief der Großvater über den Tisch hinweg. »Du bist schon wie deine Mutter.« Er griff nach seiner Uhr, Jonas nach seiner Tasse und Benjamin vorsichtig nach einem zweiten Stück Streuselkuchen, das ihm beim Zubeißen von der Unterlippe bis an die Nase reichte.

Sie sprachen von Anna. Der Großvater erzählte weitschweifig. »Die Stadt hat sie verdorben. Bei uns war sie ein lustiges Ding, das den ganzen Tag über schnatterte. Sie war derart heißblütig, daß man dort, wo sie gesessen hatte, Wasser hingießen mußte.« Er lachte, während seine Frau ihn anstieß.

»Du solltest an den Jungen denken.«

»Er wird das Leben schon kennenlernen«, erwiderte er herausfordernd. Seine Hand war mit kleinen braunen Flekken gesprenkelt.

»Was soll nur aus dir werden?«, fragte er, nachdem er einige tiefe Züge aus seiner Pfeife gesogen hatte.

»Ich dachte«, schaltete sich Jonas ein und knetete vorsichtig seine Zigarre, ehe er sie ansteckte. »Ich dachte, er könnte hierbleiben. Es ist seine Welt. Kinder vertragen keine plötzliche Verpflanzung.«

Der Großvater grübelte und stieß Dampfwolken über sein Gesicht. »Wir werden sehen«, murmelte er knapp.

Es ereigneten sich noch viele peinliche Dinge an diesem Tag. Wie es meist geschieht, wenn Verwandte nach jahrelangem Groll sich plötzlich wieder zusammenfinden. Benjamin verstand wenig von den erregt geführten Gesprächen. Er bemerkte nur, wie die anfängliche Zuneigung seines Großvaters zu Jonas abebbte. Die Tatsache, daß ein anderer sich um das Wohl seiner Tochter gekümmert hatte, ohne einen hinlänglicheren Grund zu haben als den der Freundschaft, machte ihn mißtrauisch – und angefeuert durch ein paar Gläschen Kognak verlangte er Aufklärung. Er wollte alles wissen, hatte aber nicht die Geduld, zuzuhören, so daß er keinen Zusammenhang in dem fand, was Jonas erzählte. Er hatte damals, als er von der unglückseligen Schwangerschaft seiner Tochter erfuhr, ihr einfach das Erbteil ausgezahlt und in einer Zornesaufwallung alle väterlichen Brücken abgebrochen. Das hatte er jedoch im Augenblick vergessen, und mit dem Starrsinn jähzorniger Menschen behauptete er, den Finger auf die Brust von Jonas setzend: »Da müßten aber doch noch andere Gründe mitgespielt haben.« Benjamin erfuhr nicht, wie das Gespräch weiterging, denn Olga führte ihn aus dem Zimmer. Jonas erzählte wohl später, der Großvater hätte nach dem Genuß einiger weiterer Kognaks plötzliche Versöhnungsbereitschaft gezeigt und ihm sogar die Wangen geküßt. Wie aber der zerbrochene Stuhl zu erklären war, sagte er nicht, und Benjamin hatte Gelegenheit, einen Kranz schauriger Geschichten zu erfinden.

Was aber aus Benjamin wirklich werden sollte, blieb trotz dieser verschiedenen Gefühlsausbrüche ungewiß. Olga reiste mit ihrem Mann, der zu Benjamin während der ganzen Zeit nur einen einzigen Satz gesagt hatte, nämlich: »Halt den Kopf hoch!«, am selben Abend wieder nach Hause. Die

Großeltern blieben über Nacht. Es wurde noch viel geredet und hin und her diskutiert. Benjamin konnte beobachten, daß Jonas trotz des Starrsinns seines Gesprächspartners das Wort führte. Die Großmutter kochte eine dicke Suppe. Sie hatte die geblümte Schürze ihrer Tochter umgebunden.

Das Resultat der langatmigen Gespräche war, daß Benjamin zu Jonas in den ersten Stock zog. Einige Wochen später quartierte sich eine vierköpfige Familie in die Parterrewohnung ein. Der Mann, ein Architekt, der den Kragen offen über der Jacke trug, hatte eine helle Stimme und rauchte nicht. Seine beiden Söhne waren kurzgeschoren. Die Frau sagte sehr wenig und zählte das Geld nach, das ihr der Milchmann herausgab. Benjamin schaute ihnen zu, wie sie die vertrauten Räume seiner Kindheit mit fremden Möbeln bevölkerten. Herr Kreuz, Waldemar Kreuz, so hieß das Familienoberhaupt, strengte sich derart an, daß sich die Muskelstränge an seinem Hals abzeichneten. Er belud seine Söhne mit Hausrat. Er selbst schritt die Räume ab, maß, ächzte und stöhnte. Zwei Wochen später war es schon so, als hätten sie Jahre in dem Haus gewohnt. Manchmal schellte Benjamin noch versehentlich bei ihnen, und Frau Kreuz erschien mißtrauisch in der Tür: »Jungchen«, sagte sie, »ist doch nicht mehr.« Manchmal blieb Benjamin mit klopfendem Herzen vor der Tür stehen, wäre am liebsten in die Wohnung gestürzt und hätte den fremden Plunder auf die Straße geworfen. Am Montag nach der Beerdigung ging er wieder in die Schule. Dr. Boll drückte ihm innig die Hand. Durch das offene Fenster drang vom Zoo her das Geschrei der Affen in das Klassenzimmer. Dann konjugierten sie alle zusammen das Imperfekt von amare. Gogo schrie am lautesten.

Drei Wochen später glaubte Benjamin, daß seine Mutter schon zehn Jahre tot sei.

Neuanfänge. Jonas besucht Ämter

Das Haus in der Bergerstraße 57 wurde ein Haus mitleidigen Getuschels. Besonders Frau Wiegel nahm sich Benjamins an, wo sie ihn auch immer sah, ja sie lauerte auf ihn und verschenkte gar den roten Schal ihres Verblichenen.

Eines Tages, Benjamin war auf dem Weg zu sechs Brasil-Zigarren, überraschte ihn Frau Wiegel mit einer äußerst geheimnisvollen Eröffnung, daß sie nämlich ein Horoskop habe für ihn stellen lassen, von einem Bekannten, der das wissenschaftlich betreibe, wissenschaftlich betonte sie noch einmal, als könnte sie mit diesem Wort den makellosen Ernst einer Sache am besten zum Ausdruck bringen. »Wissenschaftlich!« Beim dritten Mal leuchteten ihre Augen. Sie packte Benjamin beim Arm und führte ihn zu sich in ihre Wohnung. Im Wohnzimmer breitete sich eine ungewöhnlich große Geruchsskala vom Mottenpulver bis hin zum Lebkuchen vor der Nase Benjamins aus, der sich auf einen samtüberzogenen Stuhl setzte, dessen Rückenlehne ihn um zwei Haupteslängen überragte.

Frau Wiegel schob ihre Brille über die Nase, hakte sie aber nur über einem Ohr fest und las, die Finger an den Worten entlangschiebend, derart langsam, daß die Worte untereinander sich zu keinem Satz fügen wollten.

»Dein Leben steht unter dem Zeichen der Fische.«

Benjamin heuchelte Aufmerksamkeit, bohrte seinen Daumen durch die weitmaschige Tischdecke und betrachtete das blöde Lächeln eines Engels in Öl.

»Die Sterne lügen nicht.«

Benjamin wagte nicht zu widersprechen. Er würde lange

leben, sehr lange. Venus zeige sich günstig, allein der Mars
würde drohen. Jupiter sei indifferent.

Seiner Bedeutung plötzlich sicher, verließ Benjamin stolz
aufgereckt, den Blick zum Himmel gerichtet, an dem kein
Stern zu sehen war, Frau Wiegel und kaufte sechs Brasil
beim Zigarren-Otto, dem dünnen, hochaufgeschossenen
Nachfolger Königs.

Jonas raubte ihm die Zuversicht, die er in seine Zukunft
gesetzt hatte: All die Reichtümer und Erfolge schwanden in
einem Gelächter dahin.

»Ich ziehe dir ein Haar aus, um dir die Zukunft zu pro-
phezeien.« Benjamin, über die Möglichkeit, der Zukunft
weiter auf die Schliche zu kommen, frappiert, ließ sich die
Extraktion eines Wirbelhaares gefallen, wenn zwar er der
Aussicht auf größere Enthüllungen mißtraute. Als Jonas mit
zwei Fingerspitzen das ausgerissene Haar in Augenhöhe
hielt, um an Hand der Beschaffenheit der Haarkrümmungen
die verschlungenen Wege der Zukunft herzusagen, mußte
Benjamin erfahren, daß bei Wiederholung dieses Locken-
raubs er mit absoluter Sicherheit eine Glatze erhalten würde.
Er machte das erschöpfte Gesicht eines Menschen, dem man
zum drittenmal einen Witz erzählte, ohne daß er auch diesmal den Sinn verstanden hätte. Jonas, der gern in die Niede-
rungen des Kalauers hinabstieg, um auf die Höhe eines
Gelächters zu gelangen, erzählte, Frau Wiegel habe ihm, als
er vor fünfzehn Jahren in das Haus gezogen sei, auch das
Horoskop stellen lassen. Da er jedoch damals schon im vor-
gerückten Alter gewesen, hätte sich ein Großteil der voraus-
gesagten Ereignisse schon zugetragen haben müssen. Mit-
nichten. Drei Söhne hätte er haben sollen, hatte er nicht. Er
hatte nur die klägliche Aussicht auf ein beschauliches Alter.

»Ich sterbe mit mir aus.«

Trotz alledem richtete Benjamin in der nächsten klaren

Nacht den Blick kritisch über die blinkenden Dächer zu den Sternen, in dem festen Glauben, irgendwo dort oben in dem flimmernden Chaos sei sein Leben verankert.

Er spürte plötzlich den Raum, der sich zwischen den Gestirnen auftat und seine Augen immer mehr in die Tiefe des Dunkels führte. Er blinzelte, und mit einemmal verbanden sich die Punkte und schlossen sich zu Figuren zusammen: Am Himmel tanzten Bären, Elefanten, Fische, Hunde, Schlangen und deutlich unterscheidbar Jonas auf einem dikken Ball. Benjamin sog die Bilder mit seinen Augen in sich hinein und war glücklich.

Wie schon erwähnt, das Haus wurde ein Haus mitleidigen Getuschels. Herr Kosinski redete Benjamin auf der Treppe an, er solle den Kopf in die Bücher stecken, er werde ganz bestimmt einmal etwas Großes: ein Gelehrter oder ein Steuerbeamter, und Frau Kreuz lud ihn zum Essen ein, was er jedoch bei Jonas verschwieg, so daß er zweimal an diesem Tag aß, ohne daß es angeschlagen hätte. Er blieb dürr und eine Herausforderung für jeden Koch, wie Jonas behauptete. Was aus ihm werden sollte, blieb weiter ungewiß. Der Großvater hatte in einem langen, umständlich geschriebenen Brief darauf bestanden, daß Benjamin nach Hanau kommen solle, wo er gut in dem weiträumigen Haus Platz und Fürsorge finde. Jonas quartierte Benjamin in das Fremdenzimmer seiner Wohnung im ersten Stock ein, wo dieser vorerst in einem Wust von abgestellten Kisten, Familienbildern und wackeligen Stühlen schlief. Das zweiflügelige Fenster gewährte einen Blick in den Hof.

Der Brief veranlaßte Jonas, mit dem Jungen über das Wochenende nach Hanau zu fahren, um an Ort und Stelle eine Klärung der Verhältnisse zu erreichen. Der Junge sollte bei ihm bleiben.

Der Großvater hatte ein großes, eineinhalbstöckiges Haus

in der Nähe des Mains. In seiner Goldschmiede, die in einem winkeligen Seitenbau sich an das Haus anschloß, beschäftigte er drei Gesellen, die jedoch kaum aufschauten, als Benjamin die dämmerige Werkstatt besichtigte. An der Vorderwand des Hauses kletterte Efeu bis an die Dachfenster. Öffnete man die Haustür, aus deren Mitte sich ein geschnitzter Löwenkopf hervorhob, ertönte ein Dreiklang, und ein gutmütiger Schäferhund rappelte sich müde von seiner Matte hoch, um den Besucher eindringlich zu beschnuppern. Er war auf eine seltsame Weise mit dem Mechanismus der Schelle verbunden, denn ohne diese hätte er zweifellos jeden Besucher verschlafen. Er fand mit untrüglicher Sicherheit heraus, ob der Besucher ein gewöhnlicher, ein ungewöhnlicher oder ein Bettler sei, den man mit schroffem Gebell einzuschüchtern habe. In dem halbdunklen Gang hingen Preise für die Züchtung außergewöhnlicher Tauben, das bärtige Gruppenbild eines kriegerischen Vereins und die Fotografie eines Bernhardiners, an dessen Hals ein kleines Fäßchen hing. Über dem Eingang in das Wohnzimmer verästelte sich ein Hirschgeweih. Das Zimmer selbst war derart mit Möbeln vollgestellt, daß Benjamin sich gleich auf den nächsten Stuhl setzte, um in dem Gewirr nicht verloren zu gehen.

»Ich hasse freien Platz«, sagte der Großvater nach einer feierlichen Begrüßung und dirigierte Jonas auf einen Schaukelsessel, quartierte ihn aber sofort um, als das Möbel unter der Last ächzte. Jonas sollte im Laufe des Gespräches noch dreimal den Stuhl wechseln. Die Sitzgelegenheiten entsprachen alle nicht seinen körperlichen Bedingungen. Auch hatte der Großvater die Angewohnheit, mit qualmender Pfeife auf und ab zu gehen, manchmal gar in dem Labyrinth der Tische, Schränke und Kommoden zu verschwinden, so daß Jonas aus Gründen der Aufmerksamkeit gezwungen war, die Wan-

derungen mitzumachen. So lernte er alle Stühle und alle
Winkel des Zimmers kennen, betrachtete die Familienbilder,
die in ovalen Rahmen die Wände schmückten: der Großvater als Kind, nackt auf einem Bärenfell, der Großvater als
Knabe in einem Matrosenanzug, als Jüngling mit verführerisch gezwirbeltem Bart, als gemeiner Soldat und als Haupt-
wachtmeister mit Braut, als mürrischer Vater einer Tochter
und schließlich von zwei Töchtern, die auf seinen Knien
saßen.

Die Gerüche des Zimmers stellten für Benjamin den
Höhepunkt seiner Nasenerfahrung dar. Seine Nüstern wei-
teten sich und sogen die vielfältigen Düfte ein: Pfefferminz,
durchmischt mit Kamille, Tabak, Zimt und Moderduft alt-
ehrwürdiger Möbel.

Die Großmutter brachte, die Augen ehrfürchtig abge-
wandt, Kaffee auf einem Tablett herein. Die Sonne malte
helle Streifen auf den Fußboden, flimmerte auf den polierten
Möbeln und warf durch die Kristallbecher, die auf der Kommode standen, Bilder an die Tapete. Jonas und der Großvater tranken den Kaffee aus handtellergroßen Tassen. Benjamin schlürfte zimtgewürzten Birnensaft.

»Nun, wie steht's?«, fragte der Großvater und beobachtete
Jonas, der sich auf einen stämmigen Stuhl niedergesetzt hatte
und den Zucker verrührte, so daß der Kaffee über den Tassenrand schwappte.

Benjamin sollte sich im Garten umsehen und die Füße
vertreten, solange die Männer zu reden hätten. Er ging
durch die Küche in den Blumengarten, beobachtete das vorsichtige Schreiten einer Katze durch das hohe Gras, die ihren schwarzen Leib in das saftige Grün schmiegte und in
Sprungnähe einer Amsel schlich. Aber ehe die Katze zum
Sprung ansetzen konnte, stieg der Vogel laut zeternd in die
Höhe und ließ einen gelangweilten Feind zurück. Der Gar-

ten maß in der Breite gute vierzig Schritte und in der Länge sechzig. Er war sorgfältig in zwei Teile geschieden: in einen nützlichen, in dem die Hühner umherirrten, und einen Blumengarten, ein wahres Paradies für Auge und Nase. Benjamin liebte Blumen. Er hatte die Fähigkeit, ihre Farben in Geschmack umzuwandeln. So rief Safrangelb in ihm die Vorstellung hervor, ein zimtbestreutes Stück Butterkuchen auf der Zunge zu balancieren. Kurzum, Benjamin war glücklich, rieb die Hände an der Hose heiß und blinzelte in das Baumgrün, in das schlierige Blau des Himmels und in das gräuliche Kieselweiß des Weges. Nachdem er einige Zeit herumgestromert war, ein Huhn zu fangen versucht hatte, kehrte er hungrig in die Küche zurück und aß, obwohl ihn seine Großmutter auf ein baldiges Essen zu vertrösten suchte, ein honigbestrichenes Brot, und während er zubiß, war er sicher, es noch nie so schön gehabt zu haben wie an diesem Tag, an dem sein Großvater und Jonas ein sehr ernstes Gespräch führten.

»Du hast einen unordentlichen Magen«, sagte die Großmutter. Im selben Augenblick waren die Männer übereingekommen: nämlich, daß Benjamin bei Jonas bleiben solle, selbstverständlich könne er jederzeit seine Großeltern besuchen.

Die Einigung war ein diplomatisches Meisterstück von Jonas, der noch nie so viel beim Reden gelaufen war wie an diesem Tag. Schweiß tränkte sein Hemd. Er öffnete das Fenster und hielt seinen Kopf an die frische Luft. Er hatte drei Brasil-Zigarren geraucht und mehrmals seinen Redefluß unterbrochen, um die Ähnlichkeiten der Jugendfotografien mit dem gegenwärtigen Aussehen des Großvaters zu rühmen.

»Man wird ja gar nicht älter. Das Alter ist lediglich eine Affäre des Stoffwechsels.«

Der Großvater bot fünfzigprozentigen Birnenschnaps an.

»Mein Herr, ich wünsche Ihnen Glück«, sagte er und hob sein Gläschen bis an die Nasenspitze. Jonas wischte mit dem Taschentuch über die Stirn. Noch schien ihm das Einverständnis des Großvaters unwahrscheinlich.

»Rekapitulieren wir!«, schnaufte er. »Das Bürgerliche Gesetzbuch stellt zwei wichtige Forderungen an den, der ein Kind annehmen will.« Unversehens geriet er in den Fachjargon eines Juristen. »Die eine betrifft das Alter, die andere die Kinderlosigkeit. Das BGB, das 1900 gültig wurde, fordert von dem Annehmenden, daß er keine ehelichen Abkömmlinge hat, ein Faktum, das für mich Geltung hat – Kinder und Kindeskinder. Da ich kein Vater bin, bin ich auch kein Großvater. Also trifft dieser Passus für mich zu. Daß er das fünfzigste Lebensjahr erreicht hat und achtzehn Jahre älter ist als der Angenommene. Auch das trifft zu. Ich bin geradezu ein Musterbeispiel eines Adoptivvaters.«

Der Großvater hatte unterdessen unter dem Einfluß des Birnenschnapses eine Zuneigung zu Jonas gefaßt. Er bot ihm kurzerhand ohne Überlegung das Du an und krönte die Vertraulichkeit durch einige Intimitäten aus seinem Leben.

»Auch einmal jung gewesen.«

So kam Benjamin zu einem Adoptivvater, der Großvater zu einem Liebhaber seines Birnenschnapses und zu einem Freund. In der nächsten Zeit stürmte Jonas von Amt zu Amt, füllte Formulare aus, ließ beglaubigen und erfuhr von einem Amtsarzt, der ihn mißtrauisch untersuchte, daß er bis auf eine gelinde Dickleibigkeit kerngesund sei. Diese ganze Prozedur hatte ihn mehr Mühe gekostet, als er sie in seinem Alter auf die Zeugung eines Sohnes hätte verwenden müssen. Bei dreißig Grad Hitze lief er vom Vormundschaftsgericht durch die schattenlosen Straßen nach Hause. Der endgültige Beweis seiner papiernen Vaterschaft knisterte in der Tasche.

»Schwamm drüber, Händchen gefaltet!« Nun war er Vater.

Das grausame Spiel

Der Sommer stand in der Blüte. Im Hof, den Benjamin von seinem neuen Fenster aus ganz übersehen konnte, stand ein Scherenschleifer und wetzte die Messer, Scheren und Beile der Nachbarschaft, nicht ohne die Besitzer zu warnen, daß er für den Schaden, der durch die neue Schnittkraft entstünde, sei es Mord, Verstümmelung oder Sachbeschädigung, nicht aufkommen könne.

Wenn er mit dem rechten Fuß die Pedale seiner Schleifmaschine trat, sich mit zusammengekniffenen Augen über das Rad beugte und der knirschende Ton des gereizten Metalls unter seiner Hand hervorzischte, wurden die Fenster überall aufgerissen, und Scheren und Messer blinkten. Funken stoben um seine Hand. Der Ton des Schleifens drang Benjamin bis in die Eingeweide und ließ allmählich alle Gliedmaßen taub werden. Er warf das Fenster zu, aber der Ton blieb intensiv, so daß Benjamin sich nicht anders zu helfen wußte, als selbst ein Messer aus der Küche zu holen, um es schleifen zu lassen.

»Wen willst du umbringen?«, fragte der Scherenschleifer und wandte Benjamin sein ungewaschenes, bartstoppeliges Gesicht zu, während er mit seinen Fingern genießerisch an der Schneide eines Messers vorbeifuhr.

»Sie!«, rief Benjamin aus und erschrak.

»Verzeihung«, sagte der Schleifer und legte die Hand ans Ohr. »Du solltest dich vor deinen Eltern schämen. Kaum aus dem Ei und schon ein Gewaltmensch.«

Er nahm einen Schluck Wasser aus einem verbeulten

Blechbecher in den Mund und spritzte ihn über den Schleif-
stein.

»Gib her, kostet aber extra.« Er lachte, während er die
Klinge an den Stein preßte, daß sie sich bog. Seinen Körper
stemmte er vor. Benjamin hielt sich die Ohren zu, aber auch
seine Augen hörten, ebenso sein Mund und seine Nase.

»Aufhören!«, schluchzte er.

»Du hast aber jungfräuliche Ohren. Bin schon fertig, und
weil du es bist, hab ich es umsonst gemacht. Umsonst. Eine
Bitte habe ich allerdings: Du nimmst das Messer in beide
Hände, und dem ersten dicken Mann, den du siehst, stichst
du es in den Wanst, verstehst du? So!« Er machte es vor.
»Freßsäcke mag ich nicht, sag ich dir. Die fressen alles in sich
hinein und furzen eine Tonleiter. Schluß. Unsereiner wetzt
ihnen die Bratenmesser und die Brotmesser. Unsereiner ist
ein armes Schwein, dem sie den Brotkorb höher hängen.
Hüte dich vor dicken Männern!« Er sagte es und kehrte
Benjamin den Rücken.

Die Sonne hatte das Wasser auf dem Stein getrocknet, so
daß wieder Funken flogen.

Benjamin ließ den erstbesten dicken Mann am Leben. Es
war Jonas.

»Was willst du mit dem blanken Messer?« Schweißperlen
rannen an seinen Schläfen herab.

»Es ist unser Brotmesser. Es schneidet jetzt wieder besser«, erwiderte Benjamin, der sich grundlos schuldig fühlte.

»Sind eigentlich dicke Männer gefährlich?« fügte er hastig
hinzu.

Schweigen.

»Gefährlich sind sie nicht, weil sie zufrieden sind. Dürre
stecken bis zum Hals voller Neid.«

»Der Schleifer hat mir geraten, dicke Männer zu erdol-
chen.«

»Ich bin glücklich, daß du es nicht getan hast«, sagte Jonas und stiefelte die Treppe hoch, seine Stirn mit einem roten Taschentuch betupfend.

Einzug in ein Zimmer

Das neue Zimmer, in dem Benjamin nun hauste, hatte die gleiche Größe wie das vorige. Da es ziemlich quadratisch war, bot es noch viel Platz neben dem Bett, das unmittelbar vor dem Fenster stand. Auf der Stirnseite hing eine klassische Landschaft, auf der ein Schäfer, sich auf einen Stab stützend, den Schafen nachschaute, die über eine leicht abfallende Wiese einem Bächlein zustrebten. In der abendlichen Dämmerung schwand die friedliche Haltung des Schäfers. Die besorgte Krümmung seines Rückens glich dann eher der eines Wolfes, so daß Benjamin am Morgen stets mit einiger Befriedigung wieder den von der Tageshelle gestifteten Frieden auf dem Bild entdeckte. Wenn auch Jonas dieses Phänomen mit den Worten erklärte: »Nichts ist so wie es ist«, so herrschte in Benjamin doch eher Mißtrauen, und er wußte, daß unter gewissen Beleuchtungen gewisse Dinge gewiß nicht gewiß seien.

Den Tisch, auf dem Benjamin ehemals das ABC und das Einmaleins übte, hatte Jonas mit einigem anderen Kram an einen Trödler verkauft und gerade so viel erzielt, daß er fünf Wochen täglich drei Brasil-Zigarren rauchen oder, für den Magen gesprochen, zweimal im ›Frankfurter Hof‹ hätte speisen können. Benjamin erhielt einen gediegenen eichenen Schreibtisch, den er jedoch schon am dritten Tage des Besitzes mit einer Flasche Tinte taufte und ihm, da es nun einmal geschehen war, den Namen Friedrich gab, weil er ohnehin bereits Tisch hieß, und was sagt das schon. Der Stuhl erhielt ebenso einen Namen: Karl der Große.

Das alles befand sich, wenn man vor dem Fenster stand, links, also dort, wo Benjamin mit dem Kopfe lag, wenn man das Bett als Maß nahm. Am Fußende stand eine Kommode, auf der ein gußeiserner Löwe eine Uhr unter seinen Pranken hielt, die keine Zeitlichkeit mehr anzeigte: Ein Meisterschuß von Jonas auf einem Schützenfest. Über der Kommode hing die Totenmaske des alten Fritz, ein Tomahawk und die Darstellung des Hl. Martin, wie dieser gerade das Schwert auf seinen Mantel schlug. Unter dem Lichtschalter in Greifhöhe ein Abreißkalender, der jedoch nie das richtige Datum zeigte, weil Benjamin die Kochrezepte auf der Rückseite studierte und so mit dem Jahr sehr schnell zu Ende war. Die Wand, auf der dem Bett gegenüberliegenden Seite, wurde durch einen hohen Kleiderschrank aus Nußbaumholz verdeckt, der das Aussehen eines griechischen Tempels hatte und eindringlich nach Mottenpulver roch. Neben ihm endlich stand ein vierstöckiges Büchergestell, das unter seiner Last wankte. Die Ordnung der Bücher war ebenso abenteuerlich wie ihr Inhalt. Der *Don Quijote* drängte sich zwischen *Die Kunst des Kartenspiels* und eine sehr bilderreiche Abhandlung über das Okulieren.

Über dem Büchergestell hing versöhnend ein Kruzifix, das ehedem im Zimmer seiner Mutter das Bett gekrönt hatte. Beim Umzug in den ersten Stock fiel es aus einer Kiste, so daß der rechte Arm Christi absplitterte. Unmittelbar neben der Tür hatte Jonas ein Bild von Anna mit Reißzwecken angeheftet. Ihr Lächeln galt den Büchern.

Benjamin veränderte das Zimmer von Tag zu Tag. Eine echte Pfauenfeder wippte bald von dem Bild über dem Bett herab. Sie glänzte in den ersten Monaten in den Farben des Regenbogens, dann senkte sich eine Mütze von Staub darüber, und Frau Halleluja entfernte die Trophäe, ohne daß es Benjamin auffiel, obwohl er sie bei Gogo für die Geschichte

des Krieges 1870/71 in Bildern eingetauscht hatte. Auch die
Apfelsinenkiste mit dem spanischen Firmenzeichen, in der
Benjamin seine Schuhe aufbewahrte, verschwand sehr bald.
Frau Halleluja, deren Reinlichkeitssinn bis zur Boshaftigkeit
gegenüber jedem Gerümpel und Staub ausartete, zerbrach
sie. Nur der Stein, den Benjamin eines Tages am Main entdeckte, blieb von der Gerümpelfeindlichkeit verschont. Er
hatte die Form eines äußerst pausbäckigen Gesichtes und
war, wie Benjamin fest glaubte, ohne Zweifel von Men-
schenhand gemeißelt, aber Jonas plädierte für den Zufall, der
ohnehin seinen Schabernack mit der Phantasie triebe, so daß
Benjamin, der gern Konsequenzen zog, hoffte, einmal auch
den dazugehörigen Rumpf zu finden, wenn schon dem Zufall ein derart ausdrucksvolles Gesicht gelungen war. Näherte man sich diesem Kieselkopf oder Steinklumpen bis auf
zehn Zentimeter und kniff die Augen zusammen, konnte
man Sprechbewegungen zwischen den prallen Backen entdecken. Frau Halleluja, die schlecht sah, freilich gut hörte,
selbst das, was unterhalb des Lispelns von Grashalmen lag,
ließ den Stein unbeachtet liegen, nur einmal hob sie ihn ans
Licht und war schon dabei, ihn wegzuwerfen, als Jonas sie
im letzten Moment noch über den wahren Wert aufklären
konnte. Frau Halleluja wischte ihn darauf an ihrer Schürze
blank und bezog ihn in die Reihe der zu säubernden Gegenstände ein, wodurch er, streng genommen, überhaupt erst
Wert gewann.

Auch was den Helm betraf, mußte Benjamin seine Phantasie ins Feld führen. Er lag, nein, er thronte auf dem Kleiderschrank und sollte das Haupt des Generals Blücher geschmückt und geschützt haben. Die Wahrheit war, und diese
kannte Benjamin wohl, die Wahrheit war, daß der Helm
einem bayrischen Jäger aus dem Kriege 1870/71 gehört hatte.
Stülpte ihn Benjamin über, so verschwand sein Kopf wie ein

Krokuskeimling unter einem Kegelhütchen – und in seine Ohren drang leises Kriegsgetümmel.

Der Vollständigkeit halber muß noch der rote Papierdrachen erwähnt werden, der hinter dem Helm auf dem Schrank stand. Benjamin hatte ihn von Herrn Wind, der die freie Zeit des Pensionärs mit der Herstellung von Windmühlen, Papierschwalben, Bleisoldaten und dergleichen ausfüllte, immer von seiner Frau angestachelt, doch endlich einmal etwas aus sich zu machen. Herr Wind war gute siebenundsechzig Jahre alt, ehemaliger Steuerbeamter, etwas trinkfreudig und aggressiv, beschimpfte lauthals die Regierung, die Stadtverwaltung und seine Frau, ohne damit seine Haltung ernstlich zu revolutionieren. Und eigentlich waren seine Klagen über seine Frau und seine Sorgen um die Erhöhung seiner Pension nur die Fortsetzung einer barschen und wortlosen Pedanterie, mit der er zur Zeit seines Dienstes als Steuerinspektor die Akten nach einem Fehler durchgegangen war. Nun: dieser rote Drachen, dessen Augen safrangelb schillerten, knisterte zuweilen lüstern, wenn das Fenster aufstand und der Wind in das Zimmer stürmte, und abends, wenn das Grau der Abenddämmerung die Dächer und Schornsteine überwucherte, erwachte er aus seiner papiernen Steifheit. Mit einer Mischung aus Angst und Neugier verfolgte Benjamin das dämmrige Leben des Drachen, der dann drohend auf dem unförmigen Ei des Schrankes saß. Ihn jedoch einfach zu nehmen und ihn in den Bauch einer Mülltonne zu werfen, brachte Benjamin nicht übers Herz, vielmehr schaute er ausdauernd hin, bis er die absolute Scheußlichkeit dieses Untiers so gut kannte, daß er sich nicht mehr davor ängstigte.

Das Zimmer wurde noch einige Male in diesem Sommer umgeräumt. Für Benjamin war es unerträglich, länger als zehn Tage in einer bestimmten Ordnung zu leben. Er experimentierte, holte Jonas zu Hilfe, der unter Ächzen und Stöhnen den Schrank verrückte, so daß dieser, in seiner hölzernen Ruhe aufgestört, die beiden Türen aufriß. Auch das gab Anlaß zu Vermutungen. Schließlich glaubte Benjamin, die ideale Gruppierung gefunden zu haben. Vier Schritte vom Bett stand der Tisch, vier Schritte vom Tisch das Büchergestell – kurzum eine beruhigende Viererei wie bei einem Stuhl, der ja auch erst auf vier Beinen ein hinlängliches Gefühl von Sicherheit bietet. Die Tür ächzte, wieviel Salatöl man auch in die Angeln schmierte. Vor dem Fenster knarrte der Fußboden.

Manchmal ging Benjamin in *seinem* Zimmer auf und ab. Er gebrauchte das Possessivpronomen mit Pathos, war von seinem Besitz entzückt, prahlte vor seinen Freunden mit seinen sieben Sachen. Begierde wurde in ihm wach, und er begann ziemlich skrupellos mit Tauschgeschäften, wobei er den Wert eines Gegenstandes ganz nach der Nachfrage bestimmte und meist noch darüber hinausging, indem er durch abenteuerliche Reden die Qualität einer Sache überhaupt erst begründete. Besonders Gogo litt unter dieser Besitzakrobatik, wie es Jonas nannte. Benjamins Wünsche hatten meist etwas Waghalsiges an sich, er handelte jetzt nicht nur Menschenknochen gegen Münzen ein, sondern Hundezähne gegen Patronenhülsen, eine verchromte Fahrradklingel gegen einen Atlas, in dem die Schlachtfelder des Weltkrieges mit roter und grüner Tinte gekennzeichnet waren. Ganz und gar übers Ohr gehauen wurde Gogo jedoch mit einer verschlafenen, echt vernickelten Taschenuhr, für die er geradezu bluten mußte. Er gab zwölf Bücher abenteuerlichen Inhalts dahin. Seine linke Hand jedoch wärmte fortan die Uhr. Jedesmal, wenn er Benjamin erblickte, zog er vorsichtig die Hand aus der Tasche und sagte mit einem abschätzenden Blick auf das zerkratzte Zifferblatt: »Weißt du,

wie spät es ist?« Ein Weilchen gesammelter Andacht, ein
Kopfnicken, ein Scharren mit dem linken Fuß und dann
schließlich die Preisgabe der Uhrzeit. Benjamin versuchte,
nachdem er die Bücher ausgelesen hatte, wieder in den Besitz der Uhr zu gelangen. Die unermüdliche Zeitkenntnis
Gogos erfüllte ihn mit Neid. Waren es nur noch einige
Sekunden, bis der große Zeiger über die Zwölf schlich,
konnte man mit Ungeduld hoffen, daß dieser Zeitpunkt vielleicht ein ungeheures Ereignis brächte. Den Ausbruch eines
feuerspeienden Berges auf dem Römerberg oder die Wieder-
kunft der Sintflut. Daß dann nichts geschah, schloß die Möglichkeit einer derartigen Möglichkeit nicht aus. Gogo ging in
seinem Besitz auf, so daß er, wie Benjamin glaubte, selbst
allmählich die Physiognomie einer Uhr erlangte. Er lebte
von seinen Zeitangaben. Das begann frühmorgens, wenn er,
die Uhr in der Hand, Beginn und Ende der Unterrichts-
stunde verkündete, und einmal, als er von Herrn Dr. Maus
aufgerufen wurde, wann Karl der Große zum Kaiser gekrönt worden sei, stotterte er mit einem innigen Blick auf
seinen Zeitmesser »um 8.45 Uhr«. Selbst die Gefahr der Lä-
cherlichkeit, der Gogo eigentlich nie entrann, wollte Benjamin auf sich nehmen, wenn er nur wieder in den Besitz der
Uhr käme. Diese hatte nämlich durch einen mechanischen
Eingriff von Gogos Vater ihre Schläfrigkeit eingebüßt und
ging akkurat, vorausgesetzt, daß man sie aufzog, was Gogo
mit herausfordernder Häufigkeit tat. Durch den langen Auf-
enthalt in der Hosentasche war der Uhrdeckel blank geworden, und man konnte in dem konvexen Spiegel erstaunliche
Metamorphosen des Gesichtes beobachten, das zu einem Ei
wurde und nach den Seiten hin breiig zerfloß. Kurz und gut,
die Uhr war in der Obhut Gogos ein absolutes Wertobjekt
geworden. Benjamin begann von ihr zu träumen, wie sie, mit
rasselnden römischen Ziffern von Dach zu Dach springend,

sich schließlich auf den Großen Feldberg hockte, um dort mit unheimlichem Getöse die Zeit anzukündigen. Wie aber konnte er Gogo die Uhr abluchsen?

Durch hemmungsloses Anpreisen eines etwas verrosteten Zirkelkastens und einer Briefwaage, nebst einem Kompaß, der Norden im Westen zeigte, machte Benjamin Gogo wankelmütig, und eines Tages, um 15.21 Uhr, gab Gogo auf, schweren Herzens freilich, doch wiederum auch glücklich, weil er drei Dinge für seine Zwiebel erhalten hatte.

Benjamin dagegen spazierte fortan stolz und im Besitz einer halbwegs genauen Zeit, die Hände tief in den Hosentaschen verborgen, einher. Gogo verfolgte ihn mit sehnsüchtigen Blicken und schlich ihm nach, um Benjamin, der sich nicht mehr um ihn kümmerte, zur Rede zu stellen, als er die Nutzlosigkeit der Briefwaage, des Zirkelkastens und des Kompasses schmerzlich erfahren hatte, und versuchte seinerseits, den Tausch rückgängig zu machen, sprach von Betrug, weil der Zirkel noch nicht einmal im Stande sei, einen makellosen Kreis zu zeichnen, auch der Kompaß sei entmagnetisiert und weise so ziemlich jede Richtung als Norden aus.

Benjamin hatte ein schlechtes Gewissen und erfand abenteuerliche Geschichten zu den Tauschobjekten, die deren Wertlosigkeit aufheben sollten, und Gogo, der einen ausgeprägten Sinn für Tradition hatte, glaubte auch, daß den Kompaß ehemals ein russischer General besessen habe, der einmal in Sibirien zugeschneit worden sei. Die Briefwaage hätten türkische Schmuggler als Goldwaage benutzt. Aber wenig später zersprangen diese Anekdoten. Übrig blieben die nackten, nutzlosen Dinge: Zirkel, Waage und Kompaß.

Benjamin jedoch besaß eine Uhr, die in seiner Hand sanft pulsierte. Das Zucken kitzelte seine Handflächen, drang in seinen Körper, und zuweilen glaubte er, selbst ein Uhrwerk zu sein, besonders dann, wenn er seine Schritte dem Sekundenschlag anpaßte und losstürmte, immer bestrebt, den Takt zu halten. Dieser Zustand währte nicht lange.

Das Labyrinth

Unter diesen Tauschgeschäften war der Sommer dahinge-
gangen, und Benjamin trug ungefähr drei Wochen die Uhr
mit sich herum. Verglich, wo sich auch immer eine Gelegenheit bot, die Zeit, versuchte, die Bewegung des großen Zei-
gers zu verfolgen, der fast unmerkbar seinen Weg von Ziffer
zu Ziffer zurücklegte, öffnete einmal mit der Spitze seines
Taschenmessers, das ihm Jonas geschenkt hatte, den Rük-
kendeckel und sah den Tanz der kleinen Rädchen, die sich
gegenseitig anspornten. Die metallene Anatomie erregte
seine Neugierde, wie denn die Rädchen dazu kamen, die
Zeiger voranzurücken. Wohl klappte er den Deckel wieder
zu, aber die Frage nach der Bewegungsregie ließ ihn nicht
los.
    Er fragte Jonas, der ihm genau viereinhalb Minuten von
dem Mechanismus einer Uhr erzählte, darauf seine eigene
aus der Westentasche hervorzog, sie kritisch prüfte und
sagte, er erwarte den Besuch eines Klienten. Die Erklärungen leuchteten ein. Aber es waren noch keine Tatsachen.
Benjamin öffnete am selben Tag ein zweites Mal den Uhren-
deckel, auf dessen glänzender Innenseite der Name des Her-
stellers in schwungvoller Schrift eingraviert war, stieß die
Messerspitze zwischen die Rädchen und brachte das Uhrwerk für immer zum Stehen. Es war genau 17.21 Uhr. Betäubt und ohne einen Gedanken im Kopf hockte Benjamin
da, die stumme Uhr auf der schweißigen Handfläche. Vom
Hof her hörte er Vogelgezwitscher, die keifende Stimme
einer Nachbarin, die Hupe eines Autos, und plötzlich mischte

>254<

sich in diese vielfältigen Geräusche ein lautes Ticken, so daß Benjamin entsetzt auffuhr und die Hand mit der Uhr zusammenpreßte. Er stürzte ans Fenster und sah den grauen, mit Wolken verhangenen Himmel. Es mußte eine Maschine sein, die plötzlich die Rolle einer Uhr übernommen hatte. Der Lärm spornte an.

›Stieflein muß sterben, ist noch so jung.‹

Die Trauer über die Zerstörung der Uhr dauerte nicht länger als einen Tag. Benjamin versuchte wohl, das Uhrwerk durch einen ähnlichen Eingriff wieder in Bewegung zu setzen. Aber die Messerspitze klirrte nur zwischen den Rädchen. Innerlich ganz zerschlagen, zitternd vor sich einander widersprechenden Impulsen, ging Benjamin nach einem knappen Mahl auf den Zehenspitzen ins Bett. Er ließ sich kaum von Jonas trösten, der erklärte, die Zeit komme auch ohne die Hilfe von Uhren voran.

Allzu viel geschah in der nächsten Woche. Vorerst jedoch dies. Benjamin hatte nach Erledigung seiner Schulaufgaben an einem Mittwoch gegen fünfzehn Uhr das Haus verlassen, um Gogo zum Tausch eines Fahrradschlosses gegen eine Ölfunzel zu bewegen, aber kaum war er auf der Bergerstraße, als neue Ziele sich anboten. Er entschied sich vorerst für nichts und ging einfach darauf los, über die Konstablerwache zur Zeil, wo er an den Schaufenstern entlangtrödelte, sein Gesicht auf den Scheiben sah, das jedoch bei näherem Hinschauen gleichsam zerschmolz, so daß er die modisch drapierten Wachspuppen erblickte, die mit erstarrtem Lächeln die Passanten heranlockten. Nicht immer gelang es Benjamin, sie auf den ersten Anhieb als Puppen zu erkennen. Er vermutete unter den schwarzen, tief ins Gesicht gedrückten Melonen zwinkernde Augen. Schnurrbärtchen bauschten sich über den Oberlippen. Die Arme waren so

gewinkelt, daß Benjamin von ihnen erwarten konnte, sie
würden nehmen oder geben. Keine Unregelmäßigkeit. Selbst
die Kinder standen regungslos, die Händchen in den Taschen
versteckt, mit dem Anflug eines Lächelns, das von einem
Ohr zum andern reichte.

Vom Standpunkt der Tatsachen waren es Puppen. Aber in
dem grellen, aus der Ecke die Schatten verscheuchenden
Licht der Schaufenster schmolz diese Tatsache dahin. Benjamin erschauerte. Erst als er die Preisschildchen las, die wie
Miniaturgrabsteine den Kleiderpuppen zu Füßen standen,
bemächtigte sich seiner eine künstliche Fröhlichkeit. Die
Hände auf dem Rücken, ging er weiter, stieß Passanten an,
die ihn überholten, und bestaunte einen Mann in einem weiten, schwarzen Überzieher, der laut mit sich selbst redete.
Benjamin war unterdessen vor den Eingang der Kleinmarkthalle gekommen. Frauen mit prallgefüllten Einkaufsnetzen
und zufrieden, den Hunger ihrer Männer stillen zu können,
strömten laut plappernd unter breiten Hüten an Benjamin
vorüber. Der Wind wirbelte ihre Mäntel hoch, die sie mit
den Händen an die Hüften zu pressen versuchten. An der
Eingangstür der Markthalle stauten sich die Menschen. Ein
bärtiger Mann bot Knoblauch feil, den er in einem Kranz
um den Hals trug, zehn Pfennige das Stück. Er streckte seine
Hand aus, unter der Benjamin etwas gebückt in den halb
dämmrigen Raum eintrat, in dem ein Chor krächzender
Stimmen um die Gunst der Käufer warb. Er schob sich zwischen den Leibern hindurch, manchmal blindlings tappend,
weil er ganz und gar eingezwängt war, so daß er mit den
Ellenbogen sich Platz machen mußte. Plötzlich wurde er vor
einen Stand gestoßen, wo hinter riesigen Pyramiden von
Orangen, Äpfeln und Zitronen ein dickbäuchiger, fischäugi-
ger Mann, laut gestikulierend, die Qualität seiner Ware pries:
vollsaftig, süß, zuckersüß, honigsüß, zart wie Butter.

Den Hymnus trug er mit einer Tenorstimme vor, wobei er in jeder Hand eine Orange trug, die er manchmal in die Höhe warf und mit einem Jauchzer wieder auffing. »Meine Damen, zu mir!« Er thronte als asiatischer Gott hinter den Fruchtbergen, die Benjamin bis zur Nasenspitze reichten. Ein betäubender Duft umschmeichelte ihn, nistete in seiner Nase und ließ ihn vor Begierde fast vornüberkippen. Die Stimme tönte über seinen Kopf hinweg. Benjamin wartete, bis der Ausrufer sich langsam aus der Hocke erhob, um die Orange hochzuschleudern. Diesen Augenblick künstlerischer Konzentration nutzte er aus, griff eine Orange aus der untersten Reihe der Pyramide, steckte sie geschwind in seine Hosentasche, daß die kalte Schale durch den Stoff hindurch seinen Oberschenkel kühlte, und schlüpfte an zwei unschlüssigen Käuferinnen vorbei außer Reichweite. Obzwar er nicht hinter sich schaute, konnte er sich nach dem Geschrei ausmalen, was geschah. Der Verkäufer schrie im Falsett. Die Orangenpyramide zerfiel und stürzte in die Abflußrinnen.

»Ein Verbrecher!«

Benjamin spürte einen Zeigefinger im Rücken, als er sich aber umschaute, war es nur der Regenschirm eines alten Mannes, der sich etwas hilflos einen Weg durch die Menge bahnte. Keiner hatte gesehen, was wirklich geschehen war. Jeder aber schrie, während der Händler die Pyramide aus Orangen wieder hochtürmte, sein Leid beklagend. Benjamin spürte, wie Feuchtigkeit in seine Haare tropfte. Er riß den Kopf hoch und sah über sich an einem Querbalken einige gerupfte Hühner hängen, die hin und her schaukelten, selbst tot noch aufgeregt. Benjamin hatte große Lust zu lachen, aber er fürchtete, er müsse gackern.

Mit dem Scheitel fast an die honiggelben Beine der Hühner reichend, stand ein feister Mann, dem aus der Nase und den Ohren Büschel schwarzer Haare wuchsen. Er hatte den Kopf etwas seitwärts gedreht. Seine Augen zitterten schläfrig. In den geröteten Händen hielt er ein Messer, mit dem er manchmal über den blutverschmierten Holztisch strich. Benjamin spürte, wie die Orange in seiner Hosentasche sich plötzlich vergrößerte. Er tastete mit der Hand nach ihr.

»Ein zartes Huhn«, sagte eine dicke Frau neben ihm und öffnete eine große Ledertasche, aus der sie einen Geldbeutel herauskramte. Der Mann stieß das Messer in den Tisch, hob die Arme und kniff prüfend mit den Fingern in das Fleisch der Vögel. Die Tiere schaukelten erregt durcheinander und bewegten die nackten Flügel.

»Butterweich«, sagte der Mann und deutete auf ein Huhn, das er auf die Waagschale gelegt hatte. »Butterweich, gnädige Frau, wie ein Kinderarsch.« Er lachte, ohne den Mund aufzumachen. Die Frau legte sehr langsam einen Geldschein in die geöffnete Hand des Mannes und zwängte das in eine Zeitung eingehüllte Tier in ihre Tasche.

»Mein Mann liebt Hühner«, sagte sie fast entschuldigend und stapfte davon.

»Und hoffentlich Sie auch«, rief der Mann und wog das Messer in seinen Händen. Benjamin beschleunigte seine Schritte, ohne jedoch das Gefühl zu verlieren, von allen Menschen angestarrt zu werden. Er zog die Orange aus seiner Tasche und grub die Zähne durch die Schale in das Fleisch. Ein süß-bitterer Geschmack beizte seine Zunge. Er versuchte zu schlucken und blähte seine Backen auf. Sein Gaumen wurde filzig. Er spuckte den Bissen wieder aus, einem kleinen Mann vor die Füße, der gerade seine Hand in die Manteltasche einer Frau senkte, nachdem er die Finger vorher lüstern gespreizt hatte. Der Schreck ließ ihn die Hand ballen. Die Frau fuhr herum und riß den kleinen Mann mit sich. »Ein Dieb«, schrie sie, und Benjamin warf die Apfelsine zu Boden, drückte sich zwischen leeren Kisten in eine Nische und wartete ängstlich. Ein salziger, pilziger Geruch von Fischen strömte ihm entgegen. Seine Füße rutschten auf den glitschigen Steinen aus, die mit Schuppen und Fischschwänzen übersät waren.

Benjamin wußte nicht, was er tun sollte. Das von dem Holztisch herabtropfende Wasser floß in kleinen Rinnsalen über seine Schuhe. Vor ihm lagen auf kleingehacktem Eis Fische, die ihn mit toten, perlmuttenen Augen anstarrten. Zwei Schritte weiter standen triefende Bastkörbe, aus denen schwarze Muscheln herausschimmerten. In einem wasserquirlenden Bassin tummelten sich Forellen, die ihre weit aufgerissenen Mäuler an die Glaswand stießen, während hieroglyphische Ornamente auf ihren schlingernden Leibern leuchteten. Benjamin beobachtete das alles durch die Kisten hindurch. Er sah die seltsam kreisenden Fühler eines Hummers, das Zucken der Fische, ein Arsenal von lebendigen Tierkreiszeichen. Stimmen wogten darüber hinweg: Preise, Preisungen, Flüche, Kochrezepte, Klagen.

Ein Polizist hielt inzwischen die Hand des kleinen Mannes fest, den Benjamin in seiner Arbeit gestört hatte. Die Frau krempelte ihre Tasche um.

›Nie werde ich hier wieder herauskommen. Nie mehr‹, dachte Benjamin und betrachtete das unbewegliche Gesicht des kleinen Mannes, der kein Anzeichen von Scham oder Verlegenheit zeigte. Im stillen beneidete er ihn, beneidete diese Selbstverständlichkeit der Sünde. Als der Polizist den Taschendieb abführte, fühlte sich Benjamin noch einsamer als vorher. Die Menschen, die stehen geblieben waren, gingen weiter. Der Fischverkäufer, über dessen prallem Bauch eine Gummischürze sich spannte, wickelte mit der Unerschrockenheit eines Henkers das Schwanzende eines Kabeljaus in ein Stück Zeitung.

Fisch essen macht klug.

Benjamin tauchte wieder in die Menge. Einkaufstaschen stießen ihn an. Ellenbogen streiften. Er war glücklich, noch unerkannt zu sein, aber diese Sicherheit dauerte nur einige Schritte. In dem schwirrenden Lärm lauerte überall Gefahr, und jeder Blick, der ihn traf, war über alle Maßen mißtrauisch. Jedes Mal atmete er auf, wenn sich die Mundwinkel eines Beobachters zu einem Lächeln erhoben. Benjamin schlängelte sich weiter durch die kauflustigen Frauen, die zögernd von Stand zu Stand trödelten, mit gierigen Augen das Fleisch begutachteten, das am Haken herunterhing. Benjamin sah die violetten Stempel und hielt sie für geheimnisvolle Tätowierungen. Gegenüber den Fleischerläden dickte ein süßer, nasser Duft von Pflanzen die Luft. Hier drängten sich weniger Menschen. Zitternde Blätter und Äste überwucherten die Lampen. Die Farben der Blumen glänzten fett im Dämmerlicht. Die Astern glichen gefiederten Köpfen von streitlustigen Hähnen. Die feuchte Kühle, die aus dem Blattwerk sprühte, besänftigte Benjamin. Er schloß die Augen. Der verzweifelte Wunsch, wieder aus dem brodelnden Labyrinth herauszukommen, wurde von einer fast sanften Mutlosigkeit verdrängt. Plötzlich stieß ein breiter Besen, der leere Dosen, zerknülltes Papier und eine leere Bierflasche vor sich herschob, gegen die Schuhspitzen Benjamins. Ein Mann in grauem Manchesterstoff, der mit mürrischen Bewegungen einherschlürfte, murmelte: »In dieser Welt muß man aufpassen, daß man nicht eines Tages einfach in den Müll kommt.« Benjamin starrte auf den Kehrichthaufen. In der Flasche glimmte ein honiggelbes Licht. Auf einem rosaumrandeten Papier stand deutlich:

Tai Tai, ein Parfum von überragender Stärke, köstlicher Duftfülle und vornehmer Eigenart.

Benjamin las den Text und faßte Mut.

Ein erneuter Stoß des Besens.

»Junge, du schläfst mit offenen Augen«, sagte der Mann und beugte sich über seinen Besen. Benjamin wandte sich um und stürzte zu den Fleischerständen zurück, wo hinter widerspiegelnden Scheiben oberhessische Wurstspezialitäten, Schmalz und Schweinefüßchen auf Platten hochgestapelt waren. Das an Haken schaukelnde Fleisch warf seinen Schatten über die rotgesichtigen Metzger. Die Menschenmasse wurde immer dichter. Köpfe stießen fast aneinander. ›Niemals werde ich hier herauskommen.‹

Benjamin rannte weiter, er konnte schon an dem Geruch erkennen, wo er war: erst der Fettgeruch, die Würze heißer Würste, dann der Gestank der Fische, der süße Duft glattpolierter Früchte. Benjamin erschauerte, als ihm plötzlich das Flossenstück eines Fisches von einem jungen Burschen in die Brusttasche seiner Jacke gesteckt wurde. Mit gespreizten Fingern warf er das Glitschige von sich. Jetzt stieg der stichelnde Geruch von Käse, Kümmel und Zwiebeln in seine Nase. Ohne Zweifel, er ging im Kreise, beschleunigte die Schritte und schaute flehend zur Decke, an der sich der Lärm tausendfach brach und als Raunen herunterregnete.

Für einen Augenblick glaubte Benjamin, eine Gasse zwischen den wogenden Menschenleibern zu erblicken, die breiter und breiter, aber dann von neuem wieder von der Menge aufgefüllt wurde, die sich an den Ständen vorüberschob, den kleinen Bühnen, auf denen Händler die Komödie der Bedürfnisse inszenierten. Mit einem Male wurde sich Benjamin der schier unendlichen Ausmaße seines Hungers bewußt. Der Raum schien ihm plötzlich ein weit aufgerissenes Maul zu sein, aus dem ein sinnenverwirrendes Gurgeln und Schmatzen heraustönte. Die Halle war von einer gärigen Luft durchtränkt, und ohne daß sich Benjamin dagegen wehren konnte, glaubte er, ein Teil des Ganzen zu sein, ein

Zahn vielleicht oder gar nur ein Bissen, der, kurze Zeit auf der Zunge balanciert, in den Schlund hinabstürzt. Der Raum schrumpfte zusammen. Benjamin verkürzte seine Schritte. Heisere Stimmen gröhlten über ihn hinweg. Er schaute sich um, drehte sich im Kreise und stampfte auf den mit Abfällen übersäten Boden. Er rotierte. Als er sich nicht mehr zu helfen wußte und schon in einem Winkel ein Versteck suchte, um seinen Kopf auf Holzwolle zu betten, um die Augen zu schließen und die Ohren mit den Händen zuzuhalten, des schmatzenden, krakeelenden, heiseren, rülpsenden, donnernden und schlingernden Ungeheuers müde, das sich über ihn beugte – als er den Mut aufgab, entdeckte er Dr. Groß, der ein Bündel Lauch unterm Arm trug.

»Was tust du hier? Hast du Fieber? Du schaust aus wie ein begossener Pudel.«

»Einkaufen«, erwiderte Benjamin pathetisch und wich dem besorgten Blick von Dr. Groß aus. Mit einem Fuß in einer Pfütze stehend, so daß die Feuchtigkeit allmählich durch die Schuhe drang, erwartete Benjamin weitere Fragen, erwartete das Strafgericht, das er schon die ganze Zeit herbeisehnte. Nichts aber geschah. Dr. Groß kaufte ein fünfpfündiges Huhn, fünf Eier und ein Bauernbrot, ermunterte Benjamin, doch auch endlich zu kaufen, man schließe bald, und verstaute die Sachen, soweit es ging, in seine weiträumigen Taschen. In einer Ecke kehrte man schon das blutverschmierte Verpackungspapier von Mastenten zusammen. Benjamin, der gerade fünfzehn Pfennige in der Tasche hatte, die er von Popel für einige amerikanische Briefmarken erhalten hatte, die wiederum von den Kuverts eines Bruders von Jonas stammten, der in der neuen Welt auch nicht sein Glück machte, Benjamin, der, während seine linke Hand nach den Geldstücken in der Hosentasche tauchte, dachte, daß er ein schlechtes Geschäft gemacht habe und mit zwanzig Pfennigen sicher für fünf Pfennige hätte mehr kaufen können, als so nun Benjamin überlegte, daß er zweifellos kein Huhn, geschweige denn einen Hahn oder ein Hähnchen erstehen konnte – und da er sich nach all dem getrieben fühlte, überhaupt etwas zu kaufen, sagte er zu dem Händler, er wolle das Herz eines Hahnes, und reichte sein Geld über die Theke.

»Das Herz eines Hahnes?«, fragte Dr. Groß und hielt ein Lachen zurück, das ihm unweigerlich die Päckchen entrissen hätte, die er unter den Armen trug.

»Das Herz ...«

Der Händler wollte das Geld zurückgeben, aber Dr. Groß bestand darauf, daß Benjamin das Herz eines Hahnes erhalte. Der Kunde ist König.

Das Herz wurde gewogen und kostete zehn Pfennige. Benjamin betrachtete die keilförmige, rotgelbe Masse, die ermattet auf der Porzellanschale der Waage lag. Gut eingewickelt verwahrte er alles in der Hosentasche.

»Was willst du damit?«, fragte Dr. Groß.

Benjamin war verlegen. Er wußte nicht, warum er gerade das Herz eines Hahnes, eines Hähnchens, plötzlich begehrt hatte.

»Ich will es Jonas mitbringen«, bekannte er.

Er wußte, daß derartige Innereien eine Delikatesse waren, er selbst verschmähte die nach scharfen Essenzen schmeckenden Organe, ob sie von einem Hahn, einem Ochsen oder einem Schwein stammten. Delikatessen waren für Benjamin noch ein Greuel. Er liebte das Einfache, ein Butterbrot mit Honig. Während Dr. Groß über diesen Punkt nachdachte, waren sie beide an den Ausgang gelangt, wo noch immer der Mann mit den Knoblauchkränzen sich seine Füße vertrat und ein verdienter Soldat seine Tapferkeit versteigerte.

Plötzlich war die Welt wieder ausgedehnt. Der zarte

weißliche Anflug der Dämmerung sank herab. Benjamin schritt weit aus, am liebsten wäre er auf und davon gestürzt. Das Glück machte ihn redselig. Er erzählte, daß er schon gar nicht mehr geglaubt hätte, jemals aus diesem stinkigen Loch herauszukommen. Er bekannte auch, die Halle sei ihm wie ein ungeheures Maul vorgekommen, das nach ihm geschnappt habe. Dr. Groß hörte sehr interessiert zu und sagte nach einer Pause, daß es sich sehr oft gar nicht lohne, dem Kopf weiszumachen, eine Sache sei wirklich nur sie selbst und nichts anderes. Nach dieser Bemerkung verabschiedete er sich, trug Benjamin, der nun allein mit dem Herz eines Hahnes in der Tasche den Heimweg antreten mußte, Grüße für Jonas auf und eilte davon, während Lauchbüschel unter seinen Armen wippten. Als Benjamin schließlich zu Hause anlangte und Jonas großzügig beschenkte, nachdem er das Herz vorsichtig aus dem Papier herausgeschält hatte, schüttelte es Jonas vor Begeisterung derart, daß auch das Hahnenherz auf seinem Teller wieder zu zittern begann.

»Ich werde es nicht auf einmal essen können, mein Junge«, rief er aus, hielt aber plötzlich inne, als er die Duftschwaden einatmete, die von Benjamin ausgingen.

»Du stinkst wie ein Affe«, sagte er. Benjamin mußte ins Bad. Er roch nach Fischen, Hähnen, Käse, Butter, Lauch, Sellerie und Zwiebeln, kurzum, er roch nach der Vergangenheit eines Tages. Als er im Bett lag, verstärkte sich in ihm der Verdacht, diesem Labyrinth noch lange nicht entronnen zu sein. Er lief, obwohl er das Gewicht des Lakens auf seiner Brust spürte. Es zuckte in seinen Kniekehlen. Am nächsten Tag schwor er beim Herz eines Hahnes, daß er die Wahrheit sage, als er Gogo seine Erlebnisse mitteilte.

Beim Herz eines lügnerischen Hahnes.

Gründe für den Altruismus

Der Griff nach der Orange blieb Benjamin in Erinnerung.

»Ich werde schamrot, und jeder erkennt in mir einen Dieb«, dachte er und suchte in jedem Gesicht, das er sah, Mißtrauen. Er opferte gar einen Apfel, den ihm Jonas mit in die Schule gab, und warf ihn unter ein Auto. Er aß weniger.

»Gott wird mich verfluchen«, seufzte er und entdeckte im Spiegel bläuliche Ringe um seine Augen, die nicht wegzuwischen waren.

»Bist du krank?«, fragte Frau Halleluja. »Sicher bist du krank. Du mußt ins Bett mit der Decke bis an die Nasenspitze.« Sie preßte ihre rissige Hand auf die Stirn des Jungen und sah zur Decke.

»Du bist ja kalt wie ein Toter.«

Benjamins Augen waren geweitet, die bleiche Haut zitterte in der Nähe des noch kaum sichtbaren Adamsapfels.

»Ich flehe dich an: Geh ins Bett!«

Aber Benjamin verließ die Wohnung und ging in die Bergerstraße hinunter, auf den Tod wartend. Er fand ihn nicht.

Am Abend vor dem Essen setzte er sich in sein Zimmer. Als Jonas ihn rufen wollte, fand er ihn im Dunklen und sah nicht mehr als das matt spiegelnde Viereck des Fensters. Darauf zeichnete sich ein langer dürrer Schatten ab, der vom Stuhl aus sich flehend in den Raum entfaltete.

»Was fehlt dir denn?«, fragte Jonas. Durch die offene Tür hinter ihm strömte der Duft gerösteter Kartoffeln.

»Ich bin verflucht«, erwiderte Benjamin, ohne sich von seinem Platz zu erheben. Jonas mußte seine Augen erst an die Dunkelheit gewöhnen, bis er außer den Schatten auch Benjamin erkannte, der erschlafft dasaß, die Hände über seiner Brust verschränkt.

»Aha, verflucht. Aber essen wir erst.«

»Ich habe keinen Hunger.«

»Beim Herz eines Hahnes, was ist in dich gefahren? Hast du jemanden umgebracht?«

»Nein.«

»Hast du eine fünf geschrieben?«

»Nein.«

»Bist du verliebt?«

»Nein.«

»Hast du ... Ja was hast du eigentlich?« Jonas war mit der Kasuistik zu Ende, knipste das Licht an und erschrak über den jämmerlichen Anblick. »Ich bin ganz Ohr, also los!« Und Benjamin erzählte mit einer bemerkenswerten Genauigkeit den Hergang des Diebstahls, oder sagen wir besser des Diebstählchens.

»Gott«, seufzte Jonas und schlug sich auf die Schenkel. »Du hast ein Gewissen wie ein Erdbebenmesser. Dr. Groß erzählte mir schon von deinem Gesicht.«

Weiter kam er nicht. Beißender Brandgeruch zog in das Zimmer, und Jonas packte Benjamin an den Schultern und zerrte ihn in die Küche, wo in der Pfanne die Kartoffeln verkohlten.

»Gott straft uns beide!« Und sie gingen ohne etwas gegessen zu haben ins Bett.

Vierzehn Tage später zeigte Benjamin schon wieder Optimismus und glaubte, die Gunst Gottes zu besitzen – letzteres entnahm er einer langen Glücksserie von günstigen Tauschgeschäften, einem Ringkampfsieg über den zwei Jahre älteren Baron, der, wie er behauptete, an verschiedenen Stel-

›266‹

len schon einen Bartwuchs habe, alles erlogen, außerdem kam das Schlachtengemälde hinzu, das ihm Herr Wind schenkte. Es stellte einige Soldaten dar, die mit ersterbenden Blicken noch den Sieg ihrer Truppen sahen, die im Tal kämpften. Glück über Glück. Kleine Wölkchen stoben aus den Flinten. Benjamin war noch nicht in diesem Alter, daß er gerade deswegen in Trauer gefallen wäre oder gebangt hätte, die Zukunft würde ihn um so schlimmer heimsuchen, je glücklicher er sich fühle.

Er war so glücklich, daß Frau Halleluja ihn auf die Bakken küßte. Sie konnte sich seiner Lustigkeit nicht entziehen, so sehr sie auch zur Diesseitstrauer neigte. »Diese Welt kennt keine Scherze«, sagte sie, wenn sie nicht gerade dabei war, Kirchenlieder zu singen, sämtliche Strophen. Sie verwandelte jedes Zimmer in eine Kirche.

Benjamin duldete den Kuß. Einen Augenblick Verkrampfung: er haßte Zärtlichkeiten. Frau Halleluja beließ es aber nicht bei diesem Kuß, sie steckte Benjamin noch ein Stück Schokolade zu, das sie aus ihrer Schürzentasche hervorgeholt hatte. Den mehligen muffigen Geschmack der Schokolade auf der Zunge, stürzte Benjamin die Treppe hinunter, wie immer zwei Stufen auf einmal nehmend, riß beinahe Frau Wind um und betrat lutschend die Bergerstraße.

Ein heftiger Wind wirbelte die Geographie der Wolken durcheinander. Immer neue Erdteile fanden sich, flossen auseinander und verschmolzen wieder.

Benjamin schritt einher wie ein Hypnotiseur, so sehr war er sich seiner Macht bewußt, die er über andere Menschen zu besitzen glaubte. Er hoffte, mit einem starren Blick alle Menschen sich gefügig machen zu können. Plötzlich tauchte der Baron in diesem Blickwinkel auf. Er trug einen roten Pullover, der seine Schultern männlich ausweitete. Als er Benjamin bemerkte, fiel er sofort in die Rolle eines trotzigen

Menschen, ließ die Schultern hängen, so daß sich der Pullover an seiner Brust beutelte.

Voll kritischen Zweifels und zutiefst ungnädig näherte sich Benjamin, noch immer mit starren Augen, in der Pose eines todesmutigen Duellanten. Als er fünf Schritte von dem Baron entfernt war, flog ihm ein Staubkorn in die Augen. Seine Würde war dahin. Er rieb mit dem Handrücken das Auge und wurde versöhnlicher, war er doch beim letztenmal Sieger geblieben, obwohl der Baron sein dämonisches Fluidum nicht eingebüßt hatte, ja es eigentlich noch in stärkerem Maße besaß, schon allein deswegen, weil er die Niederlage lachend hinnahm. Zu einem Verlierer gehört ein beschämtes Gesicht.

»Hast du das große Los gezogen?«, fragte der Baron, der Benjamins zügellose Ausgelassenheit bemerkte und diese Entdeckung skrupellos ausbeutete.

»Mir ist ein Komet ins Auge geflogen«, erwiderte Benjamin und rieb und rieb, daß die Tränen seine rechte Wange mit einem Delta verzierten. Es gelang ihm jedoch, mit der linken Hälfte des Gesichts zu lächeln.

»Mensch, du kannst im selben Moment lachen und weinen.«

»Ich gehe in den Zirkus«, sagte Benjamin. Die Tränenspur hatte seinen Hemdkragen erreicht.

»Darf ich dir den Dreck herausholen?«, fragte der Baron. Er hatte schon sein Taschentuch hervorgezogen und eine Ecke zu einer Spitze gedreht, mit der er an der Lidfalte Benjamins entlangfuhr.

»Ich hab's«, schrie er und hielt die Hand mit dem Taschentuch hoch.

»Ich spüre nichts.«

»Warte nur ab! Du hast keine blauen Augen«, sagte der Baron.

›268‹

»In deinen Pupillen schwimmen gelbe Flecken. Dein Auge sieht aus wie ein Glasklicker.«

Benjamin blinzelte noch.

»Du solltest Arzt werden!«

»Werde ich auch, Frauenarzt«, bekannte der Baron und stellte sich breitbeinig hin. Sein Pullover war an den Ellenbogen geflickt. »Ich werde die Kinder zur Welt bringen.«

»Was redest du denn da?«, fragte Benjamin und riß das Auge auf, durch das er verschwommen den Baron erblickte. Es begann zu regnen. Schwarze Flecken schimmerten auf dem Asphalt. Der Abstand zwischen ihnen wurde immer kleiner. Benjamin und der Baron stellten sich in einem Hausgang unter, wo sie die Namen der Bewohner buchstabierten und sich glücklich priesen, einen halbwegs aussprechbaren Namen zu besitzen. Es gab sehr lächerliche Namen. Schlimm für einen, der seine ganze Hoffnung darauf stützt.

Genau so plötzlich wie der Regen herunterprasselte, hörte er wieder auf, und ein feuchter Geruch blieb zurück.

Die funkelnden Tropfen an der Lenkstange eines abgestellten Fahrrads wurden allmählich von der Schwere übermannt und fielen zu Boden.

»Was hast du vor?« fragte der Baron, der in seinem Pullover fror.

»Nichts weiter. Ich wollte Gogo besuchen, um seinen Globus zu sehen, auf den er mit Tinte die Fahrten des Kolumbus eingezeichnet hat.«

»Was du nur immer mit Gogo hast?«

»Gogo ist eine Kanone.« Benjamin schnalzte mit der Zunge.

»Wenn ich nur den linken Finger ausstrecke, steht Gogo im Hemd«, prahlte der Baron, der es noch immer nicht aufgab, um die Freundschaft Benjamins zu werben.

»Nur über meine Leiche«, erwiderte Benjamin, winkelte die Arme und schob den rechten Fuß angriffslustig vor.

»Ich habe nur laut gedacht. Was hat er denn davon, wenn er die Fahrten des Kolumbus mit Tinte nachzeichnet?«

»Das ist Geschichtsschreibung.«

»Ist denn dein Vater nicht auch Kapitän?«, fragte der Baron spöttisch.

»Mein Vater«, erwiderte Benjamin knapp, ein Zigarettenschächtelchen wegkickend. »Meinen Vater gibt's gar nicht. Ich bin ein Findelkind.«

Der Baron setzte zu einem Lachen an, hielt aber inne, als er das finster verschlossene Gesicht Benjamins sah.

»Dein Vater ...«

»Hör auf, sonst spring ich dir an die Gurgel, du Fliegenhirn, du Hosenscheißer.«

Seit einigen Monaten war es das erstemal, daß Benjamin wieder an seinen Vater erinnert wurde.

Welch ein Ereignis wäre es gewesen, wenn seine Mutter und er Vater vom Bahnhof abgeholt hätten. Durch Andeutungen von Jonas hatte Benjamin herausgefunden, daß sein Vater die Karte gar nicht geschrieben hatte. Es blieb nur ein schmaler Streifen Verdacht übrig, daß es doch anders gewesen sein könnte. Wie auch immer, Benjamin hatte seinen Vater unter einem Berg von Enttäuschungen begraben. Aus dem ehemaligen Helden, der schwer an seinen Auszeichnungen trug, war ein Drückeberger geworden, ein Hasenfuß, ein Feigling, ein Niemand, ein Nichts. Als der Baron die Niedergeschlagenheit Benjamins bemerkte, fühlte er sich wieder als Herr der Lage.

»Verlaß dich drauf, ich sag nichts mehr.«

Sie gingen schweigend nebeneinander die Bergerstraße hinunter bis zu den Anlagen. Der Wind hatte die Wolken hinter die Dächer vertrieben, und ein kaltes, von Schlieren durchwobenes Blau regierte jetzt den Himmel. Aus den Platanen raschelten Blätter. Die Schritte der beiden versanken im feuchtglänzenden Laub, das haufenweise den Weg bedeckte.

»Hast du Mut?«, fragte plötzlich der Baron den nachdenklichen Benjamin.

»Natürlich.« Das Hupen eines Autos zerschnitt die Antwort.

»Würdest du dem Bilderbuch den Hut klauen?«

»Nein.«

»Du bist ein Feigling.«

Benjamin haßte das Wort, mit dem man einen Menschen zu einem Häufchen Dreck, zu einer beschämenden Nichtigkeit degradieren konnte. Ein Feigling! Nichts ist so schwer zu ertragen wie die Bürde dieser Beschimpfung. Die verrücktesten Taten erhielten einen Sinn, nur um dem Vorwurf zu entgehen, ein Feigling zu sein. Wie könnte man sonst die Tatsache erklären, daß man von der Schule aus rückwärts nach Hause ging, komme wer da wolle, oder daß man nackt im Weiher badete, daß man Steine in Briefkästen warf, oder sich die Haare schneiden ließ – stets von der Leidenschaft gepackt, auf keinen Fall ein Feigling zu sein.

»Sei kein Frosch, mach keinen dicken Arm, sei ein Mann!« Benjamin lernte die Macht dieses Wortes kennen. Es eröffnete die Epoche muskelstrotzender Zukunftsseligkeit: nicht mehr sich auf die Findigkeit des Vaters verlassen, nicht mehr die Schauer der Anbetung durchleiden müssen, nicht mehr diese Hofiererei der Macht, sondern selbst im Großen handeln, auf daß man wegen der Bedeutung der Taten gar nicht mehr weiß, was man tut. Die Brust spannte sich über diesen Wünschen.

Jetzt galt es jedoch, den Hut zu nehmen, der ungefähr zwei Schritte vom Bilderbuch entfernt am Wegrand lag, be-

reit, um die Almosen zu empfangen, die dem Träger einmal
wegen seiner Bedürftigkeit, das andere Mal wegen der Bilder
zukamen, die auf seiner Haut über den ganzen Körper hin
eintätowiert waren. War es schneidend kalt, so ließ er nur
das Hemd aufklaffen, und man konnte auf dem vor Kälte
zitternden Oberkörper eine nackte Frau erkennen. Überhaupt dominierte die Darstellung des Weiblichen. Auf dem
Oberarm zuckten im Muskelspiel schlangenumgarnte Mädchen. Die Handrücken zierte ein Anker, weiter oben zwischen hervortretende Adern eingebettet, tanzten Delphine
zwischen dürren Meermädchen. An heißen Sommertagen
entblößte das Bilderbuch zur Überraschung der Passanten
seinen ganzen Oberkörper. Zwischen den Schulterblättern
schaukelte ein Segelschiff. Südlicher schwebte ein Reigen
von Tänzerinnen. Der Gürtel, gleichsam der Äquator, trennte
die sichtbare Bilderwelt von der unsichtbaren. Was die Hose
verdeckte, konnte das Bilderbuch nur selten zeigen. Während die nördlicheren Partien den Gegenstand idealisierten,
herrschte, bildlich gesprochen, auf dem Südpol das Groteske.

Das Bilderbuch, wie ihn die Kinder nannten, sollte bürgerlich Richard Häusel heißen, auch der Name Hans Weid
wurde genannt. Er selbst erinnerte sich jedoch, bei jeder
Beanstandung seines Leibmuseums, was übrigens öfters
geschah, keines exakten Namens, sondern gab bedeutungsvoll zu verstehen, Richard Wagner zu heißen. Dieser Name
war auch in Kursivschrift in der Lebergegend eintätowiert.
   Hatte er sich pünktlich um 10.30 Uhr in der Friedberger
Anlage niedergelassen, den Hut mit der Faust ausgeweitet
und einen bis zwei Schritte von sich weg niedergelegt, als
scheue er jede Direktheit, kramte er eine Mundharmonika
oder Maulorgel, wie er das Instrument selbst nannte, aus der

Hosentasche und spielte ›La Paloma‹, den ›Hohenfriedberger Marsch‹ und ›Ich hatt' einen Kameraden‹.

Den Frauen warf er Kußhändchen zu und die Männer mit den nach oben gezwirbelten Bärtchen und den gravitätisch schlachtenlenkenden Bewegungen grüßte er militärisch, sich aufrecht hinsetzend. Eine Maschinerie von Gehorsam, die Pantomime einer Erinnerung. Es dauerte jedesmal erst eine Weile, bis er sich wieder beruhigt hatte und als normaler Bürger fühlte, sagen wir als Zivilist. Als Sonnenschutz hatte er im Sommer ein blaues Taschentuch über den Kopf gebunden. Seine rötliche Nacktheit glänzte. Speckfalten wölbten sich an den Hüften. Er war glücklich, angestarrt zu werden, ohne selbst Notiz von den Zuschauern zu nehmen. Die Hunde leckten seine Hände an den Innenflächen. Es waren die einzigen Stellen, die die Kunst verschont hatte.

Nun, das Bilderbuch saß heute wieder in der Friedberger Anlage, als der Baron und Benjamin heranschlenderten. Es hatte der Witterung gemäß, die feucht und kalt war, nur das Hemd geöffnet. Es lag nichts Lächerliches in dieser Geste, eher Würde. Das Unternehmen, den Hut zu packen und davonzustürzen, den Hut nämlich, in dem einiges Kleingeld schimmerte, schien Benjamin plötzlich nicht mehr eine Widerlegung seiner Feigheit zu sein. Das Bilderbuch döste dahin. Auf einen Ast gestützt, den er aufgehoben hatte, beobachtete Benjamin die Szene. Eine Frau zog ihren Jungen mit, der seine Mutter zu überreden versuchte, doch einmal einen Blick auf die Tätowierung zu werfen, auch er wolle sich derart schmücken lassen, wenn er ein Mann sei. Eine andere Frau in einem Regenmantel wandte sich entrüstet ab und stieß ihren Schirm zwischen das Aufprallen der Sohlen in den weichen Boden.

»Ich mache das nicht, du bist verrückt«, sagte Benjamin, unter dessen Gewicht sich der Ast bog.

»Du bist ein Feigling«, flüsterte der Baron.

»Es sind viel zu viel Leute da.«

»Du bist ein Feigling.«

Benjamin spuckte aus. Er berechnete die Schritte bis zu dem verbeulten, schwarzen, breitkrempigen Hut, hoffte, daß das Bilderbuch eingedöst sei, hoffte, daß er mit dem ersten Griff den Hut packen könne, hoffte, daß kein Polizist in der Nähe sei, der aus einem Helden einen armen Sünder machen könne.

Das Bilderbuch atmete mit der Regelmäßigkeit eines Träumenden. Über seine niedrige Stirn fielen graue Korkenzieherlocken. »Der rammt sich nur den Wanst voll, mehr arbeitet er nicht. Ein glatter Schmarotzer«, sagte der Baron und stützte sich auf Benjamins Schultern, so daß der Ast brach.

»Aber er ist müde, also muß er gearbeitet haben«, entgegnete Benjamin, der den Baron von sich stieß. Er hatte nur noch Augen für das Bilderbuch. Die Frau hatte den Jungen weggezerrt; dieser deutete jedoch noch einmal in die Richtung des Wunders, stemmte sich gegen den Arm seiner Mutter und versuchte, indem er im Kreise herumlief, freizukommen.

Jetzt. Benjamin spannte die Muskeln; in Gedanken hatte er den Hut schon längst genommen. Als er endlich vorstürzte, glaubte er eine Handlung stümperhaft zu wiederholen. Er schwankte. Beunruhigend eindringlich sah er das Bilderbuch, das vornüberzukippen drohte, sah die Platanen, die auf ihn zuzuspringen schienen, sah die Buchstaben einer Reklame:

Raucher, die auf gute Pfeifen schauen

wählen ausnahmslos nur echte Vauen –

die zu einem Tausendfüßler verschwammen. Benjamin spürte, wie seine Schuhsohlen sich in das feuchte Erdreich einprägten. Wasser drang durch die Sohlen. Er fürchtete, an der Stelle festzukleben, aber seine Schritte befreiten sich mit ungewohnter Leichtigkeit stets wieder von der Erde. Er versuchte auf den Zehenspitzen zu laufen, erreichte den Hut, packte ihn aber so ungeschickt, daß einige Geldmünzen herausschwappten. Er fühlte an den Fingern klebrige Feuchtigkeit, wagte nicht, das Bilderbuch anzuschauen und lief davon.

Das Bilderbuch, so erzählte der Baron wenig später dem atemlosen Benjamin, der den Hut mit beiden Händen zerknäuelte, das Bilderbuch habe sich mühsam, aber sehr zornig hochgerappelt und habe mit Storchenschritten die Verfolgung aufgenommen, ohne eigentlich zu wissen, wer den Hut genommen hatte, oder was überhaupt geschehen sei. So lief er denn, aufgeregt wie ein Huhn im Kreise, schattete die Augen mit der Hand ab, gestikulierte und schrie um Hilfe.

Mörder!

Bei diesen Bewegungen, die er mit wütender Vehemenz ausführte, klaffte das Hemd weit auseinander und die Frau, die Delphine, empfingen plötzlich Leben. Der Seegang des Atems ließ das Segelschiff schaukeln. Niemand beachtete ihn. Er stand traurig und verlassen auf der gräulichen Wiese, raufte sich die Haare wie ein Prophet des Alten Testamentes und schwor Rache und Vergeltung. Seine Stimme ging in Weinen über. Zur Krönung seines Schmerzes kehrte er seine Taschen um, so daß die Säckchen schlaff an seiner Hose herabhingen.

Benjamin hörte mit Andacht zu.

»Hat er mich erkannt?«, fragte er und glättete den Hut.

»Er hat geschrien, daß er ahnt, wer es gewesen sei.«

»Er kennt mich doch gar nicht.«

»Die haben manchmal einen sechsten Sinn, können weissagen und Gedanken lesen.«

›275‹

Benjamin übergab dem Baron den Hut, der sofort das Geld zählte und es genüßlich zwischen seinen schmalen Fingern hindurchgleiten ließ.

»Zwei Mark und zwölf Pfennige. Für jeden also eine Mark und sechs?«

»Gedanken lesen?«, wiederholte Benjamin und ließ mit seiner Zustimmung auf sich warten.

»Du träumst. Das kann nur Gott.«

Der Baron steckte seinen Anteil heimlich in die Tasche und schüttelte die übrigen Münzen im Hut durcheinander. Er beobachtete Benjamin genau und sagte nach einer Weile: »Ich kann auch Gedanken lesen.«

Benjamin erschrak. Allmählich wurde er sich der Ausmaße seiner Tat bewußt. Er betrachtete seine schlammverspritzten Schuhe.

»Was denk ich denn jetzt?«, er wagte nicht, sein Gegenüber anzublicken, das in boshafter Heiterkeit mit dem Hut und dem Geld spielte.

»Du hast Angst, weil du es doch getan hast.«

Die Worte stichelten. Die geröteten Hände Benjamins zitterten. »Was ich denke, sollst du sagen.«

Er dachte an einen Elefanten, und zwar derart intensiv, daß er die Falten und Risse auf der groben Haut des Dickhäuters zu erkennen glaubte.

»Du hast Angst.«

»Falsch«, erwiderte Benjamin. »Ich habe an einen Elefanten gedacht. Du schwatzst wie eine alte Frau. Du kannst das ganze Geld behalten und dir eine Milchflasche dafür kaufen. Du bist ein ausgemachtes Großmaul und ein Hosenschisser.«

Nach diesen Worten packte er den Hut und schleuderte ihn hoch, daß er sich in die Äste eines Baumes verfing, einige Male auf und ab wippte und dann müde traurig hängen blieb. Das Geld klatschte auf den Asphalt. Er wandte sich vom Baron ab, der dem Geld nachschaute, das in den Rinnstein kullerte, und stürzte davon.

Er wußte nicht, wo er war, so daß sich für ihn die verlockende Kombination ergab, einen Weg nach Hause zu finden, zwischen den Steinpyramiden der Häuser hindurch, über Straßen, an selbstvergessenen Passanten vorbei, jedoch verirrte er sich bald heillos, indem er in eine falsche Querstraße einbog und sich sorglos auf das halbwegs Bekannte verließ. Er wechselte die Richtung, sah darauf, daß er die sinkende Sonne stets im Rücken behielt, so orientierten sich die Indianer – immer nach der sinkenden Sonne –, aber umsonst. Die Sonne war überall, und er geriet in eine ihm völlig unbekannte Gegend. Die Geschäfte, in denen schon das Lampenlicht regierte und durch die Rechtecke der Scheiben Figuren auf den Asphalt zauberte, hatte er nie gesehen. Sie schienen ihm von einer üppigeren Dekoration. Waren türmten sich hoch. Pralle Würste hingen von der Decke. Aus einer lebensgroßen Milchflasche erhob sich eine zufrieden lächelnde Puppe, die mit dem Kopf nickte.

Benjamin verfolgte eine Straße, schaute rechts und links, aber nichts Bekanntes zeigte sich. Der Abendhimmel spiegelte sich in den Fensterscheiben. Er verließ die Straße und bog in eine kleine Gasse mit schmalen Vorgärten ein, in der die Gaslaternen schon glimmten. Es war heimtückisch still. Die Schritte trommelten und hallten dumpf von den Häuserwänden wider. Benjamin ging den Weg wieder zurück, wählte eine neue Straße, überquerte eine belebte Kreuzung, über die aufgeregt Menschen strömten, und geriet schließlich in eine Gegend, in der er nur noch selten Menschen antraf. Der Dämmerung kam Nebel zuhilfe. Benjamin begann zu laufen, und ohne zu ermüden und ohne daß sich ein Seitenstechen breitmachte, steigerte er seine Geschwindigkeit, stieß die Fäuste vor, bog den Kopf zurück, sah zwischen den Häuserwänden den milchigen Himmel, riß den Mund weit auf, um voll atmen zu können. Er schwitzte, die Haut glühte. Der Gaumen wurde filzig. Er stieß die Beine vom Leib weg, die Schritte vergrößerten sich, der Rumpf federte. Das Laufen nahm immer mehr Besitz von ihm. Er vermochte an nichts anderes mehr zu denken. Die Aufmerksamkeit verkümmerte zur bloßen Vorsicht. Er war Ball, Vogel, Wolke, Wind. Er war leicht, verzweifelt leicht, und fürchtete jeden Augenblick, den letzten Rest von Schwere zu verlieren. Seine Beine waren Trommelschlegel.

Da entdeckte er plötzlich, ohne seinem Lauf eine bestimmte Richtung gegeben zu haben, daß er wieder in die Nähe der Bergerstraße gekommen war – und er empfand eine grenzenlose Enttäuschung. Das Bekannte ermüdete. Der Zigarren-Weber schloß gerade seinen Laden. Benjamin fiel in Gehschritt zurück, ließ die Hände sinken und trat mit dem ganzen Fuß auf.

»Raucht dein Onkel keine Brasil mehr?«, schrie Herr Weber durchs Gitter seiner Ladentür, die Finger um die Stäbe klammernd. Benjamin spürte, daß Herr Weber nur den Vorwand für ein Gespräch suchte, um ihm die Würmer aus der Nase zu ziehen. Jonas behauptete einmal, daß er sicherlich nur deswegen den geruhsamen Beruf eines Zigarrenhändlers erwählt hätte, um seine Nase in alle Angelegenheiten zu stecken, kurzum: um sein Leben im Geschwätz dahinzubringen. Herr Weber war ein schon genialisch neugieriger Mensch. Kein Wunder, daß seine kinderhandgroßen Ohren so weit vom Kopf abstanden.

Benjamin schüttelte den Kopf.

»Was ist das für eine Art, mit erwachsenen Menschen zu reden.« Herr Weber war dabei, das Gitter wieder aufzuschließen, als Benjamin, der den Schlüsselbund ängstlich beobachtete, um einem endlosen Gespräch aus dem Wege zu gehen, frank und frei behauptete: Was sein Onkel wäre, so würde dieser fasten, jawohl fasten würde er, um einen Weltrekord in der Enthaltsamkeit aufzustellen. Es war eine Lüge, von der Benjamin gar nicht wußte, wie sie auf seine Zunge gekommen war. Noch atemlos gab er den Worten eine derartige Betonung, daß sie wie eine Proklamation klangen. Aber ehe Herr Weber nach Details fragen konnte, fiel Benjamin wieder in Laufschritt.

Zu Hause angekommen, konnte er sehr lange kein Wort sprechen, so schwer ging sein Atem, hob und senkte die Brust und knetete den ganzen Körper.

»Du siehst aus wie ein Krebs in siedendem Wasser«, sagte Jonas. Es war das zweite Mal, daß Jonas ihn mit einem Tier verglich, dachte Benjamin. Er trat vor den Spiegel und sah, wie Schweißtropfen an der Stirn und an den Schläfen glänzten. Er wusch sich mit kaltem Wasser, aber die Hitze verstärkte sich nur noch mehr auf seiner Haut.

»Wärst du gern ein Feigling?«, fragte er Jonas wenig später, als er frischgewaschen und mit mäanderndem Scheitel ins Zimmer trat. Dieser sog an dem Rest einer Brasil, die etwas zerfleddert in seinem Mundwinkel hing.

»Ein Feigling? Das kann ein Schicksal sein. Es gibt Menschen, die können kein Blut sehen. Ihnen steht einfach ihre Leiblichkeit im Wege, wenn sie ein Held sein wollen. Man wiegt dann schwer wie ein Mehlsack und kann nichts tun, man klebt an der Stelle und schnauft wie manchmal in Träumen, wenn die Füße Wurzeln schlagen und die Hände in den Hosentaschen anwachsen. Alle Materie ist feige, auch der Stein erschlafft bald und kehrt zur Erde zurück.«

Diese Rede hielt Jonas zwischen zwei Zügen aus seiner Brasil. Er hielt sie, während er die lehmigen Fußstapfen verfolgte, die Benjamin auf dem Teppich hinterlassen hatte. Sie schlugen einen Kreis, in dessen Mitte Benjamin stand. Die Röte in seinem Gesicht verebbte allmählich, und die rhombischen Schmutzflecken an seinem Kinn gerieten immer mehr in Kontrast zum Weiß der Haut.

Es war wirklich so. ›Sie sind alle feige‹, dachte Benjamin. Der Rest von Stolz, den er noch von seiner Tat her hatte, verflog. Er konnte sich vorstellen, wie das Bilderbuch aufsprang und dem Täter nachstürzte. Der Täter war er.

»Kann man eigentlich Tätowierungen abwaschen?«, fragte Benjamin etwas unvermittelt.

»Nein«, entgegnete Jonas und ließ den bestürzten Benjamin allein, der sich schon ertappt glaubte – und sich im Geiste mit dem Bilderschatz seiner Untaten nackt durch die Straßen rennen sah, die füllige, schwabbelnde, keuchende, aber unermüdlich zornige Gestalt des Bilderbuches hinter sich. Der Mann rief mit einer grausigen Stimme die ganze Welt zum Zeugen, daß dieses vergammelte Würstchen ihm seine Kassette gestohlen habe, seinen Hut einträglicher Weisheit.

Das Problem der Feigheit war sehr verzweigt. Benjamin versuchte zu lesen, klappte aber die Geschichte der Entdeckungsreisen bald wieder zu und versuchte sich als tugendhafter Held in seiner Phantasie, aber auch das gelang ihm nicht, weil er an nichts anderes denken konnte als an den Raub des Hutes. Er wiederholte die Tat in allen Spielarten, triumphierend und kleinlaut. Vor Erregung konnte er nicht still sitzen bleiben, ging auf und ab, so daß der Helm auf dem Kleiderschrank zu klirren begann.

Am nächsten Tag hörte er von Gogo, daß das Bilderbuch die Polizei verständigt habe. Die Tat sprach sich herum. Seine Fingerabdrücke klebten an dem Hut, der in den Ästen des Baumes hing. Er lief an die Stelle: der Hut war weg. Eine Katze rieb ihre Krallen an der Rinde. Benjamin ging die Straße entlang und schaute in die Vorgärten. Vielleicht hatte der Wind den Hut davongeweht. Nichts. Unmöglich, daß ein hutloser Mensch sich dieser schmierigen Bedeckung bedient hatte. Er öffnete Mülltonnen. Was er fand, war ein Damenhut mit einer verstaubten Pfauenfeder. Er angelte ihn zwischen Fischgräten und Kartoffelschalen heraus. Eine Wolke aus Asche stob empor. In grenzenloser Verwirrung hob Benjamin den Hut mit zwei ausgestreckten Fingern hoch und starrte ihn an. Er malte sich ganz nüchtern aus, wie die Polizei ihn als Täter abführte, während die Zuschauer noch nicht ganz sicher wären, ob sie ihn als Helden oder als Verbrecher ansehen sollten. Das blaue Hutband bildete vorn eine liegende Acht. Es war ein Hut, wie ihn Frauen tragen, wenn sie ihren Mann schon kennengelernt haben.

Benjamin schleuderte ihn hoch und ging unter einem leichten Aschenregen zum Baron, der in der Waldschmidtstraße wohnte. Er war jedoch nicht zu Hause. Auch Gogo, der sonst sehr viel, ja fast alles wußte, wußte diesmal nichts Genaues. Benjamin kam zu dem Schluß, daß er rettungslos verloren sei. Er trieb sich in der Nähe der Friedberger Anlage herum. Das Bilderbuch war verschwunden. Der Park schien ausgeplündert. Zwischen den nackten Platanenästen schimmerten die vielfenstrigen Häuserfassaden, Persilreklame, das Weiß aufdringlicher Unschuld, ein lachendes Frauengesicht, das Weiß grausamer Zähne. Persil bleibt Persil. Eine Tat bleibt eine Tat – und eine Chance, jemals anders zu handeln oder nicht zu handeln, ist gleich vertan.

Benjamin ging resigniert, langsam und mit gesenktem Kopf. Er überhörte den Zuruf Popels, stieß gedankenverloren gegen einen Baum und entschuldigte sich. ›Angenommen‹, so dachte er, ›es wäre nichts geschehen‹, er blieb stehen, ›und ich wäre gerade dabei, auf den Hut loszustürmen. Ich würde an dem Bilderbuch vorbeilaufen. Ich würde mich nicht bücken. Nein. Angenommen.‹

Er begeisterte sich an dem Wort. Es war ein Flaschenzug, mit dem er längst vollbrachte Taten wieder in die Gegenwart zurückzerrte, um sie nach allen Seiten hin zu prüfen. Da sie aber schon längst geschehen waren, war die Verzweiflung über ihre Unwiderruflichkeit nur noch größer. Es war durchaus kein Trost für Benjamin, kein Feigling zu sein.

Am Samstag dieser Woche, dienstags hatte er das Bilderbuch bestohlen, am Samstag nun, als die Schuldgefühle jeden anderen Gedanken vertrieben, ging Benjamin zur Beichte. Erst setzte er sich freilich eine gute Weile auf eine Treppenstufe in der Bergerstraße 57 und grübelte. Es roch betäubend nach Terpentin. Die Treppe glänzte gelblich und spiegelte die Fensterkreuze wider. Draußen regnete es so stark, daß die Häuser vor Feuchtigkeit schwarz wurden und dahinzuschmelzen schienen. Der Rauch wurde von den Dächern heruntergefegt und schwebte schlierig in den Straßen.

»Bei diesem Wetter schickt man keinen Hund vor die Tür«, hatte Jonas gesagt und seine fleischige Nase an die Glasscheibe gepreßt. Aber Benjamin war gegangen, hatte sich einen Lodenmantel angezogen und den Schirm von Jonas genommen, der einen halben Elefanten vor den Unbilden des Himmels bewahren konnte.

In der Josefskirche knieten nur wenige Beichtlustige mit triefenden Haaren und Gesichtern, die unheilig glänzten. Benjamin tauchte die ganze Hand in den Weihwasserkessel. Er hatte mit offenem Schirm die Kirche betreten. Von seinem Mantel tropfte das Wasser auf die Fliesen. Er stellte den offenen Schirm mit dem Griff nach unten an die Wand, wo auf einem schwarzen Brett die Aufgebote hingen. Er las mit frommer Scheu, daß ein Fräulein Monika Gellert die Heirat mit Franz Knaus eingehen wolle, er las, daß 300 Tage Ablaß gewährt würden, wenn... Benjamin mußte sich auf die Zehenspitzen stellen, um die schwungvolle Schrift entziffern zu können, die sich in abenteuerlichen Schwüngen verlor. Benjamin las die Ankündigungen mehrmals. In ihm festigte sich die Überzeugung, daß es eine ungewöhnliche Ehre bedeuten müsse, auf einem der vergilbenden Zettel genannt zu werden, als Abgestorbener, der einer Totenmesse würdig sei, oder gar als Bräutigam. Der Heilige Don Bosco segnete mit einem prüfenden Lächeln. In seinem Herzen steckte ein Reißnagel. Benjamin ging an den Bankreihen entlang, in denen vereinzelte Beter knieten, den Kopf hinter den Händen verborgen. Manchmal hörte man das Rascheln ihrer Mäntel, ein Räuspern. Schritte gingen zum Beichtstuhl. An der Wand klebten in doppelter Lebensgröße die Schatten der Beter. Ihre Bewegungen waren weit ausladend, ein Kreuzzeichen glich einem verzweifelten Winken Ertrinkender. Benjamin kniete sich hin. Das Holz ächzte unter seinem Gewicht. Er versuchte zu beten, aber seine Gedanken verirrten sich in ziellosen Wanderungen: Eine Prozession von erschreckenden Einfällen stob an ihm vorüber. Da erschien das Bilderbuch nur mit einem Hemd bekleidet, das bis zum Nabel reichte, so daß seine Männlichkeit hervorwuchs. Die auf den Oberschenkeln eintätowierten Bilder reizten Benjamin zum Lachen. Und mitten in diese wuchernden Träume hinein betete Benjamin, die Worte mit den Lippen lautlos formend.

»O Gott, Du strafst jede Sünde. Auch ich habe Deine Strafe verdient. Ich bin ungehorsam gewesen gegen Dich, ich habe Dich beleidigt. Das tut mir von Herzen leid. Ich will in Zukunft Dein gehorsames Kind sein, damit ich vor ewiger Verdammnis bewahrt und Deinen auserwählten Kindern zugezählt werde.«

Gott, den er mit verzweifelter Anstrengung sich vorzustellen versuchte, das Gesicht in den Händen vergraben, gewann immer mehr das Aussehen des Bilderbuchs und lud mit bedeutungsvoll zugekniffenen Augen zur Betrachtung seiner Tätowierungen ein.

Durch die hohen Fenster drang vielfach kariert milchiges Licht in die Kirche und musterte den Boden. Aus dem Beichtstuhl kam Flüstern. Man konnte einzelne Worte verstehen. Benjamin zwang sich wegzuhören, aber die Worte wurden deutlicher und schlichen sich in sein Ohr. Plötzlich ertönte die Stimme des Priesters. Absolvo te.

Benjamin erschrak. Der grüne Vorhang, unter dem ein Paar Schuhe hervorlugte, die im Takte des Schuldbekenntnisses auf und ab wippten, zitterte, und aus ihm heraus wikkelte sich eine alte Frau, die einen schwarzen Spitzenschal über dem Kopf trug.

Benjamin rekapitulierte sein Sündenregister. Gelogen. Unfolgsamkeit. O Gott. Geflucht. Vermaledeit, zum Teufel, Sakrament, Himmel Kreuz Donnerwetter, nochmals gelogen. Er wurde sich plötzlich bewußt, wie unendlich schwer, ja unmöglich es ist, die Wahrheit zu sagen. Unkeusches dann. Witze, hahahaha. Neugierde, Vermutungen. Die Frauen haben eine Katze, die Mäuse fängt. Kein Tischgebet. Den Freund verleumdet, in den Schmutz gezogen. Gogo verprügelt. Hat es verdient. Gestohlen, zweimal. Zahlen sind wichtig. Zahlen sind die Garantie für Ehrlichkeit. Gestohlen. Der Beweis seines Mutes. Gestohlen. Es waren keine zwei Mark mehr. Es war eine Unsumme.

Mit kurzen Schritten, die feuchte Spuren auf dem Boden zurückließen, ging er zum Beichtstuhl. Durch das Holzgitter konnte er das erschöpfte Gesicht von Pater Telling sehen, dessen Atem stets nach Pfefferminz roch. Ehe Benjamin den grünen Vorhang zur Seite schob, verharrte er eine Weile unschlüssig, sah die feinen, die Wand durchziehenden Risse und weiter rechts in einer Nische den heiligen Franziskus, dessen nackte Füße aus einem Sockel hervorwuchsen. Der

Mantel aus Staub war um seine Schulter schwarz geworden. Von seiner rechten, segnenden Hand herab hing ein Spinnennetz, das kaum merkbar zitterte. Pater Telling öffnete das Gitterfenster und winkte mit einer sehr sauberen Hand Benjamin ungeduldig heran, der mechanisch in die Knie sank und mit japsender Stimme abgerissene und zusammenhanglose Worte stammelte. »Mmmpf, Shr. In Reue und Demut ...«

Über ihm, er konnte es durch das Gitter sehr gut erkennen, lauerte bleich das Ohr von Pater Telling, das sich neugierig unter grauen Haaren hervorschob. Benjamin hob den Kopf, um seine Worte an dieses Ohr zu richten. Das Ohr wurde mit einemmal das einzige in der Welt, war Gottes Ohr, ein bodenloses Gefäß. Benjamin begann mit den läßlichen Sünden, mit dem täglichen Tribut an das Böse – und endete mit dem Diebstahl. Er bekannte unter Seufzern, spürte die Kühle der trocknenden Haut, sagte, daß er fünfzig Mark, eine runde Summe, samt einem Hut genommen habe, gestohlen, nein geraubt, fügte er hinzu. Das Ohr zitterte. Benjamin beugte sich herab. Ein Schmerz wanderte von seinen Knien in die Oberschenkel. Er verlagerte sein Körpergewicht auf die Schienbeine. Am liebsten hätte er sich niedergelegt, die Wange an den Boden gepreßt, die Augen geschlossen, um durch keinen Lichtstrahl aus seiner Versunkenheit geweckt zu werden.

Aber da ertönte schon die Stimme des Paters in der Tonart des Trostes.

»Du solltest die Schlangenbrut des Teufels nicht noch weiter in dir nähren. Aushungern mußt du die Begierden des Bösen. Aushungern.«

Die Lippen öffneten und schlossen sich hinter dem Gitter.

»Gott ist unser aller Vater. Um ihn wieder zu versöhnen, mußt du jedoch das gestohlene Gut wieder dem Besitzer zurückbringen. Nur so wird dir Gott wirklich deine Sünden verzeihen.«

»Auch den Hut?«, fragte Benjamin verzweifelt, aber der Pater hatte sich schon zurückgelehnt und sprach die Absolution, nachdem er zehn Vaterunser und Gegrüßet-seist-du-Maria als Buße aufgegeben hatte.

Noch immer unter dem unwiderstehlichen Eindruck des inneren Bildes von der Rückgabe, gepeinigt von der Vorstellung, den Hut niemals mehr aufzutreiben, verließ Benjamin den Beichtstuhl.

Fünfzig Mark. Mit fünfzig Mark ist man ein reicher Mann. Fünfzig Mark war eine Lüge.

Benjamin betete, indem er mit einer Mischung aus Scheu und Neugierde verlockende Abschweifungen aus seinem Kopf zu verbannen suchte. Immer wieder entzogen sich die Worte des Gebets der Kontrolle, so sehr, daß Benjamin jedesmal überrascht war, am Ende eines Vaterunsers angelangt zu sein. Sein Gesicht deutete jedoch einen hohen Grad der Zerknirschung an. Als er die Kirche wieder verließ, den aufgespannten Schirm mühsam durch die Pendeltür zwängend und ihn steil in die Höhe stieß, hatte er fest vor, ein neues Leben zu beginnen.

Völlig durchnäßt, wie eine ertränkte Katze, sagte Jonas, kam Benjamin nach Hause, zog sich pudelnackt in seinem Zimmer aus und stieg genau so, wie er es in der Lebensgeschichte des Heiligen Symeon gelesen hatte, in Ermangelung einer Säule auf den Tisch, verschränkte die Arme und konzentrierte seinen Blick auf die glattpolierte Fläche des Schrankes, auf der er sich schemenhaft spiegelte. Fünf Ellen hatte der mittlere Säulendurchmesser betragen, die Basis sechs Ellen und die Plattform vier Meter im Quadrat. Vierzig Jahre war Symeon auf der Säule zu Hause gewesen, vierzig Jahre der Welt entrückt, die verdorben und zutiefst sündig ist. Benjamin bekam eine Gänsehaut, krümmte sich und preßte die Schenkel gegeneinander. Die Kälte zwang ihn, seine würdige Stellung wieder aufzugeben und sich niederzuhocken. Aber er kämpfte gegen die Versuchung an, vom Tisch herabzusteigen, um sich einen Pullover überzustreifen. Seine schmalen Schultern bildeten ein Dreieck, auf dessen Spitze der Kopf thronte. Die Rückenwirbel traten unter der Anstrengung des Beugens hervor. Benjamin schloß die Augen, geblendet von seiner eigenen Nacktheit.

Er schwankte jetzt auf einer turmhohen Säule, spielzeugklein unter ihm die Neugierigen, eine Stadt am Horizont. Er fühlte sich trotz aller Bemühung um ein entrücktes und heiliges Leben lächerlich verlassen und wippte auf den Füßen.

Plötzlich riß Jonas die Tür auf. Er vergaß den Satz, den er auf der Zunge hatte, und sagte aufseufzend:

»Was machst du denn adamsnackt auf dem Tisch, bei offenem Fenster?«

»Ich büße«, erwiderte Benjamin und schlug die Augen auf. Beinahe hätte er das Gleichgewicht verloren. Aber Jonas war herangetreten und hatte ihm wie einem Boxchampion eine Jacke um die Schultern gehängt, dann packte er die vor Kälte zitternde Gestalt und stellte sie auf den Boden, daß die nackten Sohlen auf das Linoleum klatschten.

»Zieh dich an – und büße, indem du mir eine Flasche Rotwein aus dem Keller holst.«

Benjamin, der sich des Gefühls nicht erwehren konnte, daß er sich jetzt unendlich blamiert habe, stotterte eine Erklärung und bekannte, daß er Mönch werden wolle.

»Beim heiligen Hunger«, sagte Jonas, bekreuzigte sich und verließ das Zimmer. Es war für ihn eine beunruhigende Reminiszenz an eine Zeit, als er selbst einmal sich nachts in eine Kirche einschließen ließ, um Gott nahe zu sein. Am nächsten Morgen, als der Küster vor dem Läuten die Kirche aufschloß, war er bis aufs Mark durchfroren nach Hause geschlichen, hatte sich krank ins Bett gelegt und war eine Woche Gott wirklich sehr nahe. Er kam mit keinem Wort auf das Ereignis zu sprechen. Drei Tage lang übte Benjamin indessen einige Tugenden. Er aß kaum, versuchte Jonas jeden Wunsch von den Lippen abzulesen, sagte die Wahrheit, die ihm niemand glaubte, und verschenkte einen Teil seines Besitzes, so den Helm, den er Gogo vermachte, nicht ohne etwas Tragik beizumengen, er verschenkte seine Bücher, von denen er sich besonders schwer trennen konnte (nicht alle übrigens). Popel erhielt den Drachen, den er wie ein Schild aus dem Hause trug. Franz schleppte den Globus in Papier eingewickelt davon. Das Zimmer leerte sich.

Nachts wollte Benjamin auf keinem Kissen mehr schlafen.

Franz zögerte, als ihm der Globus angeboten wurde. Ihn bestürzte dieser Exzeß Benjamins, mit beiden Händen, selbst an Unbekannte, auszuteilen.

»Was fehlt dir?«, fragte er, in der Tür stehend.

»Ich gehe ins Kloster«, bekannte Benjamin und zeichnete Figuren mit der Fußspitze auf den Boden.

Das schien jedoch für Franz keine ausreichende Erklärung zu sein, alles zu verschenken. Er schielte auf Amerika, das aus dem Papier hervorlugte. Er spürte, daß Benjamin über seine Reaktion enttäuscht war.

»Das hat doch noch Zeit. Sie nehmen keine Kinder«, fügte er hinzu und glitt mit den Augen von Amerika zum Südpol.

Benjamin brillierte in seiner Entrücktheit. Die fromme Blässe seiner Wangen, der Blick, der jedes Ding gleichsam überrannte, alles deutete auf den Ernst seines Entschlusses hin. Er sah sich schon im Mönchshabit, die Arme gen Himmel gestreckt, in einer unendlich weiten Kathedrale stehen, die Stimme gegen das Gewölbe schleudernd, daß die Grundpfeiler erzitterten.

»Hast du Schiß vor dem Tod?«, fragte er etwas unvermittelt.

Franz blickte erstaunt auf. »Ich kann mir das gar nicht vorstellen. Wenn ich denke, jetzt hört es auf, denke ich wie noch nie, schneller als ein Motor.«

Er spürte, daß er die Argumentation nicht weitertreiben konnte. Er hob fragend die Schultern und starrte Benjamin an. Dieser verband jedoch mit dem Tod, jenem ominös hohl klingenden Wort, keineswegs das Aufhören der Gedanken, sondern Bilder himmeljauchzenden Entzückens. Er zögerte mit Erklärungen. Es war sein Geheimnis.

»Hast du innere Stimmen?«, fragte Franz.

»Was meinst du damit?«

»Hat Gott zu dir gesprochen?«

Benjamin versuchte in gleichförmigem Ton diese schwerwiegende Frage zu beantworten.

»Klar«, sagte er, faltete die Hände und neigte den Kopf.

»Mensch, du bist ein Heiliger«, rief Franz und preßte den Globus enger an sich. »Ein Heiliger.«

Benjamin schämte sich. Er schämte sich so sehr, daß er am liebsten handgreiflich geworden wäre. Er schob Franz zur Tür, ohne weiter auf seine inneren Stimmen einzugehen. Es war ihm, als habe er mit dieser faustdicken Lüge seine heiligen Gefühle getilgt und sei abtrünnig geworden. Ein Heißhunger entfaltete sich in ihm, daß er Angst hatte, er würde ihn nie stillen können, so sehr er auch seinen Mund aufrisse. Schön. Er aß am Abend mit einem verdächtig guten Appetit, jede Frage von Jonas mit einem Biß ins Brot beantwortend. Am nächsten Morgen hörte er mit Andacht, verzweifelt, nur Zuhörer zu sein, die Geschichte Alexanders des Großen aus dem Munde von Dr. Windschütz. Zug nach Kappadokien, wo liegt das nur auf der Karte, die kilikische Pforte, Bad im Kydnos, Krankheit in Tarsos, die Amanus-Pforten mit muskelstarken Bögen, unter unbarmherziger Sonne, daß die Schatten in die Körper zurückkrochen. Da erscheint nach gewaltigen Rüstungen Dareios III Kodomannos im Rücken des Heeres. Alexander kehrt um und besiegt die verweichlichten Perser.

Drei, drei, drei, Issos Keilerei. Wir leben in einer mickrigen Zeit, dachte Benjamin und malte sich den lanzenstrotzenden Zug Alexanders aus.

Als er einige Tage später wieder einmal am Bilderbuch vorbeiging, erinnerte er sich plötzlich, daß er ja ganz vergessen hatte, das Geld und den Hut zurückzugeben. Erst in dieser Phase nahm die Buße eine unangenehme Wendung. Das Geld war wesentlich leichter zu beschaffen, freilich nicht gerade fünfzig Mark, sondern zwei Mark zwanzig oder doch fünfzig Mark? Kurz und gut, es war leichter, als einen Hut zu finden, der wenigstens dem gestohlenen halbwegs ähnlich war. Benjamin streifte durch die Straßen – von Mülltonne zu Mülltonne –, beflügelt von dem Wunsch, etwas zu entdecken, was dem Wert eines Hutes entspräche, so daß man tauschen könne. Benjamin kam bis nach Bockenheim, aber auch dort wurden selbst die alten Hüte noch benutzt. Er fand lediglich eine rote Fahne, einen zersplitterten Geigenbogen und ein Bild von Bismarck.

Entmutigt gab er es auf, zwischen Schachteln, Kartons, Dosen und Büchsen, zerrissenen Briefen – meine Herzensangelegenheit – und verschmierten Zeitungen herumzuwühlen. Schließlich fragte er in seiner Not Jonas, in dessen Kleiderschrank er eine schwarzglänzende Melone entdeckt hatte, die dieser nie trug, ob er solchen Besitz entbehren könnte. Jonas stülpte den Hut über seinen grauen Haarschopf, gab ihm eine schräge Stellung, reckte sich hoch und übte einige Jugendlichkeit.

»Junge, mit dem Hut habe ich einmal eine Frau gesucht

und keine gefunden. Er paßt nur zu bestimmten Köpfen, die schmal sind und lang.«

»Er ist dir zu klein«, sagte Benjamin, der versuchte, die Güte des Hutes herabzusetzen.

»Das ist eine Ansichtssache«, erwiderte Jonas. »Der Hut ist nicht die Hauptsache, sondern der Kopf. Hüte müssen sich nach dem Kopf richten. Du hast recht, mein Sohn.« Er schob Benjamin die Melone über den Kopf. Ein schwindelerregender Geruch von Tabak und Mottenpulver schoß dem Jungen in die Nase. Der Hut erreichte fast sein Kinn.

»Was willst du mit dem Fraueneroberer?« Benjamin schwieg, er mußte schweigen. Mit einer gewissen Ehrfurcht blieb er stehen und hielt den Kopf steif. Ein schmaler Lichtstreifen drang ihm unter der Krempe in die Augen. Der Geruch verstärkte sich, so daß er die Luft anhielt, bis er nicht mehr konnte. Mit beiden Händen riß er die Melone vom Kopf und atmete tief ein.

»Ich will ihn verschenken«, gestand er, während er feststellte, daß das schwarze Band schon zerrissen war, jedoch hatte der Hut, wenn man ihn genau betrachtete, noch etwas Kopfbeglückendes an sich.

»Darf ich ihn haben?« Jonas winkte Zustimmung.

»Ein Stück Jugend geht dahin. Unter diesem Hut hatte ich die feurigsten Gedanken und die größten Ziele. Ich hoffte, daß das Leben bald beginnen würde.«

Benjamin wagte nichts zu sagen. Da er nun einmal in dem Besitz des Hutes war, schlich er sich davon, zerschlug sein Sparschwein, das er von seinem Großvater hatte, legte zwei Mark zwanzig in den Hut und nahm sich fest vor, bei nächster Gelegenheit, dem Bilderbuch den Hut, selbst wenn dieser den Umtausch gleich merkte, wieder zurückzugeben. Die Gelegenheit ließ lange auf sich warten, genauer, Benjamin ließ die Gelegenheit lange auf sich warten. Unter wel-

›291‹

chem Vorbehalt konnte man auch, ohne ein Schuldeinge-
ständnis, den Hut dem Bilderbuch überreichen? Schließlich
fand Benjamin den Mut und machte sich auf den Weg. Er
hatte niemandem etwas gesagt, doch glaubte er auf der Bergerstraße eine riesige Prozession hinter sich. Neugierige
Frauen lehnten breitbrüstig in den Fenstern, Kinder schnit-
ten Grimassen.

Das Bilderbuch hockte wie immer in der Friedberger
Anlage, ein grauer Hut lag in Reichweite. Er trug einen zerschlissenen Mantel um die Schultern. Ein kleines Kohle-
öfchen stand zu seiner Rechten und qualmte. Der Wind trieb
ihm Rauchfetzen in die Augen, so daß sie tränten und er sich
mit einer angerußten Hand durchs Gesicht fuhr. Er war
üppig mit rötlichbraunen Haaren bewachsen, die chaotisch
als Büschel und Borsten überall hervorschossen, aus den
Ohren, Nasenlöchern und aus den Falten seiner rissigen
Haut. Er merkte nicht, daß Benjamin zu ihm herantrat und
ihm den Hut reichte, in dem Geldstücke klimperten.

Er knackte mit den Fingergelenken, als er die Hände aus
seinem Gesicht nahm, blinzelte und sah hoch.

»Was gibt's?«, fragte das Bilderbuch und streckte sich,
wobei er wohlige Laute ausstieß.

Mit Entsetzen stand Benjamin vor dem Bilderkoloß und
begriff, daß er sich nicht mehr mit einer fadenscheinigen
Erklärung davonstehlen konnte. Hier mußte er Rede und
Antwort stehen – und da er es nun einmal so weit hatte kommen lassen, stieß er beherzt den Hut an den Bauch des Bilderbuchs und sagte: »Ich habe ihn gefunden.«

Der Angerempelte neigte sich herab, kratzte sich am Kopf,
und Benjamin sah, wie er langsam verstand. Der Mund öffnete sich und entblößte eine Reihe gelber Pferdezähne.

»Jetzt also kommt das vergammelte Würstchen, von Gewissensbissen geplagt.« Seine Stimme wurde plötzlich sanft.

»Du siehst, mir fehlt kein Hut. Wenn du mir jedoch dieses Prachtstück schenken willst, bedanke ich mich.« Mit dem Aussprechen des CH holte er weit aus und schlug Benjamin ins Gesicht, daß dieser glaubte, der Kopf würde ihm vom Rumpf springen.

»Ich könnte gut und gern dein Vater sein. Deiner hat versäumt, dir den Arsch zu dreschen.«

Benjamin sah mit verkniffenen Lippen in das hochmütig strafende Gesicht des Bilderbuches.

»Mach nur so weiter, junger Herr.« Er griff nach dem Hut, zählte das Geld, ließ es in seiner Hosentasche verschwinden, warf die Melone, unter der Jonas einmal halbwegs glücklich gewesen war, in die Luft und trat nach ihr, daß sie zerbeult über den Rasen rollte.

»Dein Vater sollte ich sein, ich würde aus dir einen General prügeln.«

Benjamin nickte auf alles automatisch mit dem Kopf und trat einen Schritt zurück; in seinen Augen hingen Tränen. Da gewahrte er auf dem Bauch die tanzenden Mädchen. Er fiel in Laufschritt und lachte. Auf Umwegen kam er nach Hause. Die Melone ruhte verlassen im Park, niemand, ganz sicher niemand würde mehr unter ihr glücklich sein.

Gespräche

»Früh krümmt sich, was immer sich krümmen will«, sagte Jonas, der in Hosenträgern und mit offenem Hemd in der Tür stand und Benjamin beobachtete, wie dieser über ein Heft gebeugt die Feder in das Tintenfaß tauchte, durch das Fenster starrte und dann, als hätte er es von der grauen Häuserfront abgelesen, schrieb. Die Feder kratzte auf dem Papier.

»Wie schreibt man Chrysanthemen?«, fragte er nach einer Weile. »Chrysanthemen?«

»Es ist ein schönes Wort.«

»Kennst du eigentlich Chrysanthemen?«

»Nein.«

Jonas buchstabierte das Wort und beschrieb sehr umständlich die Blume. »Wie kommst du eigentlich auf Chrysanthemen?«

Benjamin überlas das Geschriebene und begann: »In den Vorgärten blühten Chrysanthemen.«

»Was schreibst du da?«

»Wir sollen einen Frühlingstag beschreiben.«

»Aha, Chrysanthemen sind freilich Herbstblumen.«

»Gibt es keine Frühjahrszüchtung?«

Jonas schüttelte den Kopf. Er mußte lachen, als er das verzweifelte Gesicht von Benjamin sah.

»Schon gut, warum nimmst du keine Tulpen?«

»Ich hasse Tulpen«, gestand Benjamin.

»Du hast recht«, sagte Jonas, »warum machen wir uns stets zu Sklaven der Wirklichkeit. Wir werden einen neuen Frühling erfinden.«

›294‹

Das war im Februar 1931, just zu der Zeit, als die NSDAP und die Deutschnationalen als nationale Opposition den Reichstag verließen. Jonas las den ganzen Vormittag Zeitungen. Manchmal tauchte sein Kopf über der rotumränderten Titelseite auf.

Frau Halleluja hatte den Schnupfen und preßte mit der linken Hand ein Taschentuch gegen die Nase. »Sie werden uns noch alle umbringen«, sagte sie. Politik war für sie ein feuerspeiender Berg.

Jonas war derart schlechter Laune, daß er sie anfuhr, sie solle ihre Nase in den Staub stecken. Benjamin verdrückte sich. Am Abend kam Dr. Groß, sein gelbes Arztköfferchen in der rechten Hand. Benjamin konnte die Stimmen der beiden Männer durch zwei Türen hindurch hören.

Die politischen Ereignisse bestimmten in der nächsten Zeit die kurzen Frühstücksgespräche, die Jonas mit Benjamin führte, meist über den oberen Rand der Zeitung hinweg, die wie eine spanische Wand sein Gesicht verdeckte.

»Mein Sohn, das ist so.« Jonas steckte ein Hörnchen in den Mund, kaute und dachte nach, wie er den vielversprechenden Satz weiter bringen könnte. Der frühe Morgen war nicht seine große Zeit.

»Der Staat«, so begann er stirnrunzelnd, »der Staat ist eine pompöse Maschine, nehmen wir das einmal vorsichtig an. Wir alle sind Rädchen, ob wir wollen oder nicht, um die Maschine in Gang zu halten – und was stellt sie her, einer soll das je verstehen: Frieden und Krieg.«

Benjamin nickte mit dem Kopf und schlürfte den heißen Kakao. »Natürlich, wir alle sind Rädchen.« Ihn bestürzte freilich die Vorstellung, in eine riesige Maschine eingebaut zu sein.

Jonas hängte den Daumen an die Uhrkette und sprach,

die flache Hand gegen den Bauch schlagend, von den aktuellen Ereignissen, so da waren: Malinoff regiert mit Unterstützung der Bauernpartei in Bulgarien. Die Norweger besetzen die ostgrönländische Küste. Wirtschaftskrise in Polen. Zusammenbruch der Österreichischen Kredit-Anstalt.

Als Benjamin interessiert eine Fliege betrachtete, die über den Tisch kroch, langte Jonas über die Zeitung hinweg und traf Benjamin mit den Fingerspitzen am Kinn. »Das geht auch dich an.«

»Wo liegt Mukden?« Benjamin mußte fortan die ersten Seiten der Zeitung lesen. Die ersten Seiten wohlgemerkt, und nicht etwa Berichte von Diebstählen, Raubüberfällen und von der Geburt eines doppelköpfigen Kalbs.

»Ich verstehe überhaupt nichts«, begehrte er auf, aber Jonas wies ihn mit der Bemerkung zurück: »Du bist zwölf, mit zwölf Jahren hat Jesus die Schriftgelehrten beschämt.«

Benjamin beschämte jedoch Gogo, der von dem Zeitgeschehen nur so viel wußte, daß die Kommunisten bald an die Regierung kämen, und dann wäre alles aus.

»Du hast so viel Verstand wie ein Floh«, sagte Benjamin und schnippte mit den Fingern. »Wer regiert denn heute?«

»Der Kaiser«, erwiderte Gogo stolz, bestrebt, nichts Falsches zu sagen. »Mein Vater sagt, er allein könnte wieder Ordnung schaffen, der Kaiser.«

»Da kannst du sehen, was du für ein Schwätzer bist. Der Kaiser hat uns verraten.«

Gogo blieb mißtrauisch – und dem Kaiser treu. »Mein Vater sagt auch, dein Jonas sei ein Kommunist.«

»Ist er nicht.«

»Mein Vater weiß, was er sagt.«

»Dein Vater ist ein Arsch mit Ohren«, schrie Benjamin, die Regeln der Überzeugung völlig außer acht lassend. Er sah sich um.

»Wetten, daß dein Vater Quatsch redet.« Er versuchte Gogo, der zu Boden schaute, wieder versöhnlich zu stimmen, aber dieser hörte gar nicht hin.

»Wenn der Kaiser will ...«, drohte er und überließ es Benjamin, den Schluß zu ziehen. Als er zehn Schritte weit weg war, drehte er sich noch einmal um und rief: »Du hast ja gar keinen Vater. Du solltest ganz still sein.«

Benjamin blieb stehen und ließ die Hände sinken. Es schwand das plötzliche Verlangen, Gogo nachzustürzen und ihm die Fäuste ins Genick zu schlagen, um ein für alle Mal das Thema aus der Welt zu schaffen. »Schluß damit.« Das gerade jedoch war der Anfang quälender Vorstellungen.

Einen Augenblick Unsicherheit. Gogo war unterdes fast außer Rufweite, aber Benjamin riß seine Hände trichterförmig an den Mund und schrie, über die Heiserkeit seiner Stimme selbst erschrocken, keinen Vater zu haben sei doch besser, als einen idiotischen Vater zu haben. Er habe sich wenigstens einen aussuchen können, der etwas taugt. Im Hochgefühl der Einzigartigkeit ging er nach Hause, pflanzte sich vor Jonas auf und sagte. »Ich pfeife auf meinen Vater. Ich werde Kommunist.«

Jonas lachte nicht wie gewöhnlich. Er stand mißmutig und grämlich da, seine Krawatte wölbte sich über seiner Weste und verstärkte den Eindruck seiner Leiblichkeit. Seine Haut schimmerte bläulich. Runzeln zogen sich als Arabesken unter seinen Augen entlang. Über seinem Kragen staute sich der graue Pelz der Haare.

»Kommunist. Du wechselst deine Zukunft wie ein Hemd.« Anstatt weiterzureden, streckte er seine Hand aus, umspannte mit den Fingern den schmalen Kopf Benjamins und drehte ihn hin und her. »Mach deine Schularbeiten.«

Benjamin jedoch rückte den Stuhl an sein Fenster und las im *Don Quijote*.

Es schellte. Er hörte Jonas mißmutig zur Tür schlürfen. Das Vorhängeschloß klirrte – dann erklang die atemlose Stimme von Franz.

»Ich hab's gesehen. Sie bringen einen Mann um. O Jesus, einfach so.«

»Und da wollt ihr zuschauen?«, fragte Jonas und schob Franz ins Zimmer zu Benjamin, der schon in seine Jacke schlüpfte und mit der Hand die Haare aus dem Gesicht strich.

»Eil dich«, japste Franz und biß auf seine Lippen, um sich zu beruhigen. Er trat von einem Fuß auf den anderen, lief zur Tür und drückte die Klinke hinab.

»Eil dich!«

Jonas war in sein Zimmer gestürzt und schaute, den Vorhang mit der Hand wegschiebend, auf die Straße. Menschen liefen von allen Seiten zusammen. Zwischen ihren grauen Mänteln sah er sandbraune Uniformen, ein Gewirr von Armen, Schlägen, Mützen und Stiefeln. Schreie. Autos hielten knirschend. Fenster wurden aufgerissen. Die noch eben mäßig begangene Straße war plötzlich von Menschen überschwemmt. Jonas sah Benjamin, Franz an der Hand, aus der Haustür treten, sah, wie er vorschnellte, Franz trudelte hinterher, ihre Jacken flatterten. Sie schoben sich zwischen Neugierigen hindurch. Dann verlor er sie aus den Augen. Er sah nicht mehr so gut, er wollte nicht mehr so gut sehen.

Eine gute Stunde später war Benjamin zurück. Sein Haar hing zerzaust in die Stirn.

»Was war los?«, fragte Jonas und verbarg sein Antlitz hinter zerstiebenden Rauchwolken.

»Sag nur, es war eine Volksbelustigung.«

»Ich bin müde«, erwiderte Benjamin und befreite sich von seiner Jacke.

›298‹

»Bist du nun ein Mann?«, bohrte Jonas weiter.

Benjamins Backenmuskeln zitterten. »Nein«, schrie er, »sie haben ihn mit Gummiknüppeln niedergeschlagen, auf den Kopf, auf die Schultern, auf den Rücken, in den Bauch.«

»Und?«

»Er hat nicht geschrien. Er hat nur die Hände hochgerissen. Ich stand fünf Schritte von ihm entfernt und habe alles genau gesehen.«

»Und?«

»Ich wollte ihm zu Hilfe kommen, aber die Polizisten haben mich zurückgestoßen und geschrien, ich solle nach Hause gehen.«

»Und?«

»Und dann kamen immer mehr Polizisten, und der Mann lag blutend am Boden, und kaum hatte er die Polizisten entdeckt, reckte er sich hoch und sagte deutlich, so daß es jeder hören konnte. ›Ich möchte einen Überfall melden.‹ Und dann sank er zurück. Er schien sehr müde zu sein. Ein Polizist fragte die Umstehenden, alle schüttelten den Kopf und traten zurück. Herr Weber, der seine Nase überall hineinstecken muß, schrie: ›Mörder‹ und verteilte Zigaretten. Er guckte böse auf den Mann. Die Polizisten drängten die Leute zurück – und dann wurde der Mann abgeführt. Er flüsterte mir zu: ›Die Weltrevolution hat begonnen.‹ Ich hab es genau gehört. Der Mann ging sehr aufrecht. Seine Hosen waren zerrissen. Er trug einen verbeulten Hut in der Hand. Was hat er denn verbrochen?«

Jonas betrachtete seine Fingernägel. Über seine Augen senkten sich die blaudurchäderten Lider. Er schwieg und verbarrikadierte sich hinter einer nachdenklichen Miene.

»War es ein Kommunist? Sag doch was! Was ist mit dir los?« Erst bei dieser Frage erwachte Jonas aus seiner Erstarrung.

»Ich kann es dir nicht sagen, und ich glaube kaum, daß es dir einer sagen kann, der dabei gewesen ist.«

Benjamin konnte das blutverschmierte Gesicht nicht vergessen. »Glaubst du, daß die Weltrevolution begonnen hat?«

»Die Welt geht nicht in Rechnungen auf«, erwiderte Jonas und ging in die Küche.

Das Abendessen verzehrten sie in steifer Würde. Sie langten schweigend zu. Fettgeruch hing in der Küche. Mit einem Stück Brot wischte Benjamin den Teller aus, bis er sein Gesicht breitflächig auf dem Porzellan entdeckte. Er wagte nicht mehr an die Zukunft zu denken. Ehemals waren es Orgien der Phantasie, sich auszumalen, wie er als Kapitän, Flieger, Entdecker, Forscher, Mönch, Clown, General oder Genie die Geschicke der Menschheit leiten würde. In diesen Träumen hatte er alle Zügel in der Hand: ein Ruck, und das Schiff schoß dahin wie ein Pfeil, neue Erdteile wuchsen vor ihm hoch. Aber jetzt war alles brüchig. Er sah sich blutig am Boden liegen, über sich die glänzenden Schaftstiefel.

Ungeduldig riß er Blatt um Blatt von dem Kalender, las die Sprüche für ein friedfertiges, tugendhaftes, resignierendes Leben, las die Kochrezepte für das leibliches Wohl und las schließlich am nächsten Morgen in der Zeitung, die die Hände schwarz färbte, daß in der Bergerstraße, halt, das sind wir – ja, daß in der Bergerstraße ein Mann, der eine Bombe zu werfen versuchte, glücklicherweise daran gehindert worden sei. Es handele sich offenbar um einen mehrfach vorbestraften Musiker, der die Welt auf seine Weise zu verbessern suchte. ›Das war gelogen.‹ Benjamin überlas den kümmerlichen Text mehrmals. Er starrte auf die fetten Buchstaben, die ihm wie ein Zaun erschienen, hinter dem die Welt verborgen lag, genauer die Wahrheit.

»Das ist erstunken und erlogen«, schrie er zu Jonas hinüber. »Ich habe alles mit meinen eigenen Augen gesehen.«

Jonas wischte sich den Mund, einige Krümel Brot hingen in seinem nächtlichen Bart.

»Er hat keine Bombe gehabt. Ich habe es genau gesehen.«

»Ich stelle fest«, sagte Jonas, »daß du dich auf einmal sehr um die Wirklichkeit kümmerst. Ob er eine Bombe besessen oder geworfen hat, ist doch einerlei. Wenn die Zeitung schreibt, daß er eine Bombe gehabt hat, so hat sie ihre Gründe. Zeitungen bestimmen das, was geschehen ist. Was willst du da mit deinen eigenen Augen schon gesehen haben? Das Falsche natürlich. Du mußt das Richtige sehen, das jedoch, mein lieber Sohn, steht später erst in der Zeitung. Also mußt du warten, bis die Zeitung erschienen ist, bis du sagen kannst, was geschehen ist.«

In der nächsten Zeit versuchte Benjamin mit allen Mitteln herauszufinden, was denn der Mann in Wirklichkeit getan habe. Man konnte noch das Blut auf dem Trottoir sehen, es hatte die Form eines Schmetterlings. Es ekelte Benjamin, aber er ging immer wieder an die Stelle. Der Fleck wurde von Tag zu Tag undeutlicher, von zahllosen Schuhsohlen zerrieben.

Benjamin fand nur Widersprüchliches heraus. Gogo meinte, der Mann sei ein Mörder gewesen. Franz hatte lediglich Mitleid. Herr Weber schrie, solche Männer gehörten sofort an den Galgen. Benjamin sammelte die Zeitungsartikel und klebte sie in ein Heft. Herr Kosinski behauptete, es sei ein Attentäter gewesen, ein Staatsfeind. Er vermischte seine Behauptung mit Flüchen, Lamentationen und Drohungen. Alles nur Mutmaßungen. Standpunkte. Geschwätz.

»Ordnung muß sein, sonst kann man nicht mehr auf die Straße gehen«, schrie Herr Wind.

Dann folgte für Benjamin eine Zeitspanne der Beruhigung. Er vergaß den Vorfall. Durch die Bergerstraße klapperten die Straßenbahnen. Männer gingen, den Kopf über die Zeitung gebeugt, vorüber. ›Alles erlogen.‹ An Dienstagen rollten dickbehandschuhte Arbeiter die Mülltonnen an den Bordstein, hoben sie ächzend hoch und stürzten den Inhalt in den stählernen Bauch des Lastwagens. Kinder schrien:

»Schornsteinfeger, schwarzer Neger
Äpfelklauer, über die Mauer.«

Mütter schoben hochrädrige Kinderwagen über das Trottoir. Frauen blieben auf Zehenspitzen stehen und schrien, die Hände über die Brust zusammenschlagend: »Ganz der Vater, ganz die Mutter.«

Auf Benjamins Gesicht lockte die Maisonne die ersten Sommersprossen hervor. Sie drängten sich um die Nasenwurzel und strahlten über die Backenknochen nach den Schläfen aus.

»Es werden jedes Jahr mehr«, rief er vor dem Spiegel im Bad. Jonas saß hinter seiner Zeitung, an den Ohren klebte noch Rasierschaum – die Reste des allmorgendlichen Zweikampfes mit seinem Spiegelbild. Sein Rücken suchte in dem schäbigen Armsessel eine waghalsige Bequemlichkeit.

»Was ist aus dem Mann geworden, den sie damals zusammengeprügelt haben?«, fragte Benjamin und rieb mit dem gelben Frottiertuch seine Wangen.

»Ich habe nichts mehr von ihm gehört«, erwiderte Jonas, ohne seinen Blick von der Zeitung aufzuheben. Ihn ärgerten diese Gespräche von Zimmer zu Zimmer.

»Wie macht man denn eigentlich eine Bombe?«, tönte Benjamins Stimme dumpf aus dem Bad. Er rieb jetzt seine Wangen mit einem Bimsstein.

»Du verschaffst dir Pulver, einen Zünder und dann einen Feind.«

»Wenn ich nur wüßte, wie man Pulver macht«, sagte Benjamin und strich mit seiner Hand über die brennende Haut.

»Das ist ein chinesisches Staatsgeheimnis. Wann bist du denn sauber?«, schrie Jonas erbost und knüllte die Zeitung zusammen.

Ohne auf die Frage zu antworten, er hatte sie gar nicht gehört, weil er Wasser in das Waschbecken laufen ließ, fuhr Benjamin fort: »Jeder könnte doch theoretisch bei einer Versammlung ein Bombenwerfer sein.«

»Jawohl«, stöhnte Jonas, »ein Tyrannenmörder wie Harmodios und Aristogeiton, ein Anarchist wie die Mörder Sipjagins und Plehwes, des Großfürsten Sergej, Jakobiner, phrygischer Mützenheld, Spartakus. Die Geschichte ist mit männlichem Blut geschrieben. Die Frauen sind da friedfertiger. Aber wenn du nicht gleich machst, daß du fertig wirst, lege ich wirklich eine Bombe.«

Benjamin spürte eine seltsame Identität mit all diesem Aufruhr und all dieser Revolte. Seinen Träumen entstieg eine säbelklirrende und von Detonationen zerrissene Zukunft. Die Gerechtigkeit wird siegen, behauptete gottergeben Pater Telling und blinzelte, als bestünde ein geheimes Einverständnis zwischen ihm und dem Lenker der Geschichte.

Jonas blickte mit einem Auge von seiner Lektüre auf und fixierte Benjamin, der allmählich aus blutigen Fernen in die nach Kaffee duftende Wirklichkeit zurückkehrte. Hinter den Fenstervorhängen lärmte der Morgen. Fliegen huschten flügelsurrend über das Glas. Ihr Leib schimmerte bläulich. Die Sonne stieß weiße Strahlen durch das grobmaschige Gewebe des Vorhangs. »Du siehst finster aus wie ein Menschenfeind.«

Benjamin steckte den Tadel wortlos ein, biß kleine Stücke von seinem Honigbrot ab und schmeckte aus süßem Seim saure Hefe heraus. Neben sich hatte er sein Geschichtsbuch gelegt und memorierte die Vergangenheit. 218 Hannibals Zug nach Italien mit 50000 Mann Fußvolk, 9000 Reitern, 37 Elefanten. »Wie kämpft ein Elefant?«, fragte er, die Jahreszahl mit seiner Fingerkuppe bedeckend. Jonas lehnte sich zurück, so daß der Sessel ächzte.

»Er nützt sein Gewicht aus.«

»218, 218, 218, 218«, flüsterte Benjamin vor sich hin, klappte das Buch zu, schluckte den letzten Bissen herunter und strich die Haare zurück. 218. Bomben und Elefanten. Er ging, Jonas zuwinkend. Die niedergeprügelte Gestalt des kleinen Mannes haftete. Sie machte jedoch eine seltsame Wandlung durch. Längst war es nicht mehr der kleine Mann in schäbigen, zerrissenen Kleidern, sondern ein hochgewachsener, breitschultriger, draufgängerischer Kerl, ein Bursche wie ein Elefant, der einer feigen Übermacht weichen mußte. Kurzum, Benjamin hatte einen Helden, den er mit allen Attributen der Tapferkeit ausstattete. Seinen Freunden beschrieb er den Mann in derart strotzenden Farben, daß neben Franz, Popel, dem Baron, dem Auto auch Gogo in die Heldenverehrung einstimmte. »Das ist ein Kerl, ein Samson, ein…«

Was Benjamin in der folgenden Zeit unternahm, stellte er ganz unter die Schirmherrschaft seines Helden. Er gab unumwunden vor, den Mann persönlich zu kennen, mehr noch, er bekannte sich als Vertrauten, als Freund – und auf heroische Vorbilder anspielend, über deren Lebensdaten er in einem Oktavheft Buch führte, hatte er bald das Idealbild eines Mannes aus allerlei glänzenden Lappen zusammengeflickt. Franz, der mit ihm Augenzeuge gewesen war, merkte nichts von der Verwandlung. So sehr nun Benjamin von seinen Freunden bedrängt wurde, den Namen preiszugeben, er schwieg. Was ist schon ein Name. Jedes Würstchen hat einen Namen.

»Recht hat er«, sagte Franz.

»Man könnte …« Der Konjunktiv Benjamins Indikativ. Unterdessen war der Blutfleck gänzlich zertreten und vom Regen verwaschen. Herr Weber hatte eine neue Reklame in sein Schaufenster gehängt.

Waldorf-Astoria Cigarette
Über den Buchstaben schwebte eine Krone. Zwei Eichenzweige umschlossen die runde Fläche.

»Schmeckt alles nicht mehr«, klagte Herr Wind. »Man sollte am Daumen lutschen.«

Gogos Vater hatte seinem Sohn zum Geburtstag einen Punchingball geschenkt, auf daß dieser seine Muskel stähle, im Leben müsse man seinen Mann stehen. Gogo war dünn, biegsam und widerstandslos. Seine schmalen, stets tintenverschmierten Händchen ragten hilflos aus seinen Rockärmeln. Er ging stets etwas gekrümmt, als wäre er tausend Jahre alt, was sage ich, gekrümmt, als wäre er überhaupt noch nicht geboren.

Seit diesem Geburtstag besuchte Benjamin seinen Freund sehr oft, postierte sich in der Mansarde der Bergerstraße 92 vor den braunglänzenden Punchingball und vergrub seine kantigen Fäuste in ihn. Gogo schwelgte in Muskelutopien. Er beobachtete Benjamin, wie dieser den Ledersack umtanzte, der träge von der Decke herunterhing. Das schrägwandige Zimmer war mit Schachteln und Kartons angefüllt und bot nur wenig Platz für Angriffsschritte.

»Du wirst sehen, die Muskeln wachsen, wenn man sie trainiert.« Mit einem Bindfaden maß Gogo den Umfang seines Oberarms. Erschöpft hielt Benjamin inne. Seine Handknöchel schmerzten. »Du hast Streichholzärmchen«, sagte er geringschätzig zu Gogo. »Das kommt noch. Ich esse jeden Sonntag eine Kraftbrühe.«

»Ich weiß nicht, wozu das Ganze gut sein soll«, entgegnete Benjamin, der sich bei der schwitzenden Leibesertüchtigung etwas unbehaglich fühlte.

Gogos Vater war ein kleiner, dicker Mann, der wegen seiner Kurzatmigkeit nur kleine Sätze sprach, meist gar nur in Hauptwörtern. Manchmal, wenn es ihm sein gutgehendes Textilgeschäft erlaubte, schaute er den Jungen zu, zog selbst die Jacke aus, krempelte die Hemdsärmel hoch und schoß seine kleinen Fäuste gegen den Ledersack.

»Gestählt muß man sein.« Er liebte den Imperativ, war nie zufrieden, schmiedete Pläne, sein kugeliger Leib war stets in Bewegung. Gogo schämte sich seines Vaters, wenn dieser schweratmend die Fäuste vorschnellte, sich Befehle zuschrie, obwohl er jedesmal bald ermattete, die Krawatte, die über der Weste hing, wieder in Ordnung brachte und von einem Fuß auf den anderen trat, wie es ein eilfertiger Verkäufer tut, wenn sein Erfolg vom Mißtrauen eines Kunden getilgt wird. Er benutzte den Augenblick der Erschöpfung, um seinen Sohn zu bewundern, als dieser, um die Blamage seines Vaters wiedergutzumachen, die Arme wie Dreschflegel bewegte, aber der Ledersack kämpfte gegen Gogo.

Benjamin beobachtete Gogos Vater, der mit unverhohlener Freude seinem Sohn zuschaute, obwohl es schien, als würde dieser die ungelenken Bewegungen seines Erzeugers parodieren: dieselbe Spannung der Kraftpose, jawohl.

Jonas war anders, dachte er, ihn geschwind mit Gogos Vater vergleichend. Er schwebte, soweit diese Vorstellung überhaupt möglich war, über den Dingen. Als ihm Benjamin von seiner Körperertüchtigung erzählte, daß nämlich seine Oberarmmuskeln innerhalb von vierzehn Tagen zwei Zentimeter gewachsen seien, winkelte Jonas die Arme und ging in Boxerstellung, den rechten Arm an die Schulter zurückziehend. Sein breites Gesicht zog sich lauernd zusammen.

»Greif an! Hier steht Jack Dempsey.« Benjamin lächelte überlegen und ließ die Arme herabhängen.

»Greif an.«

»Du bist doch ein alter Mann«, sagte Benjamin. Im selben Augenblick spürte er eine Faust auf seiner Brust, schwankte einige Schritte zurück und stürzte zu Boden. Er kämpfte japsend um Atem und versuchte sich hochzustemmen, glitt aber wieder zurück. Jonas stand breitbeinig vor ihm und schaute erschrocken drein.

»Ich habe dir gesagt, Jack Dempsey. Fehlt dir was?«

»Nein«, stammelte Benjamin und sah auf die großen, schaufelförmigen Hände von Jonas, die sich allmählich wieder entkrampften. Als Benjamin wieder stand, seine Brust abtastete und wackelnden Schrittes das Zimmer verließ, lachte Jonas.

Später erst rückte Benjamin mit seiner Bewunderung heraus. »Mensch, du schlägst ja tatsächlich wie Jack Dempsey.«

Beide lachten. Benjamin wurde vor Hochachtung redselig, erzählte von seinen Freunden, diesen jedoch teilte er herablassend mit, was Jonas sei, den sie ja kennen würden, nun, wenn der zuschlüge … Er ließ den Satz unvollendet. Zu Jonas sagte er. »Wir könnten uns doch zusammentun und die Welt verprügeln.« Aber Jonas dämpfte die Begeisterung des Jungen.

»Bin ich denn wirklich ein alter Mann?«

»Das habe ich nicht so gemeint«, stammelte Benjamin und wich dem Blick seines väterlichen Freundes aus.

Herr Neuhaus warb weiterhin mit der Arroganz eines wohlgenährten Vaters um die Gunst seines Sohnes. Er sprach von der glorreichen Zukunft Deutschlands. Für Benjamins Empfinden redete er allzu oft von Deutschland. Er gebrauchte das Wort in allen erdenklichen Zusammenhängen und berauschte sich dermaßen daran, daß er fast ins Singen kam.

Der Zufall wollte es, daß Benjamin, der zusammen mit Jonas durch die Bergerstraße ging, Gogo und dessen Vater traf. Benjamin, der an einem Muskelkater litt und die Arme in die Hüfte stemmen mußte, um würdig gehen zu können, winkte Gogo zu. Sofort riß Herr Neuhaus seinen Hut vom Kopf und schrie, noch ehe Jonas etwas gesagt hatte, daß er sich ungemein freue, die Bekanntschaft des Vaters eines so begabten, vielversprechenden Jungen zu machen. Er sei ein Bewunderer der Jugend. In ihren Händen liege die Zukunft.

Jonas, der arg in Verlegenheit geriet, weil er barhäuptig sich nicht zu ähnlichen Höflichkeitsdemonstrationen hinreißen lassen konnte, nickte mit dem Kopf. »Zwar bin ich nicht der Vater des hoffnungsvollen jungen Mannes, sondern nur sein Erzieher – gleichsam.«

Eine merkwürdige Veränderung ging mit Herrn Neuhaus vor sich. Er stülpte den Hut auf seinen Kopf zurück und zog die Stirn kraus. »Nicht der Vater? Haben Sie keine Kinder?«

»Nicht, daß ich wüßte«, erwiderte Jonas und befreite seine Hände von den Handschuhen. Herr Neuhaus verhielt sich reserviert. Klein und ein wenig geduckt stand er vor Jonas. Er reichte ihm gerade bis zur Schulter und war gezwungen, sich auf die Zehenspitzen zu stellen, um seiner Person mehr Nachdruck zu geben. Sein Staubmantel spannte sich überm Bauch. Gogo trat zu Benjamin. »Was machst du denn?«

»Wir gehen spazieren.«

Gogos frischgewaschenes Gesicht, seine geölten Haare glänzten in der Sonne. Seine Hose reichte bis an den Knie-

›308‹

ansatz. Die Schuhe waren mindestens eine Nummer zu groß. Er roch darüber hinaus noch nach Veilchenseife.

»O heiliger Bimbam«, schrie Benjamin, »sucht dir dein Vater schon eine Frau?« Für ihn stand es fest, daß ein bestimmtes Maß an männlicher Prachtentfaltung allein erotische Gründe haben müßte.

Gogo fühlte sich unbehaglich in seiner Schönheit – und um wenigstens in einem Punkt Benjamin entgegenzukommen, fuhr er mit der Hand durch seine Haare.

»Gott, was tust du?«, schrie sein Vater, der seinen Sohn nicht aus den Augen gelassen hatte. »Jetzt siehst du wieder aus wie ein Russe.«

›Wie in aller Welt sehen Russen aus?‹, fragte sich Benjamin. ›Sie haben doch nur Bärte.‹

Unterdessen war die Unterredung zwischen Herrn Neuhaus und Jonas immer erregter geworden. Benjamin hörte Jonas leise sagen: »Das alles sind Bemerkungen, die ebenso richtig sind, als sie Ihnen selbstverständlich erscheinen. Patriotische Redensarten, die die tatsächlichen Gegebenheiten gar nicht kennen wollen.«

Wenn Jonas leise sprach, sah man ihm die Anstrengung an, nicht laut herauszubrüllen. Er sprach leise, weil er eigentlich sich nur noch im Diskant hätte verständigen können. Jonas war sehr widersprüchlich. Sein Zorn war Meeresstille. Wenn er schwieg, war seine Verzweiflung am größten. Im Augenblick sprach Jonas leise – und Benjamin trat mißtrauisch an die Hauswand zurück. Herr Neuhaus war aus anderem Holz geschnitzt. Alles was er wußte – und so viel wußte er nicht –, lag auf seiner Zunge parat. Er lief vor Zorn rot an. Die Äderchen zitterten an seinen Schläfen.

Während er einen vernichtenden Blick auf Jonas schleuderte, schrie er: »Ich sage nur Versailles.« Er buchstabierte fast das Wort, so daß die Buchstaben wie Hagel über Jonas herprasselten, der seinen Zigarrenstummel aus dem Mund vor die Füße fallen ließ. »Sie sind ein Defaitist«, fügte Gogos Vater hinzu, ohne jedoch auch dieses Wort zu buchstabieren. Einige Passanten verlangsamten ihren Schritt oder blieben gar stehen in der Hoffnung, Zeuge eines Zweikampfes werden zu können, aber Jonas, der den Auflauf mit einem Lächeln quittierte, trat mit seinem Schuh den noch glimmenden Zigarrenrest aus, faßte Benjamin bei der Hand und eilte davon, ohne sich nach dem noch immer krakeelenden Herrn Neuhaus umzuschauen, der, da er plötzlich seines Gegners beraubt war, sich an den nächsten Passanten wandte und schrie.

»Versailles ist doch eine nationale Schande!« Er wiederholte es mehrmals und drehte sich im Kreise herum. Bald hatte er Zustimmung, wildfremde Menschen schüttelten seine Hände. Jonas war schon ungefähr fünfzig Schritte weitergegangen, als ihn Benjamin fragte: »In Versailles haben wir doch den Krieg verloren?«

»Ja«, entgegnete Jonas. »Am 28. Juni 1919, in dem Jahr, als du geboren wurdest.«

»Warum wurde denn Gogos Vater so böse?« Jonas winkte ab und beschleunigte seine Schritte. »Er ist ein Quasselkopf.«

»Worüber habt ihr denn geredet?«

»Ich habe behauptet, der Krieg sei der Rabenvater aller Dinge.«

»Und dann ...«

»Herr Neuhaus oder wie der Vater des so vielversprechenden Jungen heißt, behauptete, der Krieg sei für uns notwendig, um die Schmach von Versailles zu tilgen.«

»Wie kamt ihr denn darauf?«, fragte Benjamin und schaute auf seine schmutzigen Fingernägel.

»Männer kommen immer auf diese Dinge zu sprechen.«

»Ist es wahr, daß der Kaiser nach Holland getürmt ist?«

»Ja«, sagte Jonas und steckte sich eine neue Zigarre an.

Herrn Neuhaus, der jetzt schon bald hundert Schritte mit Gogo zurückblieb, hatten die stürmischen vaterländischen Anbiederungsversuche vor all den Leuten das Gefühl gegeben, groß dazustehen – und er war jetzt nur noch empfindlicher dagegen, lächerlich gemacht zu werden. Er verbot seinem Sohn bei Androhung von Prügeln und Taschengeldentzug, sich mit einem derartigen Früchtchen wie Benjamin einzulassen. »Da lernst du nichts.« Ungefähr zur selben Zeit sagte Jonas zu Benjamin, er solle sich doch mehr um Gogo kümmern.

Der Zwischenfall auf der Bergerstraße zerbrach jedoch allmählich die Freundschaft zwischen Gogo und Benjamin. Schon als sie sich nach dem Streitgespräch zum erstenmal wieder sahen, schwieg Gogo und bemühte sich ostentativ um andere Jungen. »Nun fang nicht gleich an zu stänkern. Was ist mit dir los?«, Benjamin hielt Gogo am Kragenaufschlag fest und näherte sich ihm bis auf Handbreite. »Was machst du für Fisimatenten?«

Gogo wich zurück. Sein Gesicht schimmerte bleich und armselig. »Laß mich los!«, bettelte er. »Mein Vater hat mir verboten, mit dir zu sprechen.«

»Warum?«

»Du bist ...«

»Sprich es schon aus.«

»Du bist ...« Gogo versuchte sich zu befreien. »Du bist ein Vaterlandsverräter. Du hast noch nicht einmal einen richtigen Vater.«

Kurz und gut. Die Freunde sprachen nicht mehr miteinander und schauten jedesmal, wenn sie sich sahen, zur Seite. Gogo tat sich mit einem vierschrötigen Jungen aus der Untertertia zusammen, der über die zwei Meter hohe Schulmauer pissen konnte, außerdem besaß er schon einen Goldzahn und war im Stimmbruch. Benjamin beobachtete die beiden, wenn sie zusammen nach der Schule heimwärts schlenderten. Gogo trug die Büchertasche seines neuen Freundes und tastete bohrend und bewundernd das grobe und fleischige Gesicht mit den Augen ab, die zu schielen anfingen, wenn sie sich auf einen Gegenstand konzentrierten. Ohne Zweifel: Gogo liebte das Rohe, und doch konnte Benjamin nicht verstehen, warum ihn Gogo in der nächsten Zeit behandelte, als sei er Luft. Benjamin nannte ihn Gottfried und betonte das Wort auf der letzten Silbe, so daß es wie eine Beschimpfung klang. Es war auch schwierig, so zu tun, als gäbe es Gottfried Neuhaus nicht, als habe sich ein faltenbäuchiger Mann nie die Mühe gemacht, einen Sohn in die Welt zu setzen, der sich hinter Muskelbergen verkroch und nur auf ein Stichwort seines Beschützers und Freundes hin erst handelte.

»Er setzt ihn noch aufs Töpfchen«, sagte Franz geringschätzig und meckerte vor Lachen. Er wurde daraufhin von Gogos Chef jämmerlich verprügelt, während Gogo selbstzufrieden und stolz blinzelnd zuschaute, die Schläge seines Herrn und Meisters rhythmisch nachahmend. Aus seinem gott- und weltergebenen Knabengesicht war ein schadenfrohes Gesicht geworden, eine Visage, die auf eine merkwürdige Art und Weise der grobschlächtigen Physiognomie seines Freundes ähnlich wurde.

»Wie der Herr, so's Gescherr.«

Es war, als hätte Gogo schon lange Zeit auf diese Gelegenheit gewartet, der wahren Bestimmung seines Wesens zu folgen, nämlich überhaupt zu folgen.

Bald, sehr bald sollte Benjamin auch einen direkteren Grund haben, Gogo zu verachten, denn Caesar, wie sich der Busenfreund des Verräters vielversprechend nannte, knüpfte sich eines Tages ohne ersichtlichen Grund Benjamin in der Friedberger Anlage vor. »Dein Gesicht gefällt mir nicht. Du Kojote. Du Jammerschwanz. Du sollst deinen Caesar grüßen.«

›Da kann nur Gogo dahinterstecken‹, dachte Benjamin, aber er hatte kaum Zeit zu Überlegungen. Als er »Judas« schrie, traf ihn ein Faustschlag auf die Wange. Er strauchelte, dann aber kehrte mit einer Woge Zorn sein Selbstvertrauen zurück, und er schlug wild drauflos, riß den Kopf zur Seite, fintierte und ließ die Fäuste Caesars ins Leere gehen. Schließlich gelang es ihm, den Blick auf den Goldzahn gerichtet, den Ansturm seines plötzlichen Feindes zu stoppen.

»Warte nur«, sagte dieser, ließ seine Arme sinken und ging mit den trägen Bewegungen eines Siegers davon. Benjamin stand schweratmend da und umfaßte den dämmerigen Rundblick der Häuserwände und Platanen. Erst allmählich schwand sein Zorn, und er spürte die Stellen, wohin die Fäuste Caesars getroffen hatten. Benjamin machte sich auf den Heimweg. Er hatte dem Caesar getrotzt: Am liebsten hätte er mit dicken Kreidestrichen seinen Namen auf die Straße geschrieben. Vor Mißbehagen, unauffällig einherschreiten zu müssen, wie es nun einmal das Reglement der Straße verlangt, hüpfte er auf einem Bein, schlenkerte wild mit seinen Armen und sang:

»Dobsche, Dobsche, tralala.

Violindraht ist kaputt.«

»Hast du einen Veitstanz?«, fragte Jonas, der mit ihm die Treppe hochstieg.

»Ich habe Caesar besiegt«, prahlte Benjamin und zog sich am Geländer hoch.

Es war jedoch ein kurzer Triumph. Caesar konnte die Niederlage nicht vergessen. Er lauerte Benjamin auf und verdrosch ihn schlicht mit dem Kapital der 2 ½ Jahre, die er ihm voraus hatte. Gogo schaute zu, die Hände in den Hosentaschen. Benjamin schrie: »Judas, Judas, Judas.« Der Goldzahn Caesars erinnerte ihn an die Silberlinge. Dreißig waren es. Benjamin wagte nicht, mit seinem zerrissenen Hemd Jonas vor die Augen zu kommen, schon allein deswegen, weil dieser in der letzten Zeit sich um sorgfältige Kleidung kümmerte.

»So kannst du nicht herumlaufen! Kleider machen Leute!« Er streifte durch die Stadt, überquerte den Eisernen Steg, betrat das Pissoir, das man links auf der Sachsenhäuser Seite an die Brücke angebaut hatte, ein dunkles, nach Salmiak und Fäulnis riechendes Loch, in dem eine staubige Lampe die beteerte Wand spärlich mit Licht bestrich. In Augenhöhe ging das teerige Schwarz in kalkiges Weiß über, das mit zahllosen Zeichnungen bedeckt war, verschiedenerlei Geschlechtlichkeiten darstellend, die in alle Himmelsrichtungen deuteten. Ein Betrunkener stützte sich mit einer Hand an die Wand und fummelte mit der anderen Hand in der Hose: »Heute morgen hatte ich ihn noch!«

Benjamin buchstabierte die Sprüche, ohne ihren Sinn zu verstehen. Der Salmiakgestank nahm ihm den Atem. Er trat zurück. Der Betrunkene reckte sich hoch und entdeckte Benjamin.

»Das ist Kunst«, sagte er. »Höhlenmalerei.« Er beschrieb mit seinem Urinstrahl einen Bogen. »Hol mir einen Arzt. Ich laufe aus. Dieser Herr hier«, er deutete auf seinen Kaiser Wilhelm, »hat drei Töchter gezeugt. Mir aus dem Gesicht geschnitten. Drei Töchter. Mörser und kein Stößel.«

Schlammspritzer klebten an seiner Hose.

Benjamin glaubte seinen Vater vor sich zu sehen. Einer Wundertüte entsprungen. Sein zerzauster Bart ragte in die Luft. Sein Gesicht blätterte von ihm ab. ›Das bist du also!‹,

›314‹

schien er sagen zu wollen. Er lachte, daß sich sein Leib bog, es war ein fanatisches Lachen, das aus der Tiefe seines Bauches hervorkam.

»Du denkst wohl, ich bin betrunken, mein Sohn, nichts weniger als das«, stammelte der Betrunkene. Betäubt von der Kette seiner Gedanken, stützte er sich wieder an die Wand und wankte. »Sie werden mich noch kennenlernen«, brummte er und knöpfte mit einer Hand umständlich die Hose zu. »Ich laß mich nicht unterkriegen, nicht ich, nicht ich.« Er schrie und stieß seinen Zeigefinger ins Ohr. Er richtete seine Worte in die leere Ecke. »Mit mir können sie das nicht machen.« Das magnesiumweiße Licht schoß über sein Gesicht, das bärenhaft in seiner Breite war und grobknochig. »Rin in den Käfig, Latz zu und davon!« Im Predigerton fügte er hinzu: »Es ist alles eitel, sagt der Prophet, es ist alles eitel.« Mit diesen Worten stürmte er aus dem Raum. Benjamin hinter ihm her. Er lachte, und es war alles gut. Er stemmte die Arme in die Hüften, warf den Kopf zurück und lachte.

»Was hat dich für eine Mücke gestochen?«, fragte Jonas, als er das übermütige Gesicht Benjamins sah.

»Ich habe gut gepinkelt«, erwiderte dieser und beschrieb seine Erlebnisse, fragte auch dies und das, was zum Beispiel die Verse bedeuteten, die die Wand bevölkerten. Er war sehr neugierig und wollte alles bis auf das I-Tüpfelchen wissen. Herrgott, sind das Umstände.

Als Jonas das hörte, stimmte er ein langanhaltendes Gelächter an: »Wenn ich nicht allezeit aufpasse, wächst du mir über den Kopf. – Das ist so«, sagte er und erklärte, daß es so ist.

Τῶν παίδων, Διόδωρε, τὰ προσθέματ᾽ εἰς τρία πίπτει σχήματα, καὶ τούτων μάνθαν᾽ ἐπωνυμίας. τὴν ἔτι μὲν γὰρ ἄθικτον ἀκμὴν λάλου ὀνόμαζε, κοκκὼ τὴν φυσᾶν ἄρτι καταρχομένην. τὴν δ᾽ ἤδη πρὸς *χεῖρα σαλευομένην λέγε σαάραν. τήν δὲ τελειοτέρην οἶδας, ἃ χρή σε καλεῖν.*

»Was ist das?«, fragte Benjamin. »Ein Spaß«, erwiderte Jonas und entdeckte das zerrissene Hemd.

Pfefferkuchen

»Schön, daß Sie wieder da sind«, sagte Jonas zu Dr. Schnee-berger, der in dem hohen Jugendstilsessel saß und ein Glas Portwein in der Hand hielt, um zuweilen daran zu nippen. Dr. Schneeberger war ein gutes Jahr im Ausland gewesen und hatte Benjamin aus Port Said, Bagdad, Kairo, Damas-kus, Alexandria und Istanbul Briefe und bunte Karten ge-schrieben, die dieser mit einem Gummiring bündelte und bei seinen Freunden herumzeigte.

»Riech mal dran!«, ermunterte er die Bewunderer.

Jetzt saß Dr. Schneeberger glücklich vor Jonas und wippte mit seinen gamaschierten Schuhen. Seine Frau sei noch zu erschöpft von all den Eindrücken der Reise, gestand er. Sie lasse sich entschuldigen.

Benjamin hatte sie nur wenige Male gesehen und erinnerte sich an eine hochbusige, stürmische Dame, die stets ihre Arme weit aufhielt, um irgendein Mannsbild an ihre Brust zu drücken, sei es Milchmann, Briefträger oder Benjamin. Ihren Mann nahm sie von dieser Zeremonie aus. Als sie Benjamin zum erstenmal erblickte – es war einige Wochen nach dem Tod seiner Mutter –, stürzte sie ihm aufschreiend entgegen.

»Mein Junge, ist es nicht furchtbar, allein in der Welt zu stehen!« Sie forderte Benjamin auf, sich hinzusetzen, nein, in ihre Arme zu kommen. Sie legte ihre langen unruhigen Hände auf seine Schultern und sprach trauerdunkle unheil-schwangere Texte. Sie schien in längst vergangene Ereignisse versunken, deklamierte, schrie, flüsterte, trieb ihre Stimme zu einem Schluchzer und küßte Benjamin auf die Stirn.

»Du Armer!« Dann glitt sie aus dem Zimmer, ihr langes bauschiges Kleid mit der Hand raffend.

»Wenn du mich fragst, wie alt diese Frau ist«, sagte Jonas später zu Benjamin, »so würde ich antworten zwischen achtzehn und vierzig.«

Benjamin entnahm dieser verworrenen Bemerkung, daß Jonas Frau Schneeberger nicht schätzte. Als sie gar erfuhr, daß Jonas vorzüglich kochte, bat sie sehr artig um eine Probe, erschien auch an der Hand ihres Mannes, behielt ihre Nerzstola bei Tische an und kostete die Suppe, deren Dampf sie hexenhaft umwölkte, mit zugespitzten Lippen.

»Bizarr!«, jauchzte sie, stand auf und versuchte Jonas zu umarmen, der jedoch sofort in die Küche enteilte, um das Huhn aus dem Backofen zu holen.

»Diese Frau hat den Gaumen eines Nilpferdes«, schrie Jonas später vor Entzücken. »Es war nichts als eine magere Grießsuppe.«

Jetzt erzählte Dr. Schneeberger – Benjamin sollte ihn Onkel Alfons nennen – von seinen Reisen, von den Moscheen Bagdads, den kühlen aromatischen Palmenhainen und von den Karawanen. Benjamin verknüpfte die Geschehnisse zu einem üppig bunten Teppich. Das waren die streng duftenden Räume, glitzernden Giebel und halbmondgekrönte Turmspitzen seiner Träume, die lauten Gassen, das war das Mekka seiner Hoffnungen. Es trat jedoch, ohne daß er sich darüber im klaren war, der Zustand ein, daß er ganz andere Dinge hörte, als Dr. Schneeberger oder Onkel Alfons erzählte. Dieser nämlich erging sich in peniblen archäologischen Berichten, sprach von Imhotep, dem Baumeister der Stufenpyramiden, von Giseh, von Daschur, gab Maße an; Benjamin jedoch türmte aus den Ruinen eine prachtvolle Stadt hoch. Er vermochte nicht einen Augenblick auf dem Stuhl ruhig sitzen zu bleiben. Inmitten der polierten Möbel,

die ihn, schweigende Paladine, umstanden, fühlte er sich
plötzlich geniert. Der Jadebuddha, der auf einem Stoß Briefe
thronte, lächelte grün zu ihm herüber. Er stand auf und
schlich vorsichtig aus dem Zimmer, Jonas mit einem flehen-
den Blick streifend.

Dr. Schneeberger versprach, über seine Reise, die er zum
Studium von Augenkrankheiten gemacht hatte, noch mehr
zu berichten, ließ für Benjamin eine echte Wasserpfeife zurück, die mit goldnen Arabesken verziert war. Jonas pro-
bierte sie aus und mußte ganz jämmerlich husten, obwohl er
in seiner leiblichen Behaglichkeit, der orientalischen Fülle
seines Bauches, kurzweg in seiner ägyptischen Würde eine
gute Figur machte. Es kehrte jedoch beschämt zu seinen
Brasil-Zigarren zurück, die er, im Genuß die schrägen
Augenschlitze geschlossen, verpaffte.

Es war die Zeit vor Weihnachten. Frau Halleluja schob
Bleche mit Pfefferkuchenteig in das schwarze Maul des
Backofens.

»Sie werden zart wie Butter«, flüsterte sie zwischen den
mehligen Fingern hindurch, die sie bedeutungsvoll vor den
Mund hielt. Ein Geruch von Zimt, Gewürznelken und Honig
durchzog die Küche, kroch durch das Schlüsselloch und die
Türritzen, wanderte durch die ganze Wohnung und nistete
in Jacken und Mänteln. Es war das Parfüm großer Erwartungen. In dieser Zeit liebte Benjamin die Unterhaltungen
mit Jonas, der weit in seinen Sessel zurückgelehnt, die
Augen halb geschlossen, dasaß. Die Dämmerung ließ ihn
noch massiger erscheinen, und Benjamin hatte den Eindruck, als würde Jonas beim Reden gleichsam überkochen.
Sein Körper schwankte im Takt seiner Sätze. Es wirkte grausam ernüchternd, wenn Jonas, sobald das Zimmer tinten-
schwarz war, sich ächzend hochstemmte, zur Tür ging und
das Licht anknipste.

»Ob ich«, fragte Benjamin, »den Pfefferkuchen probieren darf?«

»Er ist jetzt noch hart wie Hundekuchen«, entgegnete Jonas, »aber wenn du willst, bitte.«

Die quadratischen Stückchen waren in einer Silberdose, die im Relief eine Rokoko-Jagdszene zeigte. Benjamin löste den scharf-süßen Zimtkuchen langsam im Munde auf. Allmählich drangen seine Zähne in die weicher werdende Masse. Er biß sie durch und sagte kauend: »Ich habe jetzt das Rezept zur Herstellung einer Bombe, zehn Teile Salpeter, zwei Teile Kohle und eineinhalb Teile Schwefel und Wums.« »Ich werde dich fürchten müssen«, erwiderte Jonas und sah auf das Spinnennetz, das von seinem Bücherschrank an die Decke reichte. Sein Gesicht löste sich in die traurigen Jahresringe von Runzeln und Fältchen auf. »Marsch an die Arbeit!«, sagte er, als er den prüfenden Blick Benjamins bemerkte.

»Richtig!«, sagte Benjamin. Seit geraumer Zeit sagte er richtig zu allen erdenklichen Gelegenheiten. Das Wort besaß magische Kräfte. Seine Sprache erschöpfte sich in diesem Wort, dessen zweite Silbe er dehnte, so daß das i über die Ufer der gewohnten Bedeutung trat, um schließlich durch das g schnöde eingefangen zu werden. Richtig. Jonas hatte die Brauen hochgezogen, als er das Wort öfters hören mußte, und den Verdacht geäußert, es sei doch eine Bankrotterklärung des Ichs, zur Welt nichts anderes als richtig sagen zu können. Er verkannte jedoch den magischen Sinn des Wortes. *Richtig* war im Munde Benjamins eine Parole gegen die Ungewißheit schlechthin, und Jonas mußte das Wort in allen Tonarten hören. Als Benjamin jedoch dazu überging, keinen Satz mehr ohne die Stütze dieses Wortes zustande zu bringen, befahl Jonas: »Schluß damit!« Kaum hatte Benjamin jedoch dieses Wort aufgegeben, krönte er alles mit der Floskel unendlicher Neugierde und Mißtrauens: »Was heißt das?«

Mit dieser Frage lag er stets auf der Lauer, und er glaubte im Ernst, alle Geheimnisse würden sich offenbaren, wenn er nur diese Frage ausspräche. Situationen, Eindrücke und Gegenstände wurden mit diesem Satz aufgeputscht.

Schließlich, eine Woche vor Weihnachten, dominierte das Wort Kismet. Es war die Woche, als aus der Küche Schwaden von Wohlduft herausströmten und Frau Halleluja ›Tauet Himmel den Gerechten‹ sang, während sie den Besen heftiger als gewöhnlich in die Ecken stieß. »Wo hast du nur solche Worte her?«, fragte sie und liebkoste den Fußboden mit ihren Augen, die Hände in der Schürze verborgen. Ihr Knoten war aufgegangen und Strähnen grauer Haare hingen ihr in den Nacken. Sie gaben ihrem Kopf ein rächendes Aussehen. Da sie überdies Basedow-Augen hatte, wurde das Strenge an ihr nur noch verstärkt.

»Sie müssen Jod nehmen!«, riet ihr Jonas. Sie trank jedoch viel lieber ein Schnäpschen, eine zärtliche Verklärung nannte sie es. Daß der Kognak im Schreibtisch stets weniger wurde, führte Jonas auf die Vorliebe von Frau Hallelujah zurück, der Welt verklärt gegenüberzutreten, ›Tauet Himmel den Gerechten‹ zu singen. Jonas behauptete, dieser solenne Singsang sei eine Flasche Kognak wert.

Als ihr Benjamin etwas geheimnisvoll erklärte, was Kismet bedeutet, floh sie durch die Zimmer und schlug die Türen hinter sich, um schließlich im Flur ihren Mantel vom Haken zu reißen. Benjamin folgte ihr.

»Kind!«, schrie sie und wickelte einen schwarzen Wollschal mehrmals um ihren Hals. »Du bist doch ein Christ.« Sie sagte es voller Unruhe und illustrierte ihre Worte mit beschwörenden Handbewegungen. Dann auf der Türschwelle, bis zur Nasenspitze eingemummt, weil ein bissiger Nordostwind durch die Bergerstraße wehte, Schnee über die Dächer hinabtrieb, so daß die Fußgänger in ihre Mäntel gekrümmt an den Häuserwänden entlangstrichen, nun auf der Türschwelle, als sie ihre roten Hände in selbstgestrickte Fausthandschuhe zwängte, als sie ihr Gesicht in der Vorahnung der Kälte verkrampfte, ermahnte sie Benjamin noch, der sie entsetzt über die Heftigkeit ihrer Reaktion anstierte: »Bleib ein Christ!«

Bis Weihnachten hatte Benjamin die Pfefferkuchen in der silbernen Büchse aufgegessen. Nur noch einige rostbraune Krümel bedeckten den schwärzlichen Boden. Vor Jonas versuchte er den Vorfall in einen Scherz zu verwandeln, war aber wenig später mit bekümmertem Gesicht zur Entgegennahme jeder Strafe bereit. Was Benjamin jedoch nicht wußte, war die Tatsache, daß Jonas ebenso gelegentlich nach dem Pfefferkuchen griff und aus diesem Grund sehr milde gesinnt war.

Über Weihnachten fuhr Benjamin zu seinen Großeltern nach Hanau und spielte die meiste Zeit mit seinem Großvater Mühle. Als er einmal gewann, indem er mit zwei Zwickmühlen die Steine seines Gegners unbarmherzig einstrich, packte der Großvater das Mühlbrett und fegte es mit den Steinen vom Tisch. »Ich verkalke.« Noch lange nach der Niederlage hielt er an diesem Satz fest. Es war das letzte Spiel, das Benjamin mit seinem Großvater spielen konnte. Das Brett diente fürderhin als Unterlage für Weinflaschen, die sich wie Türme aus den kabbalistischen Strichen erhoben. Rotweinflecken drängten sich zwischen die Linien.

»Das hast du von deinem Vater«, sagte der Großvater. Benjamin wußte jedoch nicht, was damit gemeint war, ob sein Geschick oder die Niedertracht, nicht verlieren zu können. Überhaupt tauchte sein Vater öfters in den Gesprächen des Großvaters auf, meist mit dem Unterton des Spottes. »Ein Windhund war er, ein Filou, schwängert und verschwindet.« »Sei doch still«, mahnte die Großmutter, »der Junge muß doch nicht alles wissen, er weiß ohnehin schon genug.«

»Nichts weiß er«, sagte der Großvater und strich über sein Kinn. Im Hühnerstall, der sich an den winterkahlen Garten anschloß, nahm er überhaupt keine Rücksicht mehr auf die Jugend seines Enkels. Er hatte Benjamin mitgenommen, einen Hahn zu schlachten, war es doch Sitte, den Mägen an hohen Feiertagen ein Opfer darzubringen. »Dem Himmel Frömmigkeit, dem Magen seinen Braten.«

Mit unverhohlenem Entsetzen hatte Benjamin beobachtet, wie sein Großvater in der Küche ein Messer wetzte. So blieb er auch einen Schritt zurück, als dieser umständlich den schweren altertümlichen Schlüssel mit dem gespaltenen Bart in das Schloß steckte und knirschend drehte, auch wagte er es nicht, in den dämmrigen, nach Torf, Hühnermist und Heu riechenden Raum einzutreten, als die Tür quietschend auffuhr. Dunkelheit verschluckte seinen Großvater, und ein Rauschen, Flattern, Gackern, Scharren und Kratzen erhob sich. In einer Wolke von Federn und Staub erschien einen Atemzug später der Großvater, mit der rechten Hand den gerupften Hals eines jungen Hahnes umfassend. Die Flügel hochschlagend, versuchte der Vogel seinem Peiniger zu entkommen. Dadurch wurde der Großvater jedoch gezwungen, dem Schwung nachzugeben, so daß es schien, als wolle er seine Arme wie Flügel bewegen. Er hatte große Mühe, das Zappeln des Hahnes zu dämmen. Aus seiner Hand tönte ein gurgelndes Krächzen. Langsam senkte sich die Wolke aus Federn, und Benjamin sah, die Hand vor den Mund gepreßt, wie sein Großvater den Hahn über einen Holzklotz legte – dann schloß er die Augen.

»Ein Hahn wie dein Vater«, sagte der Großvater. Er hielt den erschlafften, kopflosen Hahn in der Hand, während er das Messer an dem Holzklotz sauber strich.

»Du bist ein Mörder!«, schrie Benjamin und lief durch den Garten ins Haus zurück.

›323‹

»Ein Hahn wie dein Vater!«

Von dem Weihnachtsbraten, der auf einer goldumrandeten Schüssel in der Mitte des Tisches stand, aß Benjamin keinen Bissen. Der Großvater tranchierte den Vogel in einem
schweigenden Zeremoniell und schaute traurig zu seinem
Enkel hinüber.

»Ein junger Hahn ist das beste, was es gibt.« Dann nahm
er einen goldbraunen Schenkel und hob ihn an die Lippen.

*Edent pauperes et saturabuntur et laudabunt Dominum,
qui requirunt eum vivent corda eorum in saeculum saeculi.*

Zum Essen gab es Wein. Benjamin erhielt ebenfalls ein
Glas, das bis zur Hälfte goldgelb gefüllt war. Das Gesicht
des Großvaters nahm plötzlich den Ausdruck von Feierlichkeit und Sorge an, als er sein Glas bis in Kinnhöhe führte
und auf die Zukunft seines Enkels in einem Zuge austrank.

»Bald bist du auch ein Mann. Die Zeit vergeht wie ein
Tropfen auf der heißen Herdplatte.«

»Ich kann das nicht mehr hören«, klagte die Großmutter
und wischte sich mit einem Tuch den Mund ab. Um die
Wahrheit zu sagen, Benjamin aß sehr wenig. Dafür trank er
seinen Wein in kleinen Schlückchen, und er spürte sehr bald,
wie eine seltsame Hitze sich in seinem Innern breitmachte.
Das Messer verwandelte sich plötzlich in eine prächtige
Waffe. Das Metall lag kühl in der Hand. Das Essen wurde
unversehens ein unbarmherziger Zweikampf, der Benjamin
arg ins Schwitzen brachte. Sein Herz öffnete sich den Orna-
menten der Tischdecke, die er in Buchstaben zu zerlegen
versuchte. Der Großvater goß das inzwischen leere Glas seines Enkels aus gastfreundschaftlicher Zerstreutheit voll, und
Benjamin trank es gierig aus.

Triumph. Die bleiche Glätte des Porzellans schimmerte
zu ihm herüber. Er lehnte sich unternehmungslustig zurück
und streckte die Beine aus. Müdigkeit rang in ihm mit dem

Verlangen, aufzustehen und ein Liedchen zu trällern oder
einen Purzelbaum zu schlagen. Herrgott, er verschwamm
mit den Dingen um sich herum.

»Was ist mit dir los?«, fragte die Großmutter und fuhr mit
ihrer kühlen Hand Benjamin über die Stirn. »Mein Vater ist
kein Hahn, mein Vater ist ein Held. Ihr werdet schon sehen.« Benjamins Stimme ertrank in einem Lallen.

»Jungfrau Maria, er ist betrunken«, rief die Großmutter
aus und bekreuzigte sich. »Das hast du von deinen elenden
Männergeschichten.«

»Er ist ein Mann«, sagte der Großvater und legte die ab-
genagten Knochen auf seinen Teller.

In Erinnerung blieb Benjamin die turmhohe rotkarierte
Bettdecke, ein schweres Tier auf seiner Brust, so daß er
glaubte, immer tiefer sinken zu müssen. Er war ein Mann.

Als Benjamin einige Tage darauf sich von den Großeltern verabschiedete, küßte ihn der Großvater auf die Stirn.
In seinem kleinen Köfferchen hatte er außer seinen Schlaf-
habseligkeiten einen Rollkragenpullover, den ihm seine
Großmutter gestrickt hatte in der Hoffnung, er würde noch
hineinwachsen, eine Tüte mit Zimtkuchen, eine Flasche Birnenschnaps für Jonas, fünfzigprozentigen versteht sich, die
gelben Hauer eines Ebers, echt versteht sich, eine Dose
Honig, ein Kinderbild seiner Mutter, wie sie mit langen
Zöpfen in den Knien etwas eingeknickt an einen Zaun ge-
lehnt steht, schließlich ein paar Handschuhe und eiförmige
Ohrenschützer.

»Grüß den Fritz!«, rief der Großvater noch und schwenkte
seinen Hut, während der Zug zischend anfuhr. Schreien.
Winken. Eine Trillerpfeife. Vergiß nicht auszusteigen. Vergiß nichts. Jeder Abschied steigert sich zu Ermahnungen.
Die Großeltern rückten immer weiter in die Ferne, sie
wedelten mit den Taschentüchern. Der Zug schob sich an

grauen Häuserwänden vorüber, in deren Fenster die ausgelegten Kissen und Bettdecken leuchteten. Weiße Flaggen. Feiglinge, dachte Benjamin, der pflichtgemäß, als gehöre es zur Zeremonie des Reisens, seine Brötchen auspackte und hineinbiß, während Dampffetzen am Fenster vorüberstoben.

»Was gibt's Neues?«, fragte Jonas, der in seinem pelzbesetzten Mantel Benjamin auf dem Frankfurter Hauptbahnhof erwartete und sich auf die Zehenspitzen stellte, um die Menge zu überschauen, die hastig aus den Abteilen hervorquoll und drängend und schiebend zur Sperre hineilte. Benjamin wurde von der gedämpften Eile und Aufregung der Menschen mit ergriffen, und als gelte es, den Wettlauf zu seinen Gunsten zu entscheiden, hielt er sein Köfferchen vor und rannte.

»Hallo, Jonas!«, schrie er, als er seinen väterlichen Freund außerhalb der Menschenmenge entdeckte.

»Wir müssen uns beeilen.«

»Wo brennt es?«

»Wollen wir hierbleiben?«, rief Benjamin außer Atem und schlenkerte sein Köfferchen in die Richtung seiner Vordermänner. Einen Augenblick versuchte er sich einzureden, er könne ja mit einem einzigen Schritt zur Seite treten, das Köfferchen hinstellen und Jonas begrüßen, er wurde aber mitgerissen und vorangestoßen, so daß Jonas mit der Wucht seines Körpers, die Arme vorstreckend, sich eine Gasse in die Menge bahnte, Benjamin am Kragen packte und ihn bis an die Bahnsteigrampe zerrte.

»Wie war die Reise?«

Benjamin stellte seufzend sein Köfferchen hin. Es war seine erste Reise, die er ohne schützende Begleitung gemacht hatte. An jeder Station hatte er den Kopf weit zum Fenster hinausgestreckt und das Ortsschild gesucht. Beinahe wäre er in Frankfurt-Süd ausgestiegen, beinahe hätte er sein Köfferchen im Netz liegengelassen, wo es ein freundlicher Mann hingelegt hatte. So sehr ihm auch die Umgebung während der Fahrt hätte bekannt sein müssen, schaute er genauer hin, zersplitterte das halbwegs Bekannte in fremde Details.

»Wie war die Reise?«, Jonas wiederholte die Frage und angelte mit zwei Fingern das Köfferchen.

»Gut, in meinem Abteil saß ein Mann, ungefähr doppelt so alt wie du, der hat mir geholfen.«

»Was hat er dir geholfen?«

»Zu reisen«, bekannte Benjamin. »Der Mann wußte alle Stationen auswendig, kannte alle Ankunfts- und Abfahrtszeiten und schrie, sowie sich unser Zug zu lange auf einer Station aufhielt, nach dem Zugführer und zeigte auf seine Uhr, die sehr genau gehen mußte. ›Mein Herr, erlauben Sie mir die Bemerkung: Sie verspäten sich, Sie vertrödeln die Zeit wie eine geschwätzige Frau.‹ Er geriet in Zorn und drohte mit Beschwerden bei höheren Stellen. Er sagte auch, daß wir in einem Land leben, aus dem man nur auswandern könne. ›Pünktlichkeit‹, schrie er in Offenbach, als der Zug drei Minuten über die Zeit wartete, ›Pünktlichkeit ist das A und O eines anständigen Lebens.‹ Der Mann sprach hochdeutsch.«

»Eine interessante Reise«, sagte Jonas und schob Benjamin zur Sperre. »Kismet«, stieß Benjamin hervor und kramte seine Fahrkarte aus der Hosentasche. »Großmutter erzählte, daß Mama ein Junge werden sollte.« Jonas schwieg.

Das Experiment

Daß das Pulver aus zehn Teilen Salpeter, zwei Teilen Kohle und aus eineinhalb Teilen Schwefel bestehe, daß die Wirkung nur eintrete, wenn die richtige Mischung gelänge, man diese dann in einen verschließbaren Behälter schütte und mittels eines Zünders zur Explosion bringe, war Benjamin sonnenklar. Wie man jedoch in den Besitz der verschiedenen Pülverchen kommen konnte, blieb rätselhaft, zumindest schwierig, wenn nicht gar gefährlicher als das Experiment selbst.

»Kinder«, sagte Dr. Groß, der am 30. Dezember, dem sechsten Tag in der Oktav nach Weihnachten, Jonas besuchte, zu einer Zeit, als es in Deutschland 5,66 Millionen Arbeitslose gab und die Konkursziffern derart groß waren, daß ein Bankrott so etwas wie ein Schnupfen war, den jeder durchleiden mußte, also am 30. Dezember 1931 sagte Dr. Groß: »Kinder sind ein umgekehrter Midas, das Erstarrte, das sie berühren, wird wieder zum Leben erweckt.« Er kam gerade von der Einhorn-Apotheke und trug ein Paket Medikamente unterm Arm.

»In einer Apotheke bekommt man alles, und was man bekommt, kann alles sein und wirkt bei allen Krankheiten gleich gut oder schlecht oder überhaupt nicht.« Dr. Groß schenkte Benjamin ein Röhrchen mit einem Vorbeugungsmittel gegen Schnupfen, Erkältung und Heiserkeit. Dreimal täglich lutschen. »Was die Kindereien betrifft«, wandte er sich an Jonas, »so beneide ich dich, daß du immer jünger wirst. Gott, du hast einen Ausdruck im Gesicht!«

Jonas hob abwehrend die Hände hoch. Benjamin beugte sich vor und verließ das Zimmer.

»Wahr ist es, du scheinst aufgeräumter als vor einem halben Jahr«, fuhr Dr. Groß fort, »du siehst aus als hättest du etwas Großes vor.«

Jonas reckte sich vor und sagte: »Das habe ich auch, ich will dich Silvesterabend einladen. Wir wollen das alte Jahr unter den Tisch trinken.«

»Wo es hingehört«, pflichtete Dr. Groß bei. »Aber im Ernst, vor einem halben Jahr wollte ich dir den Puls fühlen, jetzt möchte ich dir am liebsten einen Blutegel ansetzen.«

Benjamin, der immer noch in Gedanken an der Bombe herumbastelte, war durch Dr. Groß auf den Gedanken gekommen, sich die Ingredienzien aus der Einhorn-Apotheke zu beschaffen. Salpeter, Kohle und Schwefel. Da man gemeinhin das Jahresende mit vielerlei Krach und Raketen verabschiedete, dachte Benjamin zusammen mit Franz als Dämonenvertreiber sich zu betätigen. Salpeter, Kohle und Schwefel. Er zog den Mantel über, verabschiedete sich von Jonas und Dr. Groß und ging, nachdem er sich fünf Reichsmark eingesteckt hatte, die ihm der Großvater für Notfälle schenkte, die Bergerstraße hinauf zur Einhorn-Apotheke, die einem Dr. Bechstein gehörte, der vor nicht langer Zeit das Emblem über der Eingangstür vergolden ließ: ein springendes, pralles Pferd, aus dessen Stirn sich ein Horn schraubte. Die beiden Vorderhufe schlugen ins Leere.

Heute war die Konstellation so, daß das Horn in die Richtung des Mondes deutete, der blaß durch das Nachmittagsgrau schimmerte. Die Dächer duckten sich unter dem schlierigen Himmel und trugen schwer an den wild aufgebauschten Wolken. Es schien eine geheime Verbindung von Mond und Einhorn zu bestehen, eine Verbindung nämlich wie zwischen Wunde und Waffe. In die Tür war ein

Wappen geschnitzt, auf dem ebenfalls ein Einhorn sich hochbäumte. Zu seinen Füßen entrollte sich der Spruch: *Medicina praesens.*

Vorsichtig öffnete Benjamin die Tür, und ein Dreiklang rief ein bis zum Hals hinauf weißgekleidetes Mädchen aus dem Hinterzimmer. In dunkelbraunen Regalen, die hinter dem Ladentisch die Wand verstellten, türmten sich Porzellandosen, Fäßchen und Flaschen wie Säulen bis an die Decke. Benjamin trat an den Ladentisch, auf dem eine Waage zitternd um ihr Gleichgewicht bangte.

»Ich hätte gern Salpeter, Kohle und Schwefel und Eukalyptus.« »Wozu?«, fragte das Mädchen. Sie zeichnete mit einem Bleistift Striche und Kreise auf einen Block.

»Dr. Groß schickt mich«, log Benjamin und schob das Fünfmarkstück über die Tischplatte. »Salpeter, Kohle und Schwefel.«

»Wieviel?«

»Ein Pfund zusammen.« Benjamin ärgerte sich, nicht die genaue Menge ausgerechnet zu haben, die er für eine wirkungsvolle Bombe bräuchte. Er überschlug hastig, verhedderte sich jedoch heillos in den Zahlen. Das Mädchen schaute ihn mißtrauisch an. Ihr Blick pendelte zwischen dem Fünfmarkstück und Benjamins Augen, die auf den Tiegeln und Porzellandosen die Bezeichnungen buchstabierten.

Ungt. Basilic. Funct. Anisi. Flor. Cinae. Crocus. Confect. Cinae. Camphora. Pulv. Dentifr. Menth. Extr. Valerian. Adeps. Suillus. Amyl. Orizae. Durch die großen gelben Fenster drang kaum Licht in den Raum. Ein indifferentes Leuchten schien von dem Porzellan selbst auszugehen. Mit all diesen Essenzen, Salben, Kräutern und Pülverchen müßte doch, dachte Benjamin, ein Mittel gefunden werden, das für alles gut wäre: gegen die Dummheit, für die Klugheit, gegen Idiotie, für die Armen, für die Muskelstärke, kurzum für

alles und gegen alles. Während er in Gedanken die Wohl-
taten dieses einzigartigen Rezepts durchging, wog das Mädchen die verschiedenen Ingredienzien in kleinen Tütchen ab,
beschriftete sie und reichte sie Benjamin.

»An sich dürfte ich dir das gar nicht geben.«

Die ganze Manipulation mit den kleinen Mengen schien
Benjamin lächerlich, wenn er die Detonation bedachte, die
sie hervorbringen würden. Das Mädchen in dem weißen
Kittel schenkte ihm keinerlei Aufmerksamkeit. Mit mechanischen Bewegungen strich sie das Geldstück ein, drückte
mit gespreizten Fingern die Tasten der Kasse, die mit einem
blechernen Klingeln auffuhr, fingerte das Wechselgeld heraus und verabschiedete Benjamin mit einem Kopfnicken,
der einen pfenniggroßen Eukalyptusbonbon aus der Tüte
angelte und in den Mund steckte. Diese Geste schien sich auf
eine merkwürdige Weise dem Mädchen mitzuteilen, denn
auch sie schob die Lippen vor. Ihre Wangen glänzten men-
nigrot. Mit den Händen strich sie den Kittel glatt. An das
Regal lehnend, aus dem die Porzellandosen wie ein grau-
sames Gebiß herausleuchteten, glich sie einem Engel, der
mit der Waffe eines überlegenen Lächelns den Uneingeweih-
ten fernhält. Benjamin drückte die Türklinke herunter, ohne
den Blick von dem Mädchen zu nehmen, das sich anschickte,
in den hinteren Raum zu verschwinden, aus dem das Knirschen eines Mörsers tönte. Für einen Augenblick geriet Benjamin in den Bann des schattenlosen Raumes. An der Wand
leuchtete das Pentagramm. Ein Duft von strengen Essenzen
wehte zu ihm herüber. Die Reihe der Tiegel ähnelte allmählich einer Stange, auf der sich phosphoreszierende Vögel
wiegten, im Gefieder geheimnisvolle Zeichen tragend. Benjamin spürte den ätzenden Geschmack des Eukalyptus auf
seiner Zunge, den er an den Gaumen preßte. Er riß die Tür
auf, und der traurige Dreiklang verfolgte ihn auf die Straße.

Die Tütchen trug er stolz in der Armbeuge. Salpeter, Kohle und Schwefel. *Medicina praesens.*

Franz, der im Baumweg wohnte, kam mit zerzausten Haaren an die Tür.

»Was machst du?«, fragte Benjamin besorgt, und Franz, der das Hemd in die Hose steckte wie die letzte Habe in das rettende Boot, seufzte: »Lederstrumpf ist tot.« Franz war ein großer Leser. Er fraß die Bücher auf und vergaß alles um sich herum, selbst das Essen. Er identifizierte sich mit den Helden, gab sich deren Namen, sprach deren Sprache.

»Franz«, tuschelte Benjamin und versuchte den Kopf seines Freundes zu sich heranzuziehen. »Franz, wir haben Pulver. Die Mischung ist ein Kinderspiel, und dann jagen wir irgend etwas in die Luft.« Franz kam erst allmählich zu sich und vergaß das traurige Schicksal Lederstrumpfs.

»Hast du das Pulver bei dir?«

Benjamin nickte mit dem Kopf und hielt ihm die Tüten hin.

»Wackele nicht so! Sonst geht es los.« Mit ängstlichen Augen hing Franz an den Tütchen.

»Idiot, es ist doch nicht gemischt. Erst wenn es richtig gemischt ist, kann es losgehen, verstehst du, wie beim Kartenspiel.«

Franz bemühte sich sachverständig dreinzuschauen. »Natürlich.« Er hatte den Lederstrumpf völlig vergessen. »Warte, ich zieh mir die Schuhe an.« Aber Benjamin hielt ihn am Hosenträger fest.

»Das machen wir morgen, an Silvester.« Und er blinzelte wie ein Verschwörer. »Morgen um zehn Uhr bei mir.«

Er blieb eine Weile unschlüssig stehen. Dann stieg er die Treppe hinab. Die Wände waren mit Blumenranken bemalt. Das schmiedeeiserne Geländer endete in einem Sockel, aus

›332‹

dem ein bronzener Jüngling emporwuchs, der eine Fackel trug. Benjamin betrachtete ihn ausgiebig.

In der Zeit seines Einkaufs hatten Dr. Groß und Jonas über Gott und die Welt gesprochen, freilich mehr über die Welt. Als Benjamin das Zimmer betrat, nestelte Dr. Groß seine Uhr aus der Westentasche, hielt sie, ehe er sich um die Zeit kümmerte, ans Ohr und sagte: »Gott haben wir geschwätzt, geschwätzt und geschwätzt. Die Philosophen sagen, die Zeit sei das Maß der Bewegung, aber was haben wir schon bewegt als die Lippen.« Er verabschiedete sich, warf den Mantel um die Schultern, steckte das Paket unter den Arm, lachte und hüstelte, blieb an der Tür noch gut fünf Minuten stehen und erzählte einen Traum, von dem er behauptete, er habe ihn wirklich geträumt: »Ich war eingeladen. Als ich in der Schatulle eines prächtigen Fracks dort ankam, mußte ich zu meinem Befremden feststellen, daß ich der einzige war, der nicht nackt einherging. Ich hob meine Augen an die Decke, aber schon stürzten alle auf mich zu, schüttelten mir die Hand und steckten, da sie damit nicht wußten wohin, mir Taschentücher, Puderdosen, Geldbörsen und Spiegel in meine Taschen, so daß ich immer mehr aufquoll und um mein Gleichgewicht rang. Als ich meine Jacke abzustreifen versuchte, hielten sie sich an meinen Armen fest. Ich begann zu rudern und zu schreien, aber es nutzte nichts. Ohne Zweifel war ich ein Schubfach für den Überfluß geworden. Ich wurde dicker und dicker, platzte schließlich und erwachte.« Jonas lachte und hielt sich am Treppengeländer fest. Dr. Groß kramte wieder seine Uhr hervor und hielt sie an die Ohrmuschel. »Es ist höchste Zeit«, schrie er, knöpfte den Mantel zu und ging. Seine Magerkeit ließ den Mantel bauschig um seinen Körper flattern.

»Er sollte heiraten!«, seufzte Jonas.

»Wird man dadurch dick?«, fragte Benjamin.

›333‹

Jonas verweigerte die Auskunft und stiefelte in sein Zimmer, wo er, den Rauch einer Zigarre wie als magischen Kreis um sich legend, zu arbeiten begann, während Benjamin zum drittenmal den *Don Quijote* las.

»Müßiger Leser! Ohne Eidschwur kannst du mir glauben, daß ich wünschte, dieses Buch, als der Sohn meines Geistes, wäre das schönste, stattlichste und geistreichste, das sich erdenken ließe.«

Ähnliche Wünsche hatte Benjamin bei der Herstellung der Bombe. Franz kam genau um zehn Uhr sieben zu Benjamin, der neun Uhr fünfzig nach der Standuhr äugte, durch deren gotisches Glasfenster der Perpendikel schimmerte. Das kupferne Zifferblatt war derart oxidiert, daß mit Sicherheit nur die zwölf und die sieben zu erkennen war. Jonas hatte die Uhr bei einem Trödler für ein Spottgeld erstanden. Sie war gut hundert Jahre alt – Benjamin erzählte seinen Freunden, es seien mindestens tausend – und mochte vier Generationen zu allen erdenklichen Gelegenheiten die Zeit angegeben haben. »Sie überlebt uns alle«, behauptete Jonas, »ohne daß das irgendeine weitere Bedeutung hätte.« Ihr Schlag hatte die jugendliche Ungeduld eingebüßt und klang eher wie ein metallisches Knirschen oder, wie Dr. Groß meinte, wie das ohnmächtige Zähneknirschen eines verblödeten Hexenmeisters. Diese Uhr bereitete sich nun knisternd vor, die zehnte Stunde zu schlagen, wenn man von Mitternacht an rechnet. Für Benjamin war es die zweite Stunde des Tages; wäre, denn noch wurde die Feder nicht freigelassen, um ein Hämmerchen an den Eisenring zu schleudern.

Franz kam, wie gesagt, um zehn Uhr sieben. Nachdem die zehn Schläge verklungen waren und nachdem Benjamin so sehr in das Zifferblatt gestarrt hatte, daß er schon glaubte, ein vernarbtes altes Gesicht zu sehen.

Benjamin verabschiedete sich von Jonas mit der Bemerkung, er sei bald zurück, das heißt zur Essenszeit. Obwohl er noch nichts zu fürchten hatte, stahl er sich leise, Franz an der Hand fassend, durch das Treppenhaus und trat erst auf die Straße, nachdem er mißtrauisch nach rechts und nach links geschaut hatte. Die Tütchen waren in der Manteltasche verstaut und beulten sie aus. Auf der Zunge zerschmolz ein Eukalyptusbonbon.

Franz sprach von großen Detonationen, Vulkanausbrüchen, Kometen, Sternschnuppen und Zimmerbränden. Er redete sich in Rage, gestikulierte, hielt aber plötzlich inne und fragte Benjamin: »Ist das eigentlich gefährlich?« Benjamin schüttelte den Kopf. Er ging steif und strategisch.

»Hast du die Hosen schon voll?«

Franz winkte ab. »Man darf doch fragen.«

Sie stiegen in die 2, die nach Seckbach fuhr. Während der Fahrt sprachen sie kein einziges Wort. In der Wiesenstraße stieg ein kleiner, fipsiger vogelgesichtiger Mann hinzu, der seinen Mantelkragen hochgestellt hatte, so daß sein Kopf fast verschwand. Er schnabulierte und quasselte, ohne seine krächzenden Worte an irgend jemand Bestimmtes zu richten, einfach vor sich hin, gleichsam für jeden, der sich die Mühe machte, dem Wortschwall einen Sinn abzulauschen. Es dauerte nicht lange, bis sich einige Neugierige auf dem Perron um den quecksilbrigen Zwerg geschart hatten, der mit seinen Armen kaum den schweren Mantel bewegen konnte. Der hektische Monolog, der zwischen den bläulich dünnen Lippen hervorsprudelte, war, wie Benjamin heraushörte, weniger ein Gebabbel als eine unermüdliche Schimpfkanonade, ein Gemecker, ein Trommelfeuer von Verwünschungen der Menschheit, der Welt im allgemeinen, der Straßenbahn, der Frauen, des Tabaks, der Butterpreise und der Regierung.

»Ihr Daachdieb, ihr Bettnässer, schafft nix, halt' Maulaffe feil, steht rum, anstatt zu schaffe, ihr Himmelhunde.« Zwischen den Worten hüpfte seine Stimme in ein meckerndes Lachen. Der Zwerg war genauso groß wie Benjamin. Seine Schuhe jedoch so lang wie die eines völlig ausgewachsenen Mannes, wenn nicht noch länger. Sie waren in steter Bewegung, da der Gnom keinen Augenblick stillstehen konnte, in der Furcht, etwas zu versäumen. Er drehte sich um seine Achse nach dem Rhythmus seiner Beschimpfungen. »Ihr Daachdieb!«

Der Schaffner lachte und stachelte den Zwerg zu immer ausführlicheren Predigten an.

»Was sacht dann dei Frau, wenn de immer so babbelst?«

»Weiber kenne mä gestohle bleiwe.«

Die abwehrende Handbewegung war derart abrupt, daß der hastige Prophet vornüber stolperte.

»Her mer uff!«

Seine Hände waren spinnendürr und schmutzig.

»Ich laß euch all Stei kloppe, ihr Daachdieb!«

Er stieg mit Benjamin und Franz in Seckbach aus. Es machte ihm Mühe, über das Trittbrett wegzukommen. Wie ein Vogel, der sich seiner Flügel nicht mehr recht bedienen kann, hüpfte er davon, einen Redeschwall vor sich her babbelnd.

Aus den Gärten knallten Karbidbüchsen. Hunde schoben sich ängstlich, den Schwanz zwischen die Beine geklemmt, vorbei. Sie hielten den Kopf schief und zuckten bei jedem Knall zusammen, ihren Bauch an die Erde pressend. Unter solchen Umständen schien es Benjamin schier unmöglich, eine Bombe zusammenzubasteln. Der Tag hatte ohnehin die Farben des Weltunterganges angenommen, ein Grau, durch das das schmutzige Gelb einer schwachen Sonne hindurchsickerte. Die Geräusche klangen schärfer als gewöhnlich von der Stadt herüber. In den nackten Bäumen hockten mißtrauische Krähen. Über der Stadt hing ein trüber Dunst. Der Tag vermochte sich nicht aus den grauen Laken der Morgendämmerung herauszuschälen. Die Häuser lehnten müde aneinander. Aber die Gegenwart von Franz, der, seinem ängstlich zusammengezogenen Gesicht nach zu urteilen, eine ähnliche Bangigkeit im Herzen spürte wie sein Freund, verpflichtete Benjamin, der auf einer Schutthalde zwischen rostigen Bettgestellen, aufgeschlitzten Matratzen und fauligen Kisten eine Dose zu suchen begann, in die er das Pulver schütten konnte. Nachdem er eine litergroße Büchse gefunden hatte, hockte er sich in eine windgeschützte Mulde, packte die Tütchen aus und mischte das Pulver, indem er zehn Eßlöffel Salpeter, zwei Eßlöffel Kohle und eineinhalb Eßlöffel Schwefel, wie er es von Jonas bei der Zubereitung von schwierigen Speisen gewohnt war, in eine verbeulte Emailleschüssel füllte. Beinahe hätte er den Löffel, den er sich in kluger Voraussicht eingesteckt hatte, an die Lippen geführt, als Franz vor Lachen fast stolperte.

»Pruste nicht so! Das Zeug fliegt mir weg.« Franz trat scheu zurück.

»Mensch, bist du ein Würstchen. Man kann dich bei keiner Männerarbeit gebrauchen«, fügte Benjamin hinzu.

»Ich dachte, du wolltest das Zeug essen. Dann hätte ich dich angesteckt, und du wärst in den Himmel geflogen.«

»Hock' dich doch ruhig hin! Jetzt weiß ich, verdammt nochmal, nicht mehr, wieviel Löffel es waren.«

»Willst du noch ins Kloster?«

Benjamin ließ Franz schwätzen und beugte sich geheimnisvoll über die Schüssel. In seine Nase stieg der ätzende Geruch des Schwefels. Als er die gelbgräuliche Mixtur gut durcheinandergerührt hatte, löffelte er sie vorsichtig in die

›337‹

Dose, durch den Deckel stieß er mit dem Korkenzieher seines Taschenmessers ein Loch, dann drehte er ein Zeitungsblatt, das ihm trocken genug schien, zwischen den Handflächen zu einem langen Docht, den er durch das Loch des Deckels in die Dose hineinzwängte, lehnte sich zurück und sagte erwartungsvoll: »So!«

Franz kaute auf den Nägeln. Durch die Maschen seiner langen Strümpfe schimmerte seine Haut. Ihn faszinierte die Selbstvergessenheit, mit der Benjamin das Pulver zusammenbraute, und angesichts der großen Detonation, die in großen Fontänen bis an den Himmel stoßen würde, bemächtigte sich seiner eine geradezu steife Feierlichkeit. Er bewunderte Benjamin.

»Meinst du«, fragte er, »daß es zündet?« Aber Benjamins Gedanken waren derart mit dem Abdichten der Dose beschäftigt, daß er nicht auf die quengelnden Fragen von Franz einging. Er wußte wohl, daß Franz ihm jetzt mit Haut und Haar ergeben war: ein Famulus, der den Hantierungen seines Meisters mit ehrfürchtigen Augen folgt.

»Bist du fertig?«, fragte er, und Franz, der mit dem bloßen Hinschauen schon genug Arbeit geleistet zu haben glaubte, sagte: »Ja«, erhob sich und trat vorsichtig zurück. Benjamin war von Natur nicht für eine hinhaltende Feierlichkeit geschaffen. Der Wind wehte die Papierfetzchen, die aus seiner Hand krümelten, davon.

»Wie lange wird es dauern«, fragte Franz, »bis es zündet?«

»Erst müssen wir einen Platz finden, wo wir in Deckung gehen können.«

In dem Graben, der sich längs des Pfades an den Gartenzäunen zog, über die schwarze, dornige Zweige hingen, prüfte Benjamin, ob man liegend gut gegen die Wucht der Explosion abgeschirmt sei. Der Boden war feucht und kalt.

Franz suchte sich einen Platz weiter zurück, schichtete noch einige Steine hoch und beobachtete durch die Ritzen seiner kleinen Mauer Benjamin, wie dieser bedächtig den Abstand zwischen Bombe und Graben mit langen Schritten abmaß, die Hand über die Augen hielt und den Weg entlang schaute. Kein Mensch war zu sehen. Krähen wippten auf den Ästen.

»Bist du fertig?«, rief Benjamin Franz zu, der ganz hinter den Steinen verschwunden war und sich eng an den Boden kuschelte.

»Bist du fertig?« Benjamin strich ein Zündhölzchen über die Reibefläche, es glühte auf, aber der Wind verschluckte die Flamme. Eine zarte Rauchwolke stob hoch. Franz begann laut zu zählen.

»Idiot, ist doch gar nichts los.« Franz trug die Angst wie ein Uhrwerk mit sich herum. Er stieß gegen die Mauer, und ein Stein rollte auf seinen Rücken. Er schrie. Erst das dritte Hölzchen, das Benjamin in der hohlen Hand hielt, konnte den Docht entzünden. Benjamin lief, so schnell er konnte, zum Graben, warf sich ohne Rücksicht auf seine Hose hin und preßte den Kopf an die Erde. Es roch faul. Ein Kribbeln lief über seine Haut. Nichts geschah. Die Stille war ohrenbetäubend.

Er sah, wie sich Franz in den Graben hineindrückte. Er zählte, wartete einen Augenblick, bis er vor Ungeduld den Kopf hob und zur Mulde herüberschaute, aus der noch nicht einmal eine Rauchwolke hervorstieg, um mit seltsamen Figuren das kommende Ereignis anzudeuten.

Die Römer lasen die Zukunft aus dem Rauch ab, der aus ihren Kochtöpfen quoll, behauptete Jonas. Im Augenblick schien alles stillzustehen. Selbst der Wind war in den Gartenzäunen zur Ruhe gekommen. Benjamin sprang auf und ging vorsichtig zur Mulde hin, versuchte sich auf den Zehenspitzen zu heben, um die Bombe zu erspähen, und gerade als er mit der Schuhspitze den Rand der Mulde berührte, schoß aus der Dose, in der, wie das Etikett verriet, ehemals sich echt deutscher Bienenhonig befand, eine blauweiße Stichflamme hoch, die Benjamins Ärmel streifte, den dieser, in der Meinung, das Experiment sei mißglückt, ausgestreckt hatte. Ein dumpfer Knall. Und der Deckel flog in die Höhe, kreiselte und sank dann zwanzig Meter weiter ermattet zu Boden. Schmerz durchzuckte Benjamin. Der Geruch von verbranntem Stoff schoß in seine Nase. Der rechte Ärmel seines Mantels glimmte. Von Franz war nichts zu sehen. Mit der linken Hand schlug Benjamin auf den verkohlenden Stoff und trieb den Schmerz immer tiefer in sich hinein.

»Franz!«, schrie er, »ich bin verwundet.« Er hielt den schwelenden Ärmel hoch und lief, er wunderte sich, überhaupt noch auf den Beinen stehen zu können, zum Graben, aus dem sich Franz hochrappelte, einen Stein in den Händen haltend, den er bei der Explosion an die Brust gedrückt hatte.

»Jesus, du brennst.«

Benjamin schaute an sich herunter, drehte sich um seine Achse und wimmerte vor Schmerz, bereit, dem Leben auf immer zu entsagen. Jedoch war er etwas voreilig zu diesem Entschluß gekommen, denn das erwartete Schwinden der Sinne stellte sich nicht ein, vielmehr vergrößerte sich der Schmerz. Er hockte sich nieder und streifte den Ärmel des Mantels zurück. Auf seiner Haut bildeten sich Blasen. Ein rostiges Rot reichte vom Ellenbogen bis zur Handwurzel.

»Ob ich sterbe?«, stöhnte er. Die Welt hatte sich nicht verändert. Sie war auch nicht untergegangen. Der Himmel hing grau herab. Die Krähen hatten sich etwas weiter in Apfelbäumen niedergelassen. Ihre Schreie wehte der Wind herüber. Franz hielt den Arm Benjamins hoch, der in einer öden

Kraterlandschaft zu liegen glaubte, wie er sie von Schlachtenbildern des Weltkrieges her kannte. Verkohlte Baumstrünke ragten hoch. Ein wohliges Ermatten beschlich seinen Körper. Welch erhabener Anblick. Zu Tode getroffen, mit brechenden Augen, gerade noch im Stande, eine Schar von Offizieren zu erkennen, die auf ihn zuritten, um ihm einen mächtigen Orden auf die Brust zu heften. Kein Zweifel: er war ein Held.

»Am besten du betest!«, riet Franz, der nur einen kurzen entsetzten Blick auf die Wunde geworfen hatte. Seine Stimme vibrierte, er faltete die Hände. Benjamin taumelte hoch und sagte mit unsicherem Lächeln, den Arm an den Leib pressend: »Ich will zu Hause sterben.«

Der Wind hatte den Rauch verwirbelt. Ein Geruch von Schwefel und Rauch hing in der Luft.

»Kannst du gehen?«

Benjamin schritt langsam aus. Die Tatsache, daß er gehen konnte, machte ihn zuversichtlicher.

»Ob das Narben gibt?«, fragte er. Die Wunde brannte. Er kramte ein Taschentuch hervor und wickelte es um den Arm. Dann begann er zu laufen und bog in den Weg ein, der zur Straßenbahnhaltestelle führte. Franz stürmte hinterher. Er schaute sich öfters um, als fürchte er, eine weitere, größere Explosion könne jeden Augenblick der Welt endgültig den Garaus machen. Am Tatort tauchte ein Mann auf. Ein Hund stöberte aufgeregt, die Schnauze am Boden, die Haare rings um den Kopf gesträubt, zwischen den Dosen herum und bellte.

Mit einem zweiten Taschentuch, das ihm Franz gab, verdeckte Benjamin die angekohlte Stelle des Mantels.

Jonas empfing die beiden mit der Bemerkung: »Schon wieder zurück?« Als er jedoch den märtyrerverzerrten Benjamin sah, der sich an die Wand lehnte und in den Knien leicht einknickte, wurde er mißtrauisch. Er packte die beiden Jungen am Mantelkragen und schob sie in den Flur.

Franz rettete die Situation mit einer überaus wahrheitsgemäßen Schilderung des Unglücks. Jonas hörte unbewegt zu.

»Was wolltet ihr denn mit der Bombe?«

»Das neue Jahr einschießen«, flüsterte Benjamin und kroch vorsichtig aus dem Mantel.

»Das wird ein schönes Jahr werden!«, sagte Jonas und führte Benjamin in das Badezimmer, wo er ihn den Arm in das Wasserbecken tauchen ließ.

»Eine Stunde mußt du es aushalten.«

Der Schmerz verebbte. Die Kälte schien durch die Poren der Haut in den Körper zu dringen und ihn taub und unempfindlich zu machen.

»Ein neuer Gaius Mucius Scaevola«, seufzte Jonas im Hinausgehen.

»Ein Glück, daß dein Vater im Grunde genommen nicht mehr lebt. Er würde dich jetzt erziehen.«

»Was tust du?«, fragte Benjamin laut.

»Gott sei es geklagt. Ich hole dir etwas zu essen.«

Die Geburtswehen eines Jahres

Der Schmerz war nach dem langen Wasserbad geschwunden. Jonas hatte die Wunde mit Öl betupft und den Ärmel des Hemdes hochgekrempelt. »Frische Luft ist die beste Medizin«, sagte er.

Benjamin hielt den Arm an die Brust gepreßt. »Verlier ich den Arm?«, fragte er tonlos.

»Du hast doch Mumm in den Knochen«, erwiderte Jonas und überließ Benjamin seinem Schicksal, das vorerst darin bestand, daß er in sein Zimmer schlich und mit der linken Hand im *Don Quijote* blätterte: »Es will mich bedünken, mein edler Herr, daß all diese Unglücksfälle, die uns in den letzten Tagen zugestoßen sind, ganz gewiß die Strafe für die Sünde waren…«

Obwohl er seine Finger an der rechten Hand sehr gut bewegen konnte, war der Arm seltsam taub und gegen jeden Druck unempfindlich. Benjamin hatte bei der ganzen Heilungsprozedur etwas Dramatisches erhofft. Die Erste Hilfe, die ihm Jonas gab, samt dem Kraftsüppchen, das er mit der linken Hand etwas wehleidig löffelte, bot wenig Möglichkeit für ein Aufbauschen der Ereignisse.

Inzwischen waren drei Stunden seit der Detonation vergangen, die nichts als Dreck hochgewirbelt hatte und kaum zu sehen war. Benjamin saß in seinem Zimmer vor dem Fenster, gegen das er seinen Atem blies, so daß sich ein milchiger Beschlag über das Glas ausbreitete. Am Himmel trieb der Wind kalte und tote Farben zusammen. Streifen gelben Schimmers schwebten über den Dächern. Der Mond

›343‹

stand hoch am Himmel. Die Metamorphosen der Wolken nahmen kein Ende.

Später spielte Benjamin mit Jonas Mühle und verlor jede Partie. »Woran denkst du?«, fragte Jonas seinen unaufmerksamen Freund und beugte sich über das Brett, während seine Jacke die Steine durcheinanderbrachte.

»Die Regenwürmer und die Eidechsen haben es besser«, sagte Benjamin. »Wenn sie ihren Schwanz verlieren, wächst er nach.« »In vierzehn Tagen wirst du nichts mehr sehen.«

Benjamin war enttäuscht. Er streichelte seinen Arm.

»Weißt du, wer heute Abend kommt?« Jonas lehnte sich in den Stuhl zurück und schloß geheimnisvoll die Augen.

»Dr. Groß natürlich.«

»Du wirst es nie erraten.«

»Mein Vater«, sagte Benjamin schnell und vergaß für einen Augenblick die Bedeutung seines verbrannten Arms. »Sag nur, mein Vater? Hat er geschrieben? Was weißt du?« Die Fragen überstürzten sich.

Jonas riß die Arme abwehrend hoch. »Du durchlöcherst mich. Nein. Woher soll denn dein Vater herkommen. Er weiß doch noch nicht einmal, daß du existierst.«

»Wie ist denn das möglich?«

Jonas ließ die Frage unbeantwortet und erzählte, daß Hilde komme.

»Wer ist Hilde?« Benjamin rümpfte die Nase.

»Weißt du nicht, wer Hilde ist?«

»Ach die da«, sagte Benjamin und ließ seine Schenkel sinken, die er vor Aufregung hochgerissen hatte.

»Beim Herz eines Hahnes! Ich dachte, der Name würde dich begeistern.«

»Warum?«

»Du fragst wie ein Beichtvater. War das nicht einmal deine große Liebe?«

»Ich wüßte nicht.« Benjamin gab sich gleichgültig und überlegen. Sein Blick glitt über das Mühlebrett.

»Jetzt hast du deine Zwickmühle verschoben«, sagte er eifrig. »Ich gewinne.« Er schaute auf. »Meinst du, ich könnte gewinnen?«

Hinter der Hand von Jonas kam ein unterdrückter Seufzer hervor. »Aus dir soll einer klug werden.« Er vertiefte sich in das Spiel, das er mit seiner Jacke verschoben hatte, so daß jetzt Benjamin im Vorteil war. »Du hast recht, ich verliere.« Er lachte durch die Nase und kramte eine Zigarre aus seiner Brusttasche. Benjamin legte die elfenbeinernen Steine in das Kästchen zurück, klappte das Mühlebrett zusammen und sagte: »Du gewinnst nur, weil du Tricks kennst.« Er betastete seine Wunde unter dem flappenden Hemd. Der Schmerz rumorte. Jonas rückte die Stühle ordentlich um den Tisch und prüfte die Ordnung des Zimmers. Zwei Schritte vom Fenster entfernt kauerte der papierüberladene Schreibtisch, hinter dem Bücherregale die ganze Wand bestückten. In der Mitte des Zimmers stand ein mächtiger ovaler Tisch mit gespreizten Beinen, um den sich sechs Stühle scharten. An der anderen Wand lockte das lederüberzogene Sofa mit den braunen Troddeln, in der Mitte ganz eingesessen.

Heute herrschte in dem Zimmer eine feierliche geometrische Ordnung. Das allein verriet schon außergewöhnlichen Besuch und stimmte die Erwartungen hoch.

Benjamin wanderte unruhig umher. Er wartete, strich mit der Hand über die welligen Buchrücken und stellte den Jadebuddha mit dem Gesicht zum Fenster. Die traurige Kontemplation des Steingesichts schien sich ihm mitzuteilen. Das Ticken der Standuhr drang vom Gang her in das Zimmer und füllte es mit dem Geraschel der Zeit. Was konnte noch alles geschehen.

Die Zeit schien sich aufzubrauchen. Die Gegenwart

wurde bedeutungslos. Sicher! Benjamin konnte in sein Zimmer gehen und dem Don Quijote weiter durch das Gestrüpp seiner Niederlagen folgen. Er konnte auf der Landkarte stolz klingende Städte suchen, um sich ihre Namen zu merken. Er konnte, den wunden Arm auf den Tisch gestützt, versuchen, mit der linken Hand zu schreiben, daß die Buchstaben in ungelenker Würde über das Papier huschten. Aber all das befriedigte ihn nicht. Jonas stellte Gläser auf den Tisch, dann eilte er in die Küche. Unter dem Gewicht seiner Schritte zitterten Vitrine und Tisch.

›Es sind noch Stunden‹, sagte sich Benjamin, ›bis die Gäste eintreffen und ungeschickt aus ihren Mänteln schlüpfen. Es sind noch Stunden, bis das neue Jahr gähnend aus dem Bett steigt. Ich werde ins Badezimmer gehen und mir einen Scheitel ziehen.‹

Er hörte den Gesang von Jonas aus der Küche. Er beugte sich über das gefüllte Waschbecken und stieß den Kopf ins Wasser. In seinen Ohren rauschte es. Als er die Augen öffnete, sah er das Flimmern des Porzellans.

Wenig später erschien er mit einem nassen, sorgfältig gekämmten Scheitel in der Küche.

»Schön bist du, mein Freund«, deklamierte Jonas und teilte eine Niere in Scheibchen.

Um sieben Uhr klingelte es zum erstenmal, und Dr. Groß stand mit zwei Flaschen unterm Arm vor der Haustür. Auf seinem Mantel zerschmolz der Schnee. Er schüttelte sich und betrat händereibend die Wohnung, nachdem ihm Jonas die Flaschen abgenommen hatte.

»Ich bin wohl der erste«, sagte er und schnippte mit den Fingern gegen ein Glas. Als er erfuhr, daß Benjamin bei dem Abbrennen einer Bombe seinen Arm verbrannt habe, setzte er seine Brille auf und betrachtete sehr sorgfältig die Wunde.

»Nur eine leichte Verbrennung.« Benjamin konnte seine Enttäuschung nicht verhehlen. »Im neuen Jahr ist alles wieder gut.«

Benjamin schaute mit stoischem Gleichmut drein und lehnte sich an die Wand, ein wenig beschämt von der Kümmerlichkeit seines Abenteuers. Er war verzweifelt, daß Größe sich ihm versagt hatte. Der scharfe Zigarrenrauch betäubte ihn. Er war müde.

Salpeter, Kohle und Schwefel. Jonas hantierte in der Küche. Geschirr klapperte. Der Hahn tropfte. Dr. Groß hatte die Brille in die Stirn geschoben und blätterte in den Büchern. Als es wieder schellte, sprang er auf, strich seine Jacke glatt und steckte die Brille ins Etui. Jonas watschelte zur Tür, und eine Dame, dreißig-, vierzig- oder fünfzigjährig, mit einem breitkrempigen Hut, der ihr Gesicht geheimnisvoll beschattete, trat ein. Ein schwarzes Netz zitterte vor ihren Augen.

»Fritz«, sagte sie, »du siehst gut aus.« Sie küßte Jonas auf die rechte, auf die linke und dann wieder auf die rechte Wange, nachdem sie das Netz über den Hut gestreift hatte. Sie riß ihre Handschuhe ungeduldig von den Fingern und knöpfte ihren Mantel auf.

»Das ist Benjamin«, sagte Jonas und schob den Jungen vor. Die Frau schaute Benjamin lange an. In dieser regungslosen Pose der Betrachtung verharrte sie minutenlang mit vernebeltem Blick. Dr. Groß erschien im Hintergrund und wedelte mit den Armen. Er beugte sich über die Hand der Frau, die jedoch Benjamin noch immer anstarrte.

»Er ist süß«, sagte sie über den Kopf von Dr. Groß weg. Jonas half ihr aus dem Mantel, während Benjamin in das Zimmer vorausging. Er schämte sich seines nur leicht verwundeten Armes, den er schlaff herabhängen ließ. Aus der Entfernung betrachtete er die Frau, die mit ihren Händen

ihre Frisur hochsteckte. Jonas bot ihr seinen Sessel an. Auf
ihren Wangen glänzte die Kälte des Abends. Dr. Groß stand
ihr gegenüber, redete galant, sich leicht vorbeugend und
lauschte mit seitwärtsgedrehtem Kopf ihren Antworten.

»Fritz, hast du einen Kaffee für mich? Ich bin müde«, rief
sie und zwinkerte Benjamin zu, der sie mit offenem Mund
anstarrte. Ihre Beine wuchsen schmal aus dem glockenarti-
gen Rock und wippten sanft. Der Saum ihres Kleides war ein
wenig verrutscht und zeigte die Spitzen des Unterrocks. Sie
rückte den Sessel um eine Spanne zurück und streckte die
Beine aus. Jonas brachte eine Tasse Kaffee. Sie erhob sich
seufzend aus dem Sessel, nippte an dem Mokkatäßchen und
schien für den Augenblick des Trinkens mit dem zerbrechli-
chen, goldumrandeten Gefäß zu verschmelzen. Das Zimmer
war Benjamin noch nie so feierlich vorgekommen wie in
diesem Augenblick, als sie den Kaffee mit gekräuselten Lippen schlürfte. Dr. Groß blieb weiter geistreich. Er verfügte
über ein unermeßliches Repertoire von Liebenswürdigkeiten: bewunderte Bernsteinkette wie Saphirarmreif.

»Hast du eine gute Reise gehabt, Ella?«, fragte Jonas und
nahm ihr die Tasse aus den Händen.

»Danke«, sagte sie, »der Zug war überfüllt, aber ich hatte
einen Fensterplatz. Ein Koffer ist mir auf den Kopf gefallen,
und ein älterer Herr hat mir einen Heiratsantrag gemacht.«

Als Jonas wieder in die Küche zurückschlürfte, folgte ihm
Benjamin. »Wer ist das?«, fragte er. Jonas pfiff. Die Deckel
auf den Töpfen schepperten.

»Ella Fuchs, eine entfernte Verwandte. Ein Prachtexem-
plar meiner Familie, unverheiratet, aber nicht mehr lange,
wie du gehört hast.«

Benjamin wollte mehr wissen und drückte sich in der
Küche herum, aber Jonas schickte ihn bald wieder weg.

»Du sollst unsere Gäste unterhalten.«

»Ich weiß nichts«, sagte Benjamin und stahl mit seiner gesunden Hand ein fingerlanges Würstchen. Als er wieder zu den Gästen zurückkehrte, belohnte ihn ihr Lächeln. Dr. Groß stand noch immer vor Ella und redete, mit einer Hand nach dem Revers seiner Jacke fassend. Als er Benjamin sah, faßte er diesen am Arm und fragte besorgt: »Was macht die Wunde?«

Salpeter, Kohle und Schwefel. Der Schmerz dämmerte.

Ella lachte, so daß ihre Halskette klirrte. Sie hatte Grübchen. »Ich mag dich«, rief sie und zog Benjamin zu sich heran.

Wieder klingelte es, und Dr. Schneeberger erschien mit seiner Frau. Er war ohne Hut, und auf seinem schwarzen Haar lag eine Mütze aus Schnee. In den Armen seiner Frau lag Dr. Groß. Sie hörte nicht auf, ihre Begrüßung mit den entzückten Schreien ihrer barocken Weiblichkeit auszustatten, und glättete ihre aufgewühlten Haare. Mit dem Überfluß ihres Liebesvermögens spielte sie alle an die Wand.

»Die Frau ist unermeßlich«, seufzte Jonas Dr. Groß zu und erduldete eine Umarmung. Die beiden Frauen begrüßten sich beiläufig. Ella saß in dem Sessel und ertrug die Neugier von Frau Schneeberger mit einem gelangweilten Gesicht.

Schließlich kam noch Herr Xaver mit einem schwarzlackierten Geigenkasten unterm Arm: Herr Dacqué trug eine kleine Kiste Wein und schnaufte, und dann folgten Hilde und ein hünenhafter, bäurisch aussehender Mann, der wenig sagte, die Wohnung mißtrauisch musterte, die Bilder an der Wand sorgfältig studierte und stets in der Nähe von Hilde blieb. Sie schien verändert, ging seltsam aufrecht und hielt die Hände über den Bauch gefaltet. Ihre Augen waren weit aufgerissen, über ihrem Gesicht lag ein gelber Schimmer.

»Wie lange dauert es noch?«, fragte Jonas und geleitete sie

langsam zum Sofa, auf das sie schwerfällig niedersank und die Schenkel öffnete. Sie schaute flehend zu Benjamin herüber und sagte leise: »Noch einen Monat. Hoffentlich ist es ein Junge.«

Ihr Mann drückte ihre Hand. Frau Schneeberger lachte hysterisch.

»Wenn es die Frauen häßlich macht, gibt es ein Mädchen«, sagte Ella und beugte sich in ihrem Sessel vor. »Ihr Gesicht hat sich für den Sohn schon herausgeputzt.«

»O Gott, ein Junge«, schrie Frau Schneeberger und stieß den mürrischen Vater an.

»Wie soll er denn heißen?«

»Das bringt Unglück«, stammelte dieser, knöpfte seine Jacke zu und legte seinen Arm um Hilde die mit ihrer unförmigen Leiblichkeit eine bequeme Haltung einzunehmen versuchte. Sie wies das Glas Wein zurück, das ihr Jonas reichte. Die Gespräche flatterten hin und her. Ella reichte eine silberne Platte herum, auf der zwischen Salatblättern und Tomatenscheiben gedünstete Nierchen, rostrote Würstchen und dampfende Fleischstücke hochgeschichtet waren, die jeder mit einem kleinen Spieß herauspicken konnte. Ein würziger Duft durchzog das Zimmer. Man kaute und kühlte die pfeffergereizte Zunge mit Rotwein.

Dr. Groß hatte eine Serviette über seinen Schoß ausgebreitet. Fett rann an seinem Kinn herab. Benjamin war von dem Anblick Hildes derart gefesselt, daß er darüber das Essen vergaß. Sie beugte sich vor und hielt den Spieß mit gespreizten Fingern. Ihr Mann kaute mit dem Aufwand seines ganzen Gesichts. Benjamin hatte plötzlich den Eindruck, daß sich die genießerische Tafelrunde in geschwätziger Eintracht zu einem Familienbild ordnete, an dessen Spitze Jonas thronte, den Hunger der anderen melancholisch begrüßend. Seine Hände ruhten untätig neben seinem Teller.

Auch Benjamin blieb Zuschauer – und mitten in die Feierlichkeit hinein sagte er: »Werden in Indien nicht die Witwen lebendig mit ihren Männern verbrannt?«

Dr. Groß hob die Serviette erschrocken an den Mund, und Jonas stellte sein Glas wieder hin, das er in Augenhöhe gebracht hatte.

»Wie kommst du darauf?« Benjamin wußte selbst nicht, wie er fortfahren konnte, und stotterte, behauptete, das hätten sie in Biologie gehabt, nein, in Erdkunde. Indien wäre überhaupt noch ziemlich unerforscht. Während er das alles hastig hervorbrachte, schaute er Hilde an. Sie hatte den Vorwurf verstanden und erinnerte sich wieder, als er in das Schlafzimmer hereinplatzte und sie vor dem Spiegel sah, als sie sich auszog. Sie erinnerte sich auch an seine stürmischen Liebeswerbungen, an seinen Stolz, an seinen Trotz.

»Warum bist du so streng?«, fragte sie und kuschelte sich in den Sessel, während Jonas mit bedeutungsvoll zugekniffenen Augen Benjamin zur Antwort aufforderte. Dieser schwieg jedoch errötend und angelte sich mit dem Spieß ein Würstchen von der Platte.

»Das hast du nur gesagt, weil du dich noch nicht kennst.«

Frau Schneeberger wandte sich an ihren Mann. »Stell dir vor, ich müßte mich mit dir verbrennen lassen.« Und während sich ihr Körper im Lachen noch mehr entspannte, glitzerten ihre Ohrringe, und ihre Brüste, zwei Halbmonde, hüpften unter ihrem weit ausgeschnittenen Kleid.

Benjamin hätte sie am liebsten erwürgt.

Schließlich erzählte Dr. Groß, um dem Gespräch eine unverfängliche Richtung zu geben, wie Benjamin mit einer Bombe die Welt, beziehungsweise Seckbach in die Luft sprengen wollte. Er erzählte es, wie es Benjamin, der vor Erregung nicht ruhig auf dem Stuhl sitzen bleiben konnte, nie erzählt hätte. Er erzählte gleichsam ohne Pfeffer und Salz.

»Als hätten wir das nicht auch gemacht!«, sagte Herr Dacqué und erzählte ebenfalls mit sehr unnötigen Details, wie er mit zwölf Jahren versucht habe, eine Kanone zu basteln. Herr Dacqué war ein Mensch, der mit den Händen redete, und während seines Berichts gelang es ihm, einer Kanone sehr ähnlich zu sehen.

»Das läßt sich hören«, sagte Herr Schneeberger und berichtete seinerseits von Jugendstreichen, unterbrach sich jedoch so oft mit dem Ausruf: »Das waren noch Zeiten!«, daß keiner wußte, was er eigentlich erzählen wollte, die Dummheit, die er einmal begangen hatte, oder die Dummheit, daß er älter geworden war. Das Gespräch steigerte sich zu einer Apologie der Jugend. Die Gesichter wurden verträumt.

Jonas sagte: »Ist es nicht merkwürdig, daß wir von den ersten Jahren unseres Lebens überhaupt nichts mehr wissen. Vielleicht erinnern wir uns noch an das Kleid unserer Mutter, an den Tabakgeruch unseres Vaters. Diese Zeit ist unser verloren gegangenes Paradies. Und wenn es wahr ist«, so fuhr er fort, »daß innerhalb von sieben Jahren alle Zellen des Körpers sich erneuert haben, so bleibt uns von unserer Kindheit lediglich eine sehr kümmerliche Erinnerung, die meist noch von der Phantasie zurechtgestutzt ist oder durch das Geschwätz der Verwandten zu einer albernen Anekdote wurde. Und doch ist es mit dem Erwachsensein so eine Sache: man ist es selten.«

Frau Schneeberger klatschte begeistert in die Hände, und Ella hängte sich bei Jonas ein, der aufgestanden war. Dr. Groß entkorkte eine neue Flasche, die er triumphierend hochhob. Eine zähe Müdigkeit überfiel Benjamin. Er sank in seinen Stuhl zurück, nippte zuweilen an seinem Weinglas – man hatte zur Feier des Tages seine Jugend ignoriert – und versuchte krampfhaft Augen und Ohren aufzuhalten, als Dr. Schneeberger vom Orient erzählte, von den Wasserverkäufern in Bagdad, den Eselschreien in Anatolien, von dem glühenden Salzduft am Persischen Golf und den Haschischträumen des armen Mannes. Dr. Schneeberger ging auf und ab. Die Gläser klirrten in der Vitrine. Benjamins Augen schwappten zu. Er versuchte, sich zu wehren, preßte die Knie aneinander, aber er schlief ein, wackelte mit dem Kopf, erschlaffte und rutschte vom Stuhl.

»O Gott, doch nichts Schlimmes«, schrie Frau Schneeberger und sprang auf. Benjamin war durch den Sturz wieder zu sich gekommen, wenn er auch die Menschen um sich herum wie durch einen Nebel sah. Selbst die Möbel hatten den Zustand der Schwerelosigkeit erreicht. Hilde thronte majestätisch auf ihrem Sessel, ihre Beine zu einem stumpfen Winkel auseinandergefaltet. Ihr Bauch hob und senkte sich. Dort also unterhalb des Nabels schlief das Kind. Der Vater hatte seine schwere schaufelförmige Hand in ihren Schoß gelegt.

Benjamin dachte an die haltsuchenden Bewegungen des betrunkenen Mannes: Das Bild fügte sich zusammen. Er unterdrückte ein Gähnen, das ihn bis zum Zerreißen zu dehnen drohte. Jonas zog seinen jungen Freund kurzerhand hoch, drehte ihn in die Richtung der Tür und schob ihn aus dem Zimmer. »Wir wecken dich, wenn es Zeit ist.«

Benjamin ging ins Bad, putzte die Zähne, gurgelte, benetzte seine Stirn mit einer Handvoll Wasser, betrachtete seine Wunde, die an den Rändern bläulich wurde, und bedauerte sich. Als er in seinem Zimmer das Hemd über den Kopf ziehen wollte, hörte er das Knirschen der Tür. Hilde stand vor ihm. Er schämte sich und knöpfte das Hemd wieder zu. Durch das angelehnte Fenster wehte feuchte Kühle. Hilde erschauerte.

»Was ist mit dir los?«, fragte sie und knöpfte sein Hemd wieder auf, zog es dem Widerstrebenden über den Kopf. Er machte seinen Arm steif und wartete.

»Du mußt uns einmal besuchen.« Er schwieg noch immer, wandte sich zur Wand, streifte seine Hose über die Knie, stolperte und stieß gegen sie.

»Gute Nacht«, stammelte er kläglich lächelnd und legte seine Hose über den Stuhl. In den Taschen knisterten die Tütchen. Kohle, Schwefel und Salpeter.

Sein Gesicht war zerknüllt. Er schloß die Augen und wartete, bis ihre Schritte zur Tür schlurften. Der Lichtschalter knackte. »Gute Nacht!«, rief ihre Stimme. Erst nach langem Warten öffnete er die Augen und sah den zitternden Lichtstreifen auf seiner Decke, der durch das Fenster fiel. Er krümmte sich zusammen und schlief ein.

»Du hast noch fünf Minuten Zeit.« Jonas weckte Benjamin, der aus einem traumlosen Schlaf an die Oberfläche schaukelte, sich auf die Arme stemmte und aus der Tiefe seines Leibes gähnte.

In das Zimmer drängten sich die Gäste. Herr Xaver lehnte, die Geige unter seinem Arm, an der Tür und wackelte in der Vorahnung seines Spiels mit dem Kopf. Neben Ella stand ein dürrer, leptosomer, grauschopfiger Mann, dessen Augen hinter Brillengläsern verschwammen. Seine Stirn wölbte sich über den Augen. Die Arme pendelten locker, die Beine schlenkerten. Er beugte sich zu Ella herab und flüsterte ihr etwas ins Ohr, so daß sie die Hand an den Mund riß und ein Lachen erstickte. Dr. Groß hing am Arm von Frau Schneeberger, die zwischen den Fingern ein hochstieliges Sektglas balancierte.

»Das ist Benjamin«, sagte Ella und zog ihren Begleiter an das Bett, wo Benjamin, geblendet von dem Licht und eingeschüchtert durch den Lärm, sich wieder in die Kissen zurücklehnte und die Decke bis an seine Kinnspitze zerrte.

»Vier Minuten noch!«, schrie Jonas und hantierte an einer

Sektflasche. Dr. Groß trug seine Uhr in der Hand. Herr Xaver zupfte an den Saiten der Geige.

Gehdualter Esel.

Hinter Hilde, sie weit überragend, stand ihr Mann und schwieg. Er neigte zur Korpulenz. Vor Dr. Schneeberger ging ein kleiner Mann auf und ab – der Benjamin vertraulich zuwinkte. Er hatte den Kopf eines Frosches, ging geduckt und schlenkerte die Arme. »Noch drei Minuten«, schrie Jonas und blickte zum Fenster, hinter dem die Nacht lärmte. Der Wind bauschte die Vorhänge auf. Benjamin züngelte mit seinen Füßen aus dem Bett, stellte sich auf, stieß die Beine durch die Hose, angelte seine Schuhe mit den Zehen heran, streifte das Hemd über und strich die Haare aus der Stirn. Dann bückte er sich und zwängte seine Beine in die Strümpfe – um sein Gleichgewicht bemüht.

»Noch zwei Minuten«, schrie diesmal Dr. Groß und hob seine Uhr in die Höhe. Sein Körper atmete angestrengt. Ella spielte mit ihrem Halsband, ließ die Steine durch ihre Finger gleiten. Auf ihrem Nacken sträubten sich die Härchen. Ihre Schläfen zitterten. Ihr Begleiter schüttelte Benjamin die Hand. »Siegfried Bernstein heiße ich.«

Der Arm schmerzte unterm Hemdsärmel. Salpeter, Schwefel und Kohle.

»Du bist also der Feuerwerker?«, fragte Herr Bernstein und wickelte eine Rakete aus Papier. Sie war daumendick.

»Noch eine Minute«, brüllte Jonas und hielt die Sektflasche schräg, so daß sie in die Ecke zielte, in der Benjamin die Hauer des Ebers hingehängt hatte. Er schloß im Hinblick darauf, was sich sofort ereignen würde, die Augen. Benjamin schwenkte den gesunden Arm: ›Jetzt!‹

»Nein.«

»Welche Uhr geht richtig? Zunder! Die Zeit bleibt still!« Plötzlich drang durch die angelehnte Tür der müde, ver-

›355‹

staubte, tausendjahrealte Schlag der Standuhr 1, 2, 3, 4, 5, 6, 7 ...

Herr Xaver setzte die Geige ans Kinn und hob den Bogen. Seine Finger lauerten.

Jetzt! Das Brausen der Glocken durchströmte das Zimmer. Die Glasscheiben klirrten.

»Zwölf«, schrie Jonas. 1932. Der Sektpfropfen knallte und traf die Totenmaske des alten Fritz. Ella fiel Benjamin um den Hals. Herr Xaver spielte, den Kopf schräg haltend, und wippte mit seinem rechten Fuß den Takt. Frau Schneeberger umhalste die Männer. Hilde lag in den Armen ihres Mannes. Jonas stand in der Mitte des Zimmers. Aus der Sektflasche schäumte es. Er weinte, daß es seine massige Brust durchschüttelte. Jonas weinte wie ein Schloßhund. »Ein neues Jährchen, ein neues Jährchen.« Benjamin wurde von Herrn Bernstein ans Fenster gerissen. Der Nachthimmel war von tausend platzenden Lichtern zerrissen. Schreie. Das Schmatzen von Küssen. Beteuerungen. Herr Bernstein zündete die Rakete an und warf sie schwungvoll aus dem Fenster. Ein Zischen und dann, gleichsam von Ahs und Ohs hochgehoben, ein goldgelber Strahl, der über das Dach des Nachbarhauses schoß und in die Nacht eine grelle Gasse bahnte. Benjamin lehnte sich weit aus dem Fenster. Die Welt brodelte, krachte und platzte aus den Fugen, taumelte, rotierte. Der Himmel regnete herab. Benjamin schloß die Augen. Er glaubte sich hinausgeschleudert in das Licht. Als er die Augen wieder öffnete, trat Jonas an seine Seite, legte ihm die Hand väterlich auf die Schulter und sagte, sein Glas hochhaltend. »Auf die Väter!«

Der Mann mit dem Froschgesicht und dem schiefergrauen Anzug und den Samtaufschlägen, der weit ausgeschnittenen Weste, der weinroten Binde, sang, während er erwartungsvoll zu Herrn Xaver herüberschaute.

»Hot der Tate fun Jaridl
mir gebrocht a neie Fidl
Do re mi fa so la si
Schpil ich didldidi.«
Er wagte mit seinen gamaschierten Schuhen einige Tanz-
schritte, riß die Arme hoch und drehte sich im Kreise.

Jonas ging mit Benjamin aus dem Zimmer. Sie traten in
das grell beleuchtete Treppenhaus, in dem Schritte hallten.
Herr Wind stand im Morgenrock auf der obersten Stufe und
schrie immerfort: 1932, als wäre er der bemerkenswerte
Vater. Frau Wiegel schrie nach ihrer Tochter, die Herrn
Kosinski abküßte. Die Familie Kreuz stieg in dunklen Anzü-
gen in den ersten Stock und schüttelten Jonas und Benjamin
ausgiebig die Hand. Man umarmte sich. Frau Wiegel trippelte
hin und her und knackte ungeduldig mit den Fingern.

»Bleib gesund!«, sagte sie zu Benjamin und drängte sich an
ihn. Ihr Atem roch nach Likör. Ihr Gesicht zitterte schwarm-
äugig. »Wenn das deine Mutter noch erleben könnte!«

Sie stürzte davon. Ihr Morgenrock schleifte am Boden.
Ihre wachsweißen Füße steckten in karierten Pantoffeln.

Als Benjamin wieder in seine nachtkühlen Kissen zurück-
sank, war der Himmel noch immer von Blitzen aufgewühlt.
Gröhlen. Die Internationale. Das Deutschlandlied. Deutsch
ist der Rhein. Durch den Türschlitz sah er Licht im Flur.
Jonas hielt Ella in den Armen und tanzte. »Du kannst es
noch, Onkelchen.« Sie tupfte mit einem handtellergroßen
Taschentuch ihm den Schweiß von der Stirn.

Dann erloschen die Lichter. Der Triller auf der Geige von
Herrn Xaver verebbte. Frau Schneeberger stieß kleine
Schreie der Begeisterung aus. Benjamin nahm gerade noch
wahr, wie jemand die Tür vorsichtig schloß. Sein Körper lok-
kerte sich – und im Vorgefühl eines grandiosen Traumes
ballte er die Fäuste. Das Dunkel vibrierte.

Gegen vier Uhr morgens riß Jonas den schlafbetäubten Benjamin wieder hoch, der als erstes den gußeisernen Löwen auf dem Bücherregal entdeckte, der eine ovale Uhr unter seinen Pranken begrub. Dann erst, während er die Augen weiter aufriß, sah Benjamin Jonas, der rittlings auf einem Stuhl hockte und den Jungen aus verknäultem Gesicht anstarrte. Die Augen waren halb geschlossen. Er schien etwas Wichtiges auf dem Herzen zu haben. Er bewegte die Lippen, als wollte er sprechen. Jetzt!

Benjamin stützte sich auf seine Arme. Noch ganz betäubt von der Dunkelheit seines Schlafs, glaubte er, Jonas würde ihm jeden Augenblick etwas Schreckenerregendes mitteilen. »Was gibt's?«, fragte er heiser. In seinem Arm klopfte der Schmerz. Das Fenster glänzte schwarz. »Was ist denn los!«

Jonas starrte ihn an, ohne seine unbequeme Haltung auch nur einen Zoll zu verändern. Er saß weit über die Stuhllehne gebeugt, wie ein Reiter, der eine Hürde nehmen will. Plötzlich rutschte er aus dem Sattel, und ein grollendes Schnarchen ertönte, das zu einem Crescendo anstieg und in einem langen Seufzer endete. Benjamin, der allen Ernstes glaubte, Jonas sei von einem unsichtbaren Gegner vom Pferde gestoßen worden, kroch aus dem Bett, schlotterte in der Kälte, sah aber bald, daß Jonas mit dem Aufwand seines ganzen Leibes schlief. Er versuchte ihn zu wecken, schubste ihn, aber umsonst. Alles Leben schien sich in die mächtige Brust zurückgezogen zu haben, die bei jedem Atemzug dröhnte. Benjamin schob ein Kissen unter das graue Haupt seines Freundes. Über die Beine breitete er eine Tischdecke, durch deren weite Maschen der schwarze Hosenstoff hindurchleuchtete. Dann schlich er zurück ins Bett. Eine Zeitlang noch lauschte er auf die weitausholenden Atemzüge. Als er am nächsten Morgen wieder aufwachte, war Jonas vor seinem Bett verschwunden. Er traf ihn in der Küche, wo er eine Tasse heißen Kaffee schlürfte.

»Was wolltest du mir in der Nacht erzählen?«, fragte Benjamin. Jonas schwieg und massierte mit den Handballen seine Schläfen. Die Wohnung war von kaltem Tabakrauch durchzogen. Leere Flaschen standen verwaist auf den Tischen.

»Wir haben noch immer Besuch«, sagte er und führte Benjamin in das Schlafzimmer, wo zwei Köpfe aus der Decke seines Bettes hervorragten. Es war der schlafzerzauste Kopf von Hilde und der knochige Schädel ihres Mannes. Auf dem Diwan gegenüber lag Ella.

»Sie sind übriggeblieben«, flüsterte Jonas und schlich, Benjamin an der Hand fassend, aus dem Zimmer.

Was Jonas in der Nacht vorhatte, ob er überhaupt etwas sagen wollte, konnte Benjamin nicht herausfinden. Er wartete geduldig auf die große Eröffnung, jedoch prophezeite Jonas lediglich nach der dritten Tasse Kaffee, daß 1932 ein jämmerliches Jahr werden würde.

»Woher weißt du das?«, fragte Benjamin.

»Woher ich das weiß. Sieh dir doch deinen Arm an.« Benjamin betrachtete die blutunterlaufene Haut der Wunde.

»Was soll das schon heißen!«, stammelte er betroffen.

In den ersten Monaten des Jahres 1932 stieg die Arbeitslosenzahl über die Sechsmillionengrenze. In Sachsenhausen erschlug ein sonst treusorgender Familienvater seine Frau und seine drei Kinder. »Nach den sieben dürren Jahren«, verkündete Frau Wiegel, »kommen die sieben sehr dürren Jahre.« Ihre Tochter hatte noch immer keinen Mann gefunden – und das ging jetzt schon ins fünfte Jahr.

»Wir stehen alle in Gottes Hand«, tröstete Jonas und kramte die Neujahrspost aus dem Briefkasten.

Die Störung

Es geschah, daß Tante Olga, die Benjamin seit dem Tode seiner Mutter nicht mehr gesehen hatte, am zweiten Tage des Jahres 1932 in der Bergerstraße 57 aufkreuzte. Sie trug einen weiten pelzgefütterten schwarzen Mantel, darunter ein enggeschlossenes schwarzes Kleid, aus dem, als sie sich schnaufend niedersetzte, ein schwarzer Unterrock hervorragte. Aus ihrer schwarzen Handtasche kramte sie ein weißes Taschentuch, mit dem sie ihre Nase abtupfte, die durch die Kälte eine rote Färbung angenommen hatte. Wieder hatte sie eine Beerdigung von ihrem häuslichen Herd weggelockt. Wenn sie überhaupt einmal verreiste, so geschah es jedesmal aus derartig traurigen Anlässen. Diesmal war es der Tod einer Freundin, den sie beklagte. Da sie nun einmal in Frankfurt sei, sagte sie, hätte sie den Weg auch in die Bergerstraße gefunden. »Man sieht sich so selten!«

Sie schenkte Benjamin eine Tafel Schokolade. Ein Lächeln flatterte um ihren verkniffenen Mund. Sie hatte ihren schwarzen Hut aufgelassen, aus dem eine schwarze Feder wuchs. Sie habe es eilig, gestand sie. Dann blieb sie aber doch gute zwei Stunden, beklagte die Welt, trank Kaffee und schwätzte.

Benjamin hatte keine große Neigung zu seiner leiblichen Tante. Für sein Empfinden war alles an ihr zu schwarz: Nicht etwa, daß er damit ihre Kleider, den Hut, die Handschuhe, die Tasche meinte, er dachte an die Grundstimmung ihres Wesens. Sie zählte die Zeit von Beerdigung zu Beerdigung, sagte nicht damals im Jahre soundso, sondern damals, als sie den lieben August beerdigte. Gott sei seiner Seele gnädig.

Oder damals, als sie Anna zu Grabe trugen. Alle Menschen sind sterblich.

Ihr Mann tat wenig, um ihr Leben aufzuheitern. Er betrank sich jedes Quartal einmal fast bis zur Besinnungslosigkeit und jagte dann, wenn er nachts nach Hause kam, seine Frau und seine drei Kinder aus dem Schlaf, stierte sie mit verglasten Augen an und forderte von den Verängstigten, daß sie sich auf der Stelle niederknieten, um den Rosenkranz zu beten. Er hörte ihnen dann andächtig zu und spielte mit den Knöpfen seiner Jacke. »Gut so!«, stöhnte er, schloß die Augen und schlief im Stehen ein.

Tante Olgas Gesicht besaß eine traurige Schönheit. Ihr Haar war an den Ohren zu zwei Schnecken geflochten. Ihre Stimme hatte einen brüchigen Altton, der alles, was sie sagte, tragisch umdunkelte. Sie sprach leise und liebte die traurigen, grausamen Sprichwörter der deutschen Sprache: »Singt der Vogel in der Früh, holt ihn mittags die Katz.«

Jonas wußte nicht recht, wie er Tante Olga bis zur Beerdigung ihrer Freundin unterhalten sollte, und holte eine Flasche Danziger Goldwasser aus der Vitrine, goß die golddurchblätterte Flüssigkeit in zwei daumenhohe Gläschen und sagte: »Nun denn!«

Tante Olga nippte vorsichtig und ballte das Taschentuch in ihrer Hand zusammen. Die Schlafzimmertür klirrte und das verschlafene Gesicht von Ella sah neugierig durch den Türspalt. Hilde und ihr Mann waren am Tage zuvor abgereist. Tante Olga berichtete weiter von der Krankheit ihrer Freundin. Zwei Jahre habe sie gelitten, seufzte sie und hob das Likörglas an ihre Lippen. Plötzlich schaute sie auf und sah gerade noch, wie die Tür zuschnappte.

»Seid ihr denn nicht allein?«, fragte sie neugierig. Schritte liefen von der Tür weg. Ein Stuhl wurde polternd gerückt. Dann war wieder alles still.

»Eine Verwandte«, erklärte Jonas, äugte zur Tür und lenkte die Aufmerksamkeit von Tante Olga durch ein Trommeln der Finger von den Ereignissen hinter der Tür ab. Er saß in dickem Zigarrenqualm. Doch wie er es auch anfing, er vermochte das Mißtrauen von Tante Olga nicht mehr zu dämmen, die, je öfter sie zu ihrem Gläschen griff, schließlich Jonas überhaupt nicht mehr zuhörte, der von Benjamins Attentat erzählte und sich lachend gegen die Stuhllehne warf. Plötzlich ging die Tür auf und Ella erschien in einem Morgenrock, der über der Brust aufklaffte. Jonas stieß die Zigarre in den Aschenbecher. Auf dem Gesicht Olgas lag eine Art indignierten moralischen Erstaunens. Sie klappte ihre Handtasche zu, die sie auf ihrem Schoß trug.

»Das ist meine Nichte«, stellte Jonas vor und erhob sich. Olga streckte ihre Hand aus, an der ein Ring blitzte. Jonas beobachtete gleichgültig das Händeschütteln der beiden Frauen.

»Kotz Donner!«, flüsterte er Benjamin zu, während Ella an ihn herantrat, seine Wange küßte und dann sich über den Jungen neigte und ihm ebenfalls die Wange küßte. Sie drohte in freundschaftlichem Scherz mit dem Finger, als sie das Glas vor Jonas erblickte.

»Morgenstund hat Gold im Mund«, behauptete er und schüttelte die Flasche. Tante Olga zeigte ein frostiges Lächeln, das aber sofort von einer Leichenbittermiene verdrängt wurde. Jonas, der sonst alle eisigen Situationen mit dem Charme seiner Komik auftaute, verzagte vor Tante Olga.

Auf den runden Schultern Ellas glänzten Wassertropfen. Aus ihren braunen, weit offenen Augen strahlte morgendliche Weiblichkeit – und gerade das mißbilligte Tante Olga. Das schwarze Spitzengewirr zitterte zwischen ihren Brüsten. Sie stand auf und sagte, mit einem flüchtigen Blick auf die Uhr, sie müsse gehen. O Gott, es sei höchste Zeit, und als ob sie in Gedanken schon mitten in der Trauergemeinde weilte, seufzte sie mit tränenden Augen. Sie hatte nahe ans Wasser gebaut und weinte bei allen Anlässen.

Ella enteilte aus dem Zimmer, den Morgenrock über der Brust zusammenraffend. Jonas half Tante Olga in den schwarzen Mantel, in den sie mit ungeduldigen Armen hineinfuhr, die Tasche von einer Hand in die andere wechselnd. In ihrem pikierten Gesicht gewahrte Benjamin den rätselhaften Neid einer Frau, die ihre ganze Leidenschaft in Trauer verkehrt hatte. Tante Olga rückte ihr schwarzes Hütchen zurecht, trat vor den dämmerigen Spiegel, der mit geschnitzten Rosen umwachsen war, und ordnete den schwarzen Seidenschal, durch den ihre wächserne Haut schimmerte. Dann beugte sie sich, nachdem sie sich für die Beerdigung düster genug herausstaffiert hatte, über Benjamin, küßte ihn auf die Stirne und flüsterte, Jonas mit einem verächtlichen Seitenblick erfassend: »Ach, wenn du doch in geordneten Verhältnissen leben würdest.« Was sie darunter verstand, sagte sie nicht, aber Benjamin hatte die Vision eines schwarzen Hauses mit schwarzen Zimmern, in dem schwarzgekleidete Kinder schwarze Suppen löffelten.

Olga sah ihn voll schmerzlichen Mitleids an, verabschiedete sich steif von Jonas und sagte, daß es doch schön wäre, sich ab und zu zu sehen, es müsse ja nicht immer ein so trauriger Anlaß sein. Aus ihren Worten klang Mißbilligung. Sie schaute sich um, sah durch die offenstehende Küchentür Pyramiden schmutzigen Geschirrs, entdeckte gar die Reihe grünlich schimmernder Flaschen. Sie schnupperte, schließlich schritt sie entrüstet zur Tür, Jonas keines Blickes mehr würdigend. Das schwarze Hütchen tanzte auf ihren Haaren. »Jesus, ich werde zur Beerdigung noch zu spät kommen.«

Jonas war mit den Gedanken woanders, er schloß die Tür

mit einem Seufzer der Erleichterung, winkte Benjamin zu sich heran. »Wetten«, sagte er, und das war das erstemal, daß er mit Benjamin wettete, »wetten, daß sie Schauermärchen über uns verbreitet!«

Er hätte die Wette gewonnen.

»Ein Weibstück hatte er bei sich. Benjamin ist doch noch ein Kind. Wo soll das hinführen?«, erzählte sie ihrem Mann, als sie wieder zu Hause war. »Er ist ein gottloser Mensch und lacht über alles. Er lacht und glaubt, alles sei gut.«

Jonas verkorkte nach dem schwarzen Besuch die Flasche Danziger Goldwasser, und Benjamin, der die allseitige Mißbilligung seiner Tante durchaus gespürt hatte, ergriff Partei seines Freundes. ›Durch dick und dünn würde ich mit ihm gehen.‹ Vorerst ging er jedoch wieder in die Schule. Ella reiste ab und hinterließ zwei traurige Männer: Der eine erträkte seinen Schmerz im Zigarettenrauch, der andere jedoch schwor beim Herz eines Hahnes, daß er, wenn es einmal soweit sei, nur eine solche Frau heiraten würde und keine andere …

Die Zinnsoldaten

Die Frühlingsmüdigkeit machte Jonas viel zu schaffen. So nannte er wenigstens seine Beschwerden und verkündete, daß er mit einem Bein schon im Grabe stünde. Er reduzierte seinen Zigarrenverbrauch, steigerte jedoch seinen Hunger. Beim Treppensteigen schnaufte er, blieb öfters stehen und vertiefte sich in das Muster der Tapeten, wagte ein Schwätzchen mit Frau Wiegel oder las im Hausflur die Zeitung und drängte sich an die Wand, wenn einer vorüber wollte. Er schlief lang und gern, ganz im Gegensatz zu anderen alten Männern, die sich schlaflos in ihren Betten wälzen und das gütige Licht des Tages erhoffen. Jonas schlief zehn Stunden, träumte seinen Teil und hielt auch nach dem Mittagessen sein Nickerchen, stapfte zu seinem Ohrensessel, und wenig später war das Zimmer von den Wogen seines Schnarchens durchflutet. Frau Halleluja, die ihre Kinder alle versorgt wußte und deren Mann als Nachtwächter in einem Kaufhaus die Nacht zum Tag machte, sorgte nun mit ihrer kreuzmitleidigen Weiblichkeit für die beiden Männer in der Bergerstraße 57, kochte nach den Anweisungen von Jonas, fegte, putzte, sang, so daß Benjamin bald an die zwanzig Kirchenlieder auswendig wußte.

Jonas hatte seit dem letzten Herbst zwei Dachkämmerchen einem pedantischen Pensionär vermietet, der das Aussehen eines listigen Raben hatte. Er ging stets so gekleidet, daß man glauben konnte, er wolle auf eine Festlichkeit, zu einer Gerichtsverhandlung oder gar zu einer Beerdigung. Er hatte drei Frauen ins Grab gebracht, so behauptete wenigstens Frau Wiegel, die rundweg den Männern einen verderblichen Einfluß auf die Frauen zuschrieb. In seiner Bewerbung an Jonas stand Witwer. Es klang wie ein Beruf, und eine gute Zeitlang glaubte Benjamin auch, derartige Bezeichnungen würden geheimnisvolle Berufe andeuten. Der Mann hieß Friedrich Falk. F. F. stand auf seinem Briefkasten. Er stiefelte oft mit einer großen Einkaufstasche die Treppe hinunter. Er grüßte nur hastig. Seine mitmenschlichen Offenbarungen erschöpften sich in einigen Höflichkeiten: Es waren nur Versuche, sich die anderen vom Halse zu schaffen. Wie er es auch anstellte, mehr als einen Gruß lockte Benjamin nicht aus ihm hervor. Vielmehr stahl sich ein ängstlicher, mißtrauischer Zug in sein mageres Gesicht, wenn man ihn in ein Gespräch zu verwickeln suchte.

Was es mit dem Mann wirklich auf sich hatte, stellte sich erst vier Monate später heraus.

Als Herr F. F., Friedrich Falk nämlich oder der Witwer, einige Tage nicht mit seiner Einkaufstasche zu sehen war und auf heftiges Klingeln und Schläge gegen seine Tür nicht erschien, öffnete Jonas mit einem zweiten Schlüssel die Tür und fand den Mann leblos im Bett. Benjamin, der sich an dem breiten Jonas vorbeischlängeln wollte, wurde von seinem älteren Freund ärgerlich zurückgestoßen, konnte jedoch einen flüchtigen Blick in das abgeschrägte Zimmer werfen, das über und über mit Lebensmitteln vollgestopft war. Die Einkaufstasche hing prall gefüllt an einem Stuhl. Der schwarze Anzug hing säuberlich auf einem Bügel. Mäuse huschten über den Tisch. Ein Geruch von Fäulnis schlug den Eindringenden entgegen.

Später erfuhr Benjamin Einzelheiten, daß nämlich Herr F. F. die Wahnvorstellung gehabt habe zu verhungern. Er kaufte für sein ganzes Geld Lebensmittelvorräte, die er zu großen Pyramiden in seinem Zimmer aufstapelte. Er war an einem Herzschlag gestorben. Aus Furcht? Oder aus Hunger? Von seinen Vorräten hatte er nichts gegessen.

Jonas ließ die kleine Dachwohnung daraufhin leer stehen.

Das geschah zwei Wochen vor dem Geburtstag Benjamins. Vor dem dreizehnten Geburtstag, in einer Zeit, als der Regen gegen die Scheiben trommelte und ein Netzwerk von herabfließenden Tropfen über das Fenster spann. Benjamin hockte in seinem gräulichen Zimmer und las. Er las so lange, bis die Augen schmerzten. Er vergaß sogar das Essen. Der Rücken krümmte sich, zwischen den Fingern knisterten die Buchseiten, und die Druckerschwärze hüpfte von Abenteuer zu Abenteuer.

Benjamin las *Brehms Tierleben*, besonders die Gewohnheiten der Walfische; er las Friedrich Gerstäcker, Walter Scott, die *Sagen des klassischen Altertums*, den *Löwen von Flandern*, die *Schatzinsel*, Mark Twains *Tom Sawyer* und *Huckleberry Finn*, den *Grafen von Monte Christo* und den *Kampf um Rom*. Selbst Latein begann er zu lesen, tastete sich von Satz zu Satz. Er hatte im Bücherschrank zuunterst eine schweinslederne, etwas zerfledderte Schwarte gefunden, deren Seiten mit geheimnisvollen Stockflecken übersprenkelt waren. Der Titel hieß *Ars Magna Sciendi* und stammte aus der Feder des universalneugierigen Athanasius Kircher.

Benjamin balancierte das Buch auf seinen Knien und vertiefte sich in die magischen Kreise und Figuren, vertiefte sich in das lullische Alphabet und war überglücklich, als ihm Jonas verriet, die Tafeln enthielten die Grundprinzipien des Kosmos.

Deus

Angelus

Coelum

Homo

Imaginativa

Sensitiva

Vegetativa

Elementativa

Instrumentativa

»Wenn ich das einmal begreife«, gestand Benjamin und klappte das mehrpfündige Buch zu, so daß Staub aufwirbelte, »bin ich ein Mann.«

»Oder ein Narr«, fügte Jonas hinzu.

»Wo liegt da der Unterschied?«, fragte Benjamin.

Ihm fiel auch das *Handbuch für Gesundheit* in die Hände, in dem auf fleischbunten Tafeln die Anatomie des Menschen dargestellt war, das Skelett, die Muskelstränge, das Netzwerk der Adern wie die abstrusen Formen der Organe. Je mehr er sich in das Buch vertiefte, um so mehr wuchs das Mißtrauen gegen seinen eigenen Körper. Er träumte nachts davon, als Skelett oder als Adernbündel plötzlich einherwandeln zu müssen. Am meisten verwirrte ihn die labyrinthische, verschnörkelte, hieroglyphische Gehirnmasse mit den Schluchten, Tälern, Gängen und Kreuzungen, in die sich die Gedanken geradezu verirren mußten. Und dann das zu einem Ei gekrümmte Kind im Leib der Mutter.

Benjamin las das Buch mehrmals, er betrachtete alle Menschen fürderhin nur noch mit den Augen eines Wissenden: mit Ekel und Ehrfurcht zugleich. Er klärte Franz auf, wo die Leber säße. Er tastete seinen Freund ab, konnte aber außer den spitzen Knochen und dem Relief der Rippenbögen nichts Auffälliges entdecken.

»Du versteckst alles«, schrie er aufgebracht. Zu Jonas sagte er selbstbewußt: »Ich werde Arzt.« Er vertiefte sich in die bunten Landschaften des menschlichen Körpers. Als er daran ging, die Blätter aus dem Buch herauszutrennen und sie über sein Bett zu hängen – das Skelett zu seinem Haupt, längsseits die Organe, die Blase und ein Querschnitt durch den Kopf –, glaubte Frau Halleluja, er habe die Bilder selbst gemalt, und konnte vor Staunen nicht an sich halten.

»Kind, hast du eine Phantasie!« Sie stemmte ihre geröteten Hände in die Hüften und rückte mit der Nasenspitze in die Nähe der Bilder. Benjamin ließ sie im Unklaren, ob er der Urheber wäre. Er war sehr stolz, daß Frau Halleluja ihn zum Schöpfer dieser Bilder gemacht hatte. Jedoch betrachtete sie ihn mit ehrfürchtigem Mißtrauen. »Eine Phantasie hast du, Kind, daß einem bange werden kann.« Als Jonas sie aufklärte, was die Bilder in Wirklichkeit darstellten, bekreuzigte sie sich entsetzt – und war drauf und dran, in bilderstürmerischem Zorn die Wände zu säubern, aber Benjamin hinderte sie daran. »Eine Sünde ist das«, schrie sie aufgebracht.

Drei Tage blieb das Zimmer Benjamins unaufgeräumt, und kein Besen stocherte in den staubbedeckten Winkeln herum. In dieser friedlichen Zeit spann eine Spinne ihr Netz vom Fensterrahmen bis zur Wand. Von der Nabe des Netzes strahlten Radien nach allen Seiten hin aus. Sie reichten bis an die Rahmenfäden. Die zarten Spiralfäden schimmerten klebrig. Als Benjamin morgens erwachte, sah er im schräggrauen Licht die weißen Umrisse des Netzes, hinter ihm die vieläugige Häuserfront. Er blieb unbeweglich in seinem Bett liegen. Durch das Netz beobachtete er den Ritus des Morgens. Fenster wurden aufgestoßen. Schlafzerzauste Köpfe schauten prüfend zum Himmel. Die Spinne war nirgends zu sehen. Die Tragfäden wippten im Wind.

Benjamin wäre an diesem Tage beinahe zu spät in die Schule gekommen, so lange wartete er auf das Erscheinen der Spinne.

Am nächsten Tag war der Unwille von Frau Halleluja wieder verraucht. Als Benjamin von der Schule zurückkehrte, lag sein Zimmer in einem verräterischen Glanz. Das Spinnennetz war verschwunden, das Fenster weit aufgerissen, und feuchte Kühle stürmte in den Raum. Der stille Aufruhr des Staubs war durch die Sintflut der Reinigung bezwungen. Es roch nach Wachs. Die Bilder über dem Bett hatte Frau Halleluja keines Blickes gewürdigt. Sie hatte lauter als gewöhnlich gesungen, sich einen Weg durch die gottlose Atmosphäre des Zimmers gesungen. Benjamin freilich war traurig, als er die glattpolierte, leergefegte, nüchterne Welt seines Domizils vor sich sah. Die Hefte auf dem Tisch waren zu einem Stoß aufgeschichtet. Benjamin haßte die Geometrie der Ordnung. Vor Jonas prahlte er weiter mit seiner chirurgischen Zukunft. Er zerschnitt nicht mehr das Fleisch auf seinem Teller, er sezierte es. Die Seele habe ihren Sitz in der Zirbeldrüse. Er verfolgte die Linien der Abbildungen, bis sie sich zu einer einzigen Chiffre vereinigten – und doch waren es nur kurze Augenblicke, in denen er im stolzen Gefühl seines Wissens sich schon als weißumwandeter Chirurg sah, der mit einem scharf geschliffenen Messer, Skalpell heißt das, sich über einen wächsernen Leib beugte und ... weiter erstreckte sich seine Vorstellung nicht.

Nachdem das Gesundheitsbuch neben Eselsohren und Anstreichungen auch noch andere Merkmale einer intensiven, geradezu dynamischen Benutzung zeigte, tauschte es Benjamin bei Franz gegen die *Geschichte der Kreuzzüge* um, die reich bebildert war und Ritter zeigte, die mit gesenkten Lanzen gegen Krummsäbel schwingende Feinde anritten, um drei Seiten später mit inbrünstigen Blicken ihr Leben auszuhauchen. Auf anderen Abbildungen grämten sich langumwandete Damen um den fernen Gemahl.

Die von Frau Halleluja mißachteten Bilder blieben noch zwei Wochen über Benjamins Bett hängen. Das Rot, Blau und Gelb wuchs zu immer breiteren Akkorden zusammen, neue Figuren entstanden, unendlich verschnörkelt, sanguinische Töne belebten die Fleischlandschaften. Längst war Benjamins Zukunftstraum zerronnen: Übrig blieb die sinnenverwirrende, anbetende Neugier für den menschlichen Organismus, der in schlafwandlerischer Eigensinnigkeit wuchs und wuchs und mit jener bedrohlichen Schweigsamkeit arbeitete, die die Phantasie herausforderte, einen Totentanz böser Ahnungen zu inszenieren.

In dieser zwiespältigen Stimmung – zwischen schmerzlicher Neugier und stolzem Wissen – näherte sich Benjamins dreizehnter Geburtstag. Am 16. März 1932 brachte der Postbote ein quadratisches Päckchen, das an Herrn Benjamin Weis adressiert war.

»Jawohl, das bin ich.«

Einen Absender fand Benjamin nicht. Mit einer Schere zerschnitt er die Kordel, riß ungeduldig das Packpapier auseinander und schälte aus stickiger Holzwolle ein ebenholzfarbenes Kästchen hervor, das er vorsichtig auf den Tisch stellte. Freilich scheute er sich, es sofort zu öffnen: Er zelebrierte eine Art Ritual des Aufschubs, aber je länger er wartete, desto stärker wurde die Faszination des Kästchens, in dem es, wenn man es leicht schüttelte, rasselte: das Klirren von Dolchen, von Pistolen. Das Klingeln von Dukaten, Talern und Gulden.

»Wer hat das geschickt?«

Er hob den Deckel und kramte aus einem schwarzen Samttuch fingergroße Zinnsoldaten hervor: rote Husaren mit gezückten Säbeln, blaue Ulanen mit bewimpelten Lanzen. Landsknechte in prallen Pluderhosen und Lederwämsern, breitbeinige Schwertträger, aufgereckte Trommler, schnauzbärtige Janitscharen, schlitzäugige Säbelschwinger, Panduren, Reiter mit wippendem Pallasch, pelzmützige Kosaken in braunen Mänteln, die Nagaika schwingend. Blaue Dragoner. Pausbäckige Fanfarenbläser. Pfeifer. Weit ausschreitende Fahnenträger. Bezopfte Bogenschützen. Ein grüner General, an dessen Auge ein Fernrohr festwuchs. Spitzbärtige Spanier unter breitkrempigen Hüten. Silberhelme, Federbüsche. Ein Gewirr von Farben und Waffen. Fahnen und Wimpel flatterten. Die kriegerischen Augen schweiften umher, bohrten Löcher in den Feind, blinzelten und zwinkerten. Die Säbel, Pallasche, Lanzen, Speere und Schwerter kreuzten sich.

Benjamin hatte ein chaotisches Schlachtfeld aufgebaut, als das Kästchen leer war. Freund und Feind drängten sich aneinander. Pferde stießen mit den Köpfen zusammen. Helmbüsche wippten. Litzen und Tressen schimmerten. Auf den Lippen der Soldaten lag der rote Schimmer eines kriegerischen Schreis. Ein Grenadier salutierte. Auf dem faltigen Grund des Kästchens lag eine Karte mit der krakeligen Handschrift von Dr. Schneeberger.

Benjamin war enttäuscht. Er hatte im stillen gehofft, endlich, endlich ein Zeichen von seinem Vater erhalten zu haben.

Jonas klatschte in die Hände, als er die von Waffen strotzende Zinnarmee sah, und sagte: »Jetzt muß man sich vor dir fürchten.« Er hatte Benjamin einen Pack zitronengelber Bücher geschenkt: Romane und Erzählungen von Joseph Conrad. »Das mußt du lesen.«

Frau Halleluja hatte ihm einen Mohnkuchen gebacken. Der Großvater hatte einen Zwanzigmarkschein in einem Brief geschickt. Er wünsche das Beste. Seine Schrift war bewundernswert schön. Die großen Buchstaben begannen in kühnen Bögen, die Schlußbuchstaben endeten in einem Aufstrich.

Am Nachmittag umtanzte eine Horde von Jungen den Tisch, auf dem die Zinnsoldaten aufgestellt waren. Die Ulanen neben den Dragonern – auf der anderen Seite bärbeißig die Husaren, dazwischen das Fußvolk, todesverachtend und mit fliegenden Schritten. Benjamin hatte sich niedergehockt, so daß er mit den Augen gerade über die Tischplatte sehen konnte. Er schaute durch grazile Pferdebeine, durch hochschaftige Stiefel.

Man gruppierte eine Schlachtenordnung, griff mit gespreizten Fingern nach den Figuren, bewegte sie gegeneinander, so daß sich die Waffen berührten.

Benjamin roch den Pulverdampf und den von Hufen aufgewirbelten Staub. Er hörte das Säbelgerassel und die Schlachtrufe. Er schob vor, postierte um, ließ die Infanterie verbluten und griff schließlich mit den Kosaken an: »Horridoh.«

Franz triumphierte hinter ihm. Die Tischplatte war mit Zinnleichen übersät. Plötzlich kippte der linke Flügelmann der anstürmenden Reiterei um und riß die ganze Reihe mit sich. Es klirrte. Benjamin preßte den General in seiner Faust, so daß die grüne Farbe abblätterte und der Degen sich verbog.

Noch immer glänzte auf den Gesichtern der gefallenen Zinnrecken die blöde Siegeszuversicht, jene stumpfäugige Tapferkeit. Die letzte Reihe wurde umgestoßen. In Dämmerung das totenblasse Gesicht Benjamins. Er schloß die Augen.

»Was ist mit dir?«, fragte Franz. »Wir haben doch gewonnen.« Benjamin preßte seine Hand fester zusammen, und der General brach mitten entzwei.

Am nächsten Tag schrieb er einen Dankesbrief an Dr. Schneeberger. »Was soll ich ihm nur sagen«, fragte er und hielt die Feder erwartungsvoll über das weiße Papier.

»Schreibe«, sagte Jonas, »daß das Geschenk dich glücklich gemacht hat.«

»Ich hasse es«, bekannte Benjamin. Den halbierten General hatte er in den Mülleimer geworfen.

Der Klassenaufsatz

Nicht weniger kriegerisch ging es an den folgenden Nachmittagen zu, als Benjamin das Schachspielen lernte.

Er hockte über das Spielbrett gebeugt vor Jonas, der sich auf seine Ellenbogen stützte, eine Zigarre rauchte und mit grazilen Handbewegungen die Figuren schob.

Der weiße König steht auf einem schwarzen, der schwarze König auf einem weißen Feld. Regina regit colorem. Das Delta der Mundfalten breitete sich grübelnd aus. Die Nasenwurzeln von Jonas zitterten. Jeder Rösselsprung kündete sich auf seiner Stirn an.

Benjamin verlor meist nach dem fünfzehnten bis zwanzigsten Zug. Er verteidigte am liebsten seine Pferdchen, gab die Türme achtlos preis, preschte mutig mit den Läufern vor, aber seine ganze Kamarilla wurde von Jonas mit einem gedankenvollen Augenzwinkern weggewischt, übrig blieb der nackte König, der in die Ecke hastete und ermattete.

»Du denkst nicht!«, mahnte Jonas und schob wieder einen Bauern vor. D 2–D 4.

Benjamin überschaute seine Scharen, gegen die die Feinde brandeten, das Terrain überschwemmten. Jonas äugte siegesgewiß, schüttelte den Gewinn in seine Hand, redete von einer Ponziani-Eröffnung und bewegte den erkalteten Zigarrenstummel von einem Mundwinkel in den anderen. Das Delta vertiefte sich. Auf den Schläfen leuchteten Drudenfüße. Benjamin verlor.

»Das ist ein Glücksspiel«, sagte er. Zu Franz freilich bemerkte er überlegen: »Das ist kein Glücksspiel: Hierzu muß man Köpfchen haben.« Und tippte mit dem Finger an die Stirn. Gegen Franz gewann er, ja, er verführte seinen Freund immer wieder, sich vor das schwarz-weiß karierte Brett zu setzen: »Weiß fängt an.« Im Gesicht von Franz entdeckte Benjamin nur gottergebene Glätte, die runden Bögen staunender Augenbrauen. Jeder eigenen Initiative beraubt, ein passives, wehrloses Wesen, lediglich bereit zu verlieren, rutschte Franz auf dem Stuhl hin und her. Benjamin bedauerte seinen Freund und begann sich selbst zu hassen, wenn er im Entzücken des Einfalls eine Figur vorschob, die ein langes Massaker eröffnete. Er machte unüberlegtere Züge und verlor schweren Herzens. Aber Franz triumphierte nicht, schaute vielmehr seinen Gegner mitleidig an und begann nun seinerseits nachlässig zu spielen: opferte und opferte. Benjamin, der diese Taktik des Verlierens nicht durchschaute, opferte ebenfalls. So kam es, daß allein der Zufall entschied, wer verlor.

Die Schachorgien in den regnerischen Apriltagen dauerten an, bis der Kopf schwindelte. Benjamin vergaß die Schulaufgaben und grüßte nur noch »schachmatt«, indem er die Hand halb hochhob. Die Menschen seiner Umgebung stufte er nach dem Vorbild des Schachspiels ein: Es gab da Türme, die geradewegs auf alles zustürmten; Läufer, die schräg vorgingen; anmutige Pferdchen, die in Winkelsprüngen dem Ziel entgegenhopsten; Bauern außerdem, die Stück für Stück vorankamen, bedächtig und mißtrauisch; und Damen schließlich, die überall Erfolg hatten, wie Frau Schneeberger mit den offenen Armen. Wer aber war der König, der hilflos inmitten seiner Paladine den Ereignissen entgegenbangte? Benjamin fand lange keine passende Person. Es mußte jemand sein, der mächtig und einflußreich sein sollte und es doch nicht war, ein Mensch, der sich hinter geistreichen Winkelzügen verbarg und aus der Nähe gesehen nur ein hilfloser Schemen war, dem allein die Distanz Würde und Größe verliehen hatte.

Wer also war der König?

Das Zusammenleben mit Jonas hatte Benjamin ganz von seiner Vatersuche abgebracht. Nur manchmal noch in der Erinnerung an den mysteriösen Brief und an die vielversprechende Karte kam er auf seinen Vater zu sprechen, aber längst nicht mehr so dringend und flehentlich wie ehedem, eher spöttisch und zweifelnd.

»Wo wird er jetzt stecken?«, fragte er Jonas.

»Wer?«

»Mein Vater natürlich.«

»Ach so. Ich weiß gar nicht, wer es ist. Ich weiß nur, was deine Mutter von ihm gesagt hat. Einmal habe ich ihn von hinten gesehen.«

»Erinnerst du dich noch?«, unterbrach ihn Benjamin. Sein Interesse wuchs, und er reckte sich hoch.

»O Gott! Das sind jetzt fünfzehn Jahre her. Die Rückseite eines Menschen ist verteufelt ausdruckslos. Es gibt Ausnahmen, aber dein Vater war keine Ausnahme.«

»Und?«

»Kein und.«

Benjamin schaute enttäuscht zu Boden. »Was wird aus ihm geworden sein?«

»Da gibt es viele Möglichkeiten«, erwiderte Jonas. »Er war ein talentvoller, vielversprechender junger Mann.«

»Vielleicht ist er Detektiv!«, sagte Benjamin schnell.

»Dann hätte er dich sicherlich gefunden.«

Diese kurzatmigen Gespräche wiederholten sich.

Das Bild, das ehemals im Schlafzimmer von Anna stand, ruhte jetzt in Benjamins Schublade. Wenn er es hervorkramte und anstarrte, fiel ihm jedesmal wieder ein, daß dieser Mann dort überhaupt nicht wußte, daß er einen Sohn hatte. Einmal warf er das Bild in einem Anfall von Wut und Verzweiflung an die Wand, so daß das Glas zersprang. Ein dichtes Netz von kleinen Rissen zog sich über das junge Gesicht. Benjamin legte es hierauf in die Kiste, in der sein Kinderspielzeug durcheinander lag: so auch die Trompete, mit der er einstmals die trostlosen Häuserwände der Berger-straße zum Einsturz bringen wollte, der Hampelmann, der noch immer mit Armen und Beinen wedeln konnte, während sein Gesicht sich in ein blödes Lächeln verzerrte. Dort hinein legte Benjamin das zersplitterte Bild seines Vaters, hievte dann die Kiste hoch und stellte sie auf den Schrank, wo bald Myriaden von Staubflocken eine weißgraue Mütze darüber stülpten.

Jonas, der sah, daß sein junger Freund litt und den Kopf hängen ließ, versuchte zu trösten. »Der beste Mensch ist bestenfalls ein Mensch: das heißt, er hat auch Fehler. Jeder Charakter ist gesprenkelt.«

Aber Benjamin wollte nichts davon hören. Er wartete noch immer. Für ihn setzte sich der gesunde Menschenver-stand aus unmöglichen, lächerlichen Gemeinplätzen zusam-men.

In dieser Zeit des Hasses stellte Dr. Wagner, ein kleiner, dicker Deutschlehrer, der sein ganzes Herz an E. T. A. Hoff-mann hängte und an seine zwei Töchter, die ihn manchmal von der Schule abholten, für einen Hausaufsatz das Thema einer Personenbeschreibung. »Am besten, ihr nehmt einen Menschen, der euch nahesteht, und fangt mit seinem Ausse-hen an, beschreibt dann seinen Charakter, das was er denkt und was er träumt, schildert seinen Beruf, seine Neigungen, Abneigungen.« Dr. Wagner redete mit den Händen und bohrte, wenn er besonders erregt war, in der Nase, als könne er auf diese Weise sein Gehirn kitzeln. »Ihr habt eine Woche

Zeit«, er rieb sich erwartungsvoll die Hände und ließ die Gelenke seiner Finger knacken. Sein dreifaches Kinn wakkelte vor Eifer. »Ich will keinen Lebenslauf. Daten hat jeder Mensch, Charakter nicht.« »Wen nimmst du?«, fragte Benjamin Franz.

Franz wollte seinen Onkel nehmen, der ein geistlicher Herr war und den Jahrgang der Weine raten konnte. Gogo prahlte damit, daß er Hindenburg beschreiben wolle. Benjamin schrie lauthals: »Ich nehme unseren Milchmann.« Und er erfand schnell einige Persönlichkeiten hinzu, redete von einem durch Ordenslast gebeugten General, von einem Arzt und von einem Clown mit Karottennase und Rhabarberohren. Heiliger Bimbam! Schließlich von Rudolph Valentino und Caracciola. Er kannte beide von Zigarettenbildchen her. Drei Tage lang tat er nichts, las, spielte Schach. Dann endlich setzte er sich hin und beschrieb Jonas ins Unreine. Was gab es da viel zu schreiben! Jonas war dick. Das Wort dick sagte jedoch nichts über die Art der Beleibtheit aus. Jonas liebte Birnenschnaps und Montaigne. Das geht nicht. Er raucht Brasil-Zigarren. Das geht auch nicht. Sein Gesicht sieht aus wie ein ungemachtes Bett. Diesen Vergleich würde Dr. Wagner anstreichen. Er haßte Vergleiche. Für ihn war alles unvergleichlich.

»Was in aller Welt soll ich schreiben?«

Benjamin tunkte die Feder in die Tinte und malte Männchen, versuchte Jonas zu porträtieren, auch das mißlang, weil die Tinte ausging. Jonas war nichts fürs Papier. Benjamin beobachtete ihn feixend und ging ihm überall nach.

»Was hast du nur?«

»Wir sollen eine Persönlichkeit beschreiben«, erwiderte Benjamin mit ausgesuchter Wichtigkeit und schwenkte die engbeschriebenen Seiten.

»Und da willst du über mich herfallen?«

»Ja!«, stotterte Benjamin. »Aber mir fehlen die Worte.«

Jonas überflog das Geschriebene, während er mit den Fingern die Sätze entlangfuhr, zuweilen die Stirn runzelte oder die Unterlippe genießerisch vorschob, um dann in ein lautes Gelächter auszubrechen, so daß das Papier knisterte. Sein Adamsapfel tanzte.

»Warum lachst du?«, fragte Benjamin verstört und riß Jonas die Seiten aus den Händen.

»Ich erkenne mich wieder.«

Nein, Jonas spottete aller Beschreibung. Benjamin schlich niedergeschlagen in sein Zimmer und setzte sich ans Fenster. In den kleinen Blumengärten des Hinterhofs standen schon Tischchen. Frauen saßen in hellen, bunten Kleidern davor. Ihre Röcke plusterten sich im Wind. Die Sonne rötete ihre Wangen. Der Frühling hatte schon provisorisch begonnen. Benjamin preßte die Stirn an das Glas. Sein Atem glitt milchig über das Fenster. Frau Halleluja sang in der Küche und klapperte mit den Töpfen. Aus dem Radio plärrte die zukunftsfrohe Stimme eines Politikers. Jonas ging auf und ab und fluchte, so daß es Benjamin hören konnte. Frau Wiegel schellte und borgte sich die Zeitung des heutigen Tages aus, um die Heiratsannoncen zu lesen. Frau Halleluja sang unverdrossen weiter und schrubbte. Benjamin saß bewegungslos am Fenster und spürte durch den dünnen Hosenstoff das löchrige Muster des Stuhles. In diesem Augenblick eröffnete sich ihm das Bild seines Vaters. Das Fenster wurde plötzlich das Guckloch in ein optimistisches Panoptikum, in dem der Vater die Hauptrolle spielte, ein keckes, kleines Stöckchen schwang, Kaninchen aus schwarzglänzenden Zylindern hervorzauberte und sich nach Bewunderung umsah. »Bravo!«, schrie Benjamin, stürzte zu Jonas und holte sich die grüne Tinte, mit der dieser Steuererklärungen schrieb, Geburtstags- und

Kondolenzbriefe wie kleine Billetts, tunkte die Feder ein und begann.

Beim Schreiben stellte er fest, daß es weit besser war, der Phantasie zu vertrauen als der Wirklichkeit. Satz drängte sich an Satz, und allmählich rundete sich das fatamorganische Bild. Immer neue Seiten wurden an seinem Vater offenbar. Benjamin zeichnete ihn so, wie er ihn vor wenigen Jahren sich kühn ersehnt hatte: als Abenteurer, Eroberer und Herrscher, dem die ganze Welt zu Füßen lag – keine Spanne weniger als die ganze Welt. Die Feder bog sich, so fest setzte sie Benjamin auf. Es waren hochgepeitschte, hymnische Sätze, von jeglicher Diktatur der Interpunktion und Grammatik verschont. Sieben Seiten schrieb Benjamin voll. Sieben Seiten über seinen Vater. Sieben Seiten über den Vater aller Väter – den Vater an sich.

Als er das Ganze am nächsten Tage fein säuberlich in das Heft eintrug, nachdem es Jonas sorgfältig korrigiert hatte, war er noch ganz geblendet von den grandiosen Erfindungen.

»Du weißt, daß es solch einen Menschen in Wirklichkeit gar nicht gibt.«

»Ich weiß«, gestand Benjamin. »Es ist ja auch nur ein Klassenaufsatz.« Er hielt das Heft geringschätzig in der Hand.

»Du mußt dir aber etwas dabei gedacht haben?«

Benjamin winkte ab und schlich in sein Zimmer. Je öfter er den Hymnus las, um so peinlicher wurden ihm seine Herzensergüsse.

Am nächsten Tag hockte er sich noch einmal hin und schrieb eine zweite Fassung, in der alle großen Eigenschaften ins Gegenteil verkehrt wurden. Der Abenteurer wandelte sich in einen lüsternen, bockstinkigen Strauchdieb, in einen geldgierigen Kurpfuscher, in einen schiefäugigen

Tropf – »Wie schreibt man eigentlich Hundsfott?« –, in einen
Betrüger, Feigling und Aufschneider, aus dem Entdecker
wurde ein Deserteur, Hochstapler und Heiratsschwindler.
Aber erst sein Aussehen! Wasserköpfig war er, mit faltigem
Bauch, dem die Sache schlapp herabhing, pockennarbig,
schlimmer noch: mit einer Hasenscharte, krummbeinig. Benjamin
blätterte im Lexikon nach saftigen, fetten, widerlichen
Wörtern und stopfte sie in seine Beschreibung. Dieses Werk
verschwieg er Jonas, schrieb es mit verstellter Handschrift in
ein neues Heft, löschte jede Seite sorgfältig und gab es mit
der hymnischen Beschreibung zusammen ab. Freilich hatte
er nicht seinen eigenen Namen auf das Schildchen eingetragen,
sondern einen fremden: Julius von Sebald.

Als Dr. Wagner eine Woche später, die Hefte unterm Arm
geklemmt, die Klasse betrat, war es mucksmäuschenstill.
Benjamin ruschte auf seinem Hosenboden hin und her und
versuchte zu erkennen, ob eines seiner Hefte obenauf lag,
denn das hieße nach den pedantischen Gewohnheiten von
Dr. Wagner, daß diese Arbeit die beste wäre. Meist wurde sie
dann von ihm selbst mit verdächtig sonorer Betonung vorgelesen.
Dr. Wagner steuerte auf das Pult zu, postierte sich
und schwieg. Er nahm ein Heft vom Stoß, blätterte zerstreut
darin, rückte die Brille zurecht und las.

Benjamin ging lange leer aus. Er glaubte schon, seine
Arbeiten seien verloren gegangen, als plötzlich Dr. Wagner
seine Nüstern blähte und die zwei letzten Hefte, jedes in
einer Hand, hochnahm. Benjamin schloß in der sicheren
Erwartung einer unvermeidlichen Katastrophe die Augen.
Er wurde aufgerufen und taumelte aus seiner Bank hervor.
Alle Blicke fielen auf ihn.

»Ja«, sagte er. Dr. Wagner ging auf ihn zu. Benjamin wich
geblendet vom Reflex der großen Hornbrille zurück. Der
Lehrer betrachtete ihn mit einem spöttischen Wohlwollen.

Oder war es Anerkennung? Seine Pupillen liefen in die Augenwinkel. Benjamin gewahrte nicht ohne Genugtuung, wie das Gesicht von Dr. Wagner seine pedantische Starre verlor. Während sich hinter dem milchigen Schimmer der Brillengläser die Maske der Unzugänglichkeit löste, sah Benjamin zu Boden.

»Hier habe ich noch die Arbeit eines Julius von Sebald. Schade, daß ich den Herrn nicht persönlich kenne. Die Arbeit ähnelt jedoch der des Benjamin Weis in Tinte und Stil, am meisten aber in der Tinte, so daß ich glaube, sie stammen vom selben Verfasser.« Benjamin konnte an der ernster werdenden Miene ablesen, daß Dr. Wagner etwas Schwerwiegendes sagen wollte. »Hast du beides geschrieben?«, fragte er und streckte seinen Zeigefinger aus.

Benjamin hielt den Kopf steif.

»Hast du?« Die Stimme stieg gefährlich an.

»Ja!«, stammelte Benjamin, der sein Heil in der Wahrheit suchte, und entkrampfte seine Hände. Dr. Wagner stand zwei Fußbreit von ihm weg und knisterte mit den Heften.

»Mir entgeht das nicht …« Er gab seinem Gesicht das Aussehen inquisitorischer Gewissenhaftigkeit. »Das sehe ich sofort. Und wer ist nun dein Vater?« Er schlurfte wieder zum Pult zurück.

»Ich habe keinen Vater«, sagte Benjamin leise und lehnte sich an die Wand. Gogo kicherte schadenfroh. Köpfe drehten sich um. Neugierige Seufzer. Daniel in der Löwengrube. Gezischel. Das Scharren von Füßen. Benjamin blickte zur Decke. ›Was guckt ihr alle?‹ Der Zorn stärkte sein Selbstbewußtsein.

»Verzeih«, sagte Dr. Wagner nach einer Weile. Er verschränkte die Hände zu einer Geste der Kondolenz. Die Knöpfchen an seiner Weste spannten sich.

»Das eine ist treffliche Beschreibung.« Er hob das Heft

mit dem Hymnus in die Höhe. »Und das andere ist eine niederträchtige Sudelei.«

Er winkte mit dem Heft des Julius von Sebald. In dieser Geste, zwei Hände über dem Kopf, demonstrierte er pädagogische Hilflosigkeit, und um seinen Worten noch mehr Nachdruck zu verleihen, schleuderte er die zweite Fassung von sich, so daß sie wie ein aufgeschreckter Vogel über Benjamins Kopf surrte und gegen die kalkige Wand klatschte, just unter die Landkarte von Hessen-Nassau.

Dr. Wagner rief Benjamin nach der Stunde zu sich, aber er konnte nichts aus dem Jungen herausbringen.

»Ich habe das nur so geschrieben, wie die Tinte tropfte.«

»Hast du dir dabei etwas gedacht?«

Benjamin schwieg. Als ihn Dr. Wagner freiließ, packte er die Hefte zusammen und stürzte aus dem Klassenzimmer.

»Wo ist nur der Pisser?«

Gogo verkroch sich hinter dem breiten, fleischigen Rükken seines Freundes. Für seinen alten Hindenburg hatte er nur eine mangelhafte Note bekommen, auch der geistliche Herr, der die Jahrgänge des Weins mittels eines Zungenschlags erraten konnte, brachte Franz nur ein ›befriedigend‹.

»Wer schreibt auch schon über Hindenburg und geistliche Herren.«

Als Jonas durch Zufall das Heft des Julius von Sebald in die Hände bekam, blätterte er es interessiert durch und lachte. »Das ist aber ein gut beobachtender Sohn. Kennst du ihn näher?«

Benjamin schüttelte den Kopf. »Magst du Schach spielen?«, fragte er ablenkend.

Diesmal hütete er seinen König besser, drapierte ihn mit wachsamen Bauern, rochierte und sagte Schach an.

»Du beobachtest sehr gut«, brummte Jonas und sicherte seinen König. Benjamin schweifte mit seinem Blick listig über das Spielfeld. Vor Begeisterung stieß er sich mit den Füßen vom Boden ab und ertrotzte ein Unentschieden.

»Was geschieht eigentlich mit den Leichen von gehenkten Verbrechern?«, fragte er kurz darauf und wischte den Zigarrenrauch aus seinem Gesicht.

»Sie werden wie jeder andere Mensch beerdigt.«

»Ich dachte, ihre Asche würde in alle vier Winde zerstreut.«

Blutsbrüderschaft

Die letzte Bemerkung spielte auf die Lebensgeschichte eines
Räubers an, an der Benjamin seit zwei Tagen schrieb, nachdem er etwas Geschmack an Schimpfreden und Verwünschungen gefunden hatte. Der Räuber hieß Carlo Pozzo,
war zwei Meter groß, hatte sieben Frauen und eine Bande
von dreißig bis an die Zähne bewaffneten Spießgesellen.
Nicht daß Benjamin die Gestalt, an der er übrigens jeden
Edelmut fehlen ließ, verehrt oder bewundert hätte. Es war
mehr das Phänomen des absolut Bösen, das ihn faszinierte,
und so dichtete er eine blutige Lebensgeschichte zusammen,
die jeden wirklichen Verbrecher beschämt hätte. Dieser
Carlo Pozzo, den Benjamin als Waisenkind unter Wölfen
aufwachsen ließ, besaß die Kraft, kleinere Bäume auszu-
reißen, Hufeisen mit den Händen gerade zu biegen, auch
konnte er Fliegen auf zwanzig Schritte mit der Pistole er-
schießen und Frauen kirren. Er lebte in Böhmen ungefähr
vor hundert Jahren in einer Höhle, die über und über mit
gestohlenem Schmuck und Juwelen vollgestopft war. Benjamin ging bei der Lebensgeschichte, die er in ein Oktavheft
niederschrieb – mit grüner Tinte versteht sich –, nicht syste-
matisch vor, das heißt von der Geburt bis an das schreck-
liche Ende. Er liebte den epischen Rösselsprung und verweilte mit Vorliebe bei Beschreibungen von Kindsmördern
und vernarbten, teuflischen Gesichtern, ebenso trieb er die
Beschreibung von scheußlichen Gewalttaten bis zum Äußersten. Das verdiente, schlimme Ende sparte er für Carlo
Pozzo auf. Der finstere Wald war schon umzingelt, und Ver-

›386‹

räter führten die Polizei auf Schleichwegen zu den Schlupf-
winkeln, aber Benjamin hielt inne. Nachdem er gar erfahren
hatte, daß die Asche gehenkter Verbrecher nicht in die vier
Winde zerstreut würde, ließ er die Lebensgeschichte frag-
mentarisch. Jonas jedoch mußte sie lesen. Er klappte das
stürmisch beschriebene Oktavheft auf und begann: Anno
dazumal im Jahre des Unheils trat Carlo Pozzo, ein schreck-
licher Räuber, aus dem Wald und erschlug mit einem
Fausthieb den Kaufmann Blumenthal.

Jonas lachte derart, daß Frau Halleluja aufmerkte und
fragte, was es denn in dieser traurigen Welt überhaupt zu
lachen gäbe. Jonas erzählte mit etwas milderen Worten als im
Text die Taten des Räubers Pozzo, so daß Frau Halleluja den
Atem schnaubend ausstieß und prophetisch düster sagte:
»Erst hängt er sich das Gekröse übers Bett und jetzt dies!«

Sie war ehrlich betroffen. »Wir müssen für ihn beten.«
Dann stürzte sie in die Küche und rieb die Töpfe spiegel-
blank. Als sie wieder einmal Benjamin antraf, wie er über ein
Buch gebeugt alles andere um sich herum vergaß, rief sie,
mit einem mißtrauischen Blick auf das Bücherregal:

»Gott, wenn du das alles gelesen hast, wirst du ganz
dumm sein und schlecht. Bücher lügen wie gedruckt...«

Benjamin wollte sie vom Gegenteil überzeugen, aber er
scheiterte kläglich an ihrer Unbescholtenheit, was Bücher
anbetraf. Sie las lediglich nur den *Bonifazius-Boten* und ein
Andachtsbüchlein für Weitsichtige, in dem die Buchstaben
fast einen Zentimeter groß und die Seiten gelblich abgegriffen waren.

Die weiteren Schicksale von Carlo Pozzo stockten. Jonas
las noch ausgiebig in dem Oktavheftchen, bis er es Benjamin
zurückgab, der jedoch der grausamen Erfindungen müde
war und, anstatt seinem mörderischen Helden ein furcht-
bares Ende anzudichten, das Heftchen packte und in den

Küchenherd warf. Die Asche kratzte er dann vorsichtig in ein Schächtelchen, trat ans Fenster und versuchte die Überbleibsel in alle vier Winde auszustreuen, da jedoch Westwind herrschte, stob ihm alles entgegen.

Als er wieder vor Jonas erschien, packte dieser seinen jungen Freund und zerrte ihn vor den Spiegel.

Memento homo quia pulvis es.

Auf der Stirn und auf den Backen klebten Rußflecken wie eine Kriegsbemalung. Benjamin stürzte ins Bad und rieb die sterblichen Überreste Carlo Pozzos aus seinem Gesicht. Er schwieg beschämt. Von Räubern war nicht mehr die Rede. Auf den Schonbezügen seines Bettes liegend, starrte er zur Decke und kam zu der Schlußfolgerung, daß gewisse Ausgeburten der Phantasie ein gefährliches Eigenleben haben können.

In der Schule hatte sich mancherlei ereignet. Gogo war sitzengeblieben. Franz mühte sich ab, die verschlagenen Winkelzüge der Algebra zu verstehen. Benjamin saß ganze Nachmittage an seinem Tisch und tüftelte schwierige Gleichungen aus, mit zwei oder mehr Unbekannten. Er liebte das Jonglieren mit dem X, das er häkchengeschmückt auf die linke Seite zerrte und: eins zwei drei war das Unbekannte eine Zahl. Für ihn schienen diese Unternehmungen eine Möglichkeit zu bergen, jedes Geheimnis zu lüften. Die Zahlen wurden ihm eine Garantie für Ordnung, mehr noch: eine Garantie für Sicherheit. Hatte man die richtige herausgefunden, war alles gut. Ein Berg, der neunhundert Meter in der Höhe mißt, ist schon kein Monstrum mehr. Man weiß, daß man nach einer ganz genau vorausbestimmbaren Zeit den Gipfel erreicht, wenn die Länge der Schritte bekannt ist.

Aber dann gab es Dinge, die nicht durch die Gunst einer Zahl bestimmt werden konnten. Sie platzten gleichsam aus allen Nähten, drohten, wandelten sich, ängstigten.

Jonas, der aus Zeitvertreib mit Benjamin um die Wette rechnete, erklärte, daß die alten Ägypter den Butt als das Wahrzeichen der Mathematik dargestellt hätten.

»Was ist ein Butt?«, fragte Benjamin und schaute auf.

»Ein Butt ist ein Rhombus und ein Rhombus ist ein Fisch.«

Seitdem konnte Benjamin nicht genug Fisch essen, und Frau Halleluja, die diese Speise für den Inbegriff der Enthaltsamkeit hielt und an eine Besserung Benjamins zu einem frommen, fastenden Lebenswandel glaubte, kochte und sott alle erdenklichen Fische. Aber soviel Kabeljau, Heilbutt und Schollen Benjamin auch verzehrte, es offenbarten sich ihm keine mathematischen Wunder. Wohl war er der Zahlenprimus in der Klasse, aber in der Tiefe seines Herzens wußte er, wie wenig ihm diese Fertigkeit nützte.

Jonas nannte ihn nur noch die Gleichung mit mehreren Unbekannten. In dieser Zeit mathematischer Geheimniskrämerei gewann Benjamin einen neuen Freund und zwar einen wirklichen. Gogo war eher Kumpan gewesen, eine Art anbetungsbereites Anhängsel. Franz dagegen war ein gutmütiger Tropf, aber kein Konkurrent, eher ein vorsichtiger Mitstreiter. Popel beunruhigte durch seine wahnwitzigen Einfälle. Neuerdings sammelte er Gerüche in Büchsen, die er beschriftete. Jonas, ja, was war Jonas? Auch er war ein Freund, ein väterlicher Freund, der reinste Vater. Nein, für ihn müßte ein neuer Name gefunden werden.

Nun, der neue Freund hieß Max Thierfelder. Er saß in der zweiten Reihe neben dem stillen, frommen Peter Strasser, für den es in der Schule nur einen Triumph gab, nämlich das Aufsagen von Gedichten. Bei den Feierlichkeiten mußte er, mit einem Schillerkragen angetan, vor die versammelte Schule treten und einem Hamlet gleich, der sich an einem Totenkopf entzündet, Gedichte von Cäsar Flaischlen, Stefan

George und Rainer Maria Rilke aufsagen, so daß selbst der schwerhörige Direktor, ein humanistisches Männlein im schwarzen Anzug, ein Leuchten in die Augen bekam und ergriffen nach dem Taschentuch suchte.

Max Thierfelder hatte den Namen Sisyphus erhalten, und das kam so. Als Dr. Wagner von dem korinthischen König Sisyphus erzählte, der wegen seiner hochmütigen Verschlagenheit von den Göttern dazu verdammt wurde, im Hades einen stets wieder zurückprallenden Felsblock bergauf zu wälzen, sprang Max Thierfelder auf und schrie: »Hat ihm denn keiner geholfen?«

Die anderen lachten, verstummten jedoch, als sie sein verzweifeltes, strenges Gesicht sahen.

»Ich werde ihn töten.«

»Wen?«

»Den, der solche Strafen ausheckt.«

Seit dieser Zeit hieß Max Sisyphus. Benjamin bewunderte ihn. Max war zierlich gebaut, hatte einen Satyrkopf, eiförmig, enganliegende Ohren, eine kühngeschwungene Nase, einen hochaufgebauten spitzen Buckel in der Brustgegend und einen ganz zusammengezogenen Unterleib. Sein lockiges, schwarzes Haar war kurzgeschnitten und bedeckte fellartig seinen schmalen Schädel, seine Augenbrauen waren eng aneinandergerückt.

Keiner konnte wie er auf den Händen gehen, so daß seine Schlüssel aus der Hosentasche klirrten, keiner konnte wie er am Seil hochklettern oder mit den Ohren wackeln. Obwohl er etwas schwächlich gebaut war, die Ärmchen wuchsen dürr aus den Schultern, behauptete er sich mit Spott und Witz. Rohe Körperkraft besiegte er mit Grimassen, die den Gegner zum Lachen reizten. Max war beileibe nicht feige. Nur hielt er wenig von den kraftaufwendigen Prügeleien und Duellen, die das Renommée steigerten. Benjamin dagegen prügelte sich durch die Klasse. Hatte er seinen Gegner am Boden, ließ er von ihm ab, wischte ihm gar selbst noch den Schmutz aus der Hose und ging traurig davon. Er fühlte in diesen Fällen förmlich doppelt: brüstete sich als Sieger, war aber auch eins mit dem Unterlegenen und litt mit diesem unter sich selbst. Es gab einige Spielregeln, die streng beachtet wurden. Berührte einer mit den Schulterblättern den Boden, war er besiegt; genauer: sollte er sich besiegt fühlen.

Eine derartige Prügelei öffnete Benjamin das Herz von Max. Eines Morgens, die Klingel war noch nicht ertönt, bemerkte Benjamin, wie Dieter Moser, ein tonnenhafter Junge, der sich gern mit Hermann dem Cherusker, einem Wikinger und Widukind verglich, von Max verlangte, daß er mit den Ohren wackele. Richtig wie ein Esel. Dieter Moser, allgemein das Pferd genannt, weil sein Gebiß den Mund weit vorschob, war nicht eigentlich grausam, sondern eher glücklich, stärker zu sein. Folgte man ihm, so war man seiner Güte sicher. Er verschenkte sein Schulbrot, exotische Briefmarken und Bilder seiner Schwester.

Max überhörte den Befehl. Es war für ihn eine Frage des Stolzes. Er wollte mit den Ohren wackeln können, wann und wo er wolle. Er wich einen Schritt zurück und drückte sich in eine Bank. Seine Stirn wurde fahl. Dieter Moser, das Pferd, trat lächelnd zwei Schritte vor, überrascht durch den Widerstand: »Wackel!«

Max hielt den Kopf hochgereckt. Seine Lippen bewegten sich spöttisch. Er trug eine schwarze Jacke mit einem Samtkragen. Dieter Moser wiegte sich angriffslustig in den Hüften und schnalzte mit den Fingern.

»Wackel!«

Die Ohren von Max standen still und schimmerten rötlich. Nur sein Finger malte nervöse Zeichen auf die Bank, aus der die unförmigen Schnitzereien geplagter Schülerhände herausleuchteten. Namenszüge, Zoten. Das Geschwätz verstummte. Alle starrten auf Dieter Moser, der Max im Polizeigriff am Arm packte und ihn herumdrehte.

»Schuft!«

Max entwich jedoch der strafenden Hand und rutschte in die Bank. Dieter Moser stolperte.

»Ich schlage dich zu Brei«, schnaufte er und blickte ungläubig auf seine Hand, der Max entgangen war.

»Jetzt geht es los«, dachte Max und bereitete sich vor, sein Leben teuer zu verkaufen. Aber so weit kam es nicht, denn Benjamin turnte über die Bänke und sprang dem Pferd genau vor die Füße.

Dieter Moser, so plötzlich um die Freude über wackelnde Ohren gebracht, verlor sein tyrannisches Phlegma und streckte seine Faust vor. Aber Benjamin wich ihr aus, stellte sich auf die Zehenballen, wippte und stieß dann, sein ganzes Körpergewicht ausnutzend, Dieter Moser zu Boden. Das Pferd berührte mit den beiden Schultern den Boden. Seine Drillichjacke flatterte. Er rollte zur Seite und stemmte sich an einer Bank hoch, Benjamin mit kleinen, zornigen Augen anstarrend:

»Dich mach ich fertig!«

»Wackel mit den Ohren!«, schrie Benjamin und tänzelte vor. Das Pferd war ein Meister des Erdrückens, hatte er seinen Gegner in der Enge, nahm er ihn in den Schwitzkasten und zählte triumphierend. Benjamin jedoch gab ihm gar nicht die Gelegenheit körperlicher Nähe und trommelte mit den Fäusten auf ihn ein.

Max vergrub sein Gesicht in seine Hände. Er bangte um seinen Helfer. Als er aufschaute, lag das Pferd wieder am Boden. Ein roter Fleck zog sich über sein Kinn. Benjamin wischte die Hände verächtlich an der Hose ab: »Wackel!«

»Ich kann es doch nicht«, wimmerte das Pferd und stützte sich auf seine plumpen Ellenbogen. Seine Ohren waren himbeerrot vor Scham, Aufregung und Angst. Kurzum: das Pferd war kein Ohrengenie. Sein Gehör war nur unvollkommen entwickelt: Er hörte lediglich das Laute, Grelle, Schneidende, nicht aber jene sanften Zwischentöne, jenes Sammelsurium an feinen Melodien, die das Ohr erst adeln. Das Pferd konnte nicht mit den Ohren wackeln, seine Ohren saßen gußeisern am Kopf fest. Zwei unhandliche Henkel und sonst nichts.

Benjamin hatte einen neuen Freund gewonnen. Daran bestand kein Zweifel, denn Max löste sich aus seiner ängstlichen Erstarrung und streckte eine dürre Hand aus, während er mit den Ohren wackelte.

Max wohnte in der Thüringer Straße in einem neugotischen Haus mit unzähligen Erkern, Turmzimmern und schmalen, rotgetönten Fenstern, durch die das Tageslicht seltsam erwärmt hereinbrach und die sattdunklen Möbel und die übermannshohen Büchergestelle in ein belebendes Schimmern tauchte. Der Vater von Max war ein kleines, hastiges Männchen, stets mit einem Buch beschäftigt, in dem er versonnen und weltvergessen blätterte, manchmal die Lippen in einem Entzücken öffnend. Der Schreibtisch, hinter dem er thronte, war nackt und leer. Nur der spitze Schatten des Lesers kroch darüber hin, wuchs mit dem Sinken der Sonne und gab lautlos die Zeit an. Benjamin verehrte das zarte Männchen mit den schwarzen, sibyllinischen Augen, deren Blicke er nicht lange aushalten konnte. Sie ängstigten nicht, aber sie schienen alles zu wissen und tasteten traurig die Umrisse der Dinge und Menschen ab.

»So, du bist der Freund von Max.«

Benjamin nickte mit dem Kopf. Es war alles so still ringsum, daß er Mut faßte.

»Ja.« Er schaute auf die verführerischen Buchreihen.

»Sie haben viele Bücher.« Sein Herz schlug höher.

»Wenn du ein Buch lesen willst, bitte!«

Der Vater von Max deutete auf die abgeschattete Wand, aus der hieroglyphenhaft, in rätselhaften Arabesken verschlungen, die Buchtitel hervorschimmerten. Benjamin war über die Aussicht, hier einmal wühlen und kramen zu können, derart beglückt, daß er nicht wagte, an das Regal heranzutreten, und sich die Suche für eine große Stunde aufhob. Herr Thierfelder lächelte. Sein Finger ruhte in einem Buch.

»Ich bin glücklich, daß Max einen Freund hat.«

Benjamin eilte die schmale Treppe hoch, hinter sich das klingende Echo seiner Schritte. Max hatte ein Turmzimmer mit sechs Fenstern, die weit aufstanden, so daß der durch das Blätterrauschen des Kastanienbaums filtrierte Lärm der Straße in das Zimmer drang. Max saß an seinem Tisch und leimte ein drachenartiges Flugzeug zusammen. Er hatte einen schlaffen Flügel in der Hand, mit dem er Benjamin begrüßte. Max leimte für sein Leben gern. Er leimte alles: Burgen, Häuser, Flugapparate, Stühle, Papiervögel und Helme. Neben ihm stand ein Kleistertopf, in dem ein breiter Pinsel steckte. Latten, Brettchen, Papierfetzen, Schnüre, ein Labyrinth von Werkzeugen, Bohrern, Hämmerchen und Feilen breiteten sich auf dem Tisch aus, so daß die zerbrechliche Gestalt von Max fast hinter dem Gewirr verschwand.

Hier in diesem Zimmer brüteten sie gemeinsam große Pläne aus. In dem Chaos geleimter Stützen, Verstrebungen, Gerippen und Hölzchen saßen sie und steckten die Köpfe zusammen, klebten mit dem Hosenboden an den meist noch nassen Stühlen fest, redeten und planten, sich verschwörerisch an den Händen fassend, träumten von einem zusammengeleimten Homunkulus, der die Augen verdrehen konnte, erdachten sich klapprige Wesen und Hampelmänner und erfanden ein Geheimalphabet, indem sie die natürliche Reihenfolge der Buchstaben veränderten. Sie glaubten durch derartige Umstellungen den Worten einen neuen Sinn zu verleihen. Alles wurde rätselhafter und erhabener. Zuweilen glaubten sie gar, daß ihre Seelen in Tiere übergehen könnten, und sie schlugen mit den Flügeln und klapperten mit gefährlichen Zähnen.

Jeden Tag nach dem Mittagessen erschien Max, der nicht der gastronomischen Regelmäßigkeit von Jonas unterworfen war, in der Bergerstraße 57 und pfiff auf zwei Fingern, so daß Frau Wiegel, die immer das Schlimmste befürchtete, am Fenster erschien. Dieser schrille Pfiff war das Signal für Benjamin, das Haus sofort zu verlassen. Er selbst brachte weder mit einem noch mit allen fünf Fingern einen weithin hörbaren Ton hervor. Er beneidete seinen Freund. Max pfiff mit der Gelassenheit eines Virtuosen. Er verzog keinen Muskel im Gesicht.

Benjamin konnte keinen Tag ohne Max sein. Die Séancen in dem Turmzimmer wurden immer wilder. Die Hände ließen sich nur noch mit Bimsstein säubern. Frau Halleluja lief eines Tages entsetzt zu Jonas und schrie, ein ölverschmiertes Hemd in den Händen haltend:

»Sehen Sie das!«

Jonas stellte Benjamin zur Rede:

»Arbeitest du in einem Bergwerk?«

»Nein, nein, wir bauen Maschinen.«

Benjamin sagte es eher beiläufig und sah, daß ein Schmutzstreifen quer über seine Hose zog.

»Wozu sind denn diese Maschinen gut?«

»Sie gehen«, erwiderte Benjamin und beschrieb die vielstängigen, klapprädrigen Gestelle, die die Propeller und Flügel knirschend und ächzend bewegten.

»Wir wollen ein Flugzeug bauen.«

»Was heißt wir?«

»Max und ich.«

»Wer ist Max?«

»Max ist mein Freund. Er ist fast der Kleinste in der Klasse. Sein Vater ist Gelehrter. Ich wette, er hat mehr Bücher als du je gelesen hast. Mindestens eine Million. Max kann mit den Ohren wackeln. Er spricht hebräisch und kann rückwärts lesen.«

»Das ist eine hohe Kunst«, sagte Jonas und schlurfte davon. Benjamin erkannte, daß in jedem Menschen eine Maschine stecke.

In dem Zimmer von Max hing ein schwarzumrahmtes Bild von Oberst Lindbergh. Er war ihr Schutzpatron. Wenn sie inmitten ihrer Klebe- und Schraubarbeit verzweifelten und mit öligen Fingern und beschmutzten Gesichtern fast in dem Gestänge von Rädern und Achsen und Stützen verloren gingen, genügte ein Blick auf das Gesicht von Lindbergh, und sie sahen sich schon in den Wolken – mit Sturzhelmen und Schutzbrillen.

Gelobt sei die Höhe!

In Pläne vertieft, die mehr die Zukunft ihrer Maschinen als deren Herstellung betrafen, harrten sie weiter aus. Sie spürten gar nicht, wie die Zeit verstrich. So geschah es, daß sie eines Tages in der Dämmerung die Übersicht über ihre Arbeit verloren. Die Räder schepperten. Die Stangen klapperten.

Der Flugapparat, notdürftig zusammengehalten, erbebte in allen Gelenken. Sie hatten ein altes Fahrrad genommen und ihm an die Lenkstange Flügel aus Latten und Papier angesetzt. Max hockte sich nieder und prüfte mißtrauisch, soweit er es in der Dämmerung noch sehen konnte, das knisternde Flugtier, das schwerfällig am Boden verharrte und verharrte, während Benjamin fest in die Pedale trat.

Der Windhauch des Propellers streifte seine Stirn.

Max schlug zornig die Faust auf den Boden. Es war jetzt derart düster, daß er seinen Freund, der geduldig auf dem Flugroß hockte, nicht mehr erkennen konnte.

»Fliegst du?«, schrie er.

»Ich kann nicht sehen, ob ich fliege oder nicht. Ich hoffe aber, daß ich fliege.« Max ging zum Lichtschalter, und er sah Benjamin in einer Art Panik die Pedale treten, weit vornübergebückt, um wenig Widerstand zu bieten. Er war enttäuscht von der Dürftigkeit des Flugapparates, der ächzte und klapperte und unter dem Gewicht Benjamins gefährlich schwankte.

»Du siehst aus wie auf einem Storch«, rief Max, bückte sich nach dem Hammer, trat an das Fluggestell heran, das schäbig am Boden klebte, und zerfetzte die Flügel. Benjamin stieg vom Sattel herab und half mit, eine Zange in beide Hände nehmend. In wenigen Sekunden hatten sie beide – Seite an Seite kämpfend – ihr dürres, noch leimfrisches Werk zerstört. Max blutete an der Hand. Er starrte auf das kärgliche Häufchen von Latten, Glaspapier und Sperrholzfetzen.

»Ich weiß nicht, warum wir das getan haben.« Er deutete auf die Trümmer, aus denen die Lenkstange des Fahrrades hervorragte, und stapfte niedergeschlagen im Zimmer auf und ab, noch immer den Hammer in der Hand haltend.

Als Benjamin das Haus verließ, stand plötzlich Herr Thierfelder vor ihm. Er hatte eine Gartenschere in der behandschuhten Hand. An seiner grauen Jacke hingen kleine Rosenästchen. »Was habt ihr denn für einen Lärm gemacht? Ich dachte, das Haus würde einstürzen.«

Benjamin spürte, daß Herr Thierfelder auf eine seltsame Weise stolz auf das Geschehene war, obwohl er gar nicht die Ursachen des Gepolters kannte.

»Wir haben einen Apparat gebaut.«

»Doch nichts Schlimmes?«

»Ein Flugzeug.«

»O Gott im Himmel!« Herr Thierfelder ließ die Schere aufschnappen. Er schaute nach oben zu den Fenstern. Der Abendhimmel spiegelte sich gelblich in den Scheiben.

»Ist Max etwas passiert?«

»Nein, er ist nur traurig, weil er kein richtiges Flugzeug zustande gebracht hat.«

»Was ist es denn geworden?«

»Ein Häufchen Dreck.«

Als Benjamin Max einmal mit in die Bergerstraße 57 nahm, wunderte er sich über die Leutseligkeit von Jonas, der Max sofort auf die Schulter schlug und ihn fragte, ob er denn in der Kunst des Ohrenwackelns gut vorankäme. »Sag ruhig Jonas zu mir wie dein Freund. Es ist nicht eigentlich mein Name, denn ich bin kein Prophet, wohl aber dem Wal sehr ähnlich.« Er blähte sich auf, so daß sich seine Jacke an den Schultern spannte und die Physiognomie seiner Hose einen grimmigen Zug erhielt. Max war zuerst durch die überraschenden Ausdehnungen des Mannes außer Fassung gebracht.

Dann aber faßte er Zutrauen, vermochte jedoch nicht seine Blicke zu zügeln, die neugierig die breitflächige Gestalt abtasteten und immer wieder einen Anlaß fanden zu staunen; Jonas schien für Max nur aus verwirrenden Einzelheiten zu bestehen.

»Um deinen Vater richtig kennenzulernen, muß man sich die Augen aus dem Kopf starren«, sagte er, als Benjamin ihn an die Tür brachte.

»Jonas ist nicht mein Vater.«

Benjamin kniff seine Augen feindselig zu.

»Ist denn dein Vater tot?«

»Ich kenne meinen Vater gar nicht«, erwiderte Benjamin

und bückte sich, um seine Schuhriemen fester zu binden. Max glitt mit der Hand über das Geländer. Als er den ersten Treppenabsatz erreicht hatte, wandte er sich noch einmal um und flüsterte, ohne Benjamin anzusehen.

»Meine Mutter ist meinem Vater davongelaufen.« Er drehte sich um und stürmte davon. Seine Schritte hallten im Treppenhaus wider, so daß Frau Wiegel die Tür aufriß und mit zerzaustem Kopf jammerte.

»Nimmt denn keiner Rücksicht auf eine arme Frau?« Die Haustür knallte zu, und Frau Wiegel preßte ihre Hände furchtsam gegen die Ohren. »Es steht uns Schlimmes bevor«, klagte sie. »Ich träume schlecht.«

Als Benjamin vor Jonas trat, der, über ein Buch gebeugt, keine Notiz von seiner Umwelt nahm und auch die Fliege nicht spürte, die über seinen Handrücken lief, war er selbst von prophetischen Einfällen erfüllt. Er kratzte sich vor Unbehagen. Er glaubte plötzlich die strenge Mathematik der Weltgeschichte zu verstehen – das Jetzt mit all seinen Folgen zu übersehen, aber er wehrte sich gegen die Vorstellung, nichts anderes zu sein als lediglich Benjamin Weis, ohne Mutter und richtigen Vater, als einer, der noch nicht einmal imstande war, einen Flugapparat zusammenzuleimen; er wehrte sich dagegen, in einer Welt eingepfercht zu sein, die nur aus Wiederholungen bestand; er ärgerte sich, die Gedanken anderer Menschen nicht lesen – und die eigenen Gedanken nicht zügeln zu können.

Was dachte zum Beispiel Jonas jetzt, der den Finger in das Buch steckte und allmählich zu sich kam? Was tat Max in diesem Augenblick, in diesem Atemzug? Was machte Franz? Was dachte der Kaiser von Amerika? Benjamin wollte alle Menschen sein: Nabob, Abenteurer, Mönch, Finanzgenie, Admiral, Sterngucker und Gedankenleser, oder gar die Madame Pompadour!

Aber die Gesichter, die er sich in Erinnerung rief, wurden immer blasser, und schließlich sah er nichts mehr als ein riesiges, unförmiges Antlitz, das aus tausend Augen und Nasen und Ohren zusammengesetzt zu sein schien.

Fast ein wenig barsch fragte er:

»Warum laufen manche Frauen ihren Männern auf und davon?«

Jonas nahm den Finger aus dem Buch.

»Hast du denn Schwierigkeiten?«

Benjamin schwieg geheimnisvoll – und steuerte auf das Bücherregal zu, so daß sein Kopf unter die *Göttliche Komödie* kam. »Ich werde auf keinen Fall heiraten. Nein, die Mutter von Max ist weggelaufen.«

»So!« Jonas dehnte das Wort und blätterte erneut in dem Buch, als könnte er einen stichhaltigen Satz für dieses Ereignis finden. »Ist denn Max traurig?«

Mit einem Mal durchschaute Benjamin im nachherein die sanfte Stille bei Thierfelders, diese beunruhigende Sanftmut der Zimmer, die alle so hergerichtet waren, als warteten sie auf die Rückkunft eines Menschen.

»Warum laufen solche Frauen davon?«

»Ein anderer Mann.«

»Ja kann man denn mehr als einmal lieben?«

Benjamin verließ entrüstet den Platz am Bücherregal.

»Eine Leidenschaft«, warf Jonas ein.

»Sicher ein Klavierlehrer.«

»Du kennst dich ja aus.«

»Das steht in den Büchern«, gestand Benjamin.

»Woher weißt du das?«

»Gogo hat immer den Inhalt von Romanen erzählt. *Er* spielt irgend so ein Stück, sie hört es und fällt ihm um den Hals. Ihr Mann kauft sich einen Revolver.«

Fürderhin betrachtete Benjamin seinen Freund mit unverhohlener Hochachtung, obwohl dieser mit keinem Wort auf sein hastiges Geständnis zu sprechen kam.

Das Scheitern ihrer Basteleien verschmerzten sie leicht. Sie improvisierten weiter: ein Perpetuum mobile, das sie derart mit Öl schmierten, daß es aus allen Speichen und Gelenken spritzte. Eine mit Fratzen bemalte Windmühle. Dann wieder lagen sie auf dem Bauch, die Ellenbogen in den Teppich stoßend, vor ihnen verführerisch aufgeschlagen ein Atlas. Das Bild von Lindbergh stärkte ihre Zuversicht.

Obwohl Jonas spottete und Benjamin riet, doch sein Bett bei Max aufzustellen, dauerten die Séancen immer länger, bis eines Nachmittags Benjamin nach einer umständlichen Einleitung Max erklärte, er wolle mit ihm Blutsbrüderschaft schließen.

»Am besten, ich schneide mir mit einem Messer in den Arm, und du saugst die Wunde aus.« Leichter gesagt als getan. Das bloße Einritzen der Haut wäre eine Bagatelle. Die Bedeutung der Tat verlange ein würdiges Zeremoniell und ein Sprüchlein. Für die Vorbereitungen vergingen viele Nachmittage.

»Dein Blut, mein Blut
unser Blut
nimmer Feind
immer Freund.«

Dann war es so weit: Benjamin angelte noch schnell zwei Brasil-Zigarren aus der Westentasche von Jonas, die schlaff über einem Stuhl hing, steckte Streichhölzer ein und schritt, nein marschierte mit Max, der ihn unten auf der Straße erwartet hatte, in den Huthpark. Sie sahen sich nicht an. Max trug ein weißes Hemd, dessen Kragenecken hochstanden. Überdies hatte er seine Schülermütze auf, die bis an die Ohren reichte. Benjamin tastete nach dem gesäuberten Taschenmesser in der linken Hosentasche und nach den fingerlangen Brasil in der rechten. Den Pullover, der sich über seiner Brust spannte, hatte noch seine Mutter gestrickt. Zwei rechts, zwei links. Er zwackte unter den Armen und reichte kaum über den Gürtel.

»Der Junge geht auf wie ein Hefeteig«, sagte Frau Halleluja.

Benjamin litt unter den Demütigungen seiner Kleidung. Die Hose schlotterte bauschig um seine Knie. Er glaubte gar, daß mit diesen Schönheitsfehlern Dinge, die er tat, ihren Sinn verlören.

»Ein nackter Mann kann keine Rede halten.«

Aber andererseits glaubte Benjamin auch, daß Körper, die von großen Plänen und Ideen erfüllt waren, verklärt sein müßten wie die der Heiligen. Aus dem Kopf müßten Strahlenkränze hervorwachsen und aus dem Mund dichtbeschriebene Papierstreifen.

Im Huthpark regierte der Herbst. Feuerfarbenes Laub tollte vor dem Wind her. Benjamin und Max ließen sich unter einer Hainbuche nieder – außer Reichweite der Spaziergänger, die gegen den Wind anschreiend sich unterhielten, während Hunde davonwirbelnden Zeitungsseiten nachstürmten.

Benjamin krempelte seine Ärmel hoch, ließ das Taschenmesser aufschnappen und hielt die Klinge prüfend ans Licht. Max entfaltete das Stück Papier, auf dem er in breiten Druckbuchstaben die Formel aufgeschrieben hatte. Einen Augenblick zögerte Benjamin noch, betrachtete das Messer und seinen dürren Arm, der ihm zu armselig für eine derartige Wunde zu sein schien, dann, die Augen schließend, stieß er zu. – Aus einem winzigen Riß quoll ein stecknadelgroßer Blutstropfen.

»Mach schnell, sonst verblute ich«, flüsterte er erregt und hielt Max den Arm hin. Als er das vorsichtige Saugen auf seiner Haut verspürte, hätte er beinahe laut aufgelacht. Max stieß fester zu. Ein rotes Delta wuchs über seine Haut.

»Dein Blut, mein Blut
unser Blut
nimmer Feind
immer Freund.«

Eine Frau, die über die Wiese ging und an den beiden vorüberkam, rief entsetzt: »Ihr werdet euch doch nicht auffressen.«

Benjamin wußte nicht, ob sie nun Helden oder Toren seien. Er griff Max an der Hand und lief mit ihm davon. Er geriet bei dem Gedanken, daß er mit seinem Freund für alle Ewigkeiten verbunden sei, fast in Ekstase. Die Frau schrie noch immer hinter ihnen her. Sie hatte das blutige Messer in der Hand, das Benjamin nach dem Zeremoniell weggeworfen hatte, und streckte es anklagend zum Himmel.

Als sie außer Atem waren, blieben sie stehen und rangen nach Luft. Ihre Haut brannte. Max band ein Taschentuch um seinen Arm und senkte beschämt den Blick, als wäre die ganze Welt Zeuge ihrer Verbrüderung gewesen.

»Wenn wir uns nun vergiftet haben!« Benjamin kramte die zerknickten Zigarren aus der Tasche und bot eine seinem Freund an.

»Du mußt ein Stück abreißen!« erklärte er fachmännisch. Sie verbrauchten fast die ganze Schachtel Streichhölzer, bis beide Zigarren brannten. Schließlich hockten sie sich nach Indianerart hin und sogen spärlichen Rauch aus den Brasil. Der Tabak ätzte die Zunge.

»Ich muß mich wundern«, begann Benjamin nach einer Weile männlichen Gebarens, »daß Jonas, ohne eine Miene zu verziehen, diese Dinger rauchen kann.«

Er schleuderte die angerauchte Zigarre ins Gras, zertrat sie verächtlich und erhob sich, auf die Wunde an seinem Arm schielend.

»Männer vertragen das«, entgegnete Max und drückte ebenfalls seine Zigarre aus. Sein Gesicht war schimmelig weiß unter der schwarzen Mütze. Als er sich erhob, schwankte er. Müde und jeder mit seinem eigenen Elend beschäftigt, schlichen sie nach Hause. Benjamin versuchte sich an große Beispiele der Freundschaft zu erinnern: an Castor und Pollux, an Roland und Oliver, Hagen und Walther, an all die furchtlosen Recken der Vorzeit, die sich für ihren Freund vierteilen ließen, aber die Bilder entglitten ihm, und an ihre Stelle traten Caesar und Brutus. »Max«, sagte er plötzlich, »ich will tot umfallen, wenn ich dich bescheiße.« Max nickte nur mit dem Kopf. Er hatte seine Mütze abgenommen und wedelte sich Luft zu. Nach zwei Tagen war die Wunde Benjamins nicht mehr zu sehen. Max trug das Zeichen der Blutsbrüderschaft länger.

Als Dieter Moser, das Pferd, nach einer Geschichtsstunde das Geheimnis lüftete, Max sei Jude, schrie Benjamin:

»In Max fließt mein Blut.« Er hielt seinen Arm hoch, streifte das Hemd zurück und zeigte auf die Narbe, die jedoch außer ihm niemand erkennen konnte.

Die Wohltaten des Löffels

Ferner gehört es zur Schlemmerei, durch Seltsamkeit,
Wechsel und Mannigfaltigkeit die Eßlust anzuregen
und durch allerlei Künste der Verdauung nachzuhelfen.

Carl Friedrich Rumohr

Jonas kränkelte über Weihnachten und beschränkte seine Spaziergänge. Meist saß er, eine Wolldecke über den Knien, am Fenster und las Montaigne oder lockerte mit einem abgebrochenen Messer die Erde in den Blumentöpfen, aus denen rote, silberne und goldene Hütchen hervorwuchsen.

Wenn es klingelte, ließ er Benjamin an die Tür gehen: Öffnete er selbst, war er mürrisch und abweisend, ließ sich in kein Gespräch über die schlimmen Zeiten ein und unterbrach selbst Frau Wiegel, wenn diese in der Leidenschaftlichkeit ihrer Klagen ihn zu langem Stehen nötigte. Noch immer hatte ihre Tochter keinen Mann gefunden. Jonas hatte freilich nicht die Geduld, das Aussterben der Familie Wiegel zu bedauern. Kamen jedoch seine Freunde, dann taute er auf, entkorkte eine Flasche Wein und schickte Benjamin aus dem Zimmer.

»Du mußt dich nach einem neuen Vater umsehen«, sagte Jonas eines Morgens über die Zeitung hinweg zu Benjamin. Er atmete schwer. Seine Haut zitterte. Der faltige Hals wurde von heftigen Schluckbewegungen erschüttert.

Frau Halleluja kochte jeden Morgen einen kräftigen Tee, Jonas fror und wanderte unruhig durch die Wohnung. Manchmal hatte er seinen Mantel um die Schulter geworfen und stand am Fenster, die Stirn an die Scheibe gepreßt, so daß sich die Haut glättete. Der Wind verwischte die Geschehnisse auf der Straße. Wenn Jonas hustete, beugte er sich weit vor, riß die Hände schaufelförmig an den Mund, schwankte und versuchte unter Aufbietung aller Kräfte sich zu beruhigen. Aus seiner Hosentasche hing griffbereit ein Taschentuch, eine weiße Fahne.

Noch glaubte Benjamin, daß dies nur eine Donquichotterie des Alters sei, Hinfälligkeit des Körpers zur Harlekinade zu steigern, aber als er in das erschöpfte Gesicht von Jonas starrte, um die versteckte Komik zu finden, entdeckte er nichts als Verlegenheit. Das dauerte einige Wochen. Frau Halleluja begann sich zu sorgen und erprobte alle Mittelchen, die sie aus ihrem frommen Leben kannte, kochte Kraftsüppchen, machte heiße, kalte und laue Umschläge, rieb Jonas mit Franzbranntwein und Kampfer ein und betete den Rosenkranz.

Durch die Wohnung zogen Düfte von milden, scharfen und säuerlichen Essenzen, die sich an die Kleider hefteten. Unter diesen Attacken der Güte wurde Jonas mürbe und gestand schließlich, er sei gesund. Um dies zu bekräftigen, trank er zwei Flaschen Wein aus und griff Frau Halleluja um die Hüfte.

»Sie versündigen sich«, schrie sie und lachte.

Immer häufiger kamen die Freunde zu Besuch, schlüpften aus den schweren Mänteln und begannen schon im Korridor über die Tagesereignisse zu reden, die in diesen atemlosen, erregten Berichten noch an Gefahr und Maßlosigkeit gewannen. Immer mehr festigte sich in Benjamin die Überzeugung, unwissender Zeuge weltweiter Intrigen und Machtkämpfe zu sein. Er verstand wenig von den Ereignissen, konnte aber die Ausmaße des Unheils an den zornigen Gesten und Flüchen von Jonas ermessen. Max eröffnete Benjamin, daß sein Vater die Absicht habe, das Haus zu verkaufen und nach

Amerika auszuwandern. »Nach Amerika? Was macht ihr mit all den Büchern?«

»Was helfen uns jetzt Bücher?«

Benjamin starrte seinen Freund erschrocken an.

»Ich komme mit. Ich helfe euch tragen!«

Eine krakeelende Menge strömte durch die Bergerstraße. Sie winkten mit Transparenten. Im lärmenden Durcheinander, im Geschrei nach einer neuen Regierung, nach einem neuen Leben packte Benjamin Max an der Hand und reihte sich ein. Der Menschenstrom stieß auf eine Schar Polizisten, die mit Gummiknüppeln auf die Marschierenden eindroschen. Tschakos blitzten. Ein Gewoge aus schwankenden, mit den Armen rudernden Leibern, ein großer Brei aus Tumult, Schreien und Pfiffen. Zukunftsheiseres Gejohle. Die Uniformierten stießen laut gestikulierende Männer in große, schwarze Lastwagen.

Benjamin und Max drängten sich in einen Hausgang und starrten mit geröteten Wangen und fassungslosen Augen auf die tobende Straße. Ein Mann steckte ihnen rote Fähnchen zu, die sie jedoch unter ihren Jacken verbargen. Sie schlichen durch Seitenstraßen nach Hause. Mit den Fähnchen polierte später Frau Halleluja die Schuhe.

Am 26. Januar 1933 lag Jonas auf dem Sofa. Er ächzte und das Sofa unter ihm. Seine mächtige Brust hob und senkte sich unter weit ausholendem Atem. Sein behaarter Finger ruhte in einem Buch, das er angewidert weit von sich hielt. Es war ein Kochbuch.

»Es gibt Leute«, sagte er zu Benjamin, der einen Baum nach dem Gedächtnis zu zeichnen versuchte, »die Partituren lesen, die mit einer musikalischen Phantasie selbst ein Waldhorn rein vor das geistige Ohr bringen, rein sage ich, es gibt aber wenige, die mit einem geistigen Zungenschlag die Partitur eines Kochrezepts lesen können. Für sie werden die

Ahnungen Düfte, die Phantasie aber eine Bratpfanne, auf der die zarten Nierchen, das Herz einer Nachtigall oder die Zunge eines Ochsen schmort – je nachdem. Schön!«

Jonas räkelte sich auf dem Sofa und schaute zur Decke, auf der Zunge irrlichternder Wohlgeschmack.

Benjamin war indessen dabei, Blätter in ein Schreibheft zu kleben: zuvorderst ein Ahornblatt, er beschriftete es, drückte mit dem Zeigefinger die Ränder glatt, an denen noch Flekken Grün glänzten, und preßte das Heft zusammen.

»Beim Gott des Löffels!«, begann Jonas, der Benjamin bei der Arbeit beobachtete, und setzte sich schweratmend auf. Der leichte Anflug eines gräulichen Bartes reichte von den Ohren bis zum Kinn.

»Was leimst du denn zusammen, was gar nicht zusammengehört?«

»Ich sammle Blätter. Ich habe schon 741 verschiedene und noch kein Blatt gefunden, was einem anderen absolut ähnlich sieht.«

Benjamin deutete auf einen löchrigen Karton, der bis zum Rand mit Laub gefüllt war, mit fettem roten Weinlaub, mit fingernagelgroßen Akazienblättern und lappigen Platanenlaub, alles von Rost gesprenkelt, bastartig und knisternd, von Adern durchzogen – die große geheimnisvolle Geographie des Chlorophylls.

Benjamin war Sammler geworden. Es gab nichts, was er nicht am liebsten magaziniert, benamst, sortiert und gehortet hätte. Er begann mit Nägeln und Briefmarken, Zigarettenbildchen und Patronenhülsen, dann sammelte er Uniformknöpfe, Epauletten und Gottmituns-Koppelschlösser, Kokarden, Polizeipfeifen, den Taktstock eines Kurorchesterdirigenten, einen falschen Schnurrbart für halbe Männer, emaillene Tabakdosen, die nach dem Alten Fritz rochen und auf denen bärbeißige Krieger abgebildet waren, die aus lan-

gen Pfeifen Gewitterwolken ausschnaubten, und ein Bruch-
band. Er stopfte die Dinge in eine große dunkelhölzerne
Truhe, in der sich alles verbrüderte: die kriegerischen Em-
bleme mit friedfertigen Tabakpfeifen, abgegriffene Münzen
mit Rosenkränzen und Gebetbücher mit Taschenkalendern
für Juristen.

Jonas half ihm bei der Suche und steuerte den Hosen-
knopf eines Staatsmannes bei.

Jetzt jedoch hatte er andere Interessen. Er wedelte mit
dem fettigen und abgegriffenen Buch und dozierte.

»Entwickele aus jedem eßbaren Dinge, was dessen natürliche Beschaffenheit am meisten angemessen ist.«

Benjamin schaute auf.

»Nun, was gibt's denn morgen?« Jonas zuckte die Achseln und stellte das Buch in das Regal zurück.

»Ein goldenes Nichts und silbernes Warteweilchen.«

Zwölf Personen hatte er für den morgigen Tag eingeladen:
Schneebergers, Hilde und ihren Mann, Ella, Dr. Groß, Herrn
Xaver, Herrn Dacqué, soweit kannte sie Benjamin, der nach
neuen Bekanntschaften dürstete, nach einem nicht alltäglichen Menschen. Zwölf Briefe hatte Jonas geschrieben, jedesmal um die richtigen Worte bemüht. Zwölf Speisen hatte
er sich ausgedacht, jedem nach seinem Zungenmaß.

»Majoran und Salbei sollen besänftigen; Pfeffer, Sellerie
und Artischocken bringen Dr. Groß auf Trab. Trüffel in einer
Mischung von Wein und Fleischbrühe mit ganzen Pfefferkörnern abgesotten, mit frischer Butter überzogen für und
gegen Frau Schneeberger, dazu noch Hühnerleber für ihren
armen Mann. Freilich ein zu gemischter Geschmack verwirrt das Urteil. Mohn und honiggefüllte Äpfel geben den
Nachgeschmack der Kindheit. Thymian, Lorbeerblätter und
Pfefferkörner, Essig und Bohnenkraut gegen das eigene
Phlegma. Jedes Gewürz für einen bestimmten Charakter,

Charakterlose versalzen ihr Mahl. Kümmel und Dill, um die träumenden Lebensgeister aus der melancholischen Dämmerung hervorzulocken. Nieren für den Vater, Kürbisse, in Salzwasser gedünstet, dann abgetrocknet und mit einer Schote spanischen Pfeffers, Dragon, Basilikum und anderen feinen Kräutern eingelegt, für den fiedelnden Herrn Xaver. Den Hummer schließlich, dem man das Maul und den After mit etwas Kork verstopfen muß, damit das Wasser nicht eindringe und das Fleisch aussauge, ja für wen schon, für den Kenner und gegen die Trivialität. Zartgekochte Eier für alle Fälle, nebst Champignons in Öl. Flaschen dann, bauchig und voll. Zum Teufel! Die Zunge windet sich in Qualen.« Nach diesem für Jonas erheblich langen Monolog ging er in die Küche, riß Türen und Schubladen auf und prüfte den Vorrat. Ein verwirrender Duft von Gewürzen strömte ihm entgegen. Er sank auf die Knie und tastete bis ins Innere der Schränke vor, fand gar noch einige vergessene, schimmelige Zimtkuchen und Pfeffernüsse, die zwischen den Fingern zerfielen. Jonas breitete die Schätze um sich aus und träumte von einem unersättlichen Hunger.

›Unter gewissen Umständen ist die Welt ein Paradies. Was ist aber gewiß?‹

Nach einer Stunde Wartens wurde es Benjamin unheimlich. Er stieß den Pinsel in den Kleistertopf und eilte in die Küche. Dort fand er Jonas, auf den Fliesen eingeschlafen, von zahllosen Tütchen, Fläschchen und Dosen umlagert. Als er ihn an der Schulter antippte, erwachte der Schläfer, rieb sich die Augen und bekam, während er sich am Schrank hochzog, einen Wutanfall. Er trat auf die am Boden liegenden Tütchen, so daß die zerblätterten Gewürze aufstaubten. Die Töpfe rasselten und klirrten in den Schränken.

»Was fehlt dir?«, schrie Benjamin entgeistert und zwängte sich furchtsam hinter den Herd.

»Davon verstehst du nichts«, japste Jonas, schnitt eine ermunternde Grimasse und räumte die Elixiere einer raffinierten Sättigung wieder in den Schrank, zuweilen ein Fläschchen wehmütig betrachtend. Benjamin beobachtete immer wieder, daß Jonas es haßte, wenn man ihn in Augenblicken der Schwäche antraf. »Ich bin keineswegs Matthäi am letzten«, schrie er dann und gab sich übermütig.

Hörte Frau Halleluja die Ausbrüche mit an, seufzte sie wissend. »Alter Wein ist der beste Wein.«

Sie mußte es wissen, denn Jonas konnte am Pegelstand seiner Flaschen ihre Begeisterung für dieses Sprichwort ablesen.

Am nächsten Tag begann er schon früh seine Vorbereitungen und riegelte sich in der Küche ein. Benjamin solle sich zum Teufel scheren: Große Dinge würden zusammengebraut. Max pfiff, und Benjamin ging zögernd, die Zwiebelgerüche des Anfangs einatmend.

»Jonas ist verrückt.«

»Warum?«, fragte Max.

»Du mußt ihn nur sehen. Er sitzt in der Küche und kocht. Er hat ein halbes Schwein gekauft, Hammelnieren, das Herz eines Kalbes und die Innereien eines Ochsen. Er rupft Hühner.«

»Hat er denn Angst, daß ihr verhungert?«

»Nein, er ist Gastgeber und kocht alles durcheinander: Kalbshirn, Nachtigallenohren und Schweinsfüße. Er streut kleine Pülverchen darüber – und du brauchst nur den Mund aufzumachen und schon schmeckt es. Er sagt, Kochen ist eine Kunst.«

»Die Hauptsache ist doch, daß man satt wird«, fiel Max ein.

»Daß man satt wird, sei nicht die Hauptsache, behauptet er.«

»Ich verstehe nichts.«

»Ich auch nicht«, entgegnete Benjamin, »aber wenn du sein Gesicht siehst, ahnst du, was er meint.«

»Und was meint er?«

»Ich kann das Gesicht nicht machen.«

Unterdessen stapfte Jonas in der Küche herum, krempelte sich die Ärmel hoch, wetzte ein Messer am Stahl – schiwitt, schiwitt – und schnitt das Fleisch in kleine Würfel. Er hustete und röchelte vor Anstrengung. Seine Hände flatterten aufgeregt. Bald war er hinter wohlriechenden Dämpfen verschwunden. Zuweilen schmatzte er befriedigt, wenn er den Löffel zur Probe an die Lippen führte. In einem Kuß erschloß sich ihm der Wohlgeschmack. Nein! Noch eine Prise Salz. Pfeffer und Koriander. Das Fleisch tanzte im kochenden Wasser. Die Fensterscheiben überzogen sich milchig.

Als Benjamin ausgehungert am frühen Abend nach Hause kam, empfing ihn, den Finger geheimnisvoll am Mund, Frau Halleluja. Sie hatte eine weiße Schürze umgebunden und ein Spitzenhäubchen auf ihren streng gescheitelten Haaren. Eine Strähne wippte wie eine Sichel über ihre Stirn. Benjamin war durch den feierlichen Empfang derart eingeschüchtert, daß er sofort in sein Zimmer ging, die Schuhe auszog und ohne Aufmerksamkeit in einem Buch blätterte. Durch die Ritzen der Tür drangen die vielversprechenden Düfte der Vorbereitungen. Und da trat schon Jonas ein, ein kariertes Handtuch über den Schultern. Sein Gesicht war von würzigen Dämpfen gelockert. In der Hand hielt er einen Löffel, den er Benjamin vorsichtig an die Lippen führte. Er wartete, bis Schluckbewegungen den Hals des Jungen durchzuckten. Eine ätzende Hitze breitete sich in Benjamins Mund aus und reizte den Gaumen.

»Wie schmeckt's?«

Benjamin schluckte den Speichel herunter und schob die Zunge an den Zähnen entlang.

»Puh!«, rief er.

»Was heißt Puh?«

»Es ist sehr scharf.«

Jonas faßte ihn am Arm und zog ihn in die Küche, in der Duftschwaden von gesottenem Fleisch und Fisch durcheinanderwirbelten. Benjamin ließ sich gehorsam bis an den Herd führen, wo die Deckel der Töpfe klappernd tanzten und Dampfkringel entließen. Während Jonas geduldig den Reigen der Töpfe überwachte, dort die Hitze vergrößerte, hier abkühlte, hatte Benjamin die Vorstellung, die Gäste säßen in den Töpfen und würden sich in dem Gewürzsud winden und drehen. Überdies war die Küchenlampe so schwach und der Kochdampf derart dicht, daß man sich in einem Kampfgetümmel glaubte. Über dem Herd tobten zornige Luftgeister. Mit beklommenem Herzen verfolgte Benjamin die alchimistischen Machenschaften von Jonas, wie dieser pralle Fleischwürste in aufhupfendes Wasser tauchte und mit einem Holzlöffel einen zähen Brei umrührte, aus dem Bläschen hochwuchsen, die zischend zerplatzten.

»Machst du Gold?«, fragte er.

Jonas schubste Benjamin aus der Küche.

»Ei! Ei!«

Er riß das Fenster auf und schenkte dem Abend Wolken von Wohlduft. Bald mußten sie eintreffen. Er ging in sein Schlafzimmer, zog sich um, postierte sich vor dem Spiegel, strich die Haare aus dem Gesicht und übte einige Takte Freude. Das gestärkte Hemd knisterte an seiner Brust. Die Manschetten ragten aus den Ärmeln. Jeder Zoll ein Weltmann. Jeder Zoll Erwartung.

Etwas besänftigt verließ er den Platz vor dem Spiegel.

»Mögen sie kommen!«

Er erinnerte sich an frühere Spiegelproben, an jene flüchtigen Selbstvergewisserungen, jedesmal ein kurzes Wiedererkennen, jedesmal dasselbe Gesicht, auf sich selbst gespannt.

Jonas ging ins Zimmer zurück, in dem Frau Halleluja den Tisch deckte, mit rotgewaschenen Händen die Falten glattstrich und Teller und Weingläser nach einer siegesgewissen Strategie anordnete. Benjamin saß auf dem Sofa und las, jedesmal wenn ein Weinglas aufklang, schaute er auf und rief: »Prost.« Als er Jonas sah, imitierte er das würdevolle Gesicht von Frau Halleluja, die sich wie in einer Kirche bewegte. Benjamin hätte sich nicht gewundert, wenn sie vor Jonas auf die Knie gesunken wäre, um ihm die Füße zu küssen. Es war ein windiger und kalter Abend. Die Fenster klapperten in den Scharnieren. Jonas stand breitbeinig in der Tür und überflog mit bedeutungsvollem Zwinkern die Anordnung des Tisches: die elfenbeinernen Kuppeln der Schüsseln, die Kolonnen hungriger Gabeln und die lodernden Kristallgläser. Ein stolzes Lächeln erschien auf seinen Lippen. Einen Daumen hatte er in die Westentasche eingehakt.

»So feierlich habe ich dich noch nie gesehen, wie aus dem Ei gepellt«, gestand Benjamin und klappte das Buch zu.

»Ich erwarte hohen Besuch«, erwiderte Jonas.

»Wer kommt denn noch alles?«

»Das wirst du schon sehen.« Jonas strich einige Fusseln von seinem schwarzen Rock und zog seine Taschenuhr auf. Vor Neugierde unfähig, etwas Vernünftiges zu tun, ging Benjamin auf und ab, entwischte zuweilen in die Küche und atmete den würzigen Duft ein, der große Dinge verhieß. Er stand überall im Weg, spionierte Jonas nach, in der Hoffnung, dieser könne durch eine unbedachte Äußerung oder Geste mehr von den kommenden Ereignissen des Abends verraten, aber er brachte nichts aus ihm heraus.

Alles Betteln war umsonst, Benjamin mußte ins Bett.

»Wenn alle da sind, weckst du mich!«, sagte er enttäuscht

und verschwand in seinem Zimmer. Mit pochendem Herzen saß er im Bett und war beim leisesten Geräusch bereit, aufzuspringen und an die Tür zu stürzen. Auch Jonas zwickte die Ungeduld. Er lief zur Wohnungstür. Im Treppenhaus hörte er Schritte, die sich entfernten. Unruhig schritt er auf und ab.

Jonas wurde ungeduldiger. Als er den unterwürfigen, mitleidigen Blick von Frau Halleluja sah, schickte er sie heim.

»Ich werde schon allein fertig.«

»Sie wissen, daß ich Ihnen gern helfe«, sagte Frau Halleluja beleidigt und umwickelte ihren Kopf mit einem Schal.

»Mir ist nicht zu helfen«, erwiderte Jonas und nahm seine Wanderungen durch die Wohnung wieder auf.

»Es gibt keinen Menschen, dem nicht zu helfen wäre.«

Hiermit endete ihr Gespräch. Frau Halleluja knallte die Tür, und Jonas trat in die Küche und setzte, seine feierliche Aufmachung vergessend, eine Flasche an die Lippen. ›Wozu noch Umstände.‹

Der Duft von durchwürztem Fleisch umschmeichelte ihn. Er stieß eine Gabel in einen Topf und holte ein rosenfarbenes Nierchen hervor, das er versonnen in den Mund steckte. Die Gabel schleckte er ab, bis er das Metall schmeckte. Dann eilte er wieder an die Tür in der Meinung, Schritte gehört zu haben. Er breitete die Arme aus, aber sein eigener Schatten hatte ihn nur genarrt. Als er in das Zimmer von Benjamin schlich, fand er diesen im Sitzen eingeschlafen. Er drückte ihn in die Kissen zurück. Vorsichtig, die Klinke bis zum Zuschnappen in der Hand haltend, verließ Jonas das Zimmer. Nichts geschah, und wieder wanderte er unruhig durch die Wohnung. Der Geruch, der aus der Küche durchs Zimmer strömte, wurde bissiger.

›Sie müssen bald kommen.‹

Jonas wußte, daß es jetzt nur noch ein verzweifelter

Wunsch war. Die Wand vor ihm schien sich unter seinen Blicken zu wellen. Es blieb nicht mehr viel Zeit. Die Delikatessen schrumpften zu ledernen Happen. Der Dampf trug das Beste unter die Decke – und beherzt, da er nicht mehr an seine Gäste glaubte, setzte er sich an den Tisch, breitete eine Serviette auf seinen Knien aus, füllte sein Glas bis zum Rand und hob es gegen die Lampe, so daß ein Schimmer Rot über sein Gesicht fiel. Er machte nicht viele Umstände, stiefelte in die Küche, trug die dampfenden Töpfe in das Zimmer, lüftete erwartungsvoll die Deckel und aß dann, mit den schärfsten Gewürzen den Hunger aus den verborgensten Winkeln hervorlockend. Er ging die Speisen der Reihe nach durch, durchlitt die so unterschiedlichen Geschmäcker seiner Freunde. Seine Backen glühten. Er schwitzte – und war auf vielfältige Art glücklich – zwischen Trunkenheit und Trüffelfreuden. Er aß noch, als er die Hosen aufknöpfen mußte. Über den leeren Tisch regierte er mit lauten Trinksprüchen.

»Es lebe, es lebe, es lebe!«

Und mitten in der Zuversicht seiner Worte stürzte er vom Stuhl.

Als Benjamin am nächsten Morgen erwachte, erinnerte er sich an einen Traum.

Die Bäume ermatteten in Dürre. Es schien, als könnten selbst Schatten Staub aufwirbeln. Lange hatte es nicht geregnet. Keine Wolken, kein Wind. Eine Brutstille lag über den Feldern. In den Schatten der Häuser hockten die Bauern und schauten zum Horizont, der ohne Makel blau war. – Da geschah es, als schon die Müdigkeit die Hoffnung flügelte, daß ein Mann aus dem Schatten hervorstürzte, die Faust gegen die Sonne erhob und Gott fluchte, mit einem Haß, der alle schaudern ließ. Er hatte den Kopf zurückgeworfen. Als einige ihn furchtsam beruhigen wollten, stieß er sie zurück und trat mit den Füßen auf, so daß Staub ihn umtanzte. Sein

Leib zitterte vor Verwünschungen. Sie wandten sich entsetzt von ihm ab. Nur er sah, wie sich über ihm pralle Wolken zusammenscharten. Ein Blitz zuckte vom Himmel und schleuderte ihn zu Boden. Im ersten Augenblick sah es aus, als wäre er kniefällig geworden. Regen klatschte hernieder, der das Lächeln auf seinen Lippen wegspülte.

»Gott ist gerecht«, sagten die Bauern und verscharrten die Leiche ohne Zeremoniell außerhalb des Friedhofs.

Nur schwer fand Benjamin in die Alltäglichkeit zurück. Er ging in das Bad. Die Stille irritierte ihn. Er gurgelte und strich mit nassen Händen über seine glühenden Wangen, so daß seine Haut erschauerte. Ohne sich abzutrocknen, eilte er ins Wohnzimmer, um endlich zu erfahren, wer denn dagewesen wäre. Er fand dort Jonas zwischen zwei Stühlen halb unterm Tisch verborgen. Er kniete sich hin und fuhr mit der noch feuchten Hand über die Stirn des bewegungslosen Mannes, dessen Jacke weit aufklaffte. Die Uhrkette lag wie eine Schlange gekringelt auf der Weste. Jonas bewegte sich nicht. Seine Lippen waren geöffnet und entblößten die Zähne. Die Augen lagen ermattet in dem starren versteinerten Gesicht. Benjamin versuchte, Jonas wachzurütteln, aber der schwere Körper blieb seltsam steif, und als selbst grobes Schütteln den Schlafenden nicht zu wecken vermochte, erhob sich Benjamin auf die Zehenspitzen, weil er fürchtete, ein lautes und übermäßiges Echo zu wecken, und schlich aus dem Zimmer, Jonas seinem tiefen Schlaf überlassend.

Als Frau Halleluja um neun Uhr die Wohnung betrat, führte Benjamin sie in das Zimmer und zeigte auf Jonas.

»Er schläft wie ein Toter«, flüsterte er. Frau Halleluja, noch in Mantel und Schal, schlug ein Kreuzzeichen und sagte dann, über den leblosen Leib gekrümmt: »Maria und Josef, er ist tot!« »Das ist gelogen«, schrie Benjamin und stürzte aus dem Zimmer.

Auch Dr. Groß, den Frau Halleluja zur Hilfe holte und der sehr lange allein mit Jonas in dem Zimmer blieb, während Benjamin im Flur lauschte, sagte, als er im Türrahmen erschien, ohne Benjamin anzusehen: »Fritz ist tot.« Er hatte die Hände um den Hinterkopf gefaltet. Benjamin mußte den Priester holen, der in wehendem Chorrock erschien und zwischen den kalten Speisen herumstapfend betete.

Per sacro sancta humanae reparationis mysteria, remittat tibi omnipotens Deus omnes praesentis et futurae vitae poenas, paradisi portas aperiat et ad gaudia sempiterna perducat.

Benjamin stand vor dem Tisch und brachte es nicht über sich, Jonas anzusehen. Er wanderte mit der Hand von dem Teller aus an dem noch halbgefüllten Weinglas vorbei und angelte ein Stück Fleisch aus der Schüssel. Während er kaute, schluchzte er vor Entsetzen still vor sich hin.

Als Dr. Groß, um nach aufschlußreichen Papieren zu suchen, die oberste Schublade am Schreibtisch von Jonas aufschloß, fand er ein Bündel Briefe. Er brach den an ihn gerichteten auf und las:

Fritz Bernoulli gibt sich die Ehre ...

Die Beerdigung fand am 30. Januar 1933, einem regnerischen Vormittag, statt. Hindenburg berief Adolf Hitler zum Reichskanzler. Der Sarg war derart schwer, daß ihn die Träger mehrmals absetzen mußten. Benjamin stand neben Max und fror.

Der Umzug

Wieder wurde beraten, wer den Jungen aufnehmen sollte, wieder endlose Gespräche, wieder das Hin und Her der Beteuerungen. Jonas hatte Benjamin, seinem Sohn, wie er es im Testament schrieb, das Dr. Groß nach langem Suchen in einer Zigarrenkiste fand, nun Jonas hatte Benjamin seinen ganzen Besitz vermacht, jedoch Benjamin verstand wenig von dem, was um ihn geschah, und war auch nicht glücklich über seinen plötzlichen Reichtum, mit dem er nichts anzufangen wußte. Er hockte meist in seinem Zimmer und las. An einem Nachmittag streute er seine Blättersammlung aus dem Fenster. Herr Kosinski, der im Hinterhof sein Fahrrad aufpumpte, schaute hoch, als ein Ahornblatt seine Stirn streifte und schrie: »Was sehe ich, es herbstet.«

Nicht lange mehr blieb Benjamin in der Wohnung von Jonas. Im April zog er in ein Dachstübchen bei Schneebergers in der Habsburger Allee. Hier sollte er bis zu seinem Abitur wohnen. Sein Großvater willigte schweren Herzens in diesen Vorschlag von Herrn Schneeberger ein, bat sich jedoch aus, den Jungen in den Ferien bei sich haben zu können. Dr. Groß sollte bis zur Volljährigkeit Benjamins das Erbe von Jonas verwalten.

Frau Halleluja half Benjamin beim Packen. Sie war ganz in Schwarz gekleidet und weinte bei jedem Gegenstand, den sie in die Hand nahm. Als sie im Schreibtisch ein Kästchen mit Fotografien entdeckte, rief sie Benjamin herbei. Nun, er sah Jonas auf einem Schaukelpferd, Jonas an der Hand seines bärtigen Vaters, Jonas in einer Mönchskutte, Jonas als kekken Weltmann mit einem gezwirbelten Bärtchen und einem Stöckchen unterm Arm und schließlich sich selbst auf dem Arm von Jonas, verschwindend klein und hilflos. Als Frau Halleluja einen Frauenakt unter den Bildern fand, eine rostbraune Fotografie der Venus von Milo, deckte sie die Hand darüber. »Wer ist das?«, fragte Benjamin, rutschte auf den Knien heran und versuchte Frau Halleluja das Bildchen zu entreißen.

»Ein Andenken«, log Frau Halleluja und schob die Fotografie in ihren Rockärmel. Von den Büchern, die plötzlich öde und verlassen in den Regalen hausten, packte Benjamin lediglich die geheimnisumwitterte *Ars magna sciendi* des Athanasius Kircher ein, das *Bürgerliche Gesetzbuch* und Rumohrs *Geist der Kochkunst*, ein abenteuerlich geflecktes Büchlein, das nach Tabak und Majoran duftete. Dann, einen kleinen Koffer in der Hand haltend, verabschiedete sich Benjamin von den Hausbewohnern, von Frau Wiegel, die ihn vom einen Ohr bis zum andern Ohr abküßte, von Herrn Wind, der ihm riet, Pfarrer zu werden, von Herrn Kosinski, der nach Schnaps roch und gar nicht verstand, was Benjamin von ihm wollte, dann doch die Hand ausstreckte und brüllte: »Es lebe Deutschland!« Frau Halleluja, von der er sich zuletzt verabschiedete, verkündete schluchzend, sie werde für ihn beten.

Unten wartete Dr. Schneeberger in seinem Auto. Benjamin stieg ein, kurbelte das Fenster herunter und winkte in Ermangelung eines Taschentuches mit dem rot eingebundenen *Bürgerlichen Gesetzbuch*.

In der ersten Nacht verirrte er sich in seinem neuen Zimmer. Er stolperte zwischen den Stühlen und dem Tisch herum, betastete den Schrank, glitt an der rauhen Wand entlang, stieß gegen ein Gestell, rannte mit der Stirn gegen den Schirm einer Stehlampe, die polternd zu Boden fiel. Der

Raum schien immer enger zu werden. Benjamin schlug verzweifelt mit den Fäusten um sich, traf Holz, traf Blech, traf die Wand, die dumpf dröhnte. Plötzlich wurde die Tür aufgerissen und Frau Schneeberger stand in wallendem Nachthemd vor Benjamin und starrte ihn entgeistert an.

»Was fehlt dir denn, mein Schatz?«, rief sie aus und klopfte Benjamin, der sich nur allmählich an das Licht gewöhnen konnte, ermutigend auf die Schulter.

»Du wirst vernünftig sein, du wirst jetzt schlafen.« An ihrem Fuß wippte ein rosenrotes Pantöffelchen. Benjamin ließ es geschehen, daß sie ihn ins Bett brachte und küßte.

Im Sommer desselben Jahres verließ Max mit seinem Vater die Stadt. Benjamin brachte seinen Freund an den Zug und schleppte stöhnend einen mit bunten Hotelschildchen beklebten Koffer über den Bahnsteig. Herr Thierfelder bat Benjamin, im Hinblick darauf, was sich bald ereignen werde, nicht die Augen zu schließen. Er umarmte ihn und trat, ohne sich noch einmal umzusehen, ins Abteil. Max blieb bei Benjamin stehen.

»Was macht ihr denn in Amerika?«

»Wir beginnen ein neues Leben«, erwiderte Max und reichte Benjamin seine Schülermütze.

»Die brauche ich nicht mehr.«

Benjamin wollte noch viel sagen, aber er brachte nichts Vernünftiges hervor und bewunderte den schleppenden Gang eines Gepäckträgers. Schließlich reichte er seinem Freund eine zerknickte Fotografie. Darauf war er, wenn man die Eigentümlichkeit seiner Beinstellung kannte, zur Hälfte zu sehen, ein unternehmungslustiges, aus der Reihe tanzendes Bürschchen mit dürren Beinen, das der Fotograf erbarmungslos geköpft hatte. Max hielt das Bild nah an seine Augen und blinzelte.

»Ich sehe dich gar nicht.«

»Der ohne Kopf, das bin ich.«

Max lachte und steckte das Bild unter sein Hemd, auf den nackten Körper.

»Du schreibst mir!«, rief Benjamin, als sein Freund durch den Schaffner aufgefordert wurde einzusteigen.

»Vielleicht triffst du meinen Vater in Amerika.« Er wedelte mit der Mütze seines Freundes und hüpfte auf einem Bein. Ein Pfiff – und langsam schoben sich die Wagen an dem winkenden Benjamin vorbei.

»Wetten, daß wir uns wiedersehen.«

Das Zischen der Lokomotive verschluckte den Satz. Benjamin wandte sich vom Winken müde ab, setzte die Mütze seines Freundes auf, die ihm über die Ohren rutschte, und verließ den Bahnsteig.

In der Schule zog ein neuer Geist ein; neue Bilder wurden aufgehängt. Der kuhäugige Philosophenkopf in dem ovalen Rahmen, der in seiner versteinerten Nachdenklichkeit und Grüblerei Benjamin an Jonas erinnerte, wurde gegen ein Führerbild ausgetauscht, das mit glänzenden Augen genau auf dem Kopf von Dr. Wagner balancierte, wenn dieser in der Geschichtsstunde aus deutscher Vergangenheit erzählte.

»Die Zukunft liegt bei euch.«

Benjamin rutschte unruhig hin und her. Er war nicht fähig, sich von dem lauten Geschrei der Gegenwart aus eine friedfertige Zukunft vorzustellen.

Als man wieder einmal die Personalien der Schüler aufnahm, nach Vater und Mutter und mehr fragte, wo geboren, welche Konfession, ob geimpft, welche Staatsangehörigkeit, kam Benjamin in die Versuchung zu lügen. Nach dem Beruf seines Vaters gefragt, schwieg er eine Weile, um dann freimütig zu erklären: »Mein Vater ist tot.« Er hatte davon gehört, daß, wenn man bestimmte Dinge ausspricht, diese auch wirklich in Erfüllung gehen – und um ganz sicher zu sein, wiederholte er den Satz mehrmals zum Entsetzen des Lehrers, der mechanisch schon ein zweites Kreuz hinter das erste gesetzt hatte.

»Wieviel Väter hast du eigentlich insgesamt?« »Keinen einzigen«, stotterte Benjamin und drückte seine Füße aneinander. »Was war er denn von Beruf?«, bohrte der Lehrer weiter und wippte mit dem Lineal. Alle starrten Benjamin an, das Pferd grinste hämisch. Durch das offene Fenster drang das hastige Abzählen einer Klasse beim Turnunterricht.

1, 2, 3, 4, 5 … Benjamin schwieg bis 12, dann sagte er, sich auf die Zehenspitzen stellend und die Finger auf dem Rücken verknotend: »Mein Vater war Bankdirektor.«

Am liebsten hätte er eine ganze Reihe von hochtrabenden Berufen aufgezählt, vom General angefangen bis zum Opernsänger, am liebsten hätte er herausgebrüllt: »Mein Vater ist ein Tausendsassa und ein Kerl mit Mumm.«

Es war das letzte Mal, daß er seinen Vater auf den goldenen Thron seiner kindlichen Wünsche erhob. Seine Träume, der verstoßene Sohn einer bedeutenden Persönlichkeit zu sein und zu gegebener Zeit endlich herausgestellt zu werden: ›Ja, das ist mein vielversprechender Sohn‹, diese Träume schwanden dahin.

Benjamin begann zu hassen und wollte nicht verstehen, wie man es in dieser Welt dilettantischer Väter aushalten könne, in dieser Welt der Versprechen, die keiner hält. Er verbrüderte sich im Geiste mit den Mördern und Anarchisten, Ehebrechern und Dieben, mit den Aufschneidern und Münchhausen, mit Brutus und Hagen, mit Herostrat und Dschingis Khan, mit Samson und Othello. Er ging gern schwarz gekleidet. Von Jonas hatte er einen schwarzen Schal geerbt, den er mehrmals um seinen Hals wickelte, so daß er ins Schwitzen kam und einem Menschen ähnelte, der mit einem pompösen Aufwand von Kleidung eine häßliche Wunde zu verbergen trachtet. Auch war Benjamin meist ungekämmt und scheute den Friseur mit jener grundsätzlichen Furcht, die seit Samsons Blendung die echten Männer beherrscht. Er hatte in der Schreibtischschublade einen scharfgeschliffenen Dolch liegen, den er manchmal herausnahm und gegen das Licht hielt, so daß die Sonne auf der Schneide flimmerte.

Benjamin machte jede Tat, ja jedes Ereignis zu einer Verschwörung, zu einer undurchsichtigen Kabale. Er tauschte mit seinen ahnungslosen Klassenkameraden geheimnisvolle Blicke und erging sich in wilden Andeutungen. Benjamin wurde zum Dichter des Hasses.

»Mein Vater war ein Staatsfeind.«

Als er wieder einmal zur Beichte ging, schüttete er sein finsteres Gewissen hemmungslos aus, so daß der Priester, die Hände über dem Kopf zusammenschlagend, aus dem Beichtstuhl herausstürmte und den Himmel um Kraft anflehte.

Das kam nämlich so: Benjamin hatte Wochen mit blutigen schwarzen Phantastereien in seinem abgedunkelten Zimmer zugebracht, nur das Notwendigste für die Schule gearbeitet, kaum gegessen, kaum geschlafen. Sein schmales Gesicht war von rätselhaften Linien wie zerrissen.

Er ging nicht zur Beichte, weil er Reue über seine monologischen Séancen verspürte, sondern weil er seine ungeheuerlichen Träume einmal aussprechen wollte. Er stellte sich vor, daß es ihm ein großes Vergnügen bereiten könne, mit diesen wilden Einbildungen zu prahlen, daß er nämlich ein Cesare Borgia sei, ein Heinrich der VIII., ein Robert der Teufel, ein Jack the Ripper. Wohl versuchte er einmal, vor Franz auszupacken, der aber mit nichts anderem beschäftigt war als mit der Lösung vertrackter Algebra-Probleme, den Zeigefinger an die Stirn setzte und sagte: »Du liest zu viel. Du hast eine Phantasie wie eine Mördergrube.«

So ging Benjamin zur Beichte, und noch ehe er niederkniete, begann er sein weltweites Sündenregister herunterzuplappern: vom Verfluchen Gottes angefangen bis zu abenteuerlichen Diebstählen.

»Wer seine Vergehungen verheimlicht, wird kein Gelingen haben, wer sie aber bekennt und aufgibt, wird Barmherzigkeit erlangen«, sagte der Priester, der glaubte, einen notorischen Sünder und Schwerenöter vor sich zu haben. Benjamin fuhr ermuntert fort und schwadronierte, daß dem Beichtvater Hören und Sehen verging, er voll Schrecken aufsprang, mit den Füßen aufstampfte, um dann sich in panischer Verwirrung aus dem engen Beichtstuhl zu zwängen und den grünen stickigen Vorhang, hinter dem Benjamin verborgen kniete und gestand, zur Seite zu reißen. Als er das wildentschlossene Herostratengesicht Benjamins sah, mußte er lachen.

»Gott, hast du mir einen Schrecken eingejagt. Ich dachte, du seiest der leibhafte Satan – und was bist du, ein Lügner.«

Benjamin schlich hochroten Kopfes aus der Kirche und tunkte seine Hand bis zum Knöchel in das Weihwasserbekken. Als er auf der Bergerstraße stand, sagte er sich: »Jonas hätte auch gelacht, ohne Zweifel hätte er gelacht.« Plötzlich hatte Benjamin mit sich selbst kein Mitleid mehr. Was hatte er schon davon, daß er wußte, wie der Mensch im Grunde beschaffen sei.

Der Schnurrbart

Eine tiefsinnige Symbolik der Natur liegt hierbei noch darin, daß dem Kastraten ebensowenig ein Barthaar kommt als der Frau.

Carl Gustav Carus

Benjamin hatte sich sehr bald in der Habsburgerallee einge-wöhnt, sagte zu Herrn Dr. Schneeberger Onkel Alfons und zu Frau Schneeberger Josepha, weil sie durch keinerlei Ver-wandtschaftsbezeichnung älter gemacht werden wollte, als sie sich fühlte. In den Ferien fuhr er jedesmal nach Hanau zu seinen Großeltern. Sein Haß war verflogen, und er wurde eine Art Voyeur, von einer nimmermüden Neugier gepackt. Überall lungerte er herum, die Hände in den Hosentaschen vergraben, leicht vorgebeugt, auf dem Standbein wippend, und schaute zu. Dabei stand sein Mund von einem Ohr bis zum andern erstaunt offen. Am liebsten stellte er sich im Hauptbahnhof auf. Dort blieb er, inmitten des Gewühls, der Abschiedsbeteuerungen, geschmatzter Küsse und Umarmun-gen, des Hüteschwenkens, der Tränen, bis seine Knie zitter-ten und seine Augen das Chaos nicht mehr fassen konnten. »Was treibst du denn den ganzen Tag über?«, fragte Onkel Alfons besorgt.

»Ich beobachte«, erwiderte Benjamin und schnürte seine Schuhe zu, um auf neue Entdeckungsreisen zu gehen.

Er war auch nicht taub gegen die Ereignisse in der Habs-burgerallee. Er wußte, daß Schneebergers nachts im Bett über ihn besorgte Flüstergespräche führten, ehe sie sich um-armten. Benjamin hatte mehrmals das Zimmer gewechselt. Von seiner abgeschrägten Dachkammer war er in ein kühles

Souterrainzimmer gezogen, dann hauste er im ersten Stock und beklebte die Wand mit bärtigen revolutionären Gesichtern und mit Wunder verheißenden Zirkusplakaten. Der Athanasius Kircher thronte gewichtig auf dem Schreibtisch. Josepha liebte die Abwechslung und ließ Benjamin ein Zimmer nach dem andern bewohnen, half ihm beim Einräumen, gab kühne, ja sehr kühne Ratschläge für die Anordnung der Möbel, stieß kleine spitze Schreie aus, wenn ihr ein Einfall besonders glücklich erschien. Im Frühjahr 1934 erhielt Benjamin von Max einen Brief, in dem dieser schrieb, daß sein Vater es in Amerika nicht ausgehalten habe und nach Deutschland zurückgekehrt sei. Vor ihrem ehemaligen Haus in der Thüringerstraße habe er sich das Leben genommen. »Ich weiß nicht, was aus mir werden soll. Ich bin bei einer Professorenfamilie, die mich wie einen Sohn behandelt, aber ich hasse nichts so sehr wie dies.

Dein Blutsbruder Max«

Benjamin schämte sich, daß er nichts tun konnte. Er lief in die Thüringerstraße und sah fremde Gesichter aus den Fenstern starren. »Ich scheiße auf alle Väter, die uns ein solches Leben eingebrockt haben.«

Einige Wochen nach seinem sechzehnten Geburtstag entdeckte er beim morgendlichen Waschen den leichten Flaum eines Schnurrbartes über seiner Oberlippe.

›Scipio Aemilianus soll zum erstenmal ein Messer an seinen Bart gesetzt haben.‹

»Ich muß mich schon rasieren«, sagte er zu Josepha. Sie fuhr ihm mit dem Finger über die Lippen und lachte. Tatsächlich zeichnete sich, wenn man sehr genau hinschaute, ein weicher Bart über seinem Mund ab. Dann geschah es: Als Benjamin am ersten Tag in den Sommerferien seinen Koffer packte, um nach Hanau zu seinen Großeltern zu fahren, suchte er Josepha, um sich von ihr zu verabschieden. Er hatte den Koffer im Hausgang abgestellt und laut ihren Namen gerufen, und als er keine Antwort bekam, stürmte er in den ersten Stock, in der Hoffnung, sie in ihrem Zimmer anzutreffen, wo sie sich am liebsten aufhielt, inmitten der Riechfläschchen, Flakons, Puderquasten und Spiegel, die an allen vier Wänden des Zimmers aufgehängt waren, inmitten der Damastpracht, der Plüschsessel, des fraulichen Nippes und der Erinnerungen, spitzenbesetzter Taschentücher, Seidenschals und breiträndiger blumengekrönter Hüte. Benjamin hatte nur einigemal einen kurzen Blick in das Boudoir werfen können und war jedesmal ein wenig eingeschüchtert von der orientalischen Pracht des Zimmers davongeschlichen. Er wagte sich nicht vorzustellen, was dort alles geschähe. Als er jetzt in stürmischer Hast, ohne anzuklopfen, die Tür aufriß und in das Zimmer schaute, entdeckte er Josepha vor dem Spiegel, wie sie ihr schweres schwarzes Haar hochsteckte. Obwohl sie nichts anhatte als kleine lackierte Pantöffelchen, erschrak sie nicht, und Benjamin konnte, ehe er die Augen niederschlug, im Spiegel ihr Lächeln sehen. Sie erhob sich vom Stuhl und ging auf Benjamin zu, mit dem rechten Arm ihre Brüste verbergend.

»Was gibt's?«

Ein Augenblick großen Erschreckens. Scham färbte Benjamins Gesicht dunkler. Wo er auch hinschaute, er sah Josepha in den vielen Spiegeln ringsum. Es schien ihm eine Ewigkeit zu dauern, bis sie auf Schrittweite zu ihm herangekommen war. Er streckte die Hand aus, um sich von ihr zu verabschieden, unfähig ein Wort zu sagen. Sie mißdeutete die Geste und riß ihn zu sich. Der Luftzug aus der geöffneten Tür hob die Vorhänge und bauschte sie auf. Josephas Nacktheit triumphierte. Er spürte ihre Haut durch den Jackenstoff hindurch. Mit den Manövern frierender Hilflosigkeit gewann

Josepha immer mehr Macht über ihn. Er hatte plötzlich die Gewißheit, daß sein Schnurrbart schon die Größe eines Vollbartes besaß. Er kitzelte und schien sich immer weiter über seinen ganzen Körper auszubreiten. Benjamin wußte sich nicht mehr zu helfen, befreite sich aus den molligen Armen Josephas, taumelte zurück und stürzte aus dem Zimmer. Sie lächelte hinter ihm her, als wüßte sie, daß er ihr nie entgehen könne.

Als er am Abend mit seinen Großeltern am Tische saß, glaubte er, daß man seinem Gesichte ansehen könne, was er erlebt hatte. Er gab zerstreute Antworten auf die Fragen seines Großvaters. »Wie schnell wächst ein Schnurrbart?«, fragte er plötzlich ohne Übergang und stützte seine Ellenbogen auf den Tisch.

»Nun, der braucht seine Zeit und seine Pflege«, erwiderte der Großvater und zwirbelte mit den Fingerspitzen seine Barthaare.

In der Nacht, in dem breiten Bett, unter der schweren rotkarierten Decke, die nach Kamille duftete, träumte Benjamin, der vor dem Schlafengehen lange Zeit im Spiegel die flaumweichen Ansätze seines Bartes betrachtet hatte, daß er in einem riesigen vielstöckigen Haus von einem Zimmer in das andere Zimmer umziehen müßte. Er blieb jeweils nur so lange in einem Raum, bis er alles in ihm genau kannte, um dann, mit neuen Vorsätzen und Plänen, in das anliegende Zimmer zu ziehen. Wieder dasselbe. Das Glück der Neuheit, das neugierige Herumwandern, der verheißungsvolle Blick aus dem Fenster, die großen Erwartungen. Das wiederholte sich, bis er, in der letzten Dachkammer angekommen, nur noch den Himmel vor sich hatte. Er brachte es nicht über sich, noch einmal von vorne anzufangen, und verzweifelt darüber, nichts Neues mehr entdecken zu können, nur noch zwischen den abgenutzten stickigen Requisiten herumirren zu müssen, zwängte er sich durch die Dachluke und ließ sich fallen.

Als er, Arme und Beine weit ausgestreckt, den Boden berührte, erwachte Benjamin. Der Efeu raschelte am Fenster. Sonnenstrahlen durchmischt mit Amselrufen drangen in das Zimmer und erfüllten es mit der Leidenschaft des Morgens.

Der Großvater saß schon am Tisch und stippte sein Brot, als Benjamin in die Küche trat, den Wasserhahn aufdrehte und seinen Kopf unter den Strahl hielt, der fächerartig in seinem Gesicht zerspritzte.

Blind tastete er dann nach dem Handtuch, wickelte es um den Kopf und fragte, als er wieder auftauchte:

»Hast du ein Rasiermesser für mich?«

»Gott sei es geklagt, fängst du auch schon damit an. Kaum einen Milchbart, und schon schreist du nach einem Messer.«

»Der Bart muß weg«, erwiderte Benjamin trotzig und fuhr mit dem Zeigefinger über den Flaum.

»Um so schlimmer wächst er nach.«

»Er muß weg.«

Der Großvater erhob sich seufzend, trat an das kleine Schränkchen neben dem Waschbecken und kramte aus einer Schachtel ein Rasiermesser hervor, wetzte es an einem Lederriemen, der neben dem Spiegel herabhing, und überreichte es mit überlegenem Lächeln.

Benjamin rasierte sich mit dem Ernst eines Opferpriesters. Er schnitt sich an der Stirn, an der Oberlippe und am Kinn.

»Jetzt bist du ein Mann«, spottete der Großvater.

Benjamin wußte nicht, ob er sich glücklich fühlen sollte. Mit einem Alaunstein suchte er das Blut zu stillen.

Epilog

Im Herbst 1941, als Benjamin aus Besatzungsgründen einige
Zeit in Paris weilte, sah er seinen Vater.

Dieser hatte vor dem Krieg nach langem Schweigen an
Anna geschrieben. Der Brief war schließlich in die Hände
Benjamins gekommen, der ihn wieder und wieder las, unfähig, aus der krakeligen Schrift herauszufinden, wer nun
tatsächlich sein Vater sei, ein Alleskönner oder ein Nichts-
nutz, ein Spießer oder ein Bombenleger.

In Paris nun ging Benjamin zu der im Brief angegebenen
Adresse und traf einen kleinen, untersetzten, flachsköpfigen
Mann mit großen Kinderaugen und kurzgeschorenen Haaren, der ihn mißtrauisch musterte. Als ihm Benjamin eröffnete, wer er in Wirklichkeit sei, wich der kleine Mann entsetzt zurück, als er jedoch im Laufe des Gesprächs zwischen
Tür und Angel schließlich nicht mehr zweifeln konnte, daß
sein Sohn und niemand anderes vor ihm stehe, beugte et sich
vor, starrte ihn lange prüfend an und schrie dann voller Entzücken:

»Du siehst mir von Kopf bis Fuß ähnlich.«

Er hörte den Bericht von Annas Tod und schaute zur
Seite. »Immer wieder wollte ich zurück«, behauptete er,
»aber wir sind die Opfer der Umstände.«

Die Umarmung scheiterte, weil Benjamin seinen Vater
um mindestens drei Köpfe überragte.

Wenig später saß er in einem geräumigen Zimmer und
erfuhr nach und nach, wer sein Vater war. Früher hätte er
sich glücklich geschätzt, wenn ihm einer gesagt hätte, daß

sein Vater im Circus auftrete, jetzt aber nahm er das Geständnis seines Vaters, er sei Clown, unbewegt hin.

»Jawohl, Clown bin ich und stellungslos, leider kennt der Krieg keinen Spaß. Ich schlage mich schlecht und recht durch, aber jetzt, wo du bei mir bist, wird sich alles ändern.«

Benjamins Vater wohnte mit einigen anderen engagementlosen Artisten zusammen, die sich über das Wunder solch später Vaterschaft nicht beruhigen konnten. Er wurde überschwenglich gefeiert. Sie brachten Wein herbei. Auf der Höhe des improvisierten Festes, als der neue Vater nur noch lallen und stammeln konnte, verließ er das Zimmer und kehrte in einem zitronengelben Trikot, einer Matrosenmütze und einer quäkenden Kindertrompete an den Lippen zurück. Benjamin glaubte sich seltsam karikiert wiederzuerkennen, wie er selbst einstmals, die Brust von großen Erwartungen geschwellt, sich einen Weg nach Amerika zu blasen versuchte. Als er sich endlich mühsam verabschiedete, bestürmte ihn sein Vater mit Gesten, doch dazubleiben, sie könnten eine große Nummer einstudieren. Aber Benjamin ging: Er wußte nun, wer sein Vater gewesen sein könnte, und er wußte, wer er selbst war.

Peter Härtling
Heckmanns Benjamin

Unter der Berger Straße konnte ich mir nichts vorstellen, als ich 1962 *Benjamin und seine Väter* las. Das änderte sich bald. Das Buch bekam, samt der Berger Straße, eine Stimme, und nachdem ich den Autor kennengelernt hatte, dessen unverwechselbaren Tonfall, den Heckmann eigensinnig und beständig pflegte: Er babbelte Frankfurterisch. »Ei gude wie?« Mit diesem mir inzwischen vertrauten Fragegruß kam er nur wenige Wochen vor seinem Tod in Darmstadt auf mich zu, so komödiantisch wie immer, und war ganz schnell auf und davon. Er wollte, schien mir, nicht gefragt und aufgehalten werden. So flüchtig war er selten. Er unterhielt sein Gegenüber und sich, anmutig Weisheiten ins Hessische verschleppend, oft ausdauernd – ein wahrhaft Gebildeter, einer, der mit seinem Wissen spielte, ein heißhungriger Koch und ein heimlicher Musikant.

Mit diesen Sätzen rufe ich ihn mir in Erinnerung. Das fällt nicht schwer. Denn er ist erstaunlich gegenwärtig geblieben, und die väterlichen Verwicklungen um Benjamin tragen überdies dazu bei. Die erste Lektüre des Romans legte mir seinerzeit nahe, der Autor erzähle von sich selbst, das Buch habe autobiografische Züge. Nein, das nicht, wurde mir widersprochen. Aber doch! Die Beweglichkeit der erzählten Personen gleicht der des Autors. Auch im Leiblichen, der überraschend leichten Fülle. Der Frankfurter Anwalt, Dr. Fritz Bernoulli, genannt Jonas, Eigentümer zweier Häuser in der Berger Straße und am Kettenhofweg, mit dem der Roman beginnt, da er, wegen des fehlenden Vaters, die

Vaterschaft Benjamins übernimmt, Jonas »wog ... um zweihundertdreißig Pfund und maß in der Länge einen Meter
fünfundachtzig.« Da entwirft sich der Autor über die Maße
seiner Figur, bleibt aber mit Lust bei ihr. Anna, die Mutter
Benjamins, arbeitet in der Kanzlei des Nennvaters als Hilfe.
Jonas hat im Grund kein »Auge auf [sie] geworfen«, wie sein
Freund, der Arzt Dr. Groß, annimmt. Aber so, wie er den
Säugling schildert, könnte er, findet Groß, dann doch ein
oder der Vater sein.

Heckmann genießt erzählend Ambivalenzen, dieses und
jenes, das Glück und das Pech, den Hunger und den Genuss,
die Kanzlei und die Akten und das Zuhause mit dem gemüt-
lichen Ohrensessel und dem Zigarrengenuss bei der Lektüre.
Das Tempo des Romans ist ein genussvolles Andante. Benjamins Vater bleibt fürderhin eine Vermutung. Womöglich
auf dem »Feld der Ehre« gefallen. Im Leben auf alle Fälle »ein
schöner Mann«. Der Nennvater, der Eingesprungene, schrei-
tet mit Mutter und Kind zur Taufe und wird stolzer Pate. Der
Knabe gedeiht, redet, isst gern, lacht am lautesten, und seine
Mutter, die sich mit Verdächtigungen herumschlagen muss,
fordert Jonas für sich und für Benjamin als Vater ein.

Es ist einer der ersten Höhepunkte der Erzählung, natürlich kommen solche Seelenfeinheiten nicht ohne den Dreck
des Lebens aus: Benjamin wird von einem dicken vorlauten
Mitschüler als Hurensohn bezeichnet, weiß aber, als sein
Lehrer ihn nach der Bedeutung des Wortes fragt, die souve-
räne Antwort zu geben: Hure ist eine Künstlerin. Was Benjamin von Jonas lernt, ist die Camouflage, das Rollenspiel,
vorzugsweise die Rolle des Clowns. Natürlich kommt bei
selbstverständlicher Belesenheit auch ein manche Aktion
bestimmendes Vorbild dazu: Don Quijote. Sein närrisches
Lebensmäander verhilft Benjamin zu Väterfantasien.

Eine Art vertrackter, verschwiegener Gelehrsamkeit

erweist sich ohnehin als Basis dieser Erzählung. Das hat Gründe. Der Vater von Jonas war Lehrer, der von Heckmann ebenfalls. Und wer mit dem Erfinder Benjamins umging, freundschaftlich und im Beruf, musste feststellen, dass er einem »Lehrer« ausgeliefert war, einem, der seine didaktische Leidenschaft mit Ironie dämpfte und das »hohe Wissen« schlichtweg in Gebabbel wickelte. Wir kannten uns zwar schon eine Weile, hatten uns gelegentlich auf Tagungen getroffen und länger in den Abend hinein gesessen, als die anderen. Aber als ich meine Arbeit bei S. Fischer antrat, »seinem Verlag«, empfing mich, gut gelaunt und bestens informiert, der Herr Professor Heckmann, wusste Rat, wie mit dem scheidenden Verlegerehepaar Bermann Fischer umzugehen sei, ohne es zu verletzen, machte mich mit dem zufällig anwesenden Golo Mann bekannt und besuchte uns, meine Frau und mich, wenige Tage danach in Walldorf, wobei er uns mit einer Ankündigung überraschte, dass er beim nächsten Mal »ein bissche« in der Küche aushelfen werde und gleich mit Benjamin und Jonas die Kleinmarkthalle rühmte, einen Frankfurter Höhepunkt, Spitzenleistung seines Gebabbels, das in einer unvergessenen Deklamation mündete. Ob ich den Stoltze kenne?, fragte er. Ich kannte ihn, (noch) nicht. Das ist ein Fehler, stellte er, mich mitleidig musternd, fest. Ein Frankfurter Dichter und ein aufmüpfiger Demokrat dazu. Er lehnte sich zurück, strahlte wie ein Bub, der ein großes Lob erfahren hat, und begann. Seinem Vortrag war seine Musikalität anzumerken, genussvoll spielte er die mundartlichen Diminutive aus, verlieh den Sätzen einen herben Tonfall. Der Vortrag dauerte gut eine halbe Stunde, mehr als ein Dutzend Gedichte, bis er bei der Hymne auf den Frankfurter anlangte, einem Gedicht, wie er, wieder aufrecht sitzend, betonte, das Ewigkeit beanspruche, wie der Handkäs mit Musik:

»Es is kaa Stadt uff der weite Welt,
die so merr wie mei Frankfort gefällt,
und es will mer net in mein Kopp enei,
wie kann nor e Mensch net von Frankfort sei!«

Wir erfuhren ein Lehrstück, einen didaktischen Glücksfall,
und im Nachhinein wird mir klar, was für ein exzellenter
Hochschullehrer Heckmann gewesen sein muss, ganz in dem
Frankfurter Sinn, dass aus dem Stoff ein Stöffche werden
kann, aus der Lehre ein intellektuelles Stimulans. Seine Stu-
denten in Heidelberg, Münster, an der Northwestern Univer-
sity Evanston, aber vor allem an der Hochschule für Gestal-
tung in Offenbach werden es ihm nicht vergessen haben.

Einmal verlor der aufs aufklärende Spiel versessene Lehrer die Fassung. Kafkas Briefe an Felice Bauer waren bei
S. Fischer erschienen und Elias Canetti machte sich überraschend anheischig, einen Essay über das komplizierte Ver-
hältnis zu verfassen. Wir trafen uns in Berlin bei Rudolf
Hartung, dem Redakteur der *Neuen Rundschau*, eine Runde
von verschieden gestimmten Kafka-Enthusiasten: Canetti
las sanft falsettierend den Anfang seines großen Essays vor,
erstaunte uns mit seiner erzählenden Nähe, was Heckmann
kaum aushielt, er schnaufte ins Lesen Canettis hinein, nahm
ihm die Blätter seines Manuskripts aus der Hand: »Lasse Se
misch weider lese.« Das tat er. Staunen und Respekt erlaub-
ten ihm eine Andeutung von Pathos. Canetti, selbst ein aus-
gebuffter Komödiant, lauschte ihm mit schief gelegtem Kopf.
Eine Szene, die, finde ich, nach Dr. Fritz Bernoullis Geschmack hätte sein können.

Kafka hat in seinem Brief seine Schwierigkeiten mit dem
Vater heftig zur Sprache gebracht, Heckmanns Benjamin
leidet darunter, keinen Adressaten zu haben, weshalb er
dem unterschlagenen leiblichen Vater den einfallsreichen

Sohn, einen redseligen Don Quijote vorspielt und damit seinen Nennvater Jonas von seinen Vaterpflichten überzeugt. Das ist ein bizarres Muster, Teil der Heckmannschen Dialektik.

Selbstverständlich hat die Berger Straße auch ihr Personal, Freunde von Jonas und Anna; selbstverständlich versammelt Benjamin auch Freunde um sich, den Baron, Popel, Franz und Gogo. Und diese Menge skurriler Gestalten wirbelt um die Hauptperson, er lässt keine Gelegenheit aus, mit Bubenstücken zu überraschen, Schwarzpulver inklusive. Benjamin reift aufs Abitur zu und Jonas altert in Weisheit, umgeben von einer Rauchwolke seiner geliebten Brasil.

Heckmann hat über *Elemente des barocken Trauerspiels* promoviert, und wir geraten, seinen Roman lesend, umgekehrt in ein barockes Lust-Spiel, in dem Ende und Anfang miteinander streiten, Melancholie und Übermut. Am Schluss des Buches wird endlich aufgetischt. Das war zu erwarten, denn durch manches Kapitel wehte der Duft von Küchenkräutern. Jonas erwartet Gäste, nein, genau besehen, nur einen, dem er einen Trinkspruch zuruft und auf den gleich zu kommen ist. Zuvor hat er zwölf Freunde und Bekannte eingeladen und zwölf Speisen ausgedacht, auf deren gaumenfeuchtende Aufzählung ich jedes Mal begierig bin, ein heißhungriger Leser: »Majoran und Salbei sollen besänftigen; Pfeffer, Sellerie und Artischocken bringen Dr. Groß auf Trab. Trüffel in einer Mischung von Wein und Fleischbrühe mit ganzen Pfefferkörnern abgesotten, mit frischer Butter überzogen für und gegen Frau Schneeberger, dazu noch Hühnerleber für ihren armen Mann.« So geht es noch neun Gedecke weiter …

Ich habe Herbert Heckmann zu meinem Bedauern nie Geige spielen gehört, bin auch nie von ihm bekocht worden. Doch sein Gastspiel in Walter Höllerers Dichtermuseum in

Sulzbach-Rosenberg wurde zur Legende für die Verfressenen – und der Geiger ließ sich im Verlag mit J. Helmut Freund und mir in Gespräche ein, die ihn als Kenner und Künstler auswiesen, wenn es um die Schriften von Hans Gál ging, um die Musiker Rudolf Serkin, Fritz und Adolf Busch. Manchmal deutete er singend Themen an, schickte dem Trällern ein ironisches Gelächter nach. Da war er, vermute ich, schon Präsident der Deutschen Akademie für Sprache und Dichtung in Darmstadt auf der Rosenhöhe, wo wir uns öfter trafen, manchmal bei den Tagungen der Akademie mit dem allwissenden Friedhelm Kemp, den Heckmann mit hurtigem Gebabbel übermütig irritierte.

Und nun? Wie lässt er seinen Jonas sterben? Wie erwartet. Ein wenig barock und ein wenig nebenher, unmittelbar nach dem Festmahl *ohne* Gäste: »Er schwitzte – und war auf vielfältige Art glücklich – zwischen Trunkenheit und Trüffelfreuden. Er aß noch, als er die Hosen aufknöpfen musste. Über den leeren Tisch regierte er mit lauten Trinksprüchen: ›Es lebe, es lebe,es lebe!‹ Und mitten in der Zuversicht seiner Worte stürzte er vom Stuhl.«

Benjamin erbt zwei Häuser, wohnt noch eine Weile allein in der Berger Straße, zieht dann aber um zu Freunden von Jonas in die Habsburger Allee. Das veranlasste mich wiederum, auf Spurensuche zu gehen und festzustellen, dass von Weiträumigkeit in diesem Bubenleben kaum die Rede sein kann. Er macht Abitur, die Zeit wird schnell im Epilog, in dem er »aus Besatzungsgründen« 1941 sich eine Weile in Paris aufhält. Aus einem Brief seines leiblichen Vaters an die Mutter Anna wisse er dort dessen Adresse. Und findet ihn als stellungslosen Clown.

Als er sich von ihm verabschiedete, wusste er, wer sein Vater gewesen sein könnte, und er wusste, wer er selbst war.

Das klingt nach.

Mit einem »Ei gude wie?« begrüßte und verabschiedete er sich bei unserer letzten Begegnung in Darmstadt. Ich hätte ihm nachrufen sollen: »Und grüßen Sie mir Ihren Benjamin.«